Hannah Rothschild, 1962 geboren, entstammt der berühmten Bankiersfamilie und arbeitet als Autorin und Filmregisseurin. Sie engagiert sich seit vielen Jahren in den Kuratorien renommierter Museen und steht seit 2015 als erste Frau dem Board der National Gallery vor. *Die Launenhaftigkeit der Liebe* wurde mit dem »Bollinger Everyman Wodehouse Prize for Comic Fiction« ausgezeichnet und ist in zehn Ländern erschienen.

*Die Launenhaftigkeit der Liebe* in der Presse:

»Ein hinreißender Kunstkrimi mit Lovestory!«
*B.Z. am Sonntag*

»Eine bitterböse, beeindruckend genaue Karikatur der Kunstszene und eine Reflexion darüber, was Kunst wert ist – und was Liebe.«
*Welt am Sonntag*

»Die Autorin kennt sich bestens in der Szene aus, die sie in ihrem spannenden Debüt genüsslich seziert.«
*Gala*

HANNAH ROTHSCHILD

# Die Launenhaftigkeit der Liebe

Roman

Aus dem Englischen
von Monika Baark

PENGUIN VERLAG

Die englische Originalausgabe erschien 2015 unter dem Titel
»*The Improbability of Love*« bei Bloomsbury, London.



MIX
Papier aus verantwortungsvollen Quellen
FSC® C014496

Verlagsgruppe Random House FSC® N001967

PENGUIN VERLAG



1. Auflage 2018

Covergestaltung: www.buerosued.de
nach einem Entwurf von Designbüro Lübbeke, Naumann, Thoben
Covermotiv: Fotolia (quka; Extezy)
Satz, Druck und Bindung: GGP Media GmbH, Pößneck
Printed in Germany
ISBN 978-3-328-10204-5
www.penguin-verlag.de

Dieses Buch ist auch als E-Book erhältlich.

# *Prolog*

## Die Auktion (3. Juli)

Es sollte der Verkauf des Jahrhunderts werden.

Schon in den frühen Morgenstunden hatte sich eine Menschentraube gebildet, und am Spätnachmittag reichte sie vom monumentalen grauen Säulenvorbau des Auktionshauses Monachorum & Sons (gegr. 1756) über den breiten Bürgersteig bis hinaus in die Houghton Street. Am Mittag wurden Absperrungen errichtet, um einen Durchgang frei zu halten, und nachmittags um vier rollten zwei uniformierte Monachorum-Türsteher einen dicken roten Teppich von den kannelierten dorischen Säulen bis zum Ende des Bürgersteigs aus. Die Sonne brannte auf die Menschenmenge nieder, und das Auktionshaus verteilte als wohlwollende Geste Wasserflaschen und Eis am Stiel. Als Big Ben sechs dumpfe Schläge von sich gab, leitete die Polizei den normalen Verkehr um und schickte zwei berittene Beamte und acht Beamte zu Fuß los, um die Straße zu patrouillieren. Die Paparazzi mit ihren Trittleitern, Laptops und diversen Objektiven wurden in einem kleinen Gehege am Rand eingepfercht, von wo sie sehnsüchtige Blicke durch die Tür auf drei Fernsehteams und die akkreditierten Journalisten warfen, die von innen über das Ereignis berichten durften.

»Was ist denn hier los?«, fragte ein Passant eine Frau aus der Menge.

»Die verkaufen dieses Bild, das aus den Nachrichten«, erklärte Felicia Speers, die seit dem Frühstück dort war. *»Die Lasterhaftigkeit der Liebe.«*

*»Die Launenhaftigkeit der Liebe«*, berichtigte sie ihre Freundin Dawn Morelos. »Launenhaftigkeit«, wiederholte sie Silbe für Silbe.

»Meinetwegen. Weiß doch eh jeder, worum's geht«, sagte Felicia lachend.

»Rechnen die mit Problemen?«, fragte der Passant und blickte von den Polizeipferden hinüber zu den bulligen hauseigenen Securityleuten.

»Das nicht – aber mit allen möglichen Promis«, sagte Dawn und hielt ihr Smartphone sowie ein Autogrammbuch mit dem Schriftzug »Popstars und Prinzen« in goldgestanzten Lettern in die Höhe.

»So viel Wirbel um ein Bild?«, fragte der Passant.

»Es ist ja wohl nicht irgendein Bild«, sagte Felicia. »Lesen Sie denn keine Zeitung?«

Auf dem breiten Treppenabsatz vor dem Monachorum-Auktionshaus standen vier junge Frauen in schwarzen Kleidern und Highheels mit Klemmbrettern und warteten darauf, Namen abzuhaken. Die Veranstaltung war nur für geladene Gäste. Aus bestimmten Winkeln konnte die Menge draußen einen Blick auf das feudale Interieur erhaschen. Das Monachorum-Haus war der einstige Londoner Sitz der Dukes of Dartmouth und gehörte zu den prächtigsten noch existierenden palladianischen Palästen Europas. Die Halle war groß genug, um darin zwei Doppeldeckerbusse nebeneinander zu parken. Die Stuckdecke, eine Orgie mit Putten und anmutigen Seejungfrauen, war in Rosa- und Goldtönen gehalten. Eine gewaltige Treppe, die breit genug war für acht Reiter Seite an Seite, führte nach oben in den großen Verkaufsraum, ein Atrium aus grün-weißem Marmor, das drei Rotunden von oben erhellten. Es war in verschiedener Hinsicht eher unpassend für das Hängen und Präsentieren von Kunst; ideal jedoch, um eine überwältigende Ehrfurcht und Begehren auszulösen.

In einem Nebenraum erhielten zwei Dutzend makellos herausgeputzte junge Männer und Frauen letzte Anweisungen. Zum Glück sorgte die Klimaanlange an diesem heißesten aller Abende für gleichbleibende achtzehn Grad. Der Hauptauktionator und Drahtzieher des Verkaufs, Earl Beachendon, stand in Abendgarderobe vor ihnen.

Er sprach mit fester ruhiger Stimme, die geschliffen war von acht Generationen aristokratischen Lebens und einer unerschütterlichen Gewissheit der eigenen Überlegenheit. Beachendon hatte in Eton und Oxford studiert, doch aufgrund der Schwäche seines Vaters für den Roulette-Tisch war der achte Earl das erste Mitglied seiner illustren Familie, das einer regulären Beschäftigung nachging.

Earl Beachendon lobte sein Team. In den vier Wochen zuvor hatten sie geprobt, alle Eventualitäten von einem Fersenbruch bis hin zu einem Attentatsversuch durchgespielt. Jetzt, wo Presse aus aller Welt und viele der wichtigsten Kunden des Hauses hier versammelt waren, war es unabdingbar, dass die Veranstaltung mit der Präzision eines Schweizer Uhrwerks ablief. Dieser Abend würde eine Wende in der Geschichte des Kunstmarkts markieren: Man ging davon aus, die bisherige Rekordsumme für ein einzelnes Gemälde zu übertreffen.

»Wir stehen im Mittelpunkt des internationalen medialen Interesses«, sagte Beachendon zu seinem andächtig lauschenden Publikum. »Hunderttausende von Augenpaaren sind auf uns gerichtet. Ein winziger Fehler, und aus dem größten Triumph wird ein Fiasko. Es geht hier nicht nur um Monachorum, um unsere Prämien oder den Verkauf eines Gemäldes. Diese Veranstaltung wird eine Industrie widerspiegeln, die jährlich über einhundert Milliarden Dollar umsetzt, und die Art und Weise, wie wir den Abend gestalten, wird über Zeiten und Kontinente hinweg eine Botschaft aussenden. Ich muss Sie nicht eigens daran erinnern, dass wir uns auf internationalem Parkett bewegen. Es wird Zeit, dass unsere Arbeit als Beitrag zur Völkerverständigung anerkannt wird.«

»Wenn's weiter nichts ist, my Lord«, scherzte jemand.

Earl Beachendon ignorierte den Einwurf seines Mitarbeiters. »Nach unseren Informationen werden Ihre Schäfchen als höchste Bieter auftreten – es ist Ihre Aufgabe, sie zu bezirzen und zu ermuntern, den einen entscheidenden Schritt zu gehen. Überzeugen Sie sie, dass im Kauf Größe liegt; entfachen Sie Neugier und Ehrgeiz. Ziehen Sie alle Register. Schmieren Sie den Leuten Honig ums Maul, und zwar nach allen Regeln der Kunst. Erinnern Sie sie daran, wie besonders, wie unverzichtbar, wie talentiert, wie reich sie sind, und vor allem, dass sie nur hier, in diesem Haus, wirklich geschätzt und verstanden werden. Vergessen Sie für einen Abend Freundschaft und Moral: Konzentrieren Sie sich ausschließlich aufs Gewinnen.«

Beachendon sah reihum in die Gesichter, die gerötet waren vor Aufregung.

»Sie haben dafür zu sorgen, dass die Ihnen zugewiesenen Gäste sich als etwas Besonderes fühlen. Als etwas *ganz* Besonderes. Selbst wenn der angestrebte Kauf nicht zustande kommt, möchte ich, dass diese hochvermögenden Premium-Kunden nachher mit dem innigen Wunsch unser Haus verlassen, bald wiederzukommen und die nächste Runde zu gewinnen. Niemand darf sich als Verlierer fühlen, oder als weniger wichtig; alle müssen das Gefühl haben, dass es ganz knapp war, dass sie beim nächsten Mal den Zuschlag bekommen könnten.«

Beachendon lief am Spalier seiner Mitarbeiter entlang und blickte jedem ins Gesicht. Für sie war der Abend eine aufregende Erfahrung, an dessen Ende eine potenzielle Prämie winkte; für ihn ging es ums nackte Überleben, nicht mehr und nicht weniger.

»Denken Sie bitte daran, vor allem Sie, meine Damen, man erwartet von Ihnen, dass Sie dienen und beglücken. Ich überlasse es Ihnen, wie Sie dieses ›Dienen und Beglücken‹ interpretieren. Hauptsache, es bleibt diskret.« Nervöses Gelächter breitete sich in den Reihen aus.

»Wenn ich jetzt die Namen der Gäste vorlese, möchte ich, dass der jeweilige Betreuer vortritt. Sie alle sollten sich mit Erscheinungsbild, Vorlieben, Aversionen und den kleinen Sünden Ihres Schützlings vertraut gemacht haben.« Beachendon hielt kurz inne, bevor er seinen einstudierten, bewusst politisch inkorrekten Witz platzierte: »Den Moslems keinen Schnaps anbieten und den Juden kein Schinkensandwich.«

Gefälliges Gelächter aus dem Publikum.

»Wer ist zuständig für Wladimir Antipowski und Dimitri Woldakow?«

Zwei junge Frauen, eine in eng sitzendem Taft, die andere in einem rückenfreien grünen Seidenkleid, hoben die Hand.

»Venetia und Flora, denken Sie dran, die beiden sind sich spinnefeind. Wir haben sie dazu gebracht, ihre Bodyguards auf ein Minimum zu beschränken und ihre Waffen zu Hause zu lassen: Vorbeugen ist die beste Politik. Lassen Sie sie auf keinen Fall aufeinander los. Verstanden?«

Venetia und Flora nickten.

Beachendon warf einen Blick auf seine Liste und las den nächsten Namen vor. »Seine Majestät, der Emir und Ihre Majestät, die Sheikha von Alwabbi.«

Tabitha Rowley-Hutchinson, die erfahrenste Kundenbetreuerin, war ganz in königsblauen Satin gehüllt; nur ihr langer Hals und ihre zierlichen Handgelenke blieben frei.

»Tabitha – welche Themen werden Sie unter allen Umständen vermeiden?«

»Ich werde weder Alwabbis mutmaßliche Unterstützung von al-Qaida zur Sprache bringen, noch die Nebenfrauen des Emirs, noch die Menschrechtsverletzungen in seinem Land.«

»Li Han Ta. Sind Sie gründlich gebrieft worden zu Mr Lee Lan Fok?«

Li Han Ta nickte ernst.

»Denken Sie daran: Auch wenn die Chinesen vielleicht heute noch nicht zum Zuge kommen – sie sind die Zukunft.« Er sah sich im Zimmer um und erkannte, dass sich alle einig waren.

»Wer ist zuständig für Seine Exzellenz, den französischen Staatspräsidenten?«

Marie de Nancy trug einen blauen Seidenfrack und passende Hosen.

»Ich werde ihn zum Thema Käse, zu seiner First Lady und zur französischen Malerei befragen, aber kein Wort zum erneuten britischen Sieg bei der Tour de France, zu seiner Geliebten oder seinem Popularitätsverlust fallenlassen«, sagte sie.

Beachendon nickte. »Wer kümmert sich um Kulturminister Barnaby Damson?«

Ein junger Mann tänzelte nach vorn. Er trug einen rosafarbenen Samtanzug und seine Haare waren zu einer Elvistolle frisiert.

Beachendon stöhnte. »Bitte etwas mehr Zurückhaltung – der Minister mag durchaus dieser Gesinnung sein, aber doch nicht vor den Augen der halben Welt.«

»Ich dachte, ich plaudere mit ihm über Ballett – er liebt das Ballett.«

»Halten Sie sich an Fußball und Kino«, befahl Beachendon.

»Wen haben wir für Mr M. Power Dub-Box?«

In den letzten Monaten hatte der international erfolgreichste Rapper die Kunstwelt in Erstaunen versetzt, indem er mehrere Kunstwerke mit Kultstatus erstand. Mit seinen gut zwei Metern Körpergröße, 250 Kilogramm Gewicht und den schwarzen Anzugträgern sowie halbnackten Frauen, die ihn jederzeit umgaben, war er nicht zu verfehlen und offenbar auch nicht zu bremsen. Seine berüchtigten, von Drogen und Alkohol begleiteten öffentlichen Auftritte hatten schon zu zahlreichen Verhaftungen, wenn auch bislang zu keiner Verurteilung geführt. Zwei großgewachsene Männer im Smoking traten nach vorn. Wassili war ehemaliger Mittelgewichts-Champion und Elmore hatte in Harvard Sport studiert.

Beachendon blickte hinauf zu den beiden Männern und sandte ein stilles Dankeschön an die Personalabteilung, die in einer Welt von zartgliedrigen Ästheten diese Kolosse aufgetrieben hatte.

»Weiter im Text. Wer passt auf Stevie Brent auf?«, fragte Beachendon.

In ihrem gestreiften Miniröckchen und dem Miedertop wirkte Dotty Fairclough-Hawes wie ein amerikanischer Cheerleader.

»Sind wir hier beim Baseball-Endspiel?«, fragte Beachendon schroff.

»Ich dachte, das gibt ihm ein Gefühl von Heimat«, sagte Dotty.

»Der Mann ist Hedgefonds-Manager, der von seinen katastrophalen Verlusten ablenken will. Das Letzte, was er braucht, ist ein hysterischer Boston-Red-Sox-Fan, der die ganze Welt darauf aufmerksam macht, dass er sich dieses Gemälde überhaupt nicht leisten kann. Dotty, Sie sind die Einzige in der Runde, die die Aufgabe hat, einen

Klienten vom Kauf *abzuhalten*. Nach unseren Recherchen hat er vier Milliarden Dollar Schulden. Wenn er zu Beginn den Arm hebt, meinetwegen, aber setzen Sie sich auf sein Bieterschild, sobald die Gebote die zweihundert Millionen Pfund übersteigen.«

Dotty ging davon, um ihr blaues Taftkleid zu suchen.

»Ach, und Dotty«, rief Beachendon ihr nach. »Bieten Sie ihm keine Coca-Cola an – er hat viel zu zeitig Anteile verkauft –, gerade ist der Kurs um achtzehn Prozent gestiegen.«

Earl Beachendon ging weiter seine VIP-Liste durch, um sich zu vergewissern, dass jeder Gast den passenden Betreuer hatte.

»Mrs Appledore? Danke, Celine.«

»Der Earl und die Countess of Ragstone? Danke, John.«

»Mr und Mrs Hercules Christanopolis? Danke, Sally.«

»Mr und Mrs Mahmud? Lucy, sehr gut.«

»Mr und Mrs Elliot Slicer der Vierte? Wunderbar, Rod.«

»Mr Lee Hong Quiou-Xo? Danke, Bai.«

Venetia Trumpington-Turner hob die Hand. »Wer wird sich denn um den Verkäufer kümmern?«

»Diese wichtige und delikate Aufgabe ist Sache des Vorstands«, erwiderte Earl Beachendon.

Verständnisvolles Kopfnicken.

»Alle anderen haben darauf zu achten, dass die Normalsterblichen auf dem richtigen Platz sitzen«, fuhr Earl Beachendon fort. »Die internationalen Museumsdirektoren sind in Reihe H. Die Zeitungsherausgeber in Reihe I. Die übrigen Presseleute dürfen ihren Bereich nicht verlassen, bis auf ein paar ausgewiesene Journalisten – Camilla hat die Namen. Die anderen Premium-Kunden sitzen in den Reihen J, K, L und M. Die Top-Händler kommen in den Reihen P und Q. Ich will hier und da ein Model oder eine Schauspielerin sitzen sehen, für den Glamour-Effekt, aber keine über vierzig oder Größe achtunddreißig. Wer nicht zur ersten Garnitur gehört, muss stehen.«

Beachendon richtete sich auf und sah sich um. »Meine Damen, ziehen Sie sich die Lippen nach; meine Herren, richten Sie Ihre Krawatten und postieren Sie sich am Eingang. Geben Sie alles.«

Mrs Appledores Limousine kam nur langsam voran. Die Strecke vom Claridge's bis in die Houghton Street war normalerweise eine Sache von zehn Minuten, aber wegen Bauarbeiten und Umleitungen ging es am Berkeley Square nur im Schneckentempo voran. Es war ein ungewöhnlich warmer Juliabend. Die Londoner, die überzeugt waren, zum ersten und zum letzten Mal die Sonne zu sehen, quollen aus den Pubs hinaus auf die Bürgersteige. Die Männer zogen ihre Jacketts aus und hatten dunkle Schatten unter den Armen, die Frauen trugen Sommerkleider. Zumindest wirken sie ausnahmsweise mal gut gelaunt, dachte Mrs Appledore. Im Winter sind die Briten immer so missmutig und schweigsam. Während ihr Wagen durch die Berkeley Street kroch, fragte sie sich, ob dies wohl ihre letzte große Versteigerung sein würde. Im nächsten Jahr wurde sie achtzig, und ihre jährliche Reise zu den Londoner Auktionen verlor allmählich ihren Reiz. Früher kannte sie alle im Verkaufsraum; und wichtiger noch, alle kannten sie.

Mrs Appledore sah entschlossen in die Zukunft, war aber den Prinzipien und Gepflogenheiten der Vergangenheit verbunden. 1935 war sie als Inna Pawlokowski in Polen zur Welt gekommen, und ihre ganze Familie war beim Massaker von Katyn von den Sowjettruppen ermordet worden. Bis Kriegsende blieb die junge Inna in der Obhut von Nonnen und wurde 1948 zusammen mit dreitausend Waisenkindern nach Amerika verfrachtet. Auf dem Flüchtlingsboot, der *Cargo of Hope*, lernte sie ihren zukünftigen Ehemann Yannic kennen, und obwohl beide erst dreizehn waren, machte er ihr, als sie die Freiheitsstatue passierten, einen Heiratsantrag. Sie versprach, ihm sechs Kinder zu gebären (daraus wurden neun), und er schwor, sie beide zu Millionären zu machen (sein geschätztes Vermögen belief sich bei seinem Tod auf sechs Milliarden). Am Tag ihrer Hochzeit 1951 nahmen Inna und Yannic die Namen Melanie und Horace Appledore an und sprachen fortan nie wieder ein Wort Polnisch. Ihre erste Firma, die sie am Tag nach der Hochzeit gründeten, war ein Verleih für Anzüge und Schuhe, damit sich verarmte Einwanderer für Bewerbungsgespräche ordentlich anziehen konnten. Bald expandierte Appledore

Inc. und kaufte Immobilien, Nähereien und später Kapitalanteile. Da die Appledores aus eigener Erfahrung wussten, dass Einwanderer besser zupacken konnten als Eingeborene, stellten sie Anschubfinanzierungen für Neugründungen zur Verfügung und erhielten im Gegenzug Anteile plus Zinsen. Dank des *Displaced Persons Act* wurden immer neue Wellen von Einwanderern an die Ufer Amerikas gespült, und die Appledores unterstützten und schröpften Europäer, Mexikaner, Koreaner, West-Inder und Vietnamesen gleichermaßen. Bei der Wende zum neuen Jahrhundert besaßen Melanie und Horace kleine, aber wichtige und hochprofitable Anteile an diversen Familienunternehmen über sämtliche fünfzig Bundesstaaten verteilt.

Melanie begriff, dass Geld allein noch kein Garant war für einen Platz am Kapitänstisch. Sie war wild entschlossen, in die höchsten Ränge der Park-Avenue-Gesellschaft vorzustoßen, und wusste, dass sie über Standards und Erwartungen erst Bescheid wissen musste, um sich nahtlos in die vornehmen Kreise einfügen zu können. Zu diesem Zweck heuerte sie Nobelpreisgewinner, Museumsdirektoren und abgehalfterte Gesellschaftsdamen an, um sich in jedwedem Bereich unterweisen zu lassen, der ihrem Fortkommen förderlich wäre. Sie lernte, wie man Besteck auf dem Tisch arrangiert, erfuhr einiges über Rebsorten, Kunstbewegungen, den Unterschied zwischen Allegro und Staccato und wie viel Trinkgeld man dem Butler eines Grafen gab. Diese neue Generation, dachte Mrs Appledore wehmütig, ist vulgär und auch noch stolz drauf.

Horace und Melanie spendeten an zahlreiche kulturelle Einrichtungen; sie unterstützten den Wiederaufbau von La Fenice in Venedig und die Restaurierung einer klitzekleinen Kirche in Aix-en-Provence. Ihre größte Liebe jedoch galt einer Villa, die der Industrielle Lawrence D. Smith im Jahr 1924 als Liebesbeweis für seine französische Frau Pipette gebaut hatte. Sie lag fünfundvierzig Meilen nördlich von Manhattan am Ufer des Hudsons, hatte eine neunzig Meter breite Fassade und fast drei Hektar Nutzfläche. Leider starb Pipette kurz nach Vollendung des Hauses, und der untröstliche Milliardär zog nie ein. Das Haus stand leer und ungeliebt, bis Horace und

Melanie es 1978 für den fürstlichen Betrag von einhundert Dollar erwarben.

Die Villa Smith wurde umgetauft und hieß fortan Appledore Museum of French Decorative Arts. Horace und Melanie verwendeten die nächsten Jahrzehnte und den Löwenanteil ihres sagenhaften Vermögens darauf, das Haus zu restaurieren und eine der größten Sammlungen französischer Möbel und Kunstwerke außerhalb Europas zusammenzustellen. Materieller Besitz gab ihnen das Gefühl von Wichtigkeit. Mrs Appledore, die inzwischen in ihrem achtzigsten Lebensjahr war und an Herzproblemen und schwerer Osteoporose litt, hatte beschlossen, jeden verbleibenden Cent ihrer karitativen Stiftung für *Die Launenhaftigkeit der Liebe* zu verprassen. Wenn's das dann war mit dem Geld, umso besser: Sie war ohnehin bald tot, und ihre Kinder waren versorgt.

Mrs Appledores Chanel-Robe aus limettengrüner Seide, einem Farbton, der fast identisch war mit dem Blattwerk des Gemäldes, hatten sie und Karl Lagerfeld zusammen ausgesucht. Das Outfit wurde durch eine schlichte Diamantkette und Ohrclips abgerundet – nichts sollte sie von ihrem letzten großen Kauf ablenken. Am Morgen hatte sie sich eine frische Dauerwelle machen lassen, etwas fluffiger als sonst und mit zartrosa Tönung. Im Augenblick ihres letzten Triumphs wollte sie perfekt aussehen. Morgen um diese Uhrzeit wären das Bild und seine neue Besitzerin in allen Zeitungen. Bei der Pressekonferenz würde sie bekanntgeben, dass ihre private Sammlung mitsamt der *Launenhaftigkeit der Liebe* als Schenkung an ihr geliebtes Appledore-Museum ginge. Wenn doch nur ihr lieber Mann noch am Leben wäre, um diesen letzten Geniestreich zu sehen!

Wladimir Antipowski saß in seinem neuen Haus am Chester Square vor dem Computer, gab siebzehn verschiedene Codes ein, legte sein Auge an den Iris-Scanner, ließ seine Fingerabdrücke durch den UV-Scanner laufen und überwies fünfhundert Millionen Dollar auf sein laufendes Konto. Er war bereit, mehr als nur sein Geld aufs Spiel zu setzen, um das Kunstwerk zu kaufen.

Der Emir von Alwabbi saß in seinem kugelsicheren Wagen vor dem Londoner Dorchester Hotel und wartete auf seine Frau, die Sheikha Midora. Die Auktion war für den Emir eine einzige Qual. Er war ein zurückgezogen lebender Mensch und hatte sein Leben lang versucht, das Blitzgewitter der Kameras, die Blicke und den Spott der Journalisten, ja jedwede Form der Öffentlichkeit zu meiden. Nur damals, an jenem ruhmreichen Tag, als sein langgehegter Traum wahr wurde und sein Pferd *Fighting Spirit* das Derby gewann, hatte der Emir nicht widerstehen können und war vor die Königin getreten, um im Namens seines kleinen Emirats die prächtige Trophäe in Empfang zu nehmen.

Den wenigsten Menschen war klar, dass alle Vollblutpferde von vier Arabern abstammten, und das schmerzte den Emir. Vor allem die Engländer dachten gern, dass sich auf wundersame Weise aus ihren stämmigen, x-beinigen, zotteligen Moorland-Ponys mithilfe von guter Züchtung und natürlicher Auslese diese herrlichen Tiere entwickelt hätten.

Der Emir wollte in seinem Binnenstaat ein Museum bauen, das den Pferden gewidmet war. Über Jahrhunderte hatte sich der Lebensunterhalt seiner Familie auf Kamelen und Araberpferden gegründet; Öl war erst in den letzten dreißig Jahren entdeckt worden. Doch seine Frau war der Meinung, ein solches Museum wolle niemand besuchen; Kunst dagegen hätte eine magnetische Wirkung. Sie wies auf den Erfolg der Nachbarländer Katar und Dubai hin, auf die Verwandlung von Niemandsstädten wie Bilbao und Hobart. Als sich ihr Mann noch immer nicht überzeugen ließ, schimpfte die Sheikha, dass es weniger als den Wert eines Wochenausstoßes an Rohöl kosten würde, um das größte Museum der Welt zu bauen. Der Emir gab nach; das Museum wurde gebaut. Es galt als das Meisterwerk des berühmtesten Architekten der Welt, als Kulturtempel und Kunstdenkmal. Es gab jedoch ein Problem, das weder die Sheikha noch die ungezählten Berater, Designer, ja nicht einmal der gefeierte Architekt selbst zu lösen wusste: Das Museum war leer. Besucher wandelten durch die gewaltigen Säle und bestaunten die Schattenwürfe, die perfekte Klimatisierung, die kühlen Marmorböden, die geniale Lichtführung, bloß war da nichts, um der Monotonie der endlosen weißen Wände entgegenzuwirken: Das Museum war kunstlos.

Vier Etagen über ihrem Mann saß die Sheikha in der königlichen Suite an ihrem Frisiertisch. Mit neun verlobt, mit dreizehn verheiratet, mit zwanzig bereits vierfache Mutter – war sie heute zweiundvierzig Jahre alt. Als Mutter des Kronprinzen war ihre Zukunft gesichert. Es gab wenig, was ihr Mann oder die Hofbeamten tun konnten, um ihre Kauflust zu zügeln; sie konnten nur zusehen, wie sie das Beste aus den Auktionssälen der Welt absahnte und die Preise in neue Höhen trieb. Die Sheikha brauchte noch eine Hauptattraktion, aber leider hingen die meisten großen Werke bereits in Nationalmuseen oder Privatsammlungen. Im dem Moment, als sie die *Die Launenhaftigkeit der Liebe* sah, wusste sie, dass dies das Juwel für ihr Museum war. Hier war ein Bild, das in der Lage sein würde, Touristen aus aller Welt anzuziehen. Anders als diejenigen, die das Gemälde zu einem vernünftigen Preis erstehen wollten, war die Sheikha entschlossen, dass die Gebote außer Kontrolle gerieten. Sie wollte, dass ihr Bild (dass es das werden würde, stand für sie außer Frage) das teuerste wurde, das jemals bei einer Auktion ersteigert wurde; je mehr Publicity, desto besser. So wie ihr Mann bei Pferderennen gewann, würde sie in der großen Arena des Auktionsraums triumphieren – das Bild der Sheikha im Kampf um ihr Gemälde würde über jeden Bildschirm der Welt flimmern. Nach langem erbittertem Wettstreit würden die Herrscher von Alwabbi den wohlhabendsten und habgierigsten Sammlern das Prunkstück entreißen. Es wäre die endgültige Bestätigung ihres Traums und die ultimative Werbeaktion. In ihrer Hotelsuite umrandete die Sheikha ihre schönen dunklen Augen ein letztes Mal mit Kajal.

Sie klatschte in die Hände, und sieben Kammerfrauen eilten herbei, jede mit einem Haute-Couture-Kleid über dem Arm. Die Sheikha trug nur einen winzigen Prozentsatz der für sie angefertigten Kleider, aber sie hatte gerne die Auswahl. An diesem Abend besah sie Modelle von Elie Saab, McQueen, Balenciaga, Chanel und de la Renta und entschied sich nach längerem Hin und Her für ein neues Kleid von Versace aus schwarzer Seide und mit Goldmünzen an echten Goldfäden, die beim Gehen leise klimperten. Das Kleid würde unter einer langen schwarzen Abaya verschwinden, aber immerhin würden ihre Manolo Blahniks zu sehen sein: nerzgefütterte weiße Ziegenleder-Stiefeletten mit 24-Karat-diamantenbesetzten Absätzen, die das Blitzlicht der Fotografen einfangen würden, wenn sie das Podium betrat, um ihren letzten und großartigsten Kauf zu begutachten.

In einer anderen Ecke von London, in East Clapham, saß die Kunstkritikerin Delores Ryan verzweifelt in ihrer Zweizimmerwohnung. Der einzige Weg, ihren Ruf zu retten, wäre, das Bild zu vernichten, oder sich selbst, oder beides. Die ganze Welt wusste, dass sie, eine der größten Kunstexpertinnen auf dem Gebiet der französischen Malerei des achtzehnten Jahrhunderts, das Werk in Händen gehalten und als schlechte Kopie abgetan hatte. Mit einer einzigen falschen Zuordnung, einem Schnellschuss, hatte sie die Arbeit ihres ganzen Lebens vor die Wand gefahren. Obwohl Delores mehr als vier Triumphe zu verbuchen hatte, zu denen der Stourhead-Boucher, der Fonthill-Fragonard und der wirklich spektakuläre Watteau zählte, der unter falschem Namen in der Mitarbeiterkantine des Rijksmuseums hing, war das alles plötzlich vergessen. Man würde sie ewig als die Dilettantin im Gedächtnis behalten, die *Die Launenhaftigkeit der Liebe* zu Fall gebracht hatte.

Vielleicht hätte sie vor all den Jahren doch Lord Walreddons Antrag annehmen sollen. Dann wäre sie jetzt eine Gutsherrin, die in morbider Pracht inmitten einer Kakofonie von Kindern und alternden schwarzen Labradorhunden leben würde. Doch Delores hatte nur eine Liebe: die Kunst. Sie glaubte an die Macht der Schönheit. In Gesellschaft Johnny Walreddons war ihr sterbenslangweilig gewesen; stand sie dagegen vor einem Tizian, kamen ihr vor Entzücken die Tränen. Wie ein Mann, den es zum Priestertum zog, hatte sie den irdischen Genüssen (na ja, zumindest den meisten) zugunsten einer größeren Sache entsagt.

Das verkannte Werk und der ganze Trubel um seinen Verkauf waren für Delores nicht nur eine schreckliche Schmach; die ganze Angelegenheit bewirkte ihren Abfall vom Glauben. Sie wollte nicht mehr Teil einer Zunft sein, in der Kunst und Geld eine untrennbare Einheit bildeten, in der Spiritualität und Schönheit nur noch als Fußnoten vorkamen. Jetzt konnte nicht einmal mehr Delores ein Bild betrachten, ohne sich nach dessen Preis zu fragen. Schlimmer noch, dieses exklusive Feld mit seiner besonderen Sprache und seinen Chiffren war entzaubert worden: Erst gestern hatte sie in einem Café mitbekommen, wie zwei Bauerntrampel über die Verdienste von Boucher versus Fragonard fachsimpelten. Schlagartig war Delores von der Hohepriesterin der heiligen Kunst zu einer ganz gewöhnlichen einsamen Frau in einer Mietwohnung abgesunken.

Delores heulte all den Jahren nach, die sie mit Forschung vergeudet, den Stunden, die sie mit Monografien und bei Vorträgen verbracht, den Urlauben, die sie in unterirdischen Bibliotheken gehockt hatte. Sie weinte den Bildern nach, die durch ihre Hände gegangen waren und ihr, hätte sie's etwas schlauer angestellt, ewigen Ruhm und Komfort gesichert hätten. Sie beschluchzte ihre ungezeugten Kinder und das Leben, das sie hätte haben können. Es war niederschmetternd, dass ihr jüngeres Ich zu wenig Weisheit besessen hatte, um all das vorauszusehen.

Punkt neunzehn Uhr, eine Stunde vor Auktionsbeginn, ging ein erwartungsvolles Raunen durch die Menge in der Houghton Street, als schnurrend die erste Limousine auf das Auktionshaus zufuhr. Ljudmila wusste, wie man einen Auftritt hinlegt: Sehr langsam schob sie zentimeterweise ein langes Bein aus der offenen Wagentür. Die Blitzlichter der Paparazzi explodierten, und wenn später nicht bestimmte Dinge passiert wären, hätte das Foto von Ljudmilas traumhaft schönen Beinen in den schwarzen Netzstrümpfen, die aus einem schwarzen Bentley auftauchen, sämtliche Titelblätter der Regenbogenpresse von Croydon bis Kurdistan geziert. Ihr Verlobter, Dimitri Woldakow, der achtundsechzig Prozent des weltweiten Kaliummarkts kontrollierte und mehrere zehn Milliarden Pfund schwer war, zog nicht einen einzigen Blitz auf sich. Ihm war's recht: Je weniger Leute wussten, wie er aussah, desto geringer war die Chance, Opfer eines Attentats oder einer Entführung zu werden. Dimitri sah hinauf zu den umliegenden Dächern und erkannte mit Erleichterung, dass seine Männer bewaffnet und einsatzbereit waren; seine Bodyguards, von denen nur zwei mit hineindurften, hatten ihn schon in ihre Mitte genommen. Dimitri vermutete, dass Wladi, dieser miese kleine Emporkömmling, heute Abend alles dransetzen würde, um ihn zu überbieten. »Soll er mal versuchen«, dachte er.

»Ljudmila, Ljudmila!«, riefen die Fotografen. Ljudmila drehte sich nach links und nach rechts und hielt ihren Schmollmund gekonnt in die Kameras.

Zwei schneeweiße Range-Rover-Sonderanfertigungen, aus denen dieselbe Musik wummerte, hielten vor dem Portal.

Ein Flüstern ging durch die erwartungsvolle Menge. »Mr Power Dub-Box. Power Dub-Box.«

Zwei breitschultrige Bodyguards in schwarzen Anzügen mit Knopf im Ohr sprangen aus dem ersten Wagen und rannten zum zweiten. Als die Wagentür aufging, vibrierte die ganze Straße im Rhythmus von M. Power Dub-Box' Nummer-Eins-Hit *I Is da King*. Der massige, selbsternannte König des Rap trug Jeans und T-Shirt, und ihm folgten drei Frauen, die mehr oder minder aussahen, als wären sie nackt.

»Die sind bestimmt froh, dass es heute Abend so warm ist«, sagte Felicia zu Dawn und verfolgte staunend das Spektakel.

»Hat die Dritte überhaupt was an?«, fragte Dawn.

»Das Bustier ist hautfarben«, stellte Felicia fest.

»Ich meine gar nicht dieses komische Top«, sagte Dawn und machte ein Handyfoto vom scheinbar nackten Hintern der Frau, der im Auktionshaus verschwand.

»Es ist mir eine große Freude, Sie hier begrüßen zu dürfen, Mr M. Power Dub-Box«, sagte Earl Beachendon und trat nach vorn, um dem Musiker die Hand zu schütteln. Er gab sich alle Mühe, die halbnackten Frauen neben dem Rapper nicht anzusehen, was ihm aber nicht gelang. M. Power versuchte halbherzig den Earl abzuklatschen, ehe er sich den wartenden Filmteams zuwandte. Seine drei Begleiterinnen schmiegten sich an ihn wie Blütenblätter um einen großen Stängel.

»Hey, hallo!«, rief Marina Ferranti, die zierliche *BBC Arts Live*-Sprecherin, und begrüßte M. Power Dub-Box wie einen lang verschollenen Freund. »Warum sind Sie heute hier?«

»Ich geh halt gerne shoppen«, sagte er.

»Das hier ist aber eher High-End-Shoppen!«

»Jep.«

»Hoffen Sie darauf, das Bild zu kaufen?«

»Jep.«

»Wie viel werden Sie ausgeben?«

»So viel wie nötig.«

»Würde es sich gut als Albumcover machen?«

»Nein.« M. Power Dub-Box sah die Sprecherin ungläubig an. Selbst die BBC hatte doch wohl inzwischen mitbekommen, dass keine Sau mehr ein Album produzierte; virales Marketing war das Zauberwort.

»Warum wollen Sie's denn dann kaufen?«, fragte Marina.

»Ich mag's halt«, sagte er und ging davon.

Unbeirrt wandten sich Marina und ihr Fernsehteam Earl Beachendon zu.

»Lord Beachendon, sind Sie überrascht über die Aufmerksamkeit, die dieses kleine Bild erregt?«

»*Die Launenhaftigkeit der Liebe* ist das bedeutendste Kunstwerk, das Monachorum jemals die Ehre hatte zu verkaufen«, sagte er.

»Viele Fachleute sind der Meinung, dass es nur eine Studie ist und der Schätzwert in keinem Verhältnis zu seiner Bedeutung steht«, fuhr Marina fort.

»Ich will Ihnen die Frage mit einer Gegenfrage beantworten: Wie ermittelt man den Wert eines Kunstwerks? Es hat sicherlich nichts mit dem Gewicht seiner Farbe und der Leinwand zu tun, nicht mal mit dem Rahmen. Nein, den Wert eines Kunstwerks bestimmt allein das Begehren: Wer es besitzen will und wie dringend.«

»Finden Sie, dass dieses kleine Gemälde wirklich über zehn Millionen Pfund wert ist?«

»Nein, es ist mehrere Hundert Millionen Pfund wert.«

»Woher wissen Sie das?«

»Ich bin nicht derjenige, der den Wert bestimmt. Mein Job ist es, das Bild in seinem besten Licht zu präsentieren. Die Auktion wird den Preis bestimmen.« Der Earl lächelte.

»Ist es das erste Mal, dass ein Gemälde mit einer Welttournee, einer Biografie, einer App, einer eigenen Website, einem Kinofilm und einem Dokumentarfilm beworben wird?«, fragte Marina.

»Wir fanden es wichtig, seine Historie hervorzuheben, indem wir uns alle Möglichkeiten der modernen Technologie zunutze machen. Dieses Bild hat eine Stilrichtung ausgelöst, die die Kunstgeschichte verändert hat. Außerdem hat es eine einzigartige Provenienz: Es hat einigen der mächtigsten Figuren der Weltgeschichte gehört. Diese Leinwand war Zeuge von Glanz und Gräueltaten, von Leidenschaft und Hass. Könnte das Bild doch nur sprechen!«

»Aber es kann nicht sprechen«, fuhr Marina dazwischen.

»Das ist mir klar«, erwiderte der Earl mit vernichtender Überheblichkeit. »Aber jeder, der auch nur einen Funken von Geschichtsbewusstsein hat, kann sich vorstellen, welche historischen Ereignisse, welche illustren Persönlichkeiten mit diesem kleinen Juwel verknüpft sind. Der glückliche neue Besitzer wird sich in diese Folge einreihen können.«

Marina wagte sich noch einen Schritt weiter vor. »Ich habe heute Abend erst mit einer einzigen Person gesprochen, der das Gemälde tatsächlich gefällt, nämlich mit M. Power Dub-Box. Alle anderen scheinen es aus anderen Gründen besitzen zu wollen«, sagte sie. »Der französische Kulturminister und der Botschafter sagen, es sei von großer nationaler Bedeutung. Der Direktor der National Gallery betont, die französische Kunst des achtzehnten Jahrhunderts sei am Trafalgar Square unterrepräsentiert. Die Takris wollen es für ihr neues Museum in Singapur, Steve Brent für sein neues Kasino in Las Vegas. Und so weiter. Denken Sie, dass die Liebe zur Kunst heutzutage irrelevant ist, dass der Besitz von Bildern heute nur Mittel zum Zweck ist, um Reichtum zur Schau zu stellen?«

»Gerade sind ein paar wichtige Gäste angekommen, die ich begrüßen muss«, sagte Beachendon geschmeidig.

»Eine letzte Frage«, rief Marina. »Welche Summe erhoffen Sie mit dem Gemälde heute Abend zu erzielen?«

»Ich bin zuversichtlich, dass wir alle bisherigen Rekorde in den Schatten stellen werden. Wenn Sie mich jetzt bitte entschuldigen würden …« Earl Beachendon war sich bewusst, zu viel gesagt zu haben, und kehrte hastig zurück zum Defilee, um den Emir und die Sheikha von Alwabbi in Empfang zu nehmen.

Eine halbe Stunde später, nachdem alle wichtigen Akteure eingetroffen und ihren Betreuern übergeben worden waren, schlüpfte der Earl durch zwei gewaltige Mahagonitüren ins Innerste des Hauses Monachorum: den Auktionsraum. Er stützte sich auf sein Stehpult aus dunklem Holz, warf einen Blick über die leeren Stühle und die Tische mit den Telefonen entlang der Rückwand des Raumes. Dies war sein Amphitheater, seine Arena, und in genau zwanzig Minuten würde er den Vorsitz führen über einen der erbittertsten Kämpfe der Kunstgeschichte. Die Arsenale der Bieter waren voller Pfund, Dollar und anderer Währungen. Seine Waffen waren sein Hammer und seine Autorität. Er würde die Angreifer bremsen, sie zu weiteren Schritten motivieren und die einzelnen Fraktionen davon abhalten müssen, sich allzu schnell gegenseitig auszustechen. Beachendon wusste: Wenn Gefühle so aufkochten wie voraussichtlich an diesem Abend, wenn so viel mehr als Stolz und Geld auf dem Spiel standen, wenn gigantische Egos und alte Fehden so eng miteinander verbandelt waren, konnte einiges schiefgehen.

Er sah hinunter auf sein geheimes schwarzes Buch, in dem alle Erläuterungen zu seinen Käufern standen; wo sie sitzen und wie viel sie möglicherweise bieten würden. Am Rand hatte der Earl eine Liste der Telefonbieter notiert und derjenigen Bieter, die anonym bleiben wollten. An diesem Nachmittag hatten sich vierzehn weitere hoffnungsvolle Bieter registriert, und die Mitarbeiter hatten Liquiditätsnachweise und andere Sicherheiten aufnehmen müssen. Es gab bereits einen Bieter, der 250 Millionen Pfund garantierte; ein Rekord war aufgestellt, noch bevor die ersten öffentlichen Gebote überhaupt eingegangen waren. Wenn niemand mehr bot, würde der Auktionator dem anonymen Käufer am Telefon den Zuschlag geben. Beachendon machte eine Proberunde, indem er auf den leeren Stühlen und an den unbemannten Telefonleitungen imaginäre Bieter aufrief. »Siebzig Millionen, achtzig Millionen zweihunderttausend, neunzig Millionen dreihunderttausend, einhundert Millionen vierhunderttausend. Das Höchstgebot ist am Telefon. Nein, hier im Parkett. Jetzt bei Ihnen, Sir. Zweihundertfünfzig Millionen und fünfhunderttausend.« Später würde jedes Gebot simultan in Dollar, Euro, Yen, Renminbi, Rupie und Rupiah umgerechnet werden und über die großen elektronischen Leinwände laufen.

Der Earl war äußerlich ruhig und gefasst; in seinem Innern jedoch brodelte es. Vor etwas mehr als einem Jahrhundert hatte dieses Bild einem Mitglied seiner Familie mütterlicherseits gehört, nämlich Königin Victoria höchstselbst; dass es verkauft wurde, war ein weiterer Beweis des unaufhaltsamen Niedergangs seines Geschlechts. Der sagenhafte Preis und das Berüchtigtsein des Gemäldes machten Beachendon zu schaffen, denn sie erinnerten ihn an alles, was verloren war: neunzigtausend Hektar in Wiltshire, Schottland und Irland; Landbesitz in der Karibik, dazu große Gemälde von van Dyck, Tizian, Rubens, Canaletto und Leonardo. Hätten wir doch nur dieses eine Gemälde behalten, dachte der Earl betrübt und blickte auf das kleine Bild in seinem kugelsicheren Glaskasten. Er stellte sich ein anderes Leben vor, ein Leben ohne die Northern Line, ohne das ständige Katzbuckeln vor den Superreichen und ihren Anhängseln, den

Händlern, Beratern, Agenten, Kritikern und Experten, die in den Gewässern der internationalen Kunstwelt die schwerreichen Wale umschwirrten wie Schiffshalter-Fischchen. In einer halben Stunde würde das Parkett zu seinen Füßen von diesen Typen nur so wimmeln, und es wäre an ihm, Earl Beachendon, Höchstpreise aus ihnen herauszukitzeln. Zumindest, tröstete sich der Earl, bewies seine eigenständige Entdeckung des Bildes, dass die Beachendon-Familie zwar ihr Vermögen, aber nie ihren Kennerblick verloren hatte.

Zusammen mit dem Rest der Welt fragte sich Beachendon, welche Summe das kleine Gemälde erzielen würde. Selbst die niedrigste geschätzte Summe würde reichen, um ein paar Herrenhäuser in Mayfair, ein Anwesen in Schottland und in der Karibik zu erwerben, die Spielschulden seines Sohnes und Erben, Viscount Draycott, zu begleichen und jeder seiner Töchter, Desdemona, Cordelia, Juliet, Beatrice, Cressida und Portia Halfpenny eine anständige Wohnung zu kaufen.

Beachendon war zwar nicht gläubig, aber pragmatisch, daher erlaubte er sich, ein kleines Stoßgebet zum Himmel zu schicken.

Der Earl war so in Gedanken, dass er gar nicht mitbekam, wie ein junger Mann chinesischer Abstammung in Türsteher-Uniform die samtbedeckte Plinthe begutachtete. Viele Stunden später, als sich Wachschutz und Polizei die Bänder vom Überwachungssystem ansahen, sollten sie sich fragen, wie jemand ein so tollkühnes Manöver hatte wagen können, direkt unter den Augen des Earls und der gesamten Wachmannschaft. Die meisten hatten ihn für irgendjemandes Sohn gehalten, einen Praktikanten, einen der vielen jungen Leute, die die ehrenvolle Aufgabe übernahmen, umsonst für ein großes Auktionshaus zu arbeiten, um etwas Spannendes in ihren Lebenslauf schreiben zu können. Natürlich traten dann die Leiter der Personalabteilung und der für Sicherheit Zuständige sofort zurück, aber da war es schon zu spät. Viel zu spät.

# 1. Kapitel

## Ein halbes Jahr zuvor (11. Januar)

Obwohl sie oft bei Bernoffs An- und Verkauf vorbeikam, war Annie nie versucht gewesen, den Trödelladen zu erkunden; er war wenig einladend mit seiner schmutzigen Scheibe, hinter der sich der Krimskrams wildfremder Menschen stapelte. Die Entscheidung, an diesem Samstagmorgen durch die Tür zu treten, war spontan; Annie hoffte, ein Geschenk für den Mann zu finden, mit dem sie schlief, über den sie aber kaum etwas wusste.

Fünf Wochen zuvor hatte sie Robert in der Wallace Collection am Manchester Square beim »Kunst der Liebe«-Singleabend kennengelernt. Seit ihrer Teenagerzeit war es das erste Mal, dass Annie wieder auf Männersuche war, und sie ging mit geringen Erwartungen hin, wenn auch in der Hoffnung, zumindest etwas über Kunst zu erfahren. Der Flyer versprach »Vorträge, die das Eis zum Schmelzen bringen« und »Weltklasse-Experten«, um die Gemälde zu erklären. Während eines Vortrags über »Leidenschaft am Hofe Ludwigs XIV.« begegnete Robert ihrem Blick. Er schaute unbeholfen und wenig zuversichtlich – instinktiv erkannte Annie ein Gegenüber mit pulverisiertem Herzen. Er sah nett aus, aber verwahrlost – die Haare zu lang, das Hemd schlecht gebügelt und insgesamt leicht lädiert. Er war auf wenig bedrohliche Art attraktiv. Ein paar Stunden später küssten sie sich in einer Gasse hinter der Marylebone High Street. Er hatte sich ihre Nummer geben lassen (nur aus Höflichkeit, wie Annie vermutete). Am nächsten Tag bekam sie von ihm eine SMS: »Liebe Annie, meine Großmutter sagte immer, wenn man vom Pferd fällt, muss man sich sofort wieder in den Sattel setzen. Lust auf einen Drink?« Danach hatte sich Annie ein- bis zweimal die Woche mit Robert für gar nicht mal so schlechten Sex und planlose Konversation getroffen. Als Robert damit herausrückte, dass er seinen Geburtstag allein verbringen würde, versprach Annie, ihn zu bekochen. Wider besseres Wissen war Hoffnung in ihr aufgekeimt. Ihr Verlangen danach, zu lieben und geliebt zu werden, war so groß, dass sie nicht sehen wollte, wie wenig kompatibel sie waren. Immerhin, dachte sie, würde der brave, solide Robert, Rechtsanwalt aus Crouch End, dessen Frau das Unverzeihliche getan hatte und mit seinem besten Freund durchgebrannt war, niemals herzlos oder grob sein.

Leicht schaudernd schob Annie die Ladentür auf. In der Ecke saß ein Mann, wobei er kaum zu unterscheiden war von dem Sessel, in den er sich gefläzt hatte. Beide waren sackartig und in braunen Samt gehüllt. Er guckte Fernsehen ohne Ton, und Annie sah in seinen Brillengläsern den Widerschein galoppierender Rennpferde.

»Haben Sie geöffnet?«, fragte sie.

Der Mann winkte sie hinein, ohne den Blick vom Bildschirm zu nehmen.

Annie zog leise die Tür hinter sich zu.

Ein Telefon klingelte. Der Mann griff hastig danach.

»Bernoffs Antiquitäten An- und Verkauf«, sagte er mit monotonem Londoner Akzent. »Ralph Bernoff hier.« Seine Stimme war erstaunlich hoch und jugendlich. Er sah aus wie fünfzig, war aber wahrscheinlich erst dreißig.

»Gaz, alter Schwede, guckst du auch gerade *Channel 4*? Hast du gesehen, Spinnaker ist bei dreißig zu eins«, sagte Ralph. »Meine Fresse, ich glaub's ja nicht.«

Er hielt inne, um sich die Antwort anzuhören.

»Natürlich ist das scheiße gelaufen letzte Woche in Haydock. Komm, leih mir was. Spinnaker gewinnt, ich weiß es einfach. Bitte, Alter.«

Schweigen.

»Was meinst du damit, ich schulde dir Geld?«, jammerte Ralph.

Schweigen.

»Dann schreib's auf. Die Fotzen haben gesagt, die brechen mir alle

Knochen, wenn sie bis heute Abend nicht ihre Kohle kriegen. Bitte, Gaz. Hilf mir.«

Schweigen.

Annie rückte an der hinteren Wand des Ladens entlang, vorbei an den Reihen einsamer Porzellanfiguren, Taschenbüchern mit geprägten Umschlägen, angeschlagenen Teetassen, gesprungenen Schüsseln, Bergen von Plastikperlenketten, der Reproduktion einer viktorianischen Puppe und einer Sammlung von Keramikkrügen. Nervös sah sie vom Mann zur Tür und fragte sich, ob seine Gläubiger gleich den Laden stürmen würden.

»Es kauft aber keiner was«, jammerte er ins Telefon. »Es kauft nie einer was. Samstags ist immer nur Laufkundschaft hier. Die Leute schneien aus Langeweile rein und verschwenden meine Zeit«, klagte er und warf einen Blick in Annies Richtung.

Annie nahm eine viktorianische Backform in Gestalt eines Kometen in die Hand und fragte sich, ob sie irgendwie zu gebrauchen wäre. Robert war Jahrgang '72 und sie hatte vor, ihm ein Siebzigerjahre-Essen zu kochen. Vielleicht wäre irgendetwas Geliertes besser als der geplante Rum-Baba? Sie drehte die Form um – sie kostete drei Pfund. Eher viel für den einmaligen Gebrauch, außerdem blieb nicht genug Zeit, um die Speise gelieren zu lassen. Sie stellte die Form zurück neben eine Porzellanpuppe.

»Wenn du mir keine fünfhundert leihen willst, okay, dann sagen wir fünfundzwanzig. Du kriegst alles zurück, mit Zinsen, sobald ich gewonnen hab«, sagte Ralph.

Schweigen.

Gaz gab wohl die falsche Antwort; Ralph knallte das Telefon hin.

Annie ging an einen anderen Tisch und blätterte in einer gebundenen Ausgabe von *Stalingrad* – wäre das etwas für Robert? Spannend, aber zu deprimierend. Sie begutachtete ein mit Perlmutt ausgekleidetes Kästchen. Hübsch, aber zu feminin. Ein paar Schritte weiter fiel ihr ein Bild ins Auge, das hinter einem Gummibaum an der Wand lehnte.

»Darf ich?«, fragte sie den Mann.

»Nur zu.« Er sah sie nicht an, saß nur zusammengesackt da und starrte auf den Fernseher. Annie nahm das Bild von dem Aktenschrank herunter, auf dem es stand; sie trug es ans Fenster und sah es sich genauer an.

»Wissen Sie etwas darüber?«, fragte sie.

»Ist'n Bild.«

Sie sah ihn an und versuchte zu entscheiden, ob er total dämlich oder einfach nur unhöflich war, oder beides.

»Wissen Sie, von wann es ist, oder wer es gemalt hat?«

»Keine Ahnung, das steht hier schon seit Jahren.«

»Ich suche ein Geschenk für einen Freund …« Annie zögerte. »Das könnte ihm gefallen.«

Konversation war Bernoffs Stärke nicht; er war einsame alte Damen gewohnt, die über alle mögliche Themen vor sich hin schnatterten. Diese hier war ein paar Jahre jünger als seine üblichen Kundinnen, aber die Sache war klar; traurig, Single und über fünfundzwanzig. Er sah sie von oben bis unten an – ganz hübsche Beine, aber obenrum wenig los. Bisschen blonder und mit kürzerem Rock hätte sie vielleicht noch eine Chance.

»Wir interessieren uns beide für Malerei.« Annie spürte seinen Blick auf ihrem Körper und wurde rot. »Meinem Freund«, sagte sie mit fester Stimme, »könnte das Bild gefallen. Es erinnert mich an irgendwas aus der Wallace Collection.«

»Genau.« Immer wieder warf Ralph einen Blick auf seine Uhr und kramte in seinen Taschen, ob nicht wie durch ein Wunder etwas Kleingeld darin auftauchen würde.

»Wissen Sie denn, woher es kommt?«

»Keine Ahnung – das stand hier im Laden. Wir haben die ganze Bude mit Inhalt übernommen, mitsamt dem ganzen Mist. Das war die schlechteste Entscheidung, die mein Vater je getroffen hat.« Ralph machte mit seiner Hand eine abfällige Geste.

»Was soll's denn kosten?« Annie zog den Ärmel ihres Mantels über ihre Hand und wischte sanft den Staub von der Oberfläche des Gemäldes.

»Keine Ahnung. Kommen Sie Montag zurück, mein Vater kann's Ihnen sagen.«

»Dann ist es zu spät«, sagte Annie. »Schade – ich find's richtig schön.«

Ralph schnaubte verächtlich. »Wir haben noch jede Menge anderen Scheiß. Nehmen Sie irgendwas anderes. Ich geb Ihnen Rabatt, zur Feier des Tages.« Ralph steckte sich den kleinen Finger tief ins Ohr und bewegte ihn mit der Konzentration eines Geigers auf der Suche nach dem hohen C. Annie sah weg und stellte das Bild behutsam zurück auf den Aktenschrank. Ralph warf einen Blick auf die Standuhr; es war fast drei.

»Guck dir das an! Spinnaker ist bei fünfzig zu eins!« Ralph sprang aus seinem Sessel und stach mit dem Zeigefinger auf den Bildschirm ein.

»Ist irgendwie nicht das Richtige dabei«, sagte Annie. Sie hatte genug von diesem ungehobelten Kerl und seiner klaustrophobischen Höhle.

»Ihr verschwendet alle nur meine Zeit«, murmelte Ralph vor sich hin.

Annie knotete sich den Gürtel fest um die Taille, zog sich ihre Wollmütze tief ins Gesicht und öffnete die Tür. Ein kalter Luftzug wehte in den Laden und Staub wirbelte ihr ins Gesicht. Annie warf einen letzten Blick auf das Gemälde. Trotz des Schmutzes und des trüben Lichts war es wirklich ziemlich hübsch. Sie würde Robert später davon erzählen; dann hätten sie zumindest etwas zu reden. Sie trat auf den Bürgersteig und beugte sich vor, um ihr Fahrrad aufzuschließen, da stürzte Ralph aus dem Laden und fuchtelte mit dem Bild herum. »Warten Sie. Wie viel Geld haben Sie dabei?«, fragte Ralph.

»Fünfzig Pfund«, sagte Annie und lächelte bedauernd.

»Fünfhundert, und Sie können's haben«, sagte Ralph und hielt ihr das Gemälde hin.

»So viel hab ich auf gar keinen Fall«, sagte Annie.

»Was haben Sie denn?«

»Ich hab gerade hundert Pfund abgehoben, aber damit muss ich auch noch Lebensmittel kaufen.« Sie errötete leicht und verlagerte ihr Gewicht.

»Sie haben vier Minuten, um sich zu entscheiden, sonst war's das.«

»Ich geb Ihnen fünfundsiebzig – das ist mein letztes Wort«, hörte sich Annie sagen.

Ralph zögerte, streckte seine Hand aus und sagte: »Fünfundsiebzig. Her damit. Schnell.«

# 2. Kapitel

Ich wusste, dass ich gerettet werden würde, aber nicht, dass es fünfzig Jahre dauern sollte. Es hätte Suchmannschaften geben müssen, Bataillone und Legionen. Warum? Weil ich unbezahlbar bin und außerdem das Meisterwerk, das eine neue Kunstrichtung begründete. Zudem gelte ich als die größte, bewegendste und aufregendste Darstellung der Liebe.

Inspiriert wurde ich durch tief empfundene Freude, Hoffnung und Glück, doch meine dekorative Komposition täuscht über eine gepeinigte Seele hinweg, die sich berauscht hat am geheimnisvollen Gift der Verzweiflung. Leider, und ich kann nichts dafür, übe ich eine seltsame, unberechenbare Macht auf Männer und Frauen aus – manchmal wirke ich inspirierend und lebensbejahend, manchmal das Gegenteil. Ich bin gleichermaßen Kind und Elternteil der Tragödie.

Zurück ins Hier und Jetzt. Stellen Sie sich vor, Sie müssten in Gesellschaft von allerlei Korbmöbeln, altem Porzellan und billigen Reproduktionen bei einem Trödelhändler ein trauriges Dasein fristen. Ich bin durchaus kein Snob, aber alles hat seine Grenzen. Ich habe keine Lust, mich mit Nachttöpfen und falschen Perlenketten herumzuschlagen. *Non!* Ich bin Luxus gewohnt, raschelnden Taft und Damasthandschuhe, flackernde Kerzen, den Glanz von Mahagoni, den zarten Duft von Rosenwasser und Bienenwachs, das Knirschen von Kies und das Raunen von Höflingen. Kein armseliges Kämmerlein unter nackten Birnen, kein grünliches Licht, das sich durch schmutzverkrustete Scheiben quält. Der Laden hat sich äußerst schädlich auf meine empfindliche Leinwand ausgewirkt, hat Sporen und Schimmel erzeugt. Ganz zu schweigen vom Zigarettenrauch und den menschlichen Ausdünstungen, die wie Blätterteigschichten in der abgestandenen Luft hingen.

Es ist nicht das erste Mal, dass ich so vernachlässigt wurde. Die Menschen sind so überaus kapriziös, Sklaven ihrer Lust und Launen. Sie sind zum ewigen Dilettantismus verurteilt – sie leben nicht lange genug, um mehr zu sein. Was kann man in nur siebzig oder achtzig Jahren schon erreichen? Die erste Hälfte ihres Lebens ist geprägt von Hektik und Wollust. Danach dreht sich alles darum, am Leben zu bleiben.

Ich bin dreihundert Jahre alt. Da vor gut vierzigtausend Jahren die ersten Gemälde von Menschenhand entstanden, bin ich kunsthistorisch betrachtet noch ein Küken, doch in puncto Erfahrung bin ich gleichsam eine marinierte Gans. Ich habe in den prächtigsten Palästen und Salons von Europa, Russland, Skandinavien, ja sogar von Amerika einen Ehrenplatz eingenommen, bin von Adligen und Kunstkennern besessen und verehrt worden. Gelegentlich, traurigerweise, hat eine kapriziöse neue Mätresse oder jemandes kritische Bemerkung dazu geführt, dass ich von der Wand genommen und in Dienstbotenkammern oder Lagerräume verbannt wurde.

Diesmal war es anders. Ich war wirklich und wahrhaftig verloren.

Ich stand in Bernoffs Laden und wurde immer einsamer. Die Annahme, dass Menschen das Monopol auf Kommunikation haben, zeugt von Arroganz – wir Bilder unterhalten uns durchaus mit Gleichgesinnten. Aber versuchen Sie mal, mit einer Kuchenform oder einem Keramikkrug gepflegte Konversation zu machen. Letzterer stammte aus dem ordinären Londoner East End – bei ihm ging es immer nur um Fußball, Straßenraub und Tändelei. Das färbt ab, wissen Sie. Bisweilen rutschte mir tatsächlich eine Unflätigkeit heraus. Meine Muttersprache ist das Französisch der Zeit vor der Revolution, aber ich habe auch in Spanien, England, Russland, Deutschland und Italien gelebt. Aus meinem einst höfischen Vokabular ist ein schrecklicher Bastard namens *Franglais* geworden, der mehrere Jahrhunderte überspannt.

Dennoch, als Meisterwerk entwickelt man eine gewisse Kaltblütigkeit, geboren aus dem Glauben an den Sieg der Vortrefflichkeit. Was sind schließlich ein paar Jahrzehnte, wenn Jahrhunderte vor einem liegen, in denen man inspirieren, gefallen und belehren kann? Es war lediglich eine Frage der Geduld: Früher oder später würde jemand zur Tür hereinkommen und meinen wahren Wert erkennen. Und dann geschah es; gleich zweimal an ein und demselben Tag. Die erste Sichtung war gespenstisch. Ich hatte gedacht, ich würde ihn nie wiedersehen. Diese blassblauen Augen – diese hektischen Seitenblicke und diese großgewachsene Gestalt, kaum verhärmt oder gebeugt unter der Last der Zeit. Ich hasste ihn damals; ich hasse ihn heute. Ich wusste, dass er schon seit vielen Jahren nach mir suchte. Aus irgendeinem Grund erwarb er mich nicht auf der Stelle, schob mich stattdessen hinter einen Gummibaum. Dieser Fehler sollte ihm zum Verhängnis werden.

Nur wenige Stunden vergingen und eine junge Frau kam herein, ein schmales Ding, offenkundig mittellos und in Kunstfragen unbewandert. Ich ahnte Böses. Ich habe Antennen für so etwas entwickelt. Doch was nützt einem die Intuition, wenn man weder laufen noch schreien kann?

Es war ein ganz gewöhnlicher Samstagmorgen bei Bernoff. Der Alte hatte sich freigenommen und sein Würstchen von einem Sohn Ralph hütete den Laden. Dieser abscheuliche Mensch (und ich kann Ihnen sagen, das ist noch geschmeichelt) studierte die Wettquoten. Abgesehen von den drallen Blondinen in den billigen Stoffen, die er hin und wieder hastig, schwitzend und geräuschvoll auf dem Aktenordner nahm, waren Pferderennen das Einzige, was sein Blut in Wallung brachte. An jenem Tag flimmerte das Rennen in Cheltenham über seinen kleinen Farbfernseher auf dem Schreibtisch. Alle paar Minuten klingelte das Telefon. Es war sein sogenannter Kumpel, Gaz. Was er von diesem halte. Was mit dem Jockey sei. In Haydock schlecht gelaufen. Genau wie jeden Samstag. Gaz pries ihm einen Braunen an mit Namen Spinnaker, der um fünfzehn Uhr dreißig ins Rennen gehen sollte. Allein, Ralph hatte seinen Wochenlohn bereits in der Kneipe durchgebracht. Er tat wie immer, wühlte sich durch Schubladen, die Manteltaschen seines Vaters und die Dose mit dem Wechselgeld. Der alte Herr war nicht auf den Kopf gefallen; da war nichts zu holen. Spinnaker war eine todsichere Sache, klarer Fall. Ralph fluchte. Es war vierzehn Uhr dreißig. Er begann seine Freunde anzurufen und herumzufragen, ob man ihm nicht einen Zehner leihen könne. Auch die Freunde waren nicht auf den Kopf gefallen.

Es klingelte und schepperte, die Tür ging auf. »Verdammter Dreck«, grummelte Ralph zu Gaz ins Telefon, »schon wieder jemand, der meine Zeit verschwendet.« Schweigen. »Was weiß ich, wahrscheinlich eine Oma, die ein Kissen für ihre Katze sucht.« Schweigen. »Samstags kaufen die Leute nie etwas.«

Ich sah, wie die junge Frau zwischen den Tischen umherging, die sich alle unter der Last des ungewollten Plunders bogen. Sie nahm ein wohl älteres gebundenes Buch zur Hand, bevor sie an einen anderen Tisch ging und eine Schachtel begutachtete, recht hübsch, mit Intarsien. Ihr Blick fiel auf mich, sie näherte sich mir und schob den Gummibaum zur Seite.

»Darf ich?«, sagte sie zu Ralph.

»Nur zu.« Er blickte nicht einmal auf. Sehr behutsam zog mich die junge Frau von meinem Aktenschrank, weg von der Topfpflanze, und ging mit mir ans Fenster. Ich sehe in letzter Zeit nicht mehr so gut: Zwei Schichten Firnis und die Kettenraucherei haben meine Oberfläche ziemlich eingetrübt. Sie sah mich genau an, sehr genau. Es ist lange her, seit ich gebührend bewundert worden bin. Ich muss sagen, es tat gut. Ich warf einen Blick auf ihre Finger. Kein Ring. Das hätte ich mir denken können. Entweder ein Flittchen oder eine verzweifelte *jeune fille à marier*; jede Wette, dass sie mittellos war, also machte ich mir in dem Moment keine allzu großen Sorgen.

Ich wurde wieder hinter die Pflanze geschoben und schauderte ein wenig vor Erleichterung. Plötzlich sprang Ralph auf, riss mich vom Schrank und rannte mit mir auf die Straße und dem Mädchen nach. Sie wollte mich eigentlich nicht kaufen. Ich wollte eigentlich nicht von ihr gekauft werden. Es folgte ein oberflächliches Feilschen, dann fischte sie in ihrer Tasche: Heraus kamen eine alte Puderdose, ein Notizbuch, zwei Schlüsselbunde, Lippenpflege, ein Mobiltelefon, ein Kugelschreiber ohne Deckel, ein halber Schokoladenriegel und einige Zettel. Schließlich förderte sie eine abgewetzte lederne Geldbörse zutage, die sich vor Quittungen und Fotografien beulte. Sie zählte das Geld, eine lächerliche Summe – es war beschämend.

Was ging mir dabei durch den Kopf? Das werden Sie sich wohl fragen. Von Freudensprüngen kann jedenfalls keine Rede sein. Ralph Bernoff und ich waren durchaus keine Freunde. Ich hatte genug von seinem Gequalme, dem Laden, dem Fernsehapparat, aber ich hatte mich daran gewöhnt und fühlte mich bei ihm geborgen. Von diesem schmächtigen Ding wusste ich nichts. Oder von dem Jungen, der Geburtstag hatte. Wer weiß, was das für Leute waren. Was die so trieben im Leben.

Ich hatte einen kleinen Traum. Eines Tages geht die Tür auf, es macht klingelingeling, und ein ernst wirkender Herr tritt ein. Er trägt einen weichen Tweedanzug und hat die typische halbmondförmige Goldrandbrille auf der Nase. Er richtet den Blick auf meine Oberfläche und weiß Bescheid. Tage später kommen andere Männer, Kunsthändler, fassen mich mit weichen weißen Handschuhen an und betten mich behutsam auf ein rotes Samtkissen. Von bewaffneten Wachen werde ich an einen besonderen Ort gebracht, ein Museum mit Mahagonivertäfelung und dicken Teppichen, und dort werde ich ausgestellt und nehme Experten in Empfang, die ihrer Begeisterung Ausdruck verleihen. Ich werde behutsam gereinigt und ziehe in einen anständigen Rahmen um. Das Beste dabei: Ich werde wieder mit anderen Werken meines Meisters vereint.

Wie immer hatte ich jedoch keinerlei Einfluss darauf, wie es weiterging, war ich doch stets das Opfer menschlicher Launen.

Ralph stopfte mich in eine Plastiktüte, reichte mich dem Mädchen und schoss in Richtung des nächsten Wettbüros davon. Ich hörte, wie das Mädchen leise mit den Zähnen klapperte, während sie mich in ihren Fahrradkorb stellte. Es nieselte. Kalte Tropfen landeten auf dem durchsichtigen Plastik, wodurch ich noch schlechter sehen konnte. Das Fahrradschloss wurde aufgemacht, sie stieg auf ihr Rad und los ging's, mit eiskaltem Gegenwind. Es war eine ganz neue Erfahrung, inmitten dieser grummelnden, knirschenden und kreischenden Ungeheuer zu sein. Dröhnend überholten sie uns, sogen uns fast hinein in ihre riesigen feuchten schwarzen Räder. Sie bewegte sich mit dem Fahrrad wie Peter der Große zu Pferd: rücksichtslos, schnell, anmaßend und angstfrei. Ich habe viele prekäre Situationen überstanden, aber einen so holprigen Ritt erlebte ich zuletzt, als ich mit Philipp und Isabella über die Pyrenäen reiste, nachdem die beiden aus dem Escorial vertrieben worden waren und ihre größten Kunstschätze auf Maultieren in Sicherheit brachten.

Nachdem wir uns zehn Minuten lang durch den Verkehr geschlängelt hatten, durch gefüllte Schlaglöcher, vorbei an hupenden Autos, schimpfenden Männern, bellenden Hunden, eine endlose Kakofonie, kamen wir in einer etwa zehn Meter langen Gasse zu einem Markt mit bergeweise Waren auf hölzernen Tischen unter gestreiften Markisen, die in der feuchten Luft glitzerten. An einigen Ständen hingen noch weihnachtliche Lichter und Dekorationen. Künstliche Fröhlichkeit schwebte über dem Ort wie billiges Parfüm.

»Na, Liebes, Weihnachten gut überstanden?«, fragte jemand. »Wie war's in der Karibik?«

»Ich war hier und hab für eine Freundin eine Pute gemacht«, erwiderte das Mädchen und wählte sorgsam ein paar Tomaten aus.

»Wie wär's mit uns beiden, heut Nacht ein bisschen kuscheln?«, rief ein anderer.

Das Mädchen antwortete nicht.

»Es kommt'n kalter Nordwind – nicht, dass du's bereust.«

»Sind die Tomaten hier frisch?«, fragte sie, um von den Späßen der Männer abzulenken.

»Klar sind die frisch, schließlich ist Januar, mein Engel.« Der Mann lachte schallend.

Sie war bekannt und beliebt auf dem Markt. Zwei Händler wollten gern mit ihr ausgehen. Einer reichte ihr eine Gratistüte Orangen. Die meisten nannten sie Annie. Dass sie keinen Beinamen oder Titel hatte, ließ nichts Gutes ahnen. Meine Wenigkeit war selten Eigentum eines Menschen ohne Klasse oder gesellschaftlichen Stand. Ich bin kein Snob; mein Meister war gewiss kein Hochwohlgeborener, aber ein Titel suggeriert doch Wohlstand, gute Kinderstube und Sicherheit. Eine Königin mit Namen Annie ist mir bislang noch nicht über den Weg gelaufen.

Sie brauchte eine Ewigkeit, um Obst und Gemüse auszuwählen, sie fühlte und roch an allem; es musste perfekt sein. Sie brauchte länger für den Kauf einer Kartoffel als für mich. Sie fragte bei allem nach seiner Herkunft – ob der Marktverkäufer wisse, woher die Ware stamme, wo sie geerntet worden sei. Man hätte meinen können, dass die Leute nur ihres hübschen Gesichtes wegen so nachsichtig mit ihr waren. Beim Fleischer überlegte sie hin und her, konnte sich aber statt Rinderfilet nur ein Stück Fleisch leisten, das Bavette heißt und von dem ich nun weiß, dass es gut schmeckt und preiswert ist.

Immerhin steckte das Mädchen das Fleisch, die Kartoffeln und die anderen Waren nicht zu mir in die Plastiktüte; man muss schon für die kleinen Dinge dankbar sein. Die Händler legten ihr ein paar Waren zurück. Ich muss zugeben, ich mochte sie. Sie hatte eine angenehm rauchige Stimme, die dadurch entstand, dass sie vor dem Reden viel Luft einsog. Sie hatte nie gelernt, mit dem Zwerchfell zu atmen, und ihre Kurzatmigkeit erweckte in mir den Eindruck, dass sie zu Panikattacken neigen könnte. Ihr Akzent war klassenlos, zweifellos Englisch, und immerhin sprach sie in abgerundeten Sätzen und nicht in dieser hässlichen Kurzform, die ich bei Bernoff erdulden musste. Sie hatte allerdings diese schreckliche, moderne Angewohnheit, die Wörter übereinanderpurzeln zu lassen, um jeden Satz möglichst schnell zu beenden.

Schließlich radelte sie mit mir nach Hause. Wie wir das schafften, weiß ich nicht; es war holprig, laut; mehr als einmal bremste ein Auto mit quietschenden Reifen, um einen Zusammenstoß zu verhindern. Sie wurde ihres Fahrstils wegen beschimpft. Sie schien unbeschwert. Es war besorgniserregend.

Wir kamen an, sie schloss die Haustür auf. Stellen Sie sich meine Enttäuschung vor: kein Personal, um sie zu empfangen, nicht einmal ein alternder Hausdiener. Ein sehr schlechtes Omen. Wir gingen die Treppe hinauf, immer höher und höher. Ich zählte zwei, drei, vier, dann fünf Stockwerke. Sollten Sie die romantische Idee hegen, Künstler liebten Mansarden, kann ich Sie eines Besseren belehren. Das ist Unfug. Künstler sind genau wie alle anderen – sie wollen die größten Räume. Bis man unterm Dach ist, wo die Dienstboten wohnen, sind die Fußleisten für gewöhnlich keine zehn Zentimeter hoch und die Decken abgeschrägt und niedrig. Das war das Erste, was mir auffiel, als mich das Mädchen aus der Plastiktüte fischte. Keine gute Entdeckung; ein Mensch von sehr niederem Stand hatte mich erworben. Wie ich wieder und wieder erklären werde, hängt mein Überleben von günstigen Umständen ab; Kriege, Hungersnöte, Armut, Wetter, Mode und andere Gottlosigkeiten lehren einen das Fürchten.

Ich wurde auf einen klapprigen Holztisch gestellt, und von dort aus konnte ich mein neues Zuhause ausgiebig in Augenschein nehmen. Das Zimmer hatte die Länge und Breite des Hauses und war in vulgärem Gelb gestrichen. Die Decken waren niedrig; für einen Rubens wäre kein Platz gewesen, einen Veronese hätte man achteln müssen. Zu drei Seiten gab es Fenster (Sonnenlicht ist für uns Gemälde eine weitere Gefahr). Durch die offene Tür fiel mir ein ungemachtes Bett ins Auge. Auf einer Seite des Bettes war geschlafen worden; die andere war noch recht ordentlich. Offenbar lebte sie allein. Ich bemerkte, dass die Matratze auf Holzplanken und Ziegelsteinen ruhte. Auf der ungemachten Bettseite lagen auf einer Obstkiste haufenweise Bücher. Ich hatte zwar keine sehr gute Sicht, es schien mir aber so, als beschäftige sich jeder einzelne Band mit dem Thema Kochen.

Es gab keine Kunst, um mir Gesellschaft zu leisten. Wenigstens deutete nichts auf ein Kind hin; Kinder sind mir ein Gräuel. Einmal bewarf mich der Dauphin, der elende Sohn und Erbe Ludwigs XIV., ein Winzling, ein Holzkopf auf Plattfüßen, im Zuge eines Wutanfalls mit einem Ball! Wenn Sie mich fragen, sollten Kinder weder gehört noch gesehen werden.

Am anderen Ende des Raums befand sich eine Nische mit Kochgeräten: ein weißer Metallkasten mit Drehschaltern, eine Edelstahlspüle unter dem Fenster, von dem man einen Blick über die Dächer hatte. Zu beiden Seiten waren Regalbretter, auf denen sich ein Wirrwarr aus Töpfen, Pfannen und Porzellan stapelte. Zwei alte Lehmkrüge enthielten ein wildes Durcheinander von Kochutensilien, Messern und Gabeln. Kleine Schränke zu beiden Seiten des weißen Kastens waren voll mit allerlei Päckchen und Trockenvorräten. Es gab nur wenig Dekoratives. Der Boden war aus Holz, weiß gestrichen, aber sehr abgelaufen, und vor den zwei kleinen Sesseln mit den Wolldecken über der Lehne lag ein blau-weißer Teppich. Auf einer weiteren Holzpalette stand ein Farngewächs in einem Terrakottatopf.

Während sie den Einkauf auspackte, hatte ich Gelegenheit, mir meine neue Herrin etwas genauer anzusehen. Sie war ein Strich in der Landschaft; nicht größer als ein Meter sechzig. Sie trug entsetzliche Kleidung, diese weiten Hosen mit den Taschen und einen Pullover, der mit leuchtend rosa Garn unfachmännisch an den Ellenbogen geflickt war. An den Füßen trug sie hellbraune Stiefel mit Keilabsatz. Sie hatte wunderbare Haut und eine Wolke von rotbraunem Haar, das ihr Gesicht auf einnehmende Weise umrahmte. Etwas später saß sie da und sah mich forschend an, und ich konnte sie besser betrachten. Das Mädchen war keine klassische Schönheit, keine Mona Lisa und keine Venus von Milo, aber doch, sie hatte etwas. Große grüne Mandelaugen, vollendet gebogene Brauen, weiße Zähne, ein leicht angeschlagener Schneidezahn. Ihr Mund war etwas zu breit, aber von einem schönen tiefen Pflaumenton. Ihre Haut war so blass, dass sie leuchtete wie weicher Marmor. Das Gesicht war ein wenig lang geraten, aber das gab ihr etwas Ernstes und Nachdenkliches. Dann lächelte sie. Liebe Güte, ich musste zugeben, sie war wirklich bildhübsch.

»Was du wohl schon alles erlebt hast?« Sie redete mit mir wie schon lange keiner mehr. Mein Craquelé strahlte vor Freude. »Ich wünschte nur, man könnte dich besser erkennen. Ist es das Alter, oder ist das nur Schmutz? Dieser Mann im Gras, der bewundernd auf die tanzende Frau schaut, hat etwas sehr Rührendes. Sie ist gar nicht so an ihm interessiert, oder? Sie sieht uns an, während wir sie ansehen, und sie kriegt gar nicht richtig mit, was er denkt, oder es kümmert sie einfach nicht. Sie ist seine Inspiration, er ist sehr in sie verliebt, oder? Wo sind die beiden überhaupt? Sieht aus wie eine Waldlichtung. Aber die Sonne kommt von links, ein schönes gesprenkeltes Licht. Ist das ein Gespenst da in der Ecke? Oder eine Wolke?«

Sieh an. Sie hatte den Blick! Das Herz. Sie mochte zwar arm sein wie eine Kirchenmaus, aber sie hatte das Wissen, nicht wahr? Sie spürte, ja sie *empfand* meine Größe. Ja, auch ich will geliebt und bewundert werden.

Sie sah auf die Uhr an der Wand, sprang auf und schimpfte mit sich selbst. Sie musste sich an die Arbeit machen. Offenbar stand ein besonderes Ereignis bevor. Sie griff in einen Schrank und nahm ein weißes Tuch heraus. Kein Leinen, kein Damast. Sie breitete es über den Tisch und strich behutsam die Ecken glatt. Sie fischte ein paar Messer und Gabeln aus einem Gefäß und wischte sie mit der Unterseite des Tischtuchs ab. Nun ja, nicht die feine Art. Sie nahm vier Emailletassen vom Regal und arrangierte in jeder Tasse ein kleines Sträußchen Weihnachtsnarzissen. Das erinnerte mich an Marie Antoinette, die ein Faible für Narzissen hatte. Zwei Weingläser wurden poliert und einander gegenüber auf den Tisch gestellt. Sie schnürte eine rote Schleife um zwei rosa Servietten und legte sie nachlässig zwischen die Messer und Gabeln. Was ist das nur mit der Jugend von heute? Was ist denn so verkehrt an einem klassischen Tischarrangement, warum kann man die Dinge nicht einfach richtig machen? Immerhin, es hatte einen Hauch von Kreativität und sah festlich aus.

Sie nahm das Fleisch aus der Tüte, massierte Gewürzpulver hinein, legte es in eine Schale und bedeckte es mit einem Tuch. Dann verschwand sie in einem kleinen Nebenraum, und kurz darauf hörte ich das Plätschern von Wasser. Als sie aus dem Badezimmer kam, erhaschte ich einen Blick auf ihr nacktes blasses Fleisch – lange Gliedmaßen – Tizian hätte sich mit Grausen abgewandt. Velázquez' Venus von Rokeby hätte einen Lachanfall bekommen beim Anblick dieser Konkurrenz.

Ich sah ihr beim Ankleiden zu. Sie wählte eine weiße Seidenbluse und eine lilafarbene Samthose, die an den Knien durchgescheuert und an einem Bein geflickt worden war. Warum denn nicht ein hübsches Kleid? Sie verdrehte und zähmte ihr langes Haar zu einem Knoten und sicherte ihn mit einem Essstäbchen. Warum denn keine Haarnadel? Dennoch, sie sah besser aus als vorher.

Ich habe sehr viel Zeit in Bankettsälen, Prunkzimmern und Boudoirs verbracht (oh là là, ich könnte Ihnen Geschichten erzählen vom Liebesleben der Könige und Königinnen), aber noch nie war ich in einer Küche gelandet und konnte den Domestiken bei der Arbeit zusehen. Ich muss sagen, es war vergnüglich; sie kochte wie ein Orchesterdirigent, nur dass sie statt des Dirigentenstabs mit blitzenden Messern und Holzlöffeln hantierte. Ihre Hände flogen wie Schwalben über die Töpfe und das dicke Schneidebrett hinweg. Gemüse wurde in schmale Streifen geschnitten, Eiweiß steif geschlagen. Mein Mädchen hatte ein Auge auf ihre Soßen, lockte und rührte und streute eine Messerspitze Salz und fein gehackte Kräuter hinein. Schließlich wurde aus den Eiern eine schaumig glänzende Masse, die mit zwei Löffeln auf mehrere rubinrote Fleischstreifen gehoben wurde.

Marie Antoinette, meine einstige Herrin, heuerte stets Heerscharen von Konditoren an; ein Mädchen hatte ganz allein die Aufgabe, den Kuchenteig beim Gehen zu überwachen. Ihre Bemerkung, sie möchten doch Kuchen essen, war völlig aus dem Zusammenhang gerissen. Es war als Kompliment gedacht. Kein Brot im Haus? Na wenn schon! Kuchen schmeckte ohnehin viel besser. In Anbetracht der Umstände war das zugegebenermaßen etwas absurd, aber es waren eben andere Zeiten.

Annie stellte im ganzen Zimmer Kerzen auf, auf die Fensterbretter, Beistelltische, den Kaminsims und Kaminboden, zündete sie an und schaltete das Licht aus. Draußen wurde es dunkel, und nur noch das schwache orangefarbene Licht der Straßenlaternen drang durchs Fenster.

Der Erwartete, wer immer es war, ließ auf sich warten. Ließ lange auf sich warten. Sie konnte nicht stillsitzen. Sie arrangierte die Messer und Gabeln neu. Sie entkorkte den Wein und schenkte sich ein Glas ein. Dann noch eins. Ich hörte irgendwann auf zu zählen, wie oft sie ans Fenster ging und nach unten sah.

Mein Herr war damals genauso, wenn er *sie* erwartete. Sie kam immer zu spät, wenn sie denn überhaupt kam. Mein Herr versuchte dann zu malen, er nahm einen Pinsel und trat vor seine Staffelei. Man sah, wie er versuchte sich zu sammeln, doch immer wieder lief er von der Palette zur Treppe, dann zum Fenster und zurück.

Das Mädchen warf einen Blick auf die Uhr. Sie ging hin und her. Ein paarmal nahm sie ihr Telefon, begann Ziffern einzugeben, legte den Apparat wieder hin. Sie schenkte sich ein drittes Glas Wein ein, dann ein viertes. Im Kerzenlicht erkannte ich gerötete Wangen, ein neues Glitzern im Auge. Sie suchte etwas in einer Schublade und nahm ein Päckchen Zigaretten heraus. Ach herrje. Dass sie Raucherin war, hätte ich nicht gedacht. Sie steckte sich eine Zigarette an und inhalierte tief. Sie musste husten und warf den Stummel in den Kamin. Die Kerzen waren heruntergebrannt. Einige waren ausgegangen. Der Gast würde nicht mehr kommen. Um das zu erkennen, brauchte man nicht die Erfahrung von dreihundert Jahren.

Sie stand im Zimmer und begann zu schwanken. Ihre Beine bewegten sich und sie streckte die Arme zu beiden Seiten aus, als wollte sie die Luft von sich fortdrücken. Ein leises trauriges Stöhnen entwich ihrer Kehle und steigerte sich zu einem animalischen Heulen. Je lauter das Heulen wurde, desto stärker zuckte und wand sie sich wie ein junger Baum im Sturm. Wie gebannt starrte ich hin. Beim Tanzen warf sie im Licht der Kerzen Schatten gegen die Wände. Sie verlor sich in immer wilderen Zuckungen. Ihr Atem ging schneller und heftiger. Genauso plötzlich, wie sie begonnen hatte, hielt sie inne, sank auf die Knie und legte ihren Kopf auf den Boden. Ich hörte ein seltsames und unheimliches Geräusch, wie der Wind, der durch den Türspalt fegt, oder ein Kind, das Oboe spielt. Doch es kam von ihr. Sie weinte. Es war herzzerreißend. Eine ähnliche Szene hatte ich schon einmal erlebt, damals bei meinem Herrn, als *sie* ihm eröffnete, sie werde ihn niemals heiraten.

Das Mädchen lag auf dem Fußboden, wiegte sich hin und her, drückte sich die Knie an die Brust, rollte sich eng zusammen, die Stirn an den Knien. Sie weinte, bis das erste zarte Morgenlicht über die Dächer kroch und ein einsamer Vogel zu singen begann.

# 3. Kapitel

Annie erwachte am späten Nachmittag, öffnete ein Auge und beobachtete, wie die Strahlen der untergehenden Sonne durchs Fenster und über ihr Bett krochen und ihre weiße Tagesdecke in goldenes Rot tauchten. Ich bewege mich einfach nicht, dachte sie, dann tut mir der Kopf vielleicht nicht so weh. Sie fuhr mit der Zunge über ihren oberen Gaumen – er war pelzig und schmeckte metallisch. Sie warf einen Blick auf ihr Telefon – schon vier, und keine versäumten Anrufe, keine Mails, keine SMS. Zumindest hat der Sonntag nur noch wenige Stunden, dachte sie und taumelte ins Bad. Sie stand vor dem Spiegel über dem Waschbecken; ihr Spiegelbild war der reinste Hohn. Kein Wunder, dass er nicht aufgetaucht war, kein Wunder, dass dich alle verlassen, sagte sie sich und starrte auf ihre strähnigen Haare, die rot verquollenen Augen und die fleckige Haut. Sie drehte den Hahn auf, ließ das Wasser laufen, bis es eiskalt war, und benetzte sich das Gesicht.

Im Spiegel sah sie das Bild, das gegen die Kommode gelehnt war. Es wirkte leblos und spöttisch zugleich. Was hab ich mir bloß dabei gedacht? Fünfundsiebzig Pfund? Ein Wahnsinn. Reiß dich zusammen, oder lass dich irgendwo einliefern. Gleich morgen früh bring ich's zurück, vergesse diesen Robert und verbanne Desmond in den hintersten Winkel meines Gedächtnisses. Sie nahm sich, nicht zum ersten Mal übrigens, verschiedene Dinge vor; ganz oben auf der Liste stand: Enthaltsamkeit. Sie würde sich bei ihren Dating-Portalen abmelden und einfach akzeptieren, dass sie ein glücklicher Single war. Zweiter Punkt: keinen Alkohol; sie war offensichtlich kurz davor, sich in ihre Mutter zu verwandeln. Dritter Punkt: von jetzt an nur noch gesunde Sachen essen und Koffein und Zucker vom Speiseplan streichen. Körper und Geist mussten aufgerüttelt werden. Ja, sie brauchte einen Neuanfang. Schlechte Erfahrungen für positive Veränderungen nutzen. Vierter Punkt: aufhören, immer so selbstkritisch zu sein.

Ihr Körper lechzte nach Kohlenhydraten, um dem Kater entgegenzuwirken. Sie entdeckte die ungegessene Mahlzeit auf dem Tisch und beschloss, ihre Resolutionen auf Montagfrüh zu verschieben. Schmeckt kalt bestimmt sowieso besser, dachte sie und schob sich einen Löffel klumpigen Kartoffelauflauf und ein Stück Bavette in den Mund. Wenn er das hätte essen müssen, hätte er mich verlassen, dachte sie. Sie verschlang das Essen in aller Hast, als Ausgleich für die schlechte Qualität.

Roberts Frau musste sich zurückgemeldet haben: die ersehnte Versöhnung. Sein größter Wunsch war es, mit ihr und den gemeinsamen Kindern wieder vereint zu werden – daraus hatte er keinen Hehl gemacht. Sie sollte versuchen, sich für ihn zu freuen; Robert war nur eine Zwischenlösung gewesen, um Desmond schneller zu vergessen.

Sie nahm ihre abgewetzte kleine Kaffeekanne vom Schrank, schraubte den Deckel ab, füllte den unteren Teil mit Wasser und gab vorsichtig ein paar Löffel frisch gemahlenen Kaffees in den oberen Teil. Das Gewinde war abgenutzt und man musste die Kanne ganz fest zudrehen, damit das kochende Wasser nicht seitlich hervorblubberte. Desmond hatte ihr immer wieder nahegelegt, sich eine neue Kanne anzuschaffen oder besser noch, ganz mit dem Kaffeetrinken aufzuhören. Er wolle nicht, dass sich seine *Liebste* ihre Gesundheit ruiniere. Um ihn zu beschwichtigen, hatte Annie ihre Kaffeesucht gezügelt und die Kanne ganz nach hinten in den Schrank verbannt. Als sie von Tavistock nach London zog, zählte die Kanne zu den wenigen Gegenständen, die sie mitnahm.

Vor Desmond hatte es sechzehn Jahre Leben gegeben, und dann nochmal vierzehn Jahre mit ihm zusammen. Ihr gesamtes Erwachsenenleben hatte sie mit ein und derselben Person verbracht. Bis zu ihrer Trennung vor zwölf Monaten war er ihr einziger Mann gewesen, ihr bester Freund und ihr Geschäftspartner.

Ob sie eigentlich wisse, wie glücklich sie sich schätzen konnten, einander gefunden zu haben, fragte Desmond jeden Morgen. Ob ihr klar sei, dass die meisten Sterblichen niemals wahre Liebe fänden; dass sie nur faule Kompromisse machten und mehr schlecht als recht durchs Leben kämen? »Ich bin der glücklichste Mann auf Erden«, sagte er jeden Abend zu ihr.

Die Kaffeekanne begann zu gurgeln, Dampf und kochendes Wasser schoben sich durch den Kaffeesatz, das Wasser färbte sich schwarz und schickte den Kaffeeduft durch den Raum. Annie hob den Deckel hoch, um zu prüfen, wie weit der Kaffee war. Ein Tropfen kochender Kaffee spritzte ihr gegen die Wange. Sie wich zurück und wischte sich mit dem Handrücken übers Gesicht. Wo waren die kühlenden Tränen, wenn man sie mal brauchte?

Was Desmond wohl gerade machte? Noch vor wenigen Monaten hatten sie am Küchentisch gesessen, Zeitung gelesen und dabei Dylan oder Neil Young gehört. Man konnte nach seinen Gewohnheiten die Uhr stellen. Jeden Sonntagmorgen waren sie zusammen laufen gegangen, immer den Pfad am Tavey-Fluss entlang, vorbei an der Brücke bei Grenofen und über den Lady's Hill; wer schneller zu Hause war, durfte als Erstes unter die Dusche. Nach einem gemeinsamen Frühstück gingen sie zurück ins Bett und liebten sich träge bis zum Mittag. Konnte man mit einem kleinen Baby eigentlich noch joggen gehen?, fragte sich Annie.

Die Kaffeekanne gab ein letztes Gurgeln von sich. Diesmal war sie vorsichtig. Sie wickelte ein Geschirrtuch um den Griff und goss die dampfende schwarze Flüssigkeit in eine Tasse. Sie ging mit der Tasse ans Fenster und sah hinaus. Eine gefleckte Katze schlich über einen Mauervorsprung, ein Farbklecks inmitten der grauen Stadtlandschaft. Die Dächer von Hammersmith, die schlammigen Farben hatten so gar nichts gemein mit dem Blick über die Bäume von Dartmoor mit seinen Grüntönen, den roten und gelben Äpfeln, und später dann den sanften Braun- und Orangetönen des Herbstes, die der Wind durcheinanderwirbelte. Beim Anblick der Katze, die sich um den Schornstein des Nachbarhauses schlängelte, musste Annie an die Schleiereule denken, die im Vogelhaus genistet hatte, das sie vor sieben Jahren selbst gebaut und an einem Baum in der Nähe ihres

Hauses in Devon befestigt hatte. Ob es die Eule wohl noch gab? Waren die Moorland-Ponys, die in den kargen Wintermonaten nach Futter suchten, wieder durch den Zaun gebrochen und hatten die Hortensien im Winterschlaf zertrampelt? Hier in Hammersmith gab es keine wilden Tiere, abgesehen von den Tauben, einem räudigen Fuchs mit buschigem Schwanz und hin und wieder einer Maus.

Sie fragte sich, wer wohl jetzt in ihrem alten Haus lebte.

Sie hatte die Maklerin gebeten, ihr nichts zu erzählen – ihr einfach nur die Hälfte des Verkaufserlöses auf ihr Konto zu überweisen. Sie wolle die Sache so schnell wie möglich über die Bühne bringen. Bis alles geregelt sei, werde sie im Ausland sein.

In der Ferne konnte Annie in der Dämmerung die ersten Lichter auf dem Westway aufblitzen sehen. Unten auf der Straße stritten sich ein Mann und eine Frau; ein paar Blocks weiter heulte ein Autoalarm. Der Kaffee war inzwischen abgekühlt, aber so dickflüssig und bitter, dass sie nur winzige Schlucke nehmen konnte. Würde er ihren Kater, den Rotweinnebel vertreiben? Zumindest lenkten die Kopfschmerzen davon ab, dass sie sitzengelassen worden war. Wie dumm von ihr, zu denken, dass es mit Robert hätte klappen können.

Sie warf einen Blick auf das Bild. Es war grotesk. Die Absurdität ihres Handelns entlockte ihr erst ein bitteres Lächeln, dann ein schallendes Lachen. Ein Vermögen hinzublättern für ein verdrecktes altes Gemälde, und das auch noch für irgendeinen Kerl, den man in einem Museum auf einer Speeddating-Party kennengelernt hat! Was käme als nächstes? Du bist verrückt, Annie McDee, komplett übergeschnappt. Sie sinnierte darüber, ob das Pferd des Ladeninhabers wohl gewonnen hatte. Wie hieß es gleich nochmal? Spinner? Spinnaker, oder so ähnlich.

Das Koffein begann seine Wirkung zu entfalten und erzeugte das bekannte kribbelige Gefühl, die leichte Nervosität, die erhöhte Herzfrequenz. Vielleicht sollte sie eine Runde laufen gehen. Bestimmt wäre kein Mensch unterwegs. Oder eine Freundin anrufen. Sich mal wieder melden. Sie wusste, dass viele Freunde gekränkt waren und sich fragten, warum Annie keine ihrer Mails beantwortet hatte. Ein ganzes Jahr war vergangen, seit ihr Leben implodiert war. Für ihre alten Freunde hörte sich Annies Leben ziemlich glamourös an; ein halbes Jahr Indien und jetzt einen Job in London als Köchin für Carlo Spinetti, den renommierten Filmregisseur. Bei einem ihrer seltenen Gespräche hatte Annies beste Freundin Megan gemeint, Annie könne sich glücklich schätzen, nicht in irgendeinem Provinznest zu hocken und den ganzen Tag zu warten, bis die Kinder aus der Schule kämen, in einem Teufelskreis von Waschen, Kochen und Backen gefangen zu sein. Mit munterer, blecherner Stimme, die ihr selbst fremd war, stimmte Annie ihr zu. »Ja«, sagte sie, »es ist alles total toll. Ich habe das Gefühl, endlich richtig zu leben, ich genieße jede Sekunde. Ich wurde neu geboren, ich habe eine Chance bekommen, mich nochmal neu zu erfinden. Ich kann kompromisslos ich selbst sein.«

Sie hatte genug von dem ganzen Theater und wollte gefragt werden, wie es ihr *wirklich* ging, so weit weg von zu Hause, so abgeschnitten von allem. Ein paarmal hätte sie es Megan fast erzählt. Aber Annie wusste nicht, wo oder wie sie hätte anfangen sollen. Ich wohne alleine zur Miete auf der wenig angesagten Seite der Uxbridge Road. Ich fahre jeden Morgen mit der Central Line zur Arbeit. Ich arbeite meist bis spät, denn zu Hause erwartet mich nichts. Manchmal vergehen ganze Wochenenden, ohne dass ich mit jemandem rede. Mein Job klingt vielleicht glamourös, aber die Realität sieht anders aus. Wenn ich Glück habe, darf ich einen Teller Nudeln kochen oder Salat schneiden. Hauptsächlich mache ich Latte macchiatos und poliere Arbeitsflächen. Ich langweile mich so sehr, dass ich jede noch so niedere Zusatzaufgabe freiwillig übernehme – ich bin das Mädchen für alles. Mein Gehalt ist so lächerlich, dass es gerade mal für meine Miete und die laufenden Kosten reicht, und um alle drei Wochen mal in eine Bar zu gehen – allein, versteht sich. Ich bin auf mehreren Datingportalen angemeldet und habe mich ein paarmal mit Männern getroffen, aber das hat's nicht gebracht. Mein Arbeitgeber ist ein hochbegabter, lüsterner italienischer Filmregisseur, aber seit ich für ihn arbeite, ist er in einer »Entwicklungsphase«, das heißt, er sitzt mittags ewig im Restaurant und verbringt die Nachmittage mit seiner aktuellen jungen Geliebten.

Wenn ich eines Freitagabends hier oben in meiner Dachwohnung sterben würde, würde es keiner merken; bis mein Arbeitgeber eine Tischreservierung oder seine Sachen aus der Reinigung bräuchte. In Devon konnte ich zu Fuß in die Kneipe gehen und kannte den halben Laden; hier kenne ich nicht mal die Leute in meinem Haus.

Wie sage ich meinen alten Freunden die Wahrheit?

Für andere könnte das ein tolles Leben sein; interessant, aufregend und vergleichsweise sorgenfrei. Das Problem ist, dass es einfach nicht das Leben ist, das ich haben will. Ich, Annie, sollte eigentlich zusammen mit der Liebe meines Lebens in einem kleinen Dorf bei Tavistock leben und unsere gemeinsame Firma leiten. Stattdessen bin ich auf halber Strecke aus meiner Geschichte hinausgeworfen worden und stecke jetzt im Leben einer fremden Person; ich will hier keine Sekunde länger sein. Ich bin zu alt, zu ängstlich für dieses Dasein.

Wie sage ich meinen Freunden, dass die Einsamkeit mich auf Schritt und Tritt verfolgt, dass mein Herz tonnenschwer ist, weil mir alles so trostlos vorkommt. Mein Kummer ist wie eine schwere Decke, mal hängt er mir an den Fingern, den Ohrläppchen und Wimpern; er kann auch wie ein Felsbrocken sein oder wie ein Koffer, den ich irgendwie bewegen muss.

Annie trank ihren letzten Schluck Kaffee und fragte sich, was sie mit den nächsten Stunden anfangen sollte. Normalerweise ging sie sonntags in den Waschsalon. Sie mochte die Geselligkeit, den Lärm, das Geplauder von Magda, der polnischen Ladeninhaberin, die sich nach nur drei Jahren London in eine echte englische Nörglerin verwandelt hatte.

»Dieses Land geht vor Hunde. Pfund ist kein Zloty wert. Gibt keine Bildung. Überall Streik. Was ist das für Gesundheitssystem? Ich geh zurück nach Polen, dort anständige Menschen. Bügeln, oder nur falten?«

Hätte ich doch nur nicht schon am Mittwoch gewaschen, dachte Annie.

Manchmal, wenn das Wochenende allzu endlos war, machte Annie eine Fahrt mit dem 27er Bus von Shepherd's Bush nach Chalk Farm durch das breitgefächerte soziale Spektrum Londons: die Nobelgegend Holland Park, das Notting Hill der Banker, das Künstler- und Studentenviertel Bayswater, das irisch geprägte Paddington und die Marylebone Road hinauf durch Camden. Diese Fahrten waren billiger als Kino, und es war ohnehin viel amüsanter, sich Geschichten zu den Passanten und Mitpassagieren auszudenken. Einmal ging sie um die Ecke zur Pediküre, nur um mal mit jemandem zu reden; das Mädchen, das an ihren Füßen arbeitete, war jedoch eine Vietnamesin mit geringen Englischkenntnissen, und die Frau auf dem Platz neben ihr hatte während der ganzen Behandlung telefoniert.

Ein paar Straßen weiter lag eine kleine verborgene Gasse. Hinter einer Reihe Mülleimer, außerhalb des Einzugsbereichs der Knöllchenschreiber, wohnte ein Mann in seinem Auto. Es war ein kleiner weißer Ford Escort, und der Mann, wahrscheinlich Osteuropäer, hatte sich aus alten Zeitungen einen Sichtschutz gebastelt und den Beifahrersitz in ein Bett umfunktioniert. Wenn Annie auf dem Weg zur Arbeit daran vorbeikam, schlief er dort unter einer alten Wolldecke. Manchmal legte sie ihm ein Sandwich oder einen Apfel auf die Motorhaube. Sie fragte sich, ob diese Geste von echtem Mitgefühl zeugte oder ob sie einfach nur erleichtert war, jemand gefunden zu haben, dem es noch schlechter ging als ihr selbst.

Annie kaufte sich ein Buch mit Spaziergängen durch London und lief kreuz und quer durch die Stadt, um verschiedene Gegenden und kleine Läden und Kneipen zu erkunden. Immer gab es irgendwo einen Vortrag umsonst, oder verbilligte Kinokarten, aber je einsamer sie wurde, desto mehr schwand ihre Abenteuerlust.

Sie zog sich ihren dicken Mantel über, steckte den Hausschlüssel ein und verließ die Wohnung. Im Treppenhaus spielten ein paar Nachbarskinder mit einem Plastik-LKW und einer alten Barbiepuppe. Sie warfen ihr gleichgültige Blicke zu. Annie wollte ihnen zulächeln, doch es hätte sich nicht gelohnt; außerdem war ihre Gesichtshaut so trocken, dass jede Bewegung wehtat. Draußen herrschte bittere Kälte, und sie nahm vorsichtige flache Atemzüge, hüllte sich enger in ihren Mantel und wünschte, sie hätte sich nicht für die Ballerinas, sondern für festeres Schuhwerk entschieden. Vier Jugendliche kamen ihr in einer Front entgegen, die Kapuzen tief ins Gesicht gezogen. Annie wollte sie warnen, dass sie nichts zu bieten hatte außer Verzweiflung und ein bisschen Kleingeld. Kurz bevor sie zusammenstießen, teilte sich die Phalanx, und die Jungen machten ihr Platz.

»Hi«, sagte einer von ihnen leise. »Kalt heute, was?«

»Ja«, sagte Annie. »Sehr.«

Man sieht es mir an, dachte Annie, es würde sich nicht lohnen, mich auszurauben.

Sie ging durch ihre Straße in Richtung Uxbridge Road und spähte in die hell erleuchteten Souterrainwohnungen, wo Paare und Familien zugange waren, Kinder ihre Hausaufgaben machten; Mütter spülten Geschirr, Väter saßen am Computer. Sie versuchte, sich selbst mit Mann und ein paar Kindern vorzustellen, aber es ging nicht. In der Goldhawk Road lagen bergeweise schwarze Müllsäcke, die auf Abholung warteten. Ein weggeworfener Fernseher stand einsam neben einem roten Stöckelschuh. Ein Asiat, dick eingemummelt in Schal, Mütze und Schaffelljacke, machte gerade seinen Laden zu und mühte sich mit den schweren Schlössern und Eisenjalousien. Ein Straßenhund schloss sich Annie an und trottete munter neben ihr her, bis er einen kleinen Jungen mit einer dampfenden Fleischpastete entdeckte.

Durch ein Fenster sah sie ein Pärchen auf dem Sofa, sie hatten die Beine ineinander verschlungen und schauten einen alten Film. Nebenan saßen sechs Freunde noch beim Essen, drei leere Weinflaschen und die schmutzigen Teller waren zur Seite geschoben, sie lachten über eine gemeinsame Erinnerung oder eine witzige Bemerkung. Wie fanden Menschen zueinander, wie kamen sie zusammen, wie verliebten sie sich? War sie beziehungsunfähig geworden? Würde die

Einsamkeit fortan ihr einziger Begleiter sein? Sie ging weiter über den Marktplatz, der jetzt menschenleer war; nur ein Fuchs wühlte in den stehen gelassenen Stiegen und machte sich über die im Pflaster festgetretenen Lebensmittelreste her. Trotz der Kälte roch die Straße ekelhaft süß – mit schnellen Schritten ging Annie in Richtung Fluss, vielleicht wehte ja dort eine Brise.

Sie sah das Blaulicht, noch bevor sie in die schmale Straße bog. In der Abenddämmerung gaben die Lichtimpulse den weißen Reihenhäusern etwas Geisterhaftes. Sie ging auf den Feuerwehrwagen und die Polizeiautos zu und erkannte die Reihe der Läden, wo sie ihr Bild gekauft hatte. Zwanzig Schritte weiter sah sie, dass der Trödelladen völlig ausgebrannt war. Der Brand musste vor Stunden gewütet haben, denn jetzt stiegen nur noch dünne Rauchwolken aus der Asche auf, und die Feuerwehrleute standen herum und tranken Tee. Annies einziger Gedanke war: Wohin sollte sie jetzt das Bild zurückbringen? Plötzlich wollte sie nur noch eins: diese Bürde wieder loswerden, dieses Bild, dessen Kauf ihre ganze Verirrung, ihre mutwillig destruktiven Entscheidungen im Leben zusammenzufassen schien.

Um den Laden herum war alles abgeriegelt. Vor dem Eingang stand eine Polizistin und beäugte ein paar Jugendliche auf Fahrrädern, die sich über den Brand unterhielten.

»Ich wette, da ist 'ne ganze Familie draufgegangen.«

»Da kommt sicher nachher was drüber in den Nachrichten.«

»Meinst du auf *BBC?*«

»Guck doch mal auf Twitter – geht schneller.«

Annie ging zu der Polizistin hin. »Was ist passiert?«

»Die Brandursache wird zurzeit noch untersucht.«

»Hat der Ladenbesitzer eine Kontaktadresse hinterlassen? Kann man ihn irgendwo erreichen?«, fragte Annie. Sie musste Mr Bernoff finden und sich ihr Geld zurückgeben lassen.

»Kannten Sie den Verstorbenen?« Plötzlich wirkte die Polizistin interessiert.

»Den Verstobenen? Oh, mein Gott, das heißt, er ist tot?« Schaudernd sah Annie in die Asche.

»Würden Sie mitkommen und eine Zeugenaussage machen?« Die Frau hob das Plastikband, um Annie durchzulassen.

»Ich kannte ihn nicht wirklich, ich habe nur gestern hier was gekauft. Ein Bild. Ich wollte es zurückbringen. Ich hab's mir anders überlegt.« Annie konnte nicht glauben, welche Wendung die Ereignisse genommen hatten. Fünfundsiebzig Pfund – das nächste Mal würde sie einfach ein Streichholz nehmen und ihr Geld verbrennen; das würde eine Menge Zeit sparen. Dieser verfluchte Robert mit seiner verfluchten Exfrau. Und sie mit ihrer verfluchten Impulsivität.

Eine halbe Stunde später, nachdem sie die Kommissarin mit ihrem Mangel an Wissen enttäuscht hatte, machte sich Annie auf den Rückweg, doch die Wörter Brandstiftung, Totschlag, Mord und Motiv geisterten ihr weiter durch den Kopf. Sie war fassungslos angesichts der offenkundigen Willkür des Verbrechens und ihrer Nähe dazu. Gerade mal sechs Stunden nachdem sie den Laden verlassen hatte, war jemand eingefallen, hatte den Inhaber gefesselt, im Innern des Ladens Benzin verschüttet und einen brennenden Lappen hineingeworfen. Der Laden hatte gebrannt wie Zunder. Altes Gerümpel fing schnell Feuer. Unglücklicherweise hatten die benachbarten Geschäfte früh zugemacht. Niemand hörte die Schreie des Mannes oder das Knistern der Flammen. Bis es zu spät war. Annie hüllte sich fest in ihren Mantel. Sie verwarf den Gedanken an einen stärkenden Spaziergang am Fluss; ihr Selbstmitleid war durch den Vorfall ein wenig relativiert worden.

Ihr Handy klingelte – eine unterdrückte Nummer. Bestimmt so ein nerviges Verkaufsgespräch, das keinem etwas bringen würde.

»Miss McDee?«

»Ja …«, sagte Annie zögerlich.

»Sie sprechen mit der Polizeiwache Paddington Green. Wir haben hier eine Frau, die behauptet, Ihre Mutter zu sein. Sie hat heute Nacht so einiges behauptet, ziemlich verrückte Sachen zum Teil.« Der Mann klang erschöpft.

Annie blieb mitten auf der Straße stehen und sah hinauf in den Himmel. Ihr Kater, der angesichts des Brandes in den Hintergrund getreten war, meldete sich umso heftiger zurück. »Hat sie einen Ausweis dabei?«, fragte sie.

»Nichts. Soll ich sie Ihnen beschreiben?«

»Ja«, sagte Annie, obwohl ihr klar war, dass es niemand anderes sein konnte als ihre Mutter. Es hatte schon zu viele solcher Anrufe gegeben.

»Na ja, circa eins fünfundfünfzig, blonde Haare, schlank, gut gekleidet, gutaussehend. Auf den einen Arm ist ein kleiner Vogel tätowiert, und sie hat ein dickes Veilchen.«

»Muss ich Kaution für sie zahlen?«, fragte sie.

»Nein, und uns läge daran, die Zelle so schnell wie möglich freizumachen.«

»Wie ist denn ihr Zustand?«

»Kommt allmählich wieder zu sich.«

»Ich hol sie ab.«

Annie wusste, dass sie Evie eigentlich sich selbst überlassen sollte – Rettungsaktionen funktionierten nie, jedenfalls nicht auf Dauer.

Sie ging in ein kleines Café und bestellte sich eine Tasse Tee und einen Doughnut, Stärkung für die kommenden Stunden. Sie wusste genau, was sie erwartete. Ihre Mutter würde den üblichen Kreislauf von Leugnung, Wut, Reue und Depression durchlaufen. Annie würde ihr zuhören, Trost spenden und auf sie einreden. Ihre Mutter würde eine Zeitlang bei ihr wohnen und eines Tages mir nichts, dir nichts verschwinden.

Ich gehe einfach nicht, dachte Annie und nahm einen Schluck von ihrem heißen Tee. Aber sie wusste, sie würde es doch tun; sie hatten ja nur einander.

Das letzte Mal, als Annie von Evie gehört hatte, war sie nach Oswestry gezogen und hatte sich zur Shiatsu-Masseurin ausbilden lassen. »Habe endlich meine Berufung gefunden«, hieß es auf der Ansichtskarte. Annie versprach sich nicht allzu viel davon. Sie hatte das Foto oberflächlich betrachtet. Das Bild von einem wolligen Schaf in einem zugeschneiten Tal machte ihr wenig Hoffnung. Jedes Mal, wenn Evie umzog, glaubte sie, die Lösung gefunden zu haben: ein neuer Ort, ein Neuanfang. Zwischen ihrem fünften und sechzehnten Lebensjahr hatte Annie elf verschiedene Schulen besucht. Aber so oft sie auch kreuz und quer durch England zogen, der Dämon Alkohol holte ihre Mutter überall ein.

Annie schleppte sich aus dem Café, lief nach Shepherd's Bush und ging hinunter in die U-Bahn. Der Zug schwankte auf den Schienen und brachte Annie ostwärts, vorbei am Zigeunerlager, einer Milchfabrik und einer Reitschule, wo er unter der Autobahn hindurch und zwischen Bahntrasse und Kanal weiterfuhr. Eine leere Bierdose rollte vor ihren Füßen hin und her, ein blechernes Klagelied auf dem unebenen Boden. Sie presste ihr Gesicht gegen die kalte verschmutzte Scheibe und warf einen Blick zum Himmel, wo sie eine Herde Graugänse kreisen sah. In Augenhöhe lag ein Brachland aus Müll und Gestrüpp. Die Aussicht war grau in grau: grauer Himmel, graue Gebäude, graue Polster und graue Betonpfeiler unter einer grauen Autobahn. Das Licht war zu monoton; ohne Helldunkel, reizlos für Auge und Geist.

In Royal Oak stieg sie aus und ging durch die Harrow Road in Richtung Paddington. Sie kam an einen großen Kreisel und stellte fest, dass sie keine Ahnung hatte, wo genau die Polizeiwache war. Zwanzig Meter vor ihr schob ein Mann einen Buggy mit Kind. Annie rannte auf ihn zu. Er wirkte benommen vor Erschöpfung; das Kind schlief tief und fest. Er zeigte nach Norden. Annie lief an zwei Wohnsilos und einer vielbefahrenen Kreuzung vorbei und entdeckte eine Kirche, ein georgianisches Schmuckstück inmitten eines Kirchhofs mit Grabsteinen und Statuen. Dahinter erhob sich die triste Fassade der Polizeiwache.

Dort angekommen, musste Annie erst ein Formular ausfüllen und ihren Führerschein aushändigen, ehe sie durch eine Drehtür ins Innere vorgelassen wurde. Der ganze Laden stank nach Desinfektionsmittel und Erbrochenem. Im Hintergrund wurde gegen Zellentüren gehämmert; irgendwo stöhnte jemand, vermutlich ein Mann.

»Sie kommen wegen Eve McDee?«, fragte ein müde wirkender Beamter.

Annie nickte.

»Es gibt noch ein paar Fragen.« Er reichte ihr ein Klemmbrett. Annie kannte die Fragen; es war ja nicht das erste Mal.

»Ich bin eine direkte Nachfahrin von Colonel Sir Cospatrick Ninian Dunbar Drummond of Durn!« Von irgendwo hinter einer verschlossenen Tür erklang die Stimme ihrer Mutter.

»Sehr witzig!«, sagte der Polizist.

Annie war sich nicht sicher, was sie als Adresse angeben sollte. Wo lebte Evie zurzeit?

»Er eroberte die Stellungen am Wadi Akarit, die letzte Barriere, die unsere Truppen passieren mussten, um ans südliche Ende der tunesischen Tiefebene zu kommen!«

»Der diensthabende Beamte sagte, sie sei so betrunken gewesen, dass sie nicht mal mehr ihren Namen wusste, aber seit Stunden spuckt sie diese ganzen historischen Fakten aus.«

Nach kurzer Überlegung schrieb Annie ihre eigene Adresse in das Formular. »Sie hat ein extrem gutes Gedächtnis.«

»Meine Familie stammt von den Earls of Moray ab!«

»Halt die Fresse«, rief ein gereizte Stimme.

»Vorsicht, im siebzehnten Jahrhundert waren wir für die Abschaffung des Banditentums zuständig. Wir haben die Grenzen von Schurken, Räubern und Gaunern befreit.«

»Kann man der nicht mal das Maul stopfen?«, rief eine andere Stimme.

»Stimmt irgendetwas davon?«, fragte der Polizist.

»Nein – sie ist halb irisch, halb englisch. In Wiltshire geboren, die Großeltern waren Schweinebauern«, erwiderte Annie matt. »Gleich fängt sie an zu singen.«

Wie auf Zuruf driftete die Anfangsmelodie von *Carrickfergus* aus der Zelle nach draußen.

»Ist sie immer so?«, fragte er.

»Wenn sie einen guten Tag hat.« Annie lächelte.

Als Kind war sie immer eingeschritten, wenn jemand schlecht über ihre Mutter redete. Sie hatte Evie mit Inbrunst verteidigt, in der

Hoffnung, sich selbst und alle um sie herum zu überzeugen, dass ihr jüngster Absturz nur ein Ausrutscher war. Es hatte Zeiten gegeben, in denen Evie eine wundervolle Mutter war: lustig, anarchisch und liebevoll. Sie war jünger als alle anderen Eltern und wurde oft für eine Oberstufenschülerin oder Referendarin gehalten, und Annie war stolz, wenn die Väter sich nach ihr umdrehten oder die älteren Mädchen ihre Frisur oder ihr Make-up kopierten. Da es keinen Vater oder festen Freund gab, bildeten Mutter und Tochter ein Team: Sie tanzten im Mondlicht, nahmen Busse nach Nirgendwo, sangen ganze Elvis-Presley-Alben von vorne bis hinten durch, backten extravagante Kuchen, aßen sie im Bett und guckten dabei Filmklassiker. Aber schon früh hatte Annie gelernt, die Warnsignale zu erkennen – mehr Zigaretten als üblich, Musik auf voller Lautstärke, nervöses Herumlaufen im Haus, ein immer dünner werdender Geduldsfaden, bis zu dem schrecklichen Moment, wenn er riss. Es war ein Leben neben einem Vulkan; man konnte nie wissen, wann er ausbrechen würde. Dann wurde Annie aus dem Haus geschickt, und sie musste den Weg zur Schule alleine finden, indem sie den Kindern mit derselben Schuluniform folgte. Anrufe von Krankenhäusern oder von der Polizei waren an der Tagesordnung; doch sie hatten eher etwas Beruhigendes – zumindest war Evie noch am Leben. Schlimm wäre es erst, wenn es an der Tür klingelte und hieße: »Wir haben schlechte Nachrichten.« Immer wieder hatte sich dieses Szenario vor Annies innerem Auge abgespielt.

Sie setzte sich im Vorraum auf einen der harten Stühle und wartete. Radiomusik dudelte leise aus einem der Büros. Vielleicht, dachte Annie, ist es ja diesmal anders mit Evie. Vielleicht würde sie jetzt endlich einen Schlussstrich ziehen. Annie schüttelte sich und erstickte den letzten Funken Hoffnung. So etwas zu denken war Unsinn, nach all den Jahren.

»Ach, du bist es«, sagte Evie mit gespielter Überraschung, als sie von den Polizisten herausgeführt wurde.

»Hallo, Mum, komm, wir gehen«, sagte Annie.

Evie sah fürchterlich aus. Sie hatte Blutflecken und Erbrochenes auf ihrem blassgelben Hosenanzug, und das linke Auge war pflaumenblau und angeschwollen.

»Es war ein Albtraum, mein Liebling«, sagte Evie und begann zu weinen. »Ich hab das nicht gewollt, aber es war der Jahrestag von Daddys Tod, und …« Annie ging hinüber zu ihrer Mutter und nahm sie in den Arm.

»Schon gut, Mum, keine Sorge. Wir fahren jetzt nach Hause und stellen dich unter die Dusche. Wo hast du deine Handtasche?«

»Hat mir dieser Vollidiot geklaut. Jetzt will er Anzeige erstatten. Das ist 'ne Verschwörung.« Evie warf dem Beamten einen zornigen Blick zu.

»Der Kneipenbesitzer sagte, sie hätte kein Geld dabei gehabt und hätte angefangen, ihn zu beschimpfen, weil er ihr nichts mehr zu trinken geben wollte, und dann hat sie einen Spiegel zertrümmert.«

»Wenn die Earls of Moray Sie hören könnten; Sie sind keinen Deut besser als diese Missgeburten da in den Zellen«, jammerte Evie.

»Wir müssen los.« Annie schob sie mit fester Hand in Richtung Ausgang.

»Wo steht dein Auto?« Erwartungsvoll sah Evie rechts und links die Edgware Road entlang.

»Bin mit der U-Bahn da.«

»Stellt er dir kein Auto zur Verfügung? Ich dachte, das ist so, wenn man beim Film arbeitet: Privatflugzeuge, Limousinen.«

»In Hollywood vielleicht. Komm, ein Spaziergang wird dir gut tun.«

»Mir ist ein Absatz abgebrochen, ich kann nicht.«

»Du musst aber. Ich hab gerade noch genug Geld für zwei U-Bahn-Fahrkarten.«

»Kein Auto. Kein Geld. Wozu denn dann die ganze Plackerei?«, grummelte Evie.

Annie ging neben ihrer Mutter her; es wäre besser gewesen, sie nicht abzuholen. Es war immer wieder dasselbe. Tränen der Wut und Enttäuschung traten in Annies Augen. Sie ging schneller, um Evie abzuhängen.

»Annie! Warte!«

Annie hörte, wie die wackligen Schritte ihrer Mutter zum Laufschritt wurden.

»Verlass mich nicht.«

Annie antwortete nicht; sie ging einfach weiter.

Evie änderte die Taktik. »Ich wollte das alles nicht«, sagte sie und fing an zu weinen. »Dabei hab ich kaum was angerührt. Ich hab einen Mann kennengelernt. Er hat mich verlassen. Dann bin ich traurig geworden.«

Annie drehte sich um und sah ihre Mutter auf dem Gehweg stehen, eine müde, verlebte Frau mittleren Alters, und fühlte plötzlich Mitleid mit ihr. Evie humpelte mit schlackerndem Absatz auf sie zu. Schnell schlüpfte Annie aus ihren Ballerinas.

»Nimm die, Mum.«

»Und was ist mit dir?«

»Ich hab dicke Socken an.«

»Würdest du das wirklich für mich tun?« Evie schlüpfte in Annies Schuhe. »Ah, schön warm und bequem. Ich hab dich so lieb, Annie.«

»Komm, lass uns nach Hause fahren.« Annie hielt Evie die Hand hin, und Evie nahm sie.

In der Wohnung ließ Annie ihrer Mutter ein Bad ein und legte ihr saubere Kleider aufs Bett. Evie saß am Küchentisch und sah sich um.

»War jemand zum Mittagessen da?« Der Tisch war noch immer für zwei Personen gedeckt.

»Gestern Abend. Er ist aber nicht gekommen.« Annie goss kochendes Wasser in zwei Tassen, tauchte in beide einen Teebeutel. Sie reichte ihrer Mutter eine Tasse.

»Das tut mir aber leid«, sagte Evie und lächelte mitfühlend.

Annie zuckte mit den Achseln.

»Jemand Besonderes?«

»Nein.«

»Ich sag mal besser nichts.« Evie klammerte sich an ihrem Becher fest.

»Dann tu's auch nicht.«

»Du brauchst einen anständigen Mann.«

»Nicht jetzt, Mum.«

»Du hättest einfach ein bisschen mehr …« Evie hielt inne.

»Dein Bad ist fertig.« Annie war zu müde zum Streiten.

»Wie auch immer, ich hab dich lieb, weil du du selbst bist«, sagte Evie versöhnlich.

»Dein Badewasser wird kalt.« Allmählich verlor Annie die Geduld. Sie nahm ihren Tee und ging ans Fenster.

»Du hast nicht zufällig ein klitzekleines Bierchen irgendwo im Schrank?«, fragte Evie hoffnungsvoll.

»Nein.« Annie begann die Teller abzuräumen. Der gedeckte Tisch war eine unliebsame Erinnerung.

»Liebling, du siehst ein bisschen mitgenommen aus – ist alles in Ordnung?«

»Alles bestens – jetzt nimm bitte dein Bad.«

Annie füllte den Kessel mit frischem Wasser und steckte ihn in die Steckdose.

»Das Problem mit dir, Annie, ist, du bist versessen darauf, *chiku* zu betreiben.«

*»Chiku?«*

»Sagt man so auf Chinesisch – es bedeutet, ›bitter zu essen‹. Sich das Leben schwer zu machen. Eines Tages wirst du dankbar dafür sein, dass Desmond dich verlassen hat, dich von deinem tristen Dasein befreit hat.«

Annie drehte sich auf dem Absatz um und sah Evie wütend an. »Wenn du dich nicht sofort in die Wanne legst, mach ich es.« Sie hatte das dringende Bedürfnis, eine Tür zwischen sich und ihrer Mutter zu schließen.

Evie rappelte sich auf und steuerte aufs Badezimmer zu. Vor dem Bild blieb sie stehen. »Was ist denn das?«, fragte sie und deutete darauf.

»Na, was denn wohl?«, fragte Annie sarkastisch.

»Wer hat das gemalt?«

Evie hob das Bild hoch und betrachtete es lange. Sie ging hinüber an Annies Schreibtisch und drehte die Gelenklampe so, dass sie genau auf die Mitte des Gemäldes leuchtete. »Woher hast du das?«

»Aus einem Trödelladen um die Ecke von der Goldhawk Road.«

»Es ist wunderschön«, sagte Evie. »Es erinnert mich an diese entzückenden Bilder in der Wallace Collection. Dein Vater war damals öfters mit mir dort. Es war immer warm. Wir haben uns auf die Bänke gesetzt und uns Geschichten zu den Bildern ausgedacht.«

»Die Wallace Collection?«, sagte Annie. »Komisch. Genau aus dem Grund hab ich's gekauft.«

Sie musste wieder an Robert denken und errötete erneut vor Scham. Wie konnte sie nur auf die Idee kommen, dass er bei ihr bleiben würde?

»Dein Vater hatte ein Lieblingsbild. An den Namen des Malers kann ich mich nicht erinnern. Flagon, Fraggin, nein, Fragonard, so hieß er – ein junges Mädchen auf einer Schaukel. Diesem sehr ähnlich. Fragonard malte vor allem heitere Sachen, Musikanten und Feste. Dein Vater liebte ihn. Passte eigentlich gar nicht zu ihm. Als Motorradrennfahrer hätte man ihm eher was Solides zugetraut, wie diesen lachenden Kavalier. Der hängt da nämlich auch.«

»Der hat mir auch gefallen«, sagte Annie mit leichtem Schaudern. Sie wusste so wenig über ihren Vater und seine Vorlieben. Er war gestorben, als sie zwei Jahre alt war; sie hatte nicht mal ein Foto von sich und ihm.

Evie drehte die Lampe ein wenig und studierte das Gemälde weiter. Das Licht erweckte die Tänzerin zum Leben. Die Gelb- und Goldtöne ihres Kleides schienen zu flirren, und das Laub im Hintergrund schimmerte. Der Mann am Boden sah verzückt zu der Frau hinauf.

Annie schnappte nach Luft. »Das wird ja plötzlich richtig lebendig.«

Evie nahm das Gemälde in die Hand, befeuchtete ihren Zeigefinger und rieb sanft damit über die Frauenfigur. Wieder leuchteten und funkelten die Farben.

»Ich glaube, das Bild ist was Besonderes«, sagte Evie auf einmal stocknüchtern. »Du solltest damit mal in die Wallace Collection gehen. Wir können zusammen hin.«

Annie lächelte. Eine der gewinnenden Eigenschaften ihrer Mutter war die Fähigkeit, in jeder Lebenslage Hoffnung zu schöpfen. Wie sonst hätte sie so lange durchhalten können, sich immer wieder aufraffen, trocken werden, einen neuen Job finden, woanders hinziehen, eine neue Liebschaft eingehen?

»Dein Badewasser ist bestimmt eiskalt«, sagte Annie, nahm das Gemälde und zeigte auf die Tür.

»Ich hab da so ein Bauchgefühl«, murmelte Evie und ging durchs Zimmer. »Du solltest es ernst nehmen.«

# 4. Kapitel

Rebecca Winkleman, Carlo Spinettis Frau, arbeitete zusammen mit ihrem Vater Memling bei der Winkleman Fine Art AG und verbarg ihre Gefühle stets hinter einer eiskalten Miene. Nur ihre engste Familie wusste, dass es eine Maske war: Rebecca war krankhaft schüchtern und überzeugt, dass hinter jeder Ecke eine Katastrophe lauerte. Jedes Mal, wenn sie ein Flugzeug bestieg, war sie überzeugt, es würde abstürzen; bei jedem Geschäft, das sie anvisierte, hatte sie Angst, es würde scheitern; und jeden Moment – so dachte sie – könnte man sie als unfähig entlarven.

Rebecca hatte schreckliche Angst, andere könnten denken, sie sei nur »Tochter von«; darum arbeitete sie länger und nahm weniger Urlaub als alle anderen in der Firma, einschließlich ihres Vaters. Vor jeder Sitzung lernte sie Fakten und Meinungen auswendig, lag nächtelang wach und zerbrach sich den Kopf über belanglose Nebenbemerkungen oder ihre seltenen Irrtümer. Ihr Arzt verschrieb ihr Valium, aber sie weigerte sich, die Tabletten zu nehmen, weil sie Angst hatte, damit nicht mehr klar denken zu können. Ein anderer Arzt schlug eine Therapie vor, aber der Gedanke, einem fremden Menschen ihr Problem zu erklären, war ihr ein Gräuel. Sie litt unter Albträumen – ihre Schreie waren so laut, dass ihr Schlafzimmer schallgedämpft werden musste und Carlo ins Nebenzimmer gezogen war. Oft erwachte sie zitternd und schweißgebadet.

Rebecca kleidete sich so, dass sie möglichst wenig Aufmerksamkeit auf sich zog; ihre Sachen waren schlicht, perfekt geschnitten und gaben nichts preis. Tagsüber bevorzugte sie Hosenanzüge in Dunkelblau mit weißer Seidenbluse. Abends entschied sie sich meist für ein kleines Schwarzes mit Pumps. Ihr blondes Haar war zu einem strengen Bob geschnitten, die Fingernägel waren immer kurz und gepflegt.

Sie trug ein Minimum an Schmuck: Diamantstecker in den Ohren und eine Kette aus kostbarsten Perlen. Auch wenn sie nicht im Traum daran gedacht hätte, ungeschminkt aus dem Haus zu gehen, verwendete sie für gewöhnlich kaum mehr als einen Klecks Make-up, hellen Lippenstift und etwas Mascara. Sie hatte die blauen Augen ihres Vaters geerbt, versteckte sie aber hinter einer dicken Hornbrille. Würde sie gebeten, ihr Äußeres zu beschreiben, hätte sie nach kurzem Zögern gesagt: »normal«; dabei hielt man sie für durchaus ansehnlich, wenn nicht gar für schön.

Annie hatte die Frau ihres Arbeitgebers nur ein einziges Mal gesehen, doch sie kannte die Gerüchte: Angeblich war Rebecca gefangen zwischen einem untreuen Ehemann und einem dominanten Vater. Wie viele andere vermutete auch Annie, dass es die Angst vor der Einsamkeit war, die Rebecca bei ihrem lebenslustigen untreuen Mann hielt, und dass Carlo wiederum schreckliche Angst vor der Armut hatte und sich deshalb aushalten ließ. Die wenigsten errieten den wahren Grund dieses Bündnisses: Die Spinettis liebten sich, wenn auch auf unkonventionelle Weise, und sie hatten einen Weg gefunden, über die kleinen Sünden des anderen hinwegzusehen. Rebecca liebte seinen typisch italienischen Überschwang, seine Spontaneität, seine Sinnlichkeit und sein kindliches Bedürfnis nach Lob und Streicheleinheiten. Es entzückte sie, dass sich Carlos Gefühle wie ein Fähnchen im Wind drehten, dass bei jeder Böe eine neue Stimmung aufkam. Obwohl seine Filme voll mit Totalen waren, entdeckte sie in jeder Einstellung schöne und originelle Details. Und wenn Carlo dann doch mal den Weg in ihr Schlafzimmer fand, wurde sie für wochenlange unerwiderte Lust voll entschädigt. Sie war unglaublich stolz auf sein Profil mit der Adlernase, seine Locken, den Schwung seiner Lippen und seine perfekten Zähne. Vor allem dachte sie pragmatisch und erkannte, dass sie als Workaholic genauso ihre Schwächen hatte wie er als untreuer Ehemann. Carlo wiederum mochte den kühlen Intellekt seiner Frau, ihre Schönheit und ihre unendliche Unsicherheit. Dass er der einzige Mensch war, der mit ihren Panikattacken umgehen und sie aufbauen konnte, gab ihm das Gefühl, zu ihrem allmächtigen Beschützer berufen zu sein. Auch wenn er süchtig danach war, sich zu verlieben, konnte Carlo nur deshalb seinen Fantasien nachgeben, weil er wusste, dass Rebecca unbeirrt zu ihm hielt. Mit dem wohligen Schauder des schlechten Gewissens wurde für Carlo jeder Flirt zum Vergnügen.

Als der Koch der Winklemans, Monsieur George, einen Schlaganfall erlitt, wurde Annie von Carlo gebeten, für ihn einzuspringen. Obwohl George *Cordon Bleu*-Absolvent und mit Michelinsternen gekrönt gewesen war, versicherte Carlo, dass die Arbeit einfach sein würde. Kollegen rieten ihr ab: Rebecca sei fast genauso hart zu ihren Angestellten wie zu sich selbst.

»Gehen Sie zumindest zum Vorstellungsgespräch«, sagte Carlo. Er brauchte nicht eigens hinzuzufügen, dass seine Frau ihm das Leben sonst zur Hölle machen würde; jeder im Büro wusste das.

Der Hauptsitz von Carlo Spinettis Filmproduktionsfirma befand sich in einem großen Lagerhaus in Bermondsey. Wie so viele zeitgenössische Büros machte das Gebäude auf industriell, die funktionalen »Eingeweide« des Hauses – Rohre, Backstein und Belüftungsschächte – waren bewusst nicht unter Putz gelegt. Junge Produktionsassistenten und Boten trugen die übliche Uniform aus Jeans und T-Shirt. Das geschäftige Summen aus konstantem Geplauder, Musik und Telefonaten wurde vom Betonboden des Großraumbüros noch verstärkt.

Als Annie auf der Curzon Street vor dem Eingang von Winkleman Fine Art stand, staunte sie über den großen Kontrast zwischen den Arbeitsstellen von Carlo und Rebecca. Die prächtige Villa aus dem achtzehnten Jahrhundert lag zurückgesetzt von der Straße und war umgeben von einem schmiedeeisernen Zaun. Vier steinerne Stufen führten hinauf zu einer glänzenden Mahagonitür. Die diskrete Messingklingel war nicht ganz leicht zu finden. Eine Stimme bat sie höflich, ihr Gesicht in die Überwachungskamera über dem Türsturz zu halten. Geräuschlos schwang die Tür auf und ein livrierter Portier nahm sie in Empfang. Zwei in der marmornen Vorhalle postierte

Wachmänner musterten Annie von oben bis unten und gaben ihr so zu verstehen, dass sie nicht zum üblichen Besuchertypus zählte. Der Portier führte sie ins Innere: einen mit dicken Teppichen ausgelegten Salon mit Fenstern bis zum Boden, die auf einen italienischen Garten hinausgingen. Die Wände waren mit Seidendamast bespannt und mit den wertvollsten Kunstwerken behängt, die die Winklemans im Angebot hatten. Man hatte Annie vorgewarnt, dass weder Rebecca noch ihr Vater Memling, der Firmenchef, vor Ort sein würden, um sie zu begrüßen – in diesen Genuss kamen nur wichtige Gäste. Die meisten Kunden wurden von einem der acht festen Verkaufsmitarbeiter empfangen, darunter drei ehemalige Museumsdirektoren. Mitarbeiter mussten den Dienstboteneingang benutzen. Anders als das geschäftige Treiben bei Carlo Spinetti war es in der Winkleman-Galerie still und düster wie in einem Mausoleum. Nichts sollte von der ausgestellten Kunst ablenken.

Sollte Annie für diesen Aushilfsjob angeheuert werden, würde sie künftig wie die anderen Angestellten das Haus durch den Hintereingang betreten. Die Winklemans besaßen sämtliche Gebäude auf der Vorder- und Rückseite dieses Blocks in der Curzon Street. Vier Häuser gehörten zu Winkleman Fine Art; die anderen drei waren Privatresidenzen. Eines der Häuser bewohnte Memling, ein anderes Rebecca mit Familie, das dritte war zur Unterbringung von Gästen vorgesehen. Es gab einen unterirdischen Tennisplatz und einen Swimmingpool, die ausschließlich der Familie vorbehalten waren. Ein Gefolge von acht philippinischen Dienstboten sorgte für die Reinigung der Gebäude. Die Winklemans beschäftigten zwei Chauffeure, eine hauseigene Masseurin, einen Hundeausführer, eine Teilzeit-Tennistrainerin sowie einen Personal Trainer.

Eine Frau mittleren Alters im edlen schwarzen Hosenanzug mit stahlgrauem Dutt und ungeschminktem Gesicht kam Annie entgegen und begrüßte sie.

»Ich bin Liora van Cuttersman, Miss Winkleman-Spinettis Assistentin. Wenn Sie mir bitte folgen würden.«

Annie wurde durch einen mit dickem Teppichboden ausgelegten

Flur in einen kleinen Wartebereich mit zwei Ledersesseln geführt, zwischen denen ein Beistelltisch mit Kunstzeitschriften stand. An der gegenüberliegenden Wand hing ein kleines, aber exquisites Gemälde von einer Madonna mit Kind. Annie bemerkte, dass kein schützendes Glas und keine rote Samtabsperrung den Betrachter von dem Kunstwerk trennte. Sie stellte ihren Rucksack ab; sie konnte nicht widerstehen, sie musste sich das Bild genauer ansehen. Das Gesicht der Madonna war flach und zweidimensional, der Ausdruck klagend und leblos, das Christuskind erinnerte eher an einen runzligen alten Mann als an ein Baby.

»Duccio – spätes dreizehntes Jahrhundert«, sagte jemand knapp.

Annie fuhr herum. Vor ihr stand Rebecca Winkleman-Spinetti. Sie ist wirklich eine außergewöhnliche Erscheinung, dachte Annie. Rebeccas Augen waren türkisgrün, die Haut milchig weiß und die Haare sehr hell. Der einzige Farbklecks in dem runden Gesicht waren Rebeccas überraschend sinnliche, blassrosa geschminkte Lippen.

»Sehr schön«, sagte Annie, dachte dabei allerdings eher an Rebeccas Gesicht als an das Gemälde.

»Eine unserer wichtigsten Akquisen«, sagte Rebecca. Dann warf sie einen Blick auf ihre Armbanduhr und bat Annie in ihr Büro.

Annie folgte ihr durch eine Mahagoni-Flügeltür in einen langen, mit Büchern gesäumten Raum, wobei sie Rebeccas elegante Figur in ihrem perfekt geschnittenen schwarzen Hosenanzug aus Kaschmir bewunderte. Neben ihr kam sich Annie in ihren weiten Hosen und dem Dufflecoat wie ein Landstreicher vor.

»Haben Sie Ihren Lebenslauf dabei?«

Annie reichte ihr ein Blatt. Rebecca warf einen Blick darauf und drehte es um, als suchte sie nach mehr Informationen.

»Ziemlich kurz«, sagte sie.

»Ich hatte vierzehn Jahre lang eine eigene Firma.«

»Waren Sie von der Rezession betroffen?«

»Die Firma lief immer sehr gut; es ist an der Partnerschaft gescheitert.« Annie errötete und sah aus dem Fenster. Sie hoffte, keine weiteren persönlichen Fragen beantworten zu müssen.

Rebecca sah die jüngere Frau an und fragte sich, warum sie nicht mehr aus sich machte – vernünftige Kleider, etwas Make-up. Zumindest, dachte sie, wird mein Mann die Finger von ihr lassen.

»Abgesehen von den Abendkursen an der Volkshochschule haben Sie keine Ausbildung? Ihre Gastronomieerfahrung beschränkt sich auf einen Käsespezialitätenhandel in einer Kleinstadt in Südwestengland?« Rebecca sprach mit knapper, hoher Stimme. Annie bemerkte, dass Rebeccas Hände ein wenig zitterten, was sich auf das Blatt Papier übertrug. Warum strahlte diese Frau eine solche Nervosität aus? Annie konnte schwerlich der Grund sein.

»Im Grunde bin ich Autodidaktin«, gab Annie zu. »Wir hatten außerdem neben dem Käseladen ein Café, und ich habe jeden Tag frische Gerichte zubereitet. Salate, Sandwiches und Kuchen.«

»Unser Unternehmen muss mit Topqualität assoziiert werden«, sagte Rebecca. »Das gilt für alle Bereiche.«

»Es war alles hausgemacht und frisch. Wir hatten auf TripAdvisor immer super Bewertungen«, sagte Annie abwehrend. Sollte sie Rebecca erzählen, dass die Stammkunden wegen ihres Cheesecake und ihrer Pasteten aus allen Ecken von Devon angereist kamen, und dass freitags, am Backtag, schon eine halbe Stunde vor Ladenöffnung die Leute Schlange standen, um Brot zu kaufen?

Rebecca zuckte mit den Achseln und beschäftigte sich weiter mit Annies Vita.

»Ihr einziges Hobby lautet Kochen?«

»Es ist eher eine Obsession als ein Hobby.«

»Sie haben keine anderen Interessen?«

»Sie denn?«, fragte Annie. Es war nicht unverschämt gemeint; sie war ehrlich interessiert.

Ein Hauch von einem Lächeln zog sich über Rebeccas Lippen. »Nein«, sagte sie zögerlich. »Ich denke, ich habe mein Leben der Kunst gewidmet.«

»Dann sind wir uns ja vielleicht gar nicht so unähnlich«, sagte Annie.

Rebecca betrachtete die junge Frau mit ihrer rotbraunen Mähne, dem Dufflecoat und den ausgelatschten Doc Martens. Sie hatte da ihre Zweifel.

»Mein Mann lobt Sie in den höchsten Tönen. Was tun Sie für ihn?«, fragte Rebecca.

»Ehrlich gesagt, nicht viel«, gab Annie zu. »Ich mag harte Arbeit und koche für mein Leben gern, aber da Mr Spinetti zurzeit nicht dreht, habe ich kaum was zu tun. Ich koche sehr viel Kaffee und hin und wieder einen Teller Pasta.«

Rebecca warf einen Blick auf ihre Uhr. In Kürze sollte ein potenzieller Kunde eintreffen. Carlos Vorschlag war eine Schnapsidee; sie würde sich über eine Agentur einen Koch suchen.

Sie wandte sich zu Annie und sagte: »Ich fürchte, Sie wären ein zu großes Risiko; Ihr Lebenslauf spricht nicht gerade für Fachkompetenz.«

Annie zuckte zusammen. »Ich habe den Fehler gemacht, Privatleben und Arbeit nicht zu trennen. Dadurch bin ich jetzt in einer ziemlich blöden Lage.«

Rebecca sah Annie nachdenklich an. Irgendetwas an Annies Situation erregte ihr Mitleid.

Ein Telefon auf dem Schreibtisch klingelte. Rebecca schnappte sich den Hörer, und ihre Stimme klang geschliffen vornehm. Höflich fragte sie: »Mrs Ankelehoff … Suzanne … wie ist es auf den Bahamas? Und der kleine Tommy … nun, der Duccio ist für einen anderen Kunden reserviert … selbstverständlich gehören Sie zu unseren wichtigsten Sammlern … der Mindestpreis liegt bei achtzehn … lassen Sie mich mit meinem Vater sprechen … und herzliche Grüße an Richard.« Sie legte hastig auf und rief ihre Assistentin an.

»Liora, finden Sie meinen Vater.«

Annie hob ihren Rucksack vom Boden und ging zur Tür. »Ich finde alleine raus.«

»Warten Sie«, sagte Rebecca. »Ich werd's mit Ihnen versuchen. Fragen Sie mich nicht, warum.« Sie stieß ein kurzes Lachen aus, so eine impulsive Entscheidung war ungewöhnlich für sie. »Enttäuschen Sie mich nicht. Liora wird Ihnen die Küche zeigen. Wir essen um sieben zu Abend. Sehen Sie sich die Speisefolgen genau an.« Rebecca wedelte mit der Hand in Richtung Tür.

Annie war sprachlos.

»Wir zahlen 450 Pfund netto pro Woche. Keine Überstunden. Sechs Tage pro Woche, wenn nötig. Die Arbeitszeiten sind bestenfalls unregelmäßig. Können Sie gleich anfangen?«

Annie nickte – der Verdienst war doppelt so hoch wie im Moment; genug, um alle Bedenken auszuräumen.

Das Gespräch hatte weniger als vier Minuten gedauert.

Annies neues Reich war eine lange schmale Küche, angrenzend an das »offizielle« Speisezimmer. Beim Öffnen der Schränke fand sie jedes erdenkliche Küchengerät, meist noch in seiner Verpackung. Annie dachte an ihre liebsten und wertvollsten Arbeitsgeräte, ihre japanischen Küchenmesser. Die fünf Garnituren in der Winklemanschen Küche waren von einer Qualität, die sie selbst sich niemals würde leisten können.

Sie musste eine Geheimhaltungserklärung unterschreiben, bekam ein Irisscan-Passwort und eine Liste mit Speisen. Zu ihrem Verdruss sah Annie, dass es immer das Gleiche war. Mittags und abends gab es abwechselnd gekochten und gedämpften Fisch und dazu Gemüse. Als Kräuter waren nur Dill und Petersilie erlaubt – Knoblauch, Koriander und Cayennepfeffer waren verboten; Salz und Pfeffer durften nur sparsam verwendet werden. Omelettes sollten ohne Eigelb gemacht werden, und nach jeder Mahlzeit sollte es Apfelmus geben. Alle Zutaten mussten aus biologischem und soweit möglich aus regionalem Anbau sein. Für Annie kam die Zubereitung von derart fadem Essen der Folter nahe. Für sie ging es bei einer Mahlzeit um Farbe, Duft und Präsentation.

An den Abenden, an denen Memling und Rebecca bei sich aßen, sollte Annie das Essen den philippinischen Dienstboten zum Warmstellen geben. Memling Winkleman war auf keinen Fall anzusprechen, sie sollte den Blick abwenden, wenn sie ihm im Flur begegnete, und nur sprechen, falls er das Wort an sie richtete. Die abwechslungsreichsten Mahlzeiten würde sie für Memlings weißen Husky Tizian zubereiten – er bekam frisches Kaninchen, Rind oder Huhn mit rohem Ei und Gemüse gereicht.

Schon am dritten Tag begann Annie ihren Kündigungsbrief zu formulieren, selbst wenn es sie in die Armut stürzen würde. Es kümmerte sie nicht, dass der Fisch von unnachahmlicher Qualität war, auf Sèvres-Porzellan serviert und mit den besten französischen Weinen gereicht wurde: Ihr Traum war es, zu kochen, nicht ein Leben lang über einem Dampfkochtopf zu stehen. Zu den Freuden des Kochens von Köstlichkeiten gehörte es für sie, die Gesichter der Leute beim Essen zu beobachten; bei diesem Job landete ihr Essen in einem Wärmeschrank. Bestimmt hatte Monotonie den Schlaganfall ihres Vorgängers ausgelöst. Spät am Mittwochabend rief Rebecca sie zu sich. Annie steckte ihr Kündigungsschreiben in die Tasche ihrer gestärkten weißen Schürze. Doch bevor sie Rebecca das Schreiben überreichen konnte, wurde sie gebeten, in der kommenden Woche zu Ehren Melanie Appledores, einer wichtigen amerikanischen Kundin, ein Abendessen für zwanzig Personen auszurichten. Ziel des Abends war, der Sammlerin den Kauf eines Caravaggio mit dem Titel *Judith und Holofernes* nahezulegen, einer kürzlich entdeckten Studie zu dem berühmten Gemälde im Palazzo Barberini in Rom. Annie dürfe ausnahmsweise etwas anderes zubereiten als Fisch. Es sollte drei Gänge geben, der erste sollte um Punkt acht serviert werden. Rebeccas Assistentin würde ihr eine Liste mit Vorlieben und Allergien der Gäste schicken.

Da sie keinen Zugang zu Monsieur Georges Unterlagen besaß, hatte sie wenig Ahnung, was bei dem Caravaggio-Essen erwartet wurde. Der Chefbutler Jesu und seine Frau Primrose berichteten, dass es immer eine Suppe als Vorspeise gebe und als Hauptgericht unweigerlich Fisch. Das letzte größere Essen, das Annie gekocht hatte, war bei einer Überraschungsparty für Desmond und fünfzig Freunde in Devon gewesen. Er wollte Mojitos, Hamburger und gegrillte Marshmallows – »bloß kein Chichi« –, doch Annie hatte gehofft, dass er sich über ihr Festessen freuen würde. Es war

Spätsommer und sein vierzigster Geburtstag, und sie verknüpfte die Themen Erntedank und goldene Jahre und kreierte in der Scheune eines befreundeten Paars einen hängenden Garten aus Kornähren, Dahlien und Chrysanthemen. Die Tapetentische bogen sich unter Kürbissen, Äpfeln und Strohpüppchen, während die in Rot oder Gold gekleideten Gäste auf Heuballen saßen. Sie hatte fässerweise würzige Kürbissuppe gekocht und den ganzen Tag damit zugebracht, unter einem Apfelbaum ein Spanferkel zu rösten; zum Nachtisch gab es Apfel-Brombeer-Crumble mit der typischen südenglischen *clotted cream*. Sie hatte Desmond eine Krone aus Gerste geflochten, doch er warf sie ins Feuer und hätte fast mit seiner schlechten Laune allen den Abend verdorben.

Da sie wenig Geld für Geschenke hatte, bot Annie ihren Freunden immer an, für sie oder deren Kinder zu kochen. Ihre Partys waren legendär: knallbunte Wackelpuddingtürme, lebensgroße Hunde und Schafe aus Kuchen mit essbarem Fell und Schwänzen aus Glasur und Marzipan. Für eine Freundin, eine Anthropologie-Professorin, die die Hälfte des Jahres in einem entlegenen Dorf in Kambodscha verbrachte, kochte Annie ein Stammesfestmahl. Für eine andere Freundin, Pernilla, die in einer Kleinstadt nördlich von Stockholm zur Welt gekommen war, bereitete Annie ein traditionelles schwedisches Essen zu mit Blutsuppe, luftgetrockneter Entenbrust und zum Nachtisch Preiselbeeren.

Annie ging sich das Gemälde ansehen, das bereits im Vorraum der Galerie hing. Es war ein unappetitliches Bild: ein Mann mit durchgeschnittener Kehle, das Blut spritzt über ein weißes Tuch, sein Leben verebbt mit jedem Herzschlag; und eine schöne schwarzhaarige Frau, die den Betrachter triumphierend ansieht, ein blutiges Messer in der Hand, beobachtet von einer runzligen Alten. Annie betastete ihre Kündigung und beschloss, dass sie wenig zu verlieren hatte und ein opulentes Mahl zubereiten würde: Zumindest würde sie dann für etwas gefeuert werden, auf das sie stolz sein könnte.

In ihren Mittagspausen durchforstete Annie das Internet und fand heraus, dass Caravaggio zwischen seiner Geburt im Jahr 1571 und seinem frühen Tod im Jahr 1610 fast ebenso für sein schlechtes Benehmen bekannt war wie für seine Bilder; sein Malstil war ähnlich impulsiv und tollkühn wie sein Temperament. Caravaggio hatte offenbar bei einem Handgemenge einen Mann getötet; kein Wunder also, dachte Annie, dass das Blut so lebensecht aus Holofernes' Hals schoss. Da er anscheinend unfähig war, sein Temperament zu zügeln, verbrachte der Maler den Großteil seines Lebens auf der Flucht vor der Obrigkeit. Er wurde geschmäht wegen seiner »Vulgarität, Frevelhaftigkeit und Gottlosigkeit«, doch sein Talent und »dunkler Geist« entfachten das Begehren der Sammler. Annie überlegte, wie sie dieses Element der Gefahr und dieses Feuer in ihr Menü integrieren könnte. Der Maler lebte während der Spätrenaissance in Italien zwischen Rom, Neapel, Malta und Sizilien – vier verschiedene Regionen mit eigenständiger Küche.

Caravaggios Ernährung – Brot, Schweinefleisch und Käse, und reichlich junger Wein aus der Region – war für Annies Gäste kaum geeignet, also recherchierte Annie die Festmahle seiner Mäzene: Kardinäle, Päpste und Adlige. Sie erfuhr, dass Zucker zur damaligen Zeit die neueste Entdeckung war, als Zeichen von Wohlstand galt und in großen Mengen zum Einsatz kam. Bei einem Festgelage bei Don Ercole, dem Sohn des Grafen von Ferrara, wurde eine lebensgroße vergoldete Zuckerstatue von Herkules und dem Löwen in Auftrag gegeben, als Mittelstück für den Tisch, flankiert von Venus und Cupido im Kleinformat. Es gab Mahlzeiten mit bis zu zehn Gängen, mit Schlössern aus Gebäck und Pasteten mit lebenden Vögeln, vergoldeten Hähnen, Schwänen und Pfauen, gebraten und erneut mit Federn geschmückt. Gäste konnten die Finger in kleine Brunnen mit Orangenblütenwasser tauchen, und jeder Gang wurde musikalisch begleitet.

Annie verlor sich in ihrer Recherche, und da sie keine Lust hatte, sich mit Evie auseinanderzusetzen, verbrachte sie noch eine dritte Nacht auf dem Klappbett im Büro.

Am Morgen darauf stand Evie bei Winkleman Fine Art vor der Tür. Die Securitymänner weigerten sich, diese verlottert wirkende Frau ins Innere des Hauses vorzulassen. Annie wurde aus einer Mitarbeiterbesprechung zum Empfang zitiert.

»Ist was passiert?«, fragte Annie, blickte hinauf in die Überwachungskamera und hoffte, dass keiner der Kollegen das Veilchen ihrer Mutter erkennen würde, das inzwischen nicht mehr lilafarben, sondern gelblich mit einem Hauch von Apricot war.

»Wo steckst du die ganze Zeit?«, fragte Evie patzig.

»Ich hab gearbeitet.« Annie nahm ihre Mutter am Arm und führte sie entschlossen in Richtung Ausgang.

»Dein Kühlschrank ist leer. Du hast nicht mal einen Fernseher.« Nach kurzem Zögern fügte Evie hinzu: »Ich wollte dich zum Mittagessen einladen.« Sie wirkte verletzlich wie ein Kind.

»Ich hab zu tun – ich kann jetzt wirklich nicht.«

»Es ist der zweiundzwanzigste Januar – mein Geburtstag«, sagte Evie mit dünner Stimme.

»Ach ja, tatsächlich«, erwiderte Annie so liebenswürdig wie möglich.

»Ich will in die Wallace Collection.« Evie sah nach rechts und links, um sicherzugehen, dass niemand in der Lobby zusah. Dann öffnete sie eine große Plastiktüte. Darin war das Bild.

»Geh einmal ums Haus zum Hintereingang und warte da auf mich. Ich muss meinen Mantel und meinen Geldbeutel holen.«

Wenige Minuten später tauchte Annie wieder auf.

»Warum gehen wir nicht in die National Gallery?«, schlug sie vor. Sie hatte keinerlei Bedürfnis, noch einmal die Wallace Collection zu besuchen, wo sie beim Singleabend Robert kennengelernt hatte.

»Ich habe Geburtstag und ich will in die Wallace Collection«, sagte Evie.

Die Wallace Collection war zu Fuß in einer halben Stunde zu erreichen. Es wäre machbar, überlegte Annie, ihre Mutter hinzuschaffen, ihr ein Sandwich zu kaufen und in einer knappen Stunde wieder am Schreibtisch zu sitzen. Glücklicherweise waren Rebecca und ihr

Vater heute in Paris und wurden nicht vor dem Abendessen zurückerwartet.

»Du trägst mein bestes Kleid«, sagte Annie und sah ihre Mutter an.

»Das einzig vernünftige Teil, das du im Schrank hast – und auch nur Massenware von Zara.«

»Ja, es ist von der Stange, aber es ist trotzdem mein einziges gutes Kleid, also leih es dir bitte nicht aus«, sagte Annie verärgert.

»Du hättest dir einen Schal anziehen sollen«, sagte Evie zu ihr. »Es ist kalt.«

»Ich bin kein kleines Kind«, sagte Annie und schritt die Pflasterstraße entlang. Durfte ich ja auch nie sein, fügte sie in Gedanken hinzu.

»Wieso hast du keine Stereoanlage in deiner Wohnung, nicht mal ein Radio?«, fragte Evie. »Du hast doch sonst immer Musik gehört.«

Annie hatte aufgehört, Musik zu hören. Es beschwor zu viele Gefühle herauf. »Ich bin einfach noch nicht dazu gekommen, mir eine Anlage zu besorgen«, log sie.

Sie gingen die Curzon Street hinunter und betraten einen kleinen Kirchhof in der Mount Street. Entlang der schützenden Mauer begannen rote und weiße Kamelien gerade zu blühen, und die Blüten an ihren zartgrünen Stängeln wiegten sich sanft in der Brise. Annie betrachtete die bunten Blumen und ihr ging auf, dass ihr geliebtes Dartmoor noch öde und sumpfig und ohne Farnkraut sein würde. In dieser Jahreszeit hatte sie es immer geliebt, durch die Mondlandschaft zu wandern, sich in die Windböen zu lehnen, die aus den Tälern Cornwalls hinaufbliesen. Viele Einheimische mieden die Moore im Winter; manchmal senkten sich urplötzlich Nebelschwaden herab, so dicht wie nasse Baumwolle. Jedes Jahr verirrten sich Wanderer, manchmal kamen Leute sogar um.

»Du hast mir gerade überhaupt nicht zugehört, stimmt's?« Evie zupfte an ihrem Ärmel.

»Tut mir leid. Ich war in Gedanken woanders.«

Sie überquerten die Oxford Street und bogen in eine Seitengasse, um nicht zwischen die mittäglichen Einkaufswütigen zu geraten.

Evie hatte recht: Annie wünschte, sie hätte sich einen Schal angezogen.

»Was hast du denn so getrieben?«, fagte Evie in gekünstelt munterem Ton.

»Ich habe in den kulinarischen Ausschweifungen der Spätrenaissance geschwelgt.«

»Besser als in Shepherd's Bush.«

»Rebecca möchte ein Abendessen für eine Kundin ausrichten, zur Feier eines Gemäldes. Ich bin sehr versucht, einen Themenabend draus zu machen – auch wenn ich weiß, dass das eigentlich nicht die Idee ist.«

»Du kannst aus allem was Köstliches zaubern. Du hast großes Talent.«

Annie hakte ihre Mutter unter. »Anders als ihr letzter Koch bin ich ungelernt und aus der Übung.«

Evie blieb stehen und drehte sich mitten auf der Straße zu ihrer Tochter. »Wetten, du traust dich nicht?«

Annie lachte. Es war ein altes Spiel zwischen Mutter und Tochter. Wetten, du traust dich nicht, deinen Teller leer zu essen? Wetten, du traust dich nicht, mich lieb zu haben?«

»Wenn's in die Hose geht, bin ich meinen Brotjob los.«

»Meinst du, jemand, der kurz vor dem Durchbruch steht, sorgt sich um seinen Brotjob?«

»Das hat ja wohl wenig damit zu tun.«

»Doch, Annie. Du musst endlich was riskieren.«

Annie blieb stehen und sah ihre Mutter an. »Ich will ja was riskieren, unbedingt, glaub mir. Aber wer holt dich aus dem Gefängnis, wenn ich meinen Job verliere? Zu wem willst du dann gehen?«

»Machst du deswegen einen Bogen um deine Wohnung?«

»Unter anderem, ja.«

Evie wischte sich eine Träne von der Wange. »Ich hätte gern noch ein paar Tage, um mich zu sortieren. Wäre das zu viel verlangt?«

Annie fand, dass das definitiv zu viel verlangt war.

»Mum, es ist doch nur, dass …«

»Es ist doch nur, dass ich ängstlich und einsam bin und du die Einzige bist, die ich noch habe auf der Welt.« Evie brach in Tränen aus.

Geht das wieder los, dachte Annie. Das endlose Karussell der Selbstvorwürfe. Annie wusste, dass sie sich vom Arm ihrer Mutter befreien und einfach davongehen sollte; stattdessen nahm sie Evies Hand und lenkte sie wortlos über den Manchester Square und hinein in die Wallace Collection.

»Du kannst ruhig noch ein paar Tage bei mir wohnen.«

Evies Gesicht leuchtete auf wie bei einem Kind. »Dein Vater und ich waren früher oft hier«, sagte sie zu Annie.

»Hast du schon erzählt.«

»Ich war glücklich damals.« Annie marschierte den prachtvollen Treppenaufgang hinauf und wünschte, im Museum würde Redeverbot herrschen.

»Warte auf mich. Ich bin nicht mehr die Jüngste«, sagte Evie keuchend. Anstatt stehen zu bleiben, ging Annie durch die Räume vor, während sie an mögliche Rezepte dachte. Ob eine Götterspeise aus Hypocras, einem roten Gewürzwein, ankäme, mit Zimt, Muskatnuss und Ingwer? Erstmals dokumentiert wurde dieses Rezept im Jahr 1530, vierzig Jahre vor Caravaggios Geburt, aber es würde perfekt zu Holofernes' aufgeschnittener Kehle passen. Sie hatte große Lust, eines der 250 Rezepte aus *De honesta voluptate* nachzukochen, diesem Buch aus dem Jahr 1474, das als Wegbereiter der modernen italienischen Küche galt.

»Ich seh schon, du bist in Gedanken wieder beim Essen«, sagte Evie und zupfte ihre Tochter am Ärmel. »Du kriegst dann immer diesen abwesenden Blick. Komm mal her und guck dir das an – das war auch noch ein Lieblingsbild deines Vaters.«

Annie erwachte aus ihrer Tagträumerei und sah, wie Evie auf das Bild eines Mannes mit gezwirbeltem Schnurrbart und arroganter Miene zeigte. Kurz darauf blockierte eine Gruppe japanischer Touristen in eleganten Trenchcoats die Sicht auf das Bild. Der Museumsführer, fand Annie, war kleidungstechnisch das absolute Gegenteil zu der Gruppe. Sein ausgebeulter Anzug aus pflaumenblauem Cord mit

Ellenbogenflicken sah aus, als wäre er für einen größeren Menschen geschneidert worden. Er trug eine schreckliche schief sitzende Strickkrawatte, vermutlich ein Geschenk einer Tante, irgendeiner alten Jungfer. Annie bemerkte, dass die dunklen Haare des Führers etwas zu lang und ungekämmt waren.

»Hier«, erklärte er, »haben wir ein Bild von Frans Hals, *Der lachende Kavalier.*« Er versprühte eine solche ehrliche Begeisterung, dass Annie und Evie aufhörten, sich zu zanken, und ihm zuhörten.

»Sie sehen, dass dieser Mann weder lacht noch lächelt, und ein Kavalier ist er schon gar nicht«, fuhr er fort. »Das Bild wurde erst viel später so genannt, im neunzehnten Jahrhundert, mehr als zweihundert Jahre nach seiner Entstehung 1624. Es ist gut möglich, dass dieses Porträt als Verlobungsgeschenk für eine junge Dame gedacht war.«

»Verlobung?«, fragte eine japanische Touristin.

»Vor der Trauung.«

»Trauung?« Sie verstand noch immer nicht. Der Museumsführer suchte nach der richtigen Umschreibung und begegnete dabei zufällig Annies Blick. Ohne nachzudenken zeigte Annie auf ihren unberingten Finger.

Danke, formte er mit den Lippen.

»Heiraten! Dieser Mann könnte einer reizenden jungen Dame dieses Bild geschickt haben, und wenn's ihr gefallen hat, hat sie vielleicht ja gesagt.«

Diesmal klappte es mit der Übersetzung, und die Japanerin nickte.

Jesse warf einen Blick zurück zu der jungen Frau mit der rotbraunen Flechtfrisur. Hatte sie grüne Augen, oder blaue? Sie funkelten, diese Augen, und ihr Blick war voller Humor und Mitgefühl. Er bemerkte ein paar Sommersprossen auf ihren Wangen und schweifte in Gedanken zu der Frage ab, ob ihre Brüste ebenfalls mit Sommersprossen bedeckt waren. Er versuchte ihr Alter zu erraten – wegen der zarten Fältchen um die Augen schätzte er sie auf Ende Zwanzig. Ihr Gesicht war etwas zu länglich und der Mund etwas zu breit für eine klassische

Schönheit. Sie hatte etwas Ätherisches, Verträumtes. Sie war ungewöhnlich gekleidet – gestreifte Hose und weißes Hemd –, vielleicht war sie Köchin, oder sie mochte einfach den Look. Ihre Schuhe waren abgewetzt und ihre Tasche, deren Griff mit orangefarbener Kordel geflickt war, deutete darauf hin, dass sie entweder nicht gut bezahlt wurde oder sehr sparsam war. Die Frau begegnete seinem Blick eine Sekunde zu lang, errötete und sah weg.

Jesse war enttäuscht; sie war nicht interessiert. Er wandte sich wieder seiner Gruppe zu.

»Diese kostbare Jacke ist bestickt mit Motiven und versteckten Symbolen, die damals die Qualen und Freuden der Liebe darstellten: Pfeile, flammende Füllhörner, Knoten der Liebenden und so weiter«, sagte er. Annie tat, als betrachtete sie ein anderes Gemälde, konnte aber einfach nicht weghören.

»Füllhörner?«, fragte ein Japaner.

»Es gibt viele Bedeutungen, viele Symbole, da passiert jede Menge.« Der Führer gestikulierte. »Das Gemälde zählt heute zu den berühmtesten und bekanntesten Bildern der westeuropäischen Kunstgeschichte. Es ist unsere männliche *Mona Lisa.*«

Sein Publikum wirkte ratlos.

»*Mona Lisa?*«, fragte eine Dame.

Der Museumsführer schlug sich gegen die Stirn. »Ach, ich Idiot. Entschuldigung. Sie waren wahrscheinlich noch gar nicht in Paris. Das ist ein Gemälde und hängt im Louvre. Von Leonardo da Vinci.« Der Museumsführer sah Annie wieder leicht verzweifelt an. Sie lächelte zurück – er war irgendwie attraktiv. Sie bemerkte, dass er tiefliegende blaue Augen und ein breites Gesicht mit hohen Wangenknochen hatte. Sein Haar war dicht, dunkel und unbändig; teilweise fiel es ihm ins Gesicht, teilweise stand es ihm zu Berge. Annie sah, dass sein Hemdkragen abgewetzt und die Manschetten mit Büroklammern zusammengehalten wurden. Sie war es nicht gewohnt, von wildfremden Menschen in Augenschein genommen zu werden, und drehte sich weg – wo war Evie, wenn man sie mal brauchte?

Sie musste nicht lange suchen. Evie hatte das Gemälde aus der

Plastiktüte genommen und war dabei, es mit den Bildern an den Wänden zu vergleichen. Ein Museumswärter beobachtete argwöhnisch, wie sie sich durch die Menge der japanischen Touristen schob und es neben den *Lachenden Kavalier* hielt. Neben dem Frans Hals wirkte es völlig deplatziert, die Figuren waren viel kapriziöser und mit leichterem Pinselstrich gemalt als der grundsolide Kavalier. Annie sah, wie der Blick des Museumsführers von Evie zu dem Gemälde wanderte. Erst schien er wenig interessiert, dann aber sah er ein zweites Mal hin und wollte gerade etwas sagen, da riss Evie es ihm unter der Nase weg und marschierte damit auf das Bildnis einer Dame in einem üppigen Rüschengewand zu, die einen zarten Seidenpantoffel unter ihrem Rocksaum hervorschob.

Annie ging hinüber zu ihrer Mutter. Auf der kleinen Plakette stand *Madame de Pompadour* von Boucher. Es gab eindeutig stilistische Übereinstimmungen, das Laub und die Gesamtkomposition schienen sich zu ähneln. Auf beiden Gemälden stand eine Figur im Vordergrund einer idyllischen Landschaft und eine Statue im Hintergrund, doch der Farbauftrag war auf dem einen Bild fedrig und lebendig, auf dem anderen gedämpft und statisch, und so kam Annie zu dem Schluss, dass es nicht ein und derselbe Maler gewesen sein konnte.

Sie gingen weiter, verglichen ihr Bild mit endlosen Szenen halbnackter Schäferinnen, frecher Putten und lüsterner Voyeure. Für Annie waren diese Frauen nicht nur ihrer Kleider beraubt, sondern auch ihrer Würde: Sie waren nichts als beschwörende, süßliche Verlockung. Die von den Künstlern verwendeten Farben erinnerten an die Füllung billiger Pralinen: Blassblau und Gelb für den Himmel, Rosa für die Haut, die reinste Pastellfarbenorgie. Die beiden Frauen blieben vor einem Gemälde namens *Les plaisirs du ball* von Jean-Baptiste Pater stehen.

»Ich wette, dieses Bild hat Carlo zu seinem *Sonnenkönig* inspiriert«, überlegte Annie.

»Gibt's im Kino auch mal irgendwas Originelles?« Wie so viele hatte Evie vom Film als Kunstform keine allzu hohe Meinung.

»Schlechte Künstler kopieren, gute Künstler klauen«, sagte Annie.

»Wer hat das gesagt?«

Annie zuckte mit den Achseln. »Ein Filmemacher arbeitet in vielen Dimensionen, aber die Kulisse richtig hinzukriegen ist die eigentliche Kunst. Das ist nicht so viel anders, als wenn ein Maler seine Leinwand vorbereitet. Man schafft eine Stimmung, eine Welt, in die der Betrachter eintauchen kann.«

»Also ist das hier nur eine Imitation?«

»Ich bin relativ sicher, dass Pater gelernt hat, indem er alles kopierte, was ihm in die Finger kam, und dass sein Lehrer wiederum seinen Meister kopierte. Wir kopieren doch alle ständig irgendjemanden«, sagte Annie und dachte an Platinas Rezepte.

Drüben auf der anderen Seite des Raums erzählte der Museumsführer den Touristen gerade von einem anderen Maler, Antoine Watteau. »Hier ist der Maler, der ein ganzes Genre begründete, die sogenannte *fête galante*, mit eleganten Figuren in aufwendigen historischen und zeitgenössischen Kleidern inmitten von Parklandschaften«, hörte sie ihn sagen. »Heute als Rokokostil bekannt.«

Evie marschierte durch den Raum und drängte sich mitsamt dem Bild durch die Menge. »Komm mal hierher, Annie, und guck dir das an!«, rief sie.

Peinlich berührt vom Verhalten ihrer Mutter entfernte sich Annie unauffällig und konnte nur hoffen, dass der Museumsführer sie nicht mit ihr in Verbindung bringen würde.

»Annie! Annie!«, rief Evie. »Komm doch mal und guck dir das Gesicht von diesem Kerl hier an. Genau wie der Mann auf deinem Bild!« Evie beugte sich über die rote Samtabsperrung und hielt Annies Bild neben den Watteau.

Ein Wärter sprang von seinem Stuhl hoch und rannte auf Evie zu.

»Finden Sie nicht, dass die Ähnlichkeit frappierend ist?«, fragte sie den Museumsführer.

Er sah beide Bilder prüfend an. »Ja, da sind Ähnlichkeiten, eindeutig. Dieser Maler wurde oft kopiert. Und zwar zu Recht«, sagte er taktvoll.

»Ihr Wissenschaftler habt doch immer nur Schiss in der Hose«, sagte Evie barsch und wandte sich an die japanischen Touristen. »Was meinen Sie dazu?«

»Wenn Sie bitte einen angemessenen Abstand zu den Bildern halten wollen, andernfalls müssen wir Sie bitten, das Haus zu verlassen«, sagte der Wärter.

»Habt ihr denn alle keine Augen im Kopf?« Evie schob ihm das Gemälde unter die Nase.

»Ich bin hier, um die Bilder zu schützen.«

Evie stieg über die rote Samtabsperrung und beugte sich dicht zu dem Bild.

»Beide haben diesen traurigen Gesichtsausdruck. Und es ist die gleiche Statue im Hintergrund.«

Evies Beobachtungen gingen im Schrillen eines Alarms und dem Geräusch heraneilender Schritte unter. Innerhalb von Sekunden war sie von Wärtern umringt, sie zogen die Absperrung zur Seite, packten sie an den Armen und zerrten sie von den Bildern weg.

»Fasst mich nicht an«, blökte sie. »Ich hab nichts gemacht. Ich liebe die Kunst. Im Gegensatz zu euch Barbaren. Lasst mich los. Ich werde mich beschweren, das versprech ich euch.«

Annie sah, wie ihre Mutter im Polizeigriff aus der Tür geführt wurde.

Die Japaner tuschelten aufgeregt miteinander. Annie begegnete dem mitleidigen Blick des Museumsführers. Sie zog eine verlegene Grimasse und verließ den Raum so würdevoll wie möglich.

Draußen vor dem Museum stand Evie mit dem Bild unterm Arm.

»Hast du was getrunken?«, fragte Annie und trat zu ihr. »Du kannst von Glück reden, dass sie nicht die Polizei gerufen und Anzeige gegen dich erstattet haben.«

»Was bilden die sich ein! Die können doch nicht alles verdammen, was nicht bei denen an der Wand hängt!« Evie hielt das Bild in die Höhe und verkündete: »Ich glaube an dich.«

Annie setzte sich auf die Mauer. Evie war wieder in ihr altes Verhalten zurückgefallen. Sie musste sich einen Drink gegönnt haben, bevor sie Annie bei der Arbeit aufgesucht hatte. Gleich würde sie weinen, sich den nächsten Drink beschaffen, lustig werden, sich zurückziehen, und so weiter und so fort.

Annie sehnte sich nach der vergleichsweise ruhigen Küche der Winklemans, drehte sich von Evie weg und ging davon. Ihre Mutter würde schon allein zur Wohnung zurückfinden.

»Entschuldigung«, rief ihr eine Männerstimme nach. Annie hüllte sich enger in ihren Mantel und ging hastig weiter. Das Museum würde ihr doch keine Aussage zu einer einsamen durchgeknallten Frau abverlangen.

»Hallo? Bitte warten Sie doch.« Der Museumsführer holte Annie ein und ging neben ihr her. »Tut mir leid wegen gerade.«

Annie schwieg. Ihr Gesicht war rot vor Scham.

»Ich hab Ihnen eine Postkarte besorgt von einem Bild, das Ihrem ziemlich ähnlich sieht. Es ist nur eine Zeichnung, aber ich glaube, die Ähnlichkeit ist deutlich zu erkennen«, sagte er und hielt ihr die Karte hin. Annie blieb stehen und nahm sie, ohne den Museumsführer anzusehen.

»Die Frau hatte nicht ganz unrecht. Die beiden Bilder weisen wirklich Gemeinsamkeiten auf. Die Figuren sind sich sehr ähnlich – und auch der Hintergrund. Falls Sie da weiterforschen wollen.«

Annie fiel ihm ins Wort. »Kein Interesse. Das Ding hat bisher nur Unglück gebracht.«

»Vielleicht überlegen Sie es sich ja noch anders«, rief der Museumsführer ihr nach.

Annie sah sich nicht noch einmal um.

# 5. Kapitel

Wenn sich Barthomley Chesterfield Fitzroy St. George im Ganzkörperspiegel betrachtete, gefiel er sich. Er war neunundsechzig Jahre alt, doch seine Haut war straff dank plastischer Chirurgie und der Körper schlank und rank dank täglicher Gymnastik und einer Prise Kokain vor den Mahlzeiten. Seine Augen waren nur noch wässrig blau, doch die Zähne hatten Hollywoodformat. Sein volles und üppiges Haar war größtenteils echt, und jeder Teil seines Körpers wurde regelmäßig von einem Team aus Manikűristen, Visagisten und Masseuren sorgfältig gepflegt und poliert. Wenn auch nicht mehr ganz so knabenhaft wie früher, erklärte Barty (wie ihn die meisten nannten) gern, er sei in einem »Topzustand«.

»Dieser entzückende Mann hat seine Sache wirklich gut gemacht, meinst du nicht auch?«, fragte Barty und blickte anerkennend auf seine frisch geliftete Kinnpartie.

Lady Emeline Smythe, seine zweiundzwanzigjährige Privatsekretärin, nickte.

»Du siehst glänzend aus.«

Barty lächelte gnädig; er musste ihr recht geben.

»Der beste Beweis für eine gelungene OP«, fuhr Barty fort, »ist nicht, wenn dir die Leute sagen, du siehst jung aus, sondern, wenn sie dir zu deinem guten Aussehen gratulieren. Vielleicht lasse ich mir im nächsten Sommer die Stirn liften. Botox macht so maskenhaft.«

»Mummy ist total neidisch«, sagte Emeline. »Daddy sagt, sie müsse sich entscheiden: neues Gesicht oder neues Pferd.«

Ems Vater residierte auf einem Anwesen von zehntausend Premiumhektar in Lincolnshire. »Kann er nicht einfach ein paar Wiesen verkaufen und ihr beides ermöglichen?« Die Prioritäten des Adels waren Barty ein Rätsel.

»Daddy sagt, mein Bruder soll mal das ganze Land erben«, entgegnete Emeline wehmütig. »Er hat gesagt, ich muss Gas geben und heiraten, während ich noch in Schuss bin, sonst verstaube ich in den Regalen.«

Insgeheim gab Barty ihrem Vater recht. Jetzt sah Em zum Anbeißen aus – volle Lippen, Pfirsichhaut, eine kleine Stupsnase und wallende blonde Locken –, aber diese Art von Schönheit überdauerte nur selten die erste Blüte der Jugend.

»Deine Tante Joanna hat sich gehen lassen«, sagte Barty. »Ich habe sie neulich abends bei den Devonshires gesehen. Sie hat sich aufs Sofa gesetzt, und ihr Hinterteil quoll übers Polster wie ein überreifer Brie.«

»Arme Tante Jo«, sagte Emeline mitfühlend. »Den Verlust von Topper hat sie nie überwunden.«

»Ich dachte, ihr Mann hieß Charles?«

»Hieß er ja auch – Topper war ihr Pekinese.«

Das Gespräch wurde durch Frances unterbrochen, Bartys Assistentin, die mit einem Stift und einer Handvoll vornehmer Einladungskarten hereinkam. Frances war breit und kräftig wie ein Highlandpony und gekleidet wie die Hausmutter eines Internats. Ihre Augen guckten in verschiedene Richtungen, dennoch entging ihr nichts, und alle Menschen, einschließlich Barty, hatten ein wenig Angst vor ihr.

»Sie haben vier Einladungen für das Wochenende des siebten Juni – die Sheikha von Alwabbi, der Duke und die Duchess Midlothian, Mr Elliot Slicer und die Brommages«, sagte Frances.

»Klingt alles äußerst strapaziös«, sagte Barty und ließ sich auf ein blassrosa Sofa sinken. »Wer hat den schönsten Garten? Ich sehne mich nach Farbe.«

Frances ragte über ihm und wedelte mit den Einladungen. Barty schloss die Augen.

»Rosen im Juni sind einfach zum Niederknien. Was sagst du, Em?«

»In Arabien oder Texas blühen im Juni wahrscheinlich eher keine Rosen. Die Brommages sind auf ihrem Schiff, also würde ich die

Midlothians vorschlagen – Daddy sagt, sie haben einen sehr hübschen Landsitz.«

Barty stöhnte laut auf. »Liebes Kind! Das Schloss liegt im Norden von Schottland und dort blüht alles mindestens einen Monat später. Haben dir deine Eltern denn gar nichts beigebracht?«

Emeline war beschämt. »Tut mir leid, Barty. Ich finde Schottland schrecklich. Ich versuche immer einen großen Bogen drum zu machen.«

»Tun wir das nicht alle, meine Liebe?«, pflichtete Barty ihr bei.

Frances schürzte die Lippen. »Sie sollten die Einladung der Alwabbis annehmen – mit all ihrem Gas werden sie täglich reicher, und immerhin haben wir hier eine Firma zu leiten.«

»Sagen Sie bitte nicht ›Firma‹, meine Liebe. Das klingt so gewöhnlich«, sagte Barty gequält.

»Was ist daran gewöhnlich, dass wir Essen auf dem Tisch und ein Dach überm Kopf brauchen?«, fragte Frances in ihrem schärfsten Tonfall.

»Ich richte mich ganz nach Ihnen, Frances«, sagte Barty kleinlaut.

»Ich werde Sie bei Ihrer königlichen Hoheit anmelden.« Frances lächelte flüchtig und verließ das Zimmer.

Bartys größte Schwäche (und wahre Berufung, wie er sagte) war sein *Cottage orné* im Regent's Park. Das White House war im späten achtzehnten Jahrhundert für die Mätresse eines Herzogs gebaut worden, lag auf einer Lichtung inmitten des Parks, stammte aus der Feder des Architekten James »Athenian« Stuart und stellte die vollendete Miniaturversion eines neoklassizistischen Palasts dar. Als die Nachkommen des Herzogs von Plantagenet ihr Erbe an ein Bauunternehmen verkaufen wollten, führte Barty eine erhitzte Rettungsschlacht und überzeugte den Richter von seiner Idee, es selbst zu erwerben und zum Wohle der Nation restaurieren zu lassen. Neunzig Tage im Jahr waren nun die Prunksäle für die Öffentlichkeit zugänglich. Das White House war ein Geldfresser – wenn nicht gerade das Dach marode war, waren es Rohre, Heizungsanlage, Fenster, Abflussrinnen oder die Elektrik. Barty liebte das Haus heiß und innig und steckte jeden Penny seines nicht unbeträchtlichen Einkommens in sein Herzensprojekt.

Ein gewaltiges Rascheln von Plastik und Polyäthylen kündete Bartys Kammerdiener Bennie an. Zu jedem größeren gesellschaftlichen Anlass kam Barty in einer anderen Verkleidung. Je ausgefallener das Outfit, desto größer war die Chance, die Paparazzi auf sich aufmerksam zu machen, und Presse, so Barty, war gut fürs Geschäft. Presse war vor allem gut für seine Laune; er liebte es, in der Zeitung zu stehen, und selbst das schlimmste Foto machte ihm Freude, vorausgesetzt, es war nicht gehässig. Er besaß dicke Alben mit Zeitungsausschnitten, und an dunklen Winterabenden brachte er glückliche Stunden damit zu, vergangene Auftritte und Partys Revue passieren zu lassen.

Jeden Montagmorgen besprach er mit Bennie die anstehenden gesellschaftlichen Verpflichtungen und passenden Outfits. Barthomley bestand darauf, sämtliche Details perfekt aufeinander abzustimmen. »Gott sei Dank gibt es ebay«, sagte er oft. Heute, zum Jahrestag von Elvis' erstem Nummer-Eins-Album, hatten sie sich auf den Teddyboy-Look geeinigt; Bennie hatte die Second-Hand-Läden nach einem original Fünfzigerjahre-Anzug, Schuhen mit Kreppsohlen und einer Perücke mit Tolle durchforstet.

»Wie finden Sie das hier?«, fragte Bennie und hielt ihm ein braunes Jackett und eine groteske schwarze Perücke hin.

»Ah, hinreißend! Absolut göttlich, mit diesem rosa Revers«, sagte Barty, klatschte in die Hände, schlüpfte in das Jackett und betrachtete sich im Dreifachspiegel.

»Elvis, wie er leibt und lebt«, sagt Barty ohne erkennbare Ironie. »Meine Liebsten – ich habe Angst, dass es zu überzeugend ist. Was ist, wenn niemand merkt, dass ich es bin?«, fragte er und drehte sich vor dem Spiegel hin und her.

»Glauben Sie ernsthaft, das Premierenpublikum beim *Rosenkavalier* wird denken, der King sei im Royal Opera House von den Toten auferstanden?«, fragte Bennie.

»Aber sehe ich denn gut aus?« Barthomley hatte Angst, dass die

Kombination aus glänzend schwarzer Perücke und seiner blassen neunundsechzigjährigen Haut womöglich unvorteilhaft wirken könnte.

»Ich würde Sie nicht von der Bettkante schubsen!«, sagte Bennie lachend.

»Vorsicht. Am Ende komme ich noch darauf zurück!« Sie wussten beide, dass er nichts dergleichen tun würde; Barthomley fand Sex furchtbar gewöhnlich und den jungen Leuten vorbehalten.

Selbst nach fünfzig Jahren im Fokus der Öffentlichkeit, in denen er mit jeder berühmten Person der Stadt und darüber hinaus abgelichtet worden war, hatte niemand aus seiner Heimatstadt Keddlesmere ihn wiedererkannt oder jemals Kontakt mit ihm aufgenommen. Sein jüngeres Ich, geboren am 14. März 1945 als Reg Dunn, war am 14. März 1960 von zu Hause ausgezogen und nie zurückgekehrt. Mit fünfzehn wusste er, dass es für ihn als »Homo« in Keddlesmere keine Zukunft gab. Er streifte sein altes Ich ab wie eine Schlangenhaut und schuf sich eine neue Identität, indem er die Namen der Ortschaften aneinanderreihte, die er beim Autostopp nach London passierte. Reg Dunn war tot: Lang lebe Barthomley Chesterfield Fitzroy St. George.

An seinem ersten Abend in der Stadt wurde Barthomley von einem Toryminister am Piccadilly Circus aufgegabelt, der den jungen Mann auch seinen Kollegen weiterempfahl, und so arbeitete sich Barty vom Oberhaus bis in die nobelsten Häuser Englands hoch. »Ich habe zu Füßen der Großen gelernt«, pflegte er zu sagen. »Ich war auf den Knien, sie standen.« Innerhalb von fünf Jahren avancierte Barty vom Stricher zum Trauzeugen. Natürlich half es, dass er in einer Zeit erwachsen wurde, als die Klassenunterschiede zu verschwimmen begannen und es plötzlich angesagt war, Freunde aus anderen Gesellschaftsschichten zu haben; doch der Hauptgrund für Bartys Erfolg basierte auf einer einfachen Tatsache. Er verbreitete gute Laune. Ob beim Jagen im schottischen Hochmoor, in der königlichen Eisenbahn in Rajasthan oder beim Nachmittagstee einer adligen Witwe, mit Barty zusammen machte alles einfach mehr Spaß. Sein unstillbarer Lebensdurst, seine Fähigkeit, das Lächerliche (vor allem bei sich selbst) zu sehen, und seine authentische Liebe zu den Menschen machten ihn unwiderstehlich.

Barthomley Chesterfield Fitzroy St. George wurde bekannt als »der reizende Barty«, und alle gesellschaftlich relevanten Ereignisse wurden um seine Verfügbarkeit herum geplant. Sein Akzent wurde geschliffen, und nach zehn Jahren war er ein so integraler Bestandteil der Lebens der Oberschicht, dass die meisten glaubten, er sei tatsächlich im Besitz eines Titels.

Anders als sein neuer Bekanntenkreis hatte Barty jedoch keinen Treuhänderfonds, keine wohlgesinnte Erbtante und keine nennenswerte Bildung, und das Reisen von Grafschaft zu Grafschaft, von Party zu Party, und seine Mission, stets als gute Seele vom Dienst aufzutreten, waren anstrengend. Barty sehnte sich nach Unabhängigkeit, nach einer kleinen Wohnung als Rückzugsort und einer Rücklage für die Rente. Ganz unverhofft kam er dann zu einem neuen Metier: 1979, nach dem Sturz des Schahs von Iran, wimmelte London plötzlich von vertriebenen Persern, die Geld hatten wie Heu, aber keine Ahnung, was sie damit anfangen sollten. Gegen ein Entgelt suchte er ihnen Wohnungen, Dekorateure, Assistenten und Schneider. Er zeigte ihnen, welche Bars und Clubs man frequentieren musste, und er wies sie in die Feinheiten der britischen Gesellschaft ein. Er half seinen Protegés, die extravagantesten Partys zu schmeißen. Und er erkannte schnell: Je höher seine finanzielle Forderung, desto glücklicher die Kunden.

Barty besaß nie eine Visitenkarte; er brauchte keine Berufsbezeichnung. Alles lief über Mundpropaganda. Die Reichen und Bedürftigen fanden schnell zu ihm. »Sie müssen sich vorstellen, ich bin eine Mischung aus Svengali und Henry Higgins mit einem Hauch von Cedric Montdore«, pflegte er zu sagen, wenn auch kaum jemand die Anspielungen verstand.

»Los, wir legen *Hound Dog* auf, dann kommen wir in Stimmung«, sagte Barty und schlüpfte in seine Creeper.

Emeline lief zur Musikanlage, und Sekunden später schallte Elvis durch den Raum. Barty nahm ihre Hand und sie begannen Rock'n'Roll zu tanzen. Währenddessen tauchten diverse Assistentinnen auf und stellten Fragen.

»Barty, Mitch möchte den Schneider wechseln und zu Huntsman gehen – irgendjemand hat ihm erzählt, das sei der älteste.« Milly gehörte zu den sieben jungen Frauen, die Barty bei der Betreuung seiner einzelnen Kunden halfen.

»Savile Row ist völlig out. Wenn er unbedingt aussehen will wie ein Shar-Pei, ist das seine Sache.«

»Shar-Pei, ist das ein chinesisches Gericht?«

»Das ist ein Hund – bringen die euch denn gar nichts bei in St. Mary's Ascot?«

Amelia, die die Südamerikaner betreute, war die Nächste in der Reihe. »Carlos Braganzas Cousin ist in Northolt verhaftet worden, weil man in seinem Privatflugzeug Kokain gefunden hat, und jetzt will er wissen, ob Sie ihm aus der Klemme helfen können.«

»Ruf mal diesen hübschen Kerl vom Auswärtigen Amt an, den ich aus Highgrove kenne.«

Diandra, die sich um die Russen kümmerte, war ganz aufgeregt. »Dimitri Woldakow will wissen, ob Sie ein Chalet in Gstaad organisieren können, mit Übernachtungsmöglichkeit für dreißig Personen.«

»Sag ihm, natürlich – und wenn ich's mit eigenen Händen bauen muss.«

»Hat jemand von euch gestern Abend M. Power-Box im Mojo gesehen? Mein Gott, was für ein Mann.«

»Ich dachte, Sie waren gestern Abend bei den Swindons!«

»Da wurd's mir langweilig, da bin ich weiter ins Mojo. Findet ihr die Tolle nicht ein bisschen too much?«

»Nein, die muss so sein.«

»Mein Lidstrich verläuft.« Leicht keuchend setzte sich Barty wieder auf sein rosa Sofa.

Frances kam zurück und drehte die Musik leiser.

»Was soll denn dieser Russe denken?«, fragte sie. »Finden Sie nicht, dass Sie das Outfit ein bisschen runterfahren sollten, bevor Sie Ihren neuen Kunden treffen?«

»Welcher Russe?«

»Wladimir Antipowski. Sie treffen ihn in fünfundzwanzig Minuten in seinem neuen Haus am Berkeley Square.«

»Das habe ich völlig verschwitzt. Ich will vor der Oper noch bei Tims Vernissage vorbeischauen.«

Frances las aus ihrem Notizbuch vor. »Wladi Antipowski, einundvierzig Jahre alt, aus Smlinsk, einer Kleinstadt an der Grenze zu Sibirien. Kontrolliert dreiundvierzig Prozent der weltweiten Zinnproduktion. Geschätztes Vermögen acht Milliarden, Tendenz steigend. Keine Ehefrau, keine Angehörigen, von denen man wüsste. Noch so einer, der von seiner Regierung rausgeschmissen wurde.«

Barty drehte sich zu Frances um, und seine Augen leuchteten vor Aufregung. »Stellt euch vor, wie elend er sich fühlen muss, und das auch noch ohne Frau und Kinder. Wie schön ist doch so eine weiße Leinwand. Denkt nur an das Potenzial. Die Verwandlung. So muss sich Michelangelo gefühlt haben, als er das perfekte Stück Carraramarmor fand: Die meisten sahen darin einen weißen Steinklumpen, er sah den David. Was sagten Sie, wie viel Geld hat er?«

»Acht Milliarden«, erwiderte Frances.

»Pfund oder Dollar?«, fragte Emeline.

»Liebes Kind, du bist aber wirklich manchmal vulgär«, sagte Barty tadelnd.

Neue Mitarbeiter gingen stets davon aus, dass Bartys Liebe zu den Neureichen vor allem durch die Aussicht auf seine Provision beflügelt wurde; aber sie irrten sich. Barty liebte seinen Job über alles. Jedes Mal, wenn er wieder einen Kunden aus der sozialen Ödnis und kulturellen Versenkung rettete, erlebte Barty seine eigene Flucht aus Keddlemere noch einmal neu. Der echte Nervenkitzel war nicht mit Gold aufzuwiegen; er musste einfach nur genug verdienen, um sein White House nicht schließen zu müssen. Oft sagte er, dass auf seiner Visitenkarte, wenn er denn eine hätte, das Wort »Alchemist« stehen müsste; »ich nehme Geld und Unwissenheit und zaubere daraus das Paradies auf Erden.«

Bennie versuchte ein letztes Mal die Perücke zurechtzuschieben, aber Barty war schon aufgestanden und steuerte auf die Tür zu. »Bring mich zu meinem Russen. Hopp, hopp. Wir haben keine Zeit zu verlieren.«

Wladi Antipowski stand allein in seinem neuen Haus mit siebzehn Zimmern am Berkeley Square und schwelgte in Selbstmitleid. Genau vierundfünfzig Tage waren vergangen, seit acht Männer in schwarzen Anzügen in sein Moskauer Büro spaziert waren und ihm ein Flugticket nach London auf den Tisch gelegt hatten, ohne Rückflug. Man gab ihm dreißig Minuten Zeit, seinen Schreibtisch zu räumen, andernfalls würde er den Verlust seiner Häuser, Firmen und Freiheit riskieren.

Im Connaught war eine ganze Etage auf seinen Namen angemietet worden, bis er ein Haus und Büroräume fand. Wenn Wladi einem gewissen Unbekannten hin und wieder einen Gefallen tat, keine krummen Dinger drehte und sich nicht in politische Aktivitäten einmischte, würde er fünfundsechzig Prozent seines Vermögens behalten und ohne Angst vor einem Attentat oder einer Gefängnisstrafe leben dürfen. Bei gutem Betragen dürfte er zum Skifahren nach Courchevel, im Winter in die Sonne von St. Barts und im August nach Cap d'Antibes.

Wladi stellte weder ihre Autorität noch ihre Absichten in Frage; das wäre sowieso vergeblich gewesen. Erst am Vortag war Anatoli Aknatov, einst wohlhabender und mächtiger Oligarch, im Staatsfernsehen vorgeführt worden, ausgemergelt und in Handschellen, nachdem er schon das fünfte Jahr in einer winzigen Zelle sein Dasein fristete. Er war nicht das einzige Beispiel eines Mannes, der zu reich geworden war oder sich in irgendeiner Form gegen die Regierung geäußert hatte. Die meisten wurden nicht einmal offiziell ins Gefängnis gesteckt; sie verschwanden einfach von der Bildfläche. Ein Flugzeugabsturz oder ein Herzinfarkt erinnerten dann alle anderen daran, wer die wirkliche Macht in Händen hielt und wie schnell und effektiv diese Macht zum Einsatz kommen konnte.

Wladi hatte sich umstandslos zum Flughafen begeben. Er hatte keine Familie, die er hätte mitnehmen, keine echten Freunde, denen er hätte Lebwohl sagen müssen, und doch war er mit Herz und Seele der russischen Scholle verbunden. Ohne das geliebte Vaterland, seine weiten Landschaften, seinen Glanz und sein Elend, hatte Wladis Leben keinen Sinn. Er war schon ein paarmal in London gewesen und fand die Enge der Stadt deprimierend. Und was die europäischen Frauen anbelangte, sie waren wie Grubenponys – kurzbeinig und mit schlechten Manieren.

Als der frischgebackene Exilant im Connaught eintraf, fand er dort ein Kuvert mit seiner neuen Bankverbindung und seinen Aktienanteilen vor. Überraschenderweise durfte er bei Vorankündigung und mit der Zustimmung eines gesichtslosen Mitunterzeichners Geld abheben; diese Rechte konnten ihm jedoch jederzeit entzogen werden, und Voraussetzung war, dass Wladi sich aus Russland fernhielt und sein Unternehmen um sechs Prozent jährlich vergrößerte. Die neuen (anonymen) Mitaktionäre hatten das Recht, jederzeit Geld abzuheben.

In den ersten zwanzig Tagen blieb Wladi hauptsächlich in seiner Suite, lief hin und her und dachte über seine Optionen nach, die äußerst begrenzt waren. Er konnte nichts anderes tun, als die Sache in England auszusitzen und auf einen Regierungswechsel zu warten. Heimlich träumte er davon, einen Staatsstreich zu inszenieren. Sicherlich gäbe es genügend russische Exilanten, um eine mächtige Allianz zu schmieden. Doch Wladi hatte zu viel Angst, um seinen Traum auch nur im privaten Kreis zu artikulieren; vermutlich ging es den anderen ähnlich.

Er versuchte seiner Einsamkeit mit hemmungslosem Konsum entgegenzuwirken und bestellte sich über den Zimmerservice Mädchen, Autos und Champagner. In der vierten Woche unterschrieb er den Mietvertrag für ein neues Büro und kaufte sich ein Townhouse am Berkeley Square. Zwei weitere Wochen vergingen, er besaß jetzt siebzehn Autos und hatte vier Sekretäre, einen Butler, zwei Kammerdiener, einen Fahrer, drei Bodyguards und elf Filipinos eingestellt. Doch trotz all dieser Geschäftigkeit litt Wladi unter grenzenloser Langeweile. Zwei Freunde, Natalia and Stanislaw, die einzigen glücklichen Moskauer, die er in London kannte, kamen auf die Idee, ihn mit Barty St. George bekannt zu machen, und Wladi willigte ein, obwohl er keine Ahnung hatte, wer oder was ihn erwartete.

Als der zartgliedrige, alternde Teddyboy in seinem leeren Haus auftauchte, glaubte Wladi erst an einen dummen Scherz.

»Warum sagt mir keiner, dass Sie so ein schöner Mann sind! Und so groß. So groß. Hmmmm«, rief Barty und eilte mit ausgestreckten Armen auf ihn zu. »Ein echter Leckerbissen!« Barty schmatzte mit den Lippen. »Und so stark. Und hochgewachsen. Wie groß sind Sie? Zwei Meter in Söckchen?« Er lief um Wladi herum und stieß anerkennende Laute aus. »Wussten Sie, dass ich 1964 zum ersten Mal in diesem Haus war, da wurde es noch von Earl Honey bewohnt. Ich könnte Ihnen ein paar nette Histörchen erzählen von dem Abend damals, ach, aber Sie sind ja viel zu hetero und wüssten das gar nicht zu würdigen. Bunny Honey, wie wir ihn nannten, hat innerhalb von sieben Jahren im Hoppelschritt sein komplettes Vermögen verjubelt. Ich muss zugeben, ein klitzeklein wenig habe ich ihm dabei geholfen. Es waren rauschende Feste. Was für ein Spaß.«

Wladi fragte sich, wie er auf Natalias und Stanislaws Schabernack reagieren sollte. Vielleicht, indem er ihnen eine Wagenladung Affen auf ihren Landsitz schickte.

»Sollen wir uns nicht setzen?« Barty sah sich im leeren Zimmer um. »Wie ich sehe, haben Sie gar keine Möbel. Aber das kriegen wir hin. Keine Gardinen. Schlafen Sie hier?«

»Connaught«, sagte Wladi und wollte so schnell wie möglich wieder in der vergleichsweisen Anonymität seiner Hotelsuite abtauchen.

»Das Connaught ist ein Rattenloch – wie können Sie's dort nur ertragen? Aber was soll's, lassen Sie uns mal einen Blick auf die Räumlichkeiten werfen.«

Barty eilte im Haus hin und her, lobte die Bausubstanz und erwog sein Potenzial. Wladi dackelte hinterher und beobachtete ehrfürchtig, wie der Teddyboy sich Notizen in sein kleines ledernes Büchlein machte.

»Jetzt fragen Sie sich, was in aller Welt ich für Sie tun kann.« Barty betrachtete Wladi mit freundlichem onkelhaftem Blick. Er begriff, dass dieser Mann trotz seiner Größe und Kraft, trotz der Millionen, die in irgendeiner Londoner Bank lagerten, ängstlich und einsam war. Er war nicht der erste Exilrusse, dem Barty seine Hilfe angedeihen ließ.

»Bitte langsam sprechen – mein Englisch nicht gut«, sagte Wladi. Er musste zugeben, dass der fremde Mann etwas Sympathisches hatte.

»Schauen Sie, mein Hübscher, was nützt einem das viele Geld, wenn man keinen Spaß damit hat oder irgendetwas Sinnvolles damit anfängt, nicht wahr? Wenn Sie's richtig anstellen, kann Geld Ihnen ein Leben *und* sogar noch mehr Geld bescheren!« Barty klatschte in die Hände, um seine Aussage zu unterstreichen. »So wie ich die Sache sehe, haben Sie die Wahl. Sie können den Rest Ihres Lebens in diesem verlausten Hotel wohnen, ins Sketch und in all die anderen Nachtclubs gehen und mit irgendwelchen leichten Ladys im Jacuzzi vor sich hin köcheln. Urlaube in Courchevel und St. Barts. Ein größeres Flugzeug, vielleicht ein bis zwei Boote. Ihr Geld wird Ihnen einen Platz am besten Tisch neben einem abgehalfterten Mitglied der königlichen Familie sichern. Oder Sie folgen meinem Rat, und bald schon werden Präsidenten, Premierminister, selbst Könige und Königinnen darum bitten, neben *Sie* platziert zu werden.«

»Könige, Königin?« Wladi war perplex.

Barty sah, dass dieser Muskelprotz von einem Russen weder verstand, worum es ging, noch angemessen beeindruckt war. Vielleicht hatte Barty jemanden gefunden, der sich nicht umkrempeln lassen würde, vielleicht würde dieser Mann die Entwicklung vom Kieselstein zum Diamanten, von der Raupe zum Schmetterling niemals durchlaufen. Barty war es auf einmal leid. Er ging auf die Siebzig zu. Sollte er sich zur Ruhe setzen? Vielleicht war es Zeit, die Füße hochzulegen, Rosen zu züchten oder mit irgendeinem Jungen für eine

Saison nach Südfrankreich zu fahren. Der Gedanke war verlockend, aber nicht so köstlich wie die Herausforderung, die vor ihm lag.

»Kennen Sie meine reizenden Kunden Karbaritsch und Vassonliswilli?«

Wladi spitzte die Ohren. Natürlich kannte er sie. Der ukrainische Grubenbesitzer und der georgische Schmelzer waren Legenden im Kaukasus. Zwei Männer, die mit Kohle und Stahl ein Vermögen verdient hatten und ins Exil geschickt worden waren, nur um dort als wichtige Player an den internationalen Börsen durchzustarten. Karbaritsch war inzwischen so reich, dass er sich ein Filmstudio und eine Plattenfirma hatte leisten können – das, was einfallslosen reichen Jungs eben einfiel. Wichtiger aber war: Karbaritsch und Vassonliswilli wirkten ziemlich glücklich.

Barty sah, dass er ins Schwarze getroffen hatte. Er beugte sich vor und flüsterte verschwörerisch: »Alles mein Werk. Die beiden waren todunglücklich, als sie aus dem Flieger stiegen. Ich habe sie gemacht.«

»*Wie* haben Sie gemacht?« Wladi klang skeptisch.

»Schätzchen, ich habe ihnen gezeigt, wie man richtig lebt. Karbaritsch, der kleine Schlawiner, kam mit einer grauen Maus an seiner Seite und zwanzig Milliarden in der Tasche nach London. Heute ist ein Flügel der Tate Gallery nach ihm benannt, und er besitzt eine Villa in Davos. Die Frau haben wir zum besten Chirurgen Hollywoods geschickt, auf die Dukan-Diät gesetzt, neues Gebiss, neuer Schmuck, und jetzt geht sie mit Dasha lunchen.«

»Vassonliswilli?«

»Vor gut zehn Jahren kannte er nur Grubenponys. Letztes Jahr gewann sein Pferd den King George VI Chase. Nächstes Jahr stehen seine Chancen gut, den Breeders' Cup zu holen. Wie ich höre, wird die Königin ihn bitten, in Ascot mit ihr in der Ehrenloge zu sitzen. Nicht übel für einen Mörder und Gangster – aber Rom wurde nicht an einem Tag erbaut; ein, zwei Jahre habe ich dafür schon gebraucht.«

Wladi starrte aus dem Fenster auf die Londoner Stadtsilhouette. Es nieselte und alles, was er sehen konnte, war grau. Plötzlich sehnte er sich nach den dramatischen Landschaften Sibiriens, den weiten leeren Horizont und ohrenbetäubenden Wind. Wie sollte er an einem so kleinen, provinziellen Ort nur jemals Wurzeln schlagen?

»Habe ich Sie verstimmt?«, fragte Barty ängstlich. Der große Russe wirkte plötzlich so traurig und verletzlich, ja regelrecht geschrumpft in seiner riesigen Lederjacke.

»Nein, ich denke.«

»An die Heimat?«, fragte Barty.

»Ja«, sagte Wladi überrascht.

»Mir ist bisher noch kein russischer Emigrant begegnet, der nicht immerzu an sein Heimatland dachte. Als Rudolf Nurejew auf dem Höhepunkt seiner Karriere war, lag er schluchzend in meinen Armen und trauerte um sein geliebtes Mütterchen Russland.«

Von der anderen Seite des Raums beäugte Wladi diesen exaltierten kleinen Elvisverschnitt: Er wirkte wie ein Hofnarr, war aber alles andere als dumm.

Barty nahm einen Stimmungsumschwung wahr.

»Dieses Haus ist in Ordnung, aber es geht noch besser. Der Berkeley Square ist out. Sie wollen zum Chester Square. Wenn es einen Gott gäbe, hätte er den Platz dreimal größer gemacht. Zu blöd, dass er so klein ist.«

»Wie heißt Straße von Natalia?«, fragte Wladi.

»Kensington Park Garden, sie wohnt in einem dieser feudalen Häuser am Rand von Holland Park. Aditi Singh schmeißt da am Donnertag eine kleine Party. Wir gehen hin.«

»Aditi?«

»Singh. Der Industrielle, ihm gehört halb Indien. Er hat die Garden Bridge über die Themse finanziert, und jetzt zählt die Singh Bridge zu Europas Wahrzeichen. Ziemlich clever. So etwas sollten wir uns auch für Sie ausdenken. Stellen Sie sich einen Antipowski-Turm vor, der für immer die Londoner Skyline prägt.«

»Und was für Hobby?«

»Sie haben drei zur Auswahl. Pferde, Autos oder Kunst. Die Araber lieben Pferde, weil bekanntlich alle Rennpferde von einer Handvoll Araberhengsten abstammen. Für Scheich Soundso ist das eine Art

Ahnenforschung. Pferde sind aber riskant. Selbst wenn Sie die besten Vollblüter, den besten Trainer, den besten Jockey bekommen, haben Sie keine Erfolgsgarantie. Die verdammten Biester sind aber auch zu empfindlich. Und unter uns gesagt, am Rand der Rennbahn ist es ziemlich lahm. Man wird ein bisschen bejubelt und sieht vielleicht auch mal die Queen, aber eigentlich besteht die Sache nur aus kalten Morgenstunden, Gummistiefeln und Tweed; sehr viel Warterei und wenig Action.«

Wladi hatte nie viel für Pferde übrig gehabt. Das Bergwerk wimmelte damals von klapprigen Gäulen, die mit glasigen Augen traurig in die Welt blickten.

»Autos?« Das klang schon besser.

»Es müsste natürlich dann schon Formel 1 sein«, sagte Barty. »Sie müssten sich in ein Team einkaufen – McLaren, Fiat oder dergleichen. Aber wenn Sie die Pferdeleute schon langweilig finden, oh mein Gott.« Barty warf die Hände in die Luft. »Silverstone ist wie Epsom, nur lauter. Für mich der absolute Horror. Nein, die Kunst muss es sein. Kunst ist die Antwort!«, sagte Barty schwungvoll.

Wladi war deprimiert.

»Kenne mich nicht aus mit Kunst.«

»Niemand kennt sich aus mit Kunst! Die meisten tun nur so als ob – und erfinden allen möglichen gequirlten Unfug über Schulen und Bewegungen und so weiter, aber mal ehrlich, das ist doch alles Quark.«

»Quark?«

»Käse. Quatsch. Kokolores.«

Wladi hatte noch nie von irgendeinem dieser Künstler gehört. Wäre es nicht besser, er hielte sich an Dinge, über die er etwas wusste, Rolls-Royce, Lamborghinis oder Bentleys? Was war denn so verkehrt an den praktischen Dingen?

Doch Barty war aufgesprungen und tänzelte durchs Zimmer.

»Wände!«, rief Barty wild gestikulierend. »Wände Wände Wände, lauter wunderbar leere Wände. Ich sehe hier Young British Artists und dazwischen ein bisschen seriösen Impressionismus.«

Auch Wladi betrachtete die Wände, aber er sah Backsteine und Mörtel, und alles gehörte ihm, die Erfüllung eines Lebenstraums. Die Wände seiner Kindheit waren aus Gips und Sperrholz gewesen und umgaben winzige Zimmer. Wladi hatte sich nie an den Mangel an Privatsphäre und an das Eingepferchtsein in der winzigen Zweizimmerwohnung gewöhnen können.

»Also, was sollen wir hier aufhängen? Ich wäre für zeitgenössische Kunst.«

»Nein«, sagte Wladi entschlossen.

»Nein? Wie wär's dann mit ein paar toten Künstlern?«

»Nein.«

»Ein paar sehr toten Künstlern?«

»Alte Kunst. Romantisch.«

»Oh nein, mein Hübscher. Es spielt keine große Rolle, was Sie kaufen, es geht darum, was der Kauf mit sich bringt. Ich will Ihnen ein Leben schenken. Die moderne Kunst steht für Spaß, Licht und Farbe. Die alte Kunst für warmen Wein und Käse, geschwollene Füße und flache Schuhe. Die moderne Kunstwelt, das sind Martinis und Sushi, Azzedine und Louboutin.«

Wladi hatte immer noch keinen Schimmer, was der alternde Elvis von ihm wollte, beschloss jedoch mit dem Kopf zu nicken, damit der Mann endlich Ruhe gab.

Indem er Wladis Pranken in seine kleinen, perfekt manikürten Hände nahm, blickte Barty hoch und sah dem Russen ins Gesicht. »Wir werden uns königlich amüsieren. Ich hole Sie ab, morgen achtzehn Uhr.«

Barty ließ den Russen los, drehte sich um und schlüpfte aus der Tür. Er würde den ersten Akt des *Rosenkavaliers* verpassen. Lady Montague wäre furchtbar verärgert – morgen einen dicken Strauß weiße Rosen –, aber auch das kümmerte Barty wenig: Dieser Russe würde eine seiner großartigsten Verwandlungen werden.

# 6. Kapitel

Lassen Sie mich raten, was Sie denken. Mädchen findet Bild; es stellt sich heraus, Bild ist ein Vermögen wert. Mädchen findet (endlich) Jungen mit Herz. Mädchen verkauft Bild, macht Millionen, heiratet Jungen, alle leben glücklich bis ans Ende ihrer Tage.

Ach, *verpisst euch*. Ja, richtig, verpisst euch, wie die Keksdose bei Bernoff immer sagte (sie war mit Renoirs *Die Regenschirme* dekoriert, was einiges erklärt).

So einfach ist das Leben nicht.

Erstens, bin ich ein Meisterwerk? Nehmen Sie mich beim Wort? Was zeichnet ein Meisterwerk aus? Eigentlich ist es schlicht und einfach ein Gemälde, das vielen gefällt. Solange mich niemand sehen kann, wie soll da ein Konsens erreicht werden?

Vielleicht nehme ich Sie alle auf den Arm. Vielleicht bin ich nur eine billige Kopie.

Also spielt es keine Rolle, ob ich das bin, was ich behaupte, oder nicht. Es spielt einzig eine Rolle, dass Sie mich haben wollen. Vielleicht wissen Sie noch gar nicht, dass Sie mich haben wollen, aber wenn ich erst einmal meine Geschichte erzählt habe, wenn Sie verstehen … dann werdet ihr mich alle haben wollen.

Meine Zukunft hängt davon ab, dass Menschen glauben, ich sei wertvoll und schutzbedürftig. Kunst überlebt einzig dadurch, dass sie in jemandes Herzen eine Saite zum Klingen bringt, dass sie Trost und Zuversicht spendet. Ein großes Bild ist immer die Quintessenz eines Gefühls und reicht uns über den Lauf der Zeit hinweg eine mitfühlende Hand. Kein Wunder, dass Sterbliche dafür kämpfen, uns zu besitzen.

Im Moment bin ich weniger als einhundert Pfund wert, mein absoluter Tiefpunkt. Die Summe meiner Bewunderer beläuft sich auf zwei. Und einer davon, die alte Schnapsnase, hat mir Butter und Tierfett ins Laub geschmiert.

Aber immerhin, der junge Museumsführer hat zweimal hingeguckt bei mir. Hätte Annie ihm nicht den Kopf verdreht, hätte er mich vielleicht sogar noch genauer betrachtet.

Nicht, dass ich diese Verbindung gutheiße. Sehen Sie sich nur den knittrigen Anzug an. Gebraucht gekauft, wie ich annehme. Der Museumsführer ist nicht vermögend. Ich brauche Geld; meine beste Chance, noch ein weiteres Jahrhundert zu erleben, ist Wohlstand. Je seltener man mich weiterverkauft, je solider das Dach über meinem Kopf, desto länger werde ich überleben. Abgewetzter Cord ist nichts für uns. *Non.*

Kehren wir zurück zum Tag des Museumsbesuchs. Allein die Schmach, zusammen mit drei Butterbroten in eine Tüte gestopft zu werden. Sie können sich ja ausmalen, was das für ein Gefühl war, vor all meinen alten Bekannten ausgepackt zu werden, einschließlich geringeren Werken von Pater und Lancret; billige Imitatoren meines Meisters.

Es gab ein Raunen des Wiedererkennens, ein Keuchen kollektiven Entsetzens, als ich aus der Tüte gezerrt wurde: Wenn dieses Schicksal sogar *mich* ereilte, war niemand davor gefeit.

In meinem früheren Leben habe ich mit einigen dieser Bilder zusammen gehangen, darunter dieser Haufen Canalettos, die von der ersten Marquess of Hertford erworben worden waren. Bekanntlich produzierte Canaletto seine venezianischen Landschaften in alarmierendem Tempo. Er war ein Maler, der sich an seinem eigenen Erfolg berauschte – seine endlosen Kanäle wurden so gerühmt, dass der alte Giovanni nie etwas anderes verkaufen konnte. Stellen Sie sich vor, wie ermüdend es gewesen sein muss, immer und immer wieder diese übelriechenden alten Wasserwege zu malen.

Aber ich schweife ab. Eine schlechte Angewohnheit von mir. Alter und Einsamkeit sind schuld daran. Die Kaffeekanne bei Bernoff nannte mich immer nur Plaudertasche. Ich habe sie ignoriert.

Zurück zur Wallace Collection. Die meisten Kunstwerke und

Möbelstücke in dieser ehrenhaften Einrichtung wurden gekauft, um den Wohlstand und gehobenen Geschmack des Inhabers zu demonstrieren. Die ursprünglichen Hertfords wussten nichts über Kunst. Das mussten sie auch nicht: Sie hatten Frauen und Berater, die ihnen sagten, was sie kaufen sollten und wann. Hinter jedem großen Sammler stehen Heerscharen von Händlern, Beratern und Kritikern. Unendlich peinlich war es mir dennoch, wie *un lapin* aus dem *chapeau* gezogen, von einer angeschickerten Halbweltdame unsanft angefasst, beinahe verhaftet, zurück in *le plastique* gestopft und erneut durch die Kälte befördert zu werden. Draußen brach die Mutter einen sinnlosen Streit mit der Tochter vom Zaun und stürmte davon. Sie brauchte keinen Vorwand – die Lust zu trinken gewinnt immer die Oberhand. Annie warnte sie, sie werde sie nicht noch einmal aus dem Gefängnis holen. Wir alle wissen, sie wird es doch wieder tun. Annies Drang, ihre Mutter zu behüten und zu beschützen, ist so stark wie Evies Bedürfnis, sich zugrunde zu richten.

Evie nahm mich mit auf eine Tour diverser Kneipen, wo ich nicht nur einmal, sondern gleich zweimal in meiner Tüte beinahe auf dem Tresen vergessen worden wäre. Viele Stunden später kamen wir nach »Hause«, und ich wurde in die Ecke geworfen. Fast sehnte ich mich nach Bernoffs Laden zurück. Dass mir dieser Satz einmal über die Lippen kommen würde!

Als Annie auftauchte, war die Mutter nicht mehr bei Bewusstsein. Sie nahm mich behutsam aus der Tüte, wischte mir sanft die Butter vom Laub und starrte mich lange an. Man wusste nicht recht, dachte sie an eine lang verlorene Liebe oder an mich?

Sie wühlte in ihrer Tasche, holte die Postkarte von der Wallace Collection hervor und hielt sie neben mich. Es war eine Zeichnung, kein Gemälde, und auch wenn es keine Vorstudie zu mir war, bot sich eine ähnliche Szene: zartes Blattwerk, Kleidung, Frisuren und Stimmung.

Mein Meister zeichnete unablässig und aus Leidenschaft. Im Zeichnen war er den größten Künstlern ebenbürtig. Fragen Sie einen Rubens oder einen Raffael, wer der genialste und originellste Zeichner war. Na los, und wenn Sie schon dabei sind, fragen Sie auch gleich Rembrandt oder Tizian. Antoine steht ihnen allen in nichts nach. Ich möchte sogar behaupten, er überflügle sie, betrachtet man die Genauigkeit seiner Darstellung. Er zeichnete mit einer Beweglichkeit und Leichtigkeit, die ihresgleichen suchen. Mit wenigen Strichen roter, schwarzer und weißer Kreide, meist auf grauem Papier, fing er die Feinheiten eines Profils ein, brachte mit lila Schattierungen Wangen zum Leuchten und erweckte mit glänzenden Tupfern Augen zum Leben. Einen anderen brillianten Effekt erzielte er, indem er Schwarz mit einem weißen Rand versah, um etwas zum Strahlen zu bringen. Er liebte es besonders, Rückansichten zu zeichnen, um die *coiffures* der Zeit einzufangen. Er hatte zu wenig Geld, um Modelle zu bezahlen, also mussten ihm die Menschen in den Salons und Parkanlagen ohne ihr Wissen als Vorbild dienen.

Landschaftsskizzen wurden in roter Kreide angefertigt – *pensées à la sanguine* (kein französisches Gericht). Die Studien des Blattwerks und der Baumrinden weisen eine minutiöse Sorgfalt und Genauigkeit auf. Er malte mit der Zartheit eines Schmetterlings, der sich auf einem Blütenblatt niederlässt. Auf nahezu impressionistische Weise gab er die einzelnen Grashalme eines mit Blumen übersäten Ufers wieder. Aufgrund dieser außergewöhnlichen Skizzen setzte mein Meister mit leichtester Hand Farbtupfer, als wären die Farbpartikel gleichsam hereingeweht. Er malte Gold und Honig, und jeder Pinselstrich entsprach der Stimmung des Augenblicks – *l'heure exquise*. Seine Landschaften glänzten von der Helligkeit der Mittagsstunde, seine Figuren waren Leuchtfeuer der Mode, seine Damen schüttelten glitzernde Strahlen aus ihren seidenen Röcken. Seine Schönheiten hatten eine Art der *désinvolture* (schlagen Sie's nach). Mein Meister war ein malender Poet.

Ich sage mir gern, dass Annie das alles wahrgenommen oder erspürt haben musste und dass die Genialität meines Meisters durch Schmutz und Firnis hindurchstrahlt. Zehn Minuten mindestens wanderte ihr Blick zwischen der Ansichtskarte und meiner Oberfläche hin und her, von den Figuren zu den Bäumen und zum Brunnen.

Dann drehte sie die Postkarte um und sah, dass auf der Rückseite eine Nummer stand, und ein Name: Jesse. Sie lächelte. Wieder war ich bezaubert. Sie ist wirklich außerordentlich hübsch. Natürlich wird sie ihn niemals anrufen; das gehört sich ganz einfach nicht.

# 7. Kapitel

Annie las das vierhundert Jahre alte Rezept und konnte in ihrer Fantasie die Tarte sowohl sehen als auch schmecken: Es war eine perfekte Komposition aus Pistazien und Birnen in einem Guss mit Granatapfel- und Geranienaroma. Obwohl sie sich bis auf das letzte Zuckerkörnchen genau an die Vorgaben hielt, wollte der Guss partout nicht fest werden. Es war drei Uhr morgens, weniger als siebzehn Stunden, bevor die ersten Gäste am Tisch der Winklemans Platz nehmen würden. Annie ließ ihre Tränen ungehindert in die Rührschüssel tropfen.

In den letzten sechs Nächten hatte sie nie mehr als ein paar Stunden geschlafen vor lauter Angst und Aufregung. Das Essen war die ideale Gelegenheit, ein denkwürdiges und delikates Festmahl zu kreieren, gleichzeitig könnte sie eine heimliche Theorie überprüfen. Annie war überzeugt, dass man Menschen mit der Hilfe von Geschmack und Aroma aus der Gegenwart entführen konnte. Für Annie beschwor schon der leiseste Duft von frisch geschnittenem Gras, ein Hauch von Kiefernnadeln, ein frisch aufgegangenes Käsesoufflé, das Aroma von Hagebutten oder ein Regenschauer auf Herbstlaub vergangene Sommertage herauf. Für das Essen der Winklemans wollte sie, dass die Gäste, wenn auch nur für Stunden, das einundzwanzigste Jahrhundert verließen und mit allen Sinnen ins späte sechzehnte Jahrhundert eintauchten.

Und jetzt stand Annie allein zu Hause in ihrer Küche inmitten ihrer wenigen Schälchen und Töpfe und war völlig verzweifelt. Sie schaltete den Gaskocher aus, ging ins Schlafzimmer, legte sich in Kleidern neben ihre Mutter aufs Bett und schlief sofort ein. Kurz darauf wurde sie von der knirschenden Schaltung des Müllwagens unten auf der Straße geweckt. Vielleicht, dachte sie, sollte ich Rebecca sagen, sie soll sich jemand anderen suchen – London wimmelte bestimmt von arbeitssuchenden Köchen. Wenige Sekunden später fuhr sie hoch; nein, so schnell würde sie nicht aufgeben.

Sie verließ das Schlafzimmer und ging hinüber zum Küchentisch, der mit Bibliotheksbüchern und Ausdrucken von Rezepten aus der Zeit Caravaggios übersät war. Die ersten beiden Gänge standen fest: junge Wachteln in Wein mit Gnocchi in einer Soße aus Ricotta und Wasserkresse, danach gebratenes Kalbfleisch mit Perlzwiebeln, rote Bete und Trauben. Das Dessert, überlegte Annie, musste leicht und fruchtig sein, um den Gaumen zu reinigen. Vielleicht, dachte sie beim Durchsehen der Rezepte, denke ich viel zu kompliziert. Sie wechselte von den römischen und sizilianischen Rezepten nach Neapel. Sie verwarf Marzipantörtchen, süßes Gebäck mit Trockenpflaumen und Sauerkirschen, einen Blumensalat, in Milch aufgeweichte und mit Zucker und Zimt gebratene Weißbrotscheiben. In einem zerlesenen alten Buch fand sie schließlich den idealen Nachtisch: Quitten- und Birnenspalten in Honig und Rosenwasser. Diese Früchte würden nicht allzu schwer zu finden sein. Annie beschloss, das Ganze mit rubinroten Granatapfelkernen und winzigen grünen Duftgeranienblättern zu dekorieren. Sie sah auf die Uhr und stellte fest, dass es schon acht war. Noch genau zwölf Stunden, bis der erste Gast Platz nehmen würde. Sie klappte ihren Computer auf und mailte den Grafikern die endgültige Menüfolge, damit die Platzkarten für die Gäste gedruckt werden konnten.

Septimus Ward-Thomas hatte ein Problem, und soweit er sehen konnte, war es unlösbar. Sein Haus, die National Gallery, wurde angehalten, eine weitere signifikante Kürzung der staatlichen Subventionen hinzunehmen, gleichzeitig aber mehr Veranstaltungen anzubieten und die Öffnungszeiten zu verlängern. Dabei waren seine Mitarbeiter so schon unterbezahlt und überarbeitet.

»Unser Land steht vor einer nie dagewesenen Wirtschaftskrise und wir müssen abwägen, was wichtiger ist: Tafelläden oder Museen«, sagte Curtis Wheeler, Sonderberater des Kulturministers. »Der Minister möchte Sie ja gerne unterstützen, aber wenn Sie uns bis nächste

Woche bei der Haushaltssitzung nicht irgendetwas Handfestes und Überzeugendes vorlegen, dann … Punkt Punkt Punkt.«

»Punkt Punkt Punkt«, wiederholte Ward-Thomas matt.

»Sie konkurrieren mit Gesundheit und Bildung«, sagte der Sonderberater.

»Subventionen im Kunstbereich stellen nur einen winzigen Anteil der Gesamtausgaben dar.«

»Darüber lässt sich streiten.«

»Unsere Besucherzahlen sind zur Zeit rekordverdächtig«, protestierte Ward-Thomas.

»Sie schaffen es nicht, die Minderheiten in der Bevölkerung zu erreichen.«

»Sieben Millionen ist ein großer Prozentsatz.«

»Aber ist es der richtige Prozentsatz? Oder sind's vielleicht doch zu viele Bildungsbürger, Ausländer und alte Leute?«

Der Museumsdirektor schätzte Wheeler auf circa achtundzwanzig; er war das Paradebeispiel eines ehrgeizigen jungen politischen Beraters, der direkt von der Uni ins Parlament gewechselt war, von einem Campus zum nächsten also, ohne jemals an der Realität geschnuppert zu haben.

»Das Problem ist«, sagte Ward-Thomas betrübt, »wie soll man etwas rechtfertigen, was sich naturgemäß nicht in Zahlen ausdrücken lässt? Es gibt keine Maschine, die die transformative Wirkung von Schönheit messen kann, ja nicht einmal den Grad an Glück, den der Besuch bei uns auslöst.«

Beim Sprechen erhaschte Ward-Thomas einen Blick auf sein Spiegelbild über dem Kopf des Beraters. Er sah erschöpft aus. Vor fünfzehn Jahren war er als einer der Stars seiner (noch jungen) Generation gefeiert worden, als er Direktor der National Gallery wurde. Inzwischen war Ward-Thomas merklich gealtert und sah eher wie fünfundsiebzig aus, nicht wie fünfundfünfzig, sein tatsächliches Alter. Sein einst federnder Schritt war bleiern geworden und seine Augen waren ständig gerötet, weil er so viele schlaflose Nächte hatte. Als junger Kurator war er ein Frauenschwarm gewesen mit seinem dichten blonden Haarschopf, dem fragenden Blick und dem charakteristischen roten Schal, den er sich auf verwegene Weise über die Schulter warf. Inzwischen war der Schal verschwunden, zusammen mit dem Großteil seiner Haare, und nur ein paar alte Jungfern machten sich noch die Mühe, mit ihm zu flirten.

»Ihr Problem ist, dass Ihr ganzes Zeug passé ist«, sagte Wheeler und fuhr sich mit der Hand durch seinen modischen Haarschnitt.

»Passé?«, fragte Ward-Thomas ungläubig. Wie konnte jemand eine Sammlung schöner Gemälde als überholt bezeichnen?

»Es ist doch faszinierend und tröstlich zugleich, dass Themen wie Freude und Leid in jeder Generation aktuell bleiben«, sagte er händeringend.

»Die Sachen sind ein alter Hut«, sagte Wheeler entschlossen.

»Ein alter Hut?«, sagte Ward-Thomas und kämpfte vor Enttäuschung mit den Tränen.

Wheeler missdeutete die feuchten Augen des älteren Mannes, und er legte ihm die Hand auf den Arm. »Bestimmt verzehren Sie sich danach, die Tate Gallery zu übernehmen. Da gibt es lebende Künstler, die erklären können, was sie machen und warum.«

Ward-Thomas sah hinunter auf die blasse Hand auf seinem Arm. Dann hob er den Kopf und sagte mit tiefer ernster Stimme: »Die moderne Kunst muss man töten.«

»Wie bitte?«, fragte Wheeler und zog hastig seine Hand zurück.

»Das hat Picasso mal gesagt«, erklärte Ward-Thomas. »Er meinte, sobald etwas existiert, ist es nicht mehr wahrhaft modern.«

»Picasso hatte ich mal in der Schule«, sagte Wheeler mit nervösem Lachen.

»Würden wir doch bloß noch im achtzehnten Jahrhundert leben«, sagte Ward-Thomas klagend. »Dann würden uns die meisten unserer Bilder extrem modern vorkommen. Alter ist schließlich nur eine Frage der Wahrnehmung.«

»Die andere Sache ist die«, sagte Wheeler. »Bei den Künstlern in der Tate Gallery kann man sich darauf verlassen, dass sie sich danebenbenehmen, Publicity generieren, sich ins Gespräch bringen.«

»Ich kann Ihnen versichern, niemand hat sich mehr danebenbenommen als Caravaggio«, sagte Ward-Thomas. »Er hat sich nicht nur betrunken, er hat sogar Leute umgebracht.«

»Von wann bis wann?«, fragte Wheeler plötzlich interessiert.

»1571 bis 1610, in etwa.«

»Die Boulevardpresse wird also nicht darüber berichten, wie er irgendeinen Laden aufmischt«, sagte Wheeler und lachte kurz und laut über seinen eigenen Witz.

»Über die alten Meister reden die Leute schon noch«, protestierte Ward-Thomas.

»Ich bekomme davon aber nichts mit.«

Ward-Thomas lehnte sich in seinem Stuhl zurück und sah aus dem Fenster auf den Trafalgar Square, wo Nelson hoch auf seiner Säule stand und über London hinwegblickte.

Er wollte Wheeler von der Frau erzählen, die seit über sechzig Jahren in die National Gallery kam, um einen Canaletto zu betrachten, weil er sie an ihren Geliebten erinnerte, der im Zweiten Weltkrieg gefallen war. Oder an die ehrfürchtigen Blicke der Kinder, wenn sie zu *Whistlejacket* hochsahen, dem lebensgroßen Pferd von Stubbs. Er fragte sich, ob Wheeler sich überhaupt vorstellen konnte, dass manche einfach nur kamen, um sich zu besinnen, um dem Einerlei und dem Stress ihres Alltags zu entfliehen, dass manche diese Bilder als Zeichen der Hoffnung sahen, weil sie darin erkannten, dass das Ringen des Menschen endlos und universell war.

Wheeler hatte ein rotes Notizbuch und einen Bleistift hervorgezogen und sah den Direktor gespannt an.

»Der Kulturminister ist auf Ihrer Seite, aber er muss etwas Stichhaltiges vorlegen, etwas, was den Fiskus aufmerken lässt.«

Ward-Thomas dachte zurück an die Mitarbeiterversammlung und an Ayesha Sen, eine seiner jüngeren Kolleginnen, die andauernd neue »trendige« Wege vorschlug, um die Kunst zu promoten.

»Wir haben eine interessante Veranstaltungsreihe für ledige Mütter«, sagte Ward-Thomas und schämte sich ein wenig, weil er anfangs, wie so oft, versucht hatte, diesen Vorschlag Sens zu blockieren. »Wir laden sie ein und zeigen ihnen unsere Madonna-mit-Kind-Gemälde; das hilft gegen das Stigma.«

»Und wie reagieren die Frauen?«

»Gut, solange es anschließend Tee und Plätzchen umsonst gibt.«

»Das schreibe ich in Ihren Antrag«, sagte Wheeler und machte sich einen Vermerk in sein Notizbuch.

»Dann haben wir noch das Projekt mit den jugendlichen Straftätern – die werden aus Feltham hierher geschafft und kriegen ein paar unserer härteren Arbeiten gezeigt, Caravaggio oder Rubens. So fühlen sie sich weniger ausgegrenzt.« Ward-Thomas verzichtete auf den Zusatz, dass auch das eine Idee von Sen war.

»Finde ich sehr, sehr gut«, sagt Wheeler. Endlich schälte sich eine Geschichte heraus, etwas, das er seinem Minister nahelegen konnte, der mit Kunst und Museen so gar nichts am Hut hatte: Für ihn waren es irgendwelche Gebäude, in die man sich bei Regen flüchten konnte; größere Wartehäuschen, sozusagen.

»Ich hab's!«, sagte Wheeler, sprang hoch und lief im Zimmer auf und ab. »Wie wär's mit freiem WLAN, dann rennen Ihnen die Schüler aus ganz London die Bude ein: Die Besucherzahlen werden ins Astronomische schießen.«

Ward-Thomas stellte sich die Böden seines herrlichen Museums vor, übersät mit kaugummikauenden Schülern beim Mailen und Skypen. Es war zum Verzweifeln.

Stattdessen hörte er sich sagen: »Wir haben freitagabends länger geöffnet und organisieren eine Kontaktbörse für junge Leute.« Ward-Thomas fügte nicht hinzu, dass er sich gegen Sens letzte Initiative entschieden zur Wehr gesetzt hatte.

»Eine Kontaktbörse! Großartig.« Auch das schrieb sich Wheeler auf. »Vielleicht kommt der Minister höchstpersönlich mal vorbei – wie Sie aus der Daily Mail wissen, ist er ja jetzt Single.«

»Ich lese keine Daily Mail«, sagte Ward-Thomas.

Zum ersten Mal während des gesamten Gesprächs sah Wheeler ernsthaft interessiert aus.

»Wirklich? Haben Sie denn gar kein kleines Laster?«

»Doch, Kekse mit Cremefüllung«, sagte Ward-Thomas.

Curtis Wheeler schob den Deckel auf seinen Stift und steckte ihn wieder ein. »Ich muss los, meinen Bericht schreiben. Wer weiß, vielleicht bis bald beim Singleabend.«

Ward-Thomas lächelte matt und erhob sich, um dem jungen Mann die Hand zu schütteln.

Als Wheeler weg war, ließ sich Ward-Thomas in seinen Stuhl plumpsen und bettete den Kopf in die Hände. Zum Direktor der herrlichsten Sammlung alter Meister ernannt zu werden war die Erfüllung seiner Träume gewesen, aber dass diese glorreiche, illustre Ernennung mit so vielen unerwarteten und unliebsamen Aufgaben einhergehen würde, hatte er nicht kommen sehen. Er warf einen Blick auf seine Uhr und sah, dass es Mittag war. In weniger als einer Stunde sollte er eine Gruppe amerikanischer Sammler herumführen, danach hatte er ein Treffen mit seinem Finanzkomitee und dann eine Besprechung mit seinen leitenden Angestellten. Später am Abend musste er zu einem Essen bei Londons wichtigsten Händlern für alte Meister, Rebecca und Memling Winkleman, zu Ehren der amerikanischen Sammlerin Melanie Appledore.

Ein Klopfen an der Tür riss ihn aus seinen traurigen Gedanken.

»Ja, bitte«, sagte er.

»Darf ich mal kurz stören?« Es war Ayesha Sen, strotzend vor Ehrgeiz. »Ich hab 'ne Idee.«

Ohne sie anzuhören sah Ward-Thomas seine Mitarbeiterin von oben bis unten an und sagte: »Ayesha, ich möchte Ihnen einen Rat geben. Seien Sie vorsichtig mit Ihren Wünschen. Seien Sie sehr vorsichtig.«

Weniger als einen Kilometer entfernt, im Konferenzraum des Auktionshauses Monachorum in der Houghton Street, versuchte Earl Beachendon bei einer Krisensitzung des Aufsichtsrats Rechenschaft abzulegen für die erheblichen Verluste der jüngsten Zeit. Der Konferenzraum war mit Mahagoniböden und Marmorvertäfelungen ausgestattet. Eine ornamentale Decke wurde von massiven kannelierten dorischen Mahagonisäulen gestützt. Jedes Flüstern wurde leise zurückgeworfen; jedes lautere Wort prallte zurück wie ein Schuss. An diesem Vormittag schien sich die Kakofonie des Grolls, die von den Mitgliedern ausging, durch die Schläfen des Earls hindurchzubohren. Er zog ein sauberes weißes Taschentuch aus seiner Reverstasche, wischte sich über die Halbglatze und versuchte anschließend sein Resthaar zu glätten. Der Earl hatte einen unvorteilhaften rosa Teint, der bei Verlegenheit oder Anstrengung noch rosiger wurde. Er senkte den Blick und sah auf der polierten Mahagonioberfläche, dass sein Gesicht schon jetzt kirschrot war.

»Warum haben Sie diese Preise garantiert?«, fragte der Vorstandsvorsitzende Abel Mount und schüttelte fassungslos den Kopf. Der einstige Chef der Londoner Börse hatte eine Schwäche für Portwein und eine Nase wie ein Stilton-Käse, die er zu reiben begann, wenn er aufgebracht war.

»Jedes zweite Auktionshaus in London, Paris und New York war hinter seiner Sammlung her. Außer den Lloyd Webbers hat Harry Danes die beste Gruppe von Präraffaeliten in Privatbesitz.« Beachendon rutschte unruhig auf seinem Stuhl hin und her.

»Was ist mit Ihren Unterbietern passiert? Es ist kein Geheimnis, dass es für jeden wichtigen Verkauf einen Bürgen gibt.«

»Die Kataris haben mich in letzter Minute sitzenlassen.« Earl Beachendon spürte ein Rinnsal Schweiß im Nacken.

»Und Sie gehen los und sichern dem Einlieferer trotzdem den höchsten Schätzpreis plus zehn Prozent zu!«, sagte Mount und bearbeitete heftig seinen Rüssel.

»Diese Woche wurde ein Burne-Jones für das Doppelte seines Schätzpreises verkauft«, sagte Beachendon.

»Hören Sie, James, ich werde Ihnen nicht erzählen, wie Sie Ihren Job machen sollen«, sagte Rachel Westcott-Smith und lehnte sich auf den Tisch. Allen zwölf Aufsichtsräten war klar, dass sie genau das tun würde. Westcott-Smith, eine amerikanische Hedgefonds-Managerin, die siebzehn Milliarden Dollar verwaltete, hatte kürzlich zehn Prozent von Monachorum gekauft. »Aber Sie kennen die Regeln; wir gehen niemals übertriebene Risiken ein. Und das war das reinste Glücksspiel«, sagte sie.

Das Rinnsal hatte sich in einen kleinen Fluss verwandelt, und Beachendon fragte sich, ob er ihm schon durchs Hemd und bis in sein Jackett gesickert war.

»Es ist außerordentlich schwer, diese Topsammler ohne irgendeine Garantie zu verpflichten«, sagte Beachendon. »Denham's hatte den Erben den Schätzpreis plus acht Prozent angeboten.«

»War das so? Oder haben sie nur geblufft?«, fragte Rachel schroff.

Beachendon musste zugeben, dass er das Angebot nicht überprüft hatte.

»Das Problem ist, James: Wir waren mal das profitabelste und etablierteste Auktionshaus Londons, und heute stehen wir am Rand des Bankrotts. Wir haben Tausende von Nachlässen verwaltet, endlose Verkäufe gemanagt, und dank Ihrer katastrophalen Fehleinschätzung stehen wir jetzt mit dreihundert Millionen Pfund in der Kreide.«

»Das ist noch nicht alles. Was ist mit den anstehenden Gerichtsverfahren wegen der drei Fehlzuschreibungen?«, fragte Abel Mount.

»Vier, um genau zu sein«, mischte sich Roger Linterman, der hauseigene Anwalt, ein. »Als da wären: Constables *Mann mit Pferd an der Schleuse,* die Howard Porphyrvasen; der umstrittene Pieter de Hooch und die Tizian-Nachfolge.«

»Könnten Sie zu diesen Posten noch einmal einzeln Stellung nehmen, James?«, fragte Rachel mit eisiger Höflichkeit.

Beachendon war nicht sicher, wen er mehr verachtete: Rachel Westcott-Smith mit ihrem G5-Businessjet, der schnurrend am Flughafen Northolt auf sie wartete; Abel Mount, der Einzige an Bord, den Beachendon selbst vorgeschlagen hatte, oder Roger Linterman, der um jedem Preis befördert werden wollte. Und zu allem Unglück kam hinzu, dass Monachorums Konkurrenten noch eine Schippe draufgelegt hatten. In den letzten Monaten war Bratby & Sons, ein kleines, einst als hoffnungslos verstaubt geltendes Auktionshaus, von irgendwelchen Russen aufgekauft und einem kompletten Umstyling unterzogen worden, während Conrad and Flight, ihr Hauptrivale, seinen langjährigen CEO durch den Gitarre spielenden Ex-Vizepräsidenten einer Computerfirma ersetzt hatte, der in nur einer Saison den Gewinn der Firma verdreifachte, indem er sie ins digitale Zeitalter holte.

Beachendon wusste, dass seine Tage gezählt waren. Könnte er doch nur noch so lange die Stellung halten, bis auch die beiden jüngsten Töchter mit ein paar Zertifikaten durch St. Mary's Ascot gekommen waren.

»Diese Fälle sind alle etwas unglücklich gelaufen«, sagte Beachendon so weltgewandt wie möglich, um den besorgten Gesichtern am Tisch etwas entgegenzuhalten.

»Einen gefälschten Constable nennen Sie unglücklich gelaufen?«, fragte Rachel.

Beachendon senkte den Blick. »Das Bild hing mindestens dreihundert Jahre in Tamoka Castle, und die Familie hatte drei Constables in ihrem Besitz.«

»Es war ein offenes Geheimnis, dass sie in den 1860ern ihre echten Constables verkauft und durch Kopien ersetzt haben«, sagte Rachel. »Roger, in welcher Höhe werden wir für diese Sache verklagt?«

»Zum einen haben wir den Verkaufspreis von dreißig Millionen zuzüglich Steuern und dann nochmal zwanzig Millionen Schadensersatz und Prestigeverlust. Sie verklagen uns außerdem wegen mangelnder Fachkompetenz.«

»Und was heißt das?«, fragte Herman van Pampe.

»Im Prinzip wird uns damit unterstellt, dass wir in diesem Geschäft nichts zu suchen haben.«

»Fantastisch«, zischte Rachel.

»Machen wir weiter mit den Howard Porphyrvasen«, sagte Abel Mount mit fester Stimme.

»Sehr unglücklich, die Sache«, gab Beachendon zu. »Wir dachten, wir hätten das Recht, diese Vasen zu verkaufen.« Er zögerte. »Wie sich herausstellte, gehörten die Objekte dem Cousin des Einlieferers. Nach dem Verkaufsabschluss tauchte er plötzlich aus Tasmanien auf und wollte die Vasen zurückhaben.«

»Und wo sind sie jetzt?«

»Das wissen wir nicht genau. Wir haben das Geld, aber der Einlieferer hat die Objekte wieder mit nach Hause genommen, wo immer er oder sie lebt.«

»Wenn Sie das Geld haben, haben Sie sicherlich auch eine Kontaktadresse. Die Person ist doch nicht einfach mit einem Geldkoffer hier hereinspaziert. Für wie viel sind die Vasen nochmal weggegangen? Vier Millionen Pfund, um den Dreh?« Seit zehn Jahren saß Florian Grey im Aufsichtsrat; es war das erste Mal, dass er sich zu Wort meldete.

»Die Transaktion erfolgte durch Direktüberweisung von einer Bank auf den Cayman-Inseln. So etwas ist gang und gäbe.«

»Also Geldwäsche?«, fragte Rachel.

»Sieht ganz danach aus.«

»Die Polizei untersucht jetzt jede Transaktion, die wir in den letzten fünf Jahren gemacht haben, um zu prüfen, ob wir in Geldwäschefälle verstrickt sind«, sagte Linterman.

»Und zum Pieter de Hooch – das war wohl unvermeidbar«, sagte Beachendon.

»Eine Fälschung nicht zu erkennen, das nennen Sie unvermeidbar?«, fragte Rachel skeptisch.

»Der große van Meegeren hat wieder zugeschlagen«, sagte Beachendon. »Wir sind weder die Ersten noch die Letzten, die auf den berühmtesten Fälscher der Welt hereinfallen.«

»Sie stellen das dar, als ginge es hier um Peanuts«, wandte Rachel ein.

»Sieben Millionen sind natürlich nicht wenig«, sagte Beachendon und spürte, wie die Röte über seine dünnhäutigen Schläfen kroch, »aber immerhin ist ein van Meegeren auch einiges wert. Ein paar Hunderttausend können wir da sicher noch rausschlagen.«

»Die Fälschung hat einen Wert?«, fragte Herman ungläubig.

»Die Werke eines Meisterfälschers gelten heute als bedeutend«, erklärte Beachendon. »Ich habe Kunden, die sich seine Arbeiten aufhängen und dazuschreiben: ›Soundso von soundso, realisiert durch Han van Meegeren.«

»Das wäre interessant«, sagte Rachel, »wenn es hier um einen kleinen Verlust ginge, aber diese Fälschung kostet uns sieben Millionen plus Gesichtsverlust.«

»Leider wahr«, gab Beachendon zu. Der Schweiß war nun definitiv in seinen Anzug gesickert.

»Würden Sie uns ein paar Minuten allein lassen, James?«, sagte der Vorsitzende zu Earl Beachendon.

»Selbstverständlich.« Beachendons Mut sank; sicherlich würde er gleich entlassen werden. Er dachte an seine leidgeprüfte Frau, seinen Sohn und seine reizenden Töchter – vielleicht würden sie auch mit der öffentlichen Pimlico Academy vorliebnehmen. Das Ferienhaus würden sie abstoßen müssen. Sie könnten das Haus in Belham verkaufen und nach Lewisham ziehen. Heute Abend war das Essen bei den Winklemans – vielleicht würde ihm der Kunsthändler ja einen Job anbieten; ein Gehalt im Tausch gegen einen echten englischen Adelstitel an seiner Firmenspitze.

Barty und seine Freundin Delores Ryan, ihres Zeichens Kunsthistorikerin, saßen zusammen in seinem großen Doppelbett. Sie trafen sich öfters, um zu tratschen, chinesisch vom Take-away zu essen und bei den TV-Soaps wieder auf den neuesten Stand zu kommen. Barty hatte eine rosa Gesichtsmaske aufgelegt, Delores eine haferbreifarbene.

Anders als die Prunkzimmer im Erdgeschoss des White House waren Bartys Privaträume im ehemaligen Dienstbotentrakt eher zurückhaltend eingerichtet. Alle Wände waren in gedecktem Weiß gehalten. Die Vorhänge waren aus dickem Kaschmir und selbst der Teppichboden aus feinster weißer Axminster-Wolle. Barty war kein häuslicher Mensch; er war ja kaum zu Hause. Sein Leben wurde an den Schauplätzen anderer ausgelebt. Außerdem wäre es dem abenteuerlustigen Alchemisten ein Gräuel gewesen, sich auf einen einzigen Dekorationsstil festlegen oder sich einem bestimmten Gebäude ganz verpflichten zu müssen.

»Ich sag dir, die beiden landen noch in der Kiste.« Delores deutete mit ihren Stäbchen auf den Fernseher.

»Schätzchen, sei nicht so ordinär«, sagte Barty tadelnd.

»Erzähl mir von Sasha«, sagte Delores; Sasha war eine gemeinsame Freundin.

»Sie hat einfach nur einen reichen Kerl geheiratet; jetzt weiß sie nicht mehr, wo ihr der Kopf steht vor lauter Wichtigtuerei.«

»Sie hat doch bestimmt auch ein bisschen Spaß.«

»Um Gottes willen, nein, sie ist zur Charitytante mutiert, und wie's aussieht, hält sie im Alleingang sämtliche Museen und Sterbehospize der Nation am Laufen.«

»John hat schon wieder ein Buch über die Geschichte des guten Geschmacks geschrieben.«

»Ach herrje. Da wird alles drinstehen, was kein Mensch wissen will.«

»Trichcombe Abufel sagte in seiner Kritik, das Buch sei eine ›Last für die Regale der London Library‹ – nicht gerade ein Kompliment!«

»Was ist denn eigentlich mit deinem Erzrivalen Abufel? Ist er immer noch auf dem Abstellgleis der Kunstwelt?«

»Er plant nach wie vor, Memling Winkleman zu stürzen. Aber das kann er sich abschminken – diese Familie ist nicht kleinzukriegen«, sagte Delores. »Erzähl mal von deinem Russen. Ist er richtig reich?«

»Unfassbar reich. Hatten wir nicht auch Ente in Pfannkuchen?«

»Die ist unter deinem linken Oberschenkel. Wie viele Milliarden?«

»Acht, angeblich.«

»Gas oder Öl?«

»Zinn, glaube ich.«

»Attraktiv?«

»Wenn ich's schaffe, ihm die Lederjacke auszureden.«

»Ach, nicht schon wieder sowas. Alle watscheln sie diesem Chelski hinterher wie die Entenküken. Was macht dein Russe in seiner Freizeit?«

»Das weiß er selbst noch nicht so genau; das ist meine Aufgabe. Also mir schwebt vor: zeitgenössische Amerikaner, Cap Ferrat, das ein oder andere Rennpferd und irgendeine lächerlich fette Jacht.«

»Ich bräuchte dringend einen neuen Kunden«, sagte Delores.

»Bitte, Schatz. Bitte. Die einzigen Händler, die heutzutage noch Geld machen, sind die Winklemans, und zwar deshalb, weil sie überall ihre Hände im Spiel haben.«

»Winkleman, Winkleman, gibt's noch irgendein anderes Thema in dieser Stadt?«

»Einige schaffen's ja, ein paar Kleinigkeiten abzugreifen, aber dann kommen die Winklemans und ziehen mal wieder was viel Bedeutenderes aus dem Hut. Weiß Gott, wo die ihr Zeug auftreiben.«

»Ich dachte, du stehst bei denen auf der Lohnliste?«

»Ja, ein paar Kröten kriege ich, genau wie alle in der Kunstwelt«, klagte Delores.

»Die französische Kunst des achtzehnten Jahrhunderts ist so unsexy, und es gibt so wenig davon. Ich muss ihn dazu bringen, jetzt sein Geld auszugeben und nicht erst zu warten, bis irgendwann mal ein Boucher auf dem Markt auftaucht.«

»Ich muss meine Miete bezahlen.«

»Kannst du dir vorstellen, dass ein zwei Meter großer, hundert Kilo schwerer Russe ins Rokoko einsteigt? Mit all dem filigranen Laub, den Liebesszenen und den dicken kleinen Putten? Wenn ich's schaffe, ihn von Autos abzubringen, bin ich ja schon froh.«

»Du bist aber auch gemein.«

»Der will sexy Mädchen, verrauchte Partys und Koks, keine Vorträge und langweilen Dinner.«

»Ich nehm ihn mir mal zur Brust.« Mit koketter Geste schob sich Delores eine Frühlingsrolle in den Mund.

Barty betrachtete liebevoll seine rundliche neunundfünfzigjährige Freundin. »Ich muss dir das jetzt leider so sagen: Bei meinem Russen hast du keine Chance.«

»Autsch«, sagte Delores enttäuscht, hielt inne und kreischte: »Es ist ja schon acht! Ich komme zu spät zu den Winklemans!«

»Du hast gerade Unmengen verdrückt, davon wäre eine ganze Armee satt geworden!«, rief Barty.

»Das war doch nur die Vorspeise. Jetzt hab ich erst richtig Hunger.« Delores rutschte vom Bett und fegte sich ein paar Krümel Dim Sum und Entenfleisch vom Kleid. »Außerdem ist das Essen bei den Winklemans immer ekelhaft – gedünsteter Fisch, gedünstete Kartoffeln, gedünstetes Gemüse, alles schön zerkocht. Kein Wunder, dass Rebecca so dünn ist.«

Delores schlüpfte in ihren Mantel.

»Deine Maske«, sagte Barty. Er war versucht gewesen, sie nicht daran zu erinnern. »Und du lässt mich hier einfach allein.«

»Ein ruhiger Abend wird dir mal ganz guttun.«

»Die Dämonen meiner Seele werden mich heimsuchen.« Barty wurde panisch beim Gedanken an einen Abend in Gesellschaft seiner selbst, und er überlegte bereits, wen er anrufen könnte.

»Wie seh ich aus?« Delores wischte sich die Reste der Maske mit einem feuchten Geschirrtuch aus dem Gesicht.

»Wie ein Pudding.«

»Ich hab dich auch lieb.« Delores schlingerte aus dem Raum, die Treppe hinunter und nach draußen, um ein Taxi anzuhalten.

Carlo Spinetti war fertig mit seiner Abendgymnastik. Tagtäglich absolvierte er dreißig Minuten lang Liegestützen und Sonnengrüße. Er stellte sich unter die Dusche und rieb sich hastig unter dem heißen Strahl mit grobem Meersalz ein, dann kam ein eiskalter Schwall. Er war vierundfünfzig. Das Alter schmeichelte ihm; seine mittlerweile stark gefurchte, sonnengegerbte Haut ließ Wangenknochen und Adlernase weniger schroff erscheinen. »Edel« war das Wort, das die junge Schauspielerin Chiara gestern verwendet hatte. Bei den Dreharbeiten hatte Carlo seine Hauptdarstellerin nicht angerührt, aber kaum dass der *Sonnenkönig* im Kasten war, hatte er keine Zeit verloren und sie kurzerhand verführt.

Beim Ausziehen hatte er Chiaras Gesicht genau beobachtet, er hatte Angst, dass sie abgestoßen sein würde von einem Körper, der allmählich aussah wie eine schlecht gespannte Leinwand. Er hoffte, ihre Verzückung war nicht nur gespielt, um sich eine Rolle in seinem nächsten Film zu sichern.

Carlo sprühte eine feine Wolke Limettenextrakt im Badezimmer herum und ging einmal rasch hindurch, ein Hauch von einem Duft genügte. Der dicke dunkelrote Teppich fühlte sich unter seinen nackten Füßen angenehm weich an, während er nach nebenan ins Schlafzimmer ging, das lackschwarz gestrichen und mit Spiegeln vertäfelt war. Vor den Fenstern hingen Gardinen aus dunkellila Samt und die Möbel waren mit Wolfspelz gepolstert. Die Türgriffe mit den Löwenköpfen waren einem italienischen Palazzo nachempfunden, und die Fensterläden mit schwarz-weißen Stills aus seinen Filmen bedruckt. Das Bett dominierte den Raum: Empirestil mit Füßen aus dicken goldenen Tigertatzen.

Rebecca hatte ihm den Raum »geschenkt«; er persönlich hätte ein einfaches Bett mit weißer Wäsche und cremefarbene Wände bevorzugt, überließ aber alle Einrichtungsfragen seiner Frau und seinem Schwiegervater. Keine Frage, dass die gemeinsame Tochter Grace in die Fußstapfen ihrer Mutter treten würde. Sie studierte in Cambridge Kunstgeschichte, und in drei Jahren würde ihr Name über der Galerie in der Curzon Street stehen.

Carlo betrachtete das Bildnis von Grace über seinem Bett, gemalt von David Hockney, ebenfalls ein Geschenk von Rebecca. Aus naheliegenden Gründen hätte er es vorgezogen, Grace an einen neutralen Ort zu hängen, aber Carlo hatte kein Mitspracherecht hinsichtlich dessen, was an die Wand kam und wie lange es dort blieb. Er hatte nie gelernt, die Bilder zu lieben: Meist wurden sie schnell wieder abgehängt. Zweimal im Monat richteten Rebecca und ihr Vater für potenzielle Kunden ein privates Abendessen aus. Bei ungeraden Zahlen wurde auch Carlo zum Essen erwartet, und er musste seinen Charme sprühen lassen und hin und wieder eine einstudierte Lobhudelei über das entsprechende Kunstwerk loslassen.

Wie alle, die im Dunstkreis der Winklemans tätig waren, stand auch Carlo auf der Lohnliste der Familie im Tausch gegen den ein oder anderen Gefallen. Memling nutzte Carlos Firma, um Bilder am Zoll vorbei durch Europa zu schleusen. Verkaufte Werke wurden als Requisiten ausgewiesen, auf Lkws geladen und per Schiff über den Ärmelkanal befördert. Die Spediteure fuhren dann einen Umweg:

Wollten die Winklemans etwa je ein Bild nach Frankreich, Deutschland und Italien schaffen, machte der Lkw auf dem Weg zum ungarischen Drehort dreimal halt. Im unwahrscheinlichen Fall einer Kontrolle zuckte der unglückliche Fahrer einfach nur mit den Achseln und sagte, er habe seine Anweisungen. Carlo traf bei jedem Zwischenstopp den Konvoi, gab vor, die Requisiten zu prüfen, wobei er in Wirklichkeit das betreffende Gemälde durch eine Kopie ersetzte. Das Original wurde seinem neuen Besitzer übergeben. Und alle waren glücklich: Carlos Filme wurden ordentlich subventioniert; die Winklemans verkauften ein Bild; und der neue Besitzer erhielt sein Werk ohne Ärger mit Ausfuhrgenehmigungen und Mehrwertsteuer.

Manchmal spielte Carlo mit dem Gedanken an Unabhängigkeit, dabei war ihm klar, dass er ohne das Geld der Winklemans wahrscheinlich keinen einzigen Film finanziert bekäme. Heute war einer dieser Abende, an denen er seiner Pflicht nachkommen musste. Chiara würde warten müssen. Er beschloss sie anzurufen, um sie auf später zu vertrösten.

Rebecca Winkleman hörte ihren Mann im Nebenzimmer telefonieren und nahm zu Recht an, dass er sich mit einer seiner Geliebten verabredete. Um ihre gemeinsame Tochter zu schützen, musste sie hin und wieder den Zeitungsredaktionen ein großzügiges Geschenk zukommen lassen, um nicht mitsamt ihrer Familie in den Klatschspalten zu landen. Im Vergleich zu dem verschollenen Bild jedoch war Carlos jüngster Seitensprung fast schon eine Lappalie. Aus Gründen, über die ihr Vater keine Auskunft gab, drohte ein verschollen geglaubtes Gemälde von Antoine Watteau ihr gesamtes Imperium zu Fall zu bringen.

Rebecca betrachtete erneut das körnige Filmmaterial des Überwachungssystems und sah, wie die junge Frau das Bild in ihren Fahrradkorb stellte und damit durch die Goldhawk Road radelte. Ihre Kontaktperson auf der Polizeiwache war zuvorkommenderweise der Frau auf ihrer Route gefolgt, als sie in die Cathnor Road und dann in den Melina Grove bog, und da sie in der nächsten Kamera in der Batson

Street nicht wieder auftauchte, bedeutete das, dass die junge Dame entweder in der Greenside Road oder der Goodwin Road wohnen oder arbeiten musste. Wie achthundert andere Leute leider auch – und abgesehen davon, dass es sich um eine Radfahrerin mit Locken unter einer Wollmütze und langen Beinen in schweren Doc Martens handelte, hatte sie keine besonderen Kennzeichen. Dennoch wurde Rebecca das Gefühl nicht los, dass sie ihr irgendwo schon einmal begegnet war. Während ihrer Ausbildung zur Kunstexpertin hatte sie gelernt, sich jeden Gegenstand und jedes Gesicht auf jedem Gemälde zu merken. Schon als Neunjährige war sie zusammen mit ihrem Bruder jedes Wochenende von Memling durch die National Gallery geschleppt worden. Woche für Woche, morgens, mittags und abends bei Tisch beschoss Memling seine Kinder mit Fragen: Rebecca und Marty mussten Bildkomposition, Pinselduktus, Ikonografie und Farbqualität der ausgewählten Kunstwerke aus dem Gedächtnis abrufen. Mit fünfzehn war Rebecca in der Lage, die kleinsten Details fehlerfrei wiederzugeben: welche Blume sich zu Füßen der Maria in Leonardos *Felsgrottenmadonna* befand, oder in welchem Canaletto eine winzige Waschfrau versteckt war. Marty reichte weder mit seinen Kenntnissen noch seinem visuellen Gedächtnis an Rebecca heran, doch beiden Kindern war klar, dass das keine Rolle spielte; als Sohn und Erbe würde trotzdem Marty die Firma übernehmen.

Wieder nahm Rebecca eines der Fotos vom Überwachungssystem in die Hand und betrachtete es eingehend; vielleicht hatte jemand das Bild aufs Geratewohl gekauft, und es hing jetzt unschuldig in einem Londoner Vorort an der Wand, wo kein Mensch von seinem Wert und seiner dunklen Geschichte etwas ahnte.

Sie hörte Carlo auflegen. Als er ihr Schlafzimmer betrat, schob sie die Fotos in ihre Aktentasche und spürte, wie ihr Tränen in die Augen schossen.

»Liebling, was ist los?« Carlo trat an ihre Seite.

»Ach, nichts.« Rebecca rückte von ihm weg und trocknete sich geschäftig die Wangen.

»Ist was mit deinem Vater? Geht's ihm nicht gut?«

»Nein, es ist nur was wegen der Arbeit.«

Carlo sah seine Frau forschend an; er erkannte, dass sie Angst hatte.

»Was kann ich tun?«, fragte er ernsthaft besorgt.

Rebecca nahm ihr Puderdöschen zur Hand. »Da, lies dir die Informationen zu unseren heutigen Gästen durch.«

Innerlich stöhnend setzte sich Carlo auf das Bett seiner Frau. Ziel des Abends war, Melanie Appledore zum Kauf der eine Million Pfund teuren Vorstudie zu dem Gemälde *Judith enthauptet Holofernes* zu bewegen. Carlo hatte seine Zweifel, ob das Gemälde der greisen Grande Dame aus der Park Avenue, einer Sammlerin französischer Kunst des achtzehnten Jahrhunderts, überhaupt zusagen würde. Das Bild war selbst für Caravaggios Verhältnisse brutal; es stellte den Augenblick dar, nachdem Judith dem assyrischen General zum dritten Mal ihr Messer in die Kehle gestoßen hatte.

»Weiß Mrs Appledore, dass für die Judith wahrscheinlich die römische Kurtisane Fillide Melandroni Modell gestanden hat?«, fragte Carlo

»Sie muss nicht alles wissen«, sagte Rebecca. »Du wirst doch wohl keine Schwierigkeiten machen?«

»Aber schafft ihr damit das richtige Verkaufsambiente, mit einem Abendessen vor einem so verstörenden Bild? Was gibt's denn überhaupt? Rohes Fleisch, passend zur Farbgebung?«

»Spar dir deine Witze für deine Hure«, sagte Rebecca brüsk.

Carlo sah seine Frau verwundert an. So hatte sie noch nie mit ihm gesprochen – was war geschehen? Er nahm sich vor, ihr am nächsten Morgen Blumen zu schicken.

Drei Etagen tiefer legte Annie in der Küche letzte Hand an ihre Mahlzeit. Sie hatte sich von einem anderen Caravaggio, einem Stillleben, inspirieren lassen und mit einem Team von Carlos Filmausstattern gearbeitet, um das Esszimmer der Winklemans umzugestalten. Die Wände waren heute rubinrot; schwere Girlanden aus Rosen, Nelken und Mohnblumen schmückten das weiße Damasttuch. Die Anrichte ächzte unter der Last von Feigen, Pflaumen, Pfirsichen und Äpfeln, es gab bergeweise Gemüse, Kohlköpfe, Kürbisse, sogar Knoblauch; die Gäste würden Wasser aus goldenen Kelchen trinken und von feinem Knochenporzellan auf goldenen Untertellern essen.

Jesu, der Chefbutler der Winklemans, maß mit einem kleinen Lineal den Abstand zwischen Gläsern und Tellern, während Primrose, seine Frau, die Blütenblätter mit Glitzerfarbe bemalte. Annie brachte auf dem Obst Klebstofftupfer an, um Wassertropfen zu simulieren; hoffentlich käme niemand auf die Idee, davon zu essen. Jede Serviette war dreißig mal dreißig Zentimeter groß, aus schwerem Leinen mit Monogramm und in Form einer spanischen Galeone gefaltet worden. Rebecca betrat den Raum und sah sich verblüfft um.

»So etwas ist nicht üblich hier bei uns«, sagte sie zu Annie.

»Ich wollte das Bild in einem angemessenen Rahmen präsentieren«, sagte Annie ruhig. Eigentlich hatte sie gehofft, dass sich ihre Arbeitgeberin freuen würde.

»Sie gehen ein verdammt großes Risiko ein für eine einzige Mahlzeit«, sagte Rebecca knapp.

Annie schwieg.

Oben schloss Carlo gerade den letzten Hemdknopf, als Jesu in der Tür auftauchte.

»Gerade treffen die Gäste ein, Sir. Madame bittet Sie, nach unten zu kommen.«

»Wer ist denn alles da?«, fragte Carlo lustlos.

»Sehr alte Dame, und Freund von sehr alte Dame.« Jesu hielt inne.

»Was ist denn?«

»Mr Memling und Miss Rebecca sind im Nebenzimmer. Eine Unterredung. Nicht stören.«

Carlo ging hinunter und fragte sich, ob dieses merkwürdige Verhalten irgendwie mit Rebeccas Tränen zusammenhing. Im grauen Salon traf er auf den Ehrengast. Carlo verbeugte sich und ergriff Mrs Appledores Handgelenk. Kaum zu glauben, dass die alte Dame die Kraft hatte, den Arm zu heben, so schwer behangen war sie mit

Schmuck; Carlo schätzte, dass sie Ringe und Armreife mit Diamanten im Wert von mehreren Millionen trug.

»Es ist mir eine große Freude, Sie wiederzusehen«, sagte er und schwebte mit den Lippen über Mrs Appledores Hand.

»Carlo«, sagte sie lächelnd.

»Was führt Sie nach London?«, fragte Carlo und sah, dass ihr Gesicht nicht nur einmal geliftet worden war; die Haut war wie Pergament und glatt wie die eines Kindes.

»Shopping. Normalerweise ist London erst im Juli dran, aber das Programm in der Met ist diese Saison furchtbar langweilig.«

»Aber ich dachte, *Tosca* wird gegeben?« Rebecca rauschte ins Zimmer und mischte sich in ihr Gespräch. »Mit Renée.«

»Renée ist wirklich ein Traum, nicht wahr«, flötete Mrs Appledore. »Aber sie ist doch krank geworden, haben Sie das nicht mitbekommen?«

»Das hat unsere Pläne ruiniert.« Ein kleiner, adrett gekleideter Mann im Samtanzug kam mit ausgestreckter Hand auf Carlo zu. »William Carstairs der Dritte. Danke für die Einladung.«

William Carstairs, Mrs Appledores Museumsdirektor, fungierte außerdem als ihr Kalorienzähler und Handtaschenträger.

»Wie läuft die Arbeit?«, fragte Mrs Appledore und wandte sich zu Carlo. »Gibt es einen neuen Film?«

»*Der Sonnenkönig* mit Chiara Costanzia.«

Mrs Appledore blickte ausdruckslos. »Willy, sorg dafür, dass wir den für den Jet besorgen.«

Zwei weitere Gäste trafen ein. Rebecca begrüßte sie. »Darf ich vorstellen? Septimus Ward-Thomas, Direktor der National Gallery. Sicherlich kennen Sie Melanie Appledore?«

»Es ist mir eine Ehre«, sagte Septimus Ward-Thomas.

»Melanie, Delores Ryan, die gerade ein neues Buch veröffentlicht hat, *Watteau und die Frauen: Die Bedeutung des Modells im Werk des Künstlers*.«

»Aber ja, ich habe es mir gestern gekauft. Ein wichtiges Werk, ich freue mich schon auf die Lektüre.«

»Stimmt es, dass Sie in Ihrem Privatjet einen Boucher haben?«, fragte Delores.

Septimus Ward-Thomas hustete, um seine Missbilligung zum Ausdruck zu bringen; bei dem Gedanken, so ein empfindliches Gemälde den Strapazen von Starts und Landungen auszusetzen, stellten sich ihm die Nackenhaare auf.

»Ja, aber jedes Mal, wenn wir Turbulenzen hatten, begann das Kleid der Pompadour abzublättern«, erklärte Mrs Appledore. »Ich hab's wieder abnehmen lassen und stattdessen ein paar Zeichnungen von Lancet aufgehängt.«

»Gute Idee«, sagte Ward-Thomas matt.

Als Memling Winkleman in Begleitung seines großen weißen Huskys Tizian den Raum betrat, verstummten die Gäste. Memling war über eins achtzig groß, doch seine Haltung war so aufrecht, dass ihn viele für noch größer hielten. Er hatte einen gewaltigen Kopf, eine Adlernase und einen vollen silbernen Haarschöpf. Auch wenn die Haut an Kinn und Wangen ein wenig faltig geworden war, ließ sich sein Gesicht noch immer als »wie gemeißelt« bezeichnen. Im Büro nannte man ihn »Kapo«, und er sprach wenig und wenn, dann um mit einem leichten Lispeln flüsternd in fließendem Englisch, Französisch, Russisch oder Deutsch Befehle zu erteilen. Er machte sich niemals die Mühe, Hallo oder Auf Wiedersehen zu sagen, verließ Besprechungen und beendete Telefonate, wann immer es ihm passte. Tizian wich ihm selten von der Seite. Der Hund, der jetzt fünf Jahre alt war, war der geklonte Sohn von Raffael, dem Ururenkel von Leonardo, Memlings erstem weißem Hund.

Memling war mit vierundzwanzig ohne nennenswerte Schulbildung nach England gekommen, hatte erst Mathematik und anschließend in Cambridge Chemie studiert, darauf folgte ein Doktor in Kunstgeschichte, während er gleichzeitig seine Firma aufbaute. Memling war neunzig, wirkte aber immer noch besser in Form als die meisten zwanzig Jahre jüngeren Männer. Er spielte regelmäßig in der Halle unter seinem Haus Tennis und ging fast jeden Tag mit seinem Hund spazieren. Er trank ein bis zwei Gläser Rotwein am Abend und aß ausschließlich Naturkost. Ebenso wie seine Tochter und sein Hund hatte Memling auffallend blassblaue Augen. Wer ihn zu beschreiben versuchte, wählte den Begriff »Patrizier« und fügte hinzu, Mr Winkleman gleiche eher einem römischen Imperator als dem Urenkel eines Frankfurter Rabbiners. Die meisten vermuteten, dass seine Kälte, seine Ungeduld mit Schwätzern und seine Ablehnung jedweder Gefühlsbekundungen daher rührten, dass er zwei Jahre in Auschwitz gefangen war, wo seine restliche Familie ums Leben kam.

Rebecca war noch nie einem Menschen begegnet, der keine Angst hatte vor ihrem strengen und dominanten Vater – sie selbst bildete da keine Ausnahme. Memling hasste Schwafler und Schaumschläger und hatte seine Freude daran, solche Personen vorzuführen. Seinen Charme bewahrte er sich für wohlhabende Kunden auf, in deren Gesellschaft er etwas beinahe Verspieltes annahm; seine vollkommen aufgesetzten Charmeoffensiven hielten jedoch nie länger als nötig an. Die Kunst des Smalltalks hatte er nie beherrscht. Er wollte mit Handys, E-Mail und Fernsehen nichts zu tun haben. Er hatte ein kleines ledernes Notizbuch in der Tasche und machte sich in seiner winzigen Handschrift nach jedem Gespräch und jeder Entscheidung eine Fülle von Notizen.

»Guten Abend, Memling«, sagte Mrs Appledore. »Du liebe Güte, Sie sehen ja heute wieder verwegen aus.«

»Und Sie soigniert wie immer«, entgegnete Memling.

»Spielen Sie immer noch fleißig Tennis?«, fragte Mrs Appledore. »Was für kräftige Arme Sie haben …«

»Wie wär's mit einem kleinen Freundschaftsmatch?«

»Oh, ich fürchte, meine Zeit der Aufschläge ist vorbei, leider.«

Kurz darauf trafen Earl Beachendon und seine Frau Samantha ein, gefolgt vom alternden Rockstar Johnny »Lips« Duffy, der eingeladen worden war, um den Abend aufzulockern und weniger wie eine Verkaufsveranstaltung erscheinen zu lassen. Johnny »Lips« Duffy hatte vor Ewigkeiten einmal Kunst studiert und sammelte britische Gemälde. Sein Ruhm war inzwischen verblasst, und in letzter Zeit machte er vor allem Reklame für Golfplätze und Einkaufszentren. Er hatte seine Frau Karen mitgebracht, einst olympische Springreiterin, die ein rückenfreies Kleid aus Goldlamé trug.

Als Rebecca ihre Gäste ins Esszimmer führte, schnappten sie kollektiv nach Luft: Der Raum hatte sich in ein frühbarockes Tableau verwandelt. Direkt gegenüber von Mrs Appledores Platz hing der Caravaggio.

»Die Doria-Caravaggio-Studie!« Septimus Ward-Thomas klatschte in die Hände. »Dieses Gemälde versuche ich seit Jahren zu Gesicht zu bekommen. Ich hatte schon befürchtet, es sei zerstört worden.«

»Ein bisschen blutrünstig ist es ja schon«, sagte Mrs Appledore zögerlich.

»Das ist tolles Blut, blutiges Blut vom Feinsten«, sagte Carlo, da ihm nichts Besseres einfiel.

Rebecca warf ihm einen giftigen Blick zu; sie war entsetzt gewesen, dass sich ihr stilvolles weißes Esszimmer in einen perfekt gestalteten kleinen Bankettsaal verwandelt hatte. Ihr Vater kam herein und blickte seine Tochter fragend an, aber die zuckte nur mit den Schultern.

»Große Kunst scheut keine schwierigen Themen«, sagt Ward-Thomas taktvoll. »Denken Sie an Christus am Kreuz, oder an die Enthauptung Johannes des Täufers.«

Mrs Appledore lächelte höflich. Genau wie alle anderen im Raum wusste auch sie, dass der Abend vor allem stattfand, um ihr dieses Bild zu verkaufen. Doch in ihrem Alter war jede Form von Aufmerksamkeit schön, also spielte sie das Spiel mit.

Genau fünf Minuten nachdem der erste Gast Platz genommen hatte, schickte Annie die jungen Wachteln hinaus. Sie hatte Salatblätter und Kräuter zu Grasbüscheln angeordnet, und die gefleckten Gnocchi sahen aus wie Eier in Nestern aus Kartoffelbrei. Durch die offene Tür hörte Annie, wie die Gäste Laute der Anerkennung und Verzückung ausstießen, als die Teller vor ihnen abgestellt wurden. Im Alltag war Annie nicht selten ein Nervenbündel, doch in der Küche schwebte sie gelassen über den Dingen, sie arbeitete langsam und bedächtig, hatte immer ein Auge auf der Uhr und ein Auge auf den Pfannen und Töpfen.

Während sie mit Kochen beschäftigt war, schnappte Annie hier und da durch die offene Tür einen Gesprächsfetzen auf.

»Haben Sie gehört, was Gerry für den Richter bezahlt hat?«, fragte jemand.

»Fünfundzwanzig Millionen plus Steuern und Provision«, erwiderte eine andere.

»Muss man heute eigentlich Bestechungsgeld zahlen, um in den Vorstand der Met zu kommen?«

»Stanton Holsters haben fünfzig Millionen geboten und wurden trotzdem abgelehnt.«

»Manet oder Monet?«, fragte jemand.

»Beides ist richtig«, kam die Antwort.

»Haben Sie die Velázquez-Ausstellung gesehen?«, fragte eine Frauenstimme.

»Wozu? Die Bilder waren doch alle in Museumsbesitz – gab ja nichts zu kaufen.«

»Felicia hat eine neue Jacht.«

»Wer möchte noch Wein?«

»Habt ihr gehört, die Farleys haben extra für den neuen Koons ihre Wohnung umdekorieren lassen!«

»Und wie sieht sie jetzt aus?«

»Leer – der Künstler hat das Werk noch gar nicht produziert.«

Zu seiner eigenen Verwunderung fand Carlo Mrs Appledore richtig sympathisch. Viele waren der irrigen Auffassung, ihre langjährige Position als Kunst-Doyenne der New Yorker Gesellschaft gründe sich einzig und allein auf der Größe ihres Vermögens. Das aber war falsch: Mrs Appledore hatte Stil, jene schwer zu greifende, undefinierbare, nicht zu vermittelnde, nicht zu vererbende, nicht für alles Geld zu kaufende Eigenschaft, von der die meisten Menschen nur träumen konnten. Um die Eröffnung eines neues Flügels im Appledore Museum zu feiern, schmückte sie eine Reihe von Schnellbooten mit goldenen und weißen Federn, um die Gäste aus Manhattan abzuholen und in diesen riesigen Schwänen flussaufwärts zu schaffen. Als eine Dame der Gesellschaft schwer erkrankte und bettlägerig wurde, mietete Mrs Appledore die New Yorker Philharmoniker, um der Frau vor ihrem Fenster ein Ständchen zu spielen. Als sie mitbekam, dass die Park Avenue im Sorbetfieber war, kam ihr die geniale Idee, ein Eis aus Wassermelone mit Kernen aus Schokolade herstellen zu lassen und das Ganze in einer künstlichen Melonenschale aus tiefgefrorenen, mit Blattgold gestreiften Äpfeln zu servieren. Daraufhin bogen sich die Tische in New York unter zunehmend aufwendigen Kreationen, bis Mrs Appledore endgültig den »Krieg der Tiefkühldesserts« gewann, indem sie ein Sorbet aus einem 1929er Château Lafite kredenzte. War sie verschwenderisch? Ja. Konnte man sie überbieten? Nein. Ihre Großzügigkeit war legendär: Als sie beim Duke of Denbighshire zu Besuch war, schenkte sie Seiner Durchlaucht die Goya-Zeichnung seines Ahnen, des ersten Dukes. Als ihre alte Freundin, die Maharani von Batsakpur, bei einem Reitunfall ein Auge verlor, schickte ihr Mrs Appledore sieben mit sagenhaften Juwelen und Saatperlen geschmückte Augenklappen, eine für jeden Wochentag.

Auch wenn es ihr und Horace an Geld nie mangelte, war es Melanies Idee des Kultursponsorings, die das Paar in die höchsten Ränge der Gesellschaft beförderte. Sie stiftete der Oper, dem Theater, den Konzerthallen und Museen. Mithilfe ihres Scharfsinns und Wissens schuf sie die wichtigste Sammlung französischer Bilder und Kunstgegenstände des achtzehnten Jahrhunderts außerhalb Frankreichs. Während die meisten Sammler lauter »Greatest Hits« ihrer bevorzugten Bereiche anhäuften, sah Mrs Appledore weit über ihren Tellerrand hinweg. Sie kaufte nicht nur Meisterwerke, sondern auch Zeichnungen, Lithografien, Bücher, Möbel, Kommoden, Schreibtische, Wand- und Kronleuchter mitsamt der originalen Holzvertäfelung.

Melanie war Autodidaktin und wusste mehr als die meisten Kuratoren und Kunsthistoriker; sie hatte jede Monografie gelesen und die obskursten Kirchen und Museen von Odessa bis Monmouth besucht. Sie nutzte ihre Position als Grande Dame der Gesellschaft und machte die Kunst zu einem modischen, ernst zu nehmenden und relevanten Thema. Es war Mrs Appledore, die ihre Freunde im Weißen Haus überredete, großzügige Steuernachlässe einzuführen, um das Spenden noch attraktiver zu machen. Dabei ging sie mit gutem Beispiel voran und schenkte schon zu Lebzeiten Kunst und andere Habe im Wert von über fünfhundert Millionen Dollar an ihr geliebtes Museum. Sie war so bekannt für ihre Großzügigkeit, dass andere Museen das Fehlen einer eigenen Mrs Appledore beklagten.

Sie war außerdem, wie Carlo beim ersten Gang feststellte, eine begnadete Nachahmerin und erstklassige Klatschtante, die dabei aber weder gehässig noch überheblich wirkte. Es war für Carlo eine Offenbarung, sich so gut mit einer Frau zu amüsieren, die fast viermal so alt war wie seine gegenwärtige Geliebte.

In der Küche gab Annie ihrem Hauptgang den letzten Schliff – sie arrangierte die Tranchen vom Kalbslendchen mit runden, herrlich glänzenden weißen, grünen und roten Babyzwiebeln, geschälten Trauben und Mini-Rote-Bete. Dann machte sie mit ihrem Telefon Fotos von der Platte, denn eine Viertelstunde später käme sie zurück in die Küche und alles wäre vertilgt. Kochen, fand sie, war eher wie darstellende als bildende Kunst: Der ganze Zauber lag in seiner Flüchtigkeit und Unmittelbarkeit.

Als Jesu das dampfende Gericht in den Raum trug, brachen die Gäste spontan in Applaus aus.

»Das ist fast zu schön zum Essen«, sagte Melanie und nahm sich eine Traube und ein fingergroßes Stück Fleisch.

»Viel zu schön«, stimmte Delores ihr zu und häufte sich Kalbfleisch und Gemüse auf den Teller.

»Wer ist der Koch?«, wollte Mrs Appledore von Carlo wissen, während sie an einer perfekt gegarten Mini-Rote-Bete knabberte.

»Eine Frau, die ich gefunden habe – ich habe sie meiner Frau geliehen.«

»Ich muss ihren Namen haben, und ihre Nummer.«

Annie stellte sich so hin, dass sie gerade nicht zu sehen war, spähte durch die Durchreiche und beobachtete die Gesichter, während die Gäste den ersten Bissen zum Mund führten. Sie bemerkte, dass das Gespräch kurzzeitig abbrach, als Geschmack und Textur gekostet wurden. Septimus Ward-Thomas legte Messer und Gabel hin und hob den Blick zu dem Gemälde.

»Meine Sinne werden gerade überwältigt«, sagte er mehr in den Raum hinein als zu jemand Bestimmtem. »Jetzt fehlt nur noch Beethoven, und dann ist es um mich geschehen.«

Annie wäre dem Direktor der National Gallery am liebsten um den Hals gefallen. Stattdessen wandte sie sich dem Garen der Quitten und Birnenspalten zu und hoffte, die Früchte würden als Ausgleich zu den ersten beiden üppigen Gängen funktionieren.

Auf einen strengen Blick seines Schwiegervaters hin drehte sich Carlo widerwillig von Mrs Appledore weg und Delores Ryan zu.

»Dieses Essen ist wirklich erstklassig«, sagte Delores, stach auf das Kalbfleisch ein und stopfte sich zwei ganze Scheiben in den Mund.

»Und, wie ist das Leben? Irgendwelche neuen Bücher geschrieben?«, fragte Carlo mit gespielter Höflichkeit.

»Haben Sie vorhin nicht zugehört? Ich habe ein neues über die Frauen bei Watteau. Sie müssen mir versprechen, zu meiner kleinen Soiree zu kommen, ja?«, sagte Delores.

»Ich habe gerade den *Sonnenkönig* abgedreht. Ich habe große Hoffnungen für den Film«, sagte Carlo.

»Wie amüsant«, sagte Delores und klang entsetzlich gelangweilt. »Haben Sie nicht schon einen Film namens *Die Sonnenkönigin*? Drehen Sie auch mal was anderes?«

»Fragen Sie jemals danach, warum ein Maler immer wieder die gleiche Szene malt?«, fragte Carlo gereizt.

»Malerei ist etwas anderes.«

»Sie sind ein Snob. In beiden Disziplinen geht es darum, Licht und Schönheit einzufangen« sagte Carlo nun deutlich lauter.

»Ein Filmemacher ist abhängig von seinem Team, einer Kamera

und wahnsinnig viel Ausrüstung. Ein Maler braucht nur seine Augen, einen Pinsel und etwas Farbe.«

Carlo war verärgert. »Absoluter Schwachsinn.« Seine Stimme schwebte über denen der anderen Gäste. Rebecca warf ihrem Mann einen nervösen Blick zu; sie fürchtete eine Szene. »Sehen Sie sich doch Ihren geliebten Watteau an mit seiner ewigen künstlichen Lichtung. Es sind immer dieselben langweiligen Partybesucher, nur in anderer Kleidung, immer wieder dasselbe«, rief Carlo.

»Liebling, bist du so nett und schaust mal nach, ob ich meine Tasche oben stehen gelassen habe?«, fragte Rebecca mit fester Stimme.

Carlo stand auf und verließ das Zimmer, und er schwor sich, nie wieder an einer dieser Veranstaltungen teilzunehmen. Seine Armbanduhr sagte ihm, dass es zwanzig vor zehn war – bald würde er sich davonschleichen und zu Chiara ins Bett schlüpfen können.

Im Flur klingelte das Telefon, und ohne nachzudenken ging er dran.

»Pronto.«

Am anderen Ende meldete sich niemand. Schon zum dritten Mal an diesem Tag hatte jemand einfach wieder aufgelegt.

»Wie ich höre, müssen die Evans verkaufen; die haben in Spanien wegen der Eurokrise ein Vermögen verloren. Das heißt, diese hübschen Picassos aus der blauen Periode werden bald zum Verkauf stehen«, sagte Johnny »Lips«.

»Ach, die Blaue Periode hängt mir zum Hals raus«, rief seine Frau. »Lass uns was Rosafarbenes kaufen.«

Am anderen Tischende unterhielt sich Ward-Thomas mit Rebecca.

»Vor ein paar Tagen habe ich einen Ukrainer durchs Museum geführt, und der Kerl hat mir immer wieder Geld geboten für die Gemälde. Das hier ist ein Landesmuseum, habe ich zu ihm gesagt – die Bilder gehören mir nicht. Da hat er sein Angebot verdoppelt – diese Kerle denken, sie könnten sich die ganze Welt kaufen«, sagte er.

»Ich dachte, alles wäre käuflich«, sagte Carlo, der gerade wieder aufgetaucht war.

»Liebling, tauschst du bitte mit Septimus die Plätze? Er möchte sich unbedingt mit Delores über eine seltene Zuschreibung unterhalten.« Sie tätschelte den Sitzplatz neben sich.

Wie ein ausgeschimpftes Kind setzte sich Carlo neben seine Frau.

Annie warf einen Blick auf die Uhr – schon zehn –, die letzten anderthalb Stunden waren wie im Flug vergangen. Die Stimmen aus dem Esszimmer waren mit jeder frisch entkorkten Flasche lauter geworden. Durch die offene Tür sah sie, dass Rebeccas Alabasterhaut eine leichte Tönung angenommen hatte, und sie hörte Karen Duffy zu Mrs Appledore sagen, Reiten wäre sehr gut für ihren Beckenboden.

Annie feilte an ihrem Dessert – es sah herrlich aus; fast durchscheinende, schimmernde Spalten von Quitte und Birne, gefleckt mit Granatapfelkernen, die so rot und prall waren wie kleine Rubine.

Als Jesu und Primrose die erste Obstplatte hinaustrugen, behaupteten die Gäste, keinen Bissen mehr essen zu können. Eine halbe Stunde später wanderten die Platten und Teller in die Küche zurück, und es war nichts übriggeblieben.

Mrs Appledore beharrte darauf, die Küchenchefin für eine Runde Applaus in den Raum zu bitten; laut klatschend sprang Carlo auf.

Beim Blick in die Runde sah Annie zum ersten Mal Memling Winkleman; er hatte wirklich etwas Faszinierendes und Beunruhigendes mit seinen durchdringenden, blassblauen Augen. Annie nahm sich vor, ihm unbedingt aus dem Weg zu gehen.

Als die Gäste das Speisezimmer verließen, hörte Annie, wie Mrs Appledore zu Memling sagte: »Vielleicht werde ich Ihr grausiges Bild tatsächlich kaufen müssen, allein schon um dieses außergewöhnliche Essen nicht zu vergessen.«

# 8. Kapitel

Der letzte Gast ging um Mitternacht, aber es war nach eins, als Annie aus dem Personalausgang des Winklemanschen Hauses in das Gässchen hinter der Curzon Street schlüpfte. Die Nacht war kalt und klar. Da sie immer noch hellwach war, beschloss Annie, noch ein bisschen zu Fuß zu gehen, bevor sie den Nachtbus nach Hause nahm. Der Abend war ein Riesenerfolg gewesen. Earl Beachendon hatte versprochen, sie dem Aufsichtsrat von Monachorum weiterzuempfehlen. Sogar Rebecca hatte sich mit knappen Worten, aber aufrichtig bedankt.

Annie ging den Piccadilly hinunter, bog links in die Old Bond Street ein und blickte müßig in die Fenster der Kunstgalerien. Vor wenigen Wochen noch wäre sie einfach daran vorbeigegangen, jetzt aber sah sie in jede Galerie hinein und betrachtete jedes Schaufenster mit neuem Interesse. In einem Laden studierte sie ein Gemälde namens *Moses mit dem goldenen Kalb* von Ludovico Carracci. Sie versuchte sich an die Geschichte zu erinnern. Hatte Gott zum Essen ein Kalb bereitgestellt, und Manna, oder war das Kalb das Symbol der Götzenverehrung? Sie fand, dass Moses völlig verzweifelt wirkte, während die zerbrochenen Gesetzestafeln zu seinen Füßen lagen und seine Gefolgschaft ängstlich im Hintergrund wartete. Annie fragte sich, ob ihre Unfähigkeit, das Gemälde zu entziffern, eine Rolle spielte, oder ob es akzeptabel war, irgendetwas zu mögen, ohne seine versteckte Botschaft wirklich zu verstehen. In der nächsten Galerie war eine Installation zu sehen – vier große Matratzen hingen von der Decke sowie ein kaputter Wasserkessel, ein Dildo und eine Haarbürste, und das Ganze trug den Titel *Von solchen Tagen hat mir Mama nie erzählt*. Annie fand diese Komposition verwirrend. Kunst, dachte sie, ist eine fremde Sprache; eine, die sie nicht unbedingt lernen wollte. Die Gesprächsfetzen der Gäste, das Gerede von Betrügereien und exorbitanten Preisen und den destruktiven Sitten und Unsitten der Superreichen hatte Annie in ihrer Liebe zum Kochen nur bestätigt. Für wenig Geld konnte sie ein paar bescheidene Zutaten in ein außergewöhnliches Erlebnis verwandeln, das weder Vorkenntnisse noch Wissen noch Investition erforderte.

»Hast du'n bisschen Kleingeld für'n warmes Getränk?« Eine Stimme drang aus einem Türeingang. Annie erschrak, als eine Hand, gefolgt von einem Gesicht, aus einem Pappkarton auftauchte. In der Dunkelheit hatte sie niemanden bemerkt. Annie angelte erst in ihrer Hosentasche und dann am Grund ihrer Handtasche nach Münzen.

»Tut mir so leid, ich hab nur meine Monatskarte und einen Lippenstift dabei«, sagte sie bedauernd.

»Kann ich nichts mit anfangen«, sagte die Stimme.

»Gute Nacht«, sagte Annie. Sie nahm sich fest vor, eines Abends mit Geld zurückzukommen.

Beim Weitergehen bemerkte sie wieder eine unförmige Gestalt in einem Türeingang, diesmal ohne Pappkarton, aber dafür umgeben von Plastiktüten, aus denen ihr ganzes Hab und Gut hervorquoll. Annie erkannte einen Wasserkessel, eine Haarbürste und eine Tasse. Ein großer Fuchs mit langem buschigem Schwanz trottete entschlossen die Straße hinauf, die Nase am Boden. Er lief an Annie vorbei und verschwand auf den Stufen zum Personaleingang eines großen Hotels, ohne sie eines Blickes zu würdigen.

Als Annie in eine Seitenstraße bog und den Berkeley Square erreichte, kamen gerade ein paar Leute aus einem Nachtklub. Die drei Männer trugen Smoking; die beiden jungen Frauen hatten dünne Kleidchen an, und es folgte ein weiterer Mann, der unpassenderweise als Punkrocker verkleidet war.

»Mach schon, Barty, ich frier mir hier den Arsch ab!«, rief eine Frau, während ihre Freundin mit den Armen in der Luft wedelte, um ein Taxi anzuhalten. Zwei junge Männer legten die Hände um ein Streichholz, während der dritte versuchte, sich wankend eine Zigarette anzustecken.

»Roddy, man darf heutzutage nicht mehr im Taxi rauchen!«, kreischte die Frau in Pink.

Der Punkrocker stieß mit Annie zusammen.

»Oh, ich bitte um Verzeihung!«, sagte er. »Alles in Ordnung?« Seine Stimme klang ein wenig überreizt von Müdigkeit und zu viel Alkohol.

»Nichts passiert«, erwiderte Annie und versuchte sich an seiner Gruppe vorbeizuschieben.

Die Frau im Goldfummel torkelte näher. »He Barty, quatschst du schon wieder fremde Frauen an?« Sie schenkte Annie ein aufgesetztes Lächeln und zerrte ihn in Richtung Taxi.

Annie ging weiter bis zur Mount Street und blickte sehnsüchtig auf die lange Reihe der Taxis vor dem Connaught Hotel. Hätte sie nur das Geld, um sich nach Hause fahren zu lassen, und ein paar ausgelassene Freunde noch dazu. Sie erschrak, als einige Jugendliche vorbeirannten und einen Kracher anzündeten, der hinaufschoss und über den Dächern explodierte. Der Türsteher des Hotels schimpfte ihnen halbherzig hinterher.

Hundert Meter über dem Gehweg in der königlichen Suite wurde Wladi von den Krachern aus dem Schlaf gerissen. Seit seiner Verbannung aus Russland schreckte er bei jedem lauten Geräusch hoch. Beim Blick übers Bett entdeckte Wladi drei Personen, alle nackt, weiblich, blond, jung und ihm unbekannt. Der Portier hatte sie organisiert und Wladi versprochen, dass sie aus einem »sauberen« Haus kämen, kein Pöbel. Bei Bedarf könne er ihm auch »Oxbridge« besorgen; Wladi wusste nicht genau, was das bedeutete, hatte aber erst einmal abgelehnt.

Nach einigen kraftzehrenden Stunden waren die Frauen eingeschlafen. Wladi war so viel fremde Menschen in seinem Bett nicht gewohnt und lag da, mit unruhigem Geist, zu müde, um sich zu bewegen, und dennoch zu aufgewühlt, um einzuschlafen. Der Sex war gut gewesen; nein, besser als gut – die Frauen hatten genau gewusst, was zu tun war, und ihre Aufgabe mit Anmut und scheinbarer

Begeisterung erfüllt. Doch bei aller Gesellschaft fühlte Wladi sich einsam und leer. Vielleicht sollte er sich beim nächsten Mal noch mehr Mädchen bestellen; wobei er wusste, dass auch noch mehr Frauen die Einsamkeit nicht würden auslöschen können. Vielleicht brauchte er eine Freundin, eine Frau, mit der er eine Beziehung aufbauen konnte. Der Gedanke trieb ihn nur noch mehr zur Verzweiflung – wer könnte verstehen, woher er kam, was er hier für ein Leben führte? Der Preis, den er für seine körperliche Freiheit zahlte, war emotionales Exil.

In seinem früheren Leben war Wladi davon ausgegangen, dass Geld mehr als körperlichen Schutz gewährleisten würde; es war die ersehnte Verwirklichung, Polster, Sprungbrett, weiche Landung, Passierschein und Gleitmittel. Er erinnerte sich, wie er in Smlinsk auf seinem Klappbett lag und seinen zukünftigen Luxus plante. Nicht einmal in seinen kühnsten Träumen hätte er sich vorgestellt, wie reich er einmal werden würde. Ironie des Schicksals, dass ihm einfach nicht einfallen wollte, was er mit seinen Milliarden machen könnte, geschweige denn, wie man ein glücklicher Mensch wird. Bei allen Autos, Mädchen, Booten, Flugzeugen, Urlaubsreisen, Anzügen und Pferden wurde er das Gefühl von Unbehagen und Unzufriedenheit nicht los. Jetzt sah er diese großen Gewinne wie einen hohen Berg, auf dessen Gipfel er saß, einsam und allein. Die Einfachheit seiner früheren Sorgen, Hunger und Kälte, waren durch abstraktere Ängste ersetzt worden – den Ansprüchen nicht zu genügen, nicht liebenswert zu sein.

Es gab nichts an dem Leben in Smlinsk, das vermissenswert war, und doch konnte Wladi nicht anders, als sich voller Nostalgie an die Zeiten damals zu erinnern. Alles war so beruhigend einfach gewesen. Er stand auf, ging zur Arbeit, wurde müde, kam nach Hause und ging schlafen, tagein, tagaus. In der endlosen Monotonie fand er einen befriedigenden Rhythmus, und noch in etwas anderem: dem Wissen, dass es allen in Smlinsk genauso ging. Sie alle waren hungrig, sahen keinen Ausweg und träumten von einem Leben woanders und einer besseren Zukunft.

Wladi merkte, wie eines der Mädchen langsam wach wurde. Sie schlug ein großes blaues Auge auf, sah ihn an und schenkte ihm ein süßes Lächeln.

»Ich mach mich nur kurz frisch«, sagte sie und schlüpfte aus dem Bett.

Er sah ihrem nackten Rücken nach, während sie in Richtung Badezimmer taumelte, und er spürte ein Aufflackern von Lust. Es ging hier einzig und allein um Geld, keine Liebe, keine Zärtlichkeit – aber na und? War nicht das ganze Leben eine Art Tauschhandel? Wladi spürte, wie sich ein Panzer um sein Herz legte.

Das Mädchen kam zurück. »Willst du'n bisschen rummachen?«, fragte sie.

»Nein, reden.«

»Au ja, lass uns plaudern«, sagte sie und schlüpfte neben ihn unter die Decke. »Worüber willst du denn reden?«

»Wie heißt du?«

»Trish.«

»Wladi.«

»Schön, dich kennenzulernen, Wladi.« Trish reichte ihm eine kleine Hand. »Irgendwie sind wir vorhin nicht dazu gekommen, uns vorzustellen.«

»Einsam, du, manchmal?«

»Ob ich manchmal einsam bin?«, fragte Trish. »Eigentlich nicht, ich wohn zu Hause bei meiner Mutter und meinen beiden Schwestern, einem Corgi, einem Weimaraner und einem Pudel, also hat man eigentlich keine Zeit, einsam zu sein.«

»Wo?«

»Epping. Und woher kommst du?«

»Smlinsk. Sibirien.«

»Hört sich kalt an.« Mit theatralischem Schaudern kuschelte sich Trish in Wladis Armbeuge. »Erzähl mir von deiner Heimatstadt.«

»Kleine Stadt, großes Bergwerk. Bergwerk fast leer. Keine Jobs.« Wladi kannte einen Mann, der seine Großmutter ermordet hatte, nur damit seine Kinder mehr zu essen hatten.

»Hört sich an wie Epping. Letzte Woche haben sie die Iceland Fabrik geschlossen. Hast du zu Hause eine Freundin?«, fragte sie.

»Nein, niemand«, log Wladi. Er hatte nur eine Freundin gehabt, Svetlana. Sie musste nun knapp dreißig sein.

»Da ist doch jemand, stimmt's?«, sagte Trish und knuffte ihn sanft in die Seite. »Ich hab den siebten Sinn, ich spür sowas. Los, erzähl mir was von ihr.«

»Wie alt bist du?«, fragte Wladi.

»Zweiundzwanzig. Und ich bring's mal zu was. Meine Mutter war mit neunzehn schon verheiratet. Was hast du mit zweiundzwanzig gemacht?«

Wladi fragte sich, ob er ihr verraten sollte, dass er in ihrem Alter schon sieben Jahre Arbeit im Bergwerk und seinen ersten Mord hinter sich hatte.

»Würdest du töten?«, fragte er.

Trish dachte einen Augenblick nach. »Für einen Trenchcoat von Burberry oder eine Mulberry-Tasche aus rosa Krokoleder, ja.«

Wladi dachte wieder daran, wie er im Affekt seinen Bruder in einen tiefen Schacht gestoßen und getötet hatte. Innerhalb einer Woche hatte Leonid Wladi erst den Job und dann Svetlana weggeschnappt. Drei Jahre hatte Wladi mitansehen müssen, wie er mehr Geld nach Hause brachte und mit seiner tollen Stelle und seiner schönen Freundin prahlte. Manchmal sah er noch Leonids entsetzten Gesichtsausdruck, während er rückwärts umfiel und erkannte, was Wladi mit seinem heftigen Stoß bewirkt hatte. Wladi hörte, wie er gegen die Wände des Schachts knallte, und dann das dumpfe Geräusch, mit dem er in zwanzig Metern Tiefe am Boden auftraf. Es tat ihm nicht einmal leid, seinen Bruder getötet zu haben. Leonid hatte es nicht anders verdient.

»Gegen ein Paar Schuhe von Kurt Geiger hätte ich auch nichts einzuwenden«, fuhr Trish fort, »aber töten würde ich dafür wahrscheinlich nicht.«

»Ich würde töten, wenn wichtig.«

»Ja, wirklich?«, fragte sie nervös.

Wladi schwieg. Nachdem er Leonid getötet hatte und sah, wie einfach und praktisch es war, hatte er es wieder getan: Je reicher er wurde, desto weiter konnte er sich vom Tatort fernhalten und desto weniger bestand die Chance, dass es herauskam.

Er warf einen Blick durch seine Suite auf das Mobiliar in hellen Beigetönen, das jedermanns und niemandes Geschmack treffen sollte, und kehrte in Gedanken zu Barty zurück. Dieser merkwürdige Mensch hatte ihm »ein buntes, ereignisreiches, lustiges Leben« versprochen. Wladi hatte beschlossen, ihn anzuheuern; außer Geld hatte er nichts zu verlieren.

»Ich glaube, du bist eigentlich ein ganz großer Softie«, sagte Trish und strich Wladi sanft mit den Fingerspitzen über Brust und Bauch. »Ich weiß, was dich jetzt glücklich machen wird.« Und sie drehte sich um, kniete sich über ihn und ließ ihre Zungenspitze über seine Brustwarzen spielen.

Drei Kilometer weiter ging Annie am Hyde Park entlang. Beim Blick durch den Zaun sah sie, wie im Licht der Straßenlaternen die winzigen Krokusse und Schneeglöckchen durch das Gras unter den Bäumen lugten. In Devon, dachte sie, würde es noch ein paar Wochen dauern, bis die ersten Blumen zu sehen waren; London war in jeder Hinsicht seiner Zeit voraus.

Am Marble Arch stieg sie in den Nachtbus, der sie nach Hause bringen würde. Dankenswerterweise waren keine lärmenden Partyleute unterwegs, nur andere müde, in Gedanken versunkene Menschen. Annie sah vom oberen Deck in die tintenschwarze Leere des Hyde Parks und zählte müßig die vorbeiziehenden Laternen. Sie fragte sich, ob London ihr immer fremd bleiben würde, ob sie immer überall fremd sein würde. Vielleicht sollte sie nach Devon zurückziehen; es war ihr Zuhause, sie hatte dort ihr ganzes Erwachsenenleben verbracht. Und doch wusste Annie, dass sie es nicht ertragen würde, Desmond zu begegnen, schon gar nicht tagtäglich. Als ihre Beziehung in die Brüche ging, hatte sich Annie ins Flugzeug gesetzt und war nach Indien geflogen, denn dorthin wäre er niemals gereist. Für ihn war es das Land der Krankheiten. Er hielt sich an die Toskana und das Mull of Kintyre. Während ihrer Spaziergänge durch die verschlungenen Gassen von Neu-Delhi begriff Annie, dass Desmonds Welt eine beengte Welt der Angst war. Der Gedanke war ihm unerträglich, sein vertrautes Gefilde zu verlassen. Dasselbe galt für seine Abhängigkeit von Ordnung und Routine – das alles wurde Annie immer klarer.

Der Bus hielt am Ende des Queensway, und eine Gruppe junger asiatischer Männer stieg ein. Sie setzten sich ganz hinten in den Bus und führten ein leises, dringliches Gespräch. Annie fragte sich, woher sie kamen. Sie dachte daran zurück, wie sie in ihrem kleinen Zimmer in einer Pension in Neu-Delhi aufgewacht war und festgestellt hatte, dass es schon nach neun war; normalerweise die Zeit, um aufzustehen, zu frühstücken, die Schlagzeilen zu lesen, laufen zu gehen, den Computer anzuschalten und in den Tag zu starten. Stattdessen aber blieb sie liegen, ließ die Geräusche der Stadt über sich hinwegspülen. Die Rufe der Jungen, die in der Straße Kricket spielten, drifteten durch ihr offenes Fenster; ein Teeverkäufer pries seine Ware an; hupende Autos, Fahrradklingeln und darüber die seltsamen Vogelgeräusche; mit rhythmischem Kratzgeräusch wurde die schmale Gasse unter ihrem Zimmer gefegt. Annie lag da, ohne Gedanken, auch auf merkwürdige Weise unbelastet von Gefühlen. Das Losgelöstsein aus der Zeit fühlte sich fast schon großartig an; ein neuer und bis dahin völlig fremder Gedanke überkam sie – vielleicht war es ja möglich, ganz anders zu leben.

In den nächsten vier Monaten zog sie durch Indien, ließ sich treiben, besuchte, wonach ihr gerade der Sinn stand; ständig in Bewegung zu sein half ihr, mit ihrem Kummer fertigzuwerden. Lange Fahrten mit Bussen oder der Eisenbahn waren besonders schlaffördernd und erholsam. Das Grummeln des Motors, die vorbeiziehende Landschaft, aufgeschnappte Gespräche; das Wimmeln menschlichen Lebens sowohl drinnen als auch draußen wurden zu einer Form von Meditation; Gedanken, die einst quälend waren, schwebten wie Wolken vorbei. Später wurde sie immer wieder gefragt, was sie gesehen hatte und wo sie überall gewesen war, doch ihre gesamte Reise war eine einzige verschwommene Erinnerung. Sie hatte natürlich das Taj Mahal gesehen, Fatehpur Sikri, die Tempel von Hampi, den Ganges bei Varanasi, das Rote Fort in Delhi, die Küste bei Mahabalipuram, konnte aber wenig dazu sagen. Für sie war die Reise durch Indien eine Flucht vor sich selbst und weniger die Erkundung einer fremden Kultur gewesen.

Der Bus fuhr weiter durch Holland Park. Vom oberen Deck aus konnte Annie den Leuten in die Schlafzimmer sehen – ein Pärchen, lesend im Bett; ein Mann, der sich umzog, ein junges Mädchen am Telefon. Doch meistens waren die Vorhänge zu. Annie erinnerte sich an den Moment, als sie die E-Mail bekam. Sie hatte sich gerade für eine Wanderung in Assam angemeldet, da beschloss sie, in einem Internetcafé ihre Mails zu checken. In der ersten Mail stand, dass ihr Haus verkauft worden sei. Wie abgemacht hatte die Maklerfirma das erste gute Angebot angenommen; es war vielleicht nicht der beste, aber ein halbwegs anständiger Preis. Ihre Hälfte der Summe war gleich auf ihr Konto überwiesen worden. Gern wolle man ihr bei der Suche einer neuen Bleibe helfen – es gebe da eine »entzückende« Maisonettewohnung im nahegelegenen Dorf Aston St. Peters, oder eine Zweizimmerwohnung in einem »sehr charmanten« Vorort von Bristol. Annie klickte sich durch die Details, konnte sich aber beim besten Willen nicht vorstellen, in diesen Wohnungen zu leben. Das Problem war, sie konnte sich überhaupt nicht vorstellen, irgendwo anders zu leben als mit Desmond im Rose Cottage.

Sie sah sich um in dem Café: Es war nur ein Hinterzimmer mit zwei antiquierten Computern. An der Wand warben Flyer für Ausflüge auf dem nahegelegenen Fluss oder zu einem Kloster. Annie fragte sich, wie weit sie käme mit ihrem frisch aufgestockten Geld, und sie spielte mit dem Gedanken, sich vor Ort einen Job zu suchen. Doch sie wusste, wie unrealistisch das war; sie konnte nicht ewig ihr Leben auf Eis legen.

Eine neue E-Mail kam herein. Sie war von Desmond, und Annie hielt die Luft an. Sie schob ihren Stuhl zurück und nahm sich ein paar Minuten, um sich vorzustellen, was drinstehen könnte. Dass er einen schrecklichen Fehler gemacht habe, dass sie ihm fehle und er sie liebe und dass sie unbedingt zurück nach Hause kommen solle? Dass Liz von einem Bus überfahren worden sei und ob sie bitte nach Hause kommen und sich um ihn kümmern könne? Dass ihm sein Verhalten ganz furchtbar leidtue?

»Hallo Annie,
ich hoffe, du freust dich über den Verkauf des Hauses.
Ich habe tolle Neuigkeiten. Vor einer Woche bin ich stolzer Vater eines Sohnes geworden. Er heißt Magnus Rory Andrew, wiegt neun Pfund und hat ganz viele blonde Haare, genau wie ich. Baby und Mutter geht es prächtig. Das Ganze war erst mal ein kleiner Schock, aber jetzt komme ich super klar und bin sehr stolz. Ich hoffe, du kriegst es irgendwie hin und freust dich für mich.
Desmond«

Sich für ihn freuen? Annie kämpfte gegen eine Flut von Tränen, loggte sich aus und taumelte aus dem Café in die feuchtwarme Bergluft. Sie ging durch die kleine Geschäftsstraße vorbei an Souvenirläden und Pensionen, bahnte sich ihren Weg aus dem Dorf und tauchte in den Wald ein. Vorhin noch hatten die riesigen Rhododendronbäume mit ihren schweren roten Blüten, die mit Magnolien und Seidelbast gesäumten Wege romantisch und einladend gewirkt. Jetzt sang der Wind auf gruselige Weise in den Blättern und Zweigen, und die kreischenden Nachtvögel und Laubfrösche schienen sich über sie zu mokieren; ich hoffe, du freust dich für mich, du freust dich für mich.

Annie begann zu weinen. Wo nur, fragte sie sich, kamen all diese Tränen her? Waren sie wie Pfützen in uns aufgestaut und warteten darauf, dass uns das Herz gebrochen wurde? In dem Glauben, alleine zu sein, sank Annie auf die Knie und schluchzte. Sich für ihn freuen. Kannte er sie denn kein bisschen? Vielleicht war ihr Leben nur eine

Farce gewesen, zwei Menschen, die in zwei Paralleluniversen unterwegs waren, und keiner ahnte etwas von den Träumen des anderen. Sie hatte zu ihm gesagt, sie wolle Kinder von ihm. Er sagte, das käme nicht in Frage. Er würde niemals ein Kind in diese schreckliche Welt setzen: Eher würde er Annie verlassen. Annie war aus dem Haus geflüchtet und zu Megan gelaufen, sie war am Boden zerstört gewesen. Ein Leben ohne Kinder? Hatte er das Recht, so etwas von ihr, überhaupt von jemandem zu verlangen? Megan sagte Nein. Megan sagte, sie solle ihn verlassen, bevor es zu spät sei. Annie war fast dreißig. Die Zeit ließ sich für Frauen nicht anhalten, nur für Männer. Mehrmals während des nächsten Jahres spielte Annie mit dem Gedanken, Desmond zu verlassen. Einmal hatte sie sogar ihre Sachen gepackt und einen Brief geschrieben, in dem sie ihm alles erklärte. Die Liebe hielt sie zurück. Sie erstickte das Ticken ihrer biologischen Uhr unter Arbeit, Sport, alles, was gerade zur Hand war, und sie sagte sich, Desmond sei ihr Freund, ihr Geschäftspartner, ihre Vergangenheit und ihre Zukunft.

Annie saß auf dem Waldboden und wiegte sich hin und her. Es war urplötzlich dunkel geworden, die Sonne war wie ein Stein hinter der Bergkuppe hinuntergefallen. Jetzt, in der Dunkelheit, erkannte Annie, dass sie die Orientierung verloren hatte. Ein Baum sah aus wie der andere. Sie konnte nicht mehr als zwanzig Minuten vom Dorf entfernt sein; vielleicht würde ihr Gästehaus einen Suchtrupp losschicken. Sie fragte sich, was besser sei – einfach sitzen zu bleiben oder nach dem Weg zu suchen?

Hinter ihr knackte es in den Zweigen. Ein Tier? Eine Schlange? Sie drehte sich um und sah eine alte Frau in einer langen Tunika, die am Stock ging und eine Taschenlampe in der Hand hatte. Ihr Gesicht war runzlig wie eine Walnuss, doch ihre Augen glänzten wie frische Kupfermünzen. Sie ging direkt auf Annie zu und sah ihr in ihr tränenüberströmtes Gesicht. Die alte Frau drückte Annie sanft zwei Finger in die Augenwinkel. Diese Geste, dieses kleine Zeichen menschlichen Mitgefühls quer über die Kulturen, Religionen und Zeiten hinweg, rührte die Jüngere zutiefst. Es war der Moment, in dem Annie sich dessen gewiss wurde, dass sie leben und einen Neuanfang wagen wollte. Die alte Frau streckte die Hand aus, Annie nahm sie und ließ sich zurück ins Dorf führen.

Am nächsten Tag buchte Annie ihren Rückflug nach England. Es war Zeit, sich wieder mit ihrem eigenen Leben auseinanderzusetzen. Während der gesamten sechzehnstündigen Busfahrt nach Delhi überlegte Annie, wohin sie jetzt gehen, was sie als Nächstes tun sollte. Ihr jüngeres Ich hatte immer von einer Wohnung geträumt, die ihr ganz allein gehörte und zu der es nur einen Schlüssel gab – und den hatte sie. Dieses jüngere Ich hatte sich nach einem Leben in London gesehnt, und sie stellte sich vor, dass dieses Leben ein Geflecht an Freunden und Erlebnissen bereithielte. Jetzt, wo die Hypothek auf das Haus in Devon zurückgezahlt worden war, reichte ihr Anteil nicht einmal für die Anzahlung auf einen Schuhkarton in der Hauptstadt, aber immerhin gab er ihr etwas Zeit, sie hatte Geld für eine Kaution, für einen frischen Start. In Delhi meldete sie sich bei elf verschiedenen Online-Agenturen an, die alle möglichen Gastronomiejobs vermittelten, und durchkämmte die Suchanzeigen. Noch bevor sie im Flugzeug nach London saß, hatte sie sich den Job als Köchin für Carlo Spinetti gesichert. Das Gehalt war lächerlich, aber es war ein Anfang.

Der Bus fuhr an den stillen Anwesen von Holland Park vorbei, bis er Shepherd's Bush erreichte. Es war kaum Verkehr; Straßenlaternen tauchten die Gehwege in trübes orangefarbenes Licht. Ein junger Mann schob einem Mädchen sein Knie zwischen die Beine, sie schlang ihm die Arme um den Hals und die Beine um die Taille, und so trug er sie über die Straße und sah dabei in ihr lächelndes Gesicht. Ein Auto bremste scharf und der Fahrer hupte. Das Mädchen machte das Victory-Zeichen.

Annie stieg an der Ecke ihrer Straße aus und steuerte auf ihr Gebäude zu. Sie ging die Treppe hoch und schloss die Tür zu ihrer Wohnung auf, wo sie Evie schlafend auf dem Sofa fand, eine leere Weinflasche zu Füßen. Annie deckte ihre Mutter mit einer Wolldecke zu. Morgen war Freitag – ein ereignisloses Wochenende hing wie eine dunkle Wolke am Horizont. Schlimmer noch, sie musste sich irgendwie um Evie kümmern.

Beim Blick auf die Uhr an der Küchenwand fiel ihr die Postkarte aus der Wallace Collection ins Auge, die an der Obstschale lehnte. Darauf stand eine Telefonnummer und ein Name: Jesse. Darüber hatte Evie in dickem Rotstift geschrieben: »Wetten, du traust dich nicht, ihn anzurufen?«

# 9. Kapitel

Annie saß auf dem betonierten Gehweg an der Themse, ließ die Beine baumeln und sah hinunter auf das schmutzig braune Wasser. Die Ebbe hatte einiges an Treibgut zurückgelassen: einen alten Turnschuh, eine Bratpfanne ohne Stiel, von Grünalgen gestreifte Steine. Ein toter Fisch trieb vorbei, aufgebläht und ohne Schwanzflosse. Annie musste an den klaren Fluss hinter ihrem Garten in Devon denken, den unablässigen Hintergrundsingsang ihres früheren Lebens. Nisteten die Eisvögel noch immer am Ufer? Sie dachte an die Wildponys, die durchs Wasser wateten, und an den Fischreiher, der geduldig lauerte, um einen Lachs aufzuspießen.

Sie und Evie hatten sich am Morgen wieder gestritten; die einfache Frage des Bettenmachens war eskaliert, es folgte eine gehässige Tirade, beiläufige Bemerkungen rissen alte Wunden auf. Annie fragte sich, ob Evie ihr Versprechen halten und bis zum Abend verschwunden sein würde. Wie oft in den letzten Jahren hatte sie das schon gehört? Selbstmorddrohungen, leere Versprechen und uneingelöste Ankündigungen saßen wie Narben auf dem Antlitz ihrer Beziehung. Annie betete um die Kraft, ihr Türschloss austauschen und ihre Handynummer ändern zu lassen, um ihre Mutter aus ihrem Leben auszusperren.

Spontan hatte Annie Jesse angerufen. Sie hatte sonst nichts vor, und so gab es wenigstens einen, der sich freute, von ihr zu hören, und zufällig ebenfalls den Samstag frei hatte. Sie hatte das Bild als Alibi mitgebracht; es lag neben ihr in einer Plastiktüte. Eine schwache Wintersonne spähte durch einen Spalt in den Wolken. Sie bemerkte ein paar klitzekleine Krebse, die über den Schlamm huschten, und Steine unter smaragdgrünen Gräsern.

Ein Mann ging auf Annie zu, er war Anfang dreißig, hatte ein eher breites Gesicht mit einem ansteckendenden Lächeln und tiefliegenden blaue Augen. Er trug einen knittrigen Leinenanzug, hohe Turnschuhe und ein ausgeblichenes rotes T-Shirt mit »Van Morrison«-Aufdruck. Annie brauchte einen Moment, bis ihr klar wurde, dass es Jesse war.

»Hallo«, sagte er und streckte ihr die Hand entgegen. Sie war voller Farbe, und er wischte sie an seinem Hosenbein ab und hinterließ einen gelbgrünen Fleck, bevor er ihr erneut die Hand entgegenhielt. Annie schüttelte sie.

»Dein Anzug«, sagte sie nervös. Jesse sah hinunter.

»Verdammt! Na ja, mit Terpentin geht's wieder raus.« Er grinste. »Gut, dass du das Bild mitgebracht hast – ich dachte, wir könnten uns hier in der Nähe irgendwo reinsetzen.«

Annie begann von der Mauer herunterzurutschen. Jesse hielt ihr die Hand hin. Zögerlich nahm Annie sie.

»Danke. Bist du Maler?«

»Abends bin ich Maler, tagsüber Museumsführer. Nächstes Jahr habe ich eine Ausstellung, und sie wollen vierzehn Bilder; ich brauch noch zehn. Aus Gründen, die niemand versteht, nicht mal ich selbst, male ich eine bestimmte Wiese in Shropshire immer wieder, in allen Variationen.«

»Nur die eine Wiese?«, fragte Annie.

»Vermutlich ist es der Versuch, meine Kindheit zu malen. Die Wiese ist irgendeine Art visuelle Metapher für die Erinnerung. Das ist nicht so ungewöhnlich – Delacroix war auch besessen von einer bestimmten Landschaft, und Constable, Bonnard und Cézanne. Nicht, dass ich mich vergleichen wollte«, fügte er hastig hinzu.

Von Constable und Cézanne hatte Annie schon mal gehört, aber nicht von den anderen beiden.

»Mein Bruder hat meine gemalte Wiese gesehen – ich hab sechs Brüder, ich bin der Jüngste –, und er sagte, die Wiese hätte überhaupt nichts von dem Ort, wo wir aufgewachsen sind. Er hat ein völlig anderes Bild im Kopf. Komische Sache, die Erinnerung, oder? Oh Mann, ich rede zu viel. Wir sind gleich da.«

Annie mochte den leisen Singsang in seiner Stimme.

»Da hatte ich mal einen Ferienjob«, sagte Jesse und zeigte auf die Tower Bridge. »Ich bin in Butler's Wharf als Hausmeister eingesprungen. War nix los; die Schauermänner gibt's ja schon lange nicht mehr. Getreide und Mehl, Gold, Gewürze, Wolle und Holz, alles, was den Weg aus den entlegensten Ecken der Welt hierher fand, gibt's nicht mehr. Im neunzehnten Jahrhundert waren hier so viel Schiffe unterwegs, dass man ans andere Ufer laufen konnte, ohne nasse Füße zu bekommen. Guck sie dir heute an, die Themse, die ist nur noch ein Zubringer für Vergnügungsdampfer.« Beim Reden schlenkerte er mit der Plastiktüte. Hin und wieder warf er Annie einen Blick zu; sie sah heute anders aus, die rötlichen Haare fielen ihr offen über die Schultern, und gelegentlich fing sich darin ein Sonnenstrahl. Sie trug ein T-Shirt und seidene Combathosen und dazu ein paar abgewetzte, aber polierte braune Cowboystiefel. Statt eines Mantels hatte sie sich eine bunt gemusterte Decke übergeworfen. Jesse fragte sich, ob die Halskette aus einem Abenteuerurlaub in einem exotischen Land stammte, und wenn ja, wer bei diesem Urlaub dabei gewesen war.

Knatternd fuhr ein betagter Citroën vorbei. Für einen kurzen Moment dachte Annie, es sei Desmonds DS, ein Auto, dem er den Namen Monty gegeben hatte. Plötzlich wurde sie von Erinnerungen an Desmond und an ihren einundzwanzigsten Geburtstag überflutet. Ein Bekannter hatte Desmond erlaubt, seine Wohnung in Rom zu nutzen, zwei große Räume in einem alten Palazzo mit Blick auf die Spanische Treppe. Die einzigen Möbelstücke waren ein Bett und ein Flügel; überall an den Wänden und Decken waren Fresken: junge Mädchen mit Wasserkrügen, Männer mit Lauten, übermütige Faune. Sie mieteten sich eine Vespa und fuhren die Via Appia hinauf zu einem neonbeleuchteten Restaurant: Pasta für die Götter, behauptete Desmond, als die Teller mit dampfenden Spaghetti an ihren Tisch getragen wurden. Bitte, betete Annie insgeheim, fahr mit Liz überall hin, aber nicht nach Rom.

»Die Werften wurden alle nach ihren Importwaren benannt«, sagte Jesse und warf einen Blick in ihre Richtung. »Wusstest du, dass das

Wort Themse ›dunkler Fluss‹ bedeutet, von dem vorkeltischen Wort *tamasa*? Derselbe Mann, der die meisten dieser Gebäude gebaut hat, hat auch das Gefängnis von Dartmoor entworfen.« Er redete nur, um irgendetwas zu sagen, das war ihm klar; dennoch hoffte er, wie ein hungriger Fischer mit diesem Netz aus Konversation den ein oder anderen klugen Gedanken einzufangen.

»Als ich hier gejobbt habe, war ich von Turner besessen: Er verbrachte seine ganze Jugend damit, die Boote und Lastschiffe zu zeichnen, und starb im Cheyne Walk mit Blick auf den Fluss«, sagte Jesse. »Ach, könnte ich nur malen wie Turner.« Er schritt neben Annie her, einen imaginären Pinsel in der linken Hand, und machte ausholende Bewegungen, als wäre die Luft vor ihm eine riesige Leinwand.

Jesses Geplauder ging völlig an Annie vorbei. Sie hatte den Blick gesenkt. Wie in einem alten Schwarzweißfilm sah sie Desmond vor sich: Er küsste Liz, er streifte mit seinen weichen Lippen die Innenseite ihres Ellenbogens. Sie versuchte die Bilder auszublenden, doch der Schalter klemmte. Vielleicht habe ich ihn einfach zu sehr geliebt, dachte sie.

Jesse und Annie blieben auf halbem Weg auf der Brücke stehen. Unter ihnen tuckerte ein kleines Schleppboot gegen die Flut an und hielt entschlossen hüpfend auf Westminster zu. Aus der entgegengesetzten Richtung kam ein großer rostiger roter Lastkahn; auf dem langen Deck war ein Berg verknäulter Fahrräder und Einkaufswagen, und oben drauf lag ein herrlich rotes Motorrad. Der Kapitän stand unter einer kleinen Plastikmarkise und schlug sich gegen den Brustkorb, um sich zu wärmen.

»Schauermann – tolles Wort. Kommt aus dem Holländischen, *sjouwer*«, sagte Jesse. »Mein Job auf der Butler's Wharf war unfassbar öde. Ich saß in einem riesigen weißen Büro mit Fenstern zu drei Seiten und hab einfach nur rausgeguckt und Ebbe und Flut verfolgt. Das Highlight des Tages war, jedes Mal bei Ebbe zu gucken, was das Wasser zurückgelassen hatte: ein Ersatzreifen, eine alte Flasche. Wusstest du, dass Leute, die am Wasser leben, die niedrigste Suizidrate haben? Die höchste herrscht bei Leuten, die in der Nähe einer Bahntrasse leben.«

Halt endlich die Klappe, sagte Jesse zu sich selbst. Kaum zu glauben, was er sich da alles zusammenspонn; kaum zu glauben, welche Wirkung dieses Mädchen auf ihn hatte, und unglaublich war übrigens auch die fehlende Wirkung, die er auf sie zu haben schien. War das Liebe? In der letzten Viertelstunde hatte sie kein Wort gesagt, und je länger sie schwieg, desto idiotischer hörte er sich an. Mit einem Seitenblick stellte er fest, dass sie mit ihren Gedanken ganz woanders war. Diese Kombination aus Desinteresse und offenkundiger Traurigkeit traf ihn wie ein Fausthieb. Er wollte ihr helfen, sie in den Arm nehmen, sie lieben.

Er nahm Annies Ellenbogen und führte sie über die Straße.

»Alles okay mit dir?«, fragte er. »Du bist ganz blass. Sollen wir nicht irgendwo reingehen und was essen? Hier, nimm meinen Schal.« Behutsam wickelte er ihr den Wollschal um den Hals. Ohne nachzudenken nahm er ihre Haare und hob sie über den Schal, wobei seine Finger ihren Nacken streiften. Sie schauderte; wohlig, wie er hoffte.

Am Ende der Straße in einem rot grün gestrichenen Haus war ein kleines Café namens Clemmy's. Die Fenster waren vernebelt, und als Jesse die Tür aufschob, schlug ihnen der Duft von Speck und Bratfett entgegen. Männergruppen saßen an Resopaltischen mit wild gemusterten Plastiktischdecken, lasen Klatschblätter und frühstückten. Annie fragte sich, was sie gearbeitet hatten an diesem Samstagmorgen, weit weg von ihren Familien.

»Hast du schon gefrühstückt?«, fragte Jesse und zog für Annie einen Stuhl vor. Er brachte ein paar Becher und zwei benutzte Teller zurück zum Tresen. Annie schwirrte der Kopf, sie fühlte sich völlig losgelöst vom Geschehen. Die Männer starrten sie mit unverhohlenem Interesse an, eine Frau in ihrer Mitte. Sie starrte ohne Verlegenheit zurück, worauf sich die Männer wieder ihrer Zeitung zuwandten. Sie sah Jesse beim Bestellen zu. Er war sich unsicher bei den Kombinationen – wie viele Würstchen zu den Eiern, ob mit Toast, ob Tee oder Kaffee. Er machte einen Schritt zurück, um nochmal einen Blick auf die Tafel werfen zu können, und stieß dabei gegen einen großen, barsch wirkenden Mann. Der angerempelte Mann wirkte verärgert und verschränkte die Arme. Jesse schlug sich mit der Handfläche gegen die Stirn und verdrehte die Augen. Wider Willen musste der Mann lächeln.

Mit zwei Bechern Tee kam Jesse zurück. »Essen kommt gleich, die Frau sagt, sie traut mir nicht mit den Tellern.«

Kurz darauf tauchte eine Bedienung mit zweimal englischem Frühstück auf. »Wenn ihr noch Pommes nachwollt, sagt einfach Bescheid«, sagte sie und zwinkerte Jesse zu.

»Die hat dich angeflirtet. Ich könnte ja jetzt beleidigt sein«, sagte Annie und schälte ein Stück Butter aus dem goldfarbenen Papier. »Wir könnten doch ein Paar sein.«

Nichts lieber als das, dachte Jesse. Hab ich bei dir eine Chance? Warum siehst du so traurig aus? Er sah ihr beim Essen zu, Messer und Gabel fest in den Händen, die Miene konzentriert. Sie spießte ihre Eier zusammen mit den Würstchen auf, tupfte Soße mit Pommes auf, reihte rote Tomaten, gelbes Eigelb, braune Champignons auf ihre Gabel und schob sich das Ganze geschickt in den Mund. Sie war lange vor ihm fertig.

»Gott, hatte ich Hunger«, sagte sie. Die Farbe war in ihre Wangen zurückgekehrt. »Hab gestern Abend nichts gegessen – was sehr ungewöhnlich für mich ist. Ich esse nämlich für mein Leben gern.« Sie lehnte sich in ihrem Stuhl zurück und lächelte zum ersten Mal an diesem Tag.

»Das Gleiche nochmal?«, fragte er scherzhaft.

»Willst du deine Pommes nicht?«

Er schüttelte den Kopf, und sie beugte sich vor und spießte vier dicke Pommes auf ihre Gabel. »Wir haben ein paar Jahre in Oxford gelebt«, sagte Annie. »Ich war ungefähr zehn. Mama hatte einen Freund, Peter, er war Dozent an der Uni.« Sie zog Jesses Teller näher zu sich heran und spießte noch ein paar Pommes auf. »Er war verheiratet, also mussten wir uns immer in anderen Teilen der Stadt in kleinen Cafés treffen. Diese Art von Essen erinnert mich immer an Peter. Kennst du das auch? Manchmal reicht schon ein Duft.«

Jesse nickte. Gott sei Dank redete sie endlich. Sie hatte etwas Eigelb im Mundwinkel. Es reizte ihn, ihr den Klecks mit dem Zeigefinger wegzuwischen.

»Es war immer dasselbe Programm. Jeden Sonntag englisches Frühstück und danach ging's ins Kino. In der Walton Street gab es ein Programmkino«, sagte Annie und wischte sich mit dem Handrücken über die Lippen.

»Und was hat die Frau an den Sonntagen gemacht?«, fragte Jesse.

»Hat er nie verraten. Regel Nummer eins, wenn man mit einem verheirateten Mann schläft: Solche Fragen stellt man nicht.«

»Wieso hat dich deine Mutter zu diesen heimlichen Dates mitgenommen?«

»Ich fand's immer schrecklich, allein gelassen zu werden, und wir sind so oft umgezogen, dass ich es nie geschafft habe, Freundschaften zu schließen.«

»Habt ihr zusammen gesessen?«

»Er hat immer vier Eintrittskarten gekauft. Wenn die Lichter ausgingen, ist Mum dann in den leeren Sitz neben ihm in der Reihe hinter mir gerutscht. Schon komisch. Wenn ich heute diese Filme wieder sehe, Fellini oder Bergman, fehlt's mir regelrecht, dieses Quietschen und Kichern hinter mir, diese heimliche Knutscherei.«

»Eigentlich hattest du da nichts verloren«, sagte Jesse in einem Anflug von Beschützerinstinkt für die jüngere Annie.

»Ich hab ein paar tolle Filme gesehen.«

»Was ist aus Peter geworden?« Es interessierte Jesse nicht, aber er wollte, dass sie weitererzählte. Er mochte ihre tiefe, leicht rauchige Stimme.

»Er hat sie verlassen«, sagte Annie sachlich. »Wie immer.«

War es Bitterkeit oder Resignation in ihrer Stimme?, fragte sich Jesse. Selbstmitleid jedenfalls nicht.

»Ich mochte ihn lieber als die meisten anderen. Er war intelligent, und lustig.«

»Bist du verheiratet?«, fragte Jesse.

»Nein.« Annie staunte über seine Direktheit. »Du?«, fragte sie, obwohl sie es gar nicht wissen wollte.

»Wer in aller Welt würde mich denn heiraten? Ich hab kein Geld, und noch weniger Perpektiven.« Er stand auf und nahm die Plastiktüte. »Wir gehen jetzt mal um die Ecke und trinken noch einen Kaffee.«

»Wieso denn nicht hier?«, fragte Annie.

»Erklär ich dir, sobald wir dort sind«, sagte Jesse und hielt ihr die Hand hin. Annie nahm sie nicht.

Sie gingen ein paar Hundert Meter, ohne zu reden. Jesse bog in eine Seitengasse und blieb vor einem silbern umrahmten Ladenfenster stehen, auf dem in leuchtend rosa Buchstaben »Le Breakfast« geschrieben stand. An der Metalldecke hingen Neonröhren, und die Tische und Böden waren aus sauberem weißem Resopal. Es war so ziemlich das schrecklichste Lokal, das Annie jemals betreten hatte.

»Wir sind nicht wegen des Ambientes hier«, sagte Jesse, der ihre Gedanken gelesen hatte. Der beste Platz, um sich ein verschmutztes Bild anzugucken, ist der Fensterplatz in einem Flugzeug; in solchen Höhen hat die Sonne genug Kraft, um den uralten Dreck zu durchdringen. An einem trüben Samstag in London ist das hier fast genauso gut.« Er kramte in seiner Tasche und zog eine kleine Taschenlampe hervor. »Das heimliche Werkzeug eines jeden Museumsführers – sie hat eine Lichtstärke von fünf Millionen Candela. Kann ich das Bild mal sehen?«

Annie nahm es aus der Tüte und legte es vorsichtig auf den Tisch. Die Kellnerin kam vorbei. Sie bestellten Kaffee. Jesse beugte sich über das Gemälde und fuhr mit dem Lichtstrahl über seine Oberfläche.

»Ja, ja«, sagte er leise zu sich selbst.

Annie beobachtete, wie eine Gruppe junger amerikanischer Backpacker mit einem Taschenrechner die Preise umrechnete.

»Komm mal rüber«, sagte Jesse und klopfte auf den Platz neben sich. »Du musst es dir ohne den gelben Firnis vorstellen.« Er blies sich die Haare aus den Augen. »Die Taschenlampe hilft, schau mal«, sagte er und fuhr mit dem Strahl über den Rand des Bildes. Im vorbeiziehenden Licht schimmerten die Farben unter den Schmutzschichten, und die Figuren erwachten zum Leben. Annie sah genauer hin und erkannte plötzlich eine Art Spannung zwischen dem Mann und der Frau – sie spürte das Begehren des Mannes und die Verachtung der Frau.

»Ist das da ein Schatten in der Ecke, oder eine Figur?«, fragte sie; unter einem Klumpen verfärbtem Firnis war eine weiße Gestalt auszumachen.

Jesse zuckte mit den Achseln.

Plötzlich wollte Annie wissen, was mit ihrem Bild war. Wer war das Pärchen? Was hatten die beiden dort zu suchen? Was spielte sich zwischen ihnen ab? Wenn sie beweisen konnte, dass es nicht nur eine schlechte Kopie, sondern mit Sorgfalt und Präzision von einem richtigen Künstler gemalt worden war – das wäre doch der Beweis, dass ihre Entscheidung, es zu kaufen, richtig war. Es wäre eine Form von Selbstbestätigung, wenn das Bild tatsächlich echt wäre.

»Ich glaube, du hast hier was ganz Tolles gefunden«, sagte Jesse, und seine Augen leuchteten vor Aufregung. »Guck mal, wie der Maler die Farben übereinander geschichtet hat, um dieses subtile Leuchten zu schaffen. Wie er mit nur fünf kleinen Farbtupfern hier das Gesicht des Mannes modelliert hat, und trotzdem wissen wir genau, wie er sich gerade fühlt; wir sind dieser Mann, wir können seine Sehnsucht und Verzweiflung geradezu schmecken.«

»Warum muss es denn unbedingt ein Mann gemalt haben?«, fragte Annie.

»Die meisten Maler in der Kunstgeschichte waren Männer. Frauen hatten meist nicht dieselben Möglichkeiten. Ein oder zwei haben es geschafft – Artemisia Gentileschi im siebzehnten Jahrhundert und Rosalba Carriera im achtzehnten – aber das waren Ausnahmen.«

»Und jetzt? Können wir's nicht einfach in irgendeinem Buch nachschlagen?« Ihre Kehle war zugeschnürt vor Aufregung.

»Erstmal müssen wir überlegen, wer der Künstler ist und wann das Bild gemalt wurde.«

»Da kann ich dir nicht helfen. Ich weiß nichts über Kunst«, sagte Annie.

»Du hast das Bild gekauft.«

»Ich wollte es verschenken.«

Jesse sah sie prüfend an, sagte aber nichts. Wer war die Person, die so raumgreifend zwischen ihnen stand?

»Eine Bildzuschreibung ist Detektivarbeit. Hin und wieder sind Sachen klar – manchmal besteht kein Zweifel, der oder der war's, fertig. Aber oft ist es bis zur Authentifizierung ein extrem langer Weg. Zunächst mal muss man schätzen, wann das Bild entstanden ist.«

»Wie denn?«

»An den Kleidern, Frisuren und Farben kann man schon einiges ablesen«, sagte Jesse, zählte ein paar Pfundmünzen zusammen und ließ sie auf dem Tisch liegen. »Sollen wir los? Dieses Neonlicht tut mir in den Augen weh.«

Sie gingen durch die Tooley Street auf die Underground-Station zu.

»Mein Atelier ist gleich da die Straße hoch«, sagte Jesse.

Annie sah ihn zweifelnd an.

»Seh ich aus wie ein Mörder?«, fragte er.

Jesse führte Annie durch eine Seitengasse, vorbei an einer Eisenbahntrasse; klappernd fuhr ein Zug über alte Arkadenbögen, die zu Werkstätten und Autogaragen umgebaut worden waren. In der Straße grüßte Jesse die Mechaniker wie alte Freunde. Am hinteren Ende blieb er vor zwei alten Türen mit einem riesigen Vorhängeschloss stehen. Draußen stand ein schwarzer Baum mit einer Unmenge karmesinroter Blüten.

»Ach, ist das hübsch«, sagte Annie.

»Wie ich höre, kommt er aus Japan – wie er hier in einer Londoner Straße gelandet ist – keine Ahnung.«

»Weißt du, wie er heißt?«

»Zufällig ja – *Prunus mume* ›Beni-chidori‹, was übersetzt so viel heißt wie ›Flug der roten Kraniche‹. Toll, dass es noch jemanden gibt, der Pflanzen liebt.«

»Das vermisse ich eigentlich am meisten«, sagte Annie und hielt inne. »In London kann man nie sagen, wann eine Jahreszeit aufhört und die nächste anfängt. Da, wo ich früher gelebt habe, konnte ich dir anhand einer Blume oder eines Blattes sagen, welches Datum wir haben. Diesen Monat würde ich auf Primeln und Eisenhut warten.«

»Und dann auf die wilden Narzissen, Storchschnäbel, Fingerhut und wilden Orchideen«, fügte Jesse hinzu.

»Gefolgt von den Glockenblumen«, sagten sie zusammen und lachten.

Es war das erste Mal, dass Jesse sie lachen sah, und er mochte es, wie sie ihre Zunge durch die kleinen weißen Zähne schob, er mochte die zarten Fältchen in ihren Augenwinkeln. Er zog einen dicken Schlüssel aus der Tasche, öffnete das Vorhängeschloss und dann eine innere Tür, und zum Vorschein kam ein großer Raum mit Holzfußboden; überall waren Leinwände und Bücherstapel. In der hinteren Ecke stand ein ungemachtes Bett und entlang der Wand war eine einfache Küchenzeile.

»Ist etwas unaufgeräumt«, sagte Jesse und versuchte ein paar schmutzige Teller und etwas Abfall zu verstecken. Annie setzte sich auf ein abgewetztes Chesterfield-Sofa, aus dem hier und da etwas Rosshaar hervorschaute, und sah Jesse zu, wie er hin- und herlief und Sachen zusammensuchte: eine Lampe, ein paar Lupen, eine Glasflasche, etwas Watte. Er legte alles vorsichtig auf einen großen aufgebockten Tisch in der Mitte des Ateliers. Dann nahm er das Bild behutsam aus der Tüte und legte es mit der Frontseite nach unten vor sich auf ein Tuch.

»Hast du mal eine Münze?«, fragte Jesse.

Annie reichte ihm eine Zehnpencemünze. Vorsichtig begann Jesse die kleinen Nägelchen zu lockern, die den Rahmen zusammenhielten. »Man muss wahnsinnig aufpassen mit diesen Dingern. Manchmal bleibt die Farbe am Holz kleben. In der Wallace Collection haben sie mal ein ganzes Stück von einem Lancret mit abgezogen.« Langsam hob er den Rahmen ab. Auf einmal sah das Bild verletzlich aus und sehr viel kleiner, es tat Annie beinahe leid. Jesse drehte es um und betrachtete den Rand.

»Sieh mal da«, sagte er. »Das Bild hat zwei Ränder. Das Original wurde mal auf eine neue Leinwand gespannt. Das nennt man Doublieren«, erklärte er.

»Und das heißt?«, fragte Annie.

»Mit der Zeit baut die Originalleinwand ab oder wird schlaff, und um sie zu verstärken, schält man das ganze Bild ab und klebt es entweder auf einen neuen Untergrund oder auf eine neue Leinwand. Viele Bilder sind auf diese Weise ruiniert worden, aber es gibt wenig Alternativen: Nach ein paar Hundert Jahren löst sich Leinwand auf; sogar noch früher, wenn der Maler den Untergrund nicht richtig vorbereitet hat.«

Behutsam fuhr Annie mit dem Finger am Rand entlang. »Das Bild hat drei Ränder«, sagte sie. »Könnte das bedeuten, dass es zweimal verstärkt wurde?«

Jesse nahm die keine Taschenlampe zur Hand und beleuchtete damit den Rand des Gemäldes. »Du hast recht. Das heißt, es muss ein paar Hundert Jahre alt sein.«

Annie stieß einen tiefen Pfiff aus. »Ich sollte vielleicht mal aufhören, dich ständig in ingendwelche Tüten zu stopfen«, sagte sie zu dem Bild.

Jesse drehte das Bild um und leuchtete mit der Taschenlampe über die Rückseite. »Guck dir diesen Stempel an; die Besitzer hinterlassen gern ein Zeichen, das oft länger hält und deutlicher zu sehen ist als die Signatur des Künstlers. Man will damit kundtun, dass es einem gehört. Es gibt Bilder in der National Gallery und in der Wallace Collection mit dem Wappen des Herzogs von Mailand, und von Karl dem Ersten.«

»So eine Art ›Ich war hier‹?«, fragte Annie.

Jesse nickte und ging hinüber zur Spüle. Er füllte ein Schälchen mit warmem Wasser und trug es vorsichtig zurück an den Tisch. Er feuchtete einen keinen Schwamm an und betupfte damit die Bildoberfläche.

»Ist das eine gute Idee?«, fragte Annie besorgt.

»So kriegt man oberflächlichen Schmutz ab: Nikotinflecken, Staub. Das ist so wie Hände waschen.« Der gelbe Schwamm wurde schlammig braun, während Jesse sanft über die Oberfläche des Bildes rieb.

»Manchmal kommen dabei ganze Figuren und Bäume zum Vorschein, aber dieses Bild ist so verdreckt, dass es nicht sehr viel bringt. Wir müssen schwerere Geschütze auffahren.« Er schraubte eine Glasflasche auf, der süßlich-scharfe Duft von Spiritus entwich.

»Hast du sowas schon mal gemacht?«

»Bei meinen eigenen Bildern, ja. Ich hab so früher öfters Ölfarben abgetragen.«

»Abgetragen! Lass es lieber. Am Ende machst du noch ein Loch rein«, sagte Annie.

Jesse legte die Watte hin. »Du hast recht, aber willst du es wirklich einfach mit nach Hause nehmen und auf deinen Kaminsims stellen?«

»Ich fühle mich irgendwie dafür verantwortlich«, sagte Annie. »Komisch, ist ja nur ein Stück Stoff und Öl und Holz.«

»Gute Kunst reißt einen mit; genau darum geht's ja.« Er sah sie lächelnd an. »Lass uns mal überlegen, welche Optionen du hast. Wir haben hier also ein Bild, etwa fünfundvierzig mal sechzig Zentimeter. Eine idyllische Lichtung in einem Park, eine Tänzerin, ein Mann zu ihren Füßen. Überhängende Äste eines Baums, das Sonnenlicht fällt von oben links, aber das Bild ist so schmutzig, dass man die Gesichter und den Duktus des Malers nur schlecht ausmachen kann. Man kann also kaum erkennen, wer es gemalt hat, und nicht mal ungefähr sagen, wann es gemalt wurde.«

»Aber wir wissen doch schon, dass es ein paar Hundert Jahre alt ist.«

»Es wäre doch spannend, wenn wir das noch etwas mehr eingrenzen könnten, oder? Dem Stil nach sieht es definitiv französisch aus – das hast du ja in der Wallace Collection schon festgestellt.«

»Und was würde das beweisen?«

»Jeder Künstler hat eine einmalige Handschrift, die ihn von allen anderen unterscheidet. Ein Pferd von Rembrandt sieht völlig anders aus als ein Pferd von van Dyke; ein Baum von Constable ist total einzigartig, ein Baum von van Eyck genauso. Die Bäume und die Komposition deines Bildes erinnern an einen Stil namens *fête galante*. Das Problem ist nur, dass alle großen Künstler Trittbrettfahrer und Kopisten haben; wie findet man also raus, ob dieses Bild hier wirklich echt ist?«

Annie fragte sich, worauf er hinauswollte.

»Ich hatte gerade das neue Buch von der Kunstexpertin Delores Ryan in der Hand, *Watteaus Frauen*.«

»Das ist ja ein Zufall – für die habe ich gestern Abend gekocht.«

»Die merkt sich normalerweise alles, auch wenn sie uns Museumsführer kaum wahrnimmt. Ihre These beruht darauf, die Modelle des Künstlers zu identifizieren. Die meisten Maler haben immer wieder dieselben Modelle gemalt, also lassen sich auf diese Weise ihre Bilder systematisch zuschreiben, behauptet sie.«

»Hört sich an wie Tratsch auf hohem Niveau.«

»Nicht wenige sind zu Ruhm gekommen, indem sie das Privatleben von Künstlern ausschlachteten. Delores hat Bücher geschrieben und Ausstellungen kuratiert, die sich alle um die Identität der Modelle drehten, und sie hat eine riesige Datenbank aufgebaut und gefragt, wer diese Frauen waren und wann sie für welchen Maler Modell gestanden haben. Zeig Delores ein Gruppenporträt von David, und sie kann dir den echten Namen jeder Person auf dem Bild nennen. Sie weiß, wer mit wem geschlafen hat, wer wie viel Geld für was bekommen hat. Wie gesagt: Es ist Detektivarbeit.«

»Und wenn die Leute in meinem Bild nicht auf ihrer Liste von Modellen zu finden sind?«

»Dann würde sie dein Bild nicht ernst nehmen.«

»Das hört sich beschränkt an«, sagte Annie.

»Das liegt aber nicht an Delores«, erklärte Jesse. »Ein Rembrandt ist nur dann ein Rembrandt, wenn Ernst van de Wetering und sein Rembrandt Research Project es absegnen. John Richardson, Picassos alter Freund und Biograf, könnte aus hundert Metern Entfernung erkennen, ob ein Picasso eine Fälschung ist.«

»Ist Delores die einzige Expertin für diese Epoche?«

»Ja, zusammen mit Trichcombe Abufel. Er beschäftigt sich vor allem mit Provenienzforschung. Er untersucht wie ein Forensiker jeden Aspekt der gemalten Oberfläche und jeden Ort, an dem das Gemälde gehangen haben könnte.«

»Super, sollen wir ihn nicht anrufen?«

»Er ist ein totaler Eigenbrötler.«

»Wie kann denn die Identität eines Bildes von nur zwei Menschen bestimmt werden?«

»Kunst ist ein Riesengeschäft, aber am Ende ist Authentizität etwas rein Subjektives, und die ›Richtigkeit‹ eines Bildes lässt sich nur durch Indizienbeweise feststellen. Je älter das Bild, desto schwerer lässt es sich identifizieren. In den meisten Fällen ist es ein Ratespiel, und was das achtzehnte Jahrhundert in der französischen Kunst angeht, sind Delores und Abufel diejenigen, denen man dabei am meisten traut.«

Annie sah sich im Atelier um, sie war ziemlich angetan von diesem malenden Museumsführer. Überall stapelten sich Bücher, Künstlermonografien, Briefe von Künstlern, Künstlerbiografien. Dort an der Wand hatte er einige Zeichnungen und Reproduktionen von alten Meistern aufgehängt. Auf einer Staffelei stand ein großes, größtenteils monochromes Gemälde von einer Wiese, die auf einer Seite von Bäumen und auf der anderen von einem Fluss gesäumt wurde. Auch wenn es unfertig und skizzenhaft war, mochte sie seine Größe und Kühnheit. An einer anderen Wand hing ein Foto von einem Mann und einer Frau. Die beiden standen lachend und untergehakt an einem Strand. Es war in Schwarzweiß, und Annie nahm an, dass es seine Eltern waren. Sie sah sich nach Anzeichen einer Freundin um, konnte aber keine entdecken. Anders als ihre eigene, spartanisch eingerichtete Wohnung fühlte sich dieser etwa gleich große Raum hier wie ein Zuhause an.

Sie stand auf, lief um das Sofa herum und betrachtete die dick verkrustete Palette neben der Staffelei. »Die Wissenschaft ist doch heute bestimmt weit genug, um helfen zu können. Kann man denn nicht die Farbe analysieren oder DNA-Proben nehmen oder irgend sowas?«, fragte sie.

Jesse zeigte auf das Schwarzweißfoto des Mannes und der Frau.

»Mein Vater arbeitete an einem genialen wissenschaftlichen Projekt, doch dann starb er. Er glaubte, einen Weg gefunden zu haben, den genetischen Fingerabdruck von Farbe zu erkennen, ähnlich wie bei einem Verbrecher.«

»Was ist denn passiert?«

»Er rief meine Mutter an und erzählte, er hätte die Sache geknackt und sei auf dem Heimweg. Er kam aber nie an. Am nächsten Morgen wurde er unter der Battersea Bridge gefunden. Das Seltsame ist, dass Portemonnaie, Schlüssel und Geld noch in seiner Aktentasche steckten, nur sein Computer und seine Unterlagen waren weg.«

»War es ein Unfall?«

»Die Polizei ging von Selbstmord aus.« Jesse zögerte. »Aber mein Vater hätte niemals Selbstmord begangen. Er liebte das Leben. Er liebte meine Mutter. Er liebte uns. Und er liebte seine Arbeit. Ich glaube ja, auch wenn ich's nicht habe beweisen können, dass es irgendwelche Leute in der Kunstwelt gab, die einen Horror vor seiner Entdeckung hatten. Mit Fälschungen kann man sehr viel mehr Kohle machen als mit dem Nachweis von Echtheit«, sagte Jesse.

Annie meinte ein leichtes Beben in seiner Stimme zu hören. Er drehte sich von ihr weg und griff nach einer Flasche, die mit »Terpentin« beschriftet war.

»Wann ist denn das passiert?«, fragte sie.

»Vor fünfzehn Jahren ungefähr, und dann sind wir nach Shropshire gezogen.«

»Vielleicht ist das der Grund, warum du immer wieder dieselbe Wiese malst – du versuchst, die Erinnerung an deinen Vater wachzuhalten.«

»Du bist der erste Mensch, der das laut ausspricht.«

»Tut mir leid – das war anmaßend von mir.«

»Nein, es ist gut beobachtet«, sagte Jesse und griff nach einem Stück Watte. »Ich wünschte, es gäbe einen Menschen, der seine Arbeit fortführen könnte, aber er hat seine Methode niemandem erklärt. Er hatte eine Assistentin, Agatha, die ein bisschen was davon verstanden hat, und sie versucht, dort weiterzumachen, wo er aufgehört hat.«

»Siehst du sie oft?«

»Leider nicht. Besser wär's.« Jesse nahm die Flasche Terpentin. »Bist du bereit, einen Blick in die Unterwelt zu werfen?«

Annie sah besorgt aus.

»Es ist einen Versuch wert«, sagte er mit sanfter Stimme.

Sie nickte.

»Komm näher«, sagte Jesse und neigte die Terpentinflasche gegen ein Stück Watte. Annie hielt den Atem an, als er begann, mit der Wolle über die linke obere Ecke zu reiben. Der Spiritus schuf ein glänzendes Rund in der schmutzigen Oberfläche. Für einen kurzen Augenblick sahen sie durch die Schichten von braunem Firnis hindurch auf eine Unmenge zarter Smaragdgrün-, Gelb- und Limettentöne. Die Pinselstriche tanzten. Der Faltenwurf im Kleid der Frau bewegte sich sacht in einer Frühlingsbrise. Ihr üppiger Busen unter dem seidigen Glanz schien sich regelrecht zu heben und zu senken. Jesse und Annie tauschten einen beglückten Blick aus.

»Versuch's mal mit dem Gesicht«, flüsterte Annie.

Er rieb mit der Watte sanft über das Haar der Frau; zusammen beugten sie sich erwartungsvoll vor. Wieder enthüllte sich wie durch Zauberhand das wahre Bild, und ihr Gesicht tauchte durch die Schmutzschichten an die Oberfläche. Jesse schnappte sich einen Bleistift und begann auf einem Stück Papier das Bild abzuzeichnen.

»Schau mal«, sagte er mit wachsender Begeisterung. »Ihr Gesicht besteht aus vier großen Strichen – drei zarte Striche Rosa und ein Hauch von blassem Zitronengelb. Und doch bekommt man durch diese subtilen Striche eine Vorstellung von ihrem Charakter. Sie ist temperamentvoll, kompromisslos. Das erkennt man an der Form ihrer Lippen, an der direkten Art, wie sie einen ansieht, oder?«

»Was meinst du, wer war sie?«, fragte Annie. Der Spiritus begann zu verdunsten, und dann war das Gesicht wieder verschleiert. Jesse zuckte mit den Schultern.

»Sollen wir jetzt mal ihn ansehen?«, fragte sie und zeigte auf die liegende Figur im Gras. Jesse nickte und goss wieder etwas Spiritus auf einen frischen Wattebausch. Das Gesicht des Mannes war teilweise unter einem Hut verborgen. Wieder fertigte Jesse als Gedächtnisstütze eine Skizze an.

»Hast du nicht noch was Stärkeres?«, fragte Annie.

Jesse lachte. »Du bist eine lustige Mischung – erst übervorsichtig, dann ungestüm. Vor zehn Minuten noch bist du vor diesem Schwamm zurückgeschreckt.«

»Und was ist noch in diesen Flaschen drin?«, fragte Annie, ohne auf die letzte Bemerkung einzugehen.

»Azeton wäre der nächste Schritt.«

»Nagellackentferner?«

Jesse nickte. »Der kann mehr entfernen als nur Schmutz. Vor allem, wenn unser Maler Firnis und Farbe vermischt hat, um Glanz herzustellen; manche Maler waren unglaublich schlampig. Watteau zum Beispiel hat sich nie die Mühe gemacht, seine Leinwand zu präparieren, er hat nicht mal seine Pinsel gesäubert; in seiner Farbe findet man allen möglichen Dreck und Käfer. Turner soll seine Farbe mit Bier verdünnt haben.«

»Ich finde, wir sollten's mal versuchen«, drängte Annie.

»Es ist dein Bild«, sagte Jesse aufgeregt. »Reich mir mal die blaue Flasche.«

Jesse goss das Wasser aus dem Schälchen, mischte ein paar Tropfen Azeton mit Spiritus, wickelte etwas Watte um einen orangefarbenen Stab und tauchte ihn in die Mischung. Zögernd straffte er den Rücken und rieb vorsichtig über die Leinwand. Nichts passierte, also gab er noch ein paar weitere Tropfen Azeton in das Schälchen. Wieder nichts. Annie sah, dass kleine Schweißperlen auf seiner Stirn standen. Er gab noch einen Tropfen hinzu, dann stand er auf und legte ein paar Schalter um, und plötzlich war der Raum in grelles Licht getaucht.

»Man kann diese Dinge nicht forcieren«, sagte er und wischte sich die Hände an seinem Anzug ab. In der Schublade des großen Schreibtisches fand er eine Lupe und schnallte sie sich um den Kopf. Seine Hand zitterte ein wenig, als er noch einen Tropfen Azeton in das Schälchen goss. Dann hielt er inne. »Das hier ist zu riskant; ich will keinen Fehler machen. Wir könnten mit dem Bild zu Papas Freundin Agatha in der National Gallery gehen. Sie weiß bestimmt, was man tun muss.«

»Danke für die Hilfe«, sagte Annie und lächelte ihn an.

»Willst du vielleicht mit mir zu Abend essen?«

»Ja, gerne, aber ein andermal«, sagte Annie unverbindlich. Sie wünschte, er hätte nicht gefragt. Schon beim Gedanken an jedwede Form von emotionaler Verstrickung wurde ihr übel. Plötzlich wollte sie nichts wie weg von diesem hilfsbereiten Mann.

»Gibst du mir deine Nummer?«

»Ich hab doch deine!«, sagte Annie mit fester Stimme.

»Ich hoffe, du rufst an.«

Annie lächelte. Er war nicht ihr Typ – sie musste niemandem etwas vormachen.

# 10. Kapitel

»Delores Ryan hat für Sie angerufen«, sagte Marsha, die Empfangsdame, zu Annie. »Hier ist ihre Telefonnummer.«

»Wollte sie nicht Rebecca sprechen?«, erwiderte Annie.

»Nein, es ging irgendwie um ein Abendessen.«

Wenige Tage später, als Rebecca und ihr Vater im Ausland waren, stand Annie um elf Uhr morgens vor Delores Ryans Wohnung in Stockwell. Von außen war es ein reizloser Fünfzigerjahre-Wohnblock wie so viele in diesem Teil von London, und gleich um die Ecke befand sich eine Einkaufsstraße. Die Gegend ringsum war heruntergekommen, und Annie musste sich an weggeworfenem Spielzeug und einem Fahrradgerippe vorbei einen Weg bahnen. Sie überprüfte noch einmal die Adresse und drückte zögerlich auf die Klingel. Aus einer Laune heraus hatte sie das Bild mitgenommen.

Zu ihrer Überraschung öffnete ein Dienstmädchen in förmlichem Schwarz mit weißer Rüschenschürze die Tür und ging einen schmalen Flur entlang voraus. Annie betrat die Wohnung und damit eine völlig andere Welt; Radierungen und Zeichnungen hingen an den mit Damast bedeckten Wänden. Die Pumps des Dienstmädchens klackerten über das Parkett; Annies Turnschuhe quietschten laut. Am Ende des Flurs führte eine Flügeltür zu einem großen Raum mit niedriger Decke und zugezogenen schweren Brokatgardinen. Das einzige Licht kam von einer Tischlampe, von der sich ein kleiner Lichtkreis auf einen Teppich mit Leopardenfell ergoss.

»Madame Delores ist noch bei einem Brunch«, sagte das Dienstmädchen mit Südlondoner Akzent. »Sie ist bald wieder da.«

»Danke.«

Das Dienstmädchen streckte die Hand aus. Annie machte einen Schritt nach vorn, um sie zu schütteln.

»Ihren Mantel«, sagte das Dienstmädchen.

»Danke, ich behalte ihn an«, sagte Annie errötend und war froh über das trübe Licht. Sie nahm das Bild aus ihrem Rucksack und lehnte es gegen einen Stuhl mit Gobelinpolster.

Sie ließ den Blick durch den Raum schweifen, auf der Suche nach einem Schalter oder einer Lampe. Die Möbel, kleine Tische und filigrane Stühle, waren zu kleinen Sitzgruppen angeordnet. Alles war im Kleinformat: schmale Möbel auf zart gewölbten Beinen; auf den Tischplatten stapelten sich Bücher, Gegenstände und kleine Schachteln. Es gab mehrere Stehlampen mit schweren Troddeln an den Schirmen. Sie ließ die Finger um Glühlampen und an Ständern heruntergleiten und tastete nach einem Lichtschalter. Ihre Haare verfingen sich in einem Farn, sie erschrak, wich zurück und warf dabei einen faustgroßen Porzellanmops zu Boden. Sie hielt den Atem an. Bitte nicht, bitte nicht, betete sie, und sah, wie er über den Teppich hüpfte und unter einer goldenen Harfe liegenblieb. Annie untersuchte ihn nervös. Sie konnte keine Sprünge entdecken. Sie stellte ihn zurück und beschloss, dass es sicherer wäre, Platz zu nehmen und einfach nur zu warten. Kurz blieb sie sitzen, stand aber bald wieder auf und nahm ein Buch zur Hand, eines der vielen, die Delores geschrieben und in ordentlichen Stapeln herumliegen hatte.

Annie las den Umschlagtext des Watteaubuches: »Französischer Maler (10. Oktober 1684 bis 18. Juli 1721), dessen kurze Karriere das Interesse an Farbe und Bewegung neu entfachte. Er erweckte die aus der Mode gekommene barocke Formensprache zu neuem Leben und schuf einen Stil, der unter dem Begriff Rokoko in die Kunstgeschichte eingehen sollte.« Sie betrachtete die anderen Bücher von Delores auf dem Stapel: *Watteau und der Hof Ludwigs XIV.*; *Watteau und die Musik*, und das jüngste Buch: *Watteau und die Frauen: Die Bedeutung des Modells im Werk des Künstlers.*

Letzteres nahm sie zur Hand und blätterte darin: Genau wie Jesse erklärt hatte, war es Delores' Idee, die Figuren in den Skizzen und Gemälden zu vergleichen und zu zeigen, dass der Maler immer wieder auf dieselben Personen zurückgriff. Annie fand das nicht sonderlich interessant. Doch die Vorstudien faszinierten sie: Wie Watteau die Komposition immer wieder leicht verändert hatte, bis sie sich zu einem Gesamtbild fügte, wie er mit Figuren, Händen, Blicken und Kleidungsstücken spielte, bis er eine Anordnung fand, die funktionierte. Manchmal wurde ein Finger kaum merklich nach links oder rechts gerückt, aber diese kleinen Justierungen machten den Unterschied aus und prägten die Aussagekraft eines Bildes.

Beim Umblättern sah Annie, dass im Gesamtwerk immer wieder dieselbe Frau auftauchte. Annie blätterte zurück zum Vorwort und las: »Zeit seines kurzen Lebens fand Antoine Watteau wenig Trost in der Liebe. Er war ein kränklicher Mensch, ein Eigenbrötler und Misanthrop, der den Urkunden nach nie geheiratet hat. Seine ganze Leidenschaft galt der Malerei. In ihrem bahnbrechenden neuen Buch zeigt die weltbekannte Kunstexpertin Delores Ryan, dass Watteau sehr wohl enge Freundschaften pflegte. Ryan identifiziert die große Liebe seines Lebens als Charlotte Desmares, deren Bühnenname Lolotte war.« Annie las, dass die Karriere dieser Schauspielerin 1690 im Alter von acht Jahren begann. »Die berühmte Schönheit wurde zur Geliebten des Herzogs von Orléans, Neffe König Ludwigs XIV. und späterer König von Frankreich. Durch diese Verbindung stieg Charlotte zu einer der einflussreichsten Frauen am Hofe auf. Sie war weitaus mehr als nur ein hübsches Gesicht; sie war auch eine kluge Kunstsammlerin, die der Nachwelt siebenunddreißig große Werke italienischer, französischer und niederländischer Meister hinterließ.«

Annie hob ihr Bild vom Sofa hoch und stellte es neben Delores' Buch. Sie blätterte darin und verglich die Frau auf ihrem Bild mit den Reproduktionen. Es gab Ähnlichkeiten, aber keine frappierenden. Annie fuhr mit einzelnen Körperteilen der Figuren fort. Auf einer Seite war eine Skizze von zwei Händen, die auf einem Schoß ruhten, und obwohl Annie durch den dicken Firnis nur wenig erkennen konnte, glaubte sie eine Ähnlichkeit darin zu entdecken, wie das Modell Daumen und Zeigefinger hielt, sowie in den langen, spitz zulaufenden Fingern, den vollendet geformten Fingernägeln.

Draußen vor der Tür schnaufte und scharrte es. Rasch stellte Annie das Bild zurück aufs Sofa und klappte das Buch zu. Ihr wurde klar, dass sie schon seit einer vollen Stunde wartete. Sekunden später drehte sich der Türknauf, und zwei dicke Möpse watschelten ins Zimmer und bellten Annie an, bevor sie sich zu beiden Seiten eines hübschen Polstersessels setzten. Kurz darauf erschien Delores, fast genauso heftig schnaufend wie ihre Hunde. Um den Hals trug sie einen Kranz von Rüschen. Diese leuchteten schneeweiß, abgesehen von ein paar nach Tomate und Ei aussehenden Flecken, die sich offenbar auf der Reise zum Mund von der Gabel verabschiedet hatten. Delores hatte ein imposantes Doppelkinn, das von einem Ohr zum anderen verlief, doch inmitten dieses wabbelnden Rahmens saß ein hübsches zartes Gesicht mit blauen Puppenaugen und rotem Schmollmund.

»Jetzt erzählen Sie mal«, sagte Delores und befreite sich von ihren Pantoletten aus rosa Seide mit Goldbesatz, »wie ist es, für Memling und Rebecca zu arbeiten?« Sie hatte eine glockenklare Stimme, zart und melodiös, die in keinem Verhältnis zu ihrer Körpermasse stand.

»Ich musste eine Geheimhaltungserklärung unterschreiben«, erwiderte Annie.

»Ach, wie langweilig«, sagte Delores enttäuscht. »Ich esse seit zwanzig Jahren bei den Winklemans zu Abend, und Ihr Essen war die erste anständige Mahlzeit, die ich jemals dort serviert bekommen habe. Das haben Sie sehr gut gemacht.«

Annie errötete.

»Wissen Sie irgendetwas über die *fête galante*?«, fragte Delores mit herablassendem Lächeln.

»Eigentlich nicht«, gab Annie zu.

»Der Begriff steht für das, was die reichen Müßiggänger an den Höfen Ludwigs XIV. und XV. so getrieben haben, und ich denke, es würde ein sehr amüsantes und passendes Thema für ein Abendessen mit Vertretern der Kunstwelt darstellen, meinen Sie nicht auch?«

Annie wusste nicht, ob sie zustimmen sollte oder nicht, also betrachtete sie einen der Möpse.

»Ihr Caravaggio-Abend war wirklich höchst amüsant – wie würden Sie meinen ausrichten?«

Annie dachte an ihr Bild.

»Wie wär's mit einer wunderschönen Waldlichtung, Lauben mit Rosen und Frühlingsblüten, eine Statue. Die Gerichte müssten der Stimmung nach kokett, leicht und dekorativ sein.« Annie redete schnell; ihre Augen leuchteten vor Begeisterung, während sie überlegte, welche Möglichkeiten es gäbe, welche Speisen sie erforschen und nachkochen könnte.

»Sie haben den Job!«, sagte Delores und klatschte in die Hände.

Annie sackte zusammen. »Liebend gern, aber ich kann nicht. Ich habe gar keine Zeit, um so einen Auftrag anzunehmen.«

»Können Sie sich denn keinen Urlaub nehmen?«, fragte Delores. »Ich feiere meinen sechzigsten Geburtstag – es soll ein unvergesslicher Abend werden. Meine Freunde sind so ein abgestumpfter Haufen.«

Annie versuchte ihren Enthusiasmus zu zügeln, schlug aber dennoch vor: »Es sollte eine Kleiderordnung geben – nehmen Sie irgendein Bild aus der Wallace Collection – mir fallen nur gerade die Namen nicht ein«.

»Sie scheinen ja eine Menge zu wissen.«

»Ich hab gerade ein bisschen in Ihrem Buch gelesen.«

»Wie viel würde der Abend kosten?«

»Er wäre schrecklich teuer.«

»Ich stelle Ihnen fünftausend Pfund zur Verfügung.«

»Fünftausend Pfund!« Annie traute ihren Ohren nicht.

»Reicht das nicht? Das wäre ohne Raummiete und Wein, sollte aber Team und Souschef und die Ausrüstung abdecken.«

Annie schüttelte ungläubig den Kopf. Es war weitaus mehr, als sie sich vorgestellt hatte. Wieder verstand Delores sie falsch.

»Also gut, dann eben sechstausend für das Essen, für die Ausstattung und für die Kochausrüstung zahle ich extra. Ihr Honorar, die Zutaten und das Gehalt fürs Team müssten aber damit gedeckt werden.«

»Für wie viel Leute?«

»Fünfzig. Jetzt setzen Sie sich wieder. Kriegen Sie das hin?«

Annie nickte. Es war der absolute Wahnsinn. Sie konnte das nicht machen. Doch das Essen für Memling und Rebecca war pures Glück gewesen.

Plötzlich wurde sich Annie bewusst, dass es vollkommen still war, bis auf das Schnaufen der Möpse. Sie blickte hoch und sah, dass Delores sie nachdenklich musterte.

»Wie alt sind Sie?«, fragte sie.

»Einunddreißig«, erwiderte Annie.

»Kein Mann, keine Kinder. Sie haben zu lange gewartet. Genau wie ich. Sie und ich, wir müssen den Beruf zu unserem Liebhaber machen; Arbeit ist das Einzige, worauf Verlass ist, nicht wahr?« Delores nahm einen kleinen Taschenspiegel hervor, klappte ihn auf und inspizierte ihre Nase. »Am ersten Vierten findet es statt, aber kommen Sie nicht auf die Idee, mich in den April zu schicken.«

Delores warf einen Blick auf die Tür, als erwartete sie, dass Annie sich einfach in Luft auflöste.

»Übrigens … ich hab da etwas mitgebracht – könnten Sie sich's mal ansehen?« Annie nahm das Bild vom Stuhl und reichte es Delores. »Ich hab's von einem Trödler.«

Delores sah sich das Bild an. »Haben Sie irgendeine Ahnung, wie viele Leute irgendwelches Zeug beim Trödler kaufen und glauben, sie hätten ein Meisterwerk entdeckt?«

»Nein.«

»Selbst wenn ich nur einen Bruchteil dieser Leute ernst nehmen würde, hätte ich keine Zeit, meine Bücher zu schreiben«, fuhr Delores fort. »Weltbekannte Kunstexpertin zu sein ist sehr anstrengend.«

»Soll ich etwas mehr Licht machen?«

»Nicht nötig«, sagte Delores, holte ein kleines Lämpchen aus ihrer Tasche und beleuchtete damit die Oberfläche des Bildes. Das helle Licht spiegelte sich auf gruselige Weise auf ihrem Gesicht wider. Delores spuckte auf die Leinwand, rieb den Speichel in die Bildoberfläche ein und murmelte dabei irgendetwas vor sich hin, ehe sie sich aus dem Sessel stemmte und ans Fenster watschelte.

»Ziehen Sie mal die Gardinen auf«, befahl sie. Annie erhob sich und öffnete die schweren Gardinen; unten in einem Hauseingang hingen zwei Jungs herum, von denen sich der eine ausgiebig in der Nase bohrte.

»Das hier ist eine Watteau-Kopie aus dem neunzehnten Jahrhundert. Diese Bilder wurden in der Viktorianischen Zeit als Massenware produziert. Sehr wenige Menschen konnten sich ein Original leisten«, sagte Delores, durchquerte den Raum und ließ sich wieder in ihren Sessel plumpsen.

»Wie können Sie das denn so einfach erkennen?«, fragte Annie.

»Das ist mein Leben. Das ist meine Arbeit. Tagein, tagaus.«

»Aber Sie haben sich gerade mal ein paar Sekunden damit beschäftigt.«

»Mehr Zeit brauche ich nicht«, sagte Delores und tippte sich gegen die Nase. »Der große Bernard Berenson sagte einmal: ›Kennerschaft ist größtenteils eine Frage von akkumulierter Erfahrung, auf die der Geist unbewusst zugreift.‹ Das nennt man Bauchgefühl.« Sie gab Annie das Bild zurück.

Wider Willen war Annie enttäuscht. Auch wenn es lächerlich war, anzunehmen, sie hätte in ihrem Trödelladen etwas Wertvolles entdeckt, hatte es immerhin einen Hoffnungsschimmer gegeben, etwas, das ihrer Beziehung zu Robert einen Sinn gab.

»Machen Sie sich nichts draus!«, sagte Delores. »Passen Sie auf. Ich gebe Ihnen zwanzig Pfund dafür.«

»Ich hab mehr bezahlt.«

»Also haben Sie sogar noch mehr Geld aus dem Fenster geworfen? Wenn wir Meisterwerke in Trödelläden kaufen könnten, wären wir alle längst Multimilliardäre.«

Annie nickte betrübt. Delores hatte recht.

»Sie sind eine interessante Köchin und eine lausige Kunstkennerin – ich bin eine miserable Köchin und eine geniale Kunstkennerin. Aber jetzt Kopf hoch und scheren Sie sich davon, mein Kind – ich brauche meinen Schönheitsschlaf.« Delores zeigte auf die Tür. »Schicken Sie mir innerhalb der nächsten zwei Wochen Ihr Menü.«

Annie steckte das Bild behutsam zurück in ihren Rucksack und ging aus dem Raum und durch den Flur. Als sie zum Treppenabsatz kam, rannte sie los, aus dem Gebäude heraus, die steinernen Stufen hinunter und die Straße entlang.

Weniger als drei Kilometer entfernt streunte Wladi allein durch eine Retrospektive des Künstlers Damien Hirst, der, wie Wladi feststellte, nur wenige Jahre älter war als er selbst. Noch vor einer Woche hatte er weder von der Tate Gallery noch von Damien Hirst jemals gehört, doch in den letzten paar Tagen hatte Barty einige Experten organisiert, um mit dem Russen über Kunst zu sprechen, und jetzt sollte er Ruggiero De Falacci treffen, einen Händler, der berühmt dafür war, dass die Rendite der von ihm verkauften Kunstwerke in etwa fünfmal so hoch war wie die seiner Kollegen. In den Jahren, als der Kunstindex zum ersten Mal seit dem letzten Crash am Kunstmarkt im Jahr 1990 auf minus 3,28 Prozent gefallen war, waren Ruggieros Kunden noch immer mit sechzehn Prozent dabei.

Wladi war zu früh gewesen und hatte sich den ersten Saal angesehen, der den Werken gewidmet war, die der Künstler mit Mitte zwanzig geschaffen hatte; dazu zählten bunte Töpfe, ein Pingpongball, der im Gebläse eines umgedrehten Föns in der Luft tanzte, und ein Gemälde, das irgendwie aus bunten Punkten bestand. In dem Alter habe ich hundert Meter unter Tage geschuftet und plante meinen ersten Mord. Er fragte sich, wie er diese Erfahrung wohl in Kunst übersetzt hätte. Hirsts naive und bunte Arbeiten zeigten, dass der Künstler ein recht behütetes Leben geführt haben musste.

In den nächsten Sälen waren in Glasbehältern Fische, ein Hai und ein Kalb in Formaldehyd eingelegt. Wladi schauderte und versuchte sich vorzustellen, wie wohl sein Bruder in eingelegtem Zustand aussähe. Ein Toter in Formaldehyd, *das* wäre ein echter Schock, dachte er sarkastisch. Beim Gang durch die Säle sah er, wie der Künstler immer wieder dieselben Ideen auf unterschiedliche Weise gestaltet hatte: Leben, Tod und immer wieder bunte Punkte. Wladi versuchte, berührt zu sein oder sich für diese Themen zu interessieren, er gab sich alle Mühe zu fühlen und zu verstehen, was Hirst ihm sagen wollte. Aber es klappte einfach nicht. Es musste wohl an der schlechten Schulbildung in Smlinsk liegen, oder am Wodka in der Muttermilch.

Wladi beschloss, sich noch mehr Mühe zu geben und sah dem Hai ins Maul, er wollte, dass das Tier ihn aus der Weite der Tate Modern irgendwo anders hin beförderte. Bitte, Mr Hirst, betete er im Stillen, befreie mich von diesen ernsten Schaulustigen, von London, von meiner Einsamkeit, von meinen Pflichten gegenüber dem Zentralbüro. Wladi stellte sich vor, er wäre eine Sprotte, die durch das offene Maul in den Bauch der gegenseitigen Übereinkunft schwamm, er wollte, dass Hirst und seine seltsamen Geschöpfe sich seine Gefühle einverleibten. Doch als Wladi die Augen aufschlug, stand er noch immer vor dem teilnahmslosen Tier in diesem Tempel der Illusionen.

Wladi ging weiter durch die Ausstellung. Wie so viele andere zog auch dieser Künstler immer wieder denselben Trick aus dem Hut. Tupfen, Fliegen und totes Zeug, alles auf verschiedene Art und Weise neu verpackt und umarrangiert. Dennoch, dachte Wladi, die meisten haben nicht mal eine eigene Idee und folgen nur stumpf den vorhergehenden Generationen, wiederholen nur immer wieder dieselben Muster und dieselben Fehler. Wladis Vater und Großvater waren Bergleute gewesen, und deren Vorfahren hatten sich als Sklaven im Feudalsystem und dann im Kommunismus abgerackert. Nur eine kleine Idee hatte Wladi von seinem Vater unterschieden – der Wunsch, aus Smlinsk wegzukommen. Genau wie Hirst hatte Wladi diesen Gedanken ständig wiederholt: Ob Geschäft oder Mord, alles hatte dem Zweck gedient, seine Heimatstadt möglichst weit hinter sich zu sich lassen.

Vor ein paar Monaten noch hätte Wladi niemals seine Zeit in einem Museum verschwendet. Freizeit war ein ferner Traum. Erst jetzt konnte er anfangen, Hobbys zu pflegen. Deshalb war Kunst ja so ein unberechenbarer Luxus – sie sandte eine Botschaft aus, die besagte: »Ich habe die Zeit, alle eintönigen Handlangerarbeiten an andere zu delegieren; ich verschwende Stunden mit müßiger Betrachtung von Tupfen auf einem Stück Stoff; ich bin Kunstliebhaber; ich habe reichlich Zeit. Ich kann zwischen eingelegten Haien herumlungern.«

Wladi schob sich durch ein paar Plastiktüren und befand sich plötzlich in einem aufgeheizten Raum mit fressenden und sterbenden Schmetterlingen. Er sah den endlosen Zyklus des Lebens und wie die toten Tiere an den großen Leinwänden klebten. Wieder musste Wladi an seinen Bruder denken. Er spürte Panik in seiner Kehle, zog seine Lederjacke aus und zwang sich, tief durchzuatmen. Das hier waren Schmetterlinge, keine Brüder, sagte er zu sich, schob eine Plastiktür auf und verließ das feuchtwarme Leichenhaus, um in die Kühle des nächsten Raumes zu treten.

Er passierte Schränke mit medizinischen Geräten und chirurgischen Instrumenten und kam in einen anderen Raum, wo eine riesige schwarze Sonne aus toten Fliegen ausgestellt war. Es braucht eine Menge Scheiße und Tod, um eine Welt daraus zu formen, dachte Wladi. Plötzlich verstand er, was Hirst wollte: Der Mann war ein genialer Komödiant, der sich über das Leben und die Kunstwelt und über alle, die beides zu ernst nahmen, lustig machte. Wladi sprintete fast in den nächsten Raum, und dort sah er, dass jedes Werk mit Diamanten besetzt und mit Blattgold unterlegt war. Für Wladi war die Botschaft des Künstlers auf einmal klar: Man kann alles umhüllen, Juwelen und kostbare Metalle draufkleben, aber es ist und bleibt dieselbe Scheiße. Man denkt vielleicht, dass man Smlinsk hinter sich gelassen hat, dabei ist man nichts als ein diamantenbesetzter Haufen Scheiße – immer noch derselbe alte Wladi.

Wladi war so versunken, dass er gar nicht mitbekommen hatte, dass Ruggiero De Falacci ihm durch die Räume folgte. Als er neben einer goldbesetzten Vitrine voller Zigarettenkippen stehenblieb, trat der Mann von der Seite an ihn heran.

»Offenbar sind Sie ein ausnehmend feinsinniger Mensch«, flüsterte Ruggiero in anerkennendem Tonfall.

»Was?«, fragte Wladi.

»Ich habe Sie beim Betrachten der Werke beobachtet und gesehen, dass Sie genau verstehen, was uns der Künstler sagen will«, sagte der Berater schmeichelnd. »Ruggiero De Falacci, stets zu Diensten.« Der Mann machte eine leichte Verbeugung. »Barty hat mir viel von Ihnen erzählt.«

»Teuer?«, fragte Wladi und sah sich um.

»Überaus«, schnurrte Ruggiero.

»Besorgen Sie das für mich«, sagte Wladi und zeigte auf den Fliegenhaufen. »Mehr Diamanten, mehr Gold.«

»Das hier sind Einzelstücke«, sagte Ruggiero. »Mr Hirst arbeitet nicht auf Bestellung.«

»Sagen Sie ihm, er soll Preis nennen.«

»Ich werde mein Bestes tun. Vielleicht macht Damien ja eine Ausnahme.«

Ruggiero gab sich alle Mühe, nicht zu lächeln. Dieser Barty war ein Fuchs, und jeden Cent seiner üppigen Provision wert.

Wladi verließ die Tate Gallery und schlüpfte auf die Rückbank seines neuen blassblauen Maybach.

Das Auto hielt sich südlich der Themse, und die Fahrt ging vorbei am Lambeth Palace, dann über die Brücke gegenüber den Houses of Parliament. Beim Blick aus dem Fenster musste Wladi zugeben, dass London zwar nicht Moskau war, aber auch eine sehr schöne Stadt. All sein Wohlwollen löste sich jedoch in Luft auf, als der Verkehr ins Stocken geriet. Er konnte sich mit seinem Geld eine Nobelkarosse und einen Fahrer kaufen, aber die Wege freimachen konnte er damit nicht. In Moskau hatte jeder, der etwas auf sich hielt, eine Polizeieskorte. London, dachte Wladi, ist unglaublich hinterher. Eine halbe Stunde verging, und sie hatten erst die Pall Mall erreicht.

»Da ist eine Demo, Sir«, sagte der Fahrer zu Wladi. »Die beschweren sich wahrscheinlich wieder über Israel.«

»Spät«, sagte Wladi und tippte ungeduldig auf seine Rolex.

»Ich gebe mir alle Mühe, Sir.«

Wladi starrte aus dem Fenster auf die wütenden Jugendlichen mit ihren Transparenten. »Israel raus aus den besetzten Gebieten«, »*Euer* gelobtes Land ist *unsere* Heimat.« Wo war jetzt seine Heimat? Hier, in England? In Smlinsk? Oder irgendwo dazwischen? Würde er jemals wieder zurück in seine Heimat können? Nein, Wladi wusste, dass das unmöglich war. Er hatte zu viel gesehen, zu viele Dinge getan. Die Fähigkeit, mit den Leuten von damals zu reden, war ihm abhandengekommen, und das Reden mit allen anderen musste er erst noch lernen.

In den letzten Wochen hatte sich Barty in jeden Aspekt seines Lebens hineinbugsiert; er hatte dem Russen einen schicken Freundeskreis, ein größeres Haus und einen besseren Schneider gesucht. Er hatte ihm einen Englisch-Intensivkurs und Veranstaltungen zur »Selbstoptimierung« organisiert. Barty war grotesk und befremdlich, aber auch amüsant, respektlos und unglaublich nützlich. Den gestrigen Abend hatten sie auf einer Cocktailparty in der Downing Street begonnen, wo Wladi nach einer Parteispende den Premierminister und den Finanzminister kennengelernt hatte; später schafften sie es zum ersten Akt von *Tosca* im Opera House, verpassten jedoch den Rest, um bei Paris Hilton zu Gast zu sein, die ein neues Haarshampoo lancierte, und anschließend bei M. Power Dub-Box zu essen. Der Abend endete mit einem Besuch in einem Club namens The Box und in einem anderen namens Lulu's. Für Wladi war das Ganze wie eine Karussellfahrt, alles drehte sich und ihm wurde immer schwindliger und schwindliger.

Eine halbe Stunde später saß Wladi im Zianni in der Londoner Brook Street am hintersten Tisch mit einem anderen Emigranten, Dimitri Woldakow. Obwohl er nur ein Jahr älter war als Wladi, hatte Dimitri sich seiner angenommen, und es war für Wladi eine enorme Erleichterung, sich endlich wieder einmal in seiner Muttersprache unterhalten zu können. Genau wie Wladi war Dimitri eines Nachmittags ins Zentralbüro zitiert worden, und man hatte ihm zwei Möglichkeiten angeboten: links sei die Tür zum Gefängnis, rechts die Tür zum Flughafen. Dimitri entschied sich für London, weil er Fußball mochte und weil England das vorteilhafteste Steuersystem hatte.

Ein Kellner kam an ihren Tisch und schüttelte Wladis Serviette mit der schwungvollen Geste eines Matadors aus, der auf einen zehn Tonnen schweren Bullen zugeht.

»Wir nehmen erst das Trüffelrührei und als Hauptspeise Pasta mit Hummer. Dazu den 1960er Château Latour«, sagte Dimitri zu dem Kellner. Dann bat er Wladi, die Batterien aus seinen Handys zu nehmen. »Sonst kann man gleich für die Behörden Mikrofone aufstellen.« Er bestand zudem darauf, die Gläser mit Servietten abzudecken. Dank neuer Technologie sei es möglich, per Laserstrahl aus dem Weltraum jedes Gespräch zu belauschen.

Nachdem sie ein paar Gläser Wein intus und die jüngsten Chelsea-Spiele erörtert hatten, nahm Wladi seinen ganzen Mut zusammen und bat seinen Freund um Rat.

»Ich habe ein Problem«, gestand er.

»Keine Sorge – ich kenne einen guten Arzt«, sagte Dimitri und tätschelte Wladis Arm.

»Nicht so ein Problem. Geld«, sagte Wladi.

»Wie denn das?« Dimitri wusste, dass Wladis Minen Zinn im Wert von mehreren Millionen Dollar im Monat abwarfen.

Wladi sah sich im Restaurant um und stellte sicher, dass niemand mithören konnte. »Wie man die wöchentlichen Zahlungen macht.«

»Ah. Ja«, sagte Dimitri und tippte sich gegen die Nase. Ebenso wie Wladi musste er mindestens dreißig Prozent seines Einkommens an den Machthaber abliefern, um seine persönliche Sicherheit zu gewährleisten. Vergangene Woche erst hatte man einen Landsmann, der mit seinen Zahlungen in Verzug geraten war, mit dem Gesicht nach unten in den St. Katharine Docks gefunden.

Seit dem elften September und den Anti-Terror-Initiativen war es immer schwieriger geworden, große Geldsummen aus Großbritannien ins Ausland zu transferieren. Das Geld direkt nach Russland zu überweisen zog zu viel unerwünschte Aufmerksamkeit auf sich.

Dimitri senkte die Stimme und sagte im Flüsterton zu Wladi: »Du musst Aktien und Wertpapiere mit Kunst und Schmuck abwechseln. Bring das Geld zum Safe House.«

Gerade wollte Wladi genauer nachfragen, als eine atemberaubend schöne Frau auf ihren Tisch zugeschlendert kam. Das ganze Restaurant erstarrte in Ehrfurcht. Neben den Europäerinnen im Raum sah sie aus wie ein Vollblutpferd, das sich in eine Herde Shetlandponys verirrt hat.

»Ljudmila«, sagte Dimitri und erhob sich, um ihr die Wange zu küssen. »Darf ich vorstellen, Wladi, ein Neuankömmling.«

Wladi konnte nur nicken. Es versetzte ihm einen Stich, als er den dicken Diamanten an ihrem Mittelfinger sah.

»Ljudmila ist meine Verlobte«, sagte Dimitri mit Nachdruck.

Ljudmila schenkte Wladi ein süßes Lächeln. »Bis später«, sagte sie und kehrte zu ihren Freundinnen an den Tisch zurück. Wladi sah, dass sie ihr Taschentuch hatte fallen lassen, und indem er vorgab, sich den Schnürsenkel zuzubinden, beugte er sich nach unten und steckte das parfümierte Stück Stoff diskret ein.

»Sie war meine Kunstberaterin«, sagte Dimitri.

»Kunst?«, fragte Wladi. Wenn er Kunst kaufte, würde dann auch er eine Ljudmila finden?

»Barty hat mich mit mir zusammengebracht. Er sagte, ich bräuchte ein Hobby und einen Berater. Ich war mir nicht sicher, bis ich sie sah. Barty ist wirklich ein Genie.«

Wladi nickte zustimmend.

»Sie ist auch ein Genie«, sagte Dimitri. »Auf ihren Rat habe ich letzten Monat für fünfundzwanzig Millionen Dollar einen Andy Warhol gekauft; heute Morgen hat man mir fünfzig Millionen dafür geboten. Nächste Woche werde ich wieder abliefern. Gold ist viel zu schwankungsanfällig und außerdem ziemlich schwer.«

Dimitri packte Wladis Handgelenk und drückte so fest zu, dass Wladi genau wusste, der nächste Rat würde kein wohlmeinender sein.

»Mein Freund, denk daran, dass ich auf Damien Hirst, Andy Warhol und den späten Picasso das Monopol habe – vierundvierzig Stück habe ich gebunkert, um sie dem Machthaber zu geben. Den Rest kannst du haben«, sagte Dimitri und ließ Wladis Handgelenk los.

Wladi rutschte unruhig auf seinem Stuhl herum, dachte an ein gewisses Werk aus Fliegen und Diamanten, das ihm als die ideale Metapher für das Regime seines Heimatlandes erschien. Der Machthaber konnte sich kaum beschweren, schließlich war es Kunst. Dimitri musste ja nichts davon erfahren, dachte Wladi.

Keiner der beiden Männer bemerkte, dass die schöne Frau am Nebentisch eine Kamera in ihrem Ohrring hatte. Wenige Tage später erhielt Dimitri ein Päckchen mit Filmmaterial, das zeigte, wie Wladi das Taschentuch an sich nahm. Außerdem enthielt es die Kopie einer Auftragsbescheinigung für ein neues Werk eines gewissen Künstlers. Dimitri interpretierte das als Kriegserklärung: Für ihn bestand kein Zweifel, wer als Sieger hervorgehen würde.

# 11. Kapitel

Hallo.

Ja, ich bin immer noch hier.

Wir wollen nicht vergessen, dass *meine Wenigkeit* der Held dieser Geschichte ist.

Und dass ich viel interessanter bin als ein Essen.

Und weniger vergänglich als die Liebe.

Ich bin immer noch hier.

Ja, *fürwahr.*

# 12. Kapitel

Jesse verließ sein Studio und ging die Themse entlang nach Battersea, wo seine Freundin Larissa wohnte. Es war ein kalter Abend, die Temperaturen lagen knapp über dem Gefrierpunkt und die Straßenlaternen warfen wellige Schatten aufs Wasser. Normalerweise liebte Jesse diesen Weg, aber seit er Annie kannte, konnte er sich kaum noch für etwas begeistern. Anstatt sich schnellstens von der Arbeit in sein Atelier zu begeben, hatte er angefangen, sich in die hinterste Ecke eines Pubs zu setzen oder ins Kino in die frühe Abendvorstellung zu gehen. Er war unkonzentriert, musste immer wieder an Annie denken und fragte sich, wo sie war, was sie gerade machte. Ihre Abwesenheit überlagerte alles, was ihn umgab.

Bis sie in sein Leben trat, war Jesse eher locker mit Beziehungen umgegangen; er hatte sich von den Frauen aussuchen lassen und eine Reihe von netten, wenn auch meist etwas dominanten Freundinnen gehabt, die aus unerfindlichen Gründen beschlossen hatten, er stelle einen angemessenen Begleiter dar. Früher oder später scheiterten sie allesamt an seiner Unentschlossenheit und Unverbindlichkeit.

»Auf welchem Planeten lebst du eigentlich in letzter Zeit?«, hatte Larissa Newcombe vor zwei Tagen gerufen, als er in den Personalraum der Wallace Collection kam.

»Was? Wie bitte?« Jesse zwang sich, nicht mehr an Annie zu denken und ins Hier und Jetzt zurückzukehren.

Larissa lachte los. »Siehst du. Du bist gar nicht richtig da.« Sie tätschelte den Platz neben sich auf dem Sofa und Jesse ließ sich hineinplumpsen. Er mochte Larissa, die in knallbunten Seidengewändern, mit Federn im Haar und behängt mit dicken Klunkern durchs Leben schwebte. Sie navigierte sich durch die Kunstwelt wie ein Schiff mit vollen Segeln mitsamt einer Flottille von Bewunderern, die ihre vielen

Aufsätze und Bücher gelesen hatten und ihre Vorträge und Kurse besuchten. Ihr Thema, die Darstellung von Musik und Musikinstrumenten in der Kunst des siebzehnten und achtzehnten Jahrhunderts, war recht exklusiv, aber Larissas Begeisterung dafür war grenzenlos.

»Du siehst aus, als wäre dir jemand auf die Mandoline getreten. Was ist passiert?«

»Nichts, das ist es ja gerade«, sagte Jesse erschöpft.

»Eine Frau!« Larissa klatschte entzückt in die Hände. Gerade hatte sie ein längeres Stück über den Einsatz des Tambours in den Gemälden des Manierismus eingereicht, und sie war bereit für ein wenig Abwechslung. »Gib mir die Details!«, befahl sie.

»Das ist ja das Problem«, gab Jesse betrübt zu. »Es gibt keine Details, es gibt nichts zu berichten.« Er schüttete sein Herz aus und erzählte von jeder Begegnung, jeder SMS, jedem Kaffee und jedem bedeutsamen Blick. »Sie kam in den Frans-Hals-Saal, ich sah hoch und sah ihr ins Gesicht, und da war's um mich geschehen. Ich wusste nicht mehr, wo ich war oder wer ich war, als wären sie und ich die einzigen beiden Menschen in einem leeren geräuschlosen Raum. Ich kam mir vor wie Alice, die in den Kaninchenbau fällt, nur, dass ich immer weiterfalle und immer noch drauf warte, auf der anderen Seite wieder aufzutauchen.«

Zu seiner Erleichterung lachte Larissa nicht. An den Schatten unter seinen Augen und dem leichten Beben in seiner Stimme erkannte sie, dass er wie verhext war und wirklich nicht weiter wusste.

»Wie viele SMS hast du ihr heute geschickt?«

»Vier.«

»Und gestern?«

»Fünf.«

»Wann hat sie zum letzten Mal geantwortet?«

»Vorgestern. Sie sagte, sie werde ins British Museum gehen, wie ich ihr geraten hatte.«

»Ins British Museum?«

»Sie hat beim Trödler ein Bild gefunden. Ich habe ihr meine Hilfe angeboten, um rauszufinden, von wem es ist.«

»Geniale Idee, das Bild als Aufhänger für ein Treffen zu benutzen.«

»Es ist ein schönes Bild«, sagte Jesse beschämt.

»Ich habe schon schlimmere Tricks angewendet im Namen der Liebe«, sagte Larissa. Sie schob den Stuhl zurück, stand auf und klatschte in die Hände. »Das Bild wird die Rolle des Amors spielen müssen«, erklärte sie zufrieden.

Sie bestand darauf, bei einer guten Flasche Wein und einem Abendessen einen Plan auszuhecken. Obwohl sie seit Jahren befreundet waren, hatte Jesse Larissa noch nie zu Hause besucht. Er kaufte einen Strauß Narzissen, blassgelbe, zart duftende Blumen, die sie in einen kleinen Krug und auf den Tisch stellte.

Jesse sah sich um. Der enge Raum war voll mit ihren gesammelten Musikinstrumenten, einem Füllhorn an eigentümlichen Trommeln, Flöten und Lauten. Während sie die Zutaten zum Kochen zusammensuchte, erklärte Larissa, eine Laute aus Rom klinge völlig anders als eine Laute aus Flandern, und warum die schönsten Geigen der Welt aus einem einzigen Dorf, Cremona, stammten. Für den Augenblick vergaß Jesse, an Annie zu denken, während Larissa den mühsamen Prozess des Suchens in historischen Inventaren, Tagebüchern und Dokumenten erläuterte, um die Instrumente einer bestimmten Art von Musik zuzuordnen.

Jesse saß auf einem Barhocker, während Larissa kochte. Sie warf die Zutaten genauso bunt und temperamentvoll zusammen wie ihre Kleidung.

»Annie ist Köchin«, sagte Jesse. »Du solltest sie mal kennenlernen.« Seine Stimme wurde vor Aufregung heller.

»Sehr gerne«, sagte Larissa. »Sie muss ja was Besonderes sein, wenn sie dich so beeindruckt hat. In den ganzen vier Jahren habe ich dich noch nie so neben der Spur gesehen.«

»Fix und fertig trifft die Sache eher«, sagte Jesse.

»Das Gute am Sichverlieben ist ja«, sagte Larissa, »dass es einen offen und verletzlich macht; man landet irgendwo, an einem ganz unerwarteten Ort.«

»So wie hier?«, fragte Jesse lachend.

Später saßen sie vor Larissas elektrischem Kamin, und sie drängte ihn, einen weniger direkten, jedoch strategisch geschickteren Weg einzuschlagen. Das Gemälde war die perfekte Vorlage und bot endlosen Spielraum für Romantik. Er sollte es als Gelegenheit sehen, ein gemeinsames Ziel zu verfolgen, gegen alle Widrigkeiten einer Frage nachzugehen. Das Rätsel des Bildes zu lösen würde sie irgendwohin führen und alle möglichen Fähigkeiten erfordern. Beim Versuch, hinter die Identität des Künstlers zu kommen, würden sich Annie und Jesse einen Fundus an gemeinsamen Erfahrungen schaffen; Liebe brauchte Zusammenhänge und gemeinsame Erlebnisse, um zu gedeihen. Dabei spielte es gar keine Rolle, sagte Larissa, ob das Bild nun ein Meisterwerk oder eine billige Reproduktion sei, worauf es ankomme, sei, daraus eine Chiffre für die Verführung zu machen. Selbst wenn ein Experte das Werk sofort diskreditierte, konnte man immer noch jemand anders um seine Meinung bitten, einen anderen Erkundungsweg beschreiten. Das was ja das Herrliche an der Kunst: Ihr Wert war vollkommen subjektiv.

Es war kurz vor Mitternacht, als Jesse ging, und obwohl die Temperaturen unter null waren, fühlte er sich gewärmt von Hoffnung und gutem Essen. In der Hand hatte er einen Zettel mit dem Plan, den er und Larissa ausgeheckt hatten, um Annie wiederzusehen, im Zusammenhang mit den notwendigen Schritten, ihr Gemälde zu authentifizieren.

Die Pubs und Restaurants hatten ihre letzten Besucher entlassen und die Gehwege für Jesse und den ein oder anderen Hund mit Herrchen freigemacht. Er überlegte, wie überrascht Agatha wohl sein würde, nach all den Jahren von ihm zu hören, und ob sie wohl Lust hätte, Jesse, eine fremde junge Frau und ein kleines Gemälde zu treffen.

Bisher hatte Jesse alles getan, um quälende Erinnerungen an seinen Vater zu vermeiden, und dazu gehörten auch Besuche der National Gallery, obwohl ihm einige der Gemälde fehlten wie verschollene Freunde. Zwei seiner Welten standen kurz vor einer Kollision.

Hätte Jesse in diesem Moment hoch und in den Fond des dicken schwarzen Mercedes geschaut, der das Embankment entlang bretterte, hätte er Rebecca Winkleman auf dem Heimweg von einer Benefizveranstaltung in der Battersea Power Station sehen können. Der von der Credit Russe gesponserte Abend war der Brustkrebsvorsorge gewidmet und für Rebecca totale Zeitverschwendung gewesen.

Das Dinner hatte im großen Atrium stattgefunden. Während des gesamten Essens fand über den Köpfen der Gäste ein Spektakel statt: Akrobaten an Seilen und ein Indoor-Feuerwerk. Rebecca hatte neben einem Hedgefonds-Manager und gegenüber von seinem Kunsthändler gesessen. »Ich hab genau so viel Geld mit Kunst gemacht wie mit Staatsanleihen«, teilte er Rebecca mit, ohne auf die Idee zu kommen, sich nach ihrem Beruf zu erkundigen oder ob sie sich mit Kunst auskenne. Saul Franklin, sein Händler, versuchte den Manager aufzuklären. »Freddie, Sie kennen doch bestimmt Rebecca Winkleman von Winkleman Fine Art? Eine der weltweiten Top-Adressen für alte Meister.«

Der Herr über die Hedgefonds, Freddie, hörte überhaupt nicht zu. »Wie viel kriege ich heute für meinen Richter, Saul?«

»Zweiundzwanzig Millionen, Freddie.«

»Haben Sie das gehört? Wenn das mal keine Rendite ist. Wie viel hab ich dafür hingelegt, Saul?«

»Acht Millionen«, sagte Saul erschöpft.

»Und was ist mit meinem Warhol?«

»Sie haben elf bezahlt, und heute ist er achtzehn wert.«

»Können Sie mir noch mehr von sowas ranschaffen?«

»Letzte Woche hab ich Ihnen einen Autounfall angeboten.«

»Suboptimal, wegen der Kinder. Können Sie mir einen Vorsitzenden Mao besorgen?«

Auf das anderen Seite von Rebecca saß ein Mitglied des britischen Adels, das einen Titel, ein schrumpfendes Vermögen und ein umso ausgeprägteres Selbstbewusstsein besaß.

»Dieser Mann«, sagte Lord Clifton und nickte in Richtung Freddie Webbs, »ist so einer, der sich seine Möbel selbst kaufen muss.«

In der Hoffnung, der edle Lord könnte das letzte wichtige Gemälde seiner Familie, einen Goya, loswerden wollen, hatte Rebecca versucht, ihn in ein Gespräch zu verwickeln, aber sie wusste genauso wenig über das Züchten von Herefordshire-Rindern wie er über de Hooch oder Canaletto.

Es war ein langer und langatmiger Abend. Erst um zehn wurde das Essen serviert und im Anschluss endlose Reden geschwungen, in denen der Direktor die Großzügigkeit der Credit Russe und diverser Wohltäter rühmte, darunter auch Freddie Webb. Rebecca konnte an wenig anderes denken als Memlings vermisstes Bild. Ihr Vater lehnte es ab, ihr übliches Netzwerk an Spionen und Informanten auf den Plan zu rufen: Die Suche müsse geheim bleiben. Die Kunstwelt sei so klein, sagte er, dass früher oder später der Schuldige auftauchen werde. Wieder dachte Rebecca an die bebende Stimme ihres Vaters, der partout nicht hatte erklären wollen, warum er das Bild so dringend zurückhaben musste. Memling ließ seiner Tochter jedoch keinen Zweifel, dass ihre Existenz bedroht sei, wenn das Bild nicht wieder auftauchte.

Erst gegen Mitternacht konnte sich Rebecca endlich abseilen. Sie hatte wenig gegessen und getrunken, und obwohl es spät war, würde sie noch ein paar Stunden arbeiten können. Sie schlüpfte aus dem großen Saal und eilte die breite Treppe hinunter in die Freiheit. Während ihr Wagen durch London brauste, versuchte Rebecca sich vorzustellen, was genau ihr Vater wohl geheim zu halten versuchte. Vielleicht war er als jüngerer Mann in einen Händlerring verstrickt gewesen, ähnlich demjenigen, der für ein paar Tausend Pfund eine Madonna mit Kind von Duccio di Buoninsegna gekauft und für 140.000 Pfund an die National Gallery weiterverkauft hatte. Oder war das Werk eine Fälschung, die Memlings Ruf nachhaltig schädigen würde? Rebecca ging alle möglichen Theorien durch, um sie allesamt am Ende zu verwerfen. Nichts davon ergab einen Sinn.

Als ihr Wagen vor dem Hintereingang des Büros vorfuhr, sah Rebecca, wie eine Gestalt aus der Tür schlüpfte, ein Fahrrad aufschloss und sich eine Wollmütze über den Kopf zog.

»Wer ist das?«, fragte sie den Fahrer.

»Sieht aus wie Ihre Köchin Annie, Madame«, erwiderte Ellis. »Sie arbeitet oft bis spät.«

Rebecca spähte durch die getönte Scheibe und sah Annies Gestalt hinterher. Sie war sich sicher, dass dies die Person auf dem Überwachungsfilm war, die Käuferin des Bildes. Rebecca schauderte – das wäre ja ein äußerst ungewöhnlicher Zufall. Kein Wunder, dass ihr Vater Angst hatte: Nur ein wildentschlossener, auf höchstem Niveau agierender Gegner würde es fertigbringen, auf diese Weise in ihr Unternehmen einzudringen.

Ellis öffnete die Wagentür und hielt Rebecca die Hand hin.

»Alles in Ordnung, Madame? Sie sehen sehr blass aus.«

Rebecca nahm seine Hand. Sie war schwach auf den Beinen und ihr Herz schlug ihr bis zum Hals. Diese junge Frau hatte für ihren Mann gearbeitet und arbeitete nun für sie, und sie hatte ein privates Abendessen belauscht. Hatte sie das Winklemansche Haus womöglich komplett verwanzt? Wie viel wusste sie bereits?

»Madame? Brauchen Sie Hilfe?«, fragte Ellis besorgt.

»Nein, danke, Ellis. Alles unter Kontrolle«, sagte Rebecca mit gezwungener Ruhe. Raschen Schrittes ging sie zur Hintertür, gab den Code ein und trat ins Haus. Sie schloss hinter sich die Tür und lehnte sich gegen die Wand; ihr war leicht schwindlig. Sie durfte jetzt keinen Fehler machen. Sollte sie die Sachen der Köchin zusammenpacken oder lieber die Polizei rufen? Nein, dachte Rebecca, es wäre weitaus besser, den Feind in der Nähe zu wissen. Schnurstracks ging sie in ihr Büro, öffnete die geheime Schublade und sah nach, ob ihre Pistole geladen war.

# 13. Kapitel

Stellen Sie sich mein Entsetzen vor angesichts der neuesten Wendung der Ereignisse: Der junge Mann hat eine Restauratorin aufgetan. Allein bei dem Wort laufen mir kalte Schauer über die Farbe. Im Namen der Restauration werden Gräueltaten begangen; man denke nur an jenen Londoner Velázquez oder einen gewissen Pariser Leonardo – muss ich fortfahren? Ich bin so zart, dass sich, geriete ich in die falschen Hände, ganze Regionen meiner Komposition verabschieden könnten. Gewiss, meine Patina besteht aus vielen Schichten von Kerzenruß, menschlichen Ausdünstungen, Tabakrauch und Firnis, dennoch wird mir angst und bange, ja mich graust es, wenn ich mir ausmale, dass ein Restaurator auf mich losgelassen wird, mit seinen Flaschen und Tiegeln und giftigen Lösungsmitteln. Gewiss, ich sehne mich danach, in neuem Glanz zu erstrahlen; und doch habe ich unsagbare Angst, mich dabei buchstäblich in Wohlgefallen aufzulösen.

Meine Erschaffung war gehetzt, überstürzt und genialisch: Mein Meister wollte unbedingt das Gefühl der ersten Liebe, dieses Prickeln einfangen. Rasend schnell wurde ich mit schmutzigen Pinseln und einer Mischung aus Ölen, Salben, Alkohol, ja sogar Wandfarbe gemalt. Wenn Sie sich meinen Himmel genauer ansehen, werden Sie in der Ecke links oben eine winzige Fliege entdecken. Sie summte an jenem Nachmittag des Jahres 1702 umher und hatte (meiner Meinung nach) das Glück, in einer dicken Schicht aus Eiweiß und Ölfarbe einbalsamiert und unsterblich gemacht zu werden. Mein Meister kreierte dieses wilde, vibrierende, schimmernde Laub, indem er einen Schuss Wein, Hühnersuppe und Ölfarbe vermischte. Mal nahm er seine Finger, mal einen Pinsel, einen Spachtel oder sogar seinen Ärmel zu Hilfe, so sehr drängte es ihn, diesen Höhepunkt des Begehrens in Farbe einzufangen.

Aber ich schweife ab. Zurück zu jenem Nachmittag. Wir wurden von einer Frau am Seiteneingang der National Gallery in Empfang genommen. Sie war mager wie ein Windhund, mit geradem Rücken, grauem Haar und dicker Brille, und schlicht gekleidet, sehr unelegant, ohne Esprit und ohne modische Fantasie. Ich hoffte, sie würde mit demselben Mangel an Selbstgefühl an ihre Arbeit gehen. So viele Restauratoren sind *artistes manqués* und der Meinung, ein Kunstwerk verbessern zu müssen. Die Frau – sie heißt Agatha – begrüßte Jesse wie einen lang vermissten Freund und drückte ihn an ihre schmächtige Brust. Er war höflich und wehrte sich nicht. Meine Herrin sah zur Seite, sie wirkte peinlich berührt.

»Du siehst deinem Vater ja noch ähnlicher als früher«, sagte Agatha und wischte sich eine Träne aus dem Augenwinkel. »David, sein Vater, und ich haben fast zwanzig Jahre lang zusammen gearbeitet«, sagte sie zu meiner Herrin.

Was sollte Annie dazu sagen? Wie schön? Wie interessant? Sie lächelte nervös.

»Dann kommt mal mit hoch«, sagte Agatha. »Ich mach euch einen Tee; wir können ein bisschen plaudern, und ihr zeigt mir eure Überraschung.«

Annie warf einen sehnsüchtigen Blick auf die geschlossene Tür.

Man war ja schon erleichtert, nicht durch die Hauptsammlung getragen zu werden und sich dem Spott der alten Bekannten aussetzen zu müssen. Abseits der öffentlichen Räume ist dieses Haus das reinste Labyrinth. In halsbrecherischem Tempo führte uns Agatha durch gewundene Korridore in einen großen ächzenden Fahrstuhl und weiter hinauf durch ein schmales Treppenhaus. Plötzlich befanden wir uns im Dachgeschoss über dem Trafalgar Square in einem gewaltigen Raum, der durch ein Oberlicht nach Norden erhellt wurde. Die Wandregale enthielten Gläser voller Farbpigmente. Auf einem großen Tisch standen in metallenen Behältern die Pinsel schon griffbereit. Der Fußboden war schwarz gestrichen, und überall waren Staffeleien, Paletten und Pigmente, Lampen, Kameras und andere Gerätschaften. Offenbar handelte es sich um eine Art Atelier.

Mein Meister, müssen Sie wissen, hatte keine Wohnung und keine Assistenten, die seine Pinsel und Farben in Ordnung hielten. Er hatte nicht einmal ein eigenes Haus – zumindest war das lange Zeit so. Sein unruhiger Geist trieb ihn stets umher. Die meisten Bilder verließen kurz nach Fertigstellung sein Atelier.

Er hatte drei Protektoren: seinen Händler, Monsieur Jullienne; seinen wichtigsten Sammler, den steinreichen Pierre Crozat; und seinen Biografen, den Comte des Caylus. Alle drei stellten ihm im Tausch gegen Zeichnungen eine Wohnung zur Verfügung. Caylus, der alte Mistkerl (ein wohlhabender und erfahrener Reisender, der die Dreistigkeit und den schlechten Geschmack besaß, eine böse Biografie über meinen Meister zu verfassen), hatte eine Vorliebe für Bilder von nackten Frauen in pikanten Posen, also heuerte er für meinen Meister jede Menge Modelle an. Doch Antoine war eher im Kopf als in der Praxis ein Freigeist. In der Tat war er so schüchtern, dass er, wenn er nur ein Glas Wein bestellen wollte, schon Herzklopfen bekam.

Als Mensch war er sowohl scharfzüngig als auch nervös – leider keine allzu gewinnende Kombination. Obwohl er keine Schulbildung genossen hatte, war er ein Intellektueller, wunderbar belesen und nachdenklich. Außer Zeichnen und Malen waren Lesen und Musik seine Leidenschaft. Das Einzige, was er zutiefst verachtete, war er selbst. Wer meint, ein Quäntchen Erfolg hätte ihm geschmeichelt und seinem Selbstwertgefühl Auftrieb gegeben, der irrt. Sein Selbstekel wurde dadurch nur verstärkt. Nacht für Nacht lag er schluchzend unter Gemälden von Rubens und Tizian und beklagte seine Unfähigkeit und seine ungeschickten Versuche, an seine Helden heranzureichen.

Kaum weniger Zorn traf die aufdringlichen Personen, die die Frechheit besaßen, ihn bei der Arbeit zu stören. Ich erinnere mich an einen Vorfall, als ein Miniaturist ein kleines Ölgemälde erworben hatte und Antoine einen Besuch abstattete, um ihn zu bitten, einen »kleinen Makel« in einer Wolkenformation auszubessern. Mein Meister blickte von dem Miniaturisten zu dem Bild und bat um Erläuterung. »Was genau ist deiner Meinung nach nicht in Ordnung?«, fragte er.

Der Miniaturist zeigte in die linke obere Ecke. Ohne zu zögern nahm mein Meister etwas Reiniger und wischte die gesamte Farbe von der Leinwand, alles, bis auf die genannte Wolke. »Vielleicht bist du jetzt zufrieden«, sagte er und schob den unverschämten Kerl mitsamt dem ruinierten Werk aus der Tür.

Wo war ich stehen geblieben? Bisweilen verliere ich den Faden. Aber das ginge Ihnen nicht anders, wenn Sie dreihundert Jahre alt wären.

Agatha, die Restauratorin, plauderte ad infinitum mit Jesse über seinen verstorbenen Vater und wie sehr er ihr fehle. Offiziell waren die beiden Kollegen gewesen, doch selbst ein Blinder mit Krückstock sah, dass sie ihn geliebt hatte; ob ihre Gefühle erwidert worden waren, ist nicht überliefert. Sie ergingen sich in nimmerendenwollenden Reminiszenzen, jede so prickelnd wie ein nasser Schwamm an einem kalten Wintertag. Annie hörte auf, Interesse zu heucheln, und schlenderte umher, um sich die anderen Bilder anzusehen. Endlich wandte man sich meiner Wenigkeit zu.

Agatha fuhr mit einer starken Lampe über meine Oberfläche, ehe sie sich ein merkwürdiges Gerät, eine gewaltige Lupe, auf den Kopf setzte. Dann nahm sie ein Stück Wolle und rieb damit zugegeben sehr sanft über meine Oberfläche.

»Wo haben Sie das Bild gefunden?«, fragte sie zu Annie gewandt.

»In einem Trödelladen.«

»Armes schönes Ding«, sagte die Restauratorin, drehte mich um und untersuchte meine Rückseite.

Es war nicht das erste Mal, dass ein Mensch mehr Zeit mit meiner Rückseite verbrachte als mit meiner Vorderseite. Wie gesagt, man kann dort allerhand interessante Hinweise entdecken: das Alter meiner Leinwand, die Stempel der Besitzer, die Vermerke der Händler und so weiter.

»Das Bild wurde drei- oder viermal doubliert«, sagte Agatha.

Jesse nickte. »Das heißt, jemand hat es für wertvoll genug gehalten?«

Agatha nickte. »Ja, das heißt, es ist von Wert. Und sei es von sentimentalem Wert.«

Mit Taschenlampe und Lupe beleuchtete sie erneut meine Oberfläche.

»Es gibt eine Stelle, wo wir durch die Schmutzschicht hindurch die Qualität der Arbeit erkennen können«, sagte sie und sah sich die rechte obere Ecke des Bildes genau an. Sie nahm eine andere, noch stärkere Lampe und fuhr mit dem Strahl über dem Blattwerk hin und her. »Was mich sehr interessiert, ist dieser hauchzarte Pinselstrich, mit dem der Maler das Laub und dieses Stück Seide dargestellt hat.«

Sie setzte sich eine andere Lupe auf und starrte noch genauer auf das Gebüsch.

»Wenn ich nicht irre, ist dieser weiße Fleck dort in der Ecke eine Gestalt.«

»Ich hatte das für eine Wolke gehalten«, sagte Annie und besah die Figur hinter dem Blattwerk.

»Es ist ein Mann, der ganz in Weiß gekleidet ist. Es könnte sogar der Pierrot sein, wenn mein Bauchgefühl recht hat.«

»Welcher Pierre?«, fragte Annie.

Agatha lehnte sich auf ihrem Stuhl zurück und sagte: »Eine Gestalt, die im sechzehnten Jahrhundert durch die italienische Commedia dell'arte Berühmtheit erlangte. Pierrot wurde manchmal als weiser Clown oder Narr dargestellt, auf jeden Fall war er immer der Gutgläubige.«

»Was hat denn ein Clown in einer Liebesszene zu suchen?«, fragte Annie.

»Pierrot war außerdem der glücklose und erfolglose Rivale des Arlecchino; beide buhlten um die Gunst der Colombina.«

»Also könnte es ein Bild über die Liebe an einem Sommertag sein, aber genauso gut auch das Gegenteil? Es könnte die alte Geschichte der Grausamkeit der Liebe darstellen?«

»Oder einfach nur die fehlende Aussicht auf Liebe«, fügte Jesse hinzu und blickte Annie wehmütig an.

»Der erste und berühmteste Pierrot stammt von Antoine Watteau, circa 1718, und ist heute im Louvre. Es ist eine Figur so voller Leidenschaft und Melancholie, so gequält von Traurigkeit, dass ihn die meisten eher rührend finden als lächerlich.«

»Jetzt, wo ich seine dunkle Seite kenne, mag ich das Bild noch viel mehr«, sagte Annie.

»Bei allen guten Kunstwerken geht es um Komplexität und Emotionen«, sagte Jesse. »Darin liegt ihre Macht. Sie sprechen etwas aus, was man nicht ganz in Worte fassen kann.«

»Du erinnerst mich an deinen Vater, wenn du so redest«, sagte Agatha und kämpfte erneut mit den Tränen.

Jesse nahm Agatha unbeholfen in den Arm, bevor er das Gespräch auf meine Wenigkeit zurücklenkte.

»Warum wurde über so viele Generationen diese Figur gemalt?«, fragte er und sah das Gemälde forschend an.

»Der Pierrot ist zu einem universellen Symbol geworden. Von Cocteau bis Picasso, Hockney …«

»Juan Gris«, sagte Jesse.

»Sickert«, erwiderte Agatha.

»Matisse«, gab Jesse zurück.

»Modigliani.«

»Max Beckmann.«

»Chagall«, sagte Jesse lachend. »Und was ist mit Paul Klee?«

»Ich liebe seinen *Jungen Pierrot«,* sagte Agatha zustimmend.

»Und was haben wir davon?«, fragte Annie. Sie fühlte sich ein wenig verloren und leicht verärgert über das kleine Duell, das sich die beiden lieferten.

»Zur Zeit eures Bildes gab es nur zwanzig Künstler, die den Pierrot gemalt haben. Watteau war wahrscheinlich der Erste und Beste, und dann waren da seine Nachfolger, Lancret und Pater.«

»Wir könnten nach Paris fahren, um uns die berühmteste Version anzusehen. Sie hängt im Louvre«, sagte Jesse zu Annie

»Vielleicht«, sagte Annie ohne große Begeisterung.

Sie brauchte nicht nach Frankreich zu fahren. Ich war der Erste.

Die Restauratorin nahm mich und ging mit mir zu einer Seitentür, dabei bedeutete sie Annie und Jesse, ihr zu folgen. Der Raum war klein und fensterlos und pechschwarz gestrichen. Als die Restauratorin die Tür hinter sich schloss, steckten wir alle zusammen in dieser kleinen luftlosen Kammer.

»Leidet jemand unter Klaustrophobie?«, fragte sie.

»Noch nicht«, sagte Annie nervös.

Agatha nahm eine große schwarze Lampe zur Hand. »Annie, halten Sie bitte mal das Bild hoch«, sagte Agatha. »Jesse, könntest du das große Licht ausschalten?«

Auf einmal war es stockdunkel. Was in aller Welt dachte sich die Frau? Sie legte einen Schalter um, und aus ihrem Gerät kam starkes violettfarbenes Licht.

»Das UV-Licht hilft uns, durch die Farbschichten hindurchzusehen«, sagte Agatha zu Annie, »und vor allem die unterschiedlichen Übermalungen zu erkennen.«

»Übermalungen?«, wiederholte Annie blinzelnd. Ich sah ihr an, dass sie sich unwohl fühlte, eingesperrt in diesem seltsamen Raum. Sie tat mir leid.

»So nennt man die unterschiedlichen Malschichten, mit denen ein Gemälde nachträglich bearbeitet oder geändert wurde. UV-Licht ähnelt dem sichtbaren Licht, hat aber eine kürzere Wellenlänge. Es hilft mir, die Abstufungen in Oberfläche und Textur zu erkennen.«

Sie fuhr mit dem Strahl über meine Oberfläche und bewegte das Licht hin und her.

»Könnt ihr das erkennen? Hier sind winzige fluoreszierende Tupfer und Flecken beim Gesicht der Frau, und auch in dieser hinteren Ecke«, sagte sie.

»Wie seltsam, warum denn nur in ihrem Gesicht und nicht in seinem?«, fragte Annie und blickte eingehend in mein Inneres.

Was sie alle noch nicht wussten, war, dass mein Meister *ihr* Gesicht später mit einem neuen Gesicht übermalt hatte. So ging man damals mit einer Zurückweisung um. Er konnte es nicht ertragen, von ihr Abschied zu nehmen; ebenso wenig konnte er ihren Anblick ertragen.

Die Erinnerung an sie steckte ihm wie ein Dorn in der Seele; zwar wurde sie nie getilgt, aber immerhin verdeckt. Die Übermalung zeigte das Gesicht einer Prostituierten; einer der seltenen Scherze meines Meisters.

»Was noch eigentümlicher ist: Die Übermalung ist fast nicht zu erkennen – sie muss schon kurz nach der Fertigstellung des Originals gemacht worden sein«, sagte Agatha. »Es ist auch schon passiert, dass Gesichter verändert wurden, um ein Bild besser verkaufen zu können. Der Händler Duveen machte Bilder hollywoodtauglicher, indem er seinen Restaurator bat, die Hoppners mehr wie Joan Crawford und die Romneys mehr wie Douglas Fairbanks aussehen zu lassen.«

Sie bewegte das Licht in die linke obere Ecke. »Diese Übermalung ist klarer – man sieht, dass dieser Teil retuschiert wurde – durch die eher schwerfällige Hand eines Restaurators – seht ihr, wie die Farbe hier einen dicken Klumpen bildet –, nicht zu vergleichen mit der Qualität des restlichen Gemäldes. Das ist ein absolut faszinierender Fall.«

Ich war vollkommen ihrer Meinung.

»Jesse, machst du bitte wieder Licht?« Agatha knipste die Taschenlampe aus und führte uns zurück in das große Atelier.

»Und, was meinen Sie?«, fragte Annie.

Agatha lehnte sich in ihrem Stuhl zurück. »Das Hauptproblem sind die Übermalungen und der alte Firnis. Sie zu entfernen ist extrem gefährlich. Manchmal kratzt man an der obersten Malschicht herum und nimmt dabei die untere gleich mit ab. Aber auf jeden Fall«, sagte Agatha mit sanfter Stimme, »haben Sie da etwas sehr Interessantes aufgetan. Was es genau ist, weiß ich nicht, aber ich kann Ihnen bestätigen, dass es ein altes Bild ist und dass sich unter diesen Schmutz- und Firnisschichten ziemlich sicher etwas ganz Erlesenes befindet. Dürfte ich es eine Weile hierbehalten? Ich könnte abends daran arbeiten.«

Vor lauter Entsetzen zog sich meine Leinwand zusammen. Daran arbeiten? Was zum Teufel sollte das heißen? Meine Herrin konnte mich doch nicht mit den Azetonfläschchen und all den anderen giftigen Chemikalien hier alleine lassen.

»Was wollen Sie denn damit machen?«, fragte Annie.

»Ich würde gern auf einem kleinen Stück der Leinwand einen Test machen, wahrscheinlich in der linken oberen Ecke. Ich würde sehr langsam und vorsichtig vorgehen, den Schmutz entfernen und schauen, was sich darunter befindet.«

»Ich habe kein Geld, um Sie zu bezahlen«, sagte Annie.

»Das würde ich auch gar nicht annehmen. Das Gemälde hat Jesse wieder in mein Leben gebracht – dafür bin ich dankbar genug.« Agatha beugte sich zu ihm und nahm ihn in den Arm.

Ich war doch ein wenig gerührt von dem Ganzen, aber ich hatte Angst – ein falscher Handgriff und ich wäre ruiniert.

Ich versuchte Ruhe zu bewahren – Vibrationen sind schlecht für meine Leinwand. Zumindest würde ich in einem Museum sein. Vielleicht fände sich sogar der ein oder andere vernünftige Gesprächspartner. Auf der anderen Seite des Raumes stand ein gewaltiger Veronese – nackt bis auf die Knochen –, der ganz schön bedrückt aussah, wenn Sie mich fragen. Auf einer Staffelei stand ein recht ansehnlicher Grossart, und das Aufregendste war: Ich meinte, auf einem der Tische einen Giorgione gesehen zu haben. Mein Meister verehrte, ja er vergötterte Giorgione.

»Ich werd's fast ein bisschen vermissen«, sagte Annie und hielt mich hoch.

»Dazu werden Sie gar keine Zeit haben. Das hier muss eine konzertierte Aktion werden. Ich brauche Informationen darüber, wer das Bild gemalt haben könnte und wann. Je mehr ich über den Künstler weiß, desto genauer kann ich arbeiten. Die einzelnen Epochen und Länder haben verschiedene Farben und Materialien hervorgebracht. Es würde mir enorm helfen, wenn ich irgendeine Idee hätte, wann und wo es gemalt worden ist.«

»Delores Ryan meinte, es sei eine billige Kopie«, sagte Annie.

»Das hast du mir ja gar nicht erzählt«, sagte Jesse und sah sie verblüfft an.

»Hab ich vergessen.«

»Die Experten haben nicht immer recht«, sagte Agatha. »Es macht einen Heidenspaß nachzuweisen, dass sie sich auch mal irren können«, sagte sie mit fester Stimme. »Jesse wird eine Zeichnung anfertigen. Mein Bauchgefühl sagt mir, dieses Bild ist zweihundertfünfzig bis dreihundert Jahre alt. Sie sind damit schon in der Wallace Collection gewesen und haben ähnliche Bilder gesehen, also ist es wahrscheinlich französisch oder flämisch.« Agatha ging um den Tisch in der Mitte des Raums herum und redete mit sich selbst. »Es könnte eine gut gemachte Fälschung sein«, sagte sie nachdenklich. »Aber den Fälscher will ich sehen, der sich so viel Mühe gibt, eine Leinwand zu doublieren und auf so geniale Weise mit Ruß- und Rauchschichten zu überziehen.«

»Wir bringen es zusammen ins British Museum«, sagte Jesse.

»Wozu?«, fragte Annie.

»Du kannst natürlich auch allein gehen«, sagte Jesse errötend.

»Das meinte ich nicht – du hast schon mal das British Museum erwähnt – warum ausgerechnet da hin?«

»Sie haben dort sehr viele Zeichnungen und Radierungen – Sie sollten mit dem Catalogue raisonné anfangen«, sagte Agatha. »Das sind Inventare von Arbeiten, die normalerweise noch zu Lebzeiten der Künstler in Form von Radierungen festgehalten wurden. Das British Museum besitzt außerdem eine unübertroffene Sammlung von Drucken und Zeichnungen, die bis in die Frührenaissance zurückreichen.«

Annie ließ sich schwer auf einen Stuhl sinken. »Klingt, als würde man ein Wunder im Heuhaufen suchen«, sagte sie.

»Wir müssen das nicht machen«, sagte Agatha sanft. »Es ist nicht so, als hätte ich sonst nichts zu tun«, sagte sie und zeigte mit der Hand auf die anderen Bilder. »Es ist Ihre Entscheidung, Ihr Bild.« Sie holte einen Zettel aus einer Schublade und begann ein paar Namen aufzuschreiben. »Fangt mal mit Watteau an, dann Lancret, Pater, Boucher und Fragonard. Wenn das nichts bringt, lass ich mir was einfallen.«

Ich konnte Annies Gedanken lesen – ein Teil von ihr sträubte sich gegen ein so verrücktes Unterfangen in einer undurchdringlichen Welt mit lauter obskuren Praktiken und geschraubter Sprache. Gleichzeitig jedoch war ihr Interesse geweckt; sie wollte herausfinden, wie das alles funktionierte. Vor allem wollte sie, dass ich etwas »Gutes« war. Irgendwie hatten sich mein Wert und ihr Selbstwertgefühl miteinander verwoben. Ein verschollenes Meisterwerk entdeckt zu haben, würde sie zu einer Person von erlesenem Geschmack und Scharfblick erheben.

Wider Willen hatte ich mit einem Mal den Wunsch, dass sich diese Agatha meiner annahm. Ich wollte zurück ins Pantheon der Großen, ich wollte meinen rechtmäßigen Platz einnehmen an der Seite meiner Freunde, an einer Damastwand hängen und hören, wie sich Menschen in ehrfürchtigem Ton über mich unterhielten, ich wollte geliebt, bewundert und gewertschätzt werden für das, was ich wirklich bin. Schon eigenartig, dass ich nach dreihundert Jahren zum ersten Mal eine Besitzerin tatsächlich lieb gewinne. Das Alter scheint mich sentimental zu machen.

Ich sah, wie Annies Blick von mir zu Jesse zu Agatha wanderte. Es herrschte ein kurzes, aber vielsagendes Schweigen, bis sich plötzlich ein breites Lächeln über ihr Gesicht zog.

»Warum nicht? Ich wüsste nicht, warum nicht!«

Ich musste zugeben: Die Freude war ganz meinerseits.

# 14. Kapitel

Zum dritten Mal in dieser Woche hatte Rebecca ihr Mittagessen abgesagt und Annie gebeten, die Küche bis auf Weiteres zu verlassen: Sie solle ihr Telefon anlassen und sich nicht weiter als eine Stunde von Winkleman Fine Art entfernen. Über die letzten vierzehn Tage war Rebecca aus unerfindlichen Gründen gegenüber ihrer gesamten Belegschaft misstrauischer geworden. Sie ließ zusätzliche Überwachungskameras in den Büroräumen installieren, schränkte den Zugang zur hauseigenen Datenbank ein und stellte Wachleute in den Fluren und vor den Tresoren auf. Rebecca war morgens die Erste, die kam, und abends die Letzte, die ging; sie sagte alle ihre üblichen Treffen ab und befestigte ein permanentes »Bitte nicht stören«-Schild an ihrer Tür. Weil sie behilflich sein wollte, klopfte Annie an Rebeccas Tür und bot ihrer Chefin an, ihr einen Tee zu bringen. »Wenn dafür Zeit ist, machen Sie Ihren Job nicht richtig«, bemerkte Rebecca barsch. Es wäre Annie nicht im Traum eingefallen, dass diese Maßnahmen irgendetwas mit ihr zu tun haben könnten, geschweige denn mit ihrem Bild, schließlich war sie nur die Aushilfsköchin und völlig unwichtig.

Mit schnellen Schritten ging Annie los und brauchte nur zehn Minuten vom Büro bis zur London Library. Winkleman Fine Art besaß eine Firmenmitgliedschaft, was für Annie zu den Annehmlichkeiten ihres Jobs gehörte. Sie eilte die Berkeley Street hinunter, überquerte Piccadilly, nahm eine Abkürzung durch eine Ladenpassage, tauchte durch den Touristenstrom hindurch, schlüpfte durch eine Seitenstraße und kam zum St. James's Square. Die Bibliothek war eine Oase der Ruhe und Kontemplation. Annie hängte ihren Mantel auf und stieg die große Treppe hinauf, ging durch eine Seitentür und eine Metalltreppe hoch und entlang einer Reihe von Büchern, bis sie zur

Abteilung Verschiedenes/Tafelsitten kam. Es war ihr vierter Besuch innerhalb der letzten zehn Tage.

Zu Beginn ihrer Recherchen für Delores' Essen hatte sich Annie in erster Linie auf die Speisefolge und deren Zubereitung konzentriert, doch das Essen war ja nur die eine Hälfte der Geschichte. Das ganze Leben am französischen Hof drehte sich um Protokoll, Intrigen, geschriebene und ungeschriebene Gesetze, und das Staatsbankett war einfach nur ein weiteres Schlachtfeld, der Schauplatz fataler Strategien, Tretminen und Fallstricke, und über alldem stand der König. Bei einem einzigen Gang konnten Karrieren gemacht und zerstört werden. Je mehr sie darüber erfuhr, desto mehr Details wollte Annie präsentieren. Auch wenn sie nicht jede Nuance rekonstruieren konnte, und erst recht nicht die Gefahren des höfischen Speisens in Versailles und an anderen Höfen, wollte sie unbedingt die Stimmung und die Feierlichkeit von damals nachahmen.

In der königlichen Küche von Versailles waren über zweitausend Menschen beschäftigt; bei Delores war es eine einzige Person, dazu eine ungeschulte. Ein königliches Bankett war aufgeteilt in mehrere Menüs mit jeweils zwei bis acht Gängen: Horsd'œuvre, Suppe, Hauptspeise, Dessert und Obst. Wie viele sollte sie kochen? Wenn sich Ludwig abends um halb zwölf zurückzog, hatte er zwanzig bis dreißig Teller leer gegessen, für später steckte er sich noch kandierte Früchte ein und knabberte beim Zubettgehen ein hartgekochtes Ei. Würde sie seine Aura von Opulenz und Prunk imitieren können? Ein großes, täglich am Hof gebrauchtes Porzellanservice allein war oft so viel wert wie ein Haus in Mayfair. Annie wusste, dass es nicht genügen würde, ähnliche Speisen zu präsentieren; eine pompöse und feierliche Stimmung, vermischt mit freudiger Erwartung, waren essenzielle Zutaten. Für die Höflinge waren diese Abende ein Albtraum; bis zu fünfhundert Personen fanden sich ein, und die Platzierung am Tisch zeigte an, wo man in der Hierarchie der Favoriten des Königs stand. Auf den falschen Platz gesetzt zu werden war eine Form von öffentlicher Schmähung. Wer unterhalb des Salzes sitzen musste, den lohnte es nicht zu kennen. Beim Weitergehen überlegte Annie, wie sie einen Abend gestalten könnte, der nicht nur ein cleverer Abklatsch war.

Während der Regierungszeit Ludwigs gab es eherne Instruktionen, die jede Mahlzeit begleiteten. Diese Regeln gehörten zur Demonstration von Macht und Reichtum. Aus einem anderen Buch erfuhr Annie, dass der König in der Mitte eines langen rechteckigen Tisches saß. Einige Gäste und sogar ganz gewöhnliche Leute versammelten sich in den Ecken des Saals und sahen zu, ohne zwangsläufig mitzuessen. Manche mussten an den Kopfenden des königlichen Tisches Platz nehmen, um die Blickachse des Königs oder die der Kellner nicht zu stören. Annie schmunzelte bei dem Gedanken, dass Delores an derlei Machtspielchen sicherlich ihre Freude hätte.

Der gefährlichste Teil dieser Abende bestand nicht darin, einen Fauxpas zu begehen, sondern in der schieren Menge an Nahrung. Prinzessin Palatine, die Schwägerin Ludwigs XIV., berichtete: »Er konnte vier Teller Suppe essen, einen ganzen Fasan, ein Rebhuhn, einen großen Teller Salat, zwei Scheiben Schinken, Hammel *au jus* mit Knoblauch, einen Teller süßen Gebäcks, und das alles gefolgt von Früchten und hartgekochten Eiern.« Die Zutaten stammten aus allen Winkeln von Ludwigs Reich, Austern aus Saint-Malo und Cancale, Hummer aus der Normandie; Gemüse aus den königlichen Gärten von Versailles; Trüffel aus Italien; Wild aus den Hügeln und Wäldern ganz Frankreichs. Verblüffenderweise schaffte es Ludwig bis ins hohe Alter von siebenundsiebzig.

Annie begann sich um die Finanzierung des Essens Sorgen zu machen. Anfangs hatte Delores' Budget von sechstausend Pfund über die Maßen großzügig gewirkt, doch das war bevor sie von Rezepten mit Foie gras, Wildlachs, Austern, Salaten mit Blattgold, frischem Kaiserhummer, pürierter Maronensuppe mit Trüffeln und Meeresfrüchte-Cremesuppe erfuhr. Eine Mahlzeit für einen König war eher eine Investition als Extravaganz. Ihr war zudem bewusst, dass sie für die Probeläufe Zutaten würde kaufen müssen; sie hatte noch sechstausend Pfund aus dem Verkauf ihres Hauses in Devon übrig, wollte aber nur ungern ihre eisernen Reserven antasten.

Annie warf einen Blick auf ihr Telefon und sah, dass zwei Stunden vergangen waren. Sie hatte noch immer keine Nachricht von Rebecca, keine Anweisungen bezüglich des Abendessens. Im Kühlschrank war noch genug für vier Personen, und wenn die Winklemans keine Gäste erwarteten, bräuchte Annie nur eine Stunde, um den Fisch zu garen und das Gemüse zu dünsten. Um sich die Beine zu vertreten, verließ sie die Bibliothek, kehrte dem St. James's Square den Rücken zu und spazierte einfach drauflos. Eine steife Brise peitschte um die Ecke. Fröstelnd zog sich Annie ihre Mütze tiefer in die Stirn. Eine junge Frau joggte vorbei, Musik in der einen Hand, Wasserflasche in der anderen. Eine Frau mittleren Alters und ihr Kind kamen ihr auf Mini-Scootern entgegen, die Mutter schwer atmend und in einem zu engen Rock. Erst fielen einzelne Tropfen, dann begann es ohne Vorwarnung zu gießen. Menschen rannten Schutz suchend in Hauseingänge, schüttelten sich das Wasser von den Mänteln, trockneten sich die Gesichter und waren trotz der meteorologischen Widrigkeiten guter Dinge. Ein junger Mann tupfte einen Regentropfen von seiner halbgerauchten Zigarette. Zwei Frauen vom Land holten Plastikkopftücher aus ihren schwarzen Lackhandtaschen mit Goldverschlüssen. Ein paar Schulmädchen nahmen ihre Bücher als Regenschutz und rannten lachend in Richtung einer Bushaltestelle. Die Szene war absolut zeitgenössisch, doch in Gedanken war Annie noch immer am Hofe Ludwigs XIV. und bei den Vorbereitungen für Delores' Abendessen. Sie ging zügig weiter; Rezepte und Tischdekorationen schossen ihr durch den Kopf. Wäre Gans ein angemessener Ersatz für ein Rezept, das nach sechs weißen Schwänen verlangte? Wie viele Windbeutel ließen sich zu einer Pyramide stapeln?

Ein Fahrradfahrer schoss auf dem Gehweg vorbei und riss Annie zurück in die Gegenwart. Sie sprang zur Seite, taumelte, und etwas Kleines blitzte silbern auf. Es war eine griechische Drachme, inzwischen bestimmt ein Sammlerstück. War der Fund einer Münze nicht ein glückliches Omen, ähnlich wie wenn einem ein Vogel auf den Kopf kackte? Annie fasste neuen Mut. Sie steckte die Drachme ein und ging weiter. Der sintflutartige Regen fegte die Straßen leer. Sie hatte London ganz für sich, während Tauben und Passanten Schutz suchten vor dem Unwetter. Wasser sickerte durch das Loch in ihrem Schuh; ihr Strumpf schmatzte vor sich hin. Delores' Essen war am ersten April, in weniger als sechs Wochen also – was hatte zu der Zeit gerade Saison? Annie ärgerte sich, dass sie so wenig wusste, dass sie keine richtige Ausbildung hatte. Sollte sie Dinge servieren, die aus allen möglichen Teilen der Welt eingeflogen werden mussten? Zur Zeit Ludwigs, als es noch keine Möglichkeiten zur Kühlhaltung und ein sehr limitiertes Transportsystem gab, wäre so etwas nicht in Frage gekommen. Wenn Annie authentisch kochen wollte, hätte sie Fleisch und Geflügel ein wenig gammelig werden lassen und mit viel Pfeffer, Muskatnuss und den vorhandenen Gewürzen gegenarbeiten müssen.

Der Regen hörte genauso plötzlich auf, wie er begonnen hatte, und ließ lackschwarz glänzende Straßen zurück. Menschen kamen aus den Hauseingängen und Wartehäuschen und schauten besorgt zum Himmel. Annie war in einen ihr unbekannten Teil der Stadt gewandert, sie hatte auf einmal Hunger und fror. Sie kramte in ihrer Tasche und förderte drei Pfundmünzen und die Drachme zutage. Was kriegte man dafür? Wie lange würde ein Caféinhaber sie mit einer einzigen Tasse Kaffee in seinem Lokal dulden? Sie erhaschte in einem Ladenfenster einen Blick auf ihr Spiegelbild. Dunkle Haare klebten an ihrem blassen Gesicht, unter den Augen waren dunkle Schatten.

Erinnerungen an die Begegnung des letzten Abends fluteten zurück, und Annie wand sich vor Scham und Selbstekel. Sie hatte sich geschworen, nie wieder auf einen Singleabend zu gehen, aber da Evie noch immer bei ihr wohnte, musste sie raus. Sie hatte den Mann vor Holbeins *Gesandten* bei der Kontaktbörse der National Gallery kennengelernt. Sie hatten beide versucht, im Hintergrund des Bildes den versteckten Totenschädel zu finden, und waren mit den Köpfen zusammengestoßen. Er hielt sie für gleichaltrig, nämlich fünfundzwanzig. Annie war insgeheim, traurigerweise, dankbar für seinen Irrtum.

Er war Deutscher und irgendwie gutaussehend, mit einem Zweitagebart und etwas schwerfälligem Humor. Sie hatte sich zu ihm nach Hause einladen lassen, nur auf ein Glas Wein, mehr nicht. Aber um die Wahrheit zu sagen, war sie schrecklich einsam. Sie hoffte, Sex werde die Erinnerungen austreiben, obwohl sie wusste, dass ein fremder Körper und eine unverbindliche Begegnung nur flüchtigen Trost bieten konnten. Um sechs Uhr früh war sie aufgestanden und direkt von der Wohnung des Deutschen zu Winklemans gefahren. Rebecca war schon bei der Arbeit, und als sie sich im Flur begegneten, musterte sie Annie von oben bis unten. Sie weiß Bescheid, dachte Annie, errötete bis unter die Haarwurzeln und eilte zur Damentoilette.

Plötzlich stand Annie in der Coptic Street. Einer der Liebhaber ihrer Mutter, ein Experte für äthiopische koptische Kirchen, hatte einmal versprochen, mit ihnen nach Lalibela zu den Felsenkirchen zu fahren; das erste von vielen nicht eingehaltenen Versprechen. Am Ende der Straße war ein kleiner Coffeeshop mit beschlagenen Fenstern und trauriger Valentinstag-Deko – einer Lichterkette und einem Papierherz mit eingerollten Rändern. Annie spähte hinein, sah, dass alle Tische besetzt waren, und ging weiter. Sie bog um die Ecke und stand plötzlich vor einer imposanten Fassade in einem Hof, der von einem Eisengeländer umgeben war. Obwohl seit ihrem letzten Besuch als Schülerin mehr als zwanzig Jahre vergangen waren, erkannte Annie die Säulenhalle des British Museums sofort wieder.

Als Agatha und Jesse vorschlugen, in der Abteilung »Drucke und Zeichnungen« des British Museums auf die Suche zu gehen, hatte Annie darin keinen Sinn gesehen. Wenn man keine Ahnung hatte, wonach man suchte, wie sollte man dann irgendetwas finden? Vor drei Wochen noch hätte sie jede Art von Ablenkung mit Kusshand begrüßt; jetzt war ihr Leben voll bis obenhin: Da waren Rebecca und Carlo, ihre Mutter und Delores' Abendessen. Selbst der Kummer nahm jetzt weniger Raum ein. Ich habe keine Zeit, mich blind durch die Museen zu arbeiten, dachte sie. Sie warf einen Blick auf ihre Uhr. Es war Donnerstagnachmittag, Viertel nach zwei. Leere Stunden lagen vor ihr. Ich bin wie die alte Frau aus dem Kinderreim, dachte sie – erst isst sie die Spinne, um die Fliege zu fangen, dann isst sie den Vogel, um die Spinne zu fangen –, vielleicht bringen mich meine vielen Ersatzhandlungen auch am Ende um.

Sie ging die prächtige Treppe hinauf, vorbei an der Information, durch die graue Lobby und betrat schließlich einen riesigen Innenhof, und ihr ging auf, dass ihr jüngeres Ich das British Museum nicht wiedererkannt hätte. In der Mitte stand ein rundes Gebäude aus honigfarbenem Stein mit einer umlaufenden Treppe; die Böden waren aus weißen Marmorplatten und die gewaltige gitterartige Kuppel aus Tausenden von Glasscheiben erinnerte an ein überdimensionales Facettenauge. Im Café in der Ecke kaufte sie eine Suppe mit einem Kanten Brot, setzte sich auf den Fußboden auf das Gitter eines Heizungsschachtes und beobachtete die Leute. Das hier, fand sie, war der richtige Ort für Unsichere, hier fühlte sich niemand fehl am Platz. Die meisten hatten Reiseführer oder ausgedruckte Stadtpläne in der Hand und wirkten überwältigt, während sie durch die weite Halle spazierten und sich um den Kartenverkauf oder die Souvenirstände draußen scharten.

Wohlig warm von der Suppe und dem Gebläse der Zentralheizung ging Annie die Stufen hoch und durch die ägyptische Sammlung, vorbei an bandagierten Mumien in offenen Särgen. Schulkinder pressten ihre Nasen gegen das schützende Glas. Assyrer, Phönizier, Etrusker, die vor zwei- bis dreitausend Jahren gelebt hatten. Wie viele Generationen war das her? Annie fühlte sich seltsam getröstet von dem Gefühl, so komplett bedeutungslos zu sein, so nichtig im Angesicht der Zeit.

Vor einer handtellergroßen jadefarbenen Glasflasche blieb sie stehen. Der Griff war zart wie ein Spatzenbein; das Glas transparent wie ein Libellenflügel. Auf der Infotafel stand 3200 vor Christus. Annie staunte. Wie hatte es die Zeit überdauert? Als Sammlerobjekt? Durch Zufall? Sie las weiter. »Dieses außergewöhnliche Fundstück stammt aus einem Sarg in Mesopotamien, wo es viertausend Jahre gelegen hatte.« Oh Gott, dachte Annie, was für ein Elend: Die Zeit vergeht und vergeht und nichts passiert. Stell dir vor, du siehst nichts als das

Innere eines Sarges. Keine One-Night-Stands, keine verrückten Regisseure, keine betrunkenen Mütter, keine gebrochenen Herzen, keine idiotischen Fehler und keine kleinen Triumphe – nur eine Anhäufung von Sekunden, Stunden, Jahrzehnten, Jahrtausenden. Wieder musste sie an Desmond denken, und zum ersten Mal seit einem Jahr zog sich ihr Magen nicht zusammen. Sie erkannte, dass ihr das Herz inzwischen tatsächlich ein wenig leichter geworden war. Vielleicht war es doch ein Segen gewesen, dass ihr altes Leben so zu Bruch gegangen war: Zumindest lebte sie jetzt nach ihren eigenen Wünschen und Vorstellungen. Diese neue Phase des Alleinseins (zumindest hoffte sie, dass es nur eine Phase sein würde) war eine Art zweiter Akt, ein Richtungswechsel, egal wie schmerzlich und unbequem er sein mochte. Vielleicht nähmen die Dinge ja nach all diesem Wirrwarr sogar ein gutes Ende. Annie warf einen letzten Blick auf das Jadefläschchen und spürte auf einmal, wie Hoffnung in ihr aufkeimte.

Sie ging weiter durch die Räume mit den hohen Decken und gelangte in den Ostflügel des Museums, wo ein kleines Schild den Lesesaal der grafischen Sammlung ankündigte. Annie zeigte bei einem jungen Mann am Drehkreuz ihren Führerschein vor und betrat einen langen Raum mit Tonnengewölbe. Am hinteren Ende war ein hohes Fenster. Die Wände waren auf zwei Etagen mit Mahagoniregalen hinter Glas gesäumt, zugänglich über eine Galerie. Von einem Ende zum anderen zogen sich lange Arbeitstische. In der Mitte wurden kleine Objekte aus der Sammlung ausgestellt. Annie betrachtete staunend eine Zeichnung von Picasso, einen Satyr, der über eine junge Frau herfällt. Als Foto, überlegte Annie, wäre es nicht gezeigt worden. Am besten gefiel ihr eine Zeichnung von Jim Dine, der geflochtene Zopf eines Mädchens von hinten. Es war ein sehr direktes und atmosphärisches Bild und erinnerte Annie an die Schrecknisse der ersten Schultage: Neben wem würde sie sitzen? Würde sie von den Lehrern gemocht werden? Werden sie mich hänseln, weil ich einen roten Kuli habe? Werden sie sehen, dass meine Schuhsohlen Löcher haben?

»Fangt mit den Arbeiten von Antoine Watteau an«, hatte Agatha vorgeschlagen. Annie hatte ein schlechtes Gewissen, denn sie wusste, dass Jesse eigentlich hatte dabei sein wollen. Sie dachte an Evies Rat: »Nur weil dich jemand liebt, heißt das noch lange nicht, dass du ihn ebenfalls lieben musst.« Sie fragte sich, ob die ganze Welt ein Karussell aus unerwiderter Liebe war.

In der Ecke lagen große ledergebundene Kataloge. Annie sah unter »W« nach und fand zwanzig Einträge zu Watteau, sowohl Drucke als auch Originalzeichnungen. Sie füllte einen Leihschein aus und gab ihn bei der Bibliothekarin ab. »Setzen Sie sich, wir bringen Ihnen die Sachen«, sagte die junge Frau hinter dem Schreibtisch.

Im hinteren Teil des Raums fand Annie einen leeren Tisch neben zwei Männern, die sich Zeichnungen aus einer mit »Hogarth« beschrifteten Schachtel ansahen. Annie blickte ihnen über die Schulter. Obwohl die Bilder Hunderte von Jahren alt waren, verstand sie die Figuren auf den ersten Blick; mit wenigen Bleistiftstrichen und Verwischungen hatte Hogarth die Essenz der dargestellten Personen eingefangen: der kleine Mann mit der breiten Brust, den krummen Beinen und der überheblichen Art; zwei Jungen, über einen Vogel mit gebrochenem Flügel gebeugt, offensichtlich ohne die Absicht, das Tier zu retten oder von seinen Qualen zu erlösen. Bis vor Kurzem noch hatte Annie gedacht, dass Kunst nur etwas abbilden wollte und dass nur Eingeweihte die versteckten Botschaften und Symbole verstehen konnten. Von Jesse hatte sie gelernt, dass eine instinktive emotionale Reaktion auf ein Gemälde genauso legitim war.

Während Annie auf ihre Bestellung wartete, versuchte sie sich das Leben der anderen Bibliotheksbesucher auszumalen. Wer war die hübsche junge Frau dort mit der Lupe, die sich das Porträt eines Mannes ansah? Was war mit der streng gekleideten älteren Dame, die sich inmitten von Picassos pornografischen Skizzen Notizen machte? Was flüsterten das Schulmädchen und sein Vater so aufgebracht miteinander? Annie sah sich im Lesesaal um; sie mochte diese Aura von Ernsthaftigkeit und Konzentration.

Eine Viertelstunde später brachte die Bibliothekarin eine Schachtel und ein Paar weiße Handschuhe. Annie zog die Handschuhe über und klappte vorsichtig den Folianten auf. Das hier sind dreihundert

Jahre alte Zeichnungen, die ich in die Hand nehmen darf, dachte sie beim Betrachten eines Frauenkopfes. Niemand steht neben mir und guckt mir zu. Keine Schutzhülle. Keine Überwachungskameras. Die erste Zeichnung war mit derselben roten, schwarzen und weißen Kreide gezeichnet wie diejenige, die sie in Delores' Buch gesehen hatte. Sie griff in ihren Rucksack, holte Jesses Skizze des Bildes hervor, legte sie vor sich auf den Tisch und suchte nach Ähnlichkeiten zwischen ihrem Bild und einer Zeichnung von einem Mädchen auf einer Schaukel mit dem Titel *Les Agréments de l'été*. Für Annies ungeschultes Auge sahen alle Personen in Watteaus Zeichnungen ähnlich und künstlich aus: mit ebenmäßigen Gesichtern, hübsch proportioniert, vollbusig und mit lieblich herausgedrehten Füßen.

Unweigerlich musste sie wieder an Delores' Essen denken, an ein Rezept, das sie für Langusten in Sauternes-Soße studiert hatte. Konzentrier dich, ermahnte Annie sich selbst und wandte sich wieder der anstehenden Aufgabe zu. Jesses Ratschlag folgend versuchte sie sich vorzustellen, dass dies ein Tatort und sie eine Detektivin auf Spurensuche sei. Vielleicht ist ein Gesicht ja gar nicht das, was man wiedererkennt. Sie schloss die Augen, dachte an Jesse und versuchte sich zu erinnern, wie sich seine Nase und sein Mund zu seinen Ohren und Haaren verhielten. Die Einzelheiten fielen ihr ein, aber sie wollten sich nicht zu einem Gesamtbild fügen. Sie fing noch einmal von vorne an; dickes braunes Haar, sommerlich blaue Augen, ein dunkler Rand um die Iris. Um die eins achtzig groß. Vereinzelte Sommersprossen auf den Wangen. Lange schmale Hände. Breites Gesicht, hohe Wangenknochen. Doch aus den äußerlichen Merkmalen allein ergab sich noch nicht das Wesen eines Menschen. Sie dachte zurück an den Cafébesuch und versuchte Jesses Eigenarten heraufzubeschwören, wie er sich mit einer schnellen Handbewegung die Haare aus der Stirn schob, wie er das Kinn auf seine verschränkten Hände stützte. Diese weiche tiefe Stimme. Aber vor allem waren ihr seine Augen im Gedächtnis geblieben: immer in Bewegung, sondierend, immer auf ihrem Gesicht. Vielleicht war das der Schlüssel zur Kennerschaft in der Kunst: nicht nach dem Ganzen zu suchen, sondern nach einer Aura, einer Andeutung; in den Skizzen nach dem Charakter des Künstlers zu suchen.

Der Blick eines Fremden holte Annie aus ihrer Träumerei. Sie spürte die Augen des Mannes auf sich, noch bevor sie sah, wie er sie über ein paar Tische hinweg forschend ansah. Er war nicht mehr jung und geckenhaft gekleidet in einem Gehrock aus Samt und mit einer gepunkteten Krawatte. Strähniges silbernes Haar umrahmte ein Gesicht, das spitz zulief wie ein Amboss. Eine prächtige Kette zog sich von seiner Rocktasche bis zu einem gegenüberliegenden Knopf, und in der Mitte baumelte eine aufgeklappte Taschenuhr. Annie begegnete seinem Blick mit so viel Feindseligkeit wie möglich. Der Mann schaute mit eisigen blauen Augen und schmallippigem anerkennendem Lächeln zurück.

Die Bibliothekarin legte einen zweiten Folianten mit Zeichnungen vor Annie auf den Tisch. Es war eine schwere grüne Lederschachtel mit Goldbesatz, und vorsichtig klappte Annie den Deckel hoch. Die erste Zeichnung war deutlich anders: Es war ein Porträt, das vor Eigensinn nur so strotzte. Die Frau auf dem Bild sah Annie mit kühlem, aber belustigtem Blick ins Gesicht. Annie lächelte zurück. Es gab eine Inschrift: »Charlotte: la plus belle des fleurs ne dure qu'un matin«. Worum ging es? Die schönste Blume *ne dure … un matin,* der Morgen. *Ne dure, ne dure,* wiederholte sie ein paarmal vor sich hin. Dauer, dauern? »Schöne Blumen sind nicht von Dauer.« Es musste irgendeine Geschichte dazu geben. Sie legte Jesses Skizze neben die Zeichnung und öffnete auf ihrem Telefon das Foto ihres Bildes. Es war definitiv nicht dieselbe Person. Schade, sie mochte Charlottes Gesicht, ihre Lebendigkeit. Annie fragte sich, ob es dieselbe Frau war, von der sie in Delores' Buch gelesen hatte, Watteaus große Liebe. Die anderen Frauen in seinen Zeichnungen hatten bei Weitem nicht diese Intensität. Das nächste Bild war ein Männerkopf, ein Selbstporträt: Watteau. Annie sah es sich genauer an. Sein Aussehen war markant, ein langes Gesicht mit ovalen Augen unter schweren Lidern und vollen Lippen. In der linken Hand hatte er einen Pinsel, in der rechten ein Stück Pergament. Seine Kleidung war ziemlich edel; der

Mantel hatte einen Pelzbesatz. Sein Haar war lang und lockig. Die Miene war zutiefst melancholisch, als wäre er in seinem Leben immer nur enttäuscht worden. Es war die Art von Person, die ständig und unwillkürlich seufzte und stöhnte, während sie ihren täglichen Verrichtungen nachging.

Beim Durchsehen der anderen Zeichnungen fand sie Selbstbildnisse des Künstlers aus allen möglichen Perspektiven. War er narzisstisch veranlagt gewesen, oder einfach nur zu arm, um sich ein Modell leisten zu können? Seine Frauendarstellungen waren eher nichtssagend, als wenn er an ihrem Charakter nicht sonderlich interessiert gewesen wäre. Dann jedoch stieß Annie auf eine weitere Skizze der schönen Charlotte. Wieder strahlte die Komposition Energie und Erregung aus. Annie fragte sich, was es mit der jungen Frau auf sich hatte – war sie die Geliebte des Malers gewesen? Annie war ziemlich sicher, dass er in keine der anderen dargestellten Frauen verliebt gewesen war, zumindest in keine, die ihr bisher begegnet war.

Die Bibliothekarin brachte ein weiteres dickes Buch, Band zwei des Catalogue raisonné: Nachdrucke von Originalgemälden Watteaus. Beim Blättern darin entdeckte Annie immer mehr bukolische, hochgradig manierierte Szenen höfischer Liebe, und ihre Achtung vor dem Künstler begann sich zu verflüchtigen. Wie konnte sich jemand von diesen endlosen Geselligkeiten so verführen lassen, von diesen aufgedonnerten puppenhaften Figuren, die sich von einer Reihe von Musikanten besingen ließen? Sie erinnerten Annie an Carlos jüngste Premiere, bei der die kulturellen Schwergewichtler hinter den leichtbekleideten Mädchen her gewesen waren. Annie hatte beobachtet, wie die Gäste sich in demonstrativer Jovialität und Schulterklopferei ergingen, während sie heimlich den Niedergang ihrer Freunde und Feinde gleichermaßen planten. Einige hatten sich aus Liebe zum Film eingefunden; die meisten aber waren zum Goldschürfen da. Vielleicht, dachte Annie, war dieses affektierte Miteinander ja genau das, was Watteau malen wollte. Das Gebaren am Hof der berühmten Filmregisseure und legendären Monarchen war wahrscheinlich ähnlich: Katzbuckeln vor dem Herrscher, um möglichst viel für sich herauszuschlagen. Vielleicht hatte Watteau ja diese Szenen ironisieren wollen? Sie fragte sich, ob er als armer oder reicher Mensch geboren wurde und ob er von Natur aus ein Freigeist gewesen war. War ihm auch so unbehaglich wie ihr, als sie neulich beim Abendessen der Winklemans die Gesprächsfetzen der Gäste aufschnappte?

Beim Umblättern entdeckte Annie einen Druck nach einem Bild namens *Die Einschiffung nach Kythera*, auf dem verschiedene Paare zu sehen waren, die an Bord eines Schiffes gingen. Auf den ersten Blick war es eine ländliche Szene, in der dicke kleine Putten mit offenkundiger Freude in einem sommerlichen Himmel umhertollten. Bei genauerem Hinsehen aber erkannte Annie, dass nicht alles eitel Sonnenschein war: Die Paare sahen in verschiedene Richtungen; im Vordergrund stand ein toter Baum, und über den fernen verschneiten Bergspitzen brauten sich dunkle Wolken zusammen.

Annie merkte gar nicht, wie der Mann mit dem Ambossgesicht von seinem Stuhl aufstand und sich neben sie setzte.

»Verzeihung, aber Menschen, die Watteau zu schätzen wissen, sind rar gesät«, sagte er geschmeidig und spähte hinüber zu Jesses Skizze. »Was haben Sie da? Darf ich?« Ohne ihre Antwort abzuwarten, schnappte er sich die Skizze und starrte sie an, wobei er mit den Augen jeden einzelnen Bleistiftstrich verschlang.

»Haben Sie das hier gezeichnet?«, fragte er.

»Ein Freund hat ein Gemälde für mich kopiert.«

»Wo ist dieses Gemälde?«, fragte er. Annie nahm die Erregung in seiner Stimme wahr.

»Wozu wollen Sie das wissen?«

»Ich liebe Watteaus Arbeit«, sagte er, wobei er den Namen des Künstlers deutlich französisch aussprach.

»Woher wissen Sie denn, dass es von ihm ist?«, fragte Annie.

Ohne zu fragen nahm er ihr Telefon und starrte auf das Foto. Annie nahm es ihm entschlossen aus der Hand.

»Ich bin schon seit einer Ewigkeit auf der Suche nach diesem Bild«, sagte das Ambossgesicht, schob sich in seinem Stuhl zurück und sah Annie nachdenklich an. »Woher haben Sie das Gemälde?«

»Aus einem Trödelladen«, sagte Annie, die ihn ziemlich dreist fand und ebenso unheimlich. Sie nahm ihm die Skizze aus der Hand und faltete das Blatt zusammen.

»Warum haben Sie geglaubt, dass es von Watteau sein könnte?«, fragte er.

»Habe ich nicht und tu ich auch nicht«, entgegnete Annie. »Eine Bekannte meinte nur, es wäre möglich«, sagte sie zögerlich, »und ich dachte, ich gehe ein bisschen auf Spurensuche.«

Sie konnte ja schwerlich diesem wildfremden Menschen auf die Nase binden, dass sie einsam war und keine Lust hatte, sich mit ihrer Mutter zu beschäftigen.

Das Ambossgesicht räusperte sich. »Ich würde mir Ihr Gemälde sehr gern einmal ansehen«, sagte er.

Annie klappte das Buch wieder zu und packte ihren Rucksack zusammen.

»Bevor Sie gehen, werfen Sie hier nur mal einen Blick drauf.« Der Mann ging die wenigen Meter zurück an seinen Platz, nahm das große Buch zur Hand, das er sich angesehen hatte, und trug es zu Annie zurück. Vorsichtig blätterte er ein paar Seiten um.

»Voilà«, sagte er schwungvoll und zeigte auf eine Radierung. »Der erste Band von Julliennes Katalog, *Le Recueil Jullienne,* herausgegeben vom engen Freund des Künstlers, der gelegentlich auch sein Händler war. Wie Sie sehen, ist die Ähnlichkeit zwischen dieser Radierung und Ihrer Skizze nicht zu verkennen. Quod erat demonstrandum.«

Annie betrachtete erneut die Reproduktion. Obwohl sie in Schwarz-Weiß war, gab es deutliche Ähnlichkeiten. Die merkwürdige weiße Wolke auf der linken Seite war, wie Agatha vermutet hatte, ein trauriger Clown, der möglicherweise per Fußtritt durch ein zartes Frauenbein von der idyllischen Lichtung vertrieben worden war. Dahinter sah man einen antik anmutenden Brunnen und eine lachende Nymphe, sitzend auf einer Säule.

»Es ist nicht dasselbe Gemälde. Die Frau auf meinem Bild hat ein anderes Gesicht«, sagte Annie.

»Das hat einen Grund«, sagte der Mann.

»Nämlich?«

»Bringen Sie mir das Gemälde, und ich erzähle Ihnen eine sehr interessante Geschichte.«

Annie warf noch einen Blick auf die Radierung und auf den Titel des Bildes. »*L'instabilité d'amour*, angefertigt durch die getreue Hand Benoît Audrans d. J. im Jahre 1731«. Das Ambossgesicht übersetzte für sie: »Die Launenhaftigkeit der Liebe.«

Fast hätte Annie laut gelacht.

»Dreihundert Zuschreibungen sind in Julliennes Katalog aufgeführt«, sagte er, »aber nur hundert haben überlebt oder sind bekannt. Ich habe bisher zehn fehlende Bilder gefunden. Dieses Bild zu finden würde mich und viele andere Menschen sehr glücklich machen.«

»Ist es nicht das, was Delores Ryan macht?«, fragte Annie.

Der Mann schnaubte verächtlich. »Die verehrte Miss Ryan erschnüffelt nur Dinge, die in Schokolade gehüllt sind.«

Wider Willen musste Annie lächeln.

»Also, wann zeigen Sie mir Ihr kleines Bild?«, fragte er.

Plötzlich wollte Annie nichts wie weg aus diesem vornehmen Raum, nichts wie weg von diesem seltsamen Mann mit seinem Spitzbart und dem gemeißelten Gesicht. Sie wollte die anonyme Annie McDee sein und sich frei und unbehelligt durch die Straßen von London bewegen.

Sie schlüpfte in ihren Mantel und warf sich den Rucksack über die Schulter. »Ich muss los, ich bin spät dran«, sagte sie.

»Mein Name ist Trichcombe Abufel. Sie brauchen mich, meine Liebe, dringender als ich Sie.«

Der Name stieß irgendetwas in ihrer Erinnerung an, aber Annie kam nicht darauf, was es war.

»Sie haben schon von mir gehört«, sagte Abufel nachdenklich.

Annie steuerte auf den Ausgang zu.

»Hören Sie, Miss«, sagte Abufel und folgte ihr. Einige Bibliotheksbesucher blickten verärgert hoch. »Ihr Bild ist wahrscheinlich nur eine billige Kopie, aber es besteht eine geringe Chance, dass es keine ist.«

Annie verließ den Lesesaal und ging den langen Korridor hinunter. Irritierenderweise wich ihr Abufel nicht von der Seite.

»Auf der ganzen Welt gibt es nur einen Experten, dessen Meinung etwas zählt, und der bin ich. Ich rate Ihnen, bleiben Sie stehen und hören mir zu.« Abufel war ein wenig aus der Puste. Annie blieb nicht stehen. Sie hatte es satt, sich ständig sagen zu lassen, wann sie stehen zu bleiben und weiterzugehen hatte, als ob sie ein Kinderspielzeug wäre.

»Sie haben offensichtlich keine Ahnung, was Sie da haben, also will ich Ihnen ein paar Hinweise geben. Wenn Sie die enträtselt haben, werden Sie's vermutlich kaum abwarten können, sich mit mir in Verbindung zu setzen, um auch den Rest des Rätsels zu lösen.«

Annie blieb stehen und drehte sich um. Gerade noch hätte sie den Mann am liebsten laut beschimpft, aber jetzt war ihr Interesse geweckt. Abufel lächelte triumphierend; kurze gelbe Zähne und eher graues Zahnfleisch kamen dabei zum Vorschein.

»Der erste Hinweis lautet König Ludwig XV., der zweite lautet Katharina die Große, und der dritte lautet Königin Victoria. Und jetzt schauen Sie mal, ob Sie daraus schlau werden.«

Er machte eine leichte Verbeugung. »Trichcombe Abufel, Kunstberater, 11D Lansdowne Crescent, W11. Ich würde mich freuen, Sie unter weniger eiligen Umständen wiederzusehen.« Lächelnd drehte er sich zum Lesesaal um.

Annie marschierte weiter. »Da kannst du lange warten«, murmelte sie leise vor sich hin. »Bis du schwarz wirst.«

Annie verließ das Museum, und wieder legte sich der schwere Mantel der Einsamkeit über ihre Schultern. Sie warf einen Blick auf ihr Telefon, es war vier. Von der Arbeit und aus der eigenen Wohnung vertrieben, kam sie sich zwecklos und verloren vor. Annie beschloss, ihre Mutter an diesem Abend zu bekochen. Es wäre das erste Mal seit Wochen, dass die beiden Frauen zusammen etwas unternahmen.

»Besser wär's noch mit einem schönen Glas Rotwein«, sagte Evie an diesem Abend und kostete ein kleines Stück Ente.

»Sag mal was zu dem Geschmack.« Nervös wartete Annie vor dem Herd. Schon zum neunten Mal probierte sie dieses Gericht aus, und bisher hatte es noch kein Mal richtig klappt.

»Köstlich«, sagte Evie und biss noch einmal ab. »Wer hätte gedacht, dass man Orange und Schokolade mit Ente kombinieren kann? Hört sich fürchterlich an, schmeckt aber sehr gut.«

»Also besser als Rindfleisch mit Aal?«

»Alles ist besser als Rindfleisch mit Aal.«

»Du weißt schon, was ich meine.«

»In deinen Gerichten ist sehr viel Zucker.«

»Zucker war ein Zeichen für Wohlstand«, sagte Annie.

»Vielleicht sollte es auch nur den Geschmack von verdorbenen Lebensmitteln übertünchen; die hatten bestimmt noch keine Kühlschränke in Versailles.«

Annie setzte sich neben Evie.

»Warum isst du denn nicht?«, fragte Evie.

»Ich probier doch schon seit zwei Stunden – das Fleisch wäre verschwendet.«

»Du fällst mir noch vom Fleisch.«

»Iss nicht zu viel, du musst noch zwei weitere Gänge probieren.«

»Bekomm ich einen Tropfen von dem Cognac da? Nur um das Fett aufzunehmen.«

»Mum, ich hab keine Lust, Polizei zu spielen.«

»Nur ein Schlückchen«, sagte Evie flehend.

»Wann ist es jemals bei einem Schlückchen geblieben?«

»Du kannst mir das Trinken nicht wegnehmen. Dann bleibt mir nichts mehr. Nichts«, sagte Evie.

»Was genau gibt dir der Alkohol? Freundschaft? Hilfe? Deinen Lebensunterhalt?« Annie begann, das nächste Gericht zuzubereiten, eine Maronencremesuppe. An jenem Abend kämen fein gehobelte Trüffel auf die Suppe, aber für heute müssten Petersilienzweiglein reichen. Einige der geplanten Speisen waren zu teuer zum Üben.

»Ich seh aber auch nicht, dass *du* besonders glücklich bist«, sagte Evie leise. »Ich hör doch, wie du dich in den Schlaf weinst. Ich seh doch, wie du morgens im Spiegel dein erschöpftes, verzweifeltes Gesicht betrachtest. Ich erlebe es, dieses angeblich so großartige alkoholfreie Leben, und es kommt mir nicht besonders toll vor.«

Annie rührte schweigend weiter.

»Du hast recht«, sagte sie schließlich. »Ich bin nicht glücklich, ich bin schon lange nicht mehr glücklich. Meistens muss ich mich zwingen, einen Fuß vor den nächsten zu setzen, mich aus dem Bett und in die Dusche zu schleppen. Mein Tagesjob ist nicht das, was ich mir erhofft hatte. Diese Wohnung ist auch nicht gerade mein Traum. Meine Freunde sind dreihundert Meilen entfernt, und selbst wenn ich sie heute Abend treffen könnte, bin ich mir nicht sicher, ob wir noch irgendwas zu reden hätten. Aber zumindest ist jede Entscheidung, die ich treffe, egal wie falsch oder fehlgeleitet oder unsinnig, meine eigene Entscheidung, und nicht im Suff entstanden.«

Evie sagte nichts. Annie wandte sich erneut ihrem Kochtopf zu und goss einen Schuss Sahne in die pürierten Maronen.

Evie unterbrach das Schweigen. »Du hast mir gar nicht erzählt, was aus dem netten Museumsführer geworden ist.«

»Nichts«, sagte Annie gereizt.

»Er hat nicht zurückgerufen?«

»Nein.« Annie stellte ihrer Mutter eine Schale mit Suppe hin und wartete geduldig auf ihr Urteil. Evie probierte einmal vorsichtig, und dann noch zweimal.

»Schmeckt köstlich, mein Schatz«, sagte Evie. »Ich hab noch nie so etwas Aromatisches, Überraschendes und Feines gegessen.«

Annie klatschte in die Hände. »Meinst du das ernst?«

»Da kannst du aber einen drauf lassen – du hast wirklich Talent, Annie. Du bist eine wirklich wunderbare Köchin.«

Annie ging um den kleinen Tisch herum und gab ihrer Mutter einen Kuss auf die Wange.

Nach diesem fragilen Waffenstillstand saßen die beiden Frauen Seite an Seite da und löffelten ihre Suppe.

»Erzähl mir von dem Gemälde. Was hast du rausgefunden?«, fragte Evie.

Annie wollte ihrer Mutter von den neuesten Entwicklungen erzählen, aber irgendetwas hielt sie zurück. Während sie sich noch einen Löffel Suppe in ihre angeschlagene Müslischale gab, wurde ihr klar, dass Evie aus Agathas vorsichtigem Optimismus ein Riesendrama machen würde. Annie sah ihre Mutter schon vor sich, wie sie in die National Gallery stürzte und nach eidesstattlichen Erklärungen und Dokumenten schrie, weil sie unbedingt ihrer Tochter helfen wollte.

»Ich hatte noch keine Zeit, über das Bild nachzudenken; ich hatte so viel Arbeit.«

»Ich sage dir, das Bild ist gut, ich hab's im Urin«, sagte Evie und kratzte mit dem Löffel den letzten Rest Suppe aus ihrer Schale.

Plötzlich sprang Evie auf und rannte ans Fenster. »Da, guck dir das an«, sagte sie. Annie folgte ihrem Blick und sah den Mond über London, so voll und dick und weiß wie in einer Kinderzeichnung.

»Weißt du noch?«, fragte Evie mit leuchtenden Augen.

»Klar«, sagte Annie lachend und dachte zurück an die Zeit, als sie und ihre Mutter sich die Kleider vom Leib gerissen, eine Elviskassette in den Rekorder geschoben und im Licht des vollen Mondes in den Gärten ihrer Mietshäuser getanzt hatten.

»Hätten wir doch nur einen Garten«, sagte Annie.

»Wir haben einen, einen riesengroßen sogar«, sagte Evie, riss das Fenster auf und begann hinauszuklettern.

»Bist du wahnsinnig? Wir sind hier im fünften Stock. Du könntest sterben«, rief Annie.

»Es könnte aber noch was viel Schlimmeres passieren: Wir könnten vergessen zu leben«, sagte Evie.

Annie sah, wie die Beine ihrer Mutter und dann ihre Füße aus dem Fenster verschwanden, und sie hörte über sich ein Scharren. Dann flog die Hose ihrer Mutter am Fenster vorbei.

Kurz darauf kletterte Annie zu Evie hinauf aufs Dach. Zu ihrer Überraschung war es flach und mit den anderen Häusern verbunden; sie konnte bis ans Ende ihrer Straße laufen und zurück. Das Mondlicht tauchte die Stadtsilhouette in weiches silbriges Licht mit Hunderten von hellen Tupfern von den Fenstern und Straßenlaternen. Von hier aus konnte Annie die Koordinaten ihrer neuen Welt sehen; vom Kiosk an der Ecke zur Underground-Station und quer durch London zu Winkleman Fine Art. Sie sah ihre Fahrradroute am Park entlang und in der Ferne das London Eye, den Shard und die Gherkin, ihre Orientierungspunkte. Beim Anblick der schlafenden Stadt zu ihren Füßen hatte Annie das Gefühl, weniger eingeschüchtert zu sein von ihrer Größe, und zum ersten Mal konnte sie sich ein Leben in der Metropole wirklich vorstellen.

Die ersten Takte von *Hound Dog* klangen blechern aus Evies Handylautsprecher, und Evie, die nur noch BH und Höschen trug, begann zu tanzen.

»Frierst du nicht?«, fragte Annie.

»Ich frier mir die Titten ab«, sagte Evie und klapperte hörbar mit den Zähnen.

Annie sah ihre Mutter zärtlich an. Wäre Evie mit sechzehn nicht schwanger geworden, hätte sie vielleicht die Schule zu Ende gemacht und einen richtigen Beruf gelernt. Stattdessen hatte sie ihre Talente verschwendet wegen eines Versehens; stattdessen war sie schwanger geworden von einem jungen Mann, der zwei Jahre später starb. Plötzlich fühlte sich Annie verantwortlich für diese Frau, die ihr Leben geopfert hatte, um sie großzuziehen, so ungeschickt sie sich dabei auch angestellt haben mochte. Jetzt war es an Annie, ihrer Mutter das Gefühl zu geben, dass sich ihre Entscheidung gelohnt hatte, jetzt war es an ihr, die Sache wiedergutzumachen. Sie spürte, dass ihr Leben wieder einen Sinn bekam, sie spürte einen Energieschub; sie würde ein Essen kochen, von dem die Leute noch Jahre später erzählen würden, und sie würde beweisen, dass ein unbekanntes Bild etwas wert war.

»Los, Annie, zieh dein Kleid aus«, sagte Evie.

Annie schlüpfte aus ihrem Kleid, nahm lachend die Hand ihrer Mutter, und sie tanzten zusammen im Mondschein.

# 15. Kapitel

Ein Gefühl von Ausgeglichenheit und Ruhe legte sich über meine Fasern, dort unter dem Dach der National Gallery. Ich saß da, getaucht in sanftes nördliches Licht, eingelullt von den Stimmen der Restauratoren und angeregt durch wunderbare Gespräche mit bedeutenden Werken von Diego Velázquez, Albrecht Dürer und Giovanni da Rimini; welch eine Freude, wieder unter Freunden zu sein, von denen ich manche seit beinahe zweihundert Jahren nicht gesehen hatte. Mein alter Freund, der Velázquez, war recht nervös, als man einen Teil seiner Oberfläche abnahm. Es war zwar eine spätere Hinzufügung, trotzdem hatte Diego Angst, man würde ihm ein Ohr oder ein Bein gleich mit entfernen. Der arme alte da Rimini hingegen, der 1300 entstand und über siebenhundert Jahre in völliger Isolation in der Privatsakristei einer kleinen römischen Kirche ausharren musste, war von den Mönchen aus Geldnot verkauft worden und nun völlig schockiert, wie sehr sich die Welt verändert hatte: Er hat tagelang nur »In nomine Patris et Filii et Spiritus Sancti« vor sich hingemurmelt. Diego und mir wurde es irgendwann langweilig, andauernd »Amen« zu erwidern. Gütiger Himmel, man stelle sich vor, sie brächten einen zotigen Picasso oder einen schwermütigen van Gogh hier herauf – dem da Rimini würde vor Schreck das Blattgold abplatzen.

Septimus Ward-Thomas, der Museumsdirektor, kam gestern vorbei, um einen Blick auf mich zu werfen. Er verweilte zwar nicht (er hat eigentlich nur Augen für den spanischen Barock), willigte aber ein, dass Agatha in ihrer freien Zeit an mir arbeitet.

In müßigen Momenten denke ich an meine Herrin; sie ist mir tatsächlich ans Herz gewachsen. Merkwürdig, nicht wahr? Das nenne man Stockholm-Syndrom, sagte Diego – dabei bin ich seit Jahrhunderten nicht mehr in Schweden gewesen; da ist er eindeutig auf dem Holzweg. Ob Annie dem Vorschlag des jungen Mannes gefolgt ist, den Drucken und Zeichnungen des British Museums einen Besuch abzustatten?

Agatha, das muss man ihr lassen, geht mit Bedacht vor. Gestern entnahm sie dem Rand meiner Leinwand eine klitzekleine, nadelspitzengroße Menge Farbe und brachte sie den Gang hinunter in die Forschungsabteilung. Vier Wissenschaftler nahmen die Probe unter die Lupe, und man wird nicht anfangen mit der Säuberung, ehe nicht genau feststeht, mit was für einer Farbe mein Meister gemalt hat. Antoine präparierte seine Leinwand nie. Ich kritisiere ihn nur ungern, aber tatsächlich neigte er zur Schlampigkeit. Er war stets auf Schnelligkeit bedacht, er malte immer in Eile. Leinwände erfordern eine sorgfältige Präparierung, und die gehörte nicht zu den Stärken meines Meisters. Er wollte all die Ideen, die Gefühle so schnell wie möglich bannen. Anstatt zu warten, bis die Farbe getrocknet war, verteilte er reichlich *huile gras* über die Leinwand und malte einfach drüber. Zu allem Unglück kam ein Mangel an Sauberkeit in seiner Malweise hinzu, was sich auf die Beständigkeit der Farben ausgewirkt hat, das heißt, viele Farben sind verblichen. Nur selten reinigte er seine Palette, und oft vergingen Tage, bevor er sie neu anordnete, und so waren die Gemälde ein Tummelplatz für Staub und Schmutz.

Es wird Zeit, von ihm zu erzählen, von Antoine und der Liebe seines Lebens. Mein Meister kam 1684 in Valenciennes als Sohn eines alkoholkranken und gewalttätigen Dachdeckers zur Welt. Die bescheidenen Verhältnisse, aus denen er stammte, bestätigen nur den Umstand, dass er ein Genie war. Der Vater wollte, dass sein Sohn in seine Fußstapfen tritt und ein regelmäßiges Einkommen bezieht; Antoine jedoch wusste, dass er malen musste. Eines Nachts lief er davon, nach Paris. Er brach seiner Mutter das Herz und ruinierte obendrein noch seine Gesundheit. Der dumme Junge musste aber auch ausgerechnet im Winter die Reise antreten, und nachdem er vier Tage und vier Nächte zu Fuß unterwegs war, in Gräben übernachtet und sich nur von Gras ernährt hatte, erreichte er die Hauptstadt mit einer schweren Lungenentzündung, von der er sich nie wieder richtig erholen sollte.

Es war die düsterste Zeit der französischen Geschichte; das Land war geschunden von Kriegen, Hungersnöten und einem alternden, übellaunigen, verbitterten Monarchen und seiner machtbesessenen Geliebten und heimlichen Herrscherin, Madame de Maintenon. Überdruss und Eitelkeit drückten auf das Pariser Leben wie ein dichter stinkender Nebel. Selbst der feierliche Hof war von seinem eigenen Prunk erschöpft. In den Künsten gab es weder Freude noch Leben, keine Spontaneität, keine Originalität. Die Historienmalerei mit ihrem prätentiösen inszenierten Heldentum betrübte selbst die muntersten Seelen. In den ersten Jahren des achtzehnten Jahrhunderts, während der großen Pest von Marseille, waren Kannibalismus und Hunger in der Hauptstadt die Norm. Vor diesem Hintergrund entfaltete sich das Leben meines Meisters.

Überspringen wir ein paar Jahre. 1703 war Antoine noch ein junger Mann, neunzehn Jahre alt, und arbeitete für den Maler Claude Gillot in Paris. Was er verdiente, war ein Hungerlohn und reichte kaum für eine Karaffe Wein und einen Laib Brot, aber solange er einen Pinsel in der Hand hatte, war er glücklich. Um sich etwas hinzuzuverdienen, saß mein Meister in Tavernen und fertigte gegen ein Almosen Zeichnungen an. Sein Leben war ein Sumpf von Unterernährung und Armut. Für Gillot zu arbeiten war nützlich, um zu lernen, wobei der größte Beitrag des älteren Mannes zur Ausbildung meines Meisters die Ausflüge zu den verbotenen Theateraufführungen der Commedia dell'arte darstellten. Diese Veranstaltungen fanden in obskuren Tavernen statt, und noch pikanter wurde der Besuch der Aufführungen dadurch, dass andauernd eine Razzia drohte. Die meisten fanden es das Risiko wert: Diese herrlichen Schauspieler waren anarchisch und gesetzlos. Ihr führender Mann, Hippolyte, war kräftig gebaut, gutaussehend und tollkühn. Gilles, der Clown, war der Quell aller Witze. Wenige in der Truppe nahmen irgendetwas ernst – sie machten sich lustig über das Ancien Régime und seine

Regeln. Sie lachten über das Leben und die Liebe. Diese Aufführungen erfüllten Antoine erstmals mit Leichtigkeit und Optimismus. Inmitten dieses übermütigen Treibens legte er das schwere Joch seiner Herkunft, der Jahre des Krieges und der Armut ab – wenn auch nur vorübergehend.

Er begann jeden Abend zu den Aufführungen zu gehen. Beim vierten Besuch sah mein Meister sie: Charlotte Desmares, weithin bekannt als das schönste Mädchen von Paris, das hin und wieder bei den Italienern mitspielte. Ihr Bühnenname war Lolotte. Er legte seinen Pinsel hin, schnappte sich ein paar Kreiden und begann hektisch dieses Mädchen zu skizzieren, während sie über die Bühne tanzte und ihre Pirouetten drehte. Charlotte sah ihn, aber sie gehörte zu jenen Frauen, die es so sehr gewohnt waren, beobachtet zu werden, dass ein weiterer junger Verehrer mit seinen bewundernden Blicken kaum ins Gewicht fiel. Mein Meister schützte eine Magenverstimmung vor und eilte zurück in sein kleines Atelier, wo er die einzige Leinwand zur Hand nahm, die er besaß, und zu malen begann. Und aus diesem zwischen vier Holzlatten gespannten Stück Stoff, aus diesem unscheinbaren Stück Nichts, wurde schließlich meine Wenigkeit.

Ich bin das Gefäß, in das die Agonie und Ekstase der ersten Liebe gegossen wurden. Dringlichkeit und Zauber, Erregung und Leidenschaft und Schrecken schossen ihm aus seinem Herzen direkt in seinen Pinsel. Watteau brannte so sehr, dass er keine Zeit hatte, seine Farbpalette vorzubereiten. Stattdessen mischte er seine Farben direkt nebeneinander, tupfte und wischte mit einer Hektik sondergleichen – sehen Sie sich die Bäume an, bewundern Sie das Sonnenlicht, den Pointillismus, die verschwimmenden Konturen, die lockere Hand, und Sie sehen die Geburt des Impressionismus, den der Rest der Welt erst gute 150 Jahre später entdecken sollte.

Ich bin das Abbild seines leidenschaftlichen, umnachteten, entflammten Begehrens. Ich bin *l'amour fou. La gloire d'amour.*

Unter den Firnisschichten und Übermalungen könnten Sie sehen, dass Charlottes Mütze keineswegs gleichmäßig rot ist. Nein, sie ist goldfarben, scharlachrot und magenta, silbrig schimmernd bis hin zum blassesten Rosa. Ihr safrangelbes Kleid besteht aus Schattierungen aus blassem Kanariengelb bis hin zum leuchtenden Goldgelb der Butterblume, jede zarte Farbe ist bewusst gesetzt, in minutiöser Harmonie. Gelb schaut ebenfalls aus ihrem Dekolleté, und ihr Rock brennt geradezu von blassem Lila und weichen Brauntönen. Ihre Haut ist sahneweiß wie ein lichtspiegelnder Opal. Niemals wird es eine schönere Darstellung von Haut geben, nicht einmal bei den Venezianern.

Ja, es hat auch andere Maler und Musen gegeben. Man denke an Rembrandt und Hendrickje, Modigliani und Jeanne Hébuterne, Dalí und Gala, Bacon und George Dyer, aber ich wage zu behaupten, dass die wahnwitzige Liebe zu Charlotte meine Leinwand auf unnachahmliche Art und Weise beseelt.

Dies war eine Komposition, zu der mein Meister zeit seines Lebens zurückkehrte: die Bühne der Liebe. Der Hintergrund ist vergänglich und artifiziell, eine mythische, mythologische Landschaft, die geschmückt ist mit liegenden Figuren unter dem Blick einer Statue der Liebesgöttin. In die Mitte platzierte er Charlotte, stolz und anmutig wie ein Schwan. Sie hebt die zarten Arme und begegnet dem Blick des Betrachters freimütig, hitzig und provokativ. Zu ihren Füßen liegt der schlicht gekleidete Mann und starrt sie einfach nur an. Mit dem leichtesten Schnippen seines feinen Pinsels fing Antoine die Ehrfurcht des Mannes ein, während er zu dieser Vision von Weiblichkeit hinaufblickt. Man schmeckt geradezu die Hoffnung und die Verzweiflung, die Liebe und die Begierde in seinem Blick.

Wenn ich Ihnen erzähle, dass das Gesicht des Mannes aus nur sieben Pinselstrichen zusammengesetzt ist, werden Sie lachen und erwidern, dass so etwas nicht sein kann; doch aus diesem Grund ist mein Meister ein Genie, und aus diesem Grund prangt sein Stern fast dreihundert Jahre nach seinem Tod noch immer am Firmament der großen Maler. Er verstand die Alchemie von Rot, Rosa und Perlmutt. Wichtiger noch, er verstand den Menschen, und er konnte wie alle großen Künstler unsere innersten Freuden und Ängste in etwas Fühlbares übersetzen.

Manche behaupten, ich sei nur eine Skizze. Es stimmt, dass ich mit Hast und Überschwang angefertigt wurde. Diese Intensität befreite Antoine von der Vergangenheit, von der grauen Theorie, vom kindlichen Gekritzel, und mit seinem eiligen Versuch, die Liebe einzufangen, fand er sein Metier und entdeckte eine neue Art zu malen. Ich war das Bild, das eine Karriere in Gang brachte. Ich war das Gemälde, das eine ganze Kunstrichtung anstieß: das Rokoko.

Ich wurde gemalt, um die wilden Kaskaden der Liebe zu feiern, die ausgelassene, ungehemmte und alles verändernde Leidenschaft, die unweigerlich der elenden, bedrückenden und allumfassenden Enttäuschung den Weg bereitet.

Vier Tage später, die Farbe war kaum getrocknet, nahm mich Antoine als Geschenk für Charlotte ins Theater mit. Man stelle sich vor, wie dieser linkische Neunzehnjährige sein Herz offenlegt. Die Truppe scharte sich um sie, schob und drängelte sich kichernd und schnatternd wie junge Buchfinken vor einem Vogelhaus. Zum ersten Mal sprang ich dem Tod von der Schippe. Charlottes Rivalin Hortense schäumte so vor Eifersucht, dass sie mir mit ihren langen Fingernägeln beinahe die Leinwand zerkratzt hätte. Eine Spur fester, und ich hätte bleibende Schäden davongetragen. Gütiger Himmel. Charlotte zeigte sich entzückt. Die Zuwendung des jungen Malers gab ihr Auftrieb, und sein Liebesgeschenk stärkte nur umso mehr ihr Renommee.

»Her damit«, befahl sie und streckte ihr hübsches Händchen aus. Watteau wollte ihr das Bild überreichen – dann aber hielt er inne. »Nein«, sagte er. »Ich schenke es Ihnen an dem Tag, an dem Sie einwilligen, mich zu heiraten. Bis dahin will ich es selbst behalten.« Die Truppe bog sich vor Lachen. Was hatte ein junger mittelloser Maler für eine Chance gegen ihren Geliebten, den Herzog von Orléans, den Neffen Ludwigs XIV.? Ihr Gelächter schallte so laut und kam so sehr von Herzen, dass Gillot herbeieilte, um zu sehen, was der Aufruhr zu bedeuten hatte. Er sah von der Schauspielerin zum Künstler, und schließlich ließ er die Augen auf mir ruhen. Er wurde leichenblass; ein flüchtiger Blick genügte, und er erkannte, der Jüngere war mit

Abstand der größere Maler. Gillot, das muss man ihm lassen, hätte großmütiger nicht sein können. »Ich kann dir nichts mehr beibringen, aber ich kann dir die Richtung weisen.« Er schickte meinen Meister zu Claude Audran, einem Innenarchitekten, der das Palais de Luxembourg ausgestattet hatte, jene Heimat sagenhafter Werke von Rubens, Veronese, Tizian und Tintoretto.

Die anderen Schauspieler beschworen Antoine, auch sie zu malen, und nicht wenige folgten ihm in sein Atelier und saßen ihm stundenlang Modell, während er sie in Kreide und mit Federstrichen und gelegentlich auch in Öl für die Ewigkeit festhielt. Betrachtet man aber seine großen Werke, so erkennt man immer nur *sie* – mal ist es ihr Hals, mal ein Arm, ihr Rücken, ihr Fuß. Die Liebe zu Charlotte geistert durch die meisten seiner Gemälde. Ihr liebliches mädchenhaftes Antlitz lugt überall hervor, und der Geist seiner Liebe für sie, seine unbändige Romantik, hat sich in alle seine Werke gestohlen.

Wollte ich die leiseste Kritik an meinem Meister äußern, so täte ich es im Hinblick auf sein Liebeswerben: Die Liebe ist eine ähnliche Kunst wie Malen oder Leben; sie erfordert Übung, Gewandtheit, Entschlossenheit, Demut, Tatkraft und Fingerspitzengefühl. Wie so viele vor ihm und nach ihm verfiel mein Meister der süßen Ekstase einer unerwiderten Leidenschaft; er sah sein »Problem« darin, nicht geliebt zu werden, wo es in Wahrheit die Unfähigkeit war, selbst Liebe zu geben. Er war noch so grün hinter den Ohren, so naiv, dass er glaubte, die Liebe sei eine vollendete Tatsache. Nach dieser ersten Abfuhr kam es ihm gar nicht in den Sinn, sich Charlottes Respekt oder Herz zu erobern. Er zog sich einfach zurück in sein Atelier. Leider gibt es Menschen, die die Pein der Zurückweisung mehr genießen als den Rausch des Vollzugs.

Um die Erinnerung an das liederliche Frauenzimmer auszulöschen, übermalte er Charlottes Gesicht mit dem einer anderen Frau. Er fügte im Anschluss den Clown hinzu, die gespenstische Figur im Dämmerlicht: Pierrot, der Inbegriff von Pathos und Spott. Es war ein Selbstbildnis, zu dem er zeit seines kurzen Lebens immer wieder zurückkehren sollte.

Dann benannte er mich um. Zunächst lautete mein Titel *Triumph der Liebe*; nach dem Korb, den sie ihm gab, hieß ich fortan *Die Launenhaftigkeit der Liebe.*

Und was geschah dann? Das erzähle ich Ihnen, wenn es so weit ist.

# 16. Kapitel

»Ihre Mutter hat in der letzten Stunde siebenmal angerufen«, sagte Marsha, die Empfangsdame, zu Annie. Sie brauchte nicht hinzuzufügen, dass Evie betrunken gewesen war und gelallt hatte.

Annie sah auf die Uhr – es war drei Uhr nachmittags. Am Morgen hatte Rebecca sie gebeten, das Abendessen für acht Uhr einzuplanen, und Annie war durch die Stadt geeilt, um bei ihrem bevorzugten Fischhändler einen frischen Bio-Karpfen auszusuchen. Sie hängte ihren Mantel auf und stellte ihre Tasche in eine Schublade, dann wählte sie Evies Nummer. Ihre Mutter war völlig neben sich: Annie musste sich mühsam zusammenreimen, was passiert war. Sie sei nur kurz etwas einkaufen gegangen (mit anderen Worten, sie hatte stundenlang in der Kneipe gesessen, dachte Annie), doch bei der Rückkehr habe sie schon nach wenigen Minuten festgestellt (vermutlich nachdem sie zwanzig Minuten fürs Treppensteigen und dann noch eine Viertelstunde gebraucht hatte, um den Schlüssel zu finden, übersetzte Annie), dass sich jemand Zugang zur Wohnung verschafft haben musste. Evie glaubte erst, sie habe den Verstand verloren (glaubte, dachte Annie und hätte fast laut gelacht), aber obwohl alles ordentlich gewesen sei, habe irgendetwas nicht gestimmt (Hast du doppelt gesehen?). Der Toaster stand nicht an seinem üblichen Platz; der Mülleimer war um einen Meter verschoben worden (Woher willst du das wissen?). Evie hatte Angst (Nicht so viel Angst wie ich, wenn ich mich frage, wann du endlich wieder ausziehst). Evie bat Annie, früher nach Hause zu kommen (Träum weiter).

Annie versprach, die Polizei zu informieren, etwas zu essen mitzubringen und rechtzeitig zu den Abendnachrichten zurück zu sein.

Zu Rebeccas Verdruss hatte die Durchsuchung von Annies Wohnung nichts gebracht. Kein Bild, keine Unterlagen oder Hinweise auf einen größeren Ring. Entweder war der Kauf dieses Bildes ein enormer und extrem unwahrscheinlicher Zufall gewesen, oder, und das war sowohl wahrscheinlicher als auch beängstigender, Annie gehörte einer Organisation an, die auf höchstem Niveau operierte. Rebecca, die die Kunstwelt besser kannte als die meisten anderen, zermarterte sich das Hirn, wer die Ressourcen und Fähigkeiten besaß, derlei Machenschaften zu inszenieren. Was wollten diese Leute? Rebecca war sich voll und ganz bewusst, dass die Antipathien gegen Winkleman Fine Art und ihre Familie weit über die Grenzen der Kunstwelt hinausgingen. Viele waren neidisch auf ihren kometenhaften Aufstieg: Als mittelloser Flüchtling war Memling ins Land gekommen und besaß heute mehrere Milliarden. Als Juden waren sie Außenseiter und würden es immer bleiben.

Noch ein anderer Faktor nagte an den Menschen: Über der Welt der Winklemans lag ein Schleier der Verschwiegenheit. Als Familienunternehmen gaben sie niemals Zahlen über Gewinne oder Verluste bekannt, und alle Mitarbeiter waren durch Geheimhaltungserklärungen gebunden. Die Familie gab weder Interviews noch kommentierte sie irgendwelche Ereignisse. Sie waren gründlich, clever, gut informiert, arbeitsam, reserviert und komplett undurchschaubar. In einer Welt, die größtenteils von Privatschulabsolventen und Akademikern beherrscht wurde, in einem Milieu, wo sich niemand um Geld scherte, wo ausgedehnte Mittagessen und Freizeitreisen die Norm waren, liefen die Winklemans durch ihre Ordnung und Disziplin mit Leichtigkeit ihren Mitbewerbern den Rang ab. Memling hatte zudem die unheimliche Fähigkeit, große verschollene Kunstwerke aufzutreiben, sowohl bekannte als auch neu entdeckte.

Memling und Rebecca bewegten sich wie große weiße Haie durch die unruhigen Wasser der internationalen Kunstwelt, und ihre Mitarbeiter ruhten nie. Ihre Kontakte und Agenten versorgten sie sieben Tage die Woche und rund um die Uhr mit Informationen aus aller Welt: Sollte ein potenziell interessantes Bild in einem kleinen Verkaufsraum an einem gottverlassenen Ort versteigert werden, wussten die Winklemans davon; spielte eine Familie mit dem Gedanken, ein Meisterwerk zu verkaufen, waren Winklemans die Ersten, die davon erfuhren. Ihre Brieftaschen waren dick und ihre Nerven stark; meist kriegten sie, was sie wollten. Über die Jahre hatte Memling eine erschöpfende Datenbank von allen Sammlern und ihrem beweglichen Gut eingerichtet, einschließlich Alter und Gesundheitszustand möglicher Erben. Wer ein verarmter Adliger mit einem guten Joshua Reynolds oder ein Hedgefonds-Genie mit ein paar Milliarden auf der Bank war, würde mit Sicherheit an seinem Geburtstag oder einem anderen wichtigen Ereignis von den Winklemans hören. Eine Geschichte, oft erzählt, war beispielhaft für Memlings Geschäftsmethoden: Viktor Klenkow, der fünftreichste Mann der Welt, saß einmal fernab von der Zivilisation auf seiner Jacht und aß zu Abend, da näherte sich zu seiner Verblüffung ein kleines Boot. Es war ein Abgesandter Winklemans mit einer Jahrgangsflasche Bollinger und einer Skizze von Degas. Auf der Karte stand »Alles Gute zu Ihrem 52. Geburtstag. Es würde mich freuen, eines Tages Ihre Bekanntschaft zu machen. Memling Winkleman.« Bis dahin hatte Klenkow nicht im Entferntesten daran gedacht, ein Bild zu kaufen: In der darauffolgenden Woche erstand er bei Winkleman Fine Art für fünfzehn Millionen Pfund einen frühen Degas.

Indem er die berühmtesten Gelehrten der Welt als Mitarbeiter engagierte, musste die Firma nicht lang suchen, wenn es um Zuschreibungen ging. Kam ein Bild in ihre Sammlung, war stets ein Experte zur Hand, um es zu validieren. Über wichtige Bilder wurden überschwängliche Pressemitteilungen verfasst, und sehr wichtige Werke bekamen eine eigene Monografie. Winklemans behielten sich zudem das weithin akzeptierte Recht vor, allein die Werke bestimmter Künstler zu authentifizieren.

Sie handelten mit Gemälden, Skulpturen, Reliefs, Tapisserien und Antiquitäten. Das Einzige, um das Winklemans einen großen Bogen machten, war der Handel mit zeitgenössischer Kunst; Memling beschrieb ihn gern als den Versuch »mit der Wasserpistole auf Giftschlangen zu schießen«. 1973, Picassos Todesjahr, war für die Winklemans die Grenze.

In ihren Räumen in der Curzon Street organisierten die Winklemans herausragende Ausstellungen mit Begleitkatalogen von einer Qualität, von der die Museen nur träumen konnten. Wenn der Wert eines beliebten Künstlers fiel, brachte Memling anonym eines seiner Werke in eine öffentliche Auktion und bot gegen sich selbst, um den Preis wieder hochzutreiben. Dies schuf einen neuen Benchmark, und schon kurz darauf bahnten sich ein oder zwei neue Werke desselben Malers aus dem Besitz von Winkleman Fine Art ihren Weg auf den Markt. Unter Winklemans Einfluss wurden Maler zu Superstars, und ihre Werke brachen Rekorde.

Zum ersten Mal in Rebeccas Erinnerung erwies sich das »System Winkleman« nun als unbrauchbar, und dennoch war Memling strikt dagegen, Rat von außen einzuholen. Rebecca lehnte sich in ihrem Corbusier-Sessel zurück und drückte den »Nicht stören«-Knopf ihres Telefons, dann ging sie hinüber zur Tür und betätigte von innen das Dreifachschloss. Sie begann auf und ab zu gehen, immer entlang der Fünfzehn-Meter-Bücherwand mit den Künstlermonografien, etwa eintausend Bücher, die sie allesamt studiert hatte. Am hinteren Ende des Raums war ein gewaltiger, aufwendig geschnitzter hölzerner Kamin von Grinling Gibbons. Über dem Kamin hing ein kleiner Raffael in Öl, ein Geschenk ihres Vaters zu ihrem achtzehnten Geburtstag, der inzwischen über fünfundzwanzig Millionen Pfund wert war. Er war unverkäuflich, diente den Kunden aber als Erinnerung, dass Winklemans durchaus nicht nur des Geldes wegen in dieser Branche waren.

Rebecca drehte sich um und schritt zur anderen Seite des Raums, vorbei an der gläsernen Wand, die auf die große Galerie hinausging. Sie konnte hinaussehen, aber niemand hinein. Es war nützlich, durch diesen überdimensionierten Spion ihren öffentlichen Raum, die Mitarbeiter und potenzielle Kunden im Auge haben zu können. Die meisten wichtigen Käufer kannte Rebecca vom Sehen, und wenn sie hereinspazierten, konnte sie Augenblicke später schon bei ihnen sein und sie in Empfang nehmen. Und wenn sich Ärger anbahnte, wussten alle Bescheid, wie damit umzugehen war.

Rebecca richtete den Blick auf ihre Füße, ging auf dem Aubusson-Teppich hin und her und versuchte sich einen Reim auf das überwältigende Interesse ihres Vaters für das Gemälde zu machen. Dass er sich weigerte, sie in die Einzelheiten einzuweihen, war an sich nichts Ungewöhnliches: Memling hatte eine aberwitzige Liebe zur Verschwiegenheit. Wenn sie nachfragte, sagte er immer, je weniger sie wisse, desto besser; Unwissenheit sei ihr bester Schutz. Diese Art von Behandlung Rebeccas war bezeichnend für ihn. Rebecca war nur dem Namen nach CEO von Winkleman Fine Art: Memling kontrollierte jede Entscheidung. Vor sieben Jahren, nach dem plötzlichen Tod ihres Bruders Marty, war sie automatisch auf seinen Posten aufgerückt. Damals ging ihre Tochter Grace noch in die Ganztagsschule und Rebecca war leitende Kuratorin der Firma. Sie hatte am Courtauld Institute über die Malerei der Renaissance ihre Doktorarbeit geschrieben und vier Bücher über florentinische Kunst veröffentlicht. Niemand hatte von ihr erwartet, die Firma zu übernehmen: Sie war ja nur die Tochter.

Rebecca überraschte sich selbst und ihre Kollegen: Sie erwies sich als bessere Geschäftsführerin als der hitzköpfige Marty. Ihr Bruder war ein genialer Geschäftemacher, eine Qualität, die Rebecca nie besitzen würde, dafür war sie systematisch, gut organisiert und hochgradig bewandert auf ihrem Gebiet. Sonderlich beliebt war sie nicht, wurde aber von allen in der Kunstwelt als kluge Person mit herausragenden Fachkenntnissen respektiert.

Beim Hin- und Hergehen versuchte Rebecca, ihren Kopf freizumachen und sich voll auf das Bild zu konzentrieren. Wenn Memling ihr nicht verraten wollte, warum es so wichtig war, würde sie es selbst herausfinden müssen. Ausnahmsweise hatte Rebecca keine Lust, sich dem Diktat ihres Vaters zu beugen, und sie zweifelte sein Urteilsvermögen an. Eine andere Sache fiel ihr auf: Zum ersten Mal, seit sie sich erinnern konnte, wirkte ihr unbezwingbarer, dominanter Vater verletzlich und ängstlich.

Rebecca sah nach, ob die Tür richtig abgeschlossen war, dann ging sie zum Kamin, drehte am Wappen eines Greifvogels, trat zurück und wartete, bis sich ihr geheimer Tresorraum öffnete. Diese anderthalb Quadratmeter große, begehbare Kammer enthielt Gemälde und Firmendokumente mit den Details zu jedem Verkauf und jedem Werk, das jemals durch die Hände der Winklemans gegangen war, auch zu vielen Privatverkäufen. Memlings Unterlagen reichten zurück bis zu seiner Ankunft in England im Jahr 1946, nicht lange nach seiner Befreiung aus Auschwitz. Memling war fünfzehn gewesen, als der Krieg ausbrach, und er hatte nie die Schule beendet. Doch seine Mutter, hatte er Rebecca oft erzählt, war Lehrerin für Kunsterziehung gewesen und entzückt über die Begeisterung ihres Sohnes. Aufgrund seiner Zeit im Konzentrationslager (über die er niemals sprach) war Memling für normale Arbeit körperlich nicht geeignet. Gemälde zu erkennen, zu lieben, zu kaufen und verkaufen war seine einzige Option gewesen.

Rebecca schloss hinter sich die Tür des Tresorraums und widmete sich dem Regal mit den Firmenbüchern. Die Bücher waren von gewaltigem Ausmaß, in Leder gebunden und eigens von einem Betrieb in Ostberlin für Winkleman hergestellt worden. Eintrag für Eintrag gaben sie in säuberlicher, gut leserlicher Handschrift die Details aller verkauften Bilder wieder, woher sie kamen, was sie gekostet hatten und für wie viel sie verkauft worden waren. Es gab eine Reihe von Annotationen und Querverweisen zur Provenienz, falls bekannt, zum Stand der Forschung und zu anderen relevanten Fakten. Mit über 1150 Bildern hatten Winklemans gehandelt; die meisten davon waren in den letzten dreißig Jahren durch Auktionen oder Privatverkäufe zu ihnen gelangt. Das Studium dieser Bücher, dachte Rebecca, würde jedem Historiker faszinierende Einblicke in den Kunstmarkt und die Stilgeschichte gewähren. Sie nahm das erste Buch aus dem Jahr 1946 heraus, klappte den schweren ledergebundenen Einband auf und begann die Einträge durchzusehen. Sie hatte kein Foto des fehlenden Bildes, nur eine Beschreibung und eine Fotokopie des Katalogeintrags von Jean de Jullienne. Es war sechsundvierzig mal sechzig Zentimeter groß, Öl auf Leinwand, und dargestellt war eine Frau, die auf einer Waldlichtung unter dem Blick eines Clowns mit ihrem Verehrer tändelte. Es war auf 1703 datiert; der Künstler war Jean-Antoine Watteau. Behutsam blätterte sie die vergilbte Seite um, fuhr mit dem Zeigefinger über jede Buchung und suchte nach Einträgen unter Frankreich, achtzehntes Jahrhundert.

Vor Kurzem hatte sie die Datenbank der Firma durchgesehen und drei Bilder von Watteau gefunden, die durch die Hände der Firma gegangen waren. Eines war zehn Jahre zuvor ersteigert worden, eines in den 1970ern, das dritte hatte eine besondere Klassifizierung, nämlich VZW (»vor dem Zweiten Weltkrieg«), mit der eine Handvoll Gemälde versehen waren, die während des Zweiten Weltkriegs angekauft worden wurden. Wie immer war Rebecca betroffen sowohl über das Glück der Winklemans als auch über die tragische Situation der Verkäufer jener als VZW und NZW ausgewiesenen Kunst. Wie Memling seinen Kindern erklärt hatte, wollten mit dem Aufstieg der Nationalsozialisten in den Dreißigerjahren viele Juden Berlin verlassen, hatten aber zu wenig Geld, um ihre Flucht zu finanzieren. Da sie wussten, dass Esther Winkelmann Kunstliebhaberin war und ihr Mann Ezra als Rechtsanwalt gut verdiente, verkauften sie ihre Bilder an die Familie. Nach dem Krieg wollten die wenigen Überlebenden ihre Bilder zurückhaben. »Wir haben vielen Menschen das Leben gerettet«, erklärte Memling seinen Kindern. Der NZW-Zusatz bezog sich auf die unmittelbare Nachkriegszeit, als die Preise auf dem Kunstmarkt im Keller waren. Wieder retteten die Winklemans vielen Juden das Leben, die ihre Bilder gegen Lebensmittel und andere notwendige Dinge eintauschen wollten. »Unsere Firma«, sagte Memling zu seinen Kindern, »fußt auf unumgänglichem menschlichem Leid«.

Rebecca arbeitete schnell, nahm ein Buch nach dem anderen herunter und suchte nach Details zu dem verschollenen Bild. Laut ihrem Vater hatte das Gemälde vor über zwanzig Jahren seinen Besitzer gewechselt, aber er schwieg sich darüber aus, wann er es gekauft hatte und von wem. Rebecca durchkämmte die Bücher bis Ende 1990, fand aber keine Erwähnung eines Watteau, der zu der Beschreibung passte. Rebecca war verwirrt. Ihr Vater war überaus sorgsam mit seinen Unterlagen und kein Detail war zu klein, um vermerkt zu werden. Erneut fragte sie sich, warum Memling so interessiert war an einem Bild, das offensichtlich nicht in seinem Besitz war.

Nach Möglichkeit wurde jedes Bild abfotografiert und beschrieben. Zustand, Provenienz und sämtliche dazu bekannten Publikationen wurden aufgelistet, beigeheftet war der Verkaufsbeleg. Kein Wunder, dass Marty über diese Transaktionen hatte schreiben wollen: Er hatte vorgehabt, die Geschichte des Untergangs der deutschen Juden anhand ihres beweglichen Guts zu erzählen. Memling hatte sich mit Inbrunst gegen die Idee ausgesprochen; der Krieg und die Nachkriegszeit hingen ihm immer noch viel zu sehr nach. Über dieses Thema hatten sich Vater und Sohn immer wieder gestritten. Rebecca sehnte sich schrecklich nach Marty; es verging kaum ein Tag, an dem sie ihren Bruder nicht vermisste. Während sie ordentlich, klein und maßvoll war, hatte Marty ausschweifend, lebhaft und leidenschaftlich gelebt. Rebecca verstand die Kunst, weil sie Zuschreibungen und Kunstgeschichtsbücher gewälzt hatte; Marty dagegen spürte sie: Er hatte nie auch nur einen Blick in eine Monografie geworfen oder eine Vorzeichnung studiert, er wusste einfach instinktiv, was große Kunst und wie der Maler ans Ziel gekommen war.

Vielleicht war Memling ja ausnahmsweise ein Fehler unterlaufen, dachte Rebecca, und sie sichtete die Gemälde derselben Epoche, Werke von Pater, Lancret, Boucher und Fragonard. Immer wieder staunte sie über die Qualität und Seltenheit der Werke, die ihr Vater erworben hatte. Hätte Memling auch nur die Hälfte seines Bestands behalten, hätten sie ein Museum auf Weltklasseniveau eröffnen können.

Beim Blick auf die Uhr ging Rebecca auf, dass zwei Stunden vergangen waren. In dreißig Minuten hatte sie eine Besprechung mit einem Kunden aus der Schweiz, der einen Cézanne kaufen wollte. Rebecca nahm ein Firmenbuch von 1974 und schob den schweren Band mühsam zurück ins Regal, und als sie sich zu diesem Zweck umständlich verdrehte, entdeckte sie etwas auf der Unterseite des

Bords. Sie legte das Buch wieder hin, fuhr mit der Hand unter das Regalbrett und fühlte Malerkrepp und ein kleines Heft, das dort klebte. Mithilfe ihrer Handy-Taschenlampe leuchtete sie unter das Regal und schälte vorsichtig ein Stück Klebeband ab, bis sie das Heft entfernen konnte, ohne es zu beschädigen. Ihr Herz machte einen Sprung beim Anblick von Martys schlampiger geschwungener Handschrift, die seine Lehrer immer in den Wahnsinn getrieben hatte. Memling sagte einmal scherzhaft, wenn seine Kinder als Maler zur Welt gekommen wären, dann wäre aus Rebecca Ingres geworden, behutsam und präzise, und aus Marty jemand wie Tizian, tollkühn und romantisch.

Rebecca blätterte in dem Heft und war zunehmend verwirrt angesichts der Verweise auf 125 Gemälde inklusive Datum und Provenienz. Warum sollte Marty ein separates Ordnungssystem geschaffen habe, wenn Memlings System doch bestens funktionierte? Neben jedem Eintrag hatte er Symbole und Buchstaben gezeichnet und seltsame Randbemerkungen gemacht, von denen ihr keine etwas sagte. Vorne im Heft stand in Druckbuchstaben eine Adresse in Berlin.

Mit dem Handy fotografierte Rebecca die Seite des Hefts und schob es wieder unter das Regalbrett. Durch die breite Glaswand sah sie, dass ihr Kunde eingetroffen war und sich gerade einen späten Turner ansah, der in der Galerie hing. Rebecca nahm ihr Telefon und wählte die Nummer ihrer Assistentin.

»Liora, sagen Sie meine Termine heute und morgen ab. Sagen Sie John, er soll sich um meinen Kunden kümmern.«

»Kann ich Ihnen irgendwie behilflich sein?«, fragte Liora.

»Nein, danke«, sagte Rebecca höflich. Liora und alle anderen im Büro durften niemals den Verdacht hegen, es gebe ein Problem. Die Firma fußte auf einer soliden Mischung aus Angst, Respekt und Vertrauen.

Bevor sie ging, stellte Rebecca sicher, dass die Überwachungskamera permanent auf Annies Küche gerichtet und funktionstüchtig war. (Sie hatte weitere Kameras im ganzen Haus installieren lassen, damit es aussah, als würden alle überwacht.) Privatdetektive beobachteten Annie auf Schritt und Tritt, überwachte auch ihre Telefonate und E-Mails. Rebecca schnappte sich ihre stets gepackte Tasche und den Reisepass, schlüpfte aus der Hintertür des Büros und hielt ein vorbeifahrendes Taxi an. Diesmal würde sie auf den Firmenjet verzichten.

»Zum Flughafen Heathrow«, sagte sie.

Barty und Wladi schlenderten durch das Haus am Chester Square. Es war bereits überaus luxuriös renoviert worden und war in endlose Varianten von Creme und Beige getaucht.

»Es ist zu hässlich, um wahr zu sein, aber wir könnten was draus machen«, trillerte Barty.

»Sieht gut aus, neu«, sagte Wladi und trat vorsichtig auf den schneeweißen Wilton-Teppich.

»Nein, mein Lieber. Nicht gut. Zu gewöhnlich«, sagte Barty streng.

»Gewöhnlich?«, fragte Wladi. Barty benutzte dieses Wort andauernd. In den letzten paar Stunden hatte er viele Dinge als gewöhnlich gebrandmarkt: Mutterliebe, Vitaminpillen, Sprudelwasser, Paschminaschals, ruhige Abende zu Hause, Nylonunterhosen, Mayfair, Visitenkarten, Sushi, Duftkerzen, BMWs, Südfrankreich, Courchevel, seine Kinder nach Edelsteinen oder Vororten zu benennen, Sommerferien und vor allen Dingen Wladis heißgeliebte Lederjacke.

»Gewöhnliche Dinge sollte man unbedingt vermeiden. Die sind nur etwas für gewöhnliche Menschen«, sagte Barty schnalzend, während er sich in dem großen, in gedecktem Weiß gehaltenen Salon umsah. »Ich hasse Beige. Das ist, als würde man in einer ungewaschenen Unterhose wohnen. Ich sehe Rot, ich sehe üppige Gardinen, Samtsofas, Polsterhocker, einen großen Kronleuchter aus Messing, ich sehe *Performance*, Mick und Marianne, Wasserpfeifen, Kaschmirschals und Kelims«, sagte Barty und tänzelte von einem Bein aufs andere, sein Eifer wuchs mit jedem Schritt.

Wladi hatte keine Ahnung, worum es ging, aber er hatte bereits genug gelernt, um zu wissen, dass es wahrscheinlich besser war, einfach nur mit dem Kopf zu nicken. Er fragte sich, ob hier genug

Wände wären, um eine Beraterin wie Ljudmila in sein Leben zu locken.

»Wir müssen ein Bühnenbild entwerfen, eine Stimmung kreieren.«

Wladi sah sich um. »Weiß ist gut.«

»Nein, mein Lieber, weiß ist gewöhnlich – hören Sie mir doch bitte zu«, sagte Barty und blickte an Wladis breiter Brust hinauf.

»Wie viel kostet Haus?«, fragte Wladi und sah sich um. Es gefiel ihm nicht sonderlich, aber Barty hatte ihn schon durch sechs Stadtvillen geschleppt. Er war überzeugt, dass seine Suite im Connaught verwanzt war, seine Paranoia angesichts dessen, was aus Moskau zu hören war, wuchs mit jedem Tag, und er brauchte dringend ein Zuhause. Die Securityfirma hatte ihm zugesichert, dass diese Villa, mit dem kleinen Häuschen in der Gasse hinter dem Grundstück, hervorragend zu bewachen sein würde.

»Vierundzwanzig Millionen mit einer schönen langen Pachtzeit, und Sie werden nochmal fünf für die Einrichtung ausgeben müssen«, sagte Barty in seinem lieblichsten Tonfall.

»OK. Wir kaufen.«

Da Beachendon keine Parkuhr fand, parkte er eine halbe Meile von seinem Ziel entfernt auf einem Parkplatz unter den Bahnarkaden. Zumindest, dachte er missmutig, würde ihm niemand den Lack zerkratzen. Ein junger Mann mit Baseballkappe saß im Wärterhäuschen und las ein Comicheft; ohne aufzublicken reichte er dem Earl seinen Parkschein.

»Wie komme ich von hier zur Whitechapel Road?«, fragte Beachendon.

»Die Straße runter, zweimal links, einmal rechts und dann immer geradeaus«, sagte der Mann und deutete mit dem Kopf nach links.

Der Earl trat auf die Straße, hüllte sich dabei in seinen dunkelblauen Kaschmirmantel mit dem Samtkragen, und während er seinen Schlüsselbund in die eine Hosentasche und sein Telefon in die andere steckte, fragte er sich, ob er sein Portemonnaie nicht lieber im Auto hätte lassen sollen. Die umliegenden Gebäude waren ein

Gemisch aus Stilrichtungen und Entstehungszeiten; eine ehemalige viktorianische Fabrik stand neben einem Siebzigerjahre-Büroblock, ein Achtzigerjahre-Sozialbau neben einer nagelneuen Schule aus Holz und Edelstahl. Ein junges Mädchen mit einer Mordwaffe von einem Hund an der Leine kam ihm entgegen. Die Besitzerin hatte rosa und lila gefärbte Haare, einen Nasenring und eine Einstellung, die man schon aus fünfzig Metern Entfernung riechen konnte; der Kopf des hechelnden Hundes war weiß, fast dreieckig und wippte beim Gehen, vermutlich auf der Suche, dachte der Earl, nach einem Schienbein oder einer Kehle. Beachendon wollte Distanz schaffen zwischen sich und dem Feind und spielte mit dem Gedanken, die Straßenseite zu wechseln; am Ende beschloss er, dem Mädchen und seinem Hund zu trotzen. Sie zogen vorbei, ohne ihn zu beachten.

Beachendon ging weiter, dachte missmutig an das Ultimatum, das ihm der Vorstand gestellt hatte: Er habe sechs Monate Zeit, einen Verkauf oder eine Reihe von Verkäufen zu platzieren, um das Ruder herumzureißen und das finanzielle Defizit Monachorums auszugleichen: Im Grunde war es nichts anderes als eine aufgeschobene Hinrichtung. Die wenigsten, einschließlich Beachendon, glaubten daran, dass er in der Lage sein würde, in so kurzer Zeit eine Dreihundert-Millionen-Auktion durchzuziehen. Beachendon hatte seine Notizbücher und Datenbanken durchforstet und eine Liste von zwanzig Sammlern und Künstlern zusammengetragen, denen er einen Besuch abstatten wollte und die vielleicht, aber auch wirklich nur vielleicht, überzeugt werden konnten, ihre Sammlung in Kommission zu geben.

Sir Patrick O'Mallys Haus zu finden kostete ihn zwanzig Minuten, und in dieser Zeit musste er an fünf weiteren vierbeinigen Tötungsmaschinen und deren Besitzern vorbei. »Eine Grafschaft für einen Fahrer«, dachte er. Die Chancen standen schlecht: Die Herren in der Vorstandsetage von Monachorum gestatteten ihm allenfalls hin und wieder ein Taxi, und auch das nur innerhalb des Londoner Rings. Zum Teufel mit den Sparmaßnahmen, dachte der Earl, zum Teufel mit dieser Pfennigfuchserei, und zum Teufel mit Roger Linterman und Konsorten. Jede Woche verkaufte er Bilder im Wert von mindestens zehn Millionen Pfund an Sammler, deren Jahreseinkommen das Bruttosozialprodukt manch eines Landes überstieg. Er nahm Gebote für einige große und viele mittelmäßige Werke entgegen, die seine Kontoüberziehung tausendfach decken würden. Es war sein Job, heftige Begierden zu wecken, den Nervenkitzel der Jagd nach einem ganz bestimmten Werk zu schaffen, und doch bestanden seine Vorgesetzten darauf, dass er öffentliche Verkehrsmittel nutzte oder seine eigene Schrottmühle, die dieses Jahr wahrscheinlich nicht mehr durch den TÜV käme, eine weitere Schmach für ihren finanziell angeschlagenen Besitzer.

Beachendon zwang sich zur Rückkehr in die Gegenwart, zog einen Spickzettel aus seiner Tasche und überflog die wichtigsten Details aus dem Leben des Sammlers Sir Patrick O'Mally. Sohn einer irischen Arbeiterfamilie, Kunststudium am Ruskin College in Oxford und später am Londoner Courtauld Institute, wo er eine Leidenschaft für die Werke der deutschen Renaissance entwickelte. Fünfzig Jahre lang, zwischen 1934 und 1984, hatte er kleinste Verkaufsräume und Privatsammlungen durchkämmt und als einsamer Enthusiast und Sammler für eine sehr überschaubare Gruppe von Kennern seine Gedanken über diese Künstler veröffentlicht. Viele Jahre später holte der Markt ihn ein.

Gut dreißig Jahre lang hatten Kunsthändler, Galeristen, Auktionshäuser, Sammler und Museumsdirektoren Sir Patrick den Hof gemacht in der Hoffnung, auch nur an ein einziges Bild aus seiner Sammlung von vierundsiebzig alten Meistern heranzukommen, die inzwischen auf über hundert Millionen Pfund geschätzt wurde. Seine größten Werke hingen als Leihgaben in den führenden Museen der Welt; nur die kleinen waren in seinem Haus in Whitechapel verblieben. Je älter Sir Patrick wurde, desto beharrlicher wurden seine Bewunderer. Der Ergebenste von allen war Memling Winkleman, der ihm alljährlich eine Geburtstagsfeier ausrichtete, die von Jahr zu Jahr größer wurde. Sir Patrick brauchte nie etwas zu verkaufen: Er lebte komfortabel von den Gratifikationen seiner eifrigen, raffgierigen

Bewunderer. Wenn er etwas brauchte – ein neues Dach, ein Mobiltelefon, eine Bronzepute –, musste er nichts weiter tun, als sein Telefon zur Hand zu nehmen, und schon standen mehr als zwanzig Personen bereit, die jedwede Form von Unterstützung für eine lohnende Investition hielten.

Sir Patricks Haus war eine imposante Villa hinter einer Mauer in der Whitechapel High Street. Vor ein paar Hundert Jahren stand es auf weiter Flur; heute wurden seine Grundmauern von den Bussen und Lkws erschüttert, die in die Vororte und wieder zurück bretterten. Zuletzt war der Earl in dieser Gegend gewesen, um der Beerdigung eines bekannten jüdischen Philantropen beizuwohnen, der den Holocaust überlebt und später an der Börse ein Vermögen eingefahren hatte. Manny Parkins war geschätzte zwanzig Millionen schwer und hatte sich standhaft geweigert, seine Zweizimmerwohnung aufzugeben, die ihm die Stadt London bei seiner Ankunft im Jahr 1946 zugewiesen hatte. »Wider das Vergessen«, erklärte er gegenüber Familie und Freunden. Er wurde auf einem der jüdischen Friedhöfe begraben, die hinter der Hauptstraße in Whitechapel versteckt lagen, und seine Leiche wurde in weißen Stoff gewickelt, in einen grob gezimmerten Sarg gelegt und in einer Schubkarre über den Friedhof geschoben. Beim Verlassen des Friedhofsgeländes verbeugte sich der Earl vor Mrs Parkins und ihren vier Söhnen und bekundete sein aufrichtiges Beileid.

»Aber nicht doch, mein lieber Junge«, erwiderte sie munter. »Jetzt können wir endlich in unser Traumhaus in Epsom ziehen.«

Der Earl klingelte an der Tür, und wenig später öffnete ihm eine Frau in einem strengen blauen Kleid.

»Sir Patrick erwartet Sie nebenan«, sagte sie freundlich. »Tee oder Kaffee?«

»Hätten Sie vielleicht ein Gläschen Sherry?« Der Earl fand, er hatte sich einen Schnaps verdient.

»Ich frage mal in der Küche nach«, sagte die Frau liebenswürdig. Er folgte ihr nach unten und bemerkte, dass sie nicht wie erwartet flaches Schuhwerk trug, sondern Schuhe mit kleinen Absätzen und Pelzbesatz.

»Woher kommen Sie?«, fragte er höflich.

»Lechlade«, sagte Sie mit einer Endgültigkeit, die weitere Fragen ausschloss.

Beachendon hatte plötzlich den Drang, dieser Frau seinen Kopf auf die Schulter zu legen und sich von seiner Bürde zu befreien, ihr von seinen Schulden zu erzählen, von seinen Töchtern und seinem Sohn, dem Viscount Draycott. Er würde ihr beichten, dass er, wenn Sir Patrick nicht bereit wäre, mindestens drei seiner Bilder über das Auktionshaus Monachorum zu verkaufen, mit an Sicherheit grenzender Wahrscheinlichkeit seinen Job verlieren würde, und seine wundervollen Kinder und hochwohlgeborene Frau in irgendeiner Sozialwohnung enden und von der Sozialhilfe leben müssten.

»Ich suche den Sherry, und Sie gehen ruhig schon nach oben, Patrick erwartet Sie«, sagte sie. »Bis zum Ende des Flurs und dann rechts.«

Beachendon wäre gern noch in der Küche verweilt, aber irgendetwas im Verhalten der Frau bewegte ihn dazu, der Aufforderung umgehend Folge zu leisten.

Sir Patrick, der gerade neunundachtzig geworden war, saß im Rollstuhl. Hirn und Augen funktionierten zwar noch, Sehnen und Muskeln jedoch hatten sich zurückgebildet, wodurch sein Kopf auf seine linke Schulter gesackt war.

»Hallo, Patrick«, sagte Beachendon beherzt.

Statt einer Antwort blinzelte Sir Patrick mit seinen feuchten, rosa geränderten Augen.

»Wir haben uns bestimmt zwanzig Jahre nicht gesehen«, sagte Beachendon. Ob er sich setzen sollte und ebenfalls den Kopf zur Seite legen, damit die beiden Männer einander ins Gesicht sehen konnten? Aber er beschloss, den Kopf gerade zu halten. »Sehr nette Pflegerin – oder Haushälterin –, die Sie da haben. So eine hätte ich auch gern.«

Sir Patrick zwinkerte.

»Und, was haben Sie so getrieben?«, fragte Beachendon und fragte sich, ob Sir Patrick überhaupt noch sprechen konnte. Es raschelte hinter ihnen, und die Frau kehrte mit einem winzigen Glas brauner Flüssigkeit zurück.

»Wir haben keinen Sherry, aber Brandy habe ich gefunden. Wäre das in Ordnung?«, fragte sie.

Beachendon lächelte dankbar, nahm das Glas und trank es in einem Zug leer.

»Vor Kurzem habe ich nochmal Ihre Jan-Gossaert-Monografie gelesen«, sagte Beachendon. »Es ist und bleibt das ausgewogenste, erhellendste und inspirierendste Werk, das je über irgendeinen Künstler geschrieben wurde.«

Sir Patrick blinzelte nochmals.

»Verblüffend, wenn man bedenkt, dass kaum jemand Jan Gossaert kannte, als Sie das Buch geschrieben haben, er war ein vergessener Meister. Was für eine Leistung, die Werbetrommel zu rühren für die deutsche Renaissance, wo alle Welt diese Periode als hässlich und grobschlächtig abgetan hatte.« Beachendon wusste, dass er zu viel redete, andererseits war ihm unklar, wie man ein komplett einseitiges Gespräch führen sollte.

»Heutzutage ist alles in Mode, zumindest irgendwo«, sagte er betrübt.

»Wir finden das Holbein-Buch gelungener«, sagte plötzlich die Frau.

Der Gebrauch des Wortes »wir« stürzte Beachendon in Verwirrung. Benutzte der alte Mann seine Pflegekraft als Sprachrohr?

»Natürlich, auch diese Monografie ist herausragend«, sagte Beachendon, »aber Holbeins Ruf erforderte nicht dieselbe Form von Wiederbelebung. Dank seines Englandaufenthalts und seiner Bildnisse Heinrichs VIII. haben wir ihn alle verstanden.« Der Earl gab sich alle Mühe, nicht überheblich zu wirken gegenüber der Pflegerin, die vermutlich mehr über Katheter und Bettpfannen wusste als über Altdorfer und Cranach.

»Wir kümmern uns nicht sonderlich um Moden«, sagte die Frau mit süßem Lächeln.

»Wenn ich Sie erinnern darf«, erwiderte der Earl geschmeidig, »hat Sir Patrick ein ganzes Buch über epochenübergreifenden Geschmack und die Wichtigkeit von Provenienzforschung verfasst.«

»Heute in der achtzehnten Auflage; das hat Patrick wirklich gut gemacht«, sagte die Frau und sah Sir Patrick voller Zuneigung an.

Beachendon merkte, wie er von der Herzgegend ausgehend den Hals hinauf errötete. Es war doch wohl nicht möglich, dass dieses reizende junge Ding, das kaum älter war als seine Erstgeborene, mit dem sabbernden Scheintoten da in seinem Rollstuhl irgendetwas »hatte«?

»Wir sind uns gar nicht vorgestellt worden«, sagte Beachendon und hielt der Frau die Hand hin.

»Ich bin Josephine O'Mally, Patricks Frau«, sagte sie. »Sie können gerne Jo zu mir sagen.«

»Seine Frau?«, fragte Beachendon.

»Wir haben letztes Jahr geheiratet, man kann uns also getrost noch als Frischvermählte bezeichnen.«

Beachendons Blick wanderte von Sir Patrick zu seiner Frau.

»Ich weiß, was Sie denken. Was hat mich als Erstes zu dem berühmten Multimillionär und Kunstsammler hingezogen?«, sagte Jo.

Beachendon lächelte schwach.

»Es war sein Geist«, fuhr sie fort. »Sir Patrick hat mich aus meiner eintönigen kleinen Welt in ein imaginäres Reich der Lust und Fantasie transportiert.«

»Lust und Fantasie?«

»Lust und Fantasie«, sagte Jo entschlossen. »Wir sind sehr glücklich.«

Beachendon blickte hinüber zu Sir Patrick und sah, wie sich eine kleine Speichelblase an seiner Oberlippe bildete, während er sich mühte, ein Wort herauszubringen.

»Skuappppi«, sagte Sir Patrick.

Jo ging hinüber zu ihrem Mann und küsste ihn zärtlich auf die Wange.

»Ich weiß, was Sie noch denken«, sagte Jo.

»Ach ja?«, fragte Beachendon zutiefst deprimiert.

»Spladdgereri«, fügte Sir Patrick hinzu.

»Hätten Sie noch einen Schluck Brandy für mich?«, fragte Beachendon.

»Sind Sie mit dem Auto? Wenn ja, kann ich das eigentlich nicht gutheißen«, sagte Jo. »Und jetzt erzählen Sie mal, wie kommt es, dass Sie uns beehren?«

»Ich wollte nur mal Guten Tag sagen.«

»Nur mal Guten Tag?«

»Skalteralterrigis«, bemerkte Sir Patrick.

»Sir Patrick glaubt, Sie seien hierhergekommen, um ihn zum Verkauf seiner Sammlung zu bewegen«, übersetzte Jo.

»Sclrlortifiskathi.«

»Soll ich das wirklich sagen, Liebling?« Jo kniete sich neben ihren Mann und wischte ihm einen Speichelfaden von der Unterlippe.

»Nurdschioipeuschklni.«

»Er sagt, ihr verdammten Geier kreist schon seit Jahren über seiner Leiche, aber da könnt ihr lange warten.«

»Ich bin wirklich nur hier, um Guten Tag zu sagen«, protestierte Beachendon.

»Krraspheuhsklfinklend.«

»Und seine Mutter ist die Königin von Timbuktu.«

»Wlskidhsot.«

»Pardon, Wladiwostok.«

Beachendon warf einen Blick auf die Bilder, die bis unter die Decke hingen; da war ein klitzekleiner Erasmus von Holbein, eine Vorstudie zum großen Werk in der National Gallery; zwei späte Brueghels; ein hervorragend erhaltener Lucas Cranach, das Bildnis eines jungen Mädchens und eine alte Frau von Mathias Grünewald. Oben, in schweren Mahagonikisten, lagen angeblich stapelweise wunderschöne, kostbare Zeichnungen, und es gab noch vier Etagen voll mit großen Gemälden, die der junge Sir Patrick alle für weniger als zweihundert Pfund erworben hatte. Beachendon hatte davon geträumt, die gesamte Sammlung in einer riesigen Auktion über drei Tage hinweg zu versteigern. Doch genau zu dem Zeitpunkt, als alle überzeugt waren, der Mann werde unmöglich noch einen Winter überleben, hatte er eine junge Frau geheiratet, die noch fünfzig Jahre lang gut aussehen würde. Falls der alte Mann seiner Frau die Sammlung überließ, wären Jahrzehnte des sorgsamen Hofierens durch Erbschaftsjäger aus aller Welt vollkommen für die Katz gewesen. Beachendons einziger Trost war es, dass er natürlich nicht der Einzige war, den der Auftritt einer neuen Lady O'Mally bitter enttäuschte.

»Oh weh, schon so spät«, sagte Beachendon, erhob sich und verbeugte sich leicht vor Lady Jo. »Ich muss nach Cambridge zu einem Vortrag. Ich dachte ja, ich schaue einfach mal vorbei«, sagte er.

»Ich hole Ihren Mantel«, sagte Lady Jo. »Bleiben Sie einfach solange noch bei Patrick sitzen.«

Beachendon beugte sich zu Patrick, sah ihm direkt in eines seiner feuchten rosa Augen und sagte leise: »Spiel, Satz und Sieg für dich, alter Knabe.«

»Verplissdsickelrrrf«, sagte Sir Patrick. Beachendon meinte ein leichtes Lächeln zu erkennen, das die Lippen des Greises umspielte.

Lady Jo kam mit Beachendons Mantel zurück. »Schön, dass jemand mal vorbeikommt, einfach nur um Guten Tag zu sagen. Neulich war der Kurator eines amerikanischen Museums da, der kam einfach rein, legte seine Kreditkarte auf den Tisch und sagte ›Nennen Sie mir die Summe‹, als wären wir irgendwelche Schafzüchter aus Glamorgan.«

Beachendon schlüpfte in seinen Mantel und nickte mitfühlend.

»Ein anderer hat versucht, mich zu verführen! Er hat groß davon geredet, mir eine bestimmte Art von Zuwendung geben zu wollen, die mir mein Mann nicht mehr geben könne. Empörend. Wirklich empörend.«

»Ich kann's mir vorstellen.«

»Ich hätte fast die Polizei gerufen.«

Earl Beachendon wandte sich zu Sir Patrick und winkte ihm zu, doch der hatte die Augen zugemacht.

»Es wird Zeit für seinen Mittagsschlaf.« Lady Jo nickte in Richtung Haustür.

»Meine Karte – falls Sie meine Dienste in Anspruch nehmen möchten«, sagte Beachendon und reichte ihr seine Visitenkarte.

»Ich hab alles, fürs Erste«, sagte Lady Jo mit einem Lächeln.

Beachendon ging zurück in Richtung Auto. Diesmal bemerkte er die hündischen Massenvernichtungswaffen kaum. Er trat in einen großen Haufen und blieb nicht einmal stehen, um sich die Scheiße vom Schuh zu kratzen. Wozu auch? Er erreichte den Parkplatz und stellte fest, dass das Tor verriegelt war. Dort klebte ein Zettel, auf dem stand: »Aus priv. Gründen vorrübergehend geschloßen.«

Beachendon machte kehrt und begab sich zu Fuß zurück in Richtung Whitechapel, wo er eine Underground-Station zu finden hoffte. Der Bürgersteig war voll mit Überbleibseln eines Obst- und Gemüsemarkts. Stände wurden abgebaut, Kisten mit unverkauften Kohlköpfen und Äpfeln stapelten sich und der Boden war übersät mit vergammelten Blättern. »Letzte Stiege Birnen, geb ich dir für'n Fünfer«, rief ihm ein Verkäufer lustlos hinterher. Mit jedem Schritt stieg Beachendon der Geruch von Hundescheiße und verfaultem Kohl in die Nase.

Wie konnte es nur soweit kommen?, fragte sich Beachendon. Vor vierzig Jahren war er ein achtzehnjähriger Bursche, der Eton abgeschlossen hatte und in Kürze sein Studium in Oxford aufnehmen würde. Er war ein gutaussehender, hervorragend vernetzter Mann und sollte einen großen Titel mitsamt Vermögen erben. Doch die Kluft zwischen Erwartung und Wirklichkeit war von Jahr zu Jahr größer geworden, während das Ausmaß der Misswirtschaft seines Vaters deutlich wurde. Fünf Wochen nach seinen Flitterwochen hatte ebenjenes Auktionshaus, bei dem Beachendon heute tätig war, sich eingeschaltet und sein gesamtes vermeintliches Erbe aufgeteilt. Sogar seine Teddybären waren unter »Adelskinder – Erinnerungsstücke« katalogisiert worden. Seine Mutter und er hatten bei der Auktion in der ersten Reihe gesessen und im passenden Moment die Hand gehoben, um die Preise in die Höhe zu treiben. Nichts konnte die Qualen lindern, jedes einzelne Möbelstück, vom Riesener-Schreibtisch bis hin zu den Sitzbadewannen der Dienstboten, zu Spottpreisen an Erbschaftsjäger verkauft werden zu sehen. Die einzigen Stücke, die der junge Earl behalten durfte, waren eine Taschenuhr, seinen Titel und ein paar Grundkenntnisse über Antiquitäten. Da sich jede Firma gern mit einem Adligen im Vorstand schmückte, erhielt Beachendon im Auktionshaus den Posten als nicht geschäftsführender Juniordirektor. Durch harte Arbeit und Beharrlichkeit hatte er sich zum Chefauktionator hochgearbeitet. Auch wenn der Kunstbetrieb florierte, hatte der Earl davon wenig gehabt. Seine Kunden wurden immer reicher, während sein eigenes Gehalt mit der Inflation kaum mitgehalten hatte.

Die einzige gute Nachricht war, dass Beachendon daran gedacht hatte, an diesem Morgen seine U-Bahnkarte einzustecken, und dass er gerade noch genug Kredit hatte, um einmal quer durch London bis zu seinem Büro zu kommen.

# 17. Kapitel

Rebecca stand im Schatten der grauen Fassade eines Wohnhauses in Berlin Mitte und kam sich vor wie ein Idiot. Sie hatte die Adresse aus dem Notizbuch ihres Bruders, wusste aber nicht, was sie hier sollte oder wonach sie suchte. Im Berufsleben war Rebecca stolz darauf, ihre Fakten und Daten zu beherrschen, und sie galt als seriöse Historikerin, deren Ruf auf maßvollen und wohlüberlegten Einschätzungen begründet war. Im Privatleben ignorierte sie die Seitensprünge ihres Mannes und konzentrierte sich stattdessen auf die Erfüllung ihrer Pflichten als Ehefrau und Mutter. Rebecca fand Trost in strukturierten Abläufen und Anstand. Einfach einer Laune folgend ins Flugzeug zu steigen, wichtige Termine abzusagen und ihren Aufenthaltsort zu verheimlichen passte überhaupt nicht zu ihr.

Sie vermutete, dass das Haus in der Schwedenstraße 14 um 1900 herum erbaut worden und wahrscheinlich eines der wenigen Gebäude in dieser Gegend war, die die Bombenangriffe der Alliierten im Zweiten Weltkrieg überdauert hatten. Zur damaligen Zeit muss die Fassade mit den Sprossenfenstern eindrucksvoll und modern gewirkt haben. Jetzt schien das Gebäude klein inmitten der Stahlbauten, die zu beiden Seiten mit monumentaler Sachlichkeit in die Höhe wuchsen.

Rebecca zögerte vor dem Haus; sie wusste instinktiv, dass sie über die Schwelle treten und nichts so sein würde wie zuvor. Ihr Telefon klingelte; es war Memling. Rebecca war unsagbar erleichtert – ihr Vater, mit seinem unnachahmlichen Gespür für Timing, rief an, um die langersehnte, plausible Erklärung zu liefern.

»Das ist ein ausländisches Klingelzeichen. Wo bist du?«, fragte Memling. Er hielt sich nie mit freundlichen Worten oder Begrüßungsfloskeln auf.

Rebecca zögerte und fragte sich, ob sie ihrem Vater die Wahrheit sagen sollte.

»Ich bin in Paris und sehe mir gerade einen angeblichen Corot an, aber es ist eine gut gemachte Kopie.« Rebecca war von sich selbst überrascht, sowohl von ihrer Lüge als auch von der Leichtigkeit, mit der sie ihr über die Lippen kam.

»Gibt's was Neues von dem Bild?«

»Überall nur Sackgassen.« Rebecca nahm ihren Mut zusammen und fragte: »Was ist so wichtig an diesem Bild? Wenn ich dir helfen soll, musst du mich aufklären.«

Memling legte auf.

Während er von Mitarbeitern und Familienmitgliedern erwartete, zu jedem Thema etwas sagen zu können, ging er selbst nur selektiv auf Fragen ein. Selten erklärte oder verabsolutierte er. Seine Anweisungen waren bestimmt und präzise, und die meisten Menschen waren dankbar für diese Klarheit und Zweckdienlichkeit. Seine Firma funktionierte als hierarchisches Imperium mit einem großen Abstand zwischen Chef und Betriebsleitung. Theoretisch stand Rebecca mit ihm auf einer Stufe und teilte die Verantwortung; in der Praxis aber war sie nur eine von vielen Angestellten. Memling behielt auf allen Ebenen die absolute Kontrolle durch eine Kombination aus natürlicher Autorität und eiserner Faust. Jeder Posten, ob ein Millionen Dollar teures Gemälde oder eine Büroklammer, musste von ihm abgesegnet werden.

Als Rebecca damals von der Universität kam, hatte sie mit dem totalitären Regime ihres Vaters gehadert. Sie hatte jedwede finanzielle Unterstützung verweigert und in einem heruntergekommenen Haus in Brixton vom schmalen Gehalt einer Wissenschaftlerin gelebt. Acht Jahre später, mit zweiunddreißig, kehrte sie mit Mann und Kind in die Winklemansche Domäne zurück. Ihr Mann, Carlo, damals angehender Filmregisseur, war nicht in der Lage, seine Familie zu ernähren. Rebecca hatte drei Jahre lang versucht, ihr Gehalt so weit zu strecken, um Miete und Essen bezahlen zu können, doch für die Kinderbetreuung hatte das Geld nie gereicht. Unter dem Druck

Carlos und ihres Vaters kündigte Rebecca schließlich ihre Stelle am Courtauld Institute und fing bei Winkleman an; als leitende Kuratorin arbeitete sie eng mit ihrem Bruder zusammen, dem Verkaufsleiter und stellvertretenden Vorsitzenden. Ihr Vater benötigte keine Berufsbezeichnung.

Mit dem Gefühl von Erleichterung und Versagen war Rebecca in Memlings Bannkreis und unter das gemeinsame Dach zurückgekehrt. Ihrer Familie wurde ein Haus zugewiesen, ebenfalls auf der Curzon Street und direkt neben dem ihres Bruders Marty. Es gab einen gemeinsamen Fitnessraum, Bedienstete, Autos und Fahrer. Es gab Büros in Paris, New York, Genf und Peking sowie familieneigene Ferienhäuser in Afrika, St. Barts und Südfrankreich. Unter Memlings Herrschaft zu leben war Luxus und Bevormundung zugleich, bisweilen war es demoralisierend, doch das ultimative Fehlen von Verantwortung war besser als ein Leben in der Wildnis von Brixton. Memling rechtfertigte dieses System als Mittel und Weg, seine Lieben zu schützen; mit Herrschsucht oder Willkür hatte es für ihn nichts zu tun.

Rebecca verteidigte ihre Rückkehr als rein berufliche Entscheidung. Winkleman war der Kunsthändler schlechthin, und viele der wichtigsten Werke der Welt gingen durch die Hände der Firma. Warum sollte Rebecca die Möglichkeit ausschlagen, für das Unternehmen zu arbeiten, von dem jeder Gelehrte, Händler und Kurator nur träumen konnte? Insgeheim war sie erschöpft von der Armut und erleichtert, in die Welt der hohen Ansprüche, teuren Möbel, Dienstboten, schönen Kleider und Erste-Klasse-Reisen zurückzukehren. Und die Sache hatte einen weiteren Aspekt. Rebecca liebte und verehrte ihren Vater: Er war der klügste und bestinformierte Mensch überhaupt; er wusste instinktiv, wer kaufen und verkaufen würde, er traf furchtlose Entscheidungen und nahm für Missgeschicke und Irrtümer stets die Schuld auf sich. Vor allem stand Familie für ihn an oberster Stelle. Diese Eigenschaften bewunderte Rebecca am meisten.

Rebecca steckte ihr Telefon wieder ein, gab sich einen Ruck und drückte auf die Klingel zu einer Wohnung in der vierten Etage. Zu ihrer Überraschung war sofort jemand an der Gegensprechanlage.

»Ja?«

Rebecca sprach fließend Deutsch, auch wenn ihr Vater nur selten in seiner Muttersprache mit ihr redete.

»Entschuldigen Sie die Störung. Mein Name ist Rebecca Winkleman«, sagte sie und kam sich idiotisch vor, denn noch immer hatte sie keine Ahnung, was oder wen sie eigentlich dort suchte.

»Winkelmann?«

»Ja.«

»Kommen Sie rauf, vierter Stock«, erwiderte die Stimme, und ein Summer ertönte.

Der Hausflur des Gebäudes war wenig repräsentativ. Ein Licht erhellte notdürftig den dunkel vertäfelten Flur, und Rebeccas Absätze klackerten laut über die braunen Fliesen. Es gab einen kleinen Fahrstuhl, der vermutlich in den Fünfzigerjahren eingebaut worden war, doch Rebecca entschied sich für die Treppe.

Obwohl sie gut in Form war, keuchte Rebecca, als sie den vierten Stock erreichte. Rechterhand war die Tür angelehnt. Aus der Wohnung hörte sie eine Frauenstimme.

»Hier«, rief die Stimme.

Rebecca trat durch einen kleinen Wohnungsflur in ein Wohnzimmer, wo eine Frau im Schneidersitz auf dem Boden saß und einem Baby die Windeln wechselte.

»Ich kann gerade nicht, tut mir leid! Ich bin Olga; das hier ist die kleine Britta«, sagte sie und befestigte den Klettverschluss der Windel.

»Lassen Sie immer wildfremde Menschen einfach so in Ihre Wohnung?«, fragte Rebecca lächelnd.

»Winkelmann war das Zauberwort. Meine Nachbarin auf der Etage sagte mal, die Familie hätte vor langer Zeit hier gewohnt.«

Rebecca versuchte sich nichts anmerken zu lassen von ihrer Verblüffung – hier war ihr Vater aufgewachsen? Memling hatte immer erzählt, das Haus der Familie sei im Krieg zerstört worden.

»Ich versuche gerade, mehr über die Familie meines Vaters herauszufinden«, sagte Rebecca, sah sich in der beengten Wohnung um und versuchte sich vorzustellen, wie Memling mit seinen Eltern hier gelebt hatte. »Wissen Sie irgendetwas über sie?«

»Sehr wenig. Die alte Dame erzählte mal, sie seien alle umgekommen. Ist ja fantastisch, dass doch jemand überlebt hat«, sagte Olga mit echter Begeisterung. »Sie müssen bleiben und Daniel kennenlernen, meinen Mann – er wird sich wahnsinnig freuen. Seine Großeltern waren in Treblinka. Nur die Großmutter hat überlebt.«

Rebecca lächelte. Sie hätte nicht gedacht, dass es ein Gefühl der Verbundenheit zwischen den Erben einer großen Tragödie geben könnte. Memling hatte nur selten vom Krieg erzählt, und doch hatte der Holocaust jeden Aspekt des Familienlebens stets überschattet. Der Großteil der Familie ihrer Mutter war ebenfalls umgekommen, nach Kriegsende, als ihr Schiff auf dem Weg nach Israel gesunken war; nur ihre Mutter und zwei andere konnten sich mit einem improvisierten Floß, einem Stück der Schiffsladung, retten. Das Wissen, dass andere mit ähnlichen Geistern der Vergangenheit lebten, gab Rebecca das Gefühl, weniger allein zu sein. Grace könnte sich mit Cousinen und Cousins in ihrem Alter anfreunden. Rebecca und Marty hatten ihre Verwandten nie kennengelernt, weder mütterlicher- noch väterlicherseits.

»Gucken Sie sich ruhig um – lange wird's nicht dauern!«, sagte Olga munter, stand auf und klemmte sich Britta auf die Hüfte.

»Ein hübsches Kind«, sagte Rebecca automatisch; sie hatte immer nur für ihr eigenes Baby etwas übrig gehabt.

Rebecca schlenderte durch die Wohnung. Es gab zwei Schlafzimmer, jedes groß genug für ein Bett, und ein Wohnzimmer mit Fenstern zur Straße. Die Küche ging auf den Hinterhof hinaus.

»Ist ja ideal für drei Leute«, bemerkte Rebecca.

»Für uns reicht's, aber die Winkelmanns müssen es zu sechst doch sehr eng gehabt haben«, sagte Olga. »Ich kenne sie aus Danicas Fotoalbum, vier Kinder, wie die Orgelpfeifen.«

»Zu sechst?«, fragte Rebecca. Wieder versuchte sie ihre Verwirrung zu überspielen. Memling hatte immer erzählt, er sei Einzelkind gewesen.

Olga sah sie mitfühlend an. »Ihr Vater hat Sie bestimmt schützen wollen vor allzu schmerzhaften Erinnerungen – oder sich selbst. Daniels Oma war genauso – sie hat immer erzählt, nur ein paar ihrer Verwandten hätten gelitten, aber in Wirklichkeit wurde ihre ganze Familie ausgelöscht. Es war einfacher, die Geschichte neu zu schreiben, als die Wahrheit zu akzeptieren.«

»Vielleicht hat sich die alte Dame ja geirrt?«, sagte Rebecca.

»Es gibt einen relativ geräumigen Dachboden. Vielleicht haben Ihr Vater und sein Bruder ja da oben geschlafen. Wir haben dort ein paar Kisten mit alten Büchern und Kleidung.« Olga deutete nach oben.

»Darf ich mal sehen?« Rebecca vermutete, dass die Winkelmanns die Kunstwerke ihrer Freunde auf dem Dachboden aufbewahrt hatten. Sie dachte zurück an die Gemälde; ihr Vater hatte einmal erzählt, es seien über dreißig Bilder gewesen, die die Winkelmanns anderen Juden abgekauft oder versteckt hatten. Einige der größten Arbeiten der Firma, darunter zwei Veroneses, vier Degas, drei Courots, ein Fragonard, eine Tiepolo-Skizze und zwei Rembrandts, waren auf diesem Wege zu ihm gelangt.

»Sie müssen diesen Stock da nehmen«, sagte Olga und zeigte in die Ecke, »damit können Sie die Klappe aufmachen, dann klappt automatisch die Leiter auf. Ist alles ein bisschen eingerostet.«

Rebecca kletterte vorsichtig auf den Dachboden. Mit jedem Schritt wurde ihr das Herz schwerer. Die Treppe war gerade breit genug für ihre schmale Figur, und sie konnte sich nicht vorstellen, wie jemand ein großes Renaissancegemälde diese klapprige Leiter hätte hinauftragen können. Oben angekommen, stand sie in einer Kammer, die vollgestellt war mit den Sachen der neuen Bewohner. Kisten und Taschen waren ordentlich gestapelt. Es wäre unmöglich gewesen, die großen Gemälde über diese Klappleiter hier in die kleine Dachkammer hinaufzubugsieren. Selbst wenn die Bilder aus den Rahmen genommen worden wären, hätten die größeren Arbeiten gar nicht um die Ecke gepasst.

Langsam kam Rebecca wieder die Treppe hinunter.

»Viel gibt's da oben nicht zu sehen«, sagte Olga entschuldigend, »das hier ist unsere erste Wohnung.«

»Wie lange wohnen Sie schon hier?«, fragte Rebecca in der Hoffnung, dass Olga mit Marty Bekanntschaft geschlossen hatte.

»Seit einem halben Jahr – die letzten Mieter sind vor ein paar Jahren ausgezogen – die Wohnung stand eine Zeitlang leer.«

»Sie ist sehr schön«, sagte Rebecca und versuchte ihre böse Ahnung abzuschütteln.

»Gehen Sie doch mal rüber und besuchen die alte Dame gegenüber – sie ist sehr alt und einsam. Sie hat noch Fotos aus der Zeit – auch von Ihrer Familie.«

Eine halbe Stunde später saß Rebecca in einer noch kleineren Wohnung neben der sechsundneunzigjährigen Danica Goldberg.

»Natürlich erinnere ich mich an Ihre Familie«, sagte sie. »Wir Kinder haben zusammen gespielt«, sagte sie, beugte sich vor und sah Rebecca durchdringend an, »aber sie sind alle in den Lagern umgekommen, bis auf die eine Tochter, Johanna. Johanna ist später gestorben. Die Alliierten haben es gut gemeint und den Überlebenden zu viel zu essen gegeben. Sie hatte einen Magenriss.«

Rebecca schauderte; Danica legte der Jüngeren die Hand auf den Arm.

»Das war unsensibel von mir. Ich hätte nicht so mit der Tür ins Haus fallen dürfen. Tut mir leid«, sagte sie.

Rebecca sah aus dem Fenster. Wenn das der einzige Grund gewesen wäre für ihr Zittern.

Die beiden Frauen saßen einen Augenblick schweigend da.

»Da war mal ein Mann hier, der hat genau die gleichen Fragen gestellt. Irgendwo habe ich noch seine Karte.« Danica stemmte sich hoch, ging an den braunen Beistelltisch, zog die Schublade auf und griff hinein. Kurz darauf förderte sie eine Visitenkarte zutage.

»Hier.«

Darauf standen Martys Name in seiner unnachahmlichen Handschrift sowie seine Handynummer. Rebecca spürte, wie ihr die Tränen in die Augen traten.

»Mein Bruder«, sagte Rebecca.

»Ich habe mir schon gedacht, dass Sie irgendwie verwandt sein müssen. Es hat mich gefreut, ihn kennenzulernen.« Danica lächelte breit. »Ich dachte, die ganze Winkelmann-Familie wäre tot, aber siehe da. Ich habe ihn gebeten, meinem alten Freund Memling zu sagen, er soll mich doch auch mal besuchen kommen. Aber er ist nie gekommen.«

Rebecca schwirrte der Kopf. Warum hatte Marty ihr von diesem Besuch nie erzählt? Hing sein plötzlicher Tod damit zusammen? Winzige Schweißperlen bildeten sich auf Rebeccas Schläfen und Nacken. Ihr Herz klopfte ihr bis zum Hals. Nein, sagte sie zu sich, es war ein Unfall gewesen. »Unfalltod«, hatte der Gerichtsmediziner geschrieben. Plötzlich war sie sich nicht mehr so sicher.

Rebecca sah zu Boden – der gemusterte Teppich verschwamm vor ihren tränennassen Augen. Danica tätschelte ihr den Arm.

»Der Mann, der hier war, war dunkelhaarig. Sie sind sehr blond.« Danica sprach deutlich, wenn auch leise. Das Alter hatte weder ihrer Stimme etwas anhaben können noch, wie es schien, ihrem Gedächtnis.

»Marty kommt nach meiner Mutter – sie war Italienerin – Jüdin aus Verona«, sagte sie und erinnerte sich, dass schon viele vermutet hatten, sie und ihr Bruder seien gar nicht verwandt.

»Und Sie nach Ihrem Vater?«, fragte Danica.

»Angeblich bin ich ihm wie aus dem Gesicht geschnitten«, sagte sie. »Wann war Marty hier?« Ihr Bruder war vor sieben Jahren ums Leben gekommen.

»Vor acht Jahren … oder waren es sieben? Er wollte die Fotos sehen. Wollen Sie sie auch sehen?«

Rebecca nickte. Sie konnte an nichts anderes denken als an Marty. Marty, wie er auf diesem Platz saß; Marty, wie er sich die Fotos ansah. Marty, der am Neujahrstag auf der Fähre von Newhaven nach Dieppe über die Reling gestürzt war. Konnte es Absicht gewesen sein? Die Umstände seiner Abreise aus London, ohne Gepäck, ohne anzurufen und sich zu verabschieden, hatten Rebecca zu denken gegeben. Er hatte keinen Brief hinterlassen, keine Erklärung. In Rebecca wuchs das Unbehagen darüber, was wohl wirklich passiert war.

Sehr langsam stand Danica auf, ging zur Anrichte und griff nach einem alten Fotoalbum. »Mein Vater war Fotograf. Er hatte im Scheunenviertel ein eigenes Studio, er hat schöne Porträtfotos gemacht. Die Nazis haben den Laden niedergebrannt, mitsamt dem Archiv. Eine ganze Generation ging in Flammen auf. Einfach ausgelöscht. Sie wollten nicht nur die Menschen, sondern auch die Erinnerungen ausrotten. Er hatte auch eine kleine Brownie und hat Bilder gemacht von den Familien hier aus der Nachbarschaft. Das jüdische Museum hat schon mal nach meinem Album gefragt – sie werden es bekommen, wenn ich tot bin. Aber bis dahin ist es der letzte Freund, den ich habe.«

»Haben Sie keine Kinder und Enkel?«

»Ich habe es nicht über mich gebracht, Kinder in diese Welt zu setzen. Ich hätte es nicht ertragen, jemandem das alles aufzubürden.«

Rebecca setzte sich neben Danica auf das kleine Sofa. Die Frau roch nach altem Urin, Kohl und Talkumpuder – Rebecca wäre am liebsten geflohen, aber sie zwang sich, sitzen zu bleiben.

Das Betrachten des Albums dauerte sehr lange. Danica erzählte ausgiebig von jeder einzelnen, längst verstorbenen Person. Und jedesmal fügte sie hinzu: »Mögen sie in Frieden ruhen.«

Während des Gesprächs versuchte Rebecca sich vorzustellen, wie Marty an ihrem Platz gesessen hatte. Er war über eins achtzig groß gewesen und hatte bestimmt kaum auf das Sofa gepasst. Marty war ein Mensch, der keine Sekunde stillsitzen konnte; bestimmt hatte er ihr das Album aus der Hand genommen und ungeduldig darin herumgeblättert. Rebecca spürte einen tiefen bohrenden Schmerz beim Gedanken an ihren Bruder – seinen Überschwang, seine Großzügigkeit und kindliche Begeisterung hatten viele bewundert, aber niemand hatte ihn so sehr geliebt wie Rebecca selbst.

»Das hier sind alle Kinder aus dem vierten Stock«, sagte die alte Dame und neigte das Buch zur Seite, damit Rebecca besser sehen konnte. Sie entdeckte den jungen Memling sofort – er musste etwa acht Jahre alt gewesen sein und sah genauso aus wie ihre Tochter Grace. Es war das erste Mal, dass sie ein Bild von ihrem Vater als Kind sah. Selbst in Schwarzweiß erkannte Rebecca sofort das breite offene Gesicht, die blassblauen Augen und den blonden Haarschopf.

»Das ist er«, sagte sie zu der Frau.

»Das meinte Ihr Bruder auch«, sagte Danica nachdenklich. »Das ist aber kein Winkelmann, das ist Heinrich Fuchs. Sein Vater war hier der Hausmeister, es waren die einzigen Nichtjuden. Fritz Fuchs und seiner Frau, den Namen weiß ich nicht mehr, ging es wirtschaftlich sehr schlecht. Sie hatten keine andere Möglichkeit, als hier zu wohnen – er hat das Haus immer verabscheut. Er hat uns alle verabscheut. Er hatte im Ersten Weltkrieg einen Fuß verloren und fand keine Arbeit. Er beschwerte sich andauernd über alles Mögliche, er brauchte immer einen Sündenbock. So ein Typ war er. Mal waren es die Juden, aber meistens war es der kleine Heinrich. Das arme Kind. Wenn der Junge eine schlechte Note nach Hause brachte oder frech war, wurde er verprügelt und nackt auf die Straße geschickt.«

Rebecca sah sich den kleinen blonden Jungen genauer an – hatte sie sich geirrt? »Welche sind denn die Winkelmanns?«, fragte sie.

»Die sind nicht schwer zu erkennen«, sagte Danica lachend und zeigte auf zwei kleine Mädchen und zwei noch kleinere Jungen. Alle hatten Locken und glänzende dunkle Augen. »Wir haben immer zum Spaß gesagt, gut, dass sie so klein waren – wie hätten sie sonst alle in die Wohnung passen sollen?«

Allmählich konnte Rebecca den Geruch der Frau nicht mehr ertragen; sie fühlte sich klaustrophobisch.

»Ich muss mal frische Luft schnappen«, sagte sie.

»Ich habe einen Balkon«, sagte Danica und nickte in Richtung Fenster. »Sogar mit Aussicht, wenn man das so nennen will. Ich werde uns mal einen Tee machen.«

Rebecca trat auf den Balkon, atmete die frostige Luft tief ein und versuchte ihre Gefühle unter Kontrolle zu bringen. War Marty ebenfalls auf den Balkon getreten, nachdem er das Bild gesehen hatte?

Hatte sein Herz auch so unkontrolliert geschlagen? Heiße Tränen rannen ihr die Wangen hinunter – wie hatte Marty es wagen können, ihr kein Wort von seiner Entdeckung zu sagen? Wäre er doch nur jetzt hier. Marty, der immer auf alles eine Antwort hatte; Marty, der immer alles möglich machte. Rebecca trocknete sich halbherzig die Tränen und versuchte ihre Panik und das unheilvolle Gefühl zu unterdrücken. Noch beim Betreten des Hauses hatte sie ihre festen Überzeugungen gehabt, in denen sie ihr Vater bei jeder Gelegenheit bestärkt hatte. Ständig hatte er gepredigt, Familie sei das Wichtigste überhaupt. Familie sei alles, was sie hätten, das Einzige, was sich wirklich zu beschützen lohnte.

Der Holocaust hatte über zwei Generationen hinweg die Familie überschattet: Selbst Grace sprach vom schrecklichen »Wundmal« ihres Großvaters. Vom Balkon aus sah Rebecca über einen kleinen schlammigen Park und dachte noch einmal an alles, was sie über Memlings Geschichte wusste. Der Junge wurde zusammen mit seiner Familie in einen Güterwaggon gesteckt, es folgte die lange qualvolle Reise und dann die Ankunft in Auschwitz. Seine nahezu blinde Großmutter war auf dem Bahnsteig gestolpert und vor den Augen ihrer Familie totgeprügelt worden. Seine Mutter starb den Hungertod. Seine Freunde verschwanden einer nach dem anderen; sein Vater wurde ohne Erklärung fortgebracht. Über die Jahre hatten sich Rebecca und Marty das alles zusammengereimt. Auf dem Arm ihres Vaters befand sich die berüchtigte Tätowierung, eine Zahl als ultimatives Symbol des Leidens. Sie hatten sie nur ein paarmal gesehen, hatten die Last und die Verantwortung des Überlebens empfunden, und sie wussten, dass sie für diejenigen weiterleben mussten, die es nicht geschafft hatten und in deren Namen sie das meiste aus jeder sich bietenden Gelegenheit machen mussten.

Memling hatte seinen Kindern beigebracht, diskret, verschwiegen, distanziert zu sein – niemandem zu trauen, anzunehmen, dass der nächste Angriff jederzeit möglich war. Ihr ganzer Lebensstil basierte darauf, dass ihr Vater Jude war und das KZ überlebt hatte. Was soll ich denn jetzt tun?, dachte Rebecca. Was, wenn mein Vater gar nicht der Holocaust-Überlebende Memling Winkelmann ist, sondern ein Deutscher namens Heinrich Fuchs? Angenommen, dachte sie mit wachsender Panik, er war auch noch Mitglied der NSDAP?

Sie und Marty waren zwar nicht im orthodoxen Glauben erzogen worden, dennoch war das Jüdischsein in ihrer Identität fest verankert. Jüdisch zu sein war so, als habe man einen immerwährenden Schatten, der je nach Situation unterschiedliche Gestalt annahm. Es war etwas, das sie weder zelebrierten noch ablehnten, es war einfach eine Tatsache und gab ihnen ein Bewusstsein und ein Zugehörigkeitsgefühl. Sie war ein Kind Europas, sie stammte aus einer langen Linie von deutsch-jüdischen Lehrern, die vor Jahrhunderten aus dem Heiligen Land nach Europa migriert waren und dort gesiedelt hatten. Die Auslöschung der Familie ihres Vaters wurde zwar nie thematisiert, machte sich aber dennoch in den meisten Bereichen ihres Lebens bemerkbar. Das Fehlen von Angehörigen, Bräuchen, Friedhofsbesuchen und Erinnerungen schuf ein schwarzes Loch in ihrer Geschichte, das genauso beredt war wie eine weitverzweigte Verwandtschaft. Jetzt auf einmal sollte sie das alles aufgeben, ihre Vergangenheit noch einmal neu ordnen und schlimmer noch, sich mit dem Gegner verbünden, der ihr gesamtes Leben bestimmt hatte? Wie konnte sie den Feind ihres Vaters hassen, wenn sie ein Kind dieses Feindes war? Hatte ihre Mutter davon gewusst? Warum sollte, wie konnte sich jemand eine so widerwärtige Lebenslüge schaffen?

Rebecca zitterte am ganzen Leib, und sie klammerte sich an die Brüstung. Sie atmete tief ein und aus und versuchte sich zu sammeln, indem sie sich auf die gegenüberliegende Aussicht konzentrierte, die Berliner Stadtlandschaft an einem kalten Februarabend; Leute, die von der Arbeit kamen, spielende Kinder in dem kleinen Park. Deren Leben ging weiter, während ihr eigenes durch ein Foto in seinen Grundfesten erschüttert worden war.

»Ist Ihnen nicht kalt da draußen? Ich habe Tee gemacht«, rief Danica durch die offene Balkontür.

Widerwillig ging Rebecca wieder hinein und trocknete sich die letzten Tränen.

»Sie sehen sehr blass aus. Möchten Sie ein Schlückchen Branntwein? Ich habe welchen da, für Notfälle«, sagte Danica.

Rebecca schüttelte den Kopf. »Erzählen Sie mir mehr über die Winkelmanns.«

»Großzügig, freundlich – man war immer willkommen, obwohl die Leute kein Geld hatten.«

»Ich dachte, der Vater sei ein erfolgreicher Anwalt gewesen?«, fragte Rebecca.

»Er hat die Armen und Benachteiligten vertreten – davon wurde man nicht reich. Er war ein wirklich guter Mensch, der das Wohl der anderen vor sein eigenes und das seiner Familie stellte. Sie war Kunstlehrerin.«

»Mein Vater sagte, sie hätten in den Dreißigerjahren vielen Juden die Flucht ermöglicht, weil sie ihnen ihre Kunstwerke abkauften«, sagte Rebecca, obwohl sie mittlerweile ahnte, dass das nur ein Ammenmärchen war.

Danica schüttelte den Kopf. »Sie hatten einen Dachboden – da wurde einiges versteckt – auch mal ein Gemälde, oder Schmuck, aber meistens Erinnerungsstücke der Familie. Man wusste ja nie, wann man abgeholt werden würde.«

»Besaßen die Winkelmanns selbst auch Kunst?«, fragte Rebecca.

»Ihr Bruder hat mich dasselbe gefragt«, sagte Danica nachdenklich. »Ja, sie hatten ein Gemälde. Sie waren so stolz darauf. Es hing in der Stube, und manchmal erzählten sie uns die dazugehörige Geschichte. Ich erinnere mich noch heute daran; auf dem Bild war eine schöne junge Frau mit ihrem Verehrer dargestellt, und da war ein Clown, der das Paar beobachtet. Es war nicht so streng wie viele Bilder aus der Zeit; es war ein Bild, in dem man sich verlieren konnte.«

»Sie haben hier nicht zufällig ein Foto davon, oder?«, fragte Rebecca.

Die alte Dame blätterte durch das Album. »Hier haben wir's.« Sie zeigte auf ein kleines Schwarzweißbild der Familie Winkelmann auf ihrem Sofa. Über ihnen an der Wand hing ein Gemälde, etwa fünfundvierzig mal sechzig Zentimeter groß. Obwohl es ein kleines

Bild und im Detail kaum auszumachen war, erkannte Rebecca, dass es zu Memlings Beschreibung des verzweifelt gesuchten Bildes passte.

»In dieser Straße wohnten über hundert Familien«, sagte Danica. »Viele besaßen schöne Gemälde. Die Wohnungen im ersten Stock dieses Hauses gehörten den wohlhabenderen Familien, den Steinbergs zum Beispiel, die hatten Bilder von Veronese und Rembrandt und was weiß ich von wem noch. Frau Winkelmann hat sie uns mal gezeigt, sie hat versucht, uns etwas über Kunst beizubringen.«

Schweigend blätterte Danica in ihrem Album. »Die Nazis haben nicht nur Bilder mitgenommen, sondern auch Bettzeug, Handtücher, Möbel, Töpfe und Pfannen, einfach alles. Sie stahlen den Reichen ihren Wohlstand und den Armen ihre Armut.«

»Was geschah mit den Sachen?«

»Das Beste bekam Hitler angeboten. Dann Göring. So war die Hackordnung.«

Rebecca nickte.

»Die Gauleiter bekamen die nächste Fuhre, dann die Offiziere, und alles, was keiner wollte, wurde jede Woche versteigert. Bevor wir inhaftiert wurden, sind wir manchmal hingegangen zu den Versteigerungen, um zu sehen, wer unsere Sachen gekauft hatte. Einmal versuchte meine Mutter eine Kaffeekanne von ihrer Großmutter zurückzukaufen. Sie war angeschlagen und abgenutzt – sie konnte unmöglich mehr als ein paar Mark wert gewesen sein. Der Auktionator sah den gelben Stern an ihrem Mantel und weigerte sich, ihr die Kanne zu verkaufen. Er nahm die Kanne und ließ sie zu Boden fallen, und sie ging in Scherben. Es hätte mir nichts ausgemacht, ein wertvolles Gemälde zu verlieren, wenn ich nur ein oder zwei Bücher hätte behalten dürfen. Wissen Sie, ich habe nichts Handschriftliches von meiner Mutter oder meinem Vater. Alles, was ich will, wäre nochmal ein altes Buch in der Hand zu halten, nochmal zu lesen: ›Liebe Danica, alles Gute zum Geburtstag wünschen dir Mama und Papa‹. Ist das zu viel verlangt? Ich bin sechsundneunzig, aber ich habe die Hoffnung nicht aufgegeben.«

Rebecca schüttelte den Kopf und kämpfte mit Trauer und Beschämung. War Memling ein Komplize gewesen, hatte auch er den Menschen ihre Erinnerungen geraubt? Hatten sie und ihre Familie Profit geschlagen aus dem Leiden dieser Menschen?

»Heinrich hatte eine Stelle bei Hitlers Sonderstab Bildende Kunst«, sagte Danica, als hätte sie Rebeccas Gedanken gelesen. »Eines Tages kam er mit seinen Leuten hierher, in ihren schwarzen Hemden und polierten Stiefeln, und sie beschlagnahmten einige Gemälde. Es war ihm nicht angenehm, das sah man – aber das hielt ihn nicht zurück. Wir standen da und sahen ihnen zu. Esther Winkelmann weinte vor Enttäuschung; sie hatte ihm doch beigebracht, ein guter Junge zu sein. Was böse war, hatte sie ihm nicht erklärt.«

»Hat er das Bild mitgenommen?«

»Nicht solange sie noch am Leben war«, sagte Danica. »Aber ich habe mich oft gefragt, was nach ihrer Deportation damit passiert ist.«

Rebecca öffnete den Mund und schloss ihn wieder, sie war unfähig, irgendetwas in Worte zu fassen. Sie zuckte nur mit den Achseln und ließ den Kopf sinken.

Beschwichtigend tätschelte Danica ihr die Hand. »Das ist alles lange her.«

Ihre Nachsicht durchbohrte Rebecca wie Stacheldraht.

»Wie können Sie so gnädig sein?«

»Ich werde ihnen niemals vergeben, aber ich konnte es nicht zulassen, dass ihre Grausamkeit mein ganzes Leben beherrscht; das hätte ihren Triumph besiegelt. Ich musste einen Weg finden, mit diesen Erinnerungen zu leben, aber ich will auch nicht, dass jemand vergisst, was passiert ist.«

Sie sah Rebecca grimmig an. »Indem Sie sich meine Geschichte anhören, helfen Sie mir und anderen. Die Menschen müssen wissen, was passiert ist, damit sich die Geschichte nicht wiederholt.«

Danica wandte sich wieder dem Album zu und blätterte eine Seite um. Diesmal sah man dieselbe Wohnung mit denselben Möbeln und dem Watteau über dem Sofa, doch irgendetwas fehlte.

»Wo sind die Menschen?«, fragte Rebecca. »Wo ist die Familie?«

»1942 hat mein Vater auf Bitten der Leute Fotos von ihrer leeren Wohnung gemacht. Es war, als hätten wir gewusst, dass dieses Leben nun zu Ende ging. Unsere Läden waren beschlagnahmt, unsere Freiheit beschnitten, unsere Tempel niedergebrannt und geplündert. Vielleicht wussten wir, dass bald nur noch unsere Geister diese Räume, diese Häuser bewohnen würden.«

Lange saßen die zwei Frauen da und betrachteten schweigend die leeren Zimmer auf den vergilbten Schwarzweißbildern.

»Dürfte ich mit meinem iPad ein paar Bilder machen?«

Danica lächelte. »Natürlich.«

»Sind Sie sicher, dass es keine anderen Winkelmanns gibt, die überlebt haben?«, fragte sie.

»Ich habe gehört, Johanna soll im Lager ein Kind bekommen haben. Eine Tochter. Warum hat Ihr Vater nie versucht, sie zu finden?« Danica schüttelte verwundert den Kopf. »Die Menschen haben sich komisch benommen nach dem Krieg – aber die meisten Familien wollten doch wieder vereint werden.«

»Er hat in England ein neues Leben angefangen«, sagte Rebecca und verfiel wieder in ihr altes Muster, Memling in Schutz zu nehmen. »Er wollte die Vergangenheit hinter sich lassen.«

Danica lächelte. »In meinem Alter ist die Vergangenheit alles, was man hat.«

Die zwei Frauen saßen eine Zeitlang Seite an Seite da. Rebecca sah sich die Fotos an, Danica sah Rebecca an.

»Sie sind keine Winkelmann, oder?«, sagte die alte Dame mit freundlicher Stimme.

»Natürlich bin ich das – wollen Sie meinen Ausweis sehen?«, sagte Rebecca schroff.

Danica beugte sich vor, klappte das Fotoalbum zu, umfasste mit ihren krummen Fingern Rebeccas Hand und fragte: »Sind Sie eine Fuchs?«

Rebecca sah der alten Frau direkt ins Gesicht. Sie wollte lügen, aufspringen und hinauslaufen, schreien, protestieren. Alle möglichen

Gedanken schossen ihr durch den Kopf. Sie zwang sich zur Ruhe und hörte ihre eigene Stimme zögerlich sagen: »Ich weiß es nicht.«

Danica sah Rebecca einige Augenblicke an, bevor sie mit ihrer sanften Stimme erwiderte: »Es spielt keine Rolle, ob Sie Jüdin oder Nichtjüdin sind – was zählt, ist, dass Sie das Richtige tun.«

Auf dem Weg zu ihrem Hotel hatte Rebecca keinen sehnlicheren Wunsch, als mit Marty zu sprechen. Sie hätte niemals gedacht, dass es möglich wäre, ihn so sehr zu vermissen. Rebecca blieb vor dem Pausenhof einer großen Schule stehen und beobachtete die Schüler. Einige spielten, andere saßen herum und unterhielten sich – sie wirkten so selbstsicher, so entspannt. Rebecca versuchte sich zurückzuerinnern. Hatte sie sich jemals so gefühlt? Nein, dachte sie. Würde sie sich jemals so fühlen? Die Antwort lag auf der Hand.

Sie nahm ihr iPad heraus und sah sich die Bilder von Martys Notizbuch an. Jetzt begriff sie, dass Marty bestimmte Bilder bis in die Schwedenstraße 14 zurückverfolgt hatte – Bilder, die die Winkelmanns nach Memlings Angaben ihren jüdischen Freunden abgekauft hatten, ein Veronese, ein paar Rembrandts und ein Watteau, der genau auf die Beschreibung des verschollenen Bildes passte. Neben diesem Bild hatte Marty ein paar Details notiert: den Namen Antoine Watteau, das Datum, 1703, einen Katalogeintrag und den Vermerk »1929 verkauft«. Sie wusste, dass sie die Suche ihres Bruders zu Ende führen musste. Marty war der Identität ihres Vaters auf die Spur gekommen, und er war kurz davor gewesen, herauszufinden, wie sein Vater damals an diese ersten Bilder gelangt war. War es Betrug, Opportunismus oder gar Schlimmeres?

Rebecca lief vorbei an den Geschäften, doch sie hatte keinen Blick für die Auslagen. Gesetzt den Fall, sie fände heraus, dass Memling irgendein schreckliches Verbrechen begangen hatte, was würde sie mit dieser Information anfangen? Ihren Vater zu entlarven hieße, das gesamte Familienunternehmen ins Verderben zu stürzen. Sie musste an ihre Tochter und Carlo denken, an ihre Mitarbeiter, die Kunden und Museen, die in gutem Glauben Kunst bei ihnen gekauft hatten.

Wieder fragte sich Rebecca, ob der Tod ihres Bruders wirklich ein Unfall gewesen war; womöglich war er zerbrochen unter der Last der Verpflichtung, die Lüge aufzudecken, und unter der Unmöglichkeit, mit der Lüge zu leben. Das verschollene Bild war mit ihrer Familiengeschichte verwoben – als Protagonist, als Zeuge, als Chiffre. Rebecca eilte in Richtung ihres Hotels. Sie wusste, dass sie das Bild finden musste, bevor es ein anderer fand – einschließlich Memling.

# 18. Kapitel

Mit jedem Quäntchen Kraft, den sein einundneunzigjähriger Körper hergab, schmetterte Memling Winkleman den Tennisball zurück.

»Sie platzen ja heute vor Energie, Mr Winkleman«, rief ihm seine Trainerin Dilys übers Netz hinweg zu und schaffte es gerade noch, seinen Schmetterball zurückzugeben. Sie spielte Memling den Ball viel zu entgegenkommend in seine Vorhand, worauf er beim nächsten Wechsel so kraftvoll auf ihren Bauch zielte, dass sie zur Seite springen musste.

»Ja, ich bin alt und klapprig, aber Ihre Almosen können Sie sich schenken«, rief Memling barsch.

Mit seiner Trainerin ging er genauso um wie mit allen anderen: grenzenlos selbstherrlich. Die Kombination aus Geld, Alter und Intelligenz hatte ihn von seiner Überlegenheit überzeugt, und sein Glaube an sich selbst war so unerschütterlich, dass er ansteckend war.

Dilys streckte entschuldigend die Hände in die Luft. Seit nun schon fast zehn Jahren spielte sie mit Memling drei Abende die Woche um achtzehn Uhr in seiner privaten unterirdischen Tennishalle. Sie spielten eine Dreiviertelstunde, und um Punkt Viertel vor sieben ging er wortlos davon. Dilys sollte es recht sein – es war gutes Geld und eine größere Herausforderung als ihr Tagesjob als Lehrerin an einer nahegelegenen öffentlichen Schule.

Memling nahm den Fahrstuhl vom Keller in den vierten Stock, ging durch sein Schlafzimmer und sein Ankleidezimmer, riss sich die Kleider vom Leib und betrat die Dusche. Automatisch sprang das Wasser an, programmiert auf abwechselnd kochend heiß und eiskalt. Exakt fünf Minuten später trat er aus der Dusche und warf einen nervösen Blick auf sein Mobiltelefon, in der Hoffnung auf eine Nachricht. Er hatte keine. In einer Zeit, wo er seine letzten Lebensjahre hätte genießen sollen, wo die Zukunft seiner Tochter und Enkeltochter gesichert war, plagte ihn die Angst. Alles, was er aufgebaut hatte, war wegen eines sentimentalen Fehlers in Gefahr geraten. Die einzige Lösung bestand darin, das Beweisstück, das Memling mit einer erfolgreich begrabenen Vergangenheit verknüpfte, zu finden und zu vernichten. Er musste wieder an den Hof in Bayern denken – eigentlich hatte er den alten Schuppen bei seinem letzten Besuch bis auf die Grundfeste niederbrennen wollen, hatte aber, da er seine Sterblichkeit nicht akzeptieren konnte, im letzten Moment einen Rückzieher gemacht. Spätestens Ende nächsten Monats würde er es nachholen.

Er trocknete sich ab und zog ein blassblaues Hemd und einen dunkelblauen Kaschmiranzug an, bevor er wieder in den Fahrstuhl stieg und in sein privates Esszimmer im Erdgeschoss fuhr. Annie hatte ihm sein Abendessen warmgestellt, gedämpften Fisch, eine Portion Spinat und auf einem Beistelltisch eine halbe Flasche Bordeaux. Wenn er nicht auswärts aß, speiste Memling gern ungestört, nur in Gesellschaft Tizians. An diesem Abend hatte er keinen Appetit. Er saß da, den Blick auf die Tiepolo-Skizze an der Wand gegenüber gerichtet, und dachte über seinen zweiten verheerenden Fehler nach: Dass er das Bild, als er es in dem Trödelladen entdeckte, nicht an Ort und Stelle gekauft hatte. Beim Anblick der Überwachungskameras an der Wand hatte Memling beschlossen, Ellis zu schicken, seinen Leibwächter und Fahrer, einen der wenigen Menschen, zu denen er vollstes Vertrauen hatte. Als das Bild auf einmal weg gewesen war, hatte Ellis versucht, den Inhaber einzuschüchtern. Dummerweise war seine »kleine Lektion« ein wenig aus dem Ruder gelaufen. Jetzt war der Mann tot und das Bild noch immer verschwunden.

Memling schenkte sich ein zweites Glas Wein ein und erlaubte sich, in Gedanken zu Marianna zurückzukehren – sie hatte ihm versprochen, das Bild niemals zu verkaufen oder wegzugeben, es immer als heimliches Andenken an ihre große Liebe zu behalten. Ihr jäher, unerwarteter Tod hatte ihre gute Absicht zunichtegemacht.

Wegen der Kinder hatte Memling seine Frau Perla nie für die Liebe seines Lebens verlassen. Er war kein leidenschaftlicher Mensch, doch

Marianna hatte er vom ersten Augenblick an, als sie vor den Altar trat, um seinen besten Freund zu heiraten, geliebt. Als Memling sich beim Einzug zusammen mit der Versammlung umwandte, um einen Blick auf die Braut zu werfen, durchfuhr ihn eine Schockwelle. Marianna ging an ihm vorbei, begegnete seinem Blick, und in dem Moment wusste er, dass sie dasselbe empfand.

Marianna und Memling verbrachten fünf quälende Jahre damit, ihre Liebe zu leugnen, doch eines Tages trafen sie sich per Zufall in der Nähe des Claridge Hotels und verbrachten den ersten von vielen glücklichen Nachmittagen in einer Suite im vierten Stock. Siebzehn Jahre nach ihrem Tod mietete sich Memling noch immer hin und wieder in derselben Suite ein, um dort zu trauern.

Nach ihrem Tod schrieb Memling ihren Söhnen und bat sie um das Bild. Er verschwieg dabei, dass er ihrer Mutter das unschätzbare Objekt als Andenken an ihre Liebe geschenkt hatte. Es war Memlings einziger sentimentaler Akt. Ihre Kinder (keines von Memling) erklärten, sie hätten bedauerlicherweise eine Firma mit der Wohnungsauflösung beauftragt. Jahrelang durchforstete Memling die Verkaufsräume und Museumskataloge; er hatte sich angewöhnt, an den Wochenenden willkürlich Galerien und Trödelläden zu besuchen. Es war ein Glücksfall, dass er an jenem Samstag nach sechzehneinhalb Jahren das Bild bei Bernoff entdeckte. Warum, dachte Memling zum x-ten Mal, hatte er Marianna ausgerechnet dieses Gemälde geschenkt? Es gab so viele andere Bilder, und auch wertvollere. Die Antwort blieb immer gleich: Dieses Gemälde sagte alles, was er über die Liebe dachte, aber nicht in Worte fassen konnte. In den ersten sechzehn Jahren seines Lebens hatte es der einzigen Person gehört, die ihm wahre, bedingungslose Liebe entgegengebracht hatte. Darum ging es doch wohl bei der Liebe, vermutete Memling. Als er Marianna begegnete, änderte sich sein Begriff der Liebe; er war der leidenschaftliche, glückliche Mann, der zu Füßen seiner Geliebten lag, und zugleich der missmutige Clown im Bildhintergrund. Verliebt zu sein war ein ständiges Oszillieren zwischen Ekstase und Elend. Wie jeder Mensch glaubte er, damit allein auf der Welt zu sein.

Nur das Zusammensein mit Marianna gewährte Memling eine Atempause von seinem Selbstekel und seiner Scham. In diesen kurzen Momenten vergaß er das nackte, frierende Kind, das draußen vor der Berliner Mietskaserne stand und für seine Eltern eine Blamage war. Oder die Scham, die ihn überkam, als er durch seine Straße ging, die Wohnungen einstiger Freunde plünderte und die wenigen Überlebenden ihrer Habe beraubte. Oder die Unwürdigkeit, eine fremde Identität anzunehmen – eine Unwürdigkeit, die er verdient hatte. Manchmal rechtfertigte Memling seine Taten vor sich selbst. Indem er die Gemälde in den Lagerräumen aus ihren Rahmen schnitt, die Leinwände zusammenrollte und in seinem Tornister versteckte, hatte er große Kunstwerke gerettet, wobei er genau wusste, dass er nur ein Dieb war, der sehr viel Glück gehabt hatte.

Mariannas Liebe adelte Memling, sie machte ihn zu einem besseren Menschen, sie läuterte ihn, den Verbrecher, während seine Liebe zu ihr der Beweis für ihn war, dass in seinem stählernen Herzen auch Gutes steckte. Sie war zwanzig Jahre jünger als Memling und hätte ihn überleben müssen; sie hatte ihm versprochen, das Gemälde zu verbrennen, sobald sie von seinem Tod erfuhr. Er verfluchte das Schicksal, sie ihm so früh genommen zu haben. Er verfluchte seine eigene Dummheit, ihr das Gemälde überhaupt geschenkt zu haben.

Memling sah auf die Uhr. Schon sieben. Er hatte keine Lust, zur Eröffnungsfeier in der Royal Academy zu gehen, wusste aber, dass er sich dort blicken lassen musste. Er drückte einen diskreten roten Summer an der Wand und gab damit das Zeichen für den Fahrer, den Wagen vorzufahren.

Auf der ganzen Fahrt vom Chester Square zur Royal Academy stand Barty, der viel zu enge Hosen anhatte, auf Wladis Rücksitz und ragte mit dem Oberkörper durchs Sonnendach. Um den Geist der Ausstellung »Schall und Rausch – Frankreich im 18. Jahrhundert« einzufangen, hatte sich Barty als Höfling Ludwigs XIV. verkleidet. Er trug hautenge leuchtend gelbe Kniehosen, weiße Seidenstrümpfe und schwarze Lackschuhe mit glänzenden Schnallen. Sein Gehrock aus rosafarbenem Damast reichte ihm bis zur Mitte der Oberschenkel, und Myriaden von Rüschen stürzten ihm die Brust hinab bis zur Taille. Es war ein Kinderkostüm aus einem Siebzigerjahre-BBC-Historiendrama und mehrere Nummern zu klein, obwohl Barty Formwäsche und Korsett trug und drei Tage lang feste Nahrung verweigert hatte. Das Prunkstück jedoch bildete die gewaltige Perücke aus weißem pomadisiertem Haar, auf der eine goldene Galeone thronte. »Ja, mein Herz, die hat mir Elton ausgeborgt«, erzählte Barty jedem, der es hören wollte, und allen anderen auch.

Wladi zog sich die Revers seiner Lederjacke übers Gesicht und ließ sich noch tiefer in die weichen weißen Ledersitze sinken, um bloß nicht gesehen zu werden. Der Gedanke, einen Abend mit Barty verbringen zu müssen, erschöpfte ihn.

Am Nachmittag hatten ihn schlechte Nachrichten aus dem Werk in Eshbidjan erreicht. Eine Bodenleitung war explodiert und ein Sprühregen aus geschmolzenem Metall über 213 Arbeiter niedergegangen. Zwei waren zu Tode gekommen, vierundsechzig lagen mit schweren Verbrennungen im Krankenhaus. Das Schweigen der Familien konnte erkauft, Entschädigungen gezahlt werden, aber wenn der Unfall in der Presse durchsickerte, wäre Wladis geplanter Londoner Börsengang in Gefahr. Nicht minder besorgniserregend war die Tatsache, dass die Unfallnachricht den Machthaber zwei Stunden und fünfundvierzig Minuten früher erreicht hatte als Wladi selbst. Offenbar saßen überall Informanten. Wladi wusste, dass er niemandem trauen konnte.

»Na, kommen Sie, Kopf hoch«, sagte Barty beim Anblick der missmutigen Miene des Russen. »Wir gehen auf eine Party. Und wenn's uns da nicht gefällt, dann ziehen wir eben weiter. Das ist ja das Tolle an der Kunstwelt – es gibt so viele Möglichkeiten. Wir können seriös sein in Spitalfields, runtergerockt in Golders Green und mondän in Chelsea. Wobei ein Ortswechsel nichts heißen will; die Leute sind immer gleich. Seltsam, oder, das kulturelle Leben: immer die gleiche Show.«

In Wladis Augen war die Kunstwelt noch tiefer gesunken. In den letzten Wochen hatte er sich einige hochgelobte, äußerst verwirrende Ausstellungen mit absurd teuren Exponaten angesehen. Ein Künstler hatte Bücherregale mit Hunderten von kleinen Töpfen gefüllt, die hinter dem Milchglas kaum zu sehen waren, und ein anderer, ein Deutscher, malte lauter unförmige, auf den Kopf gedrehte Figuren vor einem Hintergrund aus Kritzeleien. Man hatte Wladi ein Stück Graffiti eines verstorbenen Straßenkünstlers angeboten und mehr verlangt, als er für sein neues Haus gezahlt hatte, oder die Arbeit eines Wunderkindes, das Velourstapeten lackierte und für Hunderttausende verkaufte. Was den ganzen Verkaufsprozess noch verwirrender machte, war der Umstand, dass sich Wladi, um eines der Werke zu kaufen, auf eine exklusive Warteliste hätte setzen lassen müssen, mit offenem Ausgang. Kein Wunder, dass die Leute das Mitnahmeprinzip der Auktionshäuser bevorzugten. Letzte Woche hatte er beim Abendverkauf von Monachorum einen Elvis und einen Mao von Andy Warhol gekauft, in der Hoffnung, der Machthaber werde sich über den King und den Potentaten freuen.

Überraschenderweise kamen Hirsts Bilder mit den Fliegen und Diamanten im Zentralbüro gut an, der Mao jedoch wurde abgelehnt mit der Begründung: »An Schlitzaugen möchte der Machthaber nicht erinnert werden.« Das sollte wohl ein Scherz sein, und Wladi hätte fast gelacht. Barty hängte den Chinesen in Wladis neue Küche am Chester Square und behauptete, es sei »angesagt«, ein dreißig Millionen teures Bild über seinem Herd zu haben.

Wladis Wagen passierte das ornamentale Tor des Innenhofs der Royal Academy. Die Fassade war von Flutlichtern erhellt und die steinernen Stufen säumten Fackeln tragende, halbnackte Zwerge in goldenen Togen. An der Seite stand ein traurig dreinblickender Elefant, darauf ein junger Mahut, blau vor Kälte, mit einem übergroßen Turban auf dem Kopf. Der Elefant schwankte von links nach rechts.

»Das arme Tier ist diese Woche wirklich überall«, sagte Barty abfällig. »Erst bei Doris, dann bei Credit Russe, und zuletzt hab ich's auch noch bei den Astors gesehen.«

Wladi folgte Barty durch die Drehtür zum Fuß einer großen Freitreppe.

»Platz da, Platz da!«, verkündete Barty für jeden, der Ohren hatte. »Hier kommt Wladi.«

Ein paar Menschen drehten sich neugierig um, aber die meisten waren nur daran interessiert, zu sehen und gesehen zu werden. »Er ist wahnsinnig reich, stinkreich«, flüsterte Barty hörbar. »Dagegen ist der legendäre Krösus der reinste« – er zögerte und suchte nach dem passenden Bild – »der reinste Billigladen … ja, dagegen wirkt Kröses …« Dann aber fiel sein Blick auf eine Wand aus Fotografen, und er vergaß, was er hatte sagen wollen.

Wladi sah sich um und erkannte, dass er mit seinem roten T-Shirt einen seltenen Farbtupfer in einem Meer aus Schwarz und Weiß darstellte, wobei hier und da eine gelbe oder rosafarbene Handtasche auffiel oder ein türkisfarbener Handschuh aus einer Brusttasche blitzte. Die Männer trugen unstrukturierte Anzüge und weiße Hemden. Die meisten Frauen hatten geometrisch geschnittene Kleider an, ihre Frisuren waren mitunter wirr und viele zeigten ein Faible für Brillen mit dicken Rahmen.

Bartys Aufmachung versetzte die Paparazzi in Entzücken, und er drehte sich im Blitzlichtgewitter hin und her. Wladi ging die prachtvolle, mit Teppich belegte Treppe hinauf, vorbei an einem Spalier aus Mädchen mit Tabletts voller Champagnergläser. Wladi fragte sich, warum die Bedienungen so oft besser aussahen als die Gäste.

Aus Sorge, dass der Russe bald genug haben würde von der Menge und den Bildern mit ihren zarten höfischen Szenen auf dekorativen Lichtungen, ließ Barty die Fotografen stehen und bahnte sich mit Rücksicht auf seine engen Nähte vorsichtig einen Weg nach oben. Er sah sich im ersten Saal um und freute sich, viele alte Freunde und potenzielle Eroberungen zu erblicken. Die Zeit, die Barty einem Gesprächspartner widmete, richtete sich strikt nach seinem Status: Nur die ganz Wichtigen kamen in den Genuss von mehr als ein paar Minuten; der Rest wurde mit einem Luftkuss und wenigen Sätzen abgespeist.

Die erste Person, die er sah, war der gequält wirkende Septimus Ward-Thomas von der National Gallery.

»Barty, hallo«, sagte Septimus matt.

»Sie sehen müde aus, Septimus«, bemerkte Barty.

»Völlig erschöpft. Das Ministerium besteht auf einer Umstrukturierung – was immer das heißen mag.«

»Diese elenden Bürokraten«, sagte Barty heiter.

»Wissen Sie was, ich leite eines der größten Museen, aber ich habe keine Zeit, mir die Kunst anzusehen. Mein Terminkalender ist voll mit Beamten, Gewerkschaftsführern, Plutokraten und Spendern.«

»Ich denke, so war es schon immer, lieber Septimus – van Dyck und Tizian mussten den Großteil ihres Lebens vor den jeweiligen Karls ihren Kotau machen. Der arme alte Donatello konnte kaum einen Meißel in die Hand nehmen, ohne dass Cosimo de Medici in sein Atelier platzte. Sie müssen sich zusammennehmen.«

Barty durchquerte den Saal und steuerte auf Earl Beachendon zu. Die pummelige und langweilige Tochter eines Klienten geschickt umschiffend, begrüßte er den Auktionator herzlich.

»Barty, Sie sehen umwerfend aus.« Beachendon musterte seinen alten Freund belustigt.

»Man tut, was man kann«, sagte Barty lächelnd. »Nun, wie Sie wissen, habe ich diesen hübschen russischen Riesen dabei, der Kunst kaufen will.«

»Ganz London kennt kein anderes Thema«, erwiderte Beachendon wahrheitsgemäß. »Ich will ihn unbedingt kennenlernen.«

»Nächsten Donnerstag dürfen Sie ihn haben. Könnten Sie nicht einen kleinen Lunch organisieren? Mit hübschen Mädchen und vielen schönen Sachen zu kaufen?«

»Sie könnten mein Retter in der Not sein«, sagte Beachendon.

»Es gibt da einige Mitbewerber«, sagte Barty. Beide Männer wussten, worum es ging.

»Fünf Prozent?«, bot Beachendon.

»Sagen wir sechs, und wir sehen uns nächste Woche.« Barty lächelte zufrieden.

»Da bleibt ja fast nichts mehr für mich übrig.«

»Also gut – fünfeinhalb, wenn er weniger als drei Millionen ausgibt, und wenn's mehr sind, dann sechs.«

»Sechs, wenn's über zehn Millionen sind«, konterte Beachendon.

Barty stemmte die Hände in die Hüften. »Sie sind ein harter Zuchtmeister.«

Beachendon lächelte. »Bis Donnerstag.«

Ganz hinten in der Ecke entdeckte Barty seine Freundin Delores und steuerte auf sie zu. »Warum stehst du hier im Abseits? Hier ist doch gar nichts los.«

Delores deutete mit dem Daumen hinter sich. »Die Kanapees kommen aus dieser Tür. Das heißt, ich bin die Erste, die was kriegt.«

»Was mache ich nur mit dir? Wenn du noch dicker wirst, kann ich dich bald hier aus der Tür rollen, den Piccadilly runter und durch den St. James Park.«

»Deine Hose ist viel zu eng. Wetten, du wagst es nicht mal, ein einziges Gemüsestäbchen zu essen – ich glaub nicht, dass die Nähte das aushalten.«

»Du wirst vor mir aus allen Nähten platzen«, gab Barty zurück. Er entdeckte Mrs Appledore auf der anderen Seite des Saals, kehrte Delores den Rücken zu und sprintete davon.

»Meine Liebe, Ihre Haare. Dieser Rosaschimmer ist einfach göttlich.«

»Mein Friseur meinte, es steht mir«, sagte Mrs Appledore und tätschelte sich behutsam die Locken zurecht.

»Darf ich's nachmachen?«, quiekte Barty aufgeregt.

»Immer«, sagte Mrs Appledore und wirkte dabei ziemlich erfreut; Imitation war die beste Form der Schmeichelei.

»Sie haben noch gar nichts bemerkt«, sagte Barty und drehte sein Kinn nach links und rechts.

»Sie waren bei Frederick!«, Mrs Appledore klatschte in die Hände. »Ich sehe doch sofort, wenn etwas von ihm ist. Das kleine Grübchen als sein Markenzeichen, einfach entzückend.«

Sowohl Mrs Appledore als auch Barty waren kürzlich bei dem

plastischen Chirurgen Frederick Lavalle in Paris gewesen. Sie schworen auch auf Patrick Braun für den Bauch, waren sich jedoch uneins, bei wem das beste Knielifting zu haben war. Mrs Appledore bevorzugte Wain Swanson aus Kentucky (der dafür berühmt war, sich in seiner Freizeit den Sehnen von Vollblutpferden zu widmen), während Barty kürzlich einen »herzallerliebsten Mann« in Bangkok entdeckt hatte.

»Ich suche noch nach einer letzten Trophäe, irgendein Gemälde«, fuhr sie fort. »Haben Sie nicht was für mich?«

»Meisterwerke sind Mangelware heutzutage«, sagte Barty.

»Das liegt an diesen Russen – die kaufen alles weg«, sagte Mrs Appledore.

»Vergessen Sie nicht die Katarer«, erinnerte Barty sie. »Die halten den Rekord.«

»Als ich ein junges Mädchen war, war es ein Markt für Käufer – man konnte sich aus zehn Bildern von Tizian einen aussuchen. Jetzt hat man schon Glück, wenn einem jemand einen kleinen Canaletto anbietet.« Mrs Appledores Geschichte war so oft von ihr selbst umgeschrieben worden, dass sogar sie vergessen hatte, dass sie ihre Jugend auf einem Bauernhof fünfzig Kilometer südlich von Warschau und dann in einem Nonnenkloster bei Krakau verlebt hatte.

»Gott sei Dank gibt es die drei S: Schulden, Sterbefälle und Scheidungen. Irgendwann tauchen die guten Stücke wieder auf«, sagte Barty.

»Die Museen verderben einem den ganzen Spaß mit ihrer Kauferei. Die staatlichen Einrichtungen wollen die Sachen dann immer nicht hergeben«, klagte Mrs Appledore.

»Keine Sorge, meine Liebe, die sind alle so klamm, es ist nur eine Frage der Zeit, bis sie anfangen, Werke abzustoßen.«

Beim Blick über Mrs Appledores Schulter sah Barty die Sheikha von Alwabbi die Treppe hinaufkommen, flankiert von drei Kammerfrauen und sieben Sicherheitsbeamten. Sie trug ein herrliches weißes Kaschmirkleid und Ziegenlederschuhe mit diamantenbesetzten Absätzen.

»Wussten Sie, dass sie einen Raum von der Größe eines Tennisplatzes hat, nur für ihren Schmuck?«, fragte Barty.

»Wer? Von wem reden Sie?« Mrs Appledore drehte sich um und folgte Bartys Blick. »Oh, mein Gott. Sehen Sie diesen Stein? Das ist der Dar a Leila – er gehörte früher dem Schah Jahan. Ist es nicht herrlich, wie sie ihn hat einfassen lassen?«

Der Diamant war groß wie ein Taubenei und hing an einem Strang aus schwarzen Perlen.

»Äußerst elegant«, stimmte Barty zu. »Ich geh mich mal vorstellen.«

Kurz darauf verbeugte sich Barty bis zum Boden vor Ihrer Hoheit. Es war eine anmutige Geste. Nur leider zu viel für die Nähte seiner Kniehose. Diejenigen, die hinter Barty standen, erhaschten einen Blick auf seine scharlachrote Seidenunterwäsche. Barty quiekte. Ihre Hoheit vermutete hinter dem jähen Aufjaulen des Mannes eine Loyalitätserklärung, ähnlich dem Geheule, das ihre Untertanen ausstießen, wenn ein Mitglied der Alwabbi-Familie an ihnen vorbeiging.

Annie bog in den Hof der Royal Academy, erblickte einen lebenden indischen Elefanten und fragte sich kurzzeitig, ob sie verrückt geworden war. Er stand verloren vor dem Eingang, und auf seinem Rücken saß ein halb erfrorener Junge im Turban.

Was zum Teufel mache ich hier eigentlich?, dachte Annie, nahm ein Glas Wein in jede Hand und stieg die große Treppe hinauf. Die E-Mail vom Club der einsamen Herzen hatte sie am Nachmittag erreicht. »Letzter Aufruf für alle einsamen Herzen. Heute Abend findet von 18:30 bis 20 Uhr in der Londoner Royal Academy die Eröffnungsfeier der *Fête galante*-Ausstellung statt. Kommt zahlreich!« Da sie nicht wusste, womit sie die Stunden zwischen Memlings Abendessen und der Verabredung mit Jesse in der National Gallery totschlagen sollte, beschloss Annie, hinzugehen. Vielleicht würde ihr eine Ausstellung namens »Schall und Rausch – Frankreich im 18. Jahrhundert« ja ein paar Inspirationen für Delores' Essen geben.

Wladi, der keine Lust auf Barty hatte, betrachtete müßig die Bilder. Die meisten waren launige pastorale Szenen: Menschen, die mehr oder minder wie Barty verkleidet waren, vergnügten sich auf irgendwelchen Lichtungen. Thema und Atmosphäre standen in krassem Kontrast zu Wladis früherem Leben in Sibirien, und aus diesem Grund gefielen ihm die Bilder recht gut.

Am Ende des Hauptsaals hing ein einzelnes Bild von einem fast lebensgroßen, weiß gekleideten Clown, der den traurigsten Gesichtsausdruck hatte, den Wladi je gesehen hatte. Wladi begegnete dem Blick des Clowns und erkannte mit Entsetzen, dass dieser leblose Pierrot, der fast dreihundert Jahre vor Wladis Geburt gemalt worden war, dasselbe fühlte wie er. Der Clown strahlte ein Gefühl von Verlust aus, von Isolation in einem fremden Land, von einem Leben ohne Sinn und Zweck; vor allem war auch dieser Clown zurückgewiesen worden. Wladi wusste, dass dieser eigenartige Mann auf dem Bild genau wie er eine Frau geliebt hatte, die unerreichbar war, und ebenfalls ins Exil musste. Wladi begann zu weinen; große dicke salzige Tränen kullerten ihm die Wangen hinunter, gefolgt von unwillkürlichem Schluchzen, das ihm die Luft aus dem Brustkorb drückte. Er klopfte seine Taschen ab und hoffte, dass irgendjemand, einer seiner Diener vielleicht, ihm ein Taschentuch eingesteckt hatte. Natürlich war das nicht der Fall, und er zog sein Jackett in Richtung Nase.

»Hier, nehmen Sie das.«

Aus tränennassen Augen sah Wladi eine zarte Hand, die ihm ein großes Stück Stoff hinhielt.

»Mich macht er auch schrecklich traurig. Ich weiß genau, wie es ihm geht«, sagte Annie und reichte dem weinenden Mann das Geschirrtuch, das sie vergessen hatte, aus ihrer Arbeitshose zu nehmen.

Wladi trocknete sich mit dem gestreiften Stück Stoff die Tränen und betrachtete die Frau in schwarzer Hose, Dufflecoat und Doc Martens, die neben ihm stand. Sie hatte rotbraune Locken und ein paar verstreute Sommersprossen auf der Nase.

»Sind Sie Kunstberaterin?«, fragte er und dachte an Ljudmila.

»Ich bin Köchin«, sagte Annie.

Obwohl sie nicht blond und eher klein war, fand Wladi, dass sie irgendwie attraktiv wirkte, so wunderbar zart.

»Bringen Bilder Sie öfters zum Weinen?«, fragte Annie.

Wladi schüttelte den Kopf – die Sache wurde ihm allmählich peinlich.

»Sollen wir zusammen rumlaufen?«, fragte Annie. »Ich kenne hier niemanden.«

Wladi nickte und folgte ihr in den nächsten Saal. Nur wenige hatten sich von der großen Gruppe entfernt, und Wladi und Annie konnten sich in aller Ruhe die Bilder ansehen.

»Langsam fange ich an, Watteaus Arbeiten richtig zu mögen«, sagte Annie. »Seine Figuren sind so echt, die Farben so strahlend, und die Kompositionen knistern richtig vor Lebendigkeit.«

Wladi nickte, aber in Wirklichkeit betrachtete er Annie. War sie vielleicht die Frau, die ihn aus der Einsamkeit retten würde?

»Man kann ihre Gespräche regelrecht hören. Ich frag mich ja sogar, ob diese Bilder zusammengenommen nicht eine frühe Form der Sitcom sind? Gucken Sie mal«, sagte sie und blickte von einem Bild zum nächsten, »auf den verschiedenen Bildern tauchen immer wieder dieselben Leute auf.« Annie zeigte auf einen mondgesichtigen Mann und eine stupsnasige Frau, die erst auf dem einen Bild zu sehen waren, dann auf dem nächsten wieder. »Und hier, sehen Sie – hier ist wieder dieser Clown, nur dass er noch trauriger aussieht.«

Obgleich sein Englisch besser geworden war, konnte Wladi nur mühsam folgen.

»Heute Abend, essen gehen, wollen Sie?«, fragte Wladi in der Annahme, dass Barty schon ein passendes Lokal kennen würde.

»Nein, danke«, sagte sie entschlossen.

»Bitte«, sagte Wladi. Plötzlich wollte er wirklich, dass diese Frau mit ihm redete und den Abend mit ihm verbrachte.

»Ich bin schon verabredet«, sagte Annie. Vor ein paar Wochen noch hätte sie womöglich Ja gesagt. Sie mochte das traurige Gesicht des Russen, sein gebeuteltes Auftreten und sogar die grässliche übergroße Lederjacke. Es war amüsant, dass in diesem Meer von wohlhabenden Leuten, die sich alle kannten, der einzige andere arme und einsame Mensch sie zu einem Rendezvous eingeladen hatte.

Zwanzig Minuten später stand Annie mit Jesse und Agatha im Restaurierungsatelier der National Gallery und betrachtete das Bild. Es war Viertel vor acht, der Himmel draußen hatte sich tiefschwarz verfärbt und der Raum wurde von einer grellen Wolframlampe erhellt. Jesse versuchte möglichst ungezwungen zu wirken und Annie nicht zu oft anzusehen. Seit ihrem letzten Treffen war sie, wie er fand, noch schöner geworden. Ihre Haare legten sich wie ein rotbrauner Heiligenschein um ihr Gesicht und ihre weiße Haut schien im Dunkeln zu leuchten. Alles an ihr war zart und dennoch stark, kraftvoll und dennoch wehmütig. Im wenig schmeichelhaften Licht der Deckenlampe staunte er über ihre schwarzen Wimpern, die bläulichen Lider, die rosafarbenen Ohrläppchen und den Halbmond aus verstreuten Sommersprossen auf ihrem linken Handrücken.

»Es ist zwar noch viel zu früh für endgültige Aussagen«, sagte Agatha zu Annie, »aber die Chancen stehen gut, dass Ihr Bild aus dem frühen achtzehnten Jahrhundert stammt und keine Kopie ist.«

»Wie können Sie so sicher sein?« Annie gab sich alle Mühe, ihre Aufregung zu überspielen.

»Wir haben da einige technische Tricks auf Lager. Der erste besteht darin, einen Teilbereich zu säubern.« Sie zeigte auf ein Stück Himmel und die Baumwipfel in der oberen linken Ecke. Verglichen mit den stumpfen Gelbtönen auf dem restlichen Bild war diese kleine Ecke von der Größe einer Streichholzschachtel zum Leben erwacht; das Blattwerk schimmerte.

»Warum haben Sie nicht weitergemacht?«, fragte Annie.

»Allein diese kleine Ecke hat ungefähr fünfzehn Stunden mühsamer Arbeit gekostet«, erklärte Jesse. »Das geht nur im Schneckentempo, damit man nicht aus Versehen etwas kaputt macht.«

»Tut mir leid, ich wollte nicht undankbar klingen«, sagte Annie und errötete. Diese Frau arbeitete umsonst und in ihrer Freizeit an dem Gemälde.

Agatha lächelte. »Wie gesagt, das Bild hat Jesse wieder in mein Leben gebracht, also, schon in Ordnung.«

Jesse lächelte Agatha dankbar an.

»Das Hauptproblem ist, dass die Originalfarbe immer wieder mit Schichten aus dickem braunem Firnis bedeckt wurde. Im Verlauf werden wir uns entscheiden müssen, ob wir sie ganz abnehmen oder nur ausdünnen. Ersteres ist zwar einfacher, aber es kann passieren, dass man die alte Patina gleich mit entfernt. Dankenswerterweise haben diejenigen, die die letzten ein bis zwei Schichten draufgeklatscht haben, einen Harzfirnis verwendet; den bekommt man ganz gut wieder ab.«

Sie nahm ihre Taschenlampe und bedeutete Annie, näher an das Gemälde heranzutreten. Mit dem Zeigefinger deutete sie auf das gesäuberte Stück Leinwand.

»Wer immer hier am Werk war, er war ein äußerst geschickter Maler: Sehen Sie sich die Blätter an. Alles hat die Tiefe und Bewegung einer Lichtung an einem heißen Sommertag, man kann das Vogelgezwitscher fast hören und das sonnenwarme Laub fast riechen, und das mit nur wenigen braunen und roten Farbtupfern.«

»Aber es sieht aus wie Grün und Gold«, sagt Annie und starrte voller Verwunderung hin.

»Er hat einen blauweißen Malgrund vorbereitet und dann mit ganz leichter Hand gestrichelt«, sagte Agatha und leuchtete mit der Taschenlampe über den Bereich. »Möglich wäre auch, dass er einen eigenen grünen oder braunen Firnis benutzt hat. Wenn wir zu viel Firnis abnehmen, könnte es sein, dass wir seine Arbeit wegwischen.«

Sie legte die Taschenlampe hin, ging an ihren Arbeitstisch und kam mit drei großen Schwarzweißfotos zurück. Annie betrachtete das erste Foto, konnte aber wenig damit anfangen – es war körnig und verschwommen, in einer Ecke jedoch war die Ahnung einer Gestalt mit ein paar weißen Flecken. Bei genauerem Hinsehen erkannte sie die Umrisse eines Clowns. Auf dem nächsten Foto entdeckte sie die Frau und ihren Verehrer. Das letzte Foto war für ihr ungeschultes Auge nicht zu entziffern; es bestand aus lauter Quadraten und Zahlen.

»Sie wundern sich zu Recht«, sagte Agatha lächelnd. »Diese beiden Röntgenbilder sind klar, aber das hier zeigt die Rückseite der Leinwand. Diese seltsamen Formen hier deuten auf wichtige und aufschlussreiche Stempel hin, die sich unter den diversen Leinwandschichten verbergen.«

»Ist ein bisschen wie ein Geburtstagsgeschenk – man weiß von außen nicht, was drin ist«, sagte Jesse, und er und Agatha lachten.

»Was sind das für Stempel?«, fragte Annie, die immer noch nicht folgen konnte.

»So wie ein Bauer seine Rinder kennzeichnet, haben die jeweiligen Besitzer ein Zeichen hinterlassen«, erklärte Agatha, bevor sie zwei Fotokopien von ähnlichen Wappen aus einem Buch nahm und neben das große Foto legte.

»Dieses Zeichen ist unzweifelhaft das Wappen, das Friedrich der Große, der König von Preußen, verwendet hat, aber noch interessanter ist, dass diese Ziffer hier, 312, zu dem System gehört, mit dem Ludwig XV. alle Bilder katalogisiert hat, die zwischen März und September 1745 in seine Sammlung gekommen sind.«

»Woher wissen Sie das alles?«, fragte Annie und betrachtete die Zahlensequenz.

»Ein Kollege von mir hat sich jahrzehntelang damit befasst, Querverweise von unseren zeitgenössischen Verkaufskatalogen zu den Inventaren aus dieser Epoche zu ziehen. Dank seiner Untersuchungen können wir genau bestimmen, wann ein bestimmtes Werk in die königliche Sammlung aufgenommen wurde und wann es sie verlassen hat.«

»Vielleicht sollte das Museum mal damit anfangen, die Bilder mit der Rückseite nach vorne aufzuhängen«, scherzte Jesse.

»Du wirst lachen, aber genau das haben wir schon öfter diskutiert«, sagte Agatha.

»Was haben Sie sonst noch entdeckt?«, fragte Annie.

»Es gibt noch zwei andere Zahlen – hier, am unteren Rand, 234. Und in der oberen rechten Ecke sehen Sie den Umriss einer 80 – Letztere könnte auf Katharina die Große deuten, aber das wäre ja fast ein bisschen zu viel des Guten.«

»Warum?«

»Es würde heißen, Ihr kleines Bild hätte die interessanteste Geschichte, die mir jemals untergekommen ist.«

Annie, Jesse und Agatha betrachteten das Gemälde. Annie dachte wieder an den Mann mit dem Ambossgesicht im British Museum: War das die Antwort auf seine Frage? Sie versuchte sich an die Namen der Königinnen und Könige zu erinnern. Was hatte er gesagt? Ludwig, Katharina und Victoria?

»Stell dir mal vor – du hättest etwas mit einigen der größten Herrscher der Geschichte gemein«, sagte Jesse zu Annie.

»Von König zu Königin zu Miss Annie McDee, mit einer Mietwohnung in Shepherd's Bush, vier Paar Hosen, elf Blusen, drei Paar Schuhe, ein schwarzes Kleid, eine kaputte Waschmaschine«, sagte Annie selbstironisch.

»Und ein Meisterwerk«, fügte Jesse hinzu.

»Das erklärt zum Teil, warum Menschen Kunst besitzen wollen. Es verbindet sie mit einem glorreichen Erbe und großen Herrschern«, sagte Agatha.

Annie winkte Jesse gespielt majestätisch zu, und er konterte mit einer ehrerbietigen Verbeugung.

»Es gibt sogar noch mehr gute Nachrichten«, sagte Agatha und zeigte Annie etwas, das nach einem Röntgenbild aussah. Unter den Grautönen schimmerten die fließenden weißen Linien einer Vorzeichnung des Künstlers kaum wahrnehmbar hindurch.

»Wir haben das Bild mit Infrarot durchleuchtet, und wenn Sie genau hinsehen, können Sie eine Untermalung erkennen.«

»Was heißt das?«, fragte Annie verwirrt.

»Dass es sich höchstwahrscheinlich nicht um eine Kopie handelt. Kopisten brauchen nicht herauszuarbeiten, wohin sie ihre Figuren stellen – das hat ja schon der Künstler selbst erledigt.«

Agatha holte zum Vergleich einen Stapel Fotokopien der Reflektografien anderer Watteau-Gemälde hervor.

»Ich würde jetzt meine Hand nicht dafür ins Feuer legen …, aber das hier sind Durchleuchtungen von anderen Bildern Watteaus, und man sieht einige Ähnlichkeiten.«

Annie sah genau hin, aber für ihre Begriffe wirkten die weißen Striche völlig beliebig.

»Das ist so wie eine Handschrift, die man wiedererkennt«, erklärte Jesse. »Jeder Künstler hat einen eigenen Duktus, eine eigene Technik.«

Auf einem der Beispielbilder glaubte Annie unter der pastoralen Szene ein schwaches Muster ausmachen zu können – ein Schild? Eine Lanze? »Was bedeutet das?«, fragte sie.

»Watteau war zu arm, um sich Leinwand kaufen zu können, also malte er auf allem, was gerade zur Hand war. In diesem Fall auf der Rückseite eines Kutschenschlags mit verschiedenen Wappen drauf. Wir kennen noch ein Gemälde, *Die Liebeserklärung*, da hat er einen Kupferstich übermalt.«

»Er war so arm, dass er sich nicht mal ein Stück Leinwand leisten konnte?«, fragte Annie.

»Davon gehen wir aus. Wir haben noch einen weiteren Hinweis auf seine finanzielle Situation gefunden. Kommt mal mit«, sagte Agatha und führte sie aus dem Raum, einen schmalen Korridor entlang und durch eine Doppeltür. Jenseits dieser Tür befand sich eine Reihe von Räumen, die wie ein Forschungslabor eingerichtet waren.

Das Zimmer war klein und dunkel. Auf dem Tisch standen mehrere Computer, und die Wände waren gesäumt mit Regalen voller Reagenzgläser und wissenschaftlichen Geräten. Annie sah Jesse verblüfft an. Sie lief jeden Tag an der National Gallery vorbei und hatte immer angenommen, dass es sich ausschließlich um einen Aufbewahrungsort für Gemälde handelte.

Vor einem der Bildschirme saß ein Mann in einem weißen Kittel mit wilden grauen Haaren und erkennbar guter Laune.

»Das ist Dr. Frears«, sagte Agatha.

»Die glückliche junge Dame«, sagte Dr. Frears, stand von seinem Rechner auf und reichte Annie die Hand. »Die meisten von uns können nur davon träumen, mit einem wirklichen Kunstwerk aus einem Trödelladen zu spazieren.«

»Das passiert wahrscheinlich nur Leuten, die von nichts eine Ahnung haben«, sagte Annie scherzhaft.

»Möchten Sie sehen, was ich mir gerade anschaue?«

Annie nickte. Trotz ihrer Skepsis und der bevorstehenden Veranstaltung für Delores regten diese sympathischen Menschen mit ihren außergewöhnlichen Kenntnissen ihre Fantasie an. Sie folgte Dr. Frears zu seinem Rechner und sah ein Bild, das aussah wie ein Ausschnitt aus einem Blätterteigkuchen mit verschiedenfarbigen Schichten aus Sahne und Obst.

»Ein Kuchen?«, fragte sie

»Dies ist der Querschnitt einer klitzekleinen Menge Farbe von Ihrem Bild, mehrere Millionen mal vergrößert«, erklärte Dr. Frears. »Dieses kleine Farbpartikel ist für das menschliche Auge unsichtbar, aber es kann uns jede Menge erzählen.«

Fasziniert, aber völlig verdutzt sah Annie erneut auf den Bildschirm.

»Die Pigmente in Ihrem Gemälde sind identisch mit denen aus anderen Werken von Antoine Watteau. Dieses winzige Fragment Preußischblau ist besonders interessant – wir wissen, dass dieses Pigment erst Anfang 1700 nach Paris kam. Wie konnte sich Ihr Maler das leisten? In diesem unteren Abschnitt befindet sich Eisenoxid, das er häufig benutzt hat und von dem wir wissen, dass es aus einem Laden ganz in der Nähe seiner Wohnung stammte.«

Annie und Jesse beugten sich vor den Bildschirm, um die gemaserten und verschiedenfarbigen Schichten zu begutachten.

»Wie dieser junge Mann«, sagte Dr. Frears und nickte Jesse zu, »schon vermutet hat, können wir nicht ausschließen, dass das Bild von Watteau stammt.«

»Aber es ist doch damit bewiesen, oder?«, sagte Annie.

»So weit können wir leider nicht gehen. Unsere Arbeit besteht eher darin, auszuschließen als nachzuweisen«, sagte Agatha.

»Eine weitere absolut spannende Entdeckung ist das hier«, sagte Dr. Frears und zeigte auf einen winzigen schwarzen Fleck. »Hierbei handelt es sich nämlich um ein Stück Pinselhaar.«

Annie biss sich auf die Lippe – beinahe hätte sie gekichert. Womit sollte jemand sonst auch malen, wenn nicht mit einem Pinsel?

Dr. Frears fuhr unbeirrt fort. »Die Farbe enthält auch Spuren von Wein und Blut und irgendeiner Art tierischen Fetts.«

»Vielleicht sollten wir unseren Freunden am King's College seine DNA schicken«, schlug Agatha vor.

»Damit sie den Maler klonen können?«, fragte Annie.

Dr. Frears lächelte. »Man weiß ja nie!«

Eine Stunde später saßen Annie und Jesse am Ecktisch einer kleinen Kneipe nahe des St. James's Square und tranken Weißwein.

»Ich hätte dir lieber Champagner spendiert«, sagte Jesse entschuldigend.

»Alles wunderbar, danke«, sagte Annie.

»Auf dein Gemälde.« Jesse hob sein Weinglas, und er und Annie stießen an. Mit ihm ein Glas trinken zu gehen war das Mindeste, was sie tun konnte. An der Wand hinter der Bar hing eine Uhr, es war halb neun; Annie war müde und wollte eigentlich nach Hause.

»Du musst ja wahnsinnig aufgeregt sein wegen des Bildes«, sagte Jesse.

»Aufgeregt? Ich versteh das alles nicht. Es deutet einiges darauf hin, dass das Bild echt ist. Die Restauratorin mag es und der Wissenschaftler bewundert es. Es besteht den Alterstest. Es besteht den Farbtest. In einem Katalog gibt es sogar einen Kupferstich genau dieser Arbeit, aber nichts davon spielt eine Rolle, bis die entsprechenden Experten ihren Segen geben.«

»Kunst ist subjektiv«, sagte Jesse.

»Gott ist auch subjektiv.«

»Ist es nicht tröstlich, dass Schönheit nicht wissenschaftlich belegt werden kann? Dass sie im Auge des Betrachters liegt?«, fragte Jesse.

»Das ist mir zu allgemein.«

»Ist es nicht ähnlich wie beim Kochen – man kann nie genau sagen, wie es gelingen wird?«

»Beim Kochen gibt es zumindest einen zeitlichen Rahmen – wenn man zu lange weitermacht, verdirbt es oder brennt an.«

»Wir haben in relativ kurzer Zeit so viel herausgefunden«, sagte

Jesse. »Wir wissen, dass das Bild alt ist, dass es in derselben Zeit gemalt wurde, in der Watteau gelebt hat. Dass es im Besitz von ein paar hochtrabenden Leuten war und dass es keine Kopie ist.«

»Und jetzt?«

Würde ich dich gern küssen, dachte Jesse. Ich sehne mich danach, dich in meine Arme zu schließen und dir die Wut und den Schmerz von den Schultern zu nehmen und deine Lider zu küssen, bis die Verwirrung nachlässt. Ich will den ganzen Tag an deiner Seite sein, um dir zu beweisen, wie wundervoll du bist. Ich muss dir irgendwie sagen, wie besonders und außergewöhnlich ich dich finde.

Doch er unterdrückte seine Gefühle und sagte: »Lass uns versuchen, eine Linie der Besitzer vom heutigen Tag bis zurück ins frühe achtzehnte Jahrhundert zu zeichnen, um den Fall noch überzeugender zu machen.«

Annie warf einen Blick durch die Kneipe und sah ein Pärchen, das gemütlich dasaß und eine Urlaubsbroschüre durchblätterte. Irgendetwas strahlte die Frau in der Armbeuge des Mannes aus, das in Annie eine überwältigende Sehnsucht nach Zärtlichkeit weckte.

»Warum?«, fragte sie und zwang sich zurück in die Gegenwart.

»Warum was?«, fragte Jesse.

»Warum hilfst du mir?«

»Ist das nicht klar?«, sagte Jesse. »Ich mag dich. Sehr. Ich hatte gehofft, dass du mich auch ein bisschen magst, wenigstens genug, um dich weiter mit mir zu treffen.«

Annie blickte in ihr Weinglas und spürte wachsende Panik. Mit bedeutungslosen Begegnungen konnte sie umgehen, aber die Aussicht auf eine Beziehung mit echten Gefühlen machte ihr schreckliche Angst.

»Mir geht es aber nicht so. Tut mir leid.« Sie stand auf, zog sich ihren Mantel über und eilte aus der Kneipe. Sie eilte davon und sagte zu sich: Ich darf mich auf keinen Fall auf jemanden einlassen, das führt zu nichts. Ich darf es nicht tun.

Jesse saß ein paar Augenblicke da und starrte in sein halb ausgetrunkenes Glas. Er wusste nicht, was an seinen Worten so schlimm gewesen war. Wie hatte er die Situation so missdeuten können? Annie hatte ihn zwar nie aktiv ermutigt, aber auch nicht zurückgewiesen. Er war nicht böse, nur enttäuscht. Er sprang hoch und rannte ihr nach.

Er blickte die King Street hinauf und hinunter und sah, wie Annie mit hochgezogenen Schultern in Richtung St. James's Square ging. Jesse sprintete die Straße hinunter und holte sie ein, gerade als sie um die Ecke bog.

»Warte doch bitte«, sagte er keuchend. »Liebeserklärungen sind nicht gerade mein Hobby – genau genommen bist du die Erste, der ich eine mache, und falls es dich interessiert: Ich komm mir gerade vor wie der letzte Idiot, dir so nachzurennen, aber ich bin überwältigt, buchstäblich überwältigt von meinen Gefühlen für dich – mir ist klar, dass das wahrscheinlich jetzt mein Todesurteil ist, aber auch wenn's das jetzt war, auch wenn ich alles total in den falschen Hals gekriegt habe, weißt du wenigstens, wo du mich findest, falls du's dir doch nochmal anders überlegen solltest.«

Und damit drehte er sich um und ging davon, ohne Annie auch nur einen Moment Zeit für eine Antwort zu lassen.

# 19. Kapitel

Wahrscheinlich haben Sie es längst bemerkt: Der junge Museumsführer hat sich in meine Herrin verliebt; Gott sei Dank hat sie jedoch mit alledem nichts mehr zu schaffen. Sie hat das Ganze in Kisten gepackt, mit der Aufschrift »Vergangenheit« versehen und auf den Dachboden gestellt. Ich bin sehr erleichtert, da die Liebe ja bekanntlich den gesunden Menschenverstand vernebelt: Werfen Sie einen Blick zurück in die Geschichte und denken Sie an all die Dummheiten und Unsittlichkeiten, die im Namen der Liebe verübt worden sind. Die Liebe ist ruinös, und wir verschwenden mit ihr nur unsere Zeit. Ich muss es wissen, ich habe genug gesehen in meinem Leben.

Die Liebe vermag es, zumindest phasenweise, Langeweile und Hunger zu vertreiben, doch wir wollen die Kirche im Dorf lassen. Der Tod ist das Einzige, was dem Menschen gewiss ist.

Wie dem auch sei, zurück zum Wesentlichen. Also zu meiner Wenigkeit. Annie muss meine Geschichte erforschen. Weshalb ist sie so wichtig? Die Menschen brauchen Methoden zur Klassifizierung und Selbstversicherung: Preise geben Aufschluss über den Wert einer Sache; Gelehrsamkeit ebenfalls. Schreibt ein großer Denker überzeugend über einen Maler oder sein Werk, wird das Ansehen des Malers gestärkt. Mein einstiger Besitzer, der mittellose Kunsthändler Monsieur Duveen (der Begründer des Kunstmarkts, wie wir ihn heute kennen), engagierte Bernard Berenson, einen der größten Gelehrten der Zeit, und gemeinsam entfachten die beiden Herren um manches Werk herum einen regelrechten Sturm der Begehrlichkeit.

Der Wert einer Sache erwächst zudem aus Assoziationen. Oder wie Augustinus sagte: »Sag mir, mit wem du gehst, und ich sage dir, wer du bist.« Bildlich gesprochen heißt das: Sage mir, neben wem du hängst, und ich sage dir, was du wert bist. Verliebt sich eine schöne, begehrenswerte junge Dame in einen Mann von schlichtem Äußeren, wird er mit einem Mal attraktiv. Lobt ein bestimmter Zirkel ein Buch als besonders feinsinnig, wollen es alle lesen. Was Sie, liebe Leser, angeht: Ich gehörte einem Trödler und bin jetzt Eigentum eines Mädchens, also halten Sie mich für unbedeutend. Erzähle ich Ihnen aber, dass ich mich im Besitz befand von Königen, Königinnen, einem Kaiser des Heiligen Römischen Reiches, einem Papst, einem großen Philosophen und einigen anderen Personen, da spitzen Sie die Ohren.

Während die Jahrzehnte vorbeizogen, während ich von einem illustren Besitzer zum nächsten wechselte, ist mein Wert immer mehr gestiegen. Wer hätte nicht etwas haben wollen, das einem großen Kaiser oder König einmal kostbar war? Wer möchte nicht mit vergangener Glorie in Verbindung gebracht werden, mit einer Fülle von Macht? Die meisten wollen eine Bestätigung ihres Geschmackes. Kunst ist etwas gänzlich Subjektives. Wie tröstlich also, wie bejahend muss es sein, denselben Geschmack zu haben wie eine monumentale historische Figur. Große Geister denken ähnlich.

Meine Geschichte hat mit Sex, Liebe und Lust und sogar der einen oder anderen Leiche etwas zu tun. Was nun folgt, ist keine trockene Geschichtsstunde; es ist eine Vergnügungsfahrt in rasantem Tempo. Ich heiße und verkörpere *Die Launenhaftigkeit der Liebe*. Ich wurde gemalt, um *l'amour* zu feiern, die wilden Kaskaden der Liebe, die ausgelassene, ungezähmte, verheerende und umgestaltende Leidenschaft, die unweigerlich der elenden, erdrückenden und maßlosen Enttäuschung den Weg ebnet. Erst legte mein Meister ungezügeltes Feuer, ungehinderte Lust und unstillbaren Durst in jeden kleinsten Pinselstrich. Noch während des Malens musste er akzeptieren, dass seine Gefühle ein Hirngespinst waren. Dies ist die große Tragödie der Liebe – hat man schon das Glück, ihr überhaupt zu begegnen, so ist sie nicht von Dauer. Jeder junge Mensch glaubt, dass es in seinem Fall anders sein wird; bedauernswerte Narren, allesamt.

*Alors.* Zeit seines Lebens hat mein Meister den Ruhm und die Anerkennung, die ihm gebührten, nicht bekommen. Hätte er länger gelebt, wäre er auch nur im Entferntesten am höfischen Leben interessiert gewesen und hätte einen ausgefuchsteren Kunsthändler gehabt, wären die Dinge anders gelaufen. Eine Sache jedoch hatte er, die den meisten Mächtigen fehlt: kreatives Talent. Mir ist aufgefallen, dass die Menschen in dem Moment, in dem sie reich werden und ihre irdischen Sehnsüchte gestillt haben, in ein quälendes spirituelles Vakuum treten. Die wenigsten Reichen werden religiös. Wozu, wenn ein Kamel eher durch ein Nadelöhr geht als ein reicher Mann in den Himmel? Stattdessen wenden sie sich der tröstlichen Macht der Schönheit zu. Kunst gibt den Sterblichen das Gefühl, dem Himmel näher zu sein. Sehen Sie sich die vielen Päpste an, die den Vatikan mit Michelangelos oder Berninis füllten, und die Adligen und Könige: die Sforza und Leonardo da Vinci; die Medici liebten Raffael; Karl V. liebte Tizian; Philipp von Spanien liebte Velázquez und so weiter. Ich lernte einmal ein zynisches Gemälde von Courbet kennen, das behauptete, die Reichen würden nur deswegen Kunst kaufen, weil ihnen nichts anderes mehr einfiele, um ihr Geld loszuwerden. Ein Corot behauptete, es sei das Nachahmungssyndrom – der Wunsch, mit anderen mitzuhalten. Nichts macht den Menschen mehr zu schaffen, als irgendetwas nicht haben zu können.

Des Weiteren habe ich beobachtet, dass Sammler aus unterschiedlichen Beweggründen Kunst kaufen: teils als Investition, teils um sich vor ihren Freunden aufzuspielen, teils zu Dekorationszwecken, aber hauptsächlich doch in der Hoffnung, dass der Mantel der Kreativität sich auch über ihre Schultern breite. Schönheit an sich hat einen Wert. Von den frühesten chinesischen Dynastien über die Pharaonen und Griechen und immer weiter durch die Geschichte hindurch haben die Menschen geglaubt, dass Schönheit transformative Eigenschaften habe, dass sie helfe, sich besser zu fühlen, dass sie den Menschen aus dem Morast der Alltäglichkeit auf eine höhere Ebene hebe.

Meine kleine Theorie besagt, dass allen menschlichen Ängsten die Furcht vor der Einsamkeit zugrunde liegt. Es beginnt mit der Vertreibung aus dem Mutterleib und endet mit einem Loch in der Erde. Dazwischen wütet ein erbitterter Kampf wider die Trennungsangst durch jedwede Form von Befriedigung – Liebe, Leidenschaft, Besitztümer, Alkohol, derlei Dinge. Meine Komposition erzählt von der flüchtigen, transformativen Erlösung von dem Alleinsein durch die Liebe, trotz der kalten Gewissheit, dass diese Erlösung nur befristet ist.

Sie werden sehen, wie all diese Motive bei all meinen Besitzern immer wieder zum Tragen gekommen sind.

Das Paris des frühen achtzehnten Jahrhunderts war ein Dorf, und als sich herumsprach, dass ein gewisser Maler sich weigere, ein Bild zu verkaufen, kitzelte dies den Gaumen aller. Es gibt nichts Begehrenswerteres als das, was man nicht haben kann. Obwohl mich die wenigsten mit eigenen Augen gesehen hatten, schickten die Reichen und Mächtigen ihre Gesandten, Botschafter und Lakaien mit Gold und Edelsteinen, um meinen Meister zum Verkauf zu drängen. Der Versuch, mich zu gewinnen, wurde zur Ehrenmedaille, zu einem verrückten Spiel. *Non*, sagte Antoine jedes Mal. Mein Verkauf hätte ihn retten, ihm ein anständiges Dach über dem Kopf, den besten Arzt, das beste Essen beschaffen können. Überlegen Sie, was er alles hätte zuwege bringen können, hätte er ein eigenes Atelier gehabt (er nistete sich stets bei anderen ein) oder vernünftige Farben (Zobelhaarpinsel oder hochwertige Pigmente konnte er sich nie leisten). Doch ich war für ihn eine Art Talisman. »Du bist alles, was mir von ihr geblieben ist«, sagte er jedes Mal, bevor ihm wieder die Tränen kamen. Er wollte sich partout nicht von mir trennen.

Ich erinnere mich an einen Nachmittag im Jahr 1709: Madame de Maintenon, die von ihrem Freund, dem Comte de Caylus, einem der Käufer meines Meisters, erfahren hatte, dass es mich gab, besuchte Monsieur Crozat und verlangte den schurkischen Maler zu sehen, der sich geweigert hatte, ihrem Lakaien ein gewisses Bild zu verkaufen. Crozat bebte vor Angst, wie es jeder Normalsterbliche getan hätte. Madame de Maintenon war die königliche Mätresse, die heimliche Königin, und Befehl war nun einmal Befehl. Crozat versprach, alles in seiner Macht zu tun, um meinen Meister zum Verkaufen zu bringen. Doch mein Meister weigerte sich standhaft. (Zu meiner Enttäuschung, muss ich gestehen. Ich hätte mich gern in Versailles ein wenig umgesehen.) Seine Weigerung hatte direkte Konsequenzen: Den Prix de Rome bekam ein anderer, und mein Meister erhielt eine Absage von der Königlichen Akademie. Außerdem wurde ein inoffizielles Dekret erlassen, dass seine Arbeiten von niemandem gekauft werden durften.

Nachdem mein armer Meister in schrecklicher Armut starb (so jung, mit einer solchen *tristesse*, welche Verschwendung), gab es unter seinen Freunden ein kleines Gerangel, wer mich erben sollte. Am Ende gewann Jean de Jullienne, jedoch nur unter der Bedingung, dass er mich zeit seines Lebens nicht verkaufen würde. Er hatte es ehrlich gemeint, doch in einem Meer der Bedrängnisse werden selbst die besten Absichten über Bord geworfen. Denn, sehen Sie, Monsieur Jullienne hatte ein Problem, das Monat für Monat wuchs; zwischen 1726 und 1735 überwachte und finanzierte er die Publikation von etwa 495 Drucken und vier Bänden des Catalogue raisonné mit den Arbeiten meines Meisters, ebenjenen, die Annie im British Museum studiert hatte. Es war ein bislang ungekanntes Engagement für einen zeitgenössischen Künstler. Jullienne jedoch war kein reicher Mann. Er geriet in finanzielle Not und beschloss, das Juwel seiner Sammlung, mich, einer größeren Sache zu opfern. Es mangelte nicht an Kaufangeboten, aber Jullienne wollte mir unbedingt einen passenden Besitzer beschaffen. Georg I., die Vormunde des jungen Ludwig XV., zwei Päpste und jede Menge Adlige schickten Gesandte, um ihr Angebot zu unterbreiten, und es waren beträchtliche Angebote. Er lehnte alle ab, bis es an einem nicht enden wollenden düsteren Nachmittag im Jahr 1729 an seiner Tür klopfte. Der Mann vor ihm war geschwächt vor Kummer und Erregung, und die Geschichte seiner Liebe und seines Leidens sprudelte nur so aus ihm hervor. An jenem Nachmittag war er der Liebe seines Lebens begegnet, und irgendwie musste er die Dame von seiner Leidenschaft überzeugen.

Ihr Name war, Gabrielle Émilie le Tonnelier de Breteuil Marquise du Châtelet; er hieß François-Marie Arouet, besser bekannt unter dem Namen Voltaire, der große Schriftsteller, Historiker, Philosoph und Verfechter der Bürgerrechte. Unglücklicherweise war die Marquise Émilie zu ebendiesem Zeitpunkt nicht nur verheiratet, sondern auch noch schwanger. Sie hatte Voltaires Annäherungsversuche als unsittlich und unpassend zurückgewiesen. Die gute Dame war Mathematikerin und Physikerin, und, wie man sich denken kann, keine Freundin von ungestümen Erklärungen. Voltaire liebte sie auf der Stelle und versprach, ihre Niederkunft abzuwarten. Sie verdrehte die Augen und wirkte alles andere als begeistert. »Sie müssen verstehen, Monsieur Jullienne«, rief dieser wichtige Mann, »ich brauche ein Liebespfand, etwas, das neben ihrem Bett hängen und sie unablässig, auf romantische Art, an mich erinnern wird.«

Und so geschah es, dass ich Ende 1729 in einer Kutsche Paris verließ. Es war nicht meine erste Reise weg aus der Metropole – wir waren in London gewesen (eine abscheuliche Stadt), in Valenciennes, der Heimat meines Meisters, und es hatte die eine oder andere Landpartie gegeben. Ich sollte erfahren, dass Émilies Ehe mit dem Marquis Florent-Claude du Chastellet-Lomont erst vier Jahre zuvor arrangiert worden war, als sie zarte achtzehn und er bereits dreißig war. Zwei Kinder kamen in rascher Folge, und obwohl sie versuchte, ein drittes zu vermeiden, wurde sie kurz vor der ersten Begegnung mit Voltaire erneut schwanger (das Ergebnis einer Vergewaltigung, falls Sie's genau wissen wollen). Das könnte die Eile erklären, mit der sich Émilie auf den Landsitz ihres Mannes im Nordosten des Landes verfügte und ihn in der Stadt zurückließ, wo er sich in Ruhe an seinen Mätressen und Prostituierten vergehen konnte.

Ich bewunderte Émilie, wurde aber mit ihr nie warm. Sie war viel zu ernst. Ihr Vater, ein niederer Adliger und *salonnier* am Hofe Ludwigs XIV., entdeckte den Intellekt seiner Tochter in jungen Jahren und dressierte sie beinahe wie einen Affen. Ihre Tricks bewegten sich eher auf geistiger Ebene. Schon mit zwölf sprach sie fließend Lateinisch, Griechisch, Italienisch und Deutsch. Sie zerstreute sich, indem sie Fremdsprachen ins Französische übersetzte. Natürlich war ihre Mutter entsetzt über diese wenig damenhaften Formen des Zeitvertreibs, und sie drohte, Émilie in ein Kloster zu stecken. Ein starker weiblicher Intellekt bringt bekanntlich die Leidenschaft zur Strecke. Brüste sind den Männern lieber als Grütze. Émilies einziger Verehrer war der langweilige alte Marquis. Selbst Voltaire schrieb in einem Brief an den befreundeten Friedrich II., sie sei »ein großer Mann, dessen einziger Fehler es ist, eine Frau zu sein«. Nun, das war ein wenig hart. Sie konnte tanzen, halbwegs Spinett spielen und leidlich singen, aber das wurde damals von allen Damen erwartet.

Émilie hängte mich neben ihr Bett. Ich sage mir immer, dass ich das Erste und Letzte war, woran sie dachte. Und mein Zauber entfaltete seine Wirkung. Vier Jahre später war Voltaire ihr Geliebter und eine feste Größe im Château der Familie. Der alte Marquis zuckte nur mit den Schultern; er suchte sich eine üppige Dirn, dumm wie Bohnenstroh. Dass es mein berauschendster Posten war, kann ich nicht gerade behaupten. Voltaire und seine Geliebte pflegten ein eher geistiges denn fleischliches Verhältnis. Stürzte er mit feurigem Blick und gerafftem Nachthemd in ihre Kammer, war es meist, um irgendeine freigeistige Theorie zu diskutieren oder aus einer seiner Schriften zu lesen. Während ich nur herumhing, vollendete er 438 Bücher, Dramen, Briefe, Gedichte und Pamphlete, dazu wissenschaftliche und historische Arbeiten. Émilie war nicht minder produktiv: Sie verfasste Aufsätze über kinetische Energie, das Feuer, physikalische Gesetze, Algebra und Analysis. Wie ich höre, ist ihre Übersetzung von Isaac Newtons *Principia Mathematica* nebst Kommentar noch immer erhältlich.

Das soll aber nicht heißen, Voltaire sei ein Langweiler gewesen! Tatsächlich war er wahrscheinlich mein amüsantester, gescheitester und inspirierendster Besitzer. Émilie indes, bei all ihrer Geistesschärfe, wollte die Erotik auskundschaften. Ob als weiteres Forschungsfeld oder als wirkliches Bedürfnis, sei dahingestellt – jedenfalls sehnte sie sich nach Leidenschaft, starken Armen, Wollust und Rausch. Sie begann sich Liebhaber zu nehmen, aber keiner stellte sie zufrieden (ich sollte es wissen – ich war dabei). Voltaire störte sich nicht daran; ich bin nicht sicher, ob es ihm überhaupt auffiel.

An einem sonnigen Nachmittag im Jahre 1745 geschah es, da sah sie *ihn*, den Dichter Jean François de Saint-Lambert; endlich hatte Émilie gefunden, was sie unbedingt erringen wollte. Es war Liebe auf den ersten Blick, eine zügellose Leidenschaft. Das Gefühl beruhte jedoch nicht im Entferntesten auf Gegenseitigkeit. Émilie war Zurückweisungen nicht gewohnt. Als vermögende, mächtige und kluge Frau gab es kaum eine Situation, die sie nicht lösen konnte. Zum ersten Mal in ihrem kurzen Leben gingen ihre Gleichungen, Hypothesen und Theoreme nicht auf. In Liebesdingen kennt das Herz keine Logik, der Kopf kennt keine Vernunft. Émilies Problem hieß Madame de Boufflеurs, besser bekannt als Madame de Volupté, für die Jean François leidenschaftlich entbrannt war.

Die arme Émilie ließ nichts unversucht. Sie ließ Taschentücher fallen, ihr Pferd durchgehen, sie fuhr Süßigkeiten, Feierlichkeiten, Sonette auf, aber nichts fruchtete. Dann eines Tages fiel ihr Blick durch einen Tränenschleier auf *mich*, und es war, als sähe sie mich zum ersten Mal. Zwei Stunden später, am Nachmittag des 22. Januar 1745, wurde ich dem Dichter ins Haus geschickt. Er verstand, welche Macht ich hatte, aber anstatt mich zu behalten, wurde ich umgehend Madame de Volupté vorgeführt. Ich muss sagen, das Leben in ihrem Schlafzimmer war nicht uninteressant. Ein König, ein Dichter, ein Rechtsgelehrter und sogar ein Abt gingen in einer einzigen Woche durch ihr Boudoir.

Am Abend des 28. Februar 1745, ich werde es nie vergessen, tauchte eine gewisse Dame in der Kammer meiner neuen Herrin auf: Jeanne-Antoinette Poisson. Sie war gekommen, um sich Rat zu holen in der Frage »Wie angelt man sich einen König?«. Beim königlichen Maskenball am 26. Februar war sie Ludwig XV. vorgestellt worden, und der Monarch hatte Gefallen an ihr gefunden. Vor Kurzem war seine dritte offizielle Mätresse verstorben und hatte eine Leerstelle geschaffen. Es war das attraktivste Stellenangebot für jede Frau westlich von Konstantinopel. Allerdings war sie nicht die einzige Kandidatin.

Madame de Volupté gab ihr einige vorzügliche Ratschläge: Vergiss die Koketterie, sei direkt, sei leidenschaftlich und doch anständig.

Männer brauchen Bestätigung; sie müssen wissen, dass du sie liebst. Sie ließ den Blick durchs Zimmer schweifen, ihr Blick fiel auf mich, und schon wurde ich Jeanne-Antoinette in die Hand gedrückt. Einmal mehr waren meine Kräfte als Aphrodisiakum und Kirke erkannt worden. Zehn Tage später wurde ich dem König von Frankreich geliefert. Sehr zufriedenstellend, es nun doch nach Versailles geschafft zu haben. *Naturellement* dauerte es dank meiner Inspirationskräfte keine drei Wochen, da wurde Madame Poisson zur offiziellen Mätresse ernannt (für die Glückliche folgten die Erhebung in den Adelsstand, Ländereien, eine Wohnung direkt unter der seiner Majestät); die Verwandlung des Fräuleins Fisch in die Madame de Pompadour; das alles war letzten Endes *mein* Werk.

Das Problem war nur, man konnte eine Bürgerliche hernehmen, sie einkleiden, sie zur Adligen machen, sie mit Liebe und Kunst und Schmuck überschütten, aber dennoch wurde sie nie als eine von uns anerkannt – und zwar nicht nur bei Hof. Die Franzosen sind schreckliche Snobs. Für den König war eine mächtige Gefährtin akzeptabel, solange sie adlig war. Madame de Pompadour wurde damals, und wird noch heute, ihres niederen Standes wegen verleumdet. Dabei hatte sie viele herausragende Eigenschaften: Sie liebte die Künste, und trotz ihrer diversen, eher empörenden Erklärungen hatte sie ein Herz für das Volk. Ja, die Pompadour stellte eine vollendete Mutter der Nation dar; das spielte ihr allerdings nicht in die Hände; kein Mann will mit seiner Mama ins Bett (es sei denn, er ist Engländer). Nach 1750 rührte der König die Dame nicht mehr an. Er quartierte in einem kleinen Schloss am Parc-aux-Cerfs eine Reihe von Mätressen ein. Madame de Pompadour nahm's mit Gelassenheit, bis Louise O'Murphy auf der Bildfläche erschien. Schon als Dreizehnjährige war sie Casanova ins Auge gefallen, der sie ein »hübsches kleines Luder« nannte. (Und tatsächlich muss ich, wenn auch widerwillig, eines zugeben: Das sinnlichste Gemälde der Geschichte ist wohl Bouchers Porträt von Louise).

Fräulein Louise stieg die Sache zu Kopf, und nach zwei Jahren wurde sie in die Wüste geschickt. Als das Flittchen abreiste, ließ sie mich mitgehen, weil sie wie so viele andere glaubte, ich sei das magische Element, das Ludwig und seine Mätresse verband.

Meine nächste große Reise führte mich nach Russland ins Schlafgemach Katharinas der Großen. Dazu möchte ich nur anmerken, dass alles, was über sie gesagt wird, wahr ist (bis auf die Sache mit dem Pferd). In all meinen Jahren habe ich nie eine Frau oder einen Mann mit solchen Gelüsten erlebt. Nicht einmal Monsieur Casanova konnte ihr das Wasser reichen. 1755 wurde ich von einem polnischen Adligen namens Stanislaw Poniatowski als Geschenk für die Königin erworben. Stanislaw war die wichtigste Figur der polnischen Aufklärung, ein Förderer von Theater, Malerei, Literatur und Architektur – kein Wunder also, dass ich ihm auffiel. Natürlich war die Affäre dem Untergang geweiht, obwohl sie ihm eine Tochter und den polnischen Thron schenkte. 1759 wurde sie seiner überdrüssig und zog weiter zu den Orlow-Brüdern. Stanislaw heiratete nie; er starb an gebrochenem Herzen. Liebend gern wäre ich in Petersburg geblieben, Hauptstadt der kultivierten Welt. Dann würde ich noch heute bei meinen Freunden aus der Hand von Leonardo, Michelangelo, Tizian und Konsorten hängen. Doch der finstere Graf Orlow hatte andere Pläne. Er konnte mich nicht ausstehen, es war ihm unerträglich, immerzu daran erinnert zu werden, dass seine Kaiserin eine Vergangenheit hatte.

Wieder einmal ging ich auf Reisen. Franz I., Kaiser des Heiligen Römischen Reiches, kaufte mich als Mittel der Verführung für die Gräfin Wilhelmina von Neipperg. Nach sechzehn Kindern mit seiner Frau Maria Theresia hätte er von Rechts wegen sein Werkzeug einstecken müssen. Seine junge Geliebte war – wie alle Damen ihrer Art – ebenso grausam wie ehrgeizig. Als er ihr eröffnete, er werde sie verlassen, bat sie ihn um einen letzten gemeinsamen Opernbesuch. Während des zweiten Akts erkrankte Franz; als seine Kutsche das Schloss erreichte, war der Kaiser tot. Das Schlangengift hatte sie ihm mit der Spitze ihrer diamantbesetzten Brosche verabreicht.

Die zartgliedrige Mörderin verkaufte mich auf der Stelle. Durch eine Verkettung glücklicher Umstände landete ich beim Grafen

Gregory Velowitsch. Nun hat die Geschichte grausamerweise diesen Mann aus ihrer Erinnerung getilgt, und es ist eine Schande, dass er nie von meinem Meister oder einer anderen Größe gemalt wurde. Der Graf war ein schöner Mann, groß gewachsen und feingliedrig, mit goldblondem Lockenschopf und Augen so schwarz wie Lakritz. Er war außerdem ein überaus ambitionierter Homosexueller, der ein Auge auf den Preußenkönig Friedrich den Großen geworfen hatte.

Viele nahmen fälschlicherweise an, dass Friedrich Männer liebte. Jahre zuvor hatte er sich für einen jungen Mann interessiert, Hans von Katte, aber es war eine platonische, nie vollzogene Liebe. Danach kannte Friedrich nur eine Liebe: Watteau. Warum sonst baute er sein herrliches Schloss Sanssouci in jenem Stil, den Watteau erfunden hatte? Wie sonst lässt sich erklären, dass die Monumentalgemälde in separaten Ausstellungsräumen aufbewahrt wurden, in sein eigenes kleines Haus dagegen nur Arbeiten meines Meisters und seiner Freunde kamen? Friedrich nahm das Geschenk des Grafen Velowitsch mit großer Freude an; für sein lüsternes und unmoralisches Angebot jedoch ließ er ihn enthaupten.

Und – nun ja – Friedrich hielt sich Whippets … aber das ist eine andere Geschichte.

# 20. Kapitel

Lange nachdem die Mitarbeiter nach Hause gegangen waren, als sich die Dunkelheit wie ein Samtmantel über die Straßen von London legte und die Straßenlaternen die nassen Gehwege mit goldenen Lichtkreisen überzogen, schloss sich Rebecca in ihr Büro ein und breitete die ledergebundenen Firmenbücher auf dem Fußboden aus. Sie legte die ältesten Dokumente gleich vor den Kamin und reihte die restlichen dicken Bände in chronologischer Ordnung nebeneinander. Bei ihrer letzten Begutachtung der Bücher vor wenigen Tagen war ihr unklar gewesen, wonach sie suchte. Diesmal hoffte sie eher darauf, Beweise zu finden, die ihre Theorien widerlegen (und nicht bestätigen) würden. Rebecca Winkleman wollte sichergehen, dass ihr Vater Memling Winkleman war, Holocaust-Überlebender, achtbarer Jude, angesehener Kunsthändler, liebender Vater und Großvater.

In den ersten zwei Stunden, zwischen acht und zehn Uhr abends, schien es noch, als wären die geprüften Provenienzen allesamt legitim. Rebecca begann im Jahr 1940, verglich frühe Ankäufe mit den Belegen und fasste neuen Mut, als sie feststellte, dass der Renoir, *Filles avec parapluies et chien*, einer Familie Gendelstein für eintausend Mark abgekauft worden war. Auf den ersten Blick schien der Beleg in Ordnung zu sein, dann aber entdeckte Rebecca die Adresse, Schwedenstraße 14, und das Datum, 14. Februar 1944. Danica Goldberg hatte Rebecca erzählt, nicht eine einzige Familie aus der Schwedenstraße 14 sei zurückgekehrt; alle waren deportiert worden, einschließlich der gesamten Familie Winkelmann.

Rebecca versuchte sich daraufhin eine andere Geschichte zusammenzureimen. Vielleicht hatte ihr Vater als Mittler gedient und die Bilder seiner jüdischen Freunde an die Nazis verkauft, um ihnen die

Flucht zu ermöglichen. Ihr gefiel diese Version, doch ihre Erleichterung war nicht von Dauer. Tief in ihrem Innern wusste sie, dass das relativ unwahrscheinlich war.

Sie schob ihren Stuhl zurück und ging an die Hausbar. Es war ein Jugendstilschränkchen aus Mahagoni mit vergoldeten Beschlägen. Memling hatte es zu seinem siebzigsten Geburtstag von einem dankbaren Kunden geschenkt bekommen, der dieselbe Synagoge besuchte wie die Winklemans. Dieser Kunde gab jedes Jahr über zehn Millionen Pfund bei Winkleman Fine Art aus, also musste das Schränkchen, so scheußlich es war, bleiben. Zu dem Geschenk gehörte ein unbegrenzter Vorrat feinsten Cristal Champagners. Der Kunde war vor zehn Jahren verstorben, doch inzwischen war das Schränkchen aus dem Raum nicht mehr wegzudenken, und rührenderweise hatte der Kunde in seinem Testament veranlasst, dass die Winklemans mit Champagner versorgt werden sollten, bis kein Abkömmling der Familie mehr im Betrieb aktiv sei. Rebecca betrachtete die ordentlich aneinandergereihten Champagnerflaschen. Sie spielte mit dem Gedanken, eine zu öffnen, besann sich aber anders – es gab ja nichts zu feiern. Sie brauchte einen Schnaps; irgendwo musste doch noch etwas zu finden sein. In einer Anrichte entdeckte sie eine staubige halb volle Flasche 1962er Scottish Malt. Sie trank normalerweise keinen Whisky und hoffte, dass er noch gut war. Sie goss sich einen großen Schluck ein und trank ihn sofort. Der scharfe Alkohol auf leeren Magen brachte sie zum Husten.

Gestärkt kehrte sie zum Tresor zurück. Um drei Uhr morgens hatte Rebecca zweiundzwanzig Gemälde in die Schwedenstraße zurückverfolgt. Sie verglich ihre Entdeckungen mit Martys Notizbuch. Genau wie Memling hatte er die Bilder in VZW und NZW unterteilt, aber da waren noch andere Abkürzungen, die Rebecca nicht verstand: ERR oder KH oder auch SN. Sie zählte siebzig Verweise mit diesen Abkürzungen. Einige Einträge trugen alle drei, andere nur eine oder zwei. Am häufigsten tauchte KH auf. Was Rebecca außerdem beunruhigte, war die Frage, wo bestimmte Bilder gelandet sein mochten, die Memling offenbar besaß, aber nie verkauft hatte. Laut Martys

Notizbuch waren es mindestens einhundert Stück; Memling musste ein heimliches Lager haben.

Rebecca blätterte abwechselnd in den offiziellen Geschäftsbüchern und in Martys Notizbuch und versuchte die Gemälde abzugleichen, die zwischen Januar 1940 und Februar 1947 mit legitimer Provenienz akquiriert worden waren. Die meisten hatten nur minimale Beschreibungen. »Schäfer mit Herde« oder »Allegorie«. Neben jedem stand das Datum des Erwerbs. Die Verkäufer hießen meist Schmidt oder Brandt und hatten Berufsbezeichnungen wie »Lehrer« oder »Bauer«. Wieder begann Rebecca mit den Beweisen zu feilschen. Damals konnte ein cleverer Händler mit bescheidenem Kapital in großen Mengen herausragende Gemälde beschaffen. Aber wie hätte ein junger Mann, ein Auschwitz-Überlebender, an ein solches Kapital kommen sollen?

Rebecca sah auf die Uhr. Es war vier Uhr morgens. Bald würde sich eine blasse Sonne durch die Gardinen schieben. Rebecca war flau in der Magengegend, und plötzlich war sie todmüde. Die Büroküche war unten, doch um dorthin zu gelangen, musste man an drei Überwachungskameras vorbei und einen Alarm deaktivieren. Das Letzte, was sie wollte, war, von ihrem Vater oder einem der Mitarbeiter auf ihre ungewöhnlichen nächtlichen Aktivitäten angesprochen zu werden. Auf ihrem Schreibtisch lag eine Schachtel Marzipanblumen, das Geschenk eines Kunden. Rebecca verabscheute Mandeln, doch sie zwang sich zu essen. Sie setzte sich an ihren Schreibtisch, biss in ein Blütenblatt, spülte es mit Mineralwasser hinunter und wartete auf den zuckrigen Energieschub.

Um sich abzulenken, tippte Rebecca die Buchstaben ERR in die Suchmaschine ihres Computers. Zu ihrer Erleichterung war die ganze erste Seite voll mit Worterklärungen. Sie biss in die zweite Marzipanblume und klickte auf die nächste Seite. Sie ließ den Blick über den Bildschirm gleiten und blieb bei »Einsatzstab Reichsleiter Rosenberg« hängen. Sie legte die angebissene Süßigkeit beiseite und begann zu lesen: ERR war die Abkürzung für die Einsatztruppe unter der Leitung des Parteiideologen Alfred Rosenberg, dessen Aufgabe es war, das Eigentum der Juden zu konfiszieren. Rebecca wurde mit einem Mal übel, sie schlug sich die Hand vor den Mund und erbrach eine Mischung aus Whisky, Magensaft und Marzipan. Der Computerbildschirm verschwamm vor ihren Augen und ihr Herz schlug ihr bis zum Hals. »Nein, nein, nein«, sagte Rebecca leise und wischte sich das Erbrochene mit dem Handrücken vom Mund, während sie den Link anklickte und las: »Einsatzstab Reichsleiter Rosenberg (ERR) war im Zweiten Weltkrieg eine Rauborganisation der NSDAP für Kulturgüter aus den besetzten Ländern. Bis Oktober 1944 wurden 1.418.000 Eisenbahnwaggons mit Büchern und Kunstwerken (sowie 427.000 Tonnen per Schiff) nach Deutschland transportiert. Viele der Werke sollten nach Linz in Hitlers Führermuseum kommen.«

Ohne innezuhalten und sich zu säubern, hackte Rebecca die Buchstaben KH in die Suchmaschine. Es tauchte nichts Relevantes auf. Danach versuchte sie es mit SN. Wieder nichts. Keine Panik, denk nach, sagte sie zu sich. Grenz die Suche ein. Sie rief eine Seite zum Thema Raubkunst auf, ließ den Blick über die Informationen schweifen und suchte nach einer Person oder einem Ort mit diesen Initialen. Kurz darauf hatte sie zwei Möglichkeiten: War KH vielleicht Karl Haberstock, Hitlers persönlicher Kunsthändler, der dem Führer beratend zur Seite stand und der Partei bei der Entsorgung der sogenannten »entarteten Kunst« an sittenlose Europäer assistierte? Rebecca las weiter und erfuhr, dass Haberstock über hundert Verkäufe an Hitler vermittelt hatte, darunter *La Danse* von Watteau für neunhunderttausend Reichsmark, das er dem Kronprinzen von Hohenzollern abgekauft hatte. Sie sah die Liste von Haberstocks Verkäufen durch und stellte fest, dass ein zweiter Watteau ohne Titel für eine Million Reichsmark an Hitler verkauft worden war – es wurde nur »Die Liebe« genannt; Rebecca liefen kalte Schauer über den Rücken. War *das* Memlings vermisstes Bild?

Rebecca erfuhr, dass Haberstock zwar nach dem Krieg verhaftet und verhört worden war, jedoch wieder auf freien Fuß kam und bis in die Fünfzigerjahre hinein weiter als Kunsthändler tätig war. Laut Martys Notizheft hatte Winkleman zwischen 1945 und 1956 einer kleinen Galerie in Augsburg mit dem Kürzel KH vierzig Bilder abgekauft und wieder verkauft, darunter Werke von Rubens, Hals, Wouwerman, van Goyen und Tiepolo. In demselben Artikel wurde immer wieder auf Schloss Neuschwanstein verwiesen. War das Martys SN? Rebecca betrachtete die Bilder des Märchenschlosses, das sich der weltfremde Bayernkönig Ludwig in den 1880ern gebaut hatte. Alfred Rosenberg hatte es zur Lagerstätte für seine Raubkunst erkoren. Wo war der Zusammenhang zwischen ihrem Vater, Rosenberg, Haberstock und dem Schloss?

Rebecca wusste nicht, wie lange sie in ihrem Büro auf dem Fußboden saß und sich hin- und herwiegte, an Marty und dann wieder an ihren Vater dachte und versuchte, die Fakten und ihre Gefühle zu entwirren. Haufenweise gestohlenes Eigentum mit gefälschten Belegen war noch kein Beweis, dass Memling ein Nazi oder ein Dieb war. Vielleicht hatte ihr Vater ja diesen Juden geholfen, indem er einen skrupellosen Händler fand, der ihnen ihre Kunst abkaufte, während sie sonst nur beraubt worden wären? Vielleicht war Memling ein Handlanger Karl Haberstocks gewesen und er war sich nicht bewusst, welche wichtige Rolle die Kunst in Hitlers Kulturpolitik spielte. Zudem war Haberstock freigesprochen und rehabilitiert worden und hatte sich in Augsburg als Mäzen ein gewisses Renommee erworben. Die Kunst, von der er profitiert hatte, schien ihn moralisch zu entlasten: Anscheinend war seine Sammlung noch heute in Augsburg ausgestellt. Ob zukünftige Generationen die Familie für ihre Freigiebigkeit loben und weniger danach fragen würden, auf welchem Weg diese Arbeiten in Haberstocks Besitz gelangt waren?

Rebecca stellte sich vor, wie Marty dagesessen haben musste, nachdem er dahintergekommen war, dass ihr Unternehmen auf räuberischer Erpressung beruhte. Plötzlich stockte ihr der Atem: Auf Memlings rechten Unterarm war 1943 bei seiner Ankunft in Auschwitz die Zahl 887974 eintätowiert worden. Auch wenn Memling so gut wie nie darüber sprach, diente diese Tätowierung der ganzen Kunstwelt als Erinnerung an das, was der Mann durchlitten hatte. Sie hatte ihm geholfen, zum Kunsthändler vieler vermögender Juden zu werden.

Rebecca wusste, dass ihr Vater skrupellos und verbissen war, aber war er tatsächlich so weit gegangen, um seine Ziele zu realisieren? Rebecca musste wieder an den plötzlichen Tod ihres Bruders denken. War es ein Unfall gewesen, oder Mord? Sie hielt inne – was für ein schrecklicher Gedanke! Memling hatte seinen Sohn abgöttisch geliebt. So etwas hätte er doch niemals getan. Zweifel und Entsetzen krochen aus Rebeccas Magengegend bis in ihren Brustkorb und schlossen sich um ihr Herz. Wieder ging sie an ihre Schreibtischschublade und stellte sicher, dass ihre Waffe dort lag und geladen war.

Beim Blick auf ihre Armbanduhr sah Rebecca, dass es schon fünf war. Manchmal kam Memling früh ins Büro. Sie musste schnellstens ihre Spuren verwischen. Sie sprang auf und begann die Firmenbücher in den Tresorraum zurückzustellen, wobei sie genau darauf achtete, dass jedes an seinen alten Platz zurückkam. Sie nahm ein Tuch und wischte die Fingerabdrücke von den Regalen und Buchrücken. Danach schloss sie die Tür zum Tresor und löschte die letzten zwei Einträge aus dem elektronischen Protokoll. Zehn Minuten später schlüpfte Rebecca aus dem Hinterausgang des Hauses. Sie hockte sich auf die Stufe, bis die Sicherheitskamera von ihr weggedreht war, und ging dann mit schnellen Schritten die Curzon Street hinauf bis zum Berkeley Square; sie hatte Angst wie noch nie zuvor in ihrem Leben.

Die Straßen waren in bläuliches, frühmorgendliches Licht getaucht. Abgesehen von dem ein oder anderen Taxi hatte Rebecca die Stadt für sich, während sie ziellos weiterlief, in der Hoffnung, die Bewegung werde ihr Ruhe und Klarheit verschaffen. Ihre Panik hatte ihr Navigationssystem lahmgelegt und sie konnte sich später nicht mehr erinnern, wohin ihre Füße sie getragen hatten. Rebecca fragte sich, ob irgendjemand dasselbe über ihren Vater ahnte, und wenn ja, wer. Die Beweise lagen wahrscheinlich auf der Hand, doch die meisten hatten lieber weggeschaut. Im Großen und Ganzen arbeiteten Winklemans ja auch nach Vorschrift: Die Gemälde wurden auf dem freien Markt gekauft und verkauft. Es war ein ungemein erfolgreiches Unternehmen, mindestens eine Milliarde Pfund wert, mit einem Jahresumsatz von mehreren Hundert Millionen Pfund.

Es musste doch irgendjemand, dachte sie, ein Mitarbeiter, Journalist oder Konkurrent, schon einmal Verdacht geschöpft haben. Wie hätte eine Familie aus so bescheidenen Verhältnissen während des Krieges und in der unmittelbaren Nachkriegszeit einfach so eine derartige Sammlung aufbauen können? War das der Grund, weshalb Memling so viele Menschen auf der Lohnliste hatte: Um sein schlechtes Gewissen, sein Verschulden, wie einen giftigen Nebel über die internationale Kunstwelt zu breiten? Monat für Monat gingen Zahlungen an diverse »Berater«, die die Winklemans über potenzielle Verkäufe oder relevante Angelegenheiten informierten; die neue Akquisepolitik eines Museums oder eines Sammlers, oder eine Änderung im Gesetz. Die Winklemansche Einflusssphäre und Schutzherrschaft erstreckten sich ungeheuer weit. Vermögen brachte Legitimität mit sich, und um ihren Ruf zu stärken, spendete die Familie großzügig an Wohltätigkeitsverbände und Museen. Letzte Woche erst hatte Rebecca einen Scheck für ein Holocaustmuseum in Moskau unterschrieben, und einen weiteren für die neue Einrahmung zweier alter Meister in der Frick Collection in New York.

Die Bloßstellung ihres Vaters würde durch eine ganze Branche und über Kontinente hinweg Wellen schlagen. Wobei Rebecca zugeben musste, dass auch sie keine ganz weiße Weste hatte. Des Öfteren hatte sie die Filmproduktionsfirma ihres Mannes benutzt, um teure Kunstwerke durch Europa zu schmuggeln. Alle inländischen Ausgaben stellte sie der Produktionsfirma in Rechnung. Sie gab an, Gemälde zu einem Bruchteil ihres tatsächlichen Preises verkauft zu haben, um Steuern zu umgehen. Memling zu Fall zu bringen würde Bankrott und Schande über ihre ganze Familie, ihre Mitarbeiter und Geschäftspartner bringen. Genau dieses moralische Dilemma hatte wohl ihr Bruder erkannt, und für ihn hatte dieses Wissen fatale Folgen gehabt. Marty, das wusste Rebecca, hätte niemals mit diesen Lügen leben und arbeiten können.

Rebecca kauerte sich in einen von der Straße abgewandten Hauseingang und weinte. Es war ausweglos. Vielleicht sollte sie wie ihr Bruder freiwillig aus dem Leben scheiden. Sie spielte mit dem

Gedanken, wegzulaufen – Grace und Carlo zu verlassen und auf irgendeine entlegene Insel zu fliehen. Konnte man heutzutage überhaupt noch weglaufen? Gab es irgendeinen Ort, an dem man unerreichbar war? Wahrscheinlich nicht. Memling hatte noch immer die absolute Kontrolle über Rebeccas Finanzen, er besaß ihr Haus, zahlte ihr ein Gehalt und finanzierte ihrer Tochter das Studium. Die Besitzurkunden der Gemälde, die er ihr geschenkt hatte, lagen zur Verwahrung in ausländischen Firmenbüros. Memling hatte seine Kinder immer an der kurzen Leine gehalten, indem er ihnen jedwede Autonomie versagt und dafür gesorgt hatte, dass es ihnen an nichts fehlte. Bislang hatte sie darin eine Art wohlwollendes Kontrollverhalten gesehen; jetzt fragte sie sich, ob Memlings eiserne Faust nicht immer schon seine Absicherung gewesen war: Er wusste, dass seine Kinder außerhalb des heimischen Nests nicht überlebensfähig wären. Rebecca hatte nichts anderes gelernt, und wenn Memling entlarvt wurde, würde sie nie wieder in der Kunstwelt arbeiten können, das wusste sie. Sie hatte keinen Zweifel, dass Carlo sie verlassen würde. Beim Gedanken an ein Leben ohne ihren Mann fing sie von Neuem an zu weinen.

Rebecca trocknete sich die Tränen und strich ihren knittrigen Mantel glatt, dann richtete sie sich auf; sie würde jedwede Entscheidung aufschieben, bis sie das Ausmaß der Betrügereien ihres Vaters ermittelt hatte. Gestärkt durch ein Ziel und diesen Entschluss sah Rebecca sich um und versuchte herauszubekommen, wohin sie gelaufen war. Auf dem Straßenschild stand EC 1 – sie war mehrere Kilometer von zu Hause entfernt. Ein Taxi kam ihr mit munterem gelbem Licht entgegen. Rebecca streckte die Hand aus. Der Niedergang der Familie schien ihr auf einmal unabwendbar, und doch fragte sie sich, ob es ihr nicht irgendwie gelingen könnte, Schadensbegrenzung zu betreiben.

# 21. Kapitel

Zu dem Treffen ging es durch eine Seitentür des Gesundheitszentrums. Der Siebzigerjahre-Betonbau hatte schon bessere Tage gesehen; der Kieselrauputz war ausgewaschen und hatte ein regennasses Grau angenommen. An der Tür hing ein handgeschriebener Zettel mit dem Wort »AA-Meeting«, und darunter zeigten Pfeile nach oben, in den Himmel. Evie zupfte sich den Mantel zurecht und betastete ihre Frisur, dann warf sie einen Blick auf ihr Spiegelbild in der schmutzigen Scheibe. Ihr Aussehen war wichtig. Sie wollte nicht den Eindruck erwecken, Alkoholikerin zu sein; sie war nur jemand, der ab und zu ein bisschen Unterstützung brauchte.

»Wollen Sie auch zum Meeting?«, fragte eine junge Frau in rosafarbener Hose, engem schwarzem Pullover und mit Nasenpiercing. Sie schob sich an Evie vorbei und hielt ihr die Tür auf. »Der Raum ist da hinten, am Ende des Flurs. Ich bin Lottie.«

Evie fragte sich, woran sie das erkannt hatte.

»Ihr erstes Mal?«, fragte Lottie. »Keine Angst. Jeder fängt mal irgendwo an.« Mit hastigen Schritten ging sie durch den Flur mit dem Linoleumboden, drehte sich am Ende nach links und öffnete eine andere Tür zu einem großen Raum.

»Na, Lottie«, sagte eine kräftige Frau mittleren Alters in Strickjacke und Hose.

»Hallo, Danni«, sagte Lottie und umarmte sie herzlich. »Was hat dein Arzt letzte Woche gesagt?«

»Er hat was umgestellt – ich nehm jetzt andere Medikamente.«

»Und wie geht's dir damit?«

»Bin irgendwie neben der Spur«, sagte Danni. Sie wandte sich zu Evie. »Willkommen. Bist du zum ersten Mal bei einem Meeting?«

Evie nickte und rang sich ein Lächeln ab. Am liebsten hätte sie sich umgedreht und wäre wieder gegangen. Sie wusste, dass sie nicht zu diesen Leuten gehörte. So ein Mist, dass sie Annie versprochen hatte, ein Treffen der Anonymen Alkoholiker zu besuchen.

»Tee?«, fragte Danni.

Evie nickte.

Sie nahm ihre Tasse und suchte sich einen Stuhl am Rand des Zimmers aus. In der nächsten halben Stunde trafen etwa fünfzehn Personen ein, die sich alle kannten. Dass alle Altersstufen und Schichten vertreten waren, erstaunte Evie; da war ein adretter, über siebzigjähriger Mann in einem gut geschnittenen Anzug und mit Spazierstock; eine rüstige ältere Dame, Patricia, makellos gekleidet in Twinset und Perlen. Ein schmuddeliger Teenager kam mit einer sechzigjährigen Frau im Trainingsanzug, und ein schwer tätowierter Mann traf mit einem Mopsmischling ein. Bella, die sich Evie mit Namen vorstellte, musste mal Model gewesen sein. Ihr alterndes Gesicht war noch immer ausnehmend schön.

»Achte auf die Gemeinsamkeiten, nicht auf die Unterschiede«, empfahl Bella.

»Komm wieder, es funktioniert«, fügte Danni hinzu.

Patricia stand auf und nahm vor der Gruppe an einem Resopaltisch Platz.

»Ich heiße Patricia, und ich bin Alkoholikerin«, sagte sie in den Raum. Evie musste zugeben, dass sie eine ungewöhnliche Geschichte hatte, sie sah aber keinerlei Zusammenhang mit ihren eigenen Problemen. Als Patricia fertig war, erzählten die anderen nacheinander von sich. Einige identifizierten sich mit Patricia, andere redeten über das, womit sie im Alltag zu kämpfen hatten. Ihre Sprache strotzte vor Slogans wie »Einen Tag nach dem anderen« und »Komm wieder, es funktioniert«. Alles nur Psychogequatsche, dachte Evie verärgert. Am Ende hatten die Neuankömmlinge fünf Minuten Redezeit. Alle sahen Evie erwartungsvoll an, die zu Boden blickte. Irgendwann hielt sie die ohrenbetäubende Stille nicht mehr aus, und sie sagte: »Ich heiße Evie und ich bin überhaupt nicht so wie ihr.« Sie rechnete mit kollektiver Ablehnung und war überrascht, als die ganze Gruppe anerkennend lächelte und unisono erklärte: »Willkommen, komm wieder, es funktioniert.« Evie verzog den Mund zu einem lauwarmen Lächeln. Vollidioten, dachte sie.

Trotzdem blieb sie danach noch auf eine Tasse Tee. Die Leute waren sehr freundlich und gaben ihr Flyer und knallrosa Kekse. Evie nahm das Infomaterial mit nach Hause und ließ es für Annie auf dem Tisch liegen. Insgeheim war ihr klar, dass die AA nicht ihr Ding waren; was sie brauchte, war die Liebe eines guten Mannes und ein bisschen Geld. Evie trank ja nur deshalb, weil sie einsam und pleite war.

In der guten alten Zeit, dachte Melanie Appledore, als sie dem Türsteher ihre Karte reichte, hätten sie der Vorsitzende des Aufsichtsrates und der Intendant persönlich am Eingang des königlichen Opernhauses begrüßt. Noch immer spendete sie jährlich einhunderttausend Dollar an das Haus, aber einhunderttausend Dollar brachten einem heutzutage keinen Ruhm, nur eine Frühbuchernummer und ein Zeitfenster, um Karten für besonders populäre Aufführungen zu reservieren. Früher spazierte sie ins Foyer und alle Köpfe drehten sich, um sie und ihren Mann anzusehen. Die Leute wussten genau, wer sie war, mit welchem Diamanten sie sich schmückte (dem Shimla, dreißig Karat), welchen Designer sie trug und was ihr Zobelmantel gekostet hatte. Sie flüsterten ihren Namen und spekulierten über das Vermögen ihres Mannes. Mrs Appledore wusste, dass sie sich Gedanken machten über ihr früheres Leben, die bescheidenen Verhältnisse, aus denen sie stammte. Viele hielten sie für eine Jüdin, die vor dem Krieg mit einem Kindertransport nach Amerika geschickt worden war. »Sie spricht nicht darüber, zu viele schmerzhafte Erinnerungen …«, raunten sich die Gesellschaftsdamen zu. Melanie beließ die Leute in ihrem Glauben; es störte sie nicht, von den Juden für eine Jüdin und von den anderen für eine Nichtjüdin gehalten zu werden. Sie wusste, dass sie ein Objekt der Faszination und gelegentlich auch der Belustigung war, aber immer noch besser, als wenn überhaupt nicht über sie geredet wurde. Heute Abend war es fast wie in alten

Zeiten; das Publikum glotzte und tuschelte, wobei Mrs Appledore wusste, dass niemand sie erkannte, ja dass sie den Leuten egal war. Stattdessen waren aller Augen auf Barty gerichtet, der sich als Rodolfo verkleidet hatte, den verkannten Poeten aus der heutigen Aufführung.

Barty trug eine löchrige Kniehose zu einem zerschlissenen Gehrock. Einige Seiten eines vermeintlichen unveröffentlichten Theaterstücks (von Emeline am Nachmittag in ihrer schönsten Schönschrift geschrieben) dienten ihm als Taschentuch, er hatte zwei verschiedene Schuhe an, und auf dem Kopf trug er eine leuchtend rosa Seidenhaube, eine Hommage an Mimi, die Heldin der Oper. Zum Glück hatten sie eine Loge, dachte Mrs Appledore, sonst kämen garantiert Beschwerden, dass die Haube jemandem die Sicht versperre. Da es keine Premiere war, fehlten die Fotografen, um Bartys ziemlich geniale *La Bohème*-Interpretation festzuhalten, aber in puncto Kleidung gab er immer alles. Außerdem hatte er seinen neuesten Schwarm, einen jungen Modestudenten, eines Abends nach einer Ballettaufführung kennengelernt. Juan de Carlos hatte ihn um ein Autogramm gebeten und wurde bald darauf Bartys Bildschirmschoner.

Auch wenn niemand einen Begriff davon hatte, wer Mrs Appledore war, veranstaltete Barty einen Riesenwirbel um sie. Seit einem halben Jahrhundert begleitete er Damen ins Ballett und in die Oper, und er kannte jeden Hinterausgang, jedes Klo und die meisten Kartenabreißer. Mrs Appledore würde ohne Geschiebe und Gedränge in ihre Loge gelangen. Sie würden in der Pause den besten Tisch in der Opernbar bekommen, und nach jedem Akt würde man ihnen eine eisgekühlte Flasche Champagner in die Loge bringen. In der Loge warteten Mrs Appledores Gäste, der Duke und die Duchess of Swindon. Windy Swindon (der Spitzname kam daher, dass das Familienanwesen auf einem Hügel in den Marlborough Downs lag) und seine Frau Stinky (die in Wirklichkeit Glendora hieß und selbstverständlich niemals stank) waren nach Bartys Ansicht die ödesten Adligen aller Zeiten, und das wollte etwas heißen.

»Was haben Sie denn da an, Barty?«, fragte Stinky.

»Na ja, das sieht man doch«, sagte Barty und deutete auf Haube und Manuskript. »Ich bin Rodolfo, der um Mimi trauert.«

»Wer um alles in der Welt ist das?«, fragte Windy.

»Das werden Sie gleich sehen«, sagte Barty.

»Kommen die beiden auch?«, fragte Stinky und sah sich um.

»Rodolfo und Mimi sind die Hauptfiguren von *La Bohème*«, sagte Mrs Appledore und warf Barty einen warnenden Blick zu.

»Das ist der Name der Oper, die wir gleich sehen werden«, sagte Barty fassungslos. Er fragte sich immer wieder, wie der Adel es geschafft hatte, so viel länger die Zeit zu überdauern als seine Gehirnzellen.

Es klingelte, und in Loge sechzig nahm die Vierergruppe Platz. Barty wählte den hohen Hocker in der hinteren Reihe, eine Position, die ihm gefiel. Zwar konnte er von dort nur einen Teil der Bühne sehen, hatte dafür aber den besten Blick ins Publikum. Er nahm sein Opernglas aus der Tasche und ließ seinen Blick auf der Suche nach bekannten Gesichtern über die gegenüberliegenden Logen und das Parkett schweifen. Es war ein schlecht besuchter Abend. Dort war Lord Beachendon, zusammen mit seiner müde wirkenden Frau in einem recht gewöhnlichen Kleid. Sie erinnert, dachte Barty, an eine Siebzigerjahre-Fernsehdoku über den englischen Landadel, an diese fünfzigjährigen Frauen, die wie siebzig aussahen und sich mit ihren Laura-Ashley-Kleidern und ein paar Labradorhunden aufs Land zurückgezogen hatten. Ihr blond meliertes Haar wurde von einem Samtband zurückgehalten, und um den Hals trug sie das letzte verbleibende Familienerbstück, eine teure dreireihige Perlenkette. Earl Beachendon, dachte Barty, wirkte ausgemergelt. Seine alte samtene Smokingjacke hing wie Trauerkleidung von seinen schmalen gebeugten Schultern. Sein Haar, oder das bisschen, was davon noch übrig war, hätte unbedingt mal wieder geschnitten werden müssen. Sowohl der Earl als auch die Countess erinnerten Barty an bunte Luftballons, die langsam in sich zusammenfielen.

In der Nachbarloge war das Kontrastprogramm zu beobachten: Dort saß ein Haufen übertrieben muskulöser Hedgefonds-Typen, die wahrscheinlich nur hier waren, weil sie dachten, *La Bohème* hätte irgendetwas mit Beyoncé zu tun. Dame Fiona Goldfarb thronte in der königlichen Loge (wie es ihr als Königin der Juden und wichtigster Schirmherrin des Opernhauses gebührte); Tayassa, die älteste Tochter des Emirs und der Sheikha von Alwabbi, war anwesend (wahrscheinlich spielte sie mit dem Gedanken, passend zum neuen Museum ein Opernhaus zu bauen), aber abgesehen davon konnte von Crème de la Crème keine Rede sein, dachte Barty betrübt. Früher ging man in die Oper, um gesehen zu werden; heute ging man in die Oper, um unsichtbar zu sein.

Der Dirigent bestieg das Podest und das Publikum begann wild zu applaudieren.

»Also wirklich«, flüsterte Barty Mrs Appledore ins Ohr. »Als hätte er gerade einen Urlaubsbomber an der Costa del Sol gelandet – soll der Mann doch erstmal zeigen, was er kann.«

Der Dirigent wandte sich dem Publikum zu und verbeugte sich.

»Jetzt fang schon an«, zischte Barty eine Spur zu laut. Schwungvoll ging der dicke rote Samtvorhang auf und das Publikum wurde auf einer Woge aus Geigen, Piccolo- und Querflöten sowie Cellos in Rodolfos Mansarde getragen, wo der Schriftsteller zusammen mit seinem Freund, dem Maler Marcello, vor einem Kamin ohne Feuer saß und ein Klagelied auf die Kälte und natürlich auf die Liebe sang.

In Loge sechzig waren vier Augenpaare auf die Bühne gerichtet, vier Köpfe waren jedoch ganz woanders. Mrs Appledore hatte gerade beschlossen, das restliche Vermögen ihres Mannes durch eine einzige Spende im großen Stil loszuwerden. Windy Swindon fragte sich, ob er nicht sein Jagdrevier in Schottland verkaufen sollte. Es war kaum noch etwas wert – Sumpfhühner gab es schon lange nicht mehr –, und er könnte davon ein neues Dach für den Westflügel von Swindon House finanzieren. Stinky sorgte sich wegen des Buchsbrandes, der ihren gesamten Garten bedrohte. Was sollte ohne Buchsbaumhecke aus dem Irrgarten werden? Einige hatten Eibe vorgeschlagen, doch das Zeug wuchs elendig langsam; ähnlich besorgt war sie zuletzt gewesen, als Windy sich eine Geliebte nahm (die noch aktuell war und sich als ziemlich praktisch erwiesen hatte – ihre ehelichen Pflichten war Stinky los, welch ein Segen).

Als Mimi und Rodolfo einander ihre Liebe gestanden, war die Musik so aufwühlend und der Anblick des kurzbeinigen Tenors, der die rundliche Mimi in die Arme zu schließen versuchte, so verstörend, dass alle Insassen von Loge sechzig ihr Augenmerk erneut auf die Bühne richteten. Mrs Appledore begann zu weinen; sie musste an die anderen *La Bohème*-Aufführungen denken, die sie mit ihrem Mann gesehen hatte, in der New Yorker Met, in der Mailänder Scala, im Teatro La Fenice, und an all die glücklichen gemeinsamen Zeiten, bis er vor knapp zweiundzwanzig Jahren verstorben war und sie dazu verdammt hatte, als einsame Dame zwischen London, New York, Aspen, Paris, St. Barts, Buenos Aires, Cap Ferrat, St. Moritz und natürlich ihrer Luxusjacht umherzuschweifen. Der stets aufmerksame Barty bemerkte die drei kleinen Tränen, die über Mrs Appledores vollkommen glatte Wangen kullerten, und er reichte ihr ein duftendes Taschentuch. Barty kannte die Einsamkeit selbst nur zu gut, und er nahm ihre kleine schrumpelige Hand und hielt sie bis zum Ende des zweiten Aktes sanft in der Hand wie einen jungen Spatzen.

Auf der Bühne taten junge Menschen das, was junge Menschen so tun: sich küssen und sich betrinken, sich verlieben und sich streiten. Das Publikum, meist im Rentenalter, musste in den Tiefen seiner Erinnerungen graben, um sich zu entsinnen, wie das alles mal gewesen war.

Auf der anderen Seite des Zuschauersaals sorgte sich Earl Beachendon weder um Liebe noch um Sex; seine Gedanken kreisten um Geld und um den Besuch, den er am Nachmittag dem höchstgehandelten zeitgenössischen Künstler abgestattet hatte, einem Mann, der mit bürgerlichem Namen Gary Mitchell hieß, aber inzwischen nur noch Blob – »Farbklecks« – genannt wurde. Da er über eins achtzig groß war und so blass wie eine geschälte Salatgurke, wusste niemand so recht, warum er sich diesen merkwürdigen Beinamen gegeben hatte. Gary erklärte nicht und elaborierte nicht; wie Lord Beachendon an jenem Morgen erfahren hatte, war Gary beziehungsweise Blob kein Mann, der viele Worte verlor. In ihrem zweistündigen Gespräch hatte Blob immer nur mit »Ja«, »Nein« und »Vielleicht« geantwortet, in der Summe mit »Vielleicht«. Vielleicht würde er einer Verkaufsausstellung bei Monachorum zustimmen. Vielleicht dieses Jahr. Vielleicht würde er die Gewinne sechzig zu vierzig mit dem Auktionshaus teilen. Vielleicht würde er seine Händler schassen.

Lord Beachendon hatte Blobs Haus mit dem Gefühl der Hoffnung betreten und im Zustand der Verwirrung wieder verlassen. Blob lebte in einer feudalen Hugenottenvilla in Spitalfields (Anfang des Jahres für acht Millionen Pfund erstanden); der Earl war von einer erstaunlich hübschen Assistentin (einer MIT-Absolventin) in Empfang genommen und in einen Warteraum geführt worden, wo ein Rembrandt hing (achtzehn Millionen, zwei Jahre zuvor vom Earl verkauft). Das Haus war geschmackvoll eingerichtet (mindestens eine viertel Million pro Zimmer) und der Teppich war von Aubusson (Top-Zustand, zwei Millionen). Kurz darauf erschien Blobs Privatsekretärin, ein heißer Feger in hautengem Lycra (summa cum laude in Cambridge), begrüßte ihn kühl, aber höflich und bat um Verzeihung, Blob werde sich ein wenig verspäten. Sie könne ihm ein Glas Cristal (290 Pfund pro Flasche) anbieten, oder ein Glas Lafite Rothschild, Jahrgang 1961 (450 Pfund pro Flasche). Was Beachendon jedoch am meisten deprimierte, waren nicht die Unsummen, die Blob mit seiner Kunst verdient haben musste, sondern dass der Künstler und alles um ihn herum die niedersten Instinkte und eifersüchtigsten Neigungen in ihm hervorkehrten. Der Earl erkannte, dass er wie so viele seiner verhassten Kunden zu jemandem geworden war, der von allem den Preis kannte, aber von nichts den Wert. Er hatte sich gar nicht die Mühe gemacht, den Rembrandt oder den Teppich zu betrachten, er würde den Rotwein nicht würdigen und die Intelligenz der Frau nicht bewundern können – alles, woran er denken konnte, war, was das alles gekostet hatte.

Die geheimnisvollen Kräfte des Marktes hatten Blob zum neuen Wunderkind erkoren, das Höchstsummen verlangen konnte. Für seine Bilder – phantasmagorische, hochgradig detaillierte Visionen von Himmel und Hölle – legten Käufer Millionen hin, und Hunderte Sammler standen auf den Wartelisten. Er war der erste Maler seit Hieronymus Bosch, der die menschlichen Tugenden und Laster auf so virtuose Weise bildlich darstellte. Die Kritiker waren sich ungewöhnlich einig, dass Blobs Arbeiten alles widerspiegelten, was gut und schlecht war an der heutigen Gesellschaft, und mehr noch, dass er im Gegensatz zu so vielen seiner Zeitgenossen ein grandioser Zeichner und ein außergewöhnlich talentierter Maler war. Was Lord Beachendon wusste, war, dass Blob auf Tausenden von unbezahlbaren Zeichnungen und Ölskizzen saß. Könnte er den Künstler nur überzeugen, seine Arbeiten zu versteigern, wäre er mit einem Schlag seine Geldsorgen los. Der Verkauf von Blobs Werk wäre für die Presse eine ebenso große Sensation wie der zu erwartende Gewinn. Bob musste nur Ja sagen; aber alles, was Blob sagte, war »Vielleicht«.

Genau um die Zeit, als Mimi in Covent Garden ihren letzten Atemzug tat, schickte Agatha Annie eine SMS mit einem Update zu ihrem Bild.

»Annie. Verfärbter Firnis wurde ausgedünnt: große Verwandlung. Weiße Wolke ist ein Clown! Alles spricht für Watteau. Weitere Untersuchungen nötig. Septimus W-T will Bild loswerden. Holen Sie es bitte bald ab. Beste Grüße, Agatha.«

Als Annie die SMS bekam, war sie noch bei der Arbeit und wartete auf das Festwerden eines *œuf en gelée*. Sie hatte das Ei mit Kapuzinerkresse, Dillzweiglein und Senfkörnern in eine Form gegeben, aber selbst nach dem sechsten Versuch ließ das Ergebnis zu wünschen übrig. Sie warf einen schnellen Blick auf Agathas SMS und kehrte zurück zu der widerspenstigen Vorspeise; vielleicht könnte man ja Lachskaviar und gehackten Spinat in ein Omelett einrollen, dann hätte man drei Farbschichten, und das Ganze in Aspik einlegen? Sie sah auf die Uhr, halb elf – sie würde eine Stunde brauchen, um mit dem Bus nach Hause zu kommen, oder bei Gegenwind eine Dreiviertelstunde mit dem Fahrrad.

Dieses Gemälde, dachte sie, ist einfach zu viel Aufwand. Sie beschloss, es abzuholen, bei sich zu Hause aufzuhängen und dieses sinnlose Unterfangen zu beenden. Wundersame Dinge, das Entdecken verschollener Meisterwerke zum Beispiel, passierten vielleicht anderen Leuten, aber doch nicht jemandem wie ihr. Sie schrieb Agatha zurück: »Danke sehr. Komme so bald wie möglich vorbei. Grüße, Annie.«

# 22. Kapitel

Um fünf Uhr morgens klingelte der Wecker. Annie lag da und ging im Kopf den Ablauf der nächsten paar Stunden durch. Die Winklemans hatten ein paar Kunden zum Lunch eingeladen und wollten Seebarsch und anschließend Apfelkompott essen. Rebecca hatte ihr klargemacht, dass sie keine Fantastereien mehr in der Küche wünsche, nur das, was abgesprochen war. Annie hoffte, irgendwo wilden Seebarsch aufzutreiben, aber bezweifelte, dass sie mitten im März vernünftige Äpfel finden würde. Ihr nächstes Problem war die nasse schwarze Jeans, die mit hoher Wahrscheinlichkeit seit gestern Abend in der Waschmaschine lag. Sie stolperte aus ihrem Schlafzimmer ins Wohnzimmer und murmelte vor sich hin: »Ofen vorheizen, duschen, Achseln rasieren muss nicht sein, sieht ja eh keiner. Falls die schwarzen Jeans fast trocken sind, auf den Boden legen, ziehen. Falls nicht trocken, in den Ofen legen. Hühnchenfleisch würzen; Haut mit Butter einreiben, mit der Brust nach unten legen. Jeans aus dem Ofen nehmen, hoffentlich ohne Rindfleisch- und Käseduft. Küchenwecker auf fünfundsechzig Minuten stellen. Fischhändler anrufen.«

»Weißt du, was das erste Anzeichen von Wahnsinn ist?«, fragte Evie und lugte über den Rand des Sofas.

»Selbstgespräche«, sagte Annie und öffnete den Kühlschrank. »Sorry – ich hab dich ganz vergessen.«

»Weißt du, was das zweite Anzeichen von Wahnsinn ist?«, fragte Evie und fuhr sich durch die Haare.

»Auf den Handflächen nach Härchen suchen«, sagte Annie. Das war ein anderes altes Spiel zwischen Mutter und Tochter.

Evie verstaute die Bettdecke ihres improvisierten Bettes und kam in die Küche.

»Was hast du vor mit dem Vogel da?«, fragte Evie, während Annie das gekochte Hühnchen aus dem Kühlschrank nahm und auf den Küchentisch legte.

Annie war nicht in Plauderstimmung; es gab viel zu tun.

»Ich mache daraus eine königliche Mahlzeit«, sagte sie. »Für Ihre Majestät Delores.«

»Wer kommt? Irgendjemand Besonderes?«

»Ich muss üben für den großen Abend; ich hab nicht mal mehr eine Woche. Könntest du bitte aus dem Weg gehen?« Evie blockierte den schmalen Bereich zwischen Kühlschrank und Herd.

»Was ist das da?«, fragte Evie, setzte sich auf den einzigen nicht wackelnden Stuhl und zeigte auf die Reihe von Schälchen und Tellerchen.

»Mum – bitte, kannst du dich auf den anderen Stuhl setzen? Und bitte nicht reden, ich muss mich konzentrieren.«

Evie rückte mit ihrem Stuhl aus dem Weg und sah Annie dabei zu, wie sie sorgfältig ihre Küchengeräte auf einem sauberen Geschirrtuch auslegte: Die Messer der Länge nach, angefangen mit ihrem ganzen Stolz, einem japanischen Honyaki-Messer, das so scharf war, dass es eine trockene Nudel problemlos zerteilen konnte. Daneben legte Annie Holzlöffel, einen Messbecher, zwei Schalen und eine Pinzette.

»Entschuldige – ich mach das hier zum ersten Mal und bin nervös«, sagte Annie und trat an den Herd, wo Wasser in einem kleinen Topf vor sich hin köchelte. Annie ließ eine Aubergine hineinfallen und stellte den Küchenwecker auf zehn Minuten. Sie nahm einen zweiten Topf aus dem Regal, mischte Sahne, ein Lorbeerblatt und ein paar Pfefferkörner und rührte fünf Minuten lang. Nachdem sie die Flüssigkeit ausgesiebt hatte, stellte sie den Topf zur Seite.

»Darf ich was fragen?«, fragte Evie.

»Was denn?«, sagte Annie, gab zwei Stückchen Butter in eine Pfanne und brachte sie zum Schmelzen. Dann fügte sie zwei Esslöffel Mehl hinzu und verrührte alles zu einer cremigen Masse. In einer separaten Schüssel löste sie Gelatine in kochendem Wasser auf und gab sie zu der Soße hinzu.

»Wie viele Gerichte sollst du denn machen für dieses Essen?«

»Ludwig XIV. hatte mindestens vier Servierdurchgänge mit bis zu sieben verschiedenen Speisen.«

»Und wie viele Köche hatte er?«

Annie kostete die Soße. »Ungefähr zweitausend Festangestellte in seinen Küchen, und für jedes Abendessen brauchte er bis zu 489 Personen.«

»Du bist ganz allein«, sagte Evie fassungslos.

»Ich werde mindestens zehn Küchenhilfen anheuern, und ein paar von Carlos Komparsen, damit es nach was aussieht. Der Typ, der in seinem letzten Film den Hofnarr gespielt hat, soll den Mundschenk geben und jedesmal, wenn jemand mehr Wein möchte, ausrufen: ›Ein Hoch auf den König und die Königin‹.«

Annie gab noch ein halbes Päckchen Gelatine zu der Soße und rührte abwechselnd mit schnellen und langsamen Schlägen. »Marsha vom Empfang, du erinnerst dich, habe ich gebeten, den Vorkoster zu spielen – wenn ich die Leute also vergiften will, stirbt sie als Erste.«

»Ist ja gruselig«, sagte Evie.

»Ich find's toll, dass so viel auf dem Spiel steht. Heutzutage bedeutet Essen einfach nicht genug. Wir kaufen alles nur noch vorgefertigt – die wenigsten wissen, wie man eine Kartoffel oder eine Stange Lauch erntet, geschweige denn, wie man eine Suppe oder einen Eintopf kocht. Wir sollten wieder lernen, wie man Lebensmittel würdigt, und wir sollten wissen, wo sie eigentlich herkommen.«

Evie sah in die leuchtenden Augen ihrer Tochter. »Ich hab dich seit Jahren nicht mehr so begeistert reden hören.«

Annie drehte sich um und sah ihrer Mutter in die Augen. »Ich habe endlich das gefunden, was ich mit meinem Leben anfangen will, Mum. Dafür habe ich einunddreißig Jahre gebraucht.«

»Ich beneide dich«, sagte Evie.

»Wenn dieses Essen ein Erfolg wird, kommen vielleicht andere Angebote. Vielleicht schaff ich's ja zur professionellen Köchin.«

Sie rührte ein letztes Mal um und goss die Béchamel-Soße vorsichtig über das Hühnchen. Die blasse karamellfarbene Flüssigkeit rann gleichmäßig über den Vogel und verlieh ihm eine glänzende goldfarbene Oberfläche.

»Und wenn was schiefgeht?«, fragte Evie.

»Dann stürze ich mich in mein Schwert wie der Koch Vatel, als er zu wenig gebratenes Geflügel und frischen Fisch auf den Tisch brachte.«

»Kann ich helfen?«

Annie zögerte. »Besser nicht.«

»Ich war gestern bei einem Meeting der Anonymen Alkoholiker. Ich werde mich ändern. Ich verspreche es.«

Annie antwortete nicht. Es waren schon viel zu viele Neuanfänge, Zusicherungen und Hoffnungen vergeudet worden, und dieser Auftrag war zu wichtig.

»Ich hab dich immer wieder enttäuscht, aber diesmal wird alles anders«, sagte Evie.

Annie schwieg.

Annies Kindheitserinnerungen drehten sich größtenteils um Evies Neuanfänge und ihre absonderlichen Pläne, ihr Leben wieder »in die richtigen Bahnen zu lenken«. Wo sich diese Bahnen genau befanden und wohin sie führen sollten, wurde nie abschließend geklärt, aber jede Initiative, ob neuer Beruf oder lukrative Geschäftsidee, wurde mit Überzeugung und großem Elan verfolgt. Einmal beschloss Evie, Landschaftsgärtnerin zu werden, und verbrachte Stunden mit der Lektüre von Gartenfibeln von Reader's Digest. Obwohl sie zum Üben nur einen kleinen Balkonkasten hatten, schuf Evie in ihrer Fantasie Parklandschaften, Rabatten, Hecken und Sichtachsen. Mehrere Wochen lang schilderte Evie ihre Visionen, und Annie übertrug sie auf große Zeichenblätter, malte sie mit Wasserfarben aus und tackerte sie an die Wände ihrer Sozialwohnung. Annie setzte Anzeigen in die Lokalzeitung, hängte sie in nahegelegenen Gartencentern und am schwarzen Brett ihrer Schule auf, und Evie bekam sogar einen Job, nachdem sie den Pfarrer überzeugt hatte, seinen kleinen wildwüchsigen Garten in einen romantischen, duftenden Märchengarten verwandeln zu können, in einen Ort der Ruhe und Kontemplation. Die

Frau des Vikars war zwar in Gartendingen wenig bewandert, doch immerhin genug, um dem Projekt ein Ende zu setzen, als Evie von ihrer Absicht erzählte, die Mauern mit süß duftenden, kräftigen Kletterchlamydien zu überziehen.

Ein anderer Plan sah vor, teetassengroße Yorkshire-Terrier zu züchten, die für fünfzig Pfund pro Stück an den Mann gebracht werden sollten. Die Eltern, Bullauge und Bulette, waren Bruder und Schwester (»Das muss ja keiner wissen«), kosteten je fünfundzwanzig Pfund und brachten in dem ganzen Jahr nur zwei Welpen hervor. Eines Tages kam Annie von der Schule nach Hause und musste sich sagen lassen, dass die Hunde einen tragischen Doppelselbstmord begangen hätten: Sie seien auf die Straße gelaufen und überfahren worden. Verstört sprach Annie drei Wochen lang kein Wort mit ihrer Mutter. Später richtete sich Evie als Wunderheilerin ein, danach als Masseurin und schließlich als Aerobic-Trainerin, aber sie wohnten nie lange genug an einem Ort, um einen Kundenstamm aufzubauen.

Sie reisten mit leichtem Gepäck. Evie hatte zwei Koffer und ihren Kosmetikbeutel mit allerlei wichtigen Dingen aus ihrer Vergangenheit. Darunter waren eine strassbesetzte Haarspange aus Schildpatt von Großtante Edna, ein Foto ihrer Großeltern mütterlicherseits und das Einzige, was ihr Vater hinterlassen hatte, eine Ausgabe des *Großen Larousse Gastronomique*, den er selbst von einer Tante geerbt hatte und dessen Rezepte Annie schon mit dreizehn auswendig konnte. Evie besaß außerdem noch die Überreste ihres Brautstraußes und ein von Annie heißgeliebtes Foto von ihrem Vater, wie er schlafend am Strand lag, den Filzhut auf dem Bauch, die Arme wie ein kleines Kind über dem Kopf ausgestreckt.

Diese Andenken waren Annies einzige Verbindung zu einem anderen Leben und zu ihrer Verwandtschaft. Sie sehnte sich danach, herauszufinden, ob sie die Augen ihres Vaters hatte oder vielleicht die einer Cousine, sie wollte entdecken, wer noch rotbraune Haare hatte. Aus Ermangelung echter Personen dachte sie sich Geschichten aus: Oma Josephine mit ihrer Gicht, ihrer Reizbarkeit und Liebe zu Chopins Polonaisen; Opa Mortimer, der Schweinebauer, der immer davon geträumt hatte, Parfümier zu werden; Tante Alice, die ihr Leben auf dem Bauernhof sattgehabt hatte, sich der örtlichen Zirkustruppe anschloss und noch heute in Wigan auf Elefanten ritt. Diese verschiedenen Verwandten waren es, für die Annie ihre Fantasiemahlzeiten zu kochen begann. Sie stellte sich vor, wie alle zu Besuch kämen und das Essen so köstlich wäre, dass sie die Vergangenheit und alle Kriegsbeile begraben würden. Mit allen führte sie lange Fantasiegespräche und erzählte ihnen von ihrem eigenen Leben.

Ihre Gäste würden ihren Alltag vor der Tür lassen und zumindest für ein paar Stunden zu Zeitreisenden werden, die durch Aromen und Kostüme in eine andere Welt befördert wurden. Annie nahm sich ihre historischen Vorbilder vor und fand für deren Epoche und Schwerpunkte die passenden Zutaten und Gerichte. Sie malte sich aus, wie sie die erste Kartoffel für Elisabeth I. kochte – püriert und mit Hasenpfeffer und Wurzelgemüse in Honigwein geschmort. Um Alexander den Großen auf langen Feldzügen bei Kräften zu halten, räucherte sie Fisch und dämpfte Gemüse in einer frischen Kräuterbrühe. Sie durchforstete die Stadtbüchereien und stellte sich eine persönliche Kartei mit fantastischen Gerichten und Szenerien zusammen. Sie mussten immer in der Vergangenheit angesiedelt sein, da Annies Gegenwart nie allzu rosig aussah.

Der Küchenwecker am Herd begann beharrlich zu piepsen. Annie goss die Aubergine ab und legte sie auf einen Teller zum Abkühlen.

»Willst du einen Tee?«, fragte sie in versöhnlichem Ton.

Evie nickte.

»Dann erzähl doch mal von deinem AA-Meeting.«

»Es war interessant.«

»Interessant?«

Evie nickte. »Ich will noch nicht zu viel sagen und falsche Hoffnungen wecken …, aber ich hab seitdem noch keine Lust auf Alkohol gehabt.«

»Du warst doch erst gestern da!«

»Meistens denke ich pausenlos übers Trinken nach, den ganzen Tag«, sagte Evie leise. »Vom Aufwachen bis zur Schlafenszeit.«

»Was gibt's denn darüber nachzudenken?«, fragte Annie verständnislos.

»Wo ich was herbekomme, wie ich das Geld dafür zusammenkriege, wie ich's schaffe, nicht zu viel zu trinken und nicht zu wenig zu trinken. Es klingt wirklich aberwitzig – aber du hast keine Ahnung, wie es ist, mit dieser Obsession zu leben.«

Annie schwieg – aber sie hatte eine Ahnung. Über Monate hinweg hatte sie über nichts anderes nachgedacht als Desmond, vom ersten Augenblick des Erwachens bis zum letzten Gedankenfitzelchen vor dem Einschlafen.

Wieder piepste der Küchenwecker, und Annie nahm das Hühnchen aus dem Kühlschrank, stellte es auf den Tisch und bestrich es mit einer neuen Schicht Karamellsoße.

»Was machst du da?«, fragte Evie.

»Es soll aussehen, als hätte es eine plastikartige Schicht Béchamelsoße und als wäre es in eine massive Schicht aus goldbraunem Karamell gehüllt.«

»Das kann ja dauern«, bemerkte Evie.

»Nächste Woche muss ich acht Stück davon machen. Alles von dieser Küche aus.« Sie stellte das Hühnchen zurück in den Kühlschrank zum Erkalten. Annie nahm die abgekühlte Aubergine und begann vorsichtig mit einem Löffel das Fleisch zu entfernen, bis nur noch die tiefrote Schale übrig blieb. Sie nahm ihr schärfstes Messer und begann kleine Rauten aus der Schale herauszuschneiden. Mit der Pinzette legte sie die Rauten einzeln zur Seite und arrangierte sie auf einem neuen Teller. In einem Schälchen mischte sie drei Teelöffel Gelatine in Wasser und tauchte die Rauten nacheinander in die Lösung.

»Gehst du heute wieder zum Meeting?«

Evie nickte. »Ich will das wirklich hinkriegen.«

Da bist du nicht die Einzige, dachte Annie und zog die Kühlschranktür auf.

Sie nahm das Hühnchen aus dem Kühlschrank und bewegte sanft eine Keule. Es war perfekt geliert. Mithilfe der Pinzette begann sie vorsichtig die Rauten aus Auberginenschale in einer Reihe von einem Ende zum anderen zu legen, bis das ganze Hühnchen mit einem Muster aus rubinroten Rauten auf goldenem Grund überzogen war.

»Voilà«, sagte Annie sehr zufrieden.

»Sieht wunderhübsch aus.«

»Das war eines der Leibgerichte Ludwigs XV., *poulet au jacquard.* Es soll aussehen wie ein köstlicher Kuchen.«

»Woher hast du das Rezept?«

»Aus einem verstaubten alten Wälzer in der London Library. Meinst du, das kommt an?«

»Ich würd's essen.«

Annie lächelte dankbar.

Evie sagte: »Du strahlst ja richtig, du siehst irgendwie anders aus.«

Annie umarmte ihre Mutter spontan. »Ich muss los, die schmeißen mich sonst raus. Bis später.«

Punkt dreizehn Uhr traf Rebecca im Wiltons ein. Tizian saß draußen, stand aber auf, als er sie sah. Sie strich dem Hund über den Kopf und ging hinein.

»Ihr Vater ist schon da, Miss Winkleman«, sagte der Oberkellner, Mr Tonks, nahm Rebecca den Mantel ab und führte sie durch den Gang mit den Karikaturen an der Wand und vorbei an den roten Plüschbänken zu ihrem Tisch.

Memling saß in der hintersten Ecke mit dem Rücken zur Wand und sah sich den neuesten Verkaufskatalog von Monachorum durch.

»Du siehst blass aus«, sagte er ohne hochzublicken.

»Mir geht's gut«, sagte Rebecca und nahm die Speisekarte. Sie kannte sie auswendig, hoffte aber, dass es ihr Herz beruhigen würde, wenn sie sich auf die verschiedenen Optionen konzentrierte. Seit ihrem Ausflug nach Berlin sah sie ihren Vater heute zum ersten Mal.

»Mach dir keine Mühe – ich habe schon bestellt«, sagte Memling und nickte in Richtung Speisekarte. »Was hältst du von dem Boudin, der nächste Woche zu haben ist?«

Rebecca klappte die Speisekarte zusammen. Bisher hatte sie es immer rührend gefunden, dass ihr Vater für sie bestellte; heute brachte es sie zur Weißglut. Sie spürte regelrecht, wie er Kalorien und Cholesterinwerte für sie zählte. Glaubte er allen Ernstes, seine Kontrolle auf ihren Körper ausdehnen zu können?

»Ich war nie so wild auf Boudin«, entgegnete sie.

»Wie du weißt, liebes Kind, sollte man als Kunsthändler Gefühle und Geschäft trennen.« Memling sprach in jenem herablassenden Tonfall, der Rebecca schlagartig in ihr jüngeres Ich verwandelte. Die fünfzigjährige Frau auf der samtbezogenen Sitzbank war plötzlich wieder das kleine Mädchen, das acht Stunden lang in sein Kinderzimmer gesperrt wurde, weil es einen Fragonard nicht erkannt hatte.

Rebecca hob die Hand, um die Kellnerin zu rufen. Die Frau mittleren Alters in einer weißen Uniform eilte herbei.

»Könnte ich bitte meine Bestellung ändern? Ich hätte gern das Roastbeef mit Röstkartoffeln«, sagte Rebecca, da sie genau wusste, dass Memling gegrillte Seezunge für sie bestellt hatte.

»Selbstverständlich, Madame«, erwiderte die Kellnerin.

Rebecca dankte ihr und wandte sich wieder ihrem Vater zu. »Die letzten drei Boudins, die auf den Markt kamen, sind für weniger weggegangen als das Mindestgebot. Der Beste von ihnen landete in irgendeinem Feld-, Wald- und Wiesenmuseum in Arles. Das Bild, das nächste Woche dran ist, hat eine zweifelhafte Provenienz und ist meines Erachtens nicht mal den Bruchteil seiner Provision wert. Wir haben zwei Kunden, die eventuell am Kauf interessiert wären, aber dem einen haben wir vor drei Jahren ein viel hochwertigeres Gemälde verkauft, und der andere hat gerade fünfundvierzig Prozent seines Vermögens in Aserbaidschan versenkt. Wenn du mich fragst, sollten wir von diesem Bild die Finger lassen.«

Memling sah sie nachdenklich an. An ihrer Meinung war nichts auszusetzen, aber irgendetwas in ihrem Tonfall beunruhigte ihn. Sie hatte eine ungewohnte Sprödigkeit in der Stimme, eine Schärfe, die er bei ihr nicht kannte.

»Stimmt etwas nicht?«, fragte er.

Rebecca zögerte. Am liebsten wäre sie aufgestanden und hätte losgebrüllt, hätte ihm Hunderte von Fragen an den Kopf geworfen. (Wie konnte er nur so leben? Was für ein Mensch konnte ein solches Doppelleben führen?)

»Was meinst du, wie viel holt der Munch bei Monachorum?«, fragte sie stattdessen, um das Thema zu wechseln.

»Ich habe dich gefragt, ob irgendetwas nicht stimmt.« Memling beugte sich zu ihr herüber und hätte fast seine Hand auf ihre gelegt, doch im letzten Moment hielt er inne.

»Alles bestens«, sagte Rebecca knapp.

»Gibt's irgendetwas Neues von dem kleinen Watteau?«

Rebecca wollte ihrem Vater von Berlin erzählen, von Annie und von Martys Notizheft. Sie wollte Fragen stellen und plausible Antworten hören, aber vorerst war Stillschweigen ihre einzige Waffe. Sie musste mehr wissen, bevor sie auspacken konnte.

»Nein, nichts«, sagte sie.

»Wir sollten unsere Kontakte in Kenntnis setzen«, sagte Memling.

»Ich dachte, du wolltest die Sache unter Verschluss halten?«

»Mit Diskretion kommen wir nicht weiter; du hast ja keine nützlichen Informationen aufgetan.«

»Dein Fehler ist also meine Schuld?«, fragte Rebecca schroff.

Die Kellnerin brachte das Essen. Rebecca sah auf ihren Teller mit dem blutigen Rindfleisch, und ihr drehte sich der Magen um. Sie aß grundsätzlich kein rotes Fleisch, aber heute würde sie diesen Batzen wohl herunterwürgen müssen.

»Vielleicht solltest du mir mal verraten, warum dieses Bild so besonders wichtig ist«, sagte Rebecca und versuchte das Zittern in ihrer Stimme zu beherrschen.

(Was wirst du dir wieder für Lügen zusammenspinnen?, dachte sie.)

»Es gehörte meiner Familie; es ist die einzige Verbindung zu ihr, die ich habe.«

(Es gehörte einer Familie, die du bestohlen hast, deren Erinnerungen du vergewaltigt und deren Vertrauen du missbraucht hast.)

»Warum hast du nicht besser darauf aufgepasst?«, fragte sie.

Memling saß reglos da und sah seine Tochter an. »Es gibt etwas, was ich dir nie gesagt habe«, begann er.

Rebecca schob ihren Teller weg. Sie konnte das Fleisch unmöglich essen. Sie war sich auch nicht sicher, ob sie die Beichte ihres Vaters hören wollte. Wenn er ihr alles erzählte, würde sie doch handeln müssen, oder? Wenn er ihre schreckliche Entdeckung bestätigte, dann wäre sie doch gezwungen, ihr Wissen kundzutun, nicht wahr?

»Es wird nicht leicht für dich sein«, sagte Memling.

»Dann behalt's für dich«, sagte Rebecca.

Memling fuhr fort. »Es gab eine Frau«, sagte er.

»Eine Frau?« Rebecca war verwirrt.

»Sie hieß Marianna, und sie war mit meinem Freund Lionel verheiratet.«

»Marianna Larikson?« Rebecca erinnerte sich noch gut an die Bekannte ihrer Eltern. Sie und ihr Mann waren an Feiertagen und bei den meisten wichtigen Familienveranstaltungen zu Gast gewesen. Rebecca versuchte ihr Bild heraufzubeschwören – eine hochgewachsene Frau mit langen weißblonden Haaren und braunen Augen, die immer makellos zurechtgemacht war, die Schuhe passend zur Handtasche, das Halstuch passend zum Taschentuch. Sie erinnerte sich, wie ihre Mutter mit gereizter Stimme einmal sagte: »Da kommt sie wieder, Madame Etepetete.« Rückblickend ging Rebecca auf, dass ihre Mutter nie gehässig war, insofern war die Bemerkung völlig untypisch gewesen.

Rebecca blickte ihren Vater an, und zu ihrer Verblüffung sah sie, dass er Tränen in den Augen hatte. Sie hatte ihn noch nie weinen sehen – nicht einmal als Marty starb.

»Ich habe sie geliebt«, sagte er.

»Sie ist seit Jahren tot – wovon redest du?«

»Wir waren ein Liebespaar – wir haben uns geliebt, aber wir wollten deine Mutter und Lionel und unsere Kinder nicht verletzen, also haben wir die Sache geheim gehalten. Ich habe ihr den Watteau geschenkt, als Zeichen meiner Liebe – als sie starb, haben ihre Söhne das Bild verkauft. Ich muss es zurückhaben. Ich muss.« Memling schlug so laut mit der Faust auf den Tisch, dass die anderen Gäste sich umdrehten und ihn mit einer Mischung aus Besorgnis und Verärgerung musterten.

Rebecca sah ihren Vater fassungslos an und versuchte diese neue Information in ihren emotionalen Schiffbruch einzubauen.

(Wenn das wahr wäre, warum würdest du einem Menschen, den du liebst, etwas schenken, an dem Blut klebt? Ist das eine Nebelwand, willst du damit die Wahrheit unter den Teppich kehren?)

»Wahrscheinlich fragst du dich jetzt, warum ausgerechnet dieses Bild? Warum nicht irgendetwas anderes aus unserer Sammlung? Warum nicht Rubine, Diamanten oder Perlen? Warum nicht Häuser, Geld oder Inseln? Alles das hätte ich ihr kaufen können. Aber wenn du dieses Gemälde siehst, Rebecca, wirst du mich verstehen. Mehr als jede andere dir bekannte Arbeit fängt dieses Bild ein, was es heißt, zu lieben. Ich weiß nicht, ob du so etwas jemals empfunden hast – ob du wirklich weißt, was es heißt, wenn es einem das Herz zerreißt vor Leidenschaft –, aber das habe ich für Marianna empfunden. Sie war der einzige Grund für mich zu leben. Mit ihr war ich etwas anderes, ein besserer Mensch, nicht die niedere Kreatur, die ich zu sein glaubte.«

Rebecca versuchte sich zu beherrschen, während sie ihrem Vater zusah, wie er das Brot auf seinem Tellerchen in kleine Stücke brach und ihm dabei die Tränen über die Wangen liefen.

»Ist alles in Ordnung?«, fragte die Kellnerin mit Blick auf ihre unangerührten Teller.

Rebecca nickte.

»Soll ich abräumen?«

Rebecca nickte wieder.

Vater und Tochter saßen weiter da und starrten auf die Mitte des Tisches. Dann nahm Memling ein schlichtes weißes Tuch aus der Tasche und wischte sich über sein Gesicht.

»Finde dieses Bild, Rebecca«, sagte Memling schließlich. »Mir zuliebe.«

»Das werde ich«, entgegnete sie. »Und wenn es das Letzte ist, was ich tue.« Sie stand auf, faltete sorgfältig ihre Serviette zusammen und legte sie auf den Tisch. »Wiedersehen, Vater.«

Memling blickte nicht hoch.

Rebecca verließ das Restaurant. Der unbeteiligte Beobachter sah eine schlanke, gepflegte, extrem selbstsichere Frau mittleren Alters mit Präzisionshaarschnitt und in schlichter teurer Kleidung. Mit gestrafftem Rücken und Blick auf die Tür gab Rebecca sich alle Mühe, diesem Eindruck gerecht zu werden. Doch kaum dass sie draußen war, rannte sie zu ihrem Auto, rutschte auf den Fahrersitz, packte im Schutz der getönten Scheiben das Lenkrad und schrie ihr Spiegelbild im Rückspiegel an.

# 23. Kapitel

Earl Beachendon hatte elf Jahre gewartet, bis er Ergon Janáček in seinem Atelier besuchte, den zurückgezogen lebenden tschechischen Maler, dessen Arbeiten in den 1970ern als Erste die Millionengrenze überschritten und zehn Jahre später die Zehn-Millionen-Grenze. Janáček lebte und arbeitete in einem georgianischen Kutscherhaus in Crouch End und malte an genau demselben Wochentag um genau dieselbe Uhrzeit immer genau dasselbe seiner sieben Modelle. Die Frau, die am längsten dabei war, saß ihm schon seit fünfzig Jahren Modell, und die Jüngste seit über siebzehn Jahren. Es wurde von ihnen erwartet, dass sie bis zu vier Stunden am Stück auf einem Holzstuhl unter dem großen, nach Norden zeigenden Oberlicht saßen. Janáček redete nie mit ihnen: Er war viel zu sehr ins Malen vertieft. Während er die Leinwand mit nackten Händen und dicken Dachshaarpinseln attackierte, die Farben klatschte, tupfte, schmierte und schmetterte, grunzte und schrie er im Kampf mit seinem kreativen Dämon. Es dauerte mindestens sieben Jahre, bis ein Bildnis fertig war; für eines hatte er siebzehn Jahre gebraucht. Am Ende jeder Sitzung, sobald ein dickes klebriges Impasto aus Ölfarbe entstanden war, kratzte Janáček die ganze Masse von der Leinwand und schüttelte sie zu Boden. Nur eine Spur der Mühen des Tages blieb zurück. Er drehte das Bild zur Wand, öffnete die Tür und wartete wortlos darauf, dass sein Modell das Atelier verließ.

Dieser Vorgang wurde Woche für Woche, jahrein, jahraus wiederholt, bis Janáček eines Tages befand, dass das Werk fertig war. Nur ein paar Kenner konnten unter dem schweren Impasto, den wirbelnden bunten Farbmassen eine Person ausmachen. Auf die Frage, warum sie sich unter solch langwierigen und erschöpfenden Umständen diesem Maler verpflichteten, reagierten die meisten der Modelle verwundert, als hätten sie sich diese Frage noch nie gestellt. Viele von ihnen waren ihm schon treu ergeben, lange bevor Janáček zu Weltruhm gelangte; sie hatten bei ihm angefangen, als der Holzstuhl noch eine Apfelsinenkiste war und kein Geld da war, nicht einmal für einen Heizlüfter. Dieser kleine Luxus kam erst später hinzu. Die Modelle wurden nie bezahlt, obwohl alle ein wenig Bargeld hätten gebrauchen können. Gelegentlich bekamen sie Geschenke oder ein Gemälde. Bei näherer Befragung gab die eine oder andere zu, sie hätte Freude daran, am kreativen Prozess mitzuwirken, wenn auch nur passiv. Eine oder zwei sagten, die Stunden des Modellsitzens seien ein bedeutendes meditatives Intermezzo in einem ansonsten ereignislosen Leben. Die Berichte über seine von allem abgeschnittene intime Welt, über seinen treuen Kreis von Modellen schlugen Kritiker und Sammler gleichermaßen in den Bann.

Janáčeks kleines Kutscherhaus lag versteckt in einer kleinen Seitenstraße eines wenig anheimelnden Stadtteils, eingekreist von einer Bahntrasse, wuseligen Einkaufsstraßen und einer ehemaligen Ziegelei. Abgesehen von etwas Unkraut hier und da war der betonierte Weg sauber und frei von Mülleimern und Abfällen. Ein streitendes Paar, dumpfe Dub-Rhythmen, ein knatterndes Auto gaben Aufschluss über die Art der Gegend. Beachendon schnupperte, während er durch die Gasse zu Janáčeks Atelier ging. Je näher er kam, desto penetranter roch es nach Ölfarben. Als der Earl vor der Tür stand, war der Geruch von Terpentin und Farbe so stark, dass er sich am liebsten sein Seidentaschentuch über die Nase gehalten hätte. Er klopfte beherzt, und kurz darauf zog Janáček schwungvoll die Tür auf. Er hatte nichts als eine löchrige kurze Hose an, wedelte theatralisch mit einer farbverschmierten Hand und trat zur Seite, um Beachendon hereinzulassen. Der nahm einen tiefen Atemzug Londoner Luft und trat über die Schwelle ins Atelier. Mit jedem Schritt blieben seine letzten schönen Lobbs ein wenig kleben, und beim Blick hinunter sah Beachendon, dass der Boden über und über mit alten Farbschichten bedeckt war – er konnte im ganzen Raum keinen Fleck sehen, der nicht mit Farbe bekleckst oder beschmiert war. Das Studio war etwa vierzig Quadratmeter groß, und an den Wänden lehnten umgedrehte Leinwände. Beachendon zählte mindestens dreißig Stück, und ihm schwirrte der Kopf, als er den Gesamtwert in Geld übersetzte. Mit nur zehn dieser Arbeiten wären alle seine Probleme gelöst. Er sah den Verkauf schon vor sich: »Die große Janáček-Auktion«.

»Möchten Sie Tee?«, fragte Janáček. Er hatte eine tiefe raue Stimme, und obwohl er seit fast sechzig Jahren in England lebte, sprach er noch immer mit starkem Akzent.

»Sehr gerne«, sagte Beachendon und fragte sich, ob wohl der gelbe Klecks an seiner rechten Schuhspitze mit Terpentin wieder abgehen würde.

Janáček trat vor eine kleine Küchenzeile und befüllte einen Wasserkessel.

Beachendon schwirrte der Kopf – vielleicht lag es an den Farben, oder an der Aussicht, seine finanziellen Sorgen loszuwerden und das Auktionshaus vor dem Bankrott zu retten.

»Wo wohnen Sie?«, fragte er Janáček.

»Hier natürlich! Ich würde keine Zeit mit Pendeln verschwenden wollen.«

Beachendon sah sich suchend nach einer Tür um.

»Haben Sie eine Wohnung oder ein Haus nebenan?«

»Hier habe ich alles, was ich brauche. Mein Reich!« Janáček wedelte mit den Armen.

»Auch ein Bett?« In Beachendons Kopf begann sich alles zu drehen.

»In der Ecke.«

Beachendon sah sich um und entdeckte einen Haufen Lumpen auf einem Feldbett.

Janáček reichte ihm eine Tasse Tee. Beachendon nahm sie ihm mit spitzen Fingern ab und lächelte.

»Was kann ich denn nun für Sie tun?«, fragte Janáček freundlich.

»Ich hatte gehofft, etwas für Sie tun zu können«, entgegnete Beachendon. »Wie Sie wahrscheinlich wissen, arbeite ich für das Auktionshaus Monachorum.«

Janáček lächelte unbestimmt.

»Wir sind stolz darauf, eng mit unseren Künstlern zusammenzuarbeiten, ihre finanzielle Unabhängigkeit zu ermöglichen, sie von den Fesseln skrupelloser Händler zu befreien.« Beachendon gefiel seine Formulierung recht gut und er wünschte, er hätte ein Notizbuch dabei, um sich diese geschliffenen Worte zu notieren. »Sie erinnern sich sicherlich an den Hirst-Verkauf.«

Janáček schüttelte den Kopf.

»Damien Hirst?«

Janáček schüttelte wieder den Kopf. »Tut mir leid, aber ich gehe nur selten vor die Tür.«

»Damien Hirst, der Künstler, sagt Ihnen nichts?« Beachendon fragte sich, ob Janáček ihn auf den Arm nehmen wollte. Die ganze Welt kannte Damien Hirst, den David Beckham der Kunst.

»Leider nein. Mein Geschmack ist bei Rembrandt stehen geblieben und meine wahre Liebe gilt Tizian. Bei ihnen finde ich alles, was ich brauche, und ich habe mir nie die Mühe gemacht, weiterzusuchen.«

»Was ist mit Cézanne oder Corot, Corbet oder Manet?«, fragte Beachendon.

»Die haben wir auf der Kunstschule durchgenommen, sie sind gut – ja, sehr gut. Aber mein Interesse endet mit dem Jahr 1669.«

»Van Gogh?«

»Nein, wie gesagt, bei Rembrandt ist Schluss.«

»Ich habe in meiner Laufbahn jede Menge Rembrandts verkauft«, sagte Beachendon matt.

Janáček sah auf die Uhr an der Wand. »Hören Sie, ich möchte nicht unhöflich sein, aber in einer halben Stunde kommt mein Modell und ich muss ein paar Vorbereitungen treffen. Könnten Sie mir bitte sagen, weshalb Sie hergekommen sind?«

»Ich würde gern um einige Ihrer Bilder herum eine spektakuläre Auktion veranstalten«, sagte Beachendon und warf einen Blick auf die Leinwände am Boden vor den Wänden. »Vielleicht könnten wir zehn davon zusammen aussuchen?«

»Warum sollte ich das tun?«, fragte Janáček leicht verwirrt.

»Um Geld zu verdienen! Sie würden Ihrem Händler keine Provision zahlen; Sie würden sechzig Prozent aller Erlöse einstecken. Das wären mehrere Millionen mehr für jedes Bild, als Sie im Moment bekommen.«

Janáček sah den Auktionator freundlich an. »Und was sollte ich mit dem zusätzlichen Geld anfangen?«

Beachendon sah sich im Zimmer um, er sah das Durcheinander, den tropfenden Wasserhahn, die feuchten Flecken an den Wänden, die Farbschichten, den Fünfzigerjahre-Kochherd, das Feldbett, den alten Wasserkessel, den windschiefen Holzstuhl und die an Nägeln aufgehängten, schäbigen Kleidungsstücke.

»Schauen Sie, Mr Beachendon, ich habe hier wirklich alles, was ich brauche. Ich bin sehr glücklich in meinem Zimmer, mit meinen Sachen. Eigentum lenkt nur ab. Wenn Sie mir Millionen von Stunden anbieten würden, würde ich keinen Moment zögern und sofort eine Auktion abhalten. Wenn ich mir mit einem meiner Bilder ein zusätzliches Jahr zum Arbeiten kaufen könnte, würde ich Ihren Vorschlag sofort annehmen.«

»Darf ich fragen, was Sie mit dem Geld machen, das Sie im Moment verdienen?«

»Ich nehme mir das, was ich jährlich brauche, und der Rest landet auf einem Konto. Nach meinem Tod wird es der National Gallery helfen, weiterhin den Besuchern freien Eintritt zu gewähren. Hätte ich Geld bezahlen müssen, um meine geliebten Tizians zu sehen, hätte ich niemals angefangen zu malen.«

»Aber je mehr Geld Sie zu Lebzeiten machen, desto mehr werden Sie hinterlassen.« Es war Beachendons letzter Versuch, sein letzter Trumpf.

»Das ist ein trügerisches Argument und hat viel zu viele Unwägbarkeiten. Ihre Auktion würde vielleicht Geld einbringen, aber sie würde auch die Neugier der Menschen wecken. So schon wollen mich ständig Leute besuchen, und sie verschwenden meine Zeit mit Briefen und Fragen. Letzte Woche standen zwei japanische Kunststudenten vor der Tür – wie sie mich gefunden haben, ist mir ein Rätsel.

Ihre Auktion wird mit einer Fanfare an Publicity einhergehen, es wird haufenweise Zeitungsartikel, Diskussionen und Debatten geben. Janáček, ist er wirklich sein Geld wert? Janáček, wer ist dieser Mann? Warum Janáček? Selbst wenn ich gar nichts mitbekomme von all dem Trubel, wird dieses lüsterne Interesse in mein Leben dringen und mich auf irgendeine unangenehme Weise beeinträchtigen. Der Mann vom Zeitungskiosk wird zwei und zwei zusammenzählen. Die Frau aus dem Gemüseladen wird vielleicht zum ersten Mal erkennen, dass der Janáček aus der Zeitung derselbe ist wie der in ihrem Laden. Meine Modelle, die es größtenteils schaffen, ihre Sitzungen als etwas Nichtkommerzielles zu betrachten, werden vielleicht anfangen, in finanziellen Kategorien zu denken. Sie sehen, Sir, eine Auktion ist einfach nichts für mich.«

Janáček klatschte in die Hände und schritt zielstrebig zur Tür. Er drehte den Knauf und zog sie auf. »Auf Wiedersehen, Mr Beachendon. Ich hoffe, Sie finden einen Künstler, den Sie fördern können. Wissen Sie, ich habe nichts gegen Leute, die Geld machen wollen.«

Mit schmatzenden Schuhen lief Beachendon über den Fußboden. Seine letzten Lobbs waren nun bunt beschmiert, und an seinem linken Hosenbein prangte ein roter Streifen.

Kurz vor der Tür hielt er inne. »Warum haben Sie sich denn auf ein Gespräch mit mir eingelassen?«

»Ich war fasziniert davon, wie Sie den Buchstaben S schreiben. Ich hatte mal einen Freund, der schrieb sein S genauso, nach links geneigt, und ich wollte wissen, ob es Ähnlichkeiten gibt zwischen Ihnen und ihm.«

»Und, gibt es Ähnlichkeiten?«, fragte Beachendon und trat aus der Tür in die schmale Gasse.

»Nein«, sagte Janáček und knallte dem Auktionator die Tür vor der Nase zu.

Zwei Schuljungen kamen ihm entgegen. Früher, dachte er, hätte jeder einen Schritt zur Seite gemacht, um ihn durchzulassen, aber heute liefen sie einfach geradeaus weiter und Beachendon war es, der auswich. Versperrte er ihnen den Weg, würden sie ihn auslachen, oder ihm gleich ein Messer in den Rücken jagen. Beachendon dachte an Janáček mit seinem asketischen Lebenswandel. Vielleicht könnten er und die Countess sich ja auch an ein einfacheres Leben gewöhnen, den Edelmetzger aufgeben, den Skiurlaub, die Häuser in der Toskana. Vielleicht könnte man sich eine Einzimmerwohnung suchen und die Kinder auf öffentliche Schulen schicken. Das Problem war nur, dass Beachendon, anders als Janáček, keinerlei Leidenschaft hatte, keinerlei Wunsch, etwas anderes zu tun als den Tag hinter sich zu bringen. Das Einzige, was ihm wirklich Freude machte, war, tief und fest zu schlafen. Das war alles, was er wollte. Alles andere – aufwachen, frühstücken, ein Geschäft abschließen, zu Mittag essen, ja sogar Freundschaften – fand er anstrengend.

Beachendon erreichte seinen dunkelblauen Wagen und sah, dass sich ein langer Kratzer über die ganze linke Seite zog. Er sah den beiden Jungen nach; der eine drehte sich um und zeigte ihm den Finger. Einen Moment war Beachendon versucht, ihnen hinterherzurennen, sie zu kriegen, ihre Köpfe so lange gegen das Pflaster zu knallen, bis ihre Hirnmasse wie blutige Würste über den Boden quoll. Stattdessen schloss er die Wagentür auf, rutschte auf den Fahrersitz und fuhr zurück ins Büro.

# 24. Kapitel

Wieder stecke ich in einer Tüte – diesmal mit der Aufschrift einer Firma namens Peter Jones, und zum Glück riecht Peter (wer immer er sein mag) hauptsächlich nach Wolle und Papier, anders als sein Kollege Waitrose, der nach Rindfleisch und Kartoffeln stank. Vor drei Tagen hat mich meine Herrin aus dem Museum abgeholt. Es war absolut niederschmetternd, meinen alten Freunden *au revoir* sagen zu müssen. Als ich das Gebäude verließ, vibrierten die anderen Bilder mit ihren Oberflächen – ein gewaltiger kollektiver Ausdruck tiefer Trauer und der Anerkennung meiner Wichtigkeit. Ich vernahm es noch über den Verkehrslärm am Trafalgar Square hinweg, die quietschenden Reifen, das Auspuffgeknatter, das Flattern von Taubenflügeln, das rauschende Wasser des Brunnens. Eine Bildersammlung ist immer nur so bedeutend wie die Summe ihrer Einzelteile: Mein Abschied riss ein großes Loch in die National Gallery.

Glücklicherweise hatte mich die Restauratorin behutsam in mehrere Schichten Papier und weiches Material eingeschlagen. Ich sah, wie sie die Augenbrauen hochzog, als Annie mich in die Plastiktüte schob. Sie wäre in Ohnmacht gefallen, hätte sie mitansehen müssen, wie sie mich in ihren Fahrradkorb legte. Immerhin, *heureusement,* es regnete nicht. Holpernd und in halsbrecherischem Tempo wurde ich durch die Straßen befördert, aus dem Fahrradkorb genommen, in ihr Büro getragen und so wie ich war auf dem Schreibtisch in der Küche liegen gelassen. Hätte ich die Macht zur Selbstzerstörung besessen, wäre ich an Ort und Stelle explodiert. Ich war so wütend! Sie machen sich kein Bild!

Spät am zweiten Abend meiner Haft in Plastik trug sich etwas recht Interessantes zu. Lange nachdem Annie das Haus verlassen hatte, kam eine Frau die Treppe hinunter und begann in den Schubladen und im Rechner meiner Herrin herumzuschnüffeln. Ihr Mobiltelefon klingelte und sie begann über ein Bild zu reden. Wie sich bald herausstellen sollte, ging es dabei um niemand Geringeres als meine Wenigkeit. Urkomisch, dass ich direkt vor ihrer Nase lag. Ihr Gespräch begann freundlich mit ein wenig angestrengtem Smalltalk, dann hakte sie ihre Fragen ab, ohne dass sie die Absicht gehabt hätte, den Antworten zu lauschen. Wie geht es Ihnen, wie geht es der Familie, wie geht es mit der Firma, und schließlich kam die große Frage – »Ich versuche gerade ein kleines Gemälde wiederzufinden, Frankreich, achtzehntes Jahrhundert, circa fünfundvierzig mal sechzig Zentimeter. Dargestellt ist eine Frau, die auf einer Waldlichtung tanzt und von einem Mann und einem Clown betrachtet wird. Ich muss es unbedingt finden. Warum? Ich habe einen Kunden, der einen Höchstpreis dafür bietet. Fragen Sie mich nicht, wieso es ihm so am Herzen liegt – aber Sie wissen ja, wie diese Sammler so sind. Wie viel er zahlen will? Tja, was kostet die Welt? Ach ja, wie ich höre, wird Ihr Vertrag mit Winkleman revidiert. Ich hoffe doch, dass wir ihn erneuern können.«

Ich wollte laut schreien und mich zu erkennen geben. Endlich war hier jemand, der meinen wahren Wert kannte. Ich weiß, wie es ist, begehrt, gesucht, vergöttert zu werden, aber sie hatte etwas Sprödes in der Stimme, das mir nicht ganz geheuer war, und ich ahnte plötzlich, dass ihr Eifer, mich zurückzubekommen, nicht zu meinem Nutzen war.

Später am Abend fiel der Groschen. Irgendwie hatte diese Frau mit damals zu tun. Mit den dunkelsten Stunden meines langen Lebens.

Ich will Ihnen erzählen, was geschah.

Nach Friedrich dem Großen wurde ich an den Sohn von Papst Pius VI. verkauft. Von allen meinen Besitzern waren der Papst und seine Familie die gierigsten und korruptesten. Ich verabscheute sie. Der Sohn war ein Nichtsnutz, der Vater ein Schwächling und Egozentriker, der wie so viele versuchte, mit Kunst von seinem sinnentleerten und lasterhaften Leben abzulenken, als wenn Schönheit irgendeine Form von Absolution böte. Er war der Erste, der im Vatikan ein Museum einrichtete.

Die Kunst folgt stets der Macht. Ähnlich wie Soldaten sich Medaillen an die Uniform heften, hängen sich die Reichen Gemälde an die Wand. Napoleon Bonaparte war der größte Kunsträuber der Weltgeschichte. Er war weder der Erste noch der Letzte, aber fraglos der systematischste und entschlossenste. Adolf Hitler träumte von einem einzigen Museum in Linz; Napoleon hatte Pläne für gleich zweiundzwanzig Sammlungen. Hitler hatte Göring als Berater, Napoleon einen Mann namens Dominique Vivant Denon, und gemeinsam planten sie Diebstähle aus allen Palästen Europas, damit ihre Schatzkammer die größte der Welt werde. Und so wurde ich im Herbst des Jahres 1796 auf ein Maultier geschnallt und zusammen mit Raffaels *Transfiguration* über die Alpen geschickt. Ich hatte erhebliche Sorge, dass ich diese Reise nicht überleben würde. Wir alle waren Teil des großen Kunstexodus, bei dem Napoleon sämtliche großen Werke aus Ferrara, Ravenna, Rimini, Pesaro, Ancona, Loreto und Perugia an sich riss; ich reiste mit dem Konvoi von sechsundachtzig Wagen aus Bologna. Es war eigentlich recht unterhaltsam, mit so vielen großen Gemälden zusammen zu sein und Erlebnisse und Erfahrungen auszutauschen. Dort begegnete ich zum ersten Mal Jan van Eycks *Genter Altar*, dem *Apollo von Belvedere* und den *Pferden von San Marco* (Beute eines früheren Krieges).

Ich weiß noch, wie ich als Teil eines langen Zuges in einer offenen Kutsche mit sechs Pferden Paris erreichte. Kamele und ein Löwenkäfig machten das Spektakel noch aufsehenerregender. Auf jeder Kiste wehte ein Banner mit einer Liste ihres Inhalts; ich reiste mit zwei Correggios, neun Gemälden von Raffael, den Bären von Bern sowie einer Sammlung von Steinen und verschiedenen Kultobjekten. Schönheit hat immer schon Gewalt und Raffgier ausgelöst, Plünderungen gehören zu jedem Krieg dazu, und Kunst und Macht stecken stets unter einer Decke. Schon viele Jahrhunderte vor Göring, Hitler, Napoleon und Denon hatten die Römer ihren Livius, um den Überblick über ihre Beute zu behalten. Die Grabmäler der Pharaonen waren lange vor der Invasion Alexanders des Großen 332 vor Christus geplündert worden. Das Alte Testament verweist immer wieder auf Kunstraub.

Ich möchte Sie nicht mit historischen Details langweilen, lieber Leser, nur aufzeigen, welche Macht der Kunst innewohnt und in welche Höhen und Tiefen sie die Menschen treibt.

Aber weiter im Text. All das hätte Napoleon Kaiserin Josephine schenken können. Es gab herrliche Tapisserien, Schmuck, Statuen, Gemälde; und doch fiel seine Wahl auf mich. Trotz meines kleinen Formats war ich mächtiger als die größten Renaissancegemälde und meinem Besitzer mehr wert als eine Armladung kostbarster Juwelen.

Josephine war in der Liebe unermüdlich; tage-, ja nächtelang hielt sie durch und trieb ihre Liebhaber zu Höchstleistungen an. Napoleon war auf dem Schlachtfeld ein mächtiger Mann, doch seine wichtigsten Siege errang er bei ihr. Bekanntlich trug ihre Liebe jedoch keine Früchte. Er ließ sich von Josephine scheiden, um eine Gebärmaschine zu heiraten. Monatelang schallte das Wehgeschrei meiner Herrin aus ihrem Château Malmaison und wurde vom Wind bis in Napoleons Pariser Schlafkammer getragen. Einst war ich der farbgewordene Inbegriff einer großen Liebe, nun wurde ich zum Urbild des gebrochenen Herzens. Am Nachmittag des 11. Januar 1819 warf sie mich ins Feuer. Glücklicherweise wurde ich von ihrer Kammerzofe gerettet, und sie verbarg mich hinter ihrem breiten Rücken und schmuggelte mich aus dem Schloss und in die Räume eines bekannten Kunsthändlers.

Mein nächster Besitzer war ein britischer König. George IV. war ein Schuft, wie er im Buche steht, ein übellauniger, gefräßiger und selbstherrlicher Tölpel. Zwanzig Jahre lang wurde ich Zeuge unaufhörlicher rauschender Feste und der Klagen, wenn er sich zwischenzeitlich im Bette von seinen Exzessen erholte. Der Mann goss kistenweise Wein, Portwein, Whisky und Champagner in sich hinein und pausierte nur, um sich Fleisch und Kartoffeln in sein großes Maul zu schaufeln. Er brachte an die 130 Kilo auf die Waage, litt an Gicht, Arterienverkalkung, Wassersucht und diversen Geschlechtskrankheiten. Ich sah ihm dabei zu, wie er eines schrecklichen qualvollen Todes starb und einen kleinen Seufzer der Erleichterung ausstieß, als er am 26. Juni 1830 kurz nach drei Uhr früh seinen Geist aushauchte.

Ich wurde verkauft und schließlich von Albert seiner jungen Prinzessin Victoria geschenkt, die bald Königin von England sein sollte. Leider und schändlicherweise wurde ich in eine kleinere Schlafkammer im Buckingham Palast verbannt. Ich verabscheue London (wie Sie wissen) – den Smog, den Lärm, das ewige Grau in Grau. Zweifellos würde ich noch immer in dieser stickigen Schlafkammer hängen, wäre ich nicht einem jungen Diener ins Auge gefallen, der seiner großen Liebe ein Geschenk machen wollte, bevor er 1914 an die Front zog. Sein Name war Thomas, sie hieß Ethel. Er arbeitete im Palast, sie im Hotel Ritz. Vielleicht ahnte der Diener, dass seine Tage gezählt waren, denn am Nachmittag vor seiner Abreise nach Frankreich riss er mich von der Wand, versteckte mich unter seinem Mantel und marschierte mit mir durch den Park bis Piccadilly. Zwei Wochen später, am 24. September 1914, war er tot, eine von vielen Leichen im Morast. Ethel weinte drei Wochen lang, fand aber Trost in den Armen eines Portiers. Nach dem Krieg wurde ich für zwei Pfund und ein paar Zerquetschte verkauft. Zu jener Zeit interessierte man sich nicht für Schönheit.

Ich überspringe jetzt einige Jahre und komme zum Verkauf 1929 in Berlin. Ein neuer Tiefpunkt: Ich wurde an einen mittellosen jüdischen Rechtsanwalt als Verlobungsgeschenk verhökert. Es waren meine ersten Juden und womöglich meine größten Anhänger. Ich wirkte ein wenig absonderlich dort über dem Sofa in ihrer tristen Berliner Wohnung mit den braunen Wänden, aber wie Esther Winkelmann immer sagte: »Dieses Bild ist das Fenster zu einer besseren, reineren Welt.«

Diese sogenannte bessere, reinere Welt kam nie zustande. Zehn Jahre später brach erneut ein Krieg aus, und das Leben wurde immer schwieriger für die Winkelmanns, die ihre Arbeit verloren und einen gelben Stern am Mantel tragen mussten. Obwohl die Wohnung sehr klein war, zogen seine Mutter und ihr Vater zu ihnen. Sie hatten kein

Geld für Brennholz und verfeuerten nach und nach ihre Möbel, um nicht zu Hause zu erfrieren in jenem bitterkalten Winter 1940.

Ich erinnere mich genau an den Jungen; er hatte blassblaue Augen und einen blonden Haarschopf. Er war kein Kind von Esther und Ezra, verbrachte aber viel Zeit in ihrer Wohnung. Nach Kriegsbeginn trug er eine schwarze Uniform; er kam eine Zeitlang vorbei, brachte Lebensmittelpakete und sogar Weinbrand.

Im Frühjahr 1942 nahm der junge Mann mit den blassblauen Augen Ezra beiseite und unterbreitete ihm ein Angebot. »Ich kann dieses Bild für eine Million Reichsmark für dich verkaufen«, sagte er. »Und Fahrkarten für deine ganze Familie besorgen, damit ihr das Land verlassen könnt.«

»Warum sollte ich das tun?«, fragte Ezra verblüfft. »Dies ist mein Zuhause und ich muss hierbleiben, falls jemand von meiner Familie eine Bleibe sucht.« Der schwarz Uniformierte redete auf ihn ein, ja er flehte ihn an. Ezra und Esther weigerten sich, klein beizugeben.

Den Abend des 27. Februar 1943 werde ich nie vergessen; ein Trupp SS-Männer tauchte auf, um die Winkelmanns abzuholen. »Lassen Sie uns ein paar Sachen packen, bitte«, sagte Esther und warf einen Blick auf mich. Sie wurde an den Haaren aus dem Zimmer und die Treppe hinuntergezerrt. Sie schrie nicht; sie wollte ihren Kindern keine Angst machen.

Wenige Tage später kam der Mann mit den blassblauen Augen zurück. Er stürzte in die Wohnung, und als er sah, dass sie leer war, setzte er sich auf den Fußboden und weinte; er wusste, was geschehen war. Dann stand er auf, nahm mich von der Wand über dem Sofa und verbarg mich unter seinem schweren schwarzen Mantel. Für eine Million Reichsmark wurde ich an seinen Führer verkauft. Hitler sah mich nur ein einziges Mal; er hielt mich in seinen Händen und starrte fast eine Stunde lang in meine Tiefen. Dann ließ er den jungen Soldaten kommen und forderte ihn auf, mich an einen geheimen Ort zu bringen und fernab von Görings gierigen Blicken zu verstecken, bis der Krieg gewonnen sei.

»Schützen Sie dieses Bild mit Ihrem Leben«, befahl er.

# 25. Kapitel

Das Essen sollte ein Dankeschön für Agatha und zugleich der Probelauf für Delores' Geburtstagsparty sein. Annie lud auch Jesse ein und hoffte, er würde das als Geste der Freundschaft auffassen, nicht mehr. In drei Tagen, am Tag vor der eigentlichen Party, würde sie auf den Smithfield Market gehen und Fleisch kaufen, danach auf den New Covent Market. Sie würde achtzehn Hähnchen, zehn Fasane, Junghühner, Hühnerleber, je zehn Kilo Zwiebeln, Möhren und Kartoffeln, Kräuter und Salat kaufen. Am Morgen des Essens, am ersten April, würde sie um zwei Uhr früh auf dem Billingsgate Fish Market Austern, Seezunge, Langusten und Hummer besorgen. Kaviar und Gänseleberpastete hatte sie bei einem separaten Lieferanten bestellt.

Für den Probelauf konnte Annie aus Kostengründen nur bestimmte Gerichte kochen, und sie würden Prosecco trinken statt Champagner. Bei Delores' Essen würden die Gäste in den Genuss von zwanzig Gängen kommen, den Auftakt bildete ein Spargelomelette und den Schluss eine Tarte. Heute Abend gäbe es nur fünf Gänge. Für Delores' Essen würde sich Annie einen kleinen Transporter mieten, um von A nach B zu kommen; für den Probelauf nahm sie Bus und Zug nach Vauxhall und ging zu Fuß durch Haupt- und Seitenstraßen zum New Covent Garden Market.

Sie lief vorbei an den Ständen mit Spargel, Auberginen, Kohl in Dunkelgrün und Rubinrot. Annie betrachtete eine Auslage mit Quitten und sah sie gebacken, gekocht oder gratiniert vor sich, mit Erbsen oder Lamm oder Käse. Sie sah nach rechts und entdeckte eine Pyramide aus Fenchel – vielleicht könnte sie ja ein paar Knollen mit in die Zwiebelsuppe mischen oder eine Beilage mit einer Anchovissoße kreieren, oder einfach nur das Gemüse dünsten und mit seinem zarten Aroma zu den geschmorten Hähnchen servieren.

Sie wandte sich in Gedanken ihrem Gemälde zu und fragte sich, ob der Künstler ähnlich über Pigmente und Grundierung nachgedacht hatte wie sie über das Kochen: Ob er sich das Aufeinanderprallen der Farben vorstellte, das Mischen der Pigmente und das endgültige Resultat. Sowohl für Köche als auch Maler war das Schaffen von Geschmäckern ein Weg, sich in der Welt zurechtzufinden. Sie verwendete Salz, Pfeffer, Gemüse, Öl, Gewürze und Fleisch; ein Maler Lapislazuli, Bleiweiß, Karminrot, Grünerde, Indigo, Ocker, Grünspan und Kobaltblau.

Auf einem großen Tisch lag ein Riesenberg Auberginen, alle gleich gerundet, dunkelrot und cremeweiß geädert.

»Sind sie nicht wunderschön? Wie Juwelen«, sagte Annie zu der Frau, die neben ihr stand und schaute.

»Aber wenn wir sie kochen, werden sie zu grauem Matsch«, entgegnete die Frau.

Annie sah sie voller Verblüffung an. Wie konnte man nur so abfällig von einer Aubergine sprechen?

Am Abend stand Jesse mit einem Strauß Osterglocken als Erster vor der Tür und versuchte sich nicht anmerken zu lassen, wie sehr er sich freute, sie zu sehen. Sie unterhielten sich unbeholfen darüber, was sie so gemacht hatten und was es Neues in den Nachrichten gab, und beide waren erleichtert, als Agatha eintraf und Evie von ihrem AA-Meeting nach Hause kam. Annie servierte Jesse und Agatha einen Bellini und ihrer Mutter einen nicht-alkoholischen Punsch, dann reichte sie Wachteleier mit kleinen Lachsquadraten herum, auf selbst gebackenem Brot mit einem Zweiglein Dill. Zuerst waren alle etwas schüchtern; sie standen im Kreis in der Mitte des Raums um einen marokkanischen Hocker und plauderten über das Bild, das auf dem Kaminsims lehnte.

»Es braucht einen besseren Rahmen«, sagte Annie.

»Es sieht immer noch hübsch aus«, sagte Evie. »Ich wusste vom ersten Moment an, dass es was Besonderes war.«

»Was soll denn jetzt damit passieren?«, fragte Agatha.

»Weiß ich nicht so genau.« Annie zuckte mit den Schultern und ging hinüber zu dem Gemälde. »Ich denke, ich werd's aufhängen und bewundern.«

»Ich hab ihr gesagt, sie soll damit zu Christie's gehen oder zu einem dieser Läden – die machen doch auch Schätzungen«, sagte Evie, bevor sie sich zu Agatha wandte. »Arbeiten Sie nicht in der National Gallery? Vielleicht könnten Sie ja mal einen Blick draufwerfen.«

Agatha und Jesse sahen sich an und begriffen, dass Annie ihrer Mutter nichts erzählt hatte.

»Ich mach mal eben die Velouté«, sagte Annie und steuerte auf die Küche zu.

Jesse folgte ihr. »Ich helf dir.«

Erst zögerte Annie, dann aber lächelte sie dankbar und reichte ihm eine Schale und einen Schneebesen. »Kannst du das mit etwas Salz und Pfeffer verquirlen, während ich den Spargel blanchiere?«

Jesse schlug fachmännisch mit einer Hand die Eier über dem Schälchen auf, gab zwei Drehungen Pfeffer und eine großzügige Messerspitze Salz hinzu und schlug sie energisch. Als die Flüssigkeit goldfarben und schaumig war, bat er um die nächste Aufgabe.

»Könntest du Gruyère und eine Scheibe Toast auf die Schalen mit der Zwiebelsuppe legen?«, sagte Annie. Sie musste darauf achten, dass die geschmolzene Butter schaumig wurde, ohne anzubrennen.

»Hast du irgendwo Petersilie zum Kleinschneiden?«

»Im Kühlschrank oben links in einer kleinen Tüte.«

Während Annie teelöffelweise Mehl zur Butter hinzugab, hackte Jesse die Petersilie zu einem zartgrünen Puder, der gleich über die Suppe gestreut werden würde.

»Du kannst ja kochen«, sagte Annie überrascht.

»Meine Mutter brauchte einen Souschef.«

»War sie Köchin?«

»Die Beste überhaupt – sie konnte die einfachsten, langweiligsten Zutaten in Köstlichkeiten verwandeln.«

»Das sind die besten Köche«, sagte Annie zustimmend und hob das letzte bisschen Mehl unter die Butter.

»Kannst du die Brühe in der kleinen Pfanne erwärmen?«

Jesse schaltete den Herd an, beugte sich über die Pfanne und schnupperte. »Gemüse mit Champignons?«

Annie lächelte. »Sehr gut – die ist für den Seebarsch – Ludwig XV. mochte seinen Fisch in einer schweren Pilz-Sahnesoße, aber ich hab mich hier für eine etwas gesündere Variante entschieden.«

Annie nahm eine Omelettepfanne vom Hängeregal und gab einen Spritzer Olivenöl hinein. Sie stellte die Pfanne auf die heiße Herdplatte und wartete, bis Dampf aufstieg.

»Soll ich mich um die Soße kümmern, während du die Omelettes machst?«

Annie lächelte dankbar. »Du hast nicht zufällig am ersten April frei? Ich muss ein Galaessen für fünfzig Leute kochen, für Delores' Geburtstag. Ich habe Kellner und Tellerwäscher, aber ich bräuchte noch jemanden, der kochen kann. Es wird bezahlt – ungefähr hundert Pfund springen für den Abend raus.«

Jesse beugte sich über die Soße und rührte angestrengt, denn er wollte nicht, dass Annie sah, wie er vor Freude rot geworden war und übers ganze Gesicht grinste.

Annie fasste sein Schweigen falsch auf. »Oh, tut mir leid. Das war jetzt vielleicht ein bisschen dreist.«

Jesse wandte sich mit einem Lächeln zu ihr. »Ich hab nur gerade überlegt, was ich an diesem Tag mache. Genau genommen hab ich, glaub ich, nichts vor und würde sehr gerne mithelfen. Wir sollten uns aber vorher nochmal treffen und die Speisefolge und den Zeitplan durchgehen. Wie wär's mit morgen?«

»Das wäre fantastisch.« Annie lächelte dankbar.

Sie betrachtete Jesse von hinten, während er die Soße kochte, und es war, als sähe sie ihn zum ersten Mal. Es gefiel ihr, wie er sich mit flinken tänzerischen Schritten in ihrer beengten Küche bewegte. Sie fragte sich beiläufig, wie er wohl im Bett wäre, doch dann errötete sie und wandte sich wieder ihrem Omelett zu.

»Gibst du mal den Spargel rüber?«, fragte Annie. Vorsichtig reichte Jesse ihr die ungekochten Spargelstangen. Als er sie auf den Tisch stellte, streifte er aus Versehen ihre Hand, und beide spürten einen kleinen Stromschlag. Annie sah auf seine langen Finger mit den blassen Sommersprossen auf dem Handrücken. Sie versuchte sich vorzustellen, wie diese Hand sie streichelte. Wäre es ein sanftes Streicheln?

Jesse sah Annie an, den sanften blassen Flaum, der genau unter ihrem rechten Ohr begann und bis zum Nacken ihres langen Halses verlief. Würde ihre Haut sich weich anfühlen unter dem T-Shirt, würde sie leicht erschauern, wenn er ihr über die Länge ihrer Wirbelsäule strich? Würde es ihr gefallen, wenn er ihr den Nacken küsste?

Annie gab Salz in das kochende Wasser und ließ den Spargel hineingleiten. Sie konnte Jesses Atem hören, tief und etwas unregelmäßig. Sie warf einen Blick zu ihm und sah seinen Mund und die beinahe weiblichen Lippen, blassrosa, etwas offen stehend, und die geraden weißen Zähne, die zum Vorschein kamen. Wie würden sich diese Lippen auf meinem Mund anfühlen, auf meinem Hals, fragte sie sich, während sich der Spargel im blubbernden Wasser bewegte.

Genau im selben Moment schwelgte Jesse in seiner eigenen Fantasie, er schmeckte die Soße ab und stellte sich vor, wie seine Zunge zwischen Annies Brüsten hinunter in Richtung ihrer Beine wanderte.

Er rührte weiter, ohne den Blick von Annies Nacken zu nehmen. Er merkte, dass sein Atem flach und unregelmäßig ging, also atmete er zweimal tief durch.

»Ist jetzt okay, glaub ich«, sagte Annie, ohne sich zu ihm umzudrehen.

»Ich hab gerade nicht aufgepasst – meinst du, sie ist fertig?« Jesse hielt ihr den Topf hin.

Annie sah sich die aufgeschlagene blasse Soße an, tauchte den kleinen Finger hinein, leckte ihn langsam ab und sah ihn an.

Jesse schluckte und unterdrückte den Impuls, sie in seine Arme zu schließen und zu küssen.

»Die ist gut«, sagte Annie. Sie wandte sich wieder ihrem Spargel zu, machte mit dem Gemüseschäler die Garprobe und befand, dass er durch war, schön al dente. Sie nahm den Topf, trat an die Spüle und schüttete das Wasser ab. Dampf stieg auf und hüllte ihr Gesicht in sanften Nebel. Was sollte das, warum flirtete sie mit diesem Mann? Sie wusste doch, dass er etwas für sie empfand – war sie nur grausam, oder hatte sich irgendetwas geändert?

Annie zwang sich zur Konzentration auf die bevorstehende Aufgabe und stellte eine kleine Bratpfanne auf den Herd, hob frisch gehackte Nelken, Thymian und Petersilie mit einem Schuss Sahne unter den Omeletteteig und rührte ein letztes Mal um. Dann nahm sie ihre Zwiebelsuppenschalen mit den hauchdünnen Baguettescheiben, darüber Gruyère, Mozzarella und Parmesan, und stellte sie für ein paar Minuten unter den Grill.

»In exakt fünf Minuten gibt's Essen«, rief sie hinaus.

Jesse nahm vier Teller aus dem Ofen und stellte sie auf den Tisch.

Annie goss die Eier in die rauchende Pfanne und wartete, bis sich kleinc goldfarbene Bläschen bildeten, dann arrangierte sie behutsam den Spargel auf dem Teig wie giftgrüne Klammern auf dunkelgelbem Grund. Das Rezept sah eigentlich vor, das Omelette zu wenden, doch Annie beschloss es in der Pfanne liegen zu lassen, hackte noch rasch eine rubinrote Chilischote und streute ein paar scharfe Rauten über das Ei.

Während des Essens war sie froh, dass Jesse schräg gegenübersaß und es nicht möglich war, ihn zu berühren oder genauer anzusehen. Sie teilte das Omelette in vier Stücke und gab eines auf jeden Teller. Es herrschte Schweigen, als alle den ersten Bissen probierten. Das sahnige Ei, die scharfe Chilischote und der bissfeste Spargel harmonierten perfekt. Den nächsten Gang fand Annie nicht ganz gelungen – die Zwiebeln in der Suppe waren ein bisschen zu süß –, aber Jesse fand, dass sie den geschmolzenen Käse gut ergänzten. Applaus gab es für das Jacquard-Hühnchen in seinem rot-weiß karierten Mantel. Obwohl Evie versicherte, nicht mehr zu können, aß sie anstandslos ihre Seezunge Colbert; der Kombination aus herrlich zartem Seeteufel und knuspriger Kruste, parfümiert mit Soße, konnte sie einfach nicht widerstehen. Agatha stöhnte leise, als sie durch die krosse Außenschicht des Fisches biss und sich die warme Butter auf der Zunge zergehen ließ.

»Das ist besser als …« Sie lief rot an, und alle lachten mit ihr.

Später, nachdem sie die Torte aus pochierten Früchten, Rosinen, Pinienkernen und kandierten Zitronen mit gezuckerter Sahne restlos vertilgt hatten, saßen Annie und ihre Gäste am Tisch und tranken Ludwigs Lieblingsgetränk, heiße Schokolade, die so dickflüssig war, dass Evie sie mit dem Löffel aß.

»Wer aus Lebensmitteln so etwas zaubern kann, sollte an einen Herd gefesselt werden«, sagte Agatha.

»Das wäre mein Traum«, erklärte Annie.

Später bot Annie Evie ihr Bett an und sagte, sie schliefe gern mal auf dem Sofa. Insgeheim wollte sie ihre Mutter hinter der einzigen Tür der Wohnung wissen, damit sie und Jesse allein sein konnten. Agatha verabschiedete sich, um die letzte U-Bahn nicht zu verpassen, Jesse blieb noch und half mit dem Abwasch. Als der letzte Teller trocken war, nahm er Annies Gesicht sanft zwischen seine großen Hände mit den Sommersprossen und küsste sie auf den Mund.

»Ich hau mal ab«, sagte er. »Aber ich komme wieder.«

Er nahm Jacke und Schal und zog hinter sich die Wohnungstür zu, und Annie hörte, wie er mit großen Schritten die Treppen hinuntersprang.

Annie konnte nicht schlafen. Sie setzte sich in die Küche, legte ihr Gesicht auf den geschrubbten Küchentisch, schloss die Augen und konzentrierte sich darauf, wie sich das Holz in ihre linke Wange drückte.

# 26. Kapitel

Trichcombe Abufel starrte aus seinem Küchenfenster hinaus in den Park. Er hatte diese kleine Dachwohnung vor dreißig Jahren gekauft und miterlebt, wie sich die Gegend von einem bunten multikulturellen Viertel in ein homogenes Wohngebiet für gut situierte weiße Banker und ihre Familien verwandelt hatte. Er sah hinunter ins Grüne und entdeckte fünf fast identische blonde Frauen in schwarzen Shorts und mit marmorglatten Botoxgesichtern, die sich alle auf ein vorpubertäres Körpergewicht heruntergehungert hatten. Ein großer muskelbepackter schwarzer Trainer trieb sie zu Gymnastikübungen an. Nicht übel, dachte Trichcombe und starrte zu dem dunkelhäutigen Mann hinunter, mal einen Farbtupfer hier in der Gegend zu sehen. Trichcombe wollte nicht wegziehen, aber wenn sich beruflich nicht bald etwas tat, würde sein Geldmangel ihn aus dieser Gegend in die Vororte treiben. Vielleicht würde er nach Wales zurückgehen müssen – ihn schauderte allein bei dem Gedanken.

Er zwang sich, der Szene den Rücken zu kehren, und wandte sich wieder seinem Schreibtisch und »dem Problem« zu. Seit der Begegnung mit der jungen Frau im British Museum und seinem kurzen Blick auf ihre Skizze war sich Trichcombe ziemlich sicher, »es« wiedergefunden zu haben. Er hatte viele mühsame Jahre damit zugebracht, die Provenienz von Watteaus großem verschollenem Werk, *Die Launenhaftigkeit der Liebe*, zu erforschen. Mit einer Kombination aus Dokumenten, unveröffentlichten Aufzeichnungen, seinem Privatarchiv und Daten aus nationalen und internationalen Museen hatte Trichcombe eine fast lückenlose Linie von Eigentümern erstellt. Er wusste, dass das Gemälde 1703 in Paris entstanden war und dass es sich bei der dargestellten Person mit aller Wahrscheinlichkeit um eine hübsche Schauspielerin namens Charlotte Desmares handelte, bekannt unter dem Künstlernamen Lolotte. Watteaus Leidenschaft für diese Frau war in diversen zeitgenössischen Quellen dokumentiert, und über sieben Monate hinweg tauchte ihr Gesicht in fast jeder Skizze und auf vielen anderen seiner Ölgemälde auf.

Nach Watteaus tragischem und allzu frühem Tod an Schwindsucht im Jahr 1721 verblieb das Gemälde zunächst bei seinem Freund Jean de Jullienne, und dann begann eine der faszinierendsten Provenienzen, die Trichcombe jemals aufgedeckt hatte. Gab es irgendein Bild, das im Besitz einer vergleichbaren Reihe illustrer und interessanter Kunstliebhaber gewesen war? Trichcombe war jedoch nicht sonderlich interessiert an der frühen Geschichte des Gemäldes, ja nicht einmal an dem Gemälde selbst. Es war die Zeit zwischen 1929 und heute, die ihn am meisten beschäftigte. Er entdeckte, dass das Gemälde während des Ersten Weltkriegs aus der königlichen Sammlung verschwunden war (womöglich durch einen Diebstahl), aber bald darauf, im selben Jahr noch, bei einer Auktion in Berlin wieder aufgetaucht und von einem Mann namens Ezra Winkelmann für fünfzig Reichsmark erstanden worden war. Trichcombe musste weder googeln noch das *Who's Who* befragen: Er wusste, dass Ezra der Vater von Memling Winkleman war.

In den letzten paar Tagen hatte der Flurfunk der Kunstwelt unaufhörlich gesummt: Die Winklemans hätten einen kleinen Watteau »verloren«; sie hatten alle auf ihrer Lohnliste angerufen, und obwohl Trichcombe vielleicht der einzige Experte war, der nicht mehr auf der Lohnliste der Familie stand, hatte auch er einige Telefonate entgegengenommen.

Trichcombe dachte zurück an die junge Frau mit den rotbraunen Haaren aus dem British Museum, er dachte an ihre Skizze. Durch seine jahrelange Berufserfahrung hatte er einen siebten Sinn, und der sagte ihm, dass das Gemälde sich in ihrem Besitz befand. Ihrer Reaktion nach zu urteilen war sie ziemlich sicher keine Kunstexpertin und hatte wahrscheinlich gar keine Vorstellung, wie wertvoll und wichtig das Bild war; er hoffte darauf, sie aufklären zu können, bevor es ein anderer tat.

Trichcombe saß an seinem Schreibtisch und studierte erneut die Fotokopie des Kupferstichs der *Launenhaftigkeit der Liebe*. Das Bild war in verschiedener Hinsicht von Bedeutung; im Nebeneinander von Hoffnung und Verzweiflung wurde das Thema der unerwiderten Liebe zusammengefasst. Seine Leichtigkeit, Flinkheit, Gewandtheit und scheinbare Schlichtheit deutete auf eine Trendwende in der Malerei und ermutigte Generationen späterer Maler, lockerer zu werden, loszulassen und sich auszudrücken. Und natürlich war dieses Werk auch Vater, Mutter und Geliebte des Rokoko. Vor allen Dingen aber war es in der Lage, die Menschen zu Liebenden zu machen.

Trichcombe stand auf und ging zurück in die Küche. Unten streckten sich die Damen, während der Trainer versuchte, einzelne Gliedmaßen in noch absonderlichere Formen zu biegen. Trichcombe war eigentlich mit seinen Gedanken woanders; er versuchte, sich einen Überblick zu verschaffen über alles, was er wusste, und auch über das, was ihm unerklärlich war bezüglich der Winklemans und ihres Unternehmens. Er hoffte, diesmal die entscheidende Entdeckung gemacht zu haben, um Rache üben zu können.

Von den vielen Lektionen, die Trichcombe als Wissenschaftler gelernt hatte, war die womöglich wichtigste, sich in Geduld zu üben. Er hatte gelernt zu warten; oft tauchten Informationen oder Hinweise auf, wenn man am wenigsten damit rechnete. Lernen und Entdecken war kein linearer Prozess, sondern erwuchs aus einem Geflecht von manchmal aberwitzigen Grundinformationen, aus disparaten, über Jahre angeeigneten, losen Fakten, die sich schichteten und irgendwann plötzlich zu einem Gesamtbild verschmolzen. Seine großen Entdeckungen – das Altarbild von Cimabue in einem Verkaufsraum in Pewsey, Raffaels *Madonna mit der Kamelie* im verlassenen Korridor einer Jungenschule – hatten teils auf glücklichem Zufall und teils auf Kennerschaft basiert. Ein Gelehrter, dachte Trichcombe oft, war im Grunde nichts anderes als ein Detektiv, und er selbst gehörte zu den größten.

Memling war der Erste gewesen, der sein besonderes Talent entdeckte; er zahlte Trichcombe ein fürstliches Honorar. Menschen mit Sachkenntnis und einer unbeirrbaren Leidenschaft für die Malerei waren rar gesät. In den ersten sieben Jahren war Trichcombes offenbar nicht vorhandenes Privatleben, seine Bereitschaft, zu jeder Tageszeit zu arbeiten und auf Zuruf irgendwo hinzufahren, ein Riesenvorteil. Memling schickte den jungen Mann durch die ganze Welt, um Gemälde zu evaluieren und bei kleineren Auktionen zu stöbern. Zusammen wurden sie der Duveen und Berenson ihrer Zeit.

Trichcombes Besessenheit hatte aber auch Nachteile: Die meisten Mitarbeiter bei Winklemans bezogen ein normales Gehalt und waren froh, abends nach Hause zu gehen. Bei Unstimmigkeiten drückten sie notfalls ein Auge zu. Ihr Job war letzten Endes Mittel zum Zweck. Für Trichcombe, einen Mann ohne Anhang oder irgendwelche Hobbys, war der Job sein Leben, und während andere stolz waren auf Partner oder Kinder, hatte er sich mit Leib und Seele dem Studium der Gemälde, ihrer Geschichte und Provenienz verschrieben.

Eine zunehmend angespannte Situation zwischen Chef und Mitarbeiter erwuchs, als Memling plötzlich einen verschollenen Boucher auftat. Er wollte partout nicht sagen, woher das Bild stammte. Für ihn war es einfach nur ein sehr lukrativer Ankauf. Trichcombe ließ es sich nicht nehmen, der Herkunft des Gemäldes nachzugehen. Er schlug sich sieben Nächte um die Ohren, um die Geschichte der Besitzer zu erforschen: Sie endete im Jahr 1943 in Berlin bei einem Mitglied einer Familie, die später in Auschwitz ausgelöscht wurde. Zwei Monate darauf geschah etwas Ähnliches, als Memling mit einem Canaletto, einem Barocci und einem Klimt von einer Bayernreise zurückkehrte. Wieder ging Memling über die Fragen seines Mitarbeiters nach den dazugehörigen Papieren hinweg. Zu jener Zeit war noch kaum jemand an der Restitution von Raubkunst interessiert. Verkäufer und Käufer gleichermaßen gaben sich mit diffusen Eigentümerketten zufrieden. Memling erklärte gern, seine Gemälde stammten von »einem Adligen« oder »einer Dame aus der höheren Gesellschaft«. Und niemand bohrte nach.

Die Zeit verging, und Trichcombe wurde immer unruhiger. Wie konnte Memling immer wieder verschollene Meisterwerke aus dem Nichts zaubern? Die meisten hatten lückenlose Provenienzen und Rechteketten, aber einige tauchten buchstäblich aus heiterem Himmel auf. Er war sich der großen Fluktuation auf dem Nachkriegs-Kunstmarkt wohl bewusst; er wusste um die Tiefstpreise zur Zeit des Wiederaufbaus. Doch in den 1960er-Jahren, als Wohlstand und Stabilität wieder zunahmen, wurden Schnäppchen und Raritäten seltener. Wie war es also möglich, dass Winkleman immer wieder neue Meisterwerke ausfindig machte?

Memling wurden Trichcombes Verhöre zunehmend lästig. Es kam zum Eklat, als Trichcombe eines Tages im Jahr 1972 auf Memlings Schreibtisch ein kleines Gemälde von Watteau liegen sah. Es war fünfundvierzig mal sechzig Zentimeter groß, und dargestellt war ein Pärchen und ein beobachtender Clown. Selbst Trichcombe, der seit siebenunddreißig Jahren keine körperliche Berührung erfahren hatte, spürte die nackte Gewalt dieses Bildes. Der junge Verehrer im Gras hatte etwas so Bewegendes und Herzergreifendes, der Clown etwas so Schwermütiges in seinem langen müden Gesicht, und die junge Frau, die ihre absolute Macht über ihre Bewunderer sichtlich genoss, etwas so Eigensinniges und Lebendiges.

Plötzlich wollte Trichcombe mehr über dieses Bild erfahren; seine Neugier ging mit ihm durch. Memling jedoch behauptete, das Bild gehöre ihm und sei unverkäuflich, es habe seinen Mitarbeiter nicht zu kümmern. Trichcombe blieb standhaft und fuhr fort, die Unterlagen des Hauses zu durchforsten. Am nächsten Morgen kam er in die Firma und fand seine Sachen in einem Pappkarton auf der Treppe vor der Tür. Die Frau vom Empfang reichte ihm ein Kuvert mit eintausend Pfund in bar. Es war nicht nur ein Rausschmiss: Von diesem Tag an machte Memling seinen nicht unbeträchtlichen Einfluss geltend, um Trichcombe zu diskreditieren, und nahm dem Gelehrten somit jede Chance auf eine leitende Position in einem Museum, als selbstständiger oder in einer Galerie angestellter Kurator. Trichcombe lebte von den dürftigen Erlösen seiner Bücher und Zeitschriftenartikel. Gelegentlich entdeckte er auf einer Provinzauktion eine Zeichnung oder eine Ölskizze und verkaufte sie weiter, verdiente aber nie genug, um sich etwas Nennenswertes kaufen zu können. Als junger Mann war die Liebe zur Kunst seine große Leidenschaft; in den letzten zweiundvierzig Jahren war Trichcombe davon getrieben, Memling Winkleman zu entlarven. Von dem Moment an, als er Memling 1972 zum ersten Mal mit dem Watteau entdeckte, wusste Trichcombe, dass das Bild für Memling einen Wert hatte, der über Geld weit hinausging. Aus Gründen, hinter die er noch kommen musste, war dieses Bild der Schlüssel zu seiner Zukunft und Memlings Niedergang.

Trichcombe brachte Jahre damit zu, die Geschichte des Watteau zusammenzustückeln; jetzt fehlte nur noch das Bild selbst. Er hatte die Hoffnung fast schon aufgegeben, bis er im British Museum die Skizze sah. Ein Puzzleteil jedoch fehlte: das Schicksal der letzten Eigentümer, Memlings Eltern. In dem alten Berliner Verkaufskatalog von 1929 stand die Adresse der Familie: Trichcombe beschloss, nach Berlin zu fahren und zu sehen, was von der Schwedenstraße 14 noch übrig war.

In seinem neuen Büro in Holborn sah Wladi, wie das Geld in Echtzeit auf sein laufendes Konto strömte. Der Zinnhandel erlebte gerade einen Aufschwung, und im Lauf des Vormittags, noch bevor er überhaupt aufgestanden war, hatte er schon 67 Millionen und damit in dieser Woche insgesamt 127 Millionen Pfund verdient. Laut den Bedingungen seines Exils sollte das Zentralbüro mindestens dreißig Prozent von Wladis Einkünften erhalten. Dummerweise, musste man beinahe sagen, gingen die Zinnpreise immer weiter hoch, und Wladi hatte ständig neuen Forderungen des Zentralbüros nachzukommen. In den letzten neun Tagen hatte Wladi vierundzwanzig Millionen Pfund anonym auf eines der vielen Konten überweisen müssen. Wenn er aus irgendwelchen Gründen eine Banküberweisung vermeiden sollte (denn dem Machthaber war manchmal diese Methode nicht recht), oder wenn Wladi befunden hatte, ein Gegenstand stelle einen angemessenen Ersatz dar, musste er diesen Gegenstand zu dem Haus nach Surrey bringen.

Aus reiner Neugierde hatte Wladi in der Woche zuvor einen augapfelgroßen Diamanten persönlich in Surrey abgeliefert. Als er an der Grenze des Anwesens am Crawley Place in Godalming ankam, wurde er von drei schwarz gekleideten Russen empfangen. Man bat ihn, aus dem Auto auszusteigen, er wurde gründlich gefilzt, sein Auto wurde durchsucht, und mit einem eigens generierten Passwort auf einem Zettel durfte er zum zweiten Tor vorfahren. Einige Hundert Meter weiter wurde er erneut gefilzt und mit einem neuen Passwort ausgestattet. Diese aufwendige Prozedur wurde viermal wiederholt, bevor er an ein unscheinbares rotes Backsteinhaus mit penibel manikürtem Rasen und geharkter Kiesauffahrt kam. Die breiten Reifen von Wladis Wagen hinterließen hässliche Streifen im Kies.

Eine körperlose Frauenstimme schallte aus dem Nichts und befahl Wladi, zur Haustür zu gehen. Als Wladi darauf zutrat, schwang sie von alleine auf. Nervös betrat er das Haus. Die Außentür sah relativ normal aus, aber im Innern stellte Wladi fest, dass er sich in einer scheinbar luftdichten Metallkiste befand. Ich könnte hier zerdrückt werden wie eine Blechdose, und niemand würde es je erfahren, dachte er. Dieselbe Stimme befahl ihm, still zu stehen. Eine Formation von Infrarotstrahlen umtanzte seinen Körper. Wieder ging eine Tür auf. Wladi trat hindurch. »Legen Sie die Hand auf das Pad und sehen Sie hoch«, wies die Stimme ihn an. Nachdem er seine Hand auf einen Sensor gelegt und den Blick zur Decke gerichtet hatte, glitt ein Metallpaneel zurück, und Wladi betrat die nächste Kiste. Diese war um einiges größer, fast so groß wie das ganze Untergeschoss des Hauses.

»Die Ziegelsteine und Fenster bilden eine Hülle, damit das hier möglichst nach einem Haus aussieht«, sagte die Stimme, die offensichtlich Wladis Gedanken gelesen hatte. »Der britische Geheimdienst weiß, was das hier ist, aber sie wissen noch nicht, wie man sich Zugang verschafft. Und auch sonst weiß das niemand.«

»Wer sind Sie?«, fragte Wladi.

»Je weniger wir voneinander wissen, desto besser«, sagte die Stimme.

Der Boden unter ihm vibrierte. Wladi trat rasch zurück, als ein Stück davon aufklappte und eine Kellertreppe zum Vorschein kam.

»Gehen Sie nach unten.«

Kein Wunder, dass ich alleine kommen und zweimal auf der Fahrt hierher das Auto wechseln musste, dachte Wladi. Es war keine Schutzmaßname; es war eine Maßnahme, um sicherzugehen, dass selbst wenn jemand mein Verschwinden bemerken würde, meine Leiche niemals gefunden werden könnte. Wohl wissend, dass er keine Chance hatte, ging er die Treppe hinunter und gelangte in einen großen Tresorraum.

»Dies ist der Kasten für Ihre Zahlungen«, sagte die Stimme. »Ihren Code kennen nur Sie und ich, und er wird sich bei jedem Besuch ändern. Denken Sie sich eine Reihe von fünf Ziffern aus, die nichts Persönliches enthalten dürfen, kein Geburtsjahr, nicht das Jahr der Geburt Ihrer Mutter und so weiter.«

Wladi dachte einen Moment nach, bevor er den Geburtstag seines Bruders eingab, 61270.

»Diese Zahl korrespondiert mit dem Geburtsdatum Ihres verstorbenen Bruders. Denken Sie sich bitte eine andere Zahl aus«, sagte die Stimme.

Wladi schauderte und gab eine willkürliche Zahl ein.

Ein Kasten von der Größe einer Teekiste öffnete sich in der Wand.

»Und nun wiederholen Sie Ihren Code«, befahl die Stimme.

Wladi nahm einen kleinen Beutel aus der Tasche, öffnete ihn und legte den Diamanten in die Mitte.

»Und nun geben Sie Ihren Code noch einmal ein«, sagte die Stimme.

Wladi gab die Kennziffern ein, und die Wand ging sicher wieder zu.

»Nachdem er verifiziert wurde, werden Sie per E-Mail eine Benachrichtigung erhalten. Nehmen Sie den Ausgang zu Ihrer Linken, dort finden Sie Ihr Auto.«

»Was ist, wenn ich nächste Woche ein großes Gemälde kaufe? Wie kriege ich das da rein?«

»Sie werden Instruktionen erhalten. Falls Sie das Bild bei einer Auktion ersteigern, wenden wir uns direkt an den Händler.«

»Oder wenn ich ein Haus oder eine Insel kaufe?«

»Wir haben bisher immer eine Lösung gefunden. Das soll nicht Ihre Sorge sein.«

Das Gebäude zu verlassen war nicht minder kompliziert. Nachdem er wieder mit seinem Auto vereint war, bemerkte Wladi, dass der Kies seit seiner Ankunft wieder geharkt worden war.

Wladi verließ das Gelände, fuhr ein paar Meilen und hielt dann in einer Parkbucht, wo er den Kopf auf das Lenkrad legte und sich seiner Verzweiflung hingab. Wie sollte er Woche für Woche passende Dinge auftreiben können, um den Forderungen des Zentralbüros nachzukommen? Wenn der Diamant nicht ankam, was dann? Er hatte schon sechs Personen angeheuert, die ihm beim Ausfindigmachen von Kunst, kostbaren Gegenständen, Villen, Gemälden und Aktien halfen. Das Problem aber war: Wie konnte er wissen, was der Machthaber haben wollte? Letzte Woche hatte er ein Chalet in Gstaad abgelehnt, mit der Begründung, dass er vierzig Prozent der Ferienanlage bereits besaß. In der Woche zuvor hatte man ihm einen fabelhaften Smaragd mit der Begründung zurückgegeben, er habe zu viel dafür bezahlt. Wladi hatte nicht die Absicht, nach Gstaad zu fahren (angeblich fuhr man nach Courchevel); er hatte kein Mädchen, dem er den Smaragd schenken konnte (auch wenn er hoffte, Ljudmila zu erobern). Zwei Wochen später hatte er Anteile einer Firma gekauft, die, wie sich herausstellte, das Zentralbüro längst besaß. Wenn er in diesem Stil weitermachte, wäre er bald bankrott und verschuldet, und wenn er fünf Wochen lang den Zahlungen nicht nachkam, war er ein toter Mann.

Wladi packte das Lenkrad mit beiden Händen und versuchte einen klaren Gedanken zu fassen. Er musste einen Plan haben, einen richtigen Plan, wie er diese Zahlungen leisten konnte. Er musste ein kleines Stück des Markts erobern, auf irgendeinem Gebiet, das noch nicht dem Zentralbüro gehörte und dessen Wert unstrittig war. Er sollte sich zudem bemühen, den Zahlungen voraus zu sein – indem er etwas wirklich Wertvolles erstand, würde er sich Zeit kaufen und wochen-, ja monatelang ruhig schlafen können. Je mehr er über die Kunstwelt erfuhr, desto sicherer war Wladi, dass er den idealen Kanal gefunden hatte. Das Problem mit der zeitgenössischen Kunst war nur, dass der Vorrat fast unbegrenzt und die Werke zu modeabhängig waren. In den wenigen Tagen zwischen dem Kauf einer *Nurse* von Richard Prince und der Ablieferung des Bildes an seine gesichtslosen Gläubiger war die Aktie des Künstlers gefallen. Mit alten Meistern fuhr man besser. Immerhin waren diese Maler tot und die Preise relativ konstant. Wladi hatte noch einen anderen Gedanken. Ich könnte den Markt manipulieren, indem ich gleich mehrere Arbeiten von ein und demselben Künstler kaufe, ein Bild versteigere, den Preis nach oben treibe, einen neuen Benchmark setze und die anderen Bilder dadurch noch viel teurer mache. Warum war darauf noch keiner gekommen? Dann ging ihm auf, dass genau das wahrscheinlich die Rekordpreise bei den Auktionen erklärte.

Er nahm sein Telefon und wählte Bartys Nummer.

»Vierzig Minuten – Chester Square«, sagte er.

Als Wladi anrief, lag Barty auf einem Massagetisch bei der Cellulitisprophylaxe. Dass ein schlanker Neunundsechzigjähriger von Cellulitis befallen werden würde, war eher unwahrscheinlich. Aber Barty grauste es vor der Unvollkommenheit – dass es noch nicht passiert war, musste nicht heißen, dass ihn nicht eines Tages dieser Makel hinterrücks überfallen könnte. Barty ließ sich von der Massagebank rollen, verließ das Behandlungszimmer und tapste den Flur hinunter zu den Umkleiden des Fitnessclubs. Da er bei seinen wichtigsten Kunden für den Club die Werbetrommel rührte, kam er in den Genuss einer lebenslangen freien Mitgliedschaft und einer jährlichen Gutschrift für Behandlungen im Wert von fünftausend Pfund.

Unter der heißen Dusche dachte Barty über Wladi nach und wie sich ihre Beziehung entwickelt hatte. Er hatte genug russische Emigranten kennengelernt, um zu verstehen, was sie brauchten. Er dachte an die alten Weißrussen, die samt und sonders nach der Oktoberrevolution 1917 aus dem Land vertrieben worden und nach London geflohen waren, um den Rest ihrer Tage als verarmte Adlige um ihre Heimat zu trauern. Die neue Generation war genauso nostalgisch, aber dafür ungeheuer wohlhabend, wenn sie es denn schafften, am Leben zu bleiben. Barty ließ sich das heiße Wasser über den Kopf laufen und das Massageöl von der Haut waschen, und er dachte voller Mitgefühl an Wladis Situation. Dieser Riesengimpel hatte mehr Geld gemacht, als die meisten Menschen sich überhaupt vorstellen konnten, doch er war ein Gejagter. Das Zentralbüro war Tausende von Meilen entfernt, aber das war keinerlei Garant für Sicherheit. Wo immer er sich aufhielt, war Wladi gebunden: emotional, finanziell und körperlich. Sein Gefängnis war luxuriös und hatte weder Wände noch Grenzen, aber er war nicht frei. Einen Abtrünnigen würde das Zentralbüro bis auf die letzte tahitianische Insel verfolgen und innerhalb von Sekunden auslöschen.

Barty hätte niemals mit dem reichen Russen tauschen wollen, dennoch war es ihm ein Vergnügen, interessante Wege zu ersinnen, wie Wladi sein Geld loswerden konnte.

Kürzlich hatte er einem anderen Russen einen Tipp zum Management seiner Milliarden gegeben. Boris Slatanow hatte einen schwächelnden Fußballverein gekauft und dessen Schicksal gewendet, indem er in neue Spieler, Trainer und Anlagen investierte. Zum Glück begann die Mannschaft tatsächlich Siege einzufahren, und Boris erkannte, dass es nichts gab, was der Machthaber mehr liebte als internationalen Erfolg. Boris' nächster Schritt war es, wiederum mit Bartys Hilfe, ein Museum in Moskau zu finden und mit moderner Kunst zu füllen. Bald schon schleuste Boris regelmäßig – gewissermaßen als Banker vom Dienst – für die Machthaber über die Sport- und Kunstwelt Geld in seine alte Heimat.

Barty betrachtete sein Spiegelbild und fuhr sich mit dem Kamm durchs Haar. Es war dick und seidig und eines seiner Markenzeichen; heute war es erdbeerblond gefärbt. Barty fand, dass sein neuer Friseur der beste war, den er je hatte, ein Mann, der sich Bartys gelegentlichen Bitten widersetzte, ihm Wasserwellen, einen Irokesenschnitt oder eine Glatze zu verpassen. »Schätzchen, wenn du deinen Stil verändern willst, kauf dir eine Perücke.« Barty nahm den Fön und begann sich oberflächlich das Haar zu trocknen – für mehr war keine Zeit. Er griff zum Schminktäschchen, trug Make-up, Abdeckstift und auf beide Wangen einen Hauch Rouge auf und schlüpfte wieder in seinen Dreiteiler (heute war er Steed aus *Mit Schirm, Charme und Melone*).

Eine Viertelstunde später saß er im Taxi auf dem Weg zu Wladi. In seiner linken Tasche steckte eine Liste mit allen Fußballvereinen, die zurzeit auf dem Markt waren. Barty hatte außerdem entschieden, Wladi von der zeitgenössischen Kunst abzubringen; zwar waren alte Meister seltener, rätselhafter und weniger sexy, aber Wladi sollte sich auf das Erlesene konzentrieren – Barty hatte sogar beschlossen, endlich seine Freundin Delores zu belohnen und den Russen auf die französische Kunst des achtzehnten Jahrhunderts anzusetzen. Zu dritt würden sie sich ein bezauberndes Schlösschen in Sankt Petersburg suchen (das eine viel nettere Stadt war als das fürchterliche und allzu maskuline Moskau). Sie würden ein Musée des Beaux Arts de L'École du Dix-Huitième eröffnen. Barty sah es schon vor sich – ein Traum in Brokat, Damast, Malergold, Goldfarbe, Gold und anderen Märchenhaftigkeiten. Anders als die großen Bastionen in monumentalem Beton und Neonweiß, die Museen für moderne Kunst, würde ihr kleiner Palast ein Ort sein, wo das Auge niemals zur Ruhe käme, nicht einmal für den Bruchteil einer Sekunde. Er wäre ein Feuerwerk aus Farben und Texturen, das Gegenteil von zeitgenössisch, ein Affront gegen alles Modische; Bartys und Wladis Museum würde das Kontroverse in die Kultur zurückholen.

Barty erreichte das Haus, bevor Sekunden später Wladis Wagen geschmeidig heranrollte. Der russische Riese sah noch untröstlicher und deprimierter aus als sonst. Barty rutschte neben ihn auf den Sitz, spürte das weiche Kalbsleder unter den Fingern und bewunderte kurz sein eigenes Spiegelbild im dem auf Hochglanz polierten Armaturenbrett aus Walnussholz, ehe er sich Wladi zuwandte.

»Kopf hoch, mein kleiner Spatz. Ich habe einen Plan. Einen wunderbaren, sagenhaften Plan.«

# 27. Kapitel

Mithilfe der Filmausstatter, Maler und Setdresser, die sie über ihre Stelle bei Carlo kannte, verwandelte Annie das Amadeus Centre in Maida Vale nach Vorbild ihres Gemäldes in eine Waldlichtung aus dem achtzehnten Jahrhundert. Üppige, mit schimmerndem Laub bedruckte Gardinen hingen von dem umlaufenden Balkon, und lange Weidenäste, am Morgen auf dem New Covent Garden Market gekauft, wuchsen aus mehreren dicken Tontöpfen empor. In der Mitte prangte ein großer cremeweiß gestrichener Styroporspringbrunnen, der identisch mit dem auf ihrem Gemälde und dessen Sockel mit lächelnden Putten gesäumt war. Von der Zimmerdecke hing eine Schaukel, und der Fußboden war mit Kunstrasen ausgelegt und mit frischen Blütenblättern bestreut.

Annie stellte einen hufeisenförmigen Mitteltisch auf und bedeckte ihn mit schwerem weißem Damast. Sie hatte beim Requisitenverleih ein Service im Stil von Ludwig XV. organisiert, zusammen mit zwanzig Kronleuchtern und dreißig Servierplatten. Primrose, die Haushälterin der Winklemans, und ihre Tochter Lucinda hatten die ganze Nacht geschuftet, um Rosenköpfe an künstliche Zweige zu nähen und Blumengirlanden für die Seiten des Tisches und die Tischplatte herzustellen. Die Tischdeko bestand aus einer Unmenge kandierter Früchte und weißen Mäusen, die von schokoladenfarbenen Katzen gejagt wurden. Jeder Platz war mit acht Messern und Gabeln, drei Löffeln und sieben Weingläsern versehen, plus einem goldenen Kelch für Wasser. Einquadratmetergroße gestärkte Leinenservietten wurden zu stolzen Schwänen gefaltet und auf goldene Teller gesetzt. Vor jedem Platz standen eine handgravierte individuelle Platzkarte und eine Speisekarte mit allen Details zu Menü und Wein.

In der Zimmerecke war eine kleine Bühne aufgebaut worden, wo eine Gruppe von Musikern in historischen Kostümen Madrigale spielen würde. Beim Servieren des Jacquard-Hühnchens sollten als Harlekins verkleidete Akrobaten durch eine andere Tür kommen, über die Lichtung turnen und die Gäste mit einer kleinen Darbietung erfreuen. Während einer der acht Nachspeisen würde ein tieftrauriger Narr, der Doppelgänger aus Annies Gemälde, mit einer Laute auftauchen und für die Gäste singen.

Im hinteren Teil des Saals, für die Geladenen unsichtbar, hatte Annie eine improvisierte Küche eingerichtet. Timing war das A und O, und es blieben immer nur wenige Sekunden zwischen den Gerichten.

Während die Setdresser letzte Hand an die Waldlichtung legten, trafen Jesse, der Trupp aus Kellnern und der zweite Souschef ein. Annie war dankbar, dass Jesse sich genau wie alle anderen Mitarbeiter benahm. Da die meiste Vorarbeit schon Tage zuvor geleistet worden war, ging es jetzt vor allem darum, alle zwanzig Gänge rechtzeitig auf den Tisch zu bekommen, richtig temperiert und zusammen mit dem richtigen Wein. Zwar würde, anders als damals in Versailles, ein Fehler keine verheerenden Konsequenzen haben, aber falls sie die Sache vermasselte, wäre Annies Traum zunichtegemacht. Delores hoffte, der Abend würde ein Höhepunkt im Kalender des Kunstbetriebs werden.

Annie teilte ihr Team in vier Gruppen, jede bekam eine Aufgabe und einen Bereich zugewiesen. Sie verteilte Zettel mit dem genauen Ablauf des Abends und allen anstehenden Arbeiten. Kein Detail wurde dem Zufall überlassen; selbst die Toilettenpausen waren geregelt.

»Dieser Abend muss reibungslos ablaufen«, erklärte Annie. »Bitte seht euch die Liste genau durch: Ihr müsst wissen, was euch erwartet und was von euch erwartet wird. Jesse ist mein zweiter Mann, also wendet euch an ihn, wenn ich gerade nicht kann. Raoul ist für die Kellner verantwortlich, Amy für die Garderobe, Ted ist unser Sommelier und Riccardo leitet das Abräumen und Abwaschen.«

Annie sah in zweiundzwanzig gespannte Gesichter. Nach Wochen der minutiösen Planung war sie selbstsicher und gelassen. Sie hatte Profis angeheuert, die wussten, was zu tun war, und mit Stresssituationen umgehen konnten. Unterm Strich würde sie kaum Gewinn machen: Doch bei diesem Abend ging es weniger um ihr Bankkonto als um ihre Zukunft.

Als Erste traf Delores ein, verkleidet als Marie Antoinette. In mehreren Schichten aus cremeweißer Spitze und lila Satin bewegte sie sich flatternd durch den Raum, und Annie musste an eine überdimensionierte Seeanemone denken.

»Ach Gottchen«, rief Delores, als sie die schattige Lichtung erblickte. »Mir kommen gleich die Tränen. Ich darf nicht weinen. Ich fange gleich an zu weinen – was haben Sie nur getan, Sie herrliches, kluges Geschöpf?«

Annie lächelte und lief feuerrot an.

Delores ging auf die Schaukel zu und erweckte kurzzeitig den Eindruck, als wollte sie ihr Hinterteil hineinzwängen, doch zur allgemeinen Erleichterung fiel ihr Blick auf den Brunnen mit den Putten. Kurz darauf ging sie nach hinten, um das Essen zu begutachten.

Um Punkt acht begannen die Madrigale, und wenige Minuten später wurde die Ankunft des erstes Gastes mit einer Posaunenfanfare verkündet: Mrs Appledore kam als Madame Pompadour in einem Kleid, das bis ins kleinste Detail dem Gewand auf dem Boucher-Porträt nachempfunden war. Als Begleitung hatte sie sich sogar bei *Harrods' Pet Kingdom* für 2500 Pfund ein Schoßhündchen besorgt, doch das Tier hatte gewinselt und ins Auto gekotzt, und Mrs Appledore hatte es auf die Straße gesetzt und seinem Schicksal überlassen. Sekunden später erschien Barty, verkleidet als Kurtisane in einem historischen Ballkleid von anderthalb Metern Spannbreite mit Goldstickereien und klitzekleinen Perlen (er hatte seinen Freund beim Victoria & Albert Museum bestechen müssen, es für einen Abend aus dem Lager zu schmuggeln.) Das Anziehen war so umständlich gewesen, dass seine gesamte Belegschaft sich den Nachmittag freigenommen hatte, um Barty in seine Unterröcke, das hölzerne Mieder und die Reifen einzupassen. Diesmal hatte er sich eine goldblonde Lockenperücke ausgeliehen. Leicht schwitzend unter dem Gewicht der Haare und dem dicken, fließenden, hermelinbesetzten Umhang verschwand Barty erst einmal in der Herrentoilette, um sein Make-up zu richten. Wladi kam separat, in schwarzer Lederhose und -jacke und mit einer Krone auf dem Kopf, auf der »Peter der Große« stand. Nachdem er Bartys Plan zugestimmt hatte, in Sankt Petersburg ein kleines Versailles einzurichten, hatte Barty Delores zur leitenden Kunstberaterin ernannt, und zu deren Entzücken waren bereits drei wichtige Käufe vorgemerkt, ein Pater, ein Lancret und ein Boucher. Dank der Vermittlungsgebühr für die Gemälde hatte Delores die Auswahl des Champagners für den Abend noch verbessert: Es gab einen erlesenen Pol Roger und als Wein einen Premier Cru.

Um acht Uhr erfuhr man in der Küche, dass Rebecca abgesagt hatte – wegen dringender Geschäfte in letzter Minute in Berlin. Stattdessen würde Memling Winkleman mit Carlos und Rebeccas Tochter Grace kommen. »Da fällt mir ein Stein vom Herzen«, bemerkte Delores. »Rebecca ist ja so ein Trauerkloß.«

Um halb neun waren fast alle der fünfzig Geladenen da. Annie warf einen Blick aus dem Küchenbereich in den Saal und erkannte Septimus Ward-Thomas, ein zweitrangiges Mitglied des Königshauses, den alternden Popstar Johnny »Lips« Duffy sowie mehrere Dauerbewohner der Hochglanzillustrierten. Der Earl und die Countess of Beachendon waren als Höflinge gekommen. Der Emir und die Sheikha von Alwabbi waren das einzige Paar, das sich nicht an das Rokokomotto gehalten hatte. Die größte Überraschung jedoch war die Tochter von Carlo und Rebecca – Annie hatte mit einer zugeknöpften Einundzwanzigjährigen gerechnet. Stattdessen entpuppte sich Grace als Gothic Punk mit Nasen- und Ohrenpiercings und einem Drachen-Tattoo vom Nacken bis zum Steißbein, das durch ihr rückenfreies Kleid hervorragend zur Geltung kam. Delores hatte sie neben Wladi platziert.

»Sind Sie Kunstberaterin?«, fragte Wladi.

»Ich bin alles, was Sie wollen«, entgegnete Grace.

Memling kam herein, sah sich um und verspürte ein Unbehagen, wobei er in dem Moment gar nicht so genau hätte sagen können, warum.

Die nächsten Stunden vergingen für Annie wie im Flug, während sie Gang für Gang hinausschickte, einen nach dem anderen – Austern, Kaviar, Suppe, Wachteln, Jacquard-Hühnchen, Zwiebelsuppe mit Champagner, Seezunge mit Krebsfleisch, bergeweise Gemüse, neue Kartoffeln von der Größe von Krokuszwiebeln, dazu Wachteleier, Tauben, die als junge Pfaue verkleidet waren, mit Federn aus Kräutern und in Käfigen aus gesponnenem Zucker. Das Meisterstück war ein entbeinter Truthahn, gefüllt mit einem entbeinten Hühnchen, einem entbeinten Rebhuhn, einer Wachtel und schließlich einer jungen Schnepfe. Als Jesse und die anderen den Vogel an den Tisch trugen und mit einer Miniatursäge tranchierten, brach der Tisch in Applaus aus.

»Die Köchin! Die Köchin!«, rief der ganze Saal.

Jesse rannte in die improvisierte Küche. »Sie rufe'n nach dir, komm raus und verbeuge dich.«

»Ich kann nicht – guck mich doch an«, sagte Annie. Ihre Haare hingen aus der Kochmütze und ihr Gesicht war verschwitzt und voller Mehl.

Doch das Klatschen ging weiter und wurde immer lauter. Annie wischte sich die Hände an der Schürze ab, strich sich die Haare glatt, trat hinter dem Springbrunnen hervor und bahnte sich nervös einen Weg zur Mitte des Hufeisentisches.

»Brava!« Delores stemmte sich hoch. »Brava!«

Die anderen Gäste applaudierten begeistert.

Annie lief puterrot an und verbeugte sich. »Danke, danke – aber wenn Sie nichts dagegen haben – es kommen noch acht Gänge.«

Ein kollektives Stöhnen.

»Wir können nicht mehr«, rief jemand.

»Nur zwei, drei Bissen!«, sagte Annie lachend und bahnte sich ihren Weg zurück in die Küche.

Niemand wusste, warum Memling Winkleman kurz nach dem Auftritt des Pierrot den Saal verließ, aber alle hatten viel zu viel Spaß, um sich darüber den Kopf zu zerbrechen.

Zwischen den Gängen musste sich Annie noch dreimal verbeugen, und zum Schluss gab es stehende Ovationen. Mrs Appledore, Earl Beachendon und Johnny »Lips« wollten sie gleich für eine ähnliche Veranstaltung buchen, und die Sheikha von Alwabbi versuchte sie gleich für das komplette nächste halbe Jahr anzuheuern.

Als die Gäste gegangen, die Böden gesäubert, die Tische abgeräumt, Gläser und geliehene Ausrüstung in Kisten verstaut und in den Miettransporter gepackt worden waren, um am nächsten Morgen zurückgeschafft zu werden, waren Jesse und Annie endlich allein. Seite an Seite saßen sie im Schneidersitz auf dem Boden. Der Saal war in seinen ursprünglichen Zustand zurückversetzt worden – groß, ein klein wenig schäbig und merkwürdig unzweckmäßig.

»Ich bin froh, dass Delores einen Fotografen da hatte«, sagte Annie und sah sich um. »Jetzt kommt mir das alles völlig irreal vor, wie ein Traum.«

Jesse nahm vorsichtig Annies Hand und küsste sanft ihre Handfläche. »Es war der Hammer – und es war mir eine sehr große Ehre, dabei zu sein.«

»Du warst so genial. In dem Moment, als das Hühnchen vom Tablett rutschte …«

»Und über den Fußboden schoss …«

»Und fast den Brunnen erwischt hätte …«

»Du hast es geschnappt wie so'n Rugbyspieler …«

Sie lachten beide.

»Und dann rutschte Delores beim zweiten Baiser der Busen aus dem Mieder«, sagte Jesse lachend.

»Das hab ich verpasst. Ich musste ja meinen Windbeutelturm bauen!«

»Wie die Appledore geguckt hat – das hättest du sehen müssen!«, sagte Jesse und ahmte ihre völlig entgeisterte Miene nach.

»Was ist sonst noch passiert? Was noch?«, bettelte Annie. »Ich hab die Hälfte verpasst, weil ich die ganze Zeit in der Küche war.«

»Der reiche Russe und die Tochter von Winklemans sind zusammen gegangen – die konnten den ganzen Abend die Finger nicht voneinander lassen.«

»Rebecca wird stinksauer sein – sie hält ihre Tochter für die Jungfrau Maria«, sagte Annie und legte sich auf den Rücken.

Jesses Herz machte einen Sprung, als er sah, wie sich ihre rotbraunen Haare wie ein Heiligenschein um ihr blasses schönes Gesicht legten. In ihrer improvisierten Küche hatte Annie mächtig gewirkt; jetzt sah sie so zerbrechlich und schmal aus, dass er sie am liebsten in die Arme nehmen und küssen wollte, ihr die müden lila Schatten unter den Augen wegküssen.

»Erzähl weiter«, drängte Annie.

Jesse zwang sich, wieder an den Abend zu denken. »Earl Beachendon sah total deprimiert aus. Er und seine Frau hatten sich in Maida Vale in irgendeiner Wohnanlage verlaufen. Ihm haben sie das Handy und ihr die Handtasche geklaut. Doch als er mitbekam, dass der Russe ein neues Museum bauen will, ging's ihm gleich ein bisschen besser.«

»Welche war denn seine Frau?«

»Die, die aussah wie eine Blumenrabatte.«

»Oje, die in der Gardine?«

»Genau die«, sagte Jesse und legte sich auf die Seite, um Annie besser ansehen zu können.

Annie spürte Jesses Blick, sah aber weiter zur Decke hoch.

»Aus irgendeinem Grund hatte Delores die Countess neben diesen Rockstar gesetzt. Wie war nochmal sein Name?«

»Johnny ›Lips‹.«

»Ich hab nicht verstanden, was die beiden hätte verbinden sollen. Ich dachte schon, das kann ja nur schiefgehen«, sagte Jesse und rückte näher an Annie heran.

»Und?« Annie wünschte, Jesse würde aufhören, sie so anzustarren.

»Die waren das Traumpaar schlechthin. Die stehen beide auf Araberzucht und Aurikeln. Das muss man erst mal hinkriegen.«

»Was sind denn Aurikeln?« Gespannt drehte sich Annie zu ihm. Sein Atem streifte ihre Wange. Zu ihrer Überraschung war ihr gar nicht klaustrophobisch zumute und sie blickte ihm gerne ins Gesicht. Zum ersten Mal fiel ihr auf, dass seine blauen Augen mit Gold und Schwarz gesprenkelt waren.

»Aurikeln – das sind Blumen – Spitzenklöppler und Seidenweber standen da im achtzehnten Jahrhundert total drauf. Später schickte jemand einen Ableger in die Staaten, und Thomas Jefferson verliebte sich in diese Blume.«

»Woher weißt du das?«

»Ich hab die beiden belauscht.«

»Erzähl, was war mit dem alten Winkleman?«

»Als dein Clown hinter dem Brunnen hervorkam, fing er an zu hyperventilieren. Ich dachte schon, ich muss einen Krankenwagen rufen, aber er schaffte es bis raus auf die Straße, stieg in seinen Wagen, und weg war er.«

»Ich hab den leeren Platz gesehen, wusste aber nicht, wer fehlte. Erzähl von Barty – sein Outfit war ja wohl der Knaller.«

»Ich hab mich echt weggeschmissen. Der hat der Sheikha und Wladi einen Endlosvortrag gehalten über alles, was gewöhnlich ist«, sagte Jesse und sah in dem Moment, dass sich ein Thymianzweig in ihre Haare verirrt hatte, ein Tupfer Grün zwischen den rotbraunen Locken. Er zog den Zweig heraus und reichte ihn ihr. Ihre Finger berührten sich, sie nahm das Kraut, roch daran und zerrieb es. Sie spürte Jesses Atem im Gesicht, schlug die Augen auf und sah, dass er sich über sie gebeugt hatte.

»Du bist so schön«, sagte er. »Darf ich dich küssen?«

Annie rollte sich weg und setzte sich auf.

»Ich würde den heutigen Abend lieber aus anderen Gründen in Erinnerung behalten«, sagte sie.

»Klar«, sagte Jesse und sprang auf. »Tut mir wirklich leid. Das war total egoistisch von mir.«

Annie stand ebenfalls auf und klopfte sich die Hose ab.

»Ich muss dir was erzählen«, sagte sie. »Aber nicht heute.« Sie warf einen Blick auf ihre Uhr und lächelte Jesse an. »Ich fahr jetzt diesen Transporter nach Hause und versuche noch ein paar Stunden zu schlafen.«

Jesse lächelte. »Kannst du mich bis zur nächsten Bushaltestelle mitnehmen?«

»Danke für deine Hilfe heute. Ohne dich hätte ich das nicht hinbekommen«, sagte sie und hielt ihm die Hand hin.

Jesse nahm ihre Hand. »Doch, das hättest du, und du wirst es in Zukunft müssen. Heute war der Start deines neuen Lebens – das hab ich genau gesehen –, du sahst so geerdet aus, so selbstsicher, so glücklich und klar.«

»Ja, findest du?«

Jesse sah dieses seltsame, grimmige und doch zarte Geschöpf an, und er sehnte sich danach, sie in seine Arme zu schließen.

»Ich hatte ganz vergessen, wie sich Freude anfühlt«, sagte Annie und wühlte in den Tiefen ihrer Tasche nach ihrem Schlüssel. »Allmählich wird mir klar, wie sehr mir das in meinem früheren Leben gefehlt hat. Das hört sich jetzt wahrscheinlich bescheuert an, aber wenn ich drei beliebige Zutaten zusammenbringen und daraus etwas Köstliches herstellen kann, ist das für mich das ultimative Glück.«

»Ich kenne das, wenn meine Bilder zum Leben erwachen und irgendetwas Unerklärliches, Eigenmächtiges annehmen – wenn sich ein Tupfer Grün, Gelb und ein Strich Rot zusammenfügen – und plötzlich hat man das perfekte Blatt.«

»Glaubst du wirklich, dass ich als Köchin eine Chance habe?«

»Das glaube ich nicht nur – das weiß ich«, sagte Jesse mit Überzeugung.

Annie drehte sich zu ihm, und sie strahlte übers ganze Gesicht.

»Danke, das macht mich sehr glücklich.«

# 28. Kapitel

Jesse sollte wirklich allmählich aufwachen: Er muss Stellung beziehen. Bei der Liebe geht es nicht nur um Gefühle, es geht darum, Gefühle zu beweisen. Er muss einen Weg finden, um seiner Angebeteten zu zeigen, dass ein Leben mit ihm über alle Maßen besser wäre. Er muss sich unentbehrlich machen, ohne sie zu bedrängen; er muss inspirierend, aber nicht egoistisch sein.

Allerdings wurde Annie so sehr verletzt, dass ihr fröhliches kleines Herz geschrumpft ist – was für ein Pech für ihn.

Genauso erging es meinem Meister – er hat sich von Charlottes Abweisung nie wieder erholt. Schritt für Schritt zog er sich aus der Welt zurück, erschöpft von einem implodierten Herzen und kränkelnden Körper. Er zog ständig um, vom Land nach Paris in verschiedene Wohnungen und sogar für kurze Zeit nach London. Dieses unstete Leben war ein wirksamer Weg, die Erinnerungen an jene kleinen Intimitäten, jene gemeinsamen Erlebnisse zu verdrängen: die Taverne, in der sie sich zum ersten Mal begegneten; den Geschmack einer bestimmen, von ihr bevorzugten Sorte Brot; die Takte eines Liedes, das sie gesungen hatte; einen Nacken, der dem ihren ähnelte. Irgendwann war sein Rückzug aus dem Leben unwiderruflich: Er lebte allein mit seiner Krankheit und seinen Träumen. Seine Verachtung für alles Materielle wurde immer radikaler. Als sein Freund Caylus ihn beschwor, sich wegen seiner Schwindsucht in ein Krankenhaus in Behandlung zu begeben, schnaubte Antoine: »Ist ein Krankenhaus nicht das Schlimmste, was mir passieren könnte? Niemandem dort wird der Eintritt verwehrt.« Zu einem Verein, der ihn hätte haben wollen, wollte er nicht gehören. Mein Meister starb mit sechsunddreißig Jahren. Allein.

Ich wünsche niemandem ein solch mitleiderregendes Ende, und

schon gar nicht der entzückenden Annie; bloß sehe ich die Liebe nicht als Allheilmittel und als grasbewachsenen Pfad, der aus der Dunkelheit ins helle Licht führt. Ich will, dass sie meinen Wert beweist, mich verkauft, sich wenigstens finanziell befreit. Ich will, dass sie sorgenfrei lebt, dass sie den Raum und die Mittel hat, ihre Träume zu verwirklichen. Ich habe meinen Besitzern nicht immer Glück gebracht; diesmal soll es anders sein.

# 29. Kapitel

Nach nur wenigen Stunden Schlaf erwachte Annie voller Energie und Entschlossenheit. Sie warf die Bettdecke zur Seite, ging ins Bad und stellte sich vor den Spiegel. Die Person, die sie sah, hatte die gleichen verquollenen, leicht wässrigen Augen und blasse Haut, aber an diesem Morgen betrachtete Annie ihr Spiegelbild mit Toleranz und sogar ein wenig Mitgefühl. Die kleinen Makel waren wohlverdient. Sie konnte es nicht fassen, dass sie ihrem Traum, Köchin zu werden, allmählich näher rückte, dass die Kluft zwischen Vorstellung und Realität immer kleiner wurde.

Sie nahm einen Waschlappen, feuchtete ihn mit heißem Wasser an und drückte ihn sich gegen das Gesicht.

»Und, wie ist es gelaufen?« Evie unterbrach sie bei ihrer Tagträumerei.

»Es war der Wahnsinn – wirklich der Wahnsinn.«

»Du musst mir alles erzählen.«

»Ich muss erst das ganze Zeug zurückbringen, sonst kostet mich das extra«, sagte Annie und tupfte sich das Gesicht trocken.

»Ich komme mit.« Evie drehte sich um und wollte ihre Sachen aus dem Schlafzimmer holen. »Ich leiste dir Gesellschaft.«

»Mum, ich möchte allein sein. Außerdem, guck dich doch mal an.«

Evie blieb stehen und betrachtete ihr Spiegelbild. Ihre wasserstoffblonden Haare standen ihr zu Berge. Ihre Augen waren schwarz verschmiert.

»Du kannst so gemein sein«, sagte Evie, tapste zurück zu Annies Zimmer und schloss die Tür hinter sich.

Annie hatte ein schlechtes Gewissen. In Wahrheit wollte sie nur nicht mit Evie in einem Auto sitzen und ihre Fragen beantworten, bevor sie das Gespräch wieder auf sich selbst lenkte, wo es hängen bleiben würde wie eine Nadel auf einer zerkratzten Schallplatte.

Sie schnappte sich ihre Tasche, zog die Wohnungstür zu und eilte immer zwei Stufen auf einmal nehmend nach unten zu ihrem Miettransporter. Zu ihrer Erleichterung war der Lack intakt und ihr Telefon lag noch immer auf dem Fahrersitz, wo sie es letzte Nacht vergessen hatte. Zwischen drei Uhr morgens, als sie nach Hause gekommen war, und jetzt, kurz vor neun, waren acht Anrufe eingegangen. Drei von Delores, einer von Agatha, einer von Jesse und drei von einer unbekannten Nummer. Sie hörte die erste Nachricht ab.

»Hallo, Annie, ich bin's, Jesse – gestern Abend war der Wahnsinn – der absolute Wahnsinn. Wollen wir uns treffen? Hast du Lust, heute Abend was trinken zu gehen?«

Beim Klang von Jesses Stimme liefen Annie nervöse Schauer über den Rücken. In den letzten Wochen hatte sie sich von der Liebe befreit gefühlt, oder zumindest von all den Emotionen, die sie früher so beharrlich mit Liebe assoziiert hatte. Sie genoss es, frei und unabhängig zu sein; nicht die Gefühle eines anderen zu verletzen oder berücksichtigen zu müssen. Mit seinem Begehren drängte sich Jesse ihr auf, und wegen ihrer Zurückweisung hatte Annie Schuldgefühle. Single zu sein bedeutete, niemandem verpflichtet zu sein. Annie mochte Jesse, aber nicht genug, um das Risiko in Kauf zu nehmen, ihr Herz zu öffnen und ihren neu entdeckten Mut aufs Spiel zu setzen.

Die nächste Nachricht war von Delores: »Meine Liebe. Was für ein wunderbares Essen. Danke. Es war ein Riesentriumph. Kluges Mädchen. Das mag jetzt komisch klingen, aber haben Sie eigentlich noch immer das Gemälde, das Sie mir vor ein paar Wochen gezeigt haben? Rufen Sie mich an, Liebes, ja?«

Die nächsten Anrufe übersprang Annie.

»Miss Annie McDee? Mein Name ist Trichcombe Abufel. Vielleicht erinnern Sie sich, wir sind uns kurz im British Museum in der Abteilung für Drucke begegnet. Ich muss Sie dringend sprechen wegen dieser Skizze. Eine Spur führt nach Berlin.«

»Miss McDee? Hier nochmal Trichcombe Abufel. Rufen Sie mich zurück, es ist dringend.«

»Liebes Kind, hier ist Delores. Rufen Sie mich an. Wegen der Provenienz. Es ist acht Uhr früh.«

»Miss McDee, hier nochmal Trichcombe Abufel. Bitte setzen Sie sich so schnell wie möglich mit mir in Verbindung.«

»Hallo Annie, hier ist Agatha, die Restauratorin aus der National Gallery. Ich rufe nur ungern so früh am Morgen an, aber gerade passiert etwas sehr Seltsames. Könnten Sie mich so bald wie möglich zurückrufen?«

In den letzten Tagen hatte Annie kaum Gedanken an ihr Gemälde verschwendet. Sie wollte noch ein wenig länger ihren Triumph vom letzten Abend auskosten, ignorierte die restlichen Anrufe und legte den ersten Gang ein.

Sie fuhr durch Shepherd's Bush, passierte einige kleine familienbetriebene Restaurants, einen Metzger und einen Süßigkeitenladen. Sie hatte schon einmal ihren Lebensunterhalt in der Gastronomie verdient; sie könnte es wieder tun. Annie wusste, dass sie kochen konnte und dass sie originelle Ideen hatte. Sie stellte sich inmitten von anderen Köchen vor, alle in Weiß mit Mütze und Schürze mit dem Logo ihrer Firma Foodalicious, in einer großen offenen Küche mit einer breiten Fensterfront mit Blick auf einen Kräutergarten und einer Glaswand zwischen Koch- und Planungsbereich. In einem anderen Raum sah sie ein kleines Designerteam über Skizzen und Moodboards gebeugt, während hinter den Büroräumen die Vorratskammern waren, mit Gläsern, Porzellan und den notwendigen Requisiten für ihre Themenabende.

Annie passierte die russische Botschaft, fuhr weiter Richtung Kensington Gardens und dachte an die verschiedenen Events, die sie anbieten könnte – ein Essen à la *2001: Odyssee im Weltraum*; Tausendundeine Nacht; Art déco; die Moderne; viktorianisches England. Aufgeregt stellte sich Annie vor, wie diese Abende aussehen könnten, welche Speisefolgen sie kreieren könnte. Sie wollte dieses neue Leben unbedingt, nur wie? Sie bräuchte einen Ort zum Kochen, Geräte, ein wenig PR und Marketing, Küchenhilfen auf Abruf und etwas Kapital für die Zutaten. Der Verkehr kam zum Erliegen. Abgaswolken umhüllten die Autos wie Nebel. Annie fuhr ihr Fenster hoch, um die giftigen Dämpfe nicht einatmen zu müssen. Vielleicht, überlegte sie, kann ich ja weiter für die Winklemans arbeiten, bis die Sache so richtig Fahrt aufnimmt. Der Job war zwar langweilig, aber er war einfach und ließ ihr genug Zeit, um über andere Dinge nachzudenken.

Wieder klingelte ihr Telefon. Sie stellte es aus und schaltete das Radio lauter. Es lief ein Song von Bob Dylan, den sie liebte. Annie, die immer im Schulchor gewesen war, begann *Blowin' in the Wind* mitzusingen, doch es kam nur ein Krächzen heraus. Sie unternahm einen zweiten Versuch, aber sie schaffte es nicht, die Melodie zu halten. Sie räusperte sich kräftig, aber noch immer mäanderte ihre Stimme jenseits der Akkorde vor sich hin. Erschrocken ging ihr auf, dass sie monatelang nicht mehr gesungen hatte – nicht einmal in der Badewanne. In ihrem früheren Leben hatte sie ständig Lieder geschmettert, immer und überall und für alle – die Vögel, das Fernsehen, den Fluss, ihre Freunde. Ihre Stimmbänder waren eingerostet. Ich habe mein Herz und meine Stimme verloren, dachte Annie, aber jetzt werde ich mir beides zurückholen.

Trichcombe war kein religiöser Mensch, doch als sich das Flugzeug auf der Rollbahn von Berlin-Tegel in Startposition begab, betete er zu Gott, lange genug am Leben zu bleiben, um über seine jüngste Entdeckung schreiben zu können. Vor lauter Ungeduld, nach London an seinen Schreibtisch, zu seinen Notizen und seiner Schreibmaschine zurückzukommen, hatte er vergessen, rechtzeitig online einen Sitzplatz zu reservieren. Jetzt saß er im hinteren Teil des Flugzeugs auf einem Mittelplatz. Zu seiner Linken eine junge Frau, die auf besonders ordinäre Weise Kaugummi kaute und in regelmäßigen Abständen große rosafarbene Blasen mit einem Knall auf ihren angemalten Lippen zerplatzen ließ. Auf der anderen Seite rutschte ein mehrfach gepiercter, zornig wirkender junger Glatzkopf wie besessen auf seinem Platz herum. Trichcombe wollte um jeden Preis vermeiden, mit der Kaugummifrau in Berührung zu kommen, hatte aber andererseits große Angst, den Baader-Meinhof-Verschnitt zu verärgern. Also zog er die Schultern ein, drückte seine Arme eng an den Körper und nahm kurze flache Atemzüge.

Der Flug nach London-Gatwick würde weniger als zwei Stunden dauern. Trichcombe verweigerte Essen und Trinken, betastete aber immer wieder seine Jacketttasche, um nachzuprüfen, ob seine kleine Digitalkamera noch da war. Auf deren Festplatte war ein Bild einer Familie im Wohnzimmer auf ihrem Sofa. Über der Couch hing ein kleines Gemälde von Watteau, und im Kreise dieser Familie war ein kleiner, blonder, blauäugiger Junge.

In seiner anderen Tasche steckte ein Zettel. Mehr als einen Anruf und einen fantasievollen Vorwand hatte es Trichcombe nicht gekostet, um die Bibliothekarin im British Museum zu überreden, den Namen und die Telefonnummer der jungen Frau mit der Skizze herauszugeben. Trichcombe erklärte, er habe gerade erst bemerkt, dass er aus Versehen ein wichtiges Buch von ihr eingesteckt hatte. Es sei schon Wochen her und sie sei bestimmt sehr besorgt. Oh, er fühle sich schrecklich, er habe ein ganz schlechtes Gewissen. Ob man ihm vielleicht helfen könne? Natürlich verstoße er damit gegen jede Vorschrift. Mea culpa. Ganz gewiss. Vielen lieben Dank. Ich bin ja so dankbar. Er hatte die Frau, eine Miss Annie McDee, zweimal von Berlin aus erfolglos angerufen. Er würde es noch einmal versuchen, sobald er gelandet war.

Als das Flugzeug über Paris flog, überlegte Trichcombe, an welches Organ er sich wenden sollte, um Memling Winkleman und seine Familie mit ihrer Schandtat am effektivsten bloßzustellen. Das Burlington-Magazin, oder Apollo vielleicht? Er erinnerte sich, dass diese anspruchsvollen Kunstblätter wahrscheinlich anteilig den Winklemans gehörten, deren Ränkeschmiede selbst die engsten Ritzen durchdrangen. Vielleicht, dachte Trichcombe, wäre eine Tageszeitung besser – aber dort würde man seinen Text natürlich redigieren und unbedingt alles Mögliche nachrecherchieren wollen. Als das

Flugzeug über den Ärmelkanal flog, schlief die Kaugummifrau ein und sackte auf seine Seite. Zum ersten Mal in seinem Leben spürte Trichcombe den Kopf einer Frau auf seiner Schulter, ihr Atem in seinem Ohr roch süß und säuerlich zugleich. Das ist ja ekelerregend, dachte er und stieß ihr den Ellenbogen in die Rippen. Sie erwachte und schnaubte hörbar. Vielleicht, dachte Trichcombe, könnte ich ja aus der Sache sogar Gold spinnen. Doch diesen Gedanken tat er rasch wieder ab. Alles, worauf es ankam, war Rache: je demütigender, weitreichender und überzeugender, desto besser.

Delores' Büro ähnelte einer Leichenhalle kurz vor der Beerdigung einer vielgeliebten Diva. Jede Fläche war mit extravaganten Blumenarrangements bedeckt.

»Noch zwanzig Minuten in diesem Laden, und wir ersticken«, sagte Barty unwirsch. »Es weiß doch jeder, dass Pflanzen alles Gute aus der Luft saugen.«

»Nein, umgekehrt«, sagte Delores und schnupperte an einer großen Hortensie. »Tagsüber produzieren sie Sauerstoff und nachts Kohlendioxid.«

»Woher weißt du das?«

Delores ging auf die Frage nicht ein. »Was meinst, was hat das alles zusammen gekostet?«

»Mehr als dein Essen, vermutlich.«

»Meinst du, ich könnte sie zurück zum Floristen schicken und mir das Geld erstatten lassen?«

»Das kommt garantiert raus.«

»Wer hat das meiste Geld ausgegeben?«

»Wen kümmert das, meine Liebe? Lass uns weitermachen mit der Planung unseres Museums.«

Barty war gerade dabei, mit Wasserfarben das Bild eines großen Salons zu malen. Die Wände waren mit Seidendamast verkleidet und die Böden aus intarsiertem Holz.

»Ich werde dem Ausstatter sagen, er soll alles vergolden lassen. Decken, Blenden, Gesimse, Türrahmen, das volle Programm.«

»Ich will nicht, dass man vor lauter Innendekoration meine Gemälde übersieht.«

»Du hast doch noch gar keine Gemälde. Im Moment müssten wir schon dich an die Wand hängen.«

»Große Meisterwerke zu finden ist nicht so einfach. Die Museen haben ja fast alles an sich gerissen.«

»Können wir nicht dem ein oder anderen Kurator ein bisschen mit Wladis Scheckbuch vor der Nase herumwedeln? Wie wir wissen, lagern bei den meisten Museen Tausende von Werken in den Depots – das merkt doch kein Mensch, wenn da ein paar fehlen.«

»So funktioniert das aber nicht – zumindest nicht in diesem Land.«

»Dann lass uns auf dem Kontinent shoppen gehen – die armen Kerle sind alle so pleite, die würden doch über Leichen gehen.«

»Ich frage mich, warum Rebecca so erpicht darauf ist, diesen Watteau in die Hände zu kriegen.«

»Welchen Watteau?«, fragte Barty.

»Irgendein verschollenes Familienerbstück; sie will es um jeden Preis zurückhaben.«

»Um jeden Preis? Das hört sich gut an.«

Delores nickte. Als Rebecca früh um sieben anrief, dachte Delores erst, die Kunsthändlerin wolle sich für ihr Fehlen entschuldigen. Mit einem Endlosmonolog über ein vermisstes Gemälde hatte sie nicht gerechnet. Rebecca erklärte, der Watteau sei Memling gestohlen worden, aber sie könnten mit dem Diebstahl nicht zur Polizei oder an die Öffentlichkeit gehen, weil die Diebe es mit der Angst bekommen und die Arbeit zerstören könnten. Das Bild, sagte Rebecca, sei Memlings letzte Verbindung zu seiner Familie, von sentimentalem Wert und kaum in Geld umzurechnen.

Rebecca beschrieb das Werk bis ins kleinste Detail. Es sei etwa fünfundvierzig mal sechzig Zentimeter groß, Öl auf Leinwand, und zeige eine tanzende junge Frau, deren Verehrer zu ihren Füßen liege, und im Hintergrund sei ein Clown als Beobachter. Das Bild trage den Titel *Die Launenhaftigkeit der Liebe* und sei eine frühe

Arbeit, vielleicht Watteaus erstes bedeutendes Gemälde und mit Sicherheit eines, das sowohl seine Karriere als auch das Rokoko initiierte.

Während Rebecca das Bild beschrieb, begann Delores flacher zu atmen, und in ihrem Nacken und ihren Achselhöhlen bildeten sich Schweißperlen. Konnte es sich um die Arbeit handeln, die sie als Fälschung abgetan hatte?

»Hören Sie mir eigentlich zu?«, fragte Rebecca verärgert.

»Doch, doch, ich denke nur nach«, sagte Delores und ließ sich schwer in einen Sessel plumpsen.

»Ist Ihnen irgendetwas zu Ohren gekommen? Hat jemand davon gesprochen?«, fragte Rebecca so unaufgeregt wie möglich.

»Nein, nein!«, sagte Delores eine Spur zu eilig. Es brauchte ja niemand zu wissen, dass sie, eine der größten lebenden Expertinnen auf dem Gebiet der französischen Kunst des achtzehnten Jahrhunderts, das Bild bereits gesehen hatte. »Aber wenn ich was höre, sage ich Ihnen natürlich sofort Bescheid.«

Delores wiederholte, was Rebecca über das verschollene Gemälde gesagt hatte, erwähnte Annies Besuch jedoch mit keiner Silbe.

»Denkst du dasselbe wie ich?«, fragte Barty, nachdem er seine Freundin angehört hatte.

»Aber ja«, sagte Delores und klatschte in die Hände.

»Wir haben das Sahnestück für unser Museum gefunden; nennen wir's doch ›Das Museum der Liebe‹.«

»Das ist ja schauderhaft sentimental.«

»Was ist, wenn die Winklemans das Bild nicht verkaufen wollen?«

»Alles ist käuflich.«

»Und wenn das die eine Ausnahme ist?«

»Diese Leute sind Kunsthändler – Handeln ist ihr Leben.«

»Kannst du das klarmachen, mit dem Bild?« Barty sprang auf und klatschte in die Hände.

»Dazu müsste ich's erstmal finden«, sagte Delores.

Barty sackte zurück auf seinen Stuhl. »Wie willst du das schaffen, wenn nicht mal die eine Ahnung haben, wo es ist? Die haben doch auf der ganzen Welt ihre Helfer.«

»Ich habe eine Spur«, sagte Delores geheimnisvoll. Sie hatte nicht die Absicht zu verraten, dass sie das Bild schon in der Hand gehabt hatte.

Rebecca saß in ihrem Hotel auf dem Rand des Bettes, drückte die Hände in die Matratze und die Füße fest in den Boden, doch noch immer zitterte sie am ganzen Leib. Zu spät, zu spät, zu spät, mokierten sich die Stimmen in ihrem Kopf. Warum hatte sie nicht drei Wochen zuvor das Foto gemacht, als sie bei Danica war? Heute hatte sie nicht gezögert; in dem Moment, als die alte Dame ihr den Rücken zukehrte, hatte sie die Rasierklinge aus ihrer Tasche gezogen, das Foto aus dem Album herausgeschnitten und eingesteckt. Sie hatte das Fotoalbum zugeklappt und zurück ins Regal gestellt und wenige Minuten später einen Vorwand erfunden, dringend gehen zu müssen. Draußen hatte sie das Bild genommen, in kleine Stücke zerrissen und jeden Fetzen einzeln neben der viel befahrenen Straße in den Fahrtwind der vorbeibrausenden Autos und Busse entlassen.

Doch es war zu spät: Die alte Dame konnte sich an den unaussprechlichen Namen ihres Besuchers nicht mehr erinnern, aber sie hatte ihn unverkennbar beschrieben: groß, blass, edel gekleidet im Dreiteiler aus Tweed mit einer extravaganten Seidenkrawatte und einer goldenen Krawattennadel in Form eines Waldhorns. Er hatte einen Helm aus gepflegtem schulterlangem grauem Haar; seine Fingernägel waren glänzend poliert; die Brille steckte in einem Krokodillederetui in der Innentasche seines Jacketts.

»Wie eigentümlich, dass mich jahrelang kein Mensch besucht, und dann kommt Ihr Bruder, und innerhalb von wenigen Wochen kommen Sie ein zweites Mal, und dann taucht dieser Mann auf«, sagte Danica zu Rebecca. »Und alles, was die Leute interessiert, sind meine alten Fotos. Dabei sind es doch nur Schnappschüsse.« Sie bemerkte, dass Rebecca leichenblass war. Ob Sie ihr eine schöne Tasse Tee machen solle? Als Dank für die Blumen und Pralinen.

Rebecca fand es äußerst unklug von ihrem Vater, Trichcombes Karriere zerstört und ihn daran gehindert zu haben, in der akademischen Welt Fuß zu fassen. Sie dachte an den alten Spruch, dass man sich seine Freunde, aber erst recht seine Feinde warm halten soll. Ihr Vater hätte Trichcombe ruhig weiter auf der Lohnliste behalten können, ihn am Tropf lassen und ihm hin und wieder eine hübsche Provision zahlen sollen. Sie wusste nicht, worin sein vermeintliches Vergehen im Einzelnen bestand; jetzt stellte sich die Frage nicht mehr. Trichcombe musste über irgendeine Geschichte aus Memlings Vergangenheit gestolpert sein.

Rebecca erhob sich vom Bett, ging ans Fenster und sah hinunter auf die Straße. Ihr Hotel stand auf dem ehemaligen Grenzstreifen zwischen Ost- und Westberlin mit Blick auf das Holocaust-Mahnmal. Vor wenigen Wochen noch war sie stolz darauf gewesen, Jüdin zu sein, einer Familie von Überlebenden zu entstammen, einer Familie, die durchgekommen war. Aber was war sie jetzt? Sie sah hinunter auf das Mahnmal und stellte sich vor, wie sie sich in dem Labyrinth verirrte, wie die Steine über ihr zusammenstürzten und sie erdrückten.

Sie zog die Vorhänge zu, warf sich bäuchlings auf ihr Bett und wartete auf die Panikattacke. Doch während sie dort lag, das Gesicht in die weiche Daunendecke geschmiegt, geschah etwas Merkwürdiges. Ihr Herz schien plötzlich ruhiger zu schlagen, und auch ihre Gedanken schienen sich zu entwirren. Was blieb, war eine einzige Idee: Warum so schnell aufgeben? Wo war ihr Biss, ihre Courage geblieben? Warum sich umdrehen und zulassen, dass das Schicksal und andere Leute sich über ihr Leben hermachten wie über einen alten Kadaver?

Rebecca stand auf, ging ans Fenster, zog die Vorhänge wieder zur Seite und blickte hinunter auf die Menschen, die kreuz und quer über den Platz zogen. Sie stellte sich ihren Vater vor, fast siebzig Jahre früher. Er hätte die Hände in die Luft strecken und sich den Alliierten ergeben können. Als junger SS-Offizier, der die Juden beraubt und deren Kunstwerke beschlagnahmt hatte, war er zweifellos in vielerlei Punkten schuldig. Stattdessen hatte er den Entschluss gefasst, sich ein

Leben, eine Zukunft aufzubauen, und sei es eine heuchlerische, anstatt sich der Strafe und der Schmähung auszusetzen. Hätte sie im Alter von zwanzig Jahren denselben Mut und dieselbe Verlogenheit besessen? Was konnte sie jetzt tun, um die Ehre der Familie zu retten? Welche Optionen gab es?

Rebecca stand eine Zeitlang ruhig da und dachte an Memling. Was immer ihr Vater getan hatte, sie liebte ihn, und seine sichere öffentliche Demütigung würde sie weder ertragen noch dulden können. Sein Gesicht auf allen Titelblättern, seine altersfleckigen Hände in Handschellen und sein silbriges Haupt gebeugt auf der Anklagebank – diese Vorstellung war weitaus schlimmer als die Aussicht, sein schreckliches Geheimnis weiter hüten zu müssen. Er war ein Ungeheuer, aber er war *ihr* Ungeheuer, ein unauslöschlicher Teil ihrer Vergangenheit, ihrer Gegenwart und ihrer Zukunft. Ja, sie könnte ihn ausliefern, aber das würde weder ihn noch seine Taten ungeschehen machen; er war Teil ihrer DNA, ihres Gewissens, und ob es ihr passte oder nicht, sie hatte von den Früchten seines Verrats profitiert.

Wieder musste Rebecca an Marty denken, und sie wusste, dass er mit diesen Erkenntnissen konfrontiert worden war und beschlossen hatte, dass Selbstmord einfacher sein würde, als sich dieser Katastrophe zu stellen. Zum ersten Mal war sie wütend auf ihren Bruder; warum hatte er das Notizheft nicht zerstört? Hatte sie es finden *sollen*, um die Sache allein auf sich zu nehmen?

Sie hörte auf zu zittern und fühlte sich plötzlich stark und optimistisch. Alles, was zwischen ihr und dem Fiasko stand, waren ein Kunsthistoriker und ein kleines Gemälde. Schaffte man beide aus der Welt, bliebe alles beim Alten. Was meinte sie mit »aus der Welt schaffen«? Wie weit würde sie gehen, um ihre Familie zu beschützen? Würde sie einen Mord begehen? Zu Rebeccas Überraschung fand sie den Gedanken nicht ganz abwegig. Sie würde sich nicht einmal die Finger schmutzig machen müssen – für so etwas gab es gewisse Leute. Rebecca sah auf ihre Armbanduhr, es war Viertel nach zehn, wenn sie sich beeilte, würde sie die Mittagsmaschine zurück nach London erwischen. Sie packte den Rest ihrer Sachen in ihre Reisetasche, ging aus dem Zimmer und rannte die Treppe hinunter in die Lobby. Vor dem Hoteleingang hielt gerade ein Taxi.

»Flughafen Tegel, bitte«, sagte sie zu dem Fahrer.

In den kommenden Monaten würde sich Rebecca immer an den Moment erinnern, als sie den Entschluss fasste, Memling bei der Beseitigung seiner Vergangenheit und seinem jahrzehntelangen falschen Spiel zu unterstützen. Sie verspürte weder Schuldgefühle noch Reue; nur eine Welle der Klarheit und Entschlossenheit.

Sie rief ihren Vater an, übersprang die üblichen Floskeln und bat Memling, sie um sechzehn Uhr am Brunnen im Hyde Park zu treffen. Sie lehnte sich im Taxisitz zurück und schmunzelte über das Erstaunen ihres Vaters; er war es nicht gewohnt, von seiner Tochter Anweisungen zu bekommen. Von nun an, erkannte Rebecca, saß sie am längeren Hebel.

# 30. Kapitel

Rebecca war zwanzig Minuten zu früh im italienischen Garten, und sie spazierte langsam an den Brunnen vorbei und dachte daran zurück, wie sie als Kind immer hierhergekommen war. Ihre jüdische Mutter, die aus Verona stammte, hatte diesen seltsamen Teil des Hyde Park geliebt; er hatte sie an zu Hause erinnert, an Rom und die Villa d'Este, die Orte ihrer Vergangenheit. Perla Winkleman hatte sich gern ins Pumpenhaus gesetzt und ihren Kindern zugesehen, wie sie mit selbst gebastelten kleinen Angelruten imaginäre Fische fingen. Sobald sie davon genug hatten, wurden sie losgeschickt, um die marmornen steinernen Tiere an den Brunnen und Urnen zu finden. Jedesmal taten die Kinder, als entdeckten sie von Neuem die Widderköpfe, Delfine und Schwäne; Lob gab es nur selten in der Familie Winkleman. Rebecca fragte sich, wie viel ihre Mutter gewusst oder geahnt haben mochte von der wahren Herkunft ihres Vaters.

Mit einem einzigen Telefonat war Rebeccas Verhältnis zu ihrem Vater gekippt; jetzt sah sie ihren Vater in völlig anderem Licht, jetzt waren ihr die Augen geöffnet. Vor wenigen Tagen noch hätte sie einen großen, alten, aber rüstigen Mann in dunkelblauem Kaschmirmantel, mit weißem Seidenschal, polierten Schuhen und einem Gehstock mit Silberknauf gesehen. Sie hätte automatisch in ihrem Taschenspiegel ihr Make-up überprüft, sich die Haare glatt gestrichen und Angst gehabt, dass der geringste Makel ihren pedantischen Vater verärgert und zu Kritik veranlasst hätte. Vor wenigen Tagen noch hätte sie sich niemals getraut, Memling irgendwohin zu bestellen, und schon gar nicht an einen Ort, den ihre Mutter so geliebt hatte.

Der Mann, der jetzt auf sie zukam, war noch immer äußerst gepflegt, zielstrebig und unverkennbar mit seinem weißen Haarschopf und dem großen weißen Husky an seiner Seite. Doch jetzt brauchte er sie zum ersten Mal mehr als sie ihn; die Machtverhältnisse hatten sich verschoben; sie hatte den Schlüssel zu ihrer Zukunft und zu seinem Nachleben in der Hand.

Ohne ihre Komplizenschaft wäre sein ganzes Lebenswerk, diese über Jahre betriebene Täuschung, dahin. Siebzig seiner neunzig Jahre hatte Memling daran gearbeitet, seine Familie aus der Armut zu heben und sie zu Spielern auf internationalem Parkett zu machen; das Letzte, was er wollen würde, war, seinen guten Namen und sein großartiges Unternehmen durch den Dreck gezogen und durch einen Riesenskandal vernichtet zu sehen.

Memling war jetzt knapp hundert Meter entfernt. Noch könnte ich's mir anders überlegen, dachte Rebecca, und alles lassen, wie es ist, alle Verantwortung und die ultimative Entscheidung auf Memling abwälzen. Doch obwohl diese Idee bei ihr eine kurzzeitige Woge der Erleichterung auslöste, wusste sie, dass es zu spät war: Das Kartenhaus, auf dem seine Autorität beruhte, war längst in sich zusammengefallen.

»Meine Tochter«, sagte Memling und streckte lächelnd die Arme aus. »Dein Anruf hat mich beunruhigt – ist irgendetwas passiert?«

Rebecca lächelte automatisch zurück, es war ein Reflex, das Ergebnis vieler Jahre, in denen sie gelernt hatte, immer höflich und zuvorkommend zu sein. »Sollen wir uns setzen?« Sie beugte sich vor, um dem Hund den Kopf zu tätscheln; Tizian reagierte großmütig mit einem trägen Blinzeln.

»Warum ausgerechnet hier?« Memling sah sich überrascht um. »Es gibt doch so viele schönere Plätze.«

Ohne auf die Frage einzugehen drehte Rebecca sich um und ging die Stufen zum Pumpenhaus hinauf. Es stank nach Pisse und schalem Bier, doch eine Brise wehte die Gerüche größtenteils davon. In der Ecke lag ein Obdachloser in seinem Mantel halb verborgen unter einem Stück Pappkarton. Rebecca wählte das andere Ende der Bank, wo sie außer Hörweite waren, und setzte sich. Memling wischte vorsichtig den Platz neben ihr sauber, bevor er seinen Mantel um sich zog und Platz nahm.

»Ich weiß alles«, sagte Rebecca. »Du heißt Heinrich Fuchs und hast nicht einen Tropfen jüdisches Blut in dir. Du bist nichts als ein gemeiner Dieb.« Rebeccas Stimme war ruhig, aber klar. Zu ihrer Überraschung war ihr weder nach Weinen noch Zetern. Sie blieb kühl und gelassen, sie hatte ihr Ziel im Visier.

Memling reagierte nicht sofort, doch als er schließlich sprach, war seine Stimme ebenso gemessen und klar. »Harsche Worte von meiner kleinen Prinzessin, harsche, bittere und naive Worte. Habe ich das verdient als dein ergebener Vater?«

»Ich war in Berlin in der Schwedenstraße und habe deine Nachbarin und Jugendfreundin Danica Goldberg kennengelernt. Sie hatte alte Fotos von dir als Jungen, einem reizenden blonden arischen Jungen im Kreise einer Familie namens Winkelmann. Wann hast du beschlossen, die Identität, die Vergangenheit, das Eigentum und das Leben dieser Leute zu stehlen? Hast du sie selbst getötet, oder hast du das den Lagerkommandanten überlassen?« Ihre Worte überschlugen sich, und Rebecca hatte das eigentümliche Gefühl, sie Silbe für Silbe durch die Luft schweben und in den Ohren ihres Vaters verschwinden zu sehen.

Memling saß schweigend da, die Augen in eine nicht allzu große Ferne gerichtet.

»Ich bin alle Firmenbücher in unserem Tresor durchgegangen. Du warst sehr gründlich – vielleicht *zu* gründlich«, fuhr Rebecca fort. »Das kommt wohl noch aus deiner Nazizeit, diese penible Aufschreiberei.« Sie warf einen Blick auf das Gesicht ihres Vaters, und obwohl es undurchdringlich blieb wie eine Maske, bemerkte sie, dass er die rechte Hand zur Faust geballt hatte und dass seine Fingerknöchel weiß waren. »Jedes Bild, das durch unsere Firma ging, wurde aufgeschrieben. Diese frühen Arbeiten sind aufgetaucht wie durch Zauberhand, oder? Nach dem Krieg fanden sie alle den Weg zu dir. Dabei warst du gar kein Zauberer, stimmt's? Deals abzuschließen und Meisterwerke zu entdecken war auch nie deine Stärke. Du warst ein Hehler, du hast gestohlenes Eigentum weiterverkauft. Für wen hast du gearbeitet? Für Karl Haberstock, deinen alten Nazi-Kollegen? Oder für Leute, die ins Gefängnis kamen, aber draußen jemanden brauchten, um ihre guten Taten fortzuführen? Oder für die, die fliehen konnten und in Bayern oder Südamerika untergetaucht sind und einen Mittelsmann brauchten?« Rebeccas Stimme war schriller und lauter geworden, und sie zwang sich wieder zu flüstern. »Oder warst du noch viel cleverer? Hast du während des Krieges deine Dienstherren beklaut, hast hier mal einen Tizian, da einen Watteau, dort einen Guardi abgezweigt, wohl wissend, dass irgendwann der Krieg vorbei sein würde und die Toten nicht zurückkommen, um sich ihr Eigentum zu holen?«

Einen langen Augenblick sagte Memling nichts. Dann räusperte er sich und sprach in ruhigem bedächtigem Ton. »Ich wollte es immer jemandem erzählen. Deiner Mutter, deinem Bruder oder dir. Ich habe die Firma nur für unsere Familie aufgebaut und wollte dich nicht mit dem Wissen um die Anfänge belasten.«

»Das alles ging doch schon los, bevor wir geboren wurden, bevor du Mama kanntest, als komm mir nicht so«, zischte Rebecca.

»Es gibt so vieles, was du nicht weißt«, sagte Memling wütend.

»Ich hab Zeit.« Rebecca verschränkte die Arme.

»Ich würde dieses Gespräch gern woanders führen. Ich bitte dich, gib einem alten Mann die Chance, seine Gedanken zu ordnen.«

»Du wirst mir jetzt nichts mehr vorschreiben. Die Zeiten sind vorbei. Hier und jetzt ist es ideal.«

Memling rückte etwas vor, als wollte er aufstehen, besann sich aber. Tizian spürte das Unbehagen seines Herrn, legte den Kopf auf Memlings Knie und wurde mit einem kurzen Tätscheln belohnt.

»Mein Vater, sein Vater und dessen Vorfahren waren Soldaten und immer auf der Siegerseite. Von 1701 an dienten wir dem preußischen König und gehörten zur größten Streitmacht der Geschichte. Meine Ahnen hatten nie ein Zuhause, sie hatten kein Eigentum. Sie und ihre Familien führten ein Soldatenleben, sie zogen von einem Feldzug zum nächsten, von einer Baracke zur nächsten. Der Lohn war nicht spektakulär – aber der Stolz – ja, der Stolz auf ihre Errungenschaften machte alles wieder wett. Ein preußischer Feldherr zu sein, wie mein Vater und dessen Vater und wiederum dessen Vater, brachte Respekt und Ansehen. In der damaligen Gesellschaft bedeutete das viel mehr, als Kaufmann oder Geschäftsmann zu sein; man saß mit Herrschern und Adligen an einem Tisch.«

»Ich brauche jetzt keine Lektion in Geschichte«, fiel ihm Rebecca ins Wort.

»In den kommenden Jahren wirst du dir noch wünschen, mehr Fragen gestellt zu haben; Unwissenheit ist ein Fluch, der die jüngere Generation zu befallen droht, alle, die vergessen haben zu fragen.«

Rebecca sah hinaus über die Brunnen, wo ein Kind mit einem kleinen Hund spielte.

»Hast du das alles auch Marty mitgeteilt?«

Memling zuckte zusammen. »Zu Marty komme ich gleich noch – lass mich wenigstens die Geschichte so erzählen, dass sie einen Sinn ergibt. Gönn mir so viel, ja?« Wieder spürte Tizian die Unruhe seines Herrn, legte dem alten Mann den Kopf aufs Knie und sah von Rebecca zu Memling.

Rebecca nickte.

»Als der Erste Weltkrieg ausbrach, freute sich meine Familie. Jahre waren vergangen seit dem letzten Krieg, und mein Vater langweilte sich im Zivilleben. 1913 lernte er meine Mutter kennen und heiratete sie, und sie wollten ein Kind, aber kaum dass der Krieg erklärt worden war, tat mein Vater nichts anderes mehr, als Sporen, Helm und Schwert zu polieren. Das erzählte sie mir einmal. Er war ein völlig anderer Mensch geworden, und sie war sich nicht sicher, ob ihr diese Version ihres Mannes gefiel. Natürlich war dieser Krieg eine Katastrophe für den stolzen deutschen Soldaten, und der Vertrag von Versailles zementierte seine Demütigung. Mein Vater verlor seinen Fuß durch eine Landmine und wurde aus der Armee entlassen. Die Leute, die ihm einst für seine Tapferkeit zugejubelt hatten, machten ihn jetzt verantwortlich für den Niedergang der alten Ordnung. Sein Schwert, sein Helm, seine Uniform und seine Orden wurden zu Symbolen der

Schmach.« Während Memling sprach, hatte er den Blick auf das Gesicht seines Hundes gerichtet, und er kraulte dem Tier behutsam und zärtlich das Kinn.

»Das Land stürzte von einer Krise in die nächste, Geschäfte machten dicht, dann kam die Hyperinflation, die Arbeitslosigkeit, und alles, was meine Eltern hatten, wurde wertlos, sogar die magere Soldatenrente«, sagte Memling, zog Tizian näher zu sich heran und streichelte seine weiße Flanke. »Meine Eltern waren, wie so viele andere Deutsche, mittellos und verzweifelt. Die einzige Arbeit, die mein Vater fand, war als Hausmeister in einem Mietshaus, in dem nur Juden wohnten. Du musst verstehen, Rebecca, dass das für einen stolzen Soldaten ein Ende darstellte, wie es ruhmloser nicht hätte sein können.«

»Und was hat das mit dir zu tun, mit uns?«

»Hör zu, vielleicht lernst du ja noch etwas«, sagte Memling.

Für einen Moment verwandelte sich Rebecca wieder in ihr jüngeres Ich, das ängstliche, eingeschüchterte Kind.

»Ich muss mir das nicht anhören, Vater. Ich muss mir deine Geschichten nicht anhören. Vielleicht weißt du einiges über deine Familiengeschichte, aber ich habe unsere Zukunft in der Hand. Komm zur Sache, sonst geh ich.«

Memling nickte. Er wirkte heute kleiner, und Rebecca bemerkte, dass seine blassblauen Augen feucht waren – waren es Tränen der Trauer oder der Wut?

»Tut mir leid, Tochter. Ich wollte nur erklären, was passiert ist. Nicht, damit du mir vergibst, aber damit du das alles vielleicht etwas besser einordnen kannst. Darf ich fortfahren?«

Rebecca zuckte zustimmend mit den Achseln.

»Als ich 1924 zur Welt kam, fand mein Vater jemanden, auf den er all seine Enttäuschungen und unerfüllten Träume projizieren konnte. Kaum dass ich laufen konnte, musste ich in unserer kleinen Wohnung auf und ab marschieren. Kaum dass ich Formen und Farben erkennen konnte, studierten wir schon die Schlachtordnungen vergangener Kriege. Abend für Abend traf er sich mit Freunden, und immer drehten sich die Gespräche um ihre Hoffnung, Deutschland zu neuem Glanz zu verhelfen. Wäre Hitler nicht aufgetaucht, ist es durchaus möglich, dass Deutsche wie Vater unter der Last ihrer kollektiven verlorenen Ehre zusammengebrochen wären. Hitler nutzte ihre Enttäuschung aus, wie ein Jockey ein Vollblutpferd reitet. Er gab ihnen Hoffnung und Lebensmut.«

»Ich habe keine Lust, mir Entschuldigungen für Hitler anzuhören«, sagte Rebecca ruhig.

Memling ignorierte ihren Einwand. »Ich hatte eine strenge, entbehrungsreiche Kindheit. Wenn mein Bett nicht ordentlich gemacht war, wurde ich bestraft; wenn ich zu spät kam, wurde ich ausgesperrt, bei Wind und Wetter; wenn mein Vater glaubte, ich sei frech gewesen, bekam ich Schläge. Manchmal gab er mir nichts zu essen, so konnte mein Vater davon ablenken, dass er nicht genug Geld verdiente, um seine Familie zu ernähren.«

»Was hat deine Mutter dazu gesagt?«

»Mutter hatte so viel Angst vor ihm, dass sie immer klein beigab. Sie hielt mich sogar fest, während er mich schlug. Meine Mutter hätte als Putzfrau für die Juden bei uns im Haus arbeiten können, aber davon wollte mein Vater nichts wissen. Der Antisemitismus ist so alt wie die Juden selbst; er war keine Erfindung Hitlers.«

Memling sah seine Tochter an. »Könnten wir ein Stück gehen? Meine Beine werden langsam steif, und der Gestank hier ist kaum auszuhalten. Auch für den Hund wär's schön.«

Rebecca stand auf und hielt ihrem Vater einen Arm hin. Memling stützte sich auf seinen Stock und erhob sich mühsam. Er konnte zwar auf einem Tennisplatz hin- und herlaufen, aber jedwedes Sitzen, egal wie lange, verursachte ihm Schmerzen in den Knien und im unteren Rücken. Gemeinsam bewegten sie sich langsam die Stufen hinunter und steuerten auf den Serpentine-See zu. Tizian wich seinem Herrn nicht von der Seite, er sah immer wieder zu ihm hoch und blickte auf der Suche nach möglichen Gefahren um sich.

Ein scharfer Wind war durch die früh blühenden Kirschbäume gefahren, und jetzt bedeckten Blüten die Erde wie Schnee. Die Vögel feierten den Frühling und schossen zwitschernd zwischen den Büschen hindurch. Krokusse wuchsen verstreut am Wegesrand und säumten die Bäume, gelbe Tupfer auf grellem Grün. Ein Eichhörnchen sprang vor ihnen über den Weg, gejagt von einem gnadenlosen Terrier, dessen Besitzer vergeblich nach ihm rief. Tizian sah den anderen Hund, reagierte aber nicht. Rebecca ging langsam, ohne ihre Umgebung wahrzunehmen. Beim Blick zu Boden sah sie drei Schatten, ein Mann, eine Frau und ein Hund, Karikaturen ihrer selbst, gezeichnet von einer tief hängenden Sonne. Sie freute sich, dass ihr eigener Schatten stark und selbstbewusst wirkte, während der ihres Vaters gebeugt und klapprig aussah.

»Esther Winkelmann war so liebenswürdig wie schön«, erinnerte sich Memling. »Sie hatte langes dunkles Haar, fast schwarze Augen und immer ein Lächeln auf den Lippen. Ihre Wohnung war voller Musik und Gelächter. Wenn ich abends draußen vor dem Haus auf den Stufen saß, kam sie nach unten und ließ mich heimlich hinein. Sie nahm mich mit nach oben und gab mir zu essen. Sie lebten zu sechst in ihrer kleinen Dreizimmerwohnung, es war ohnehin schon beengt, und sie waren auch nicht reich, und trotzdem war ich immer willkommen und durfte bei ihnen mitessen. Sie unterrichtete Kunsterziehung an einer Schule bei uns in der Nachbarschaft, und sie zeigte mir Bücher über Malerei und erzählte mir mit ihrer sanften Stimme alles über die Künstler. Kein Wunder, dass ich mich in die Kunst verliebte. Mit dem Sohn, der in meinem Alter war, konnte ich nicht viel anfangen, aber ich freundete mich trotzdem mit ihm an, damit ich in ihrer Nähe sein konnte. Auf dem Heimweg von der Schule kam ich an einer kleinen Bücherei vorbei – wir durften uns pro Monat ein Buch ausleihen. Einmal fand mein Vater ein Buch über Dürer unter meinem Bett – Dürer – ein aufrechter Deutscher –, aber die Tracht Prügel willst du dir nicht vorstellen.«

Rebecca trat demonstrativ gegen einen Stein – sie wollte, dass Memling erzählte, was später geschehen war. Memling nahm ihren Ärger wahr und fuhr mit seiner Geschichte fort.

»Anfangs noch tat mein Vater Hitler als Provinztrottel ab, doch als er immer mächtiger wurde, als er die Hoffnungen und Ängste seiner Landsleute ausschlachtete, änderte sich das Klima. Ich ging zur Hitlerjugend; als der Krieg begann, fälschte mein Vater meine Geburtsurkunde, damit ich früher aufgenommen wurde. Ich war groß für mein Alter, und stark, dank der Mahlzeiten bei den Winkelmanns. Ich war erst fünfzehn, als ich eingezogen wurde. Wieder rettete mir Esther Winkelmann das Leben: Ein Traum des Führers war es, in Linz ein großes Museum zu bauen und es mit den bedeutendsten Kunstwerken der Welt zu füllen. Die meisten Soldaten konnten einen Vermeer nicht von einem van Gogh unterscheiden. Es sprach sich herum, dass der Führer nach Experten suchte. Ich wusste nicht viel, aber immerhin mehr als andere. Ich wurde für den ERR ausgewählt, den renommierten Einsatzstab Reichsleiter Rosenberg. Wir hatten gewaltigen Einfluss – wir konnten Bataillone aufhalten, Generäle vom Platz schicken, Brücken schließen lassen.«

Rebecca und ihr Vater kamen an einen kleinen Spielplatz in der Nähe des Serpentine-Sees. In der Mitte stand eine Statue zu Ehren Peter Pans, ein Baum aus Metall mit winzigen Figuren, die darauf herumkrochen. Rebecca betrachtete die Figur des Peter Pan, der die verlorenen Jungen herbeiruft, während Wendy argwöhnisch zusieht. Rebecca beklagte den Verlust ihrer eigenen Unschuld vor wenigen Wochen in Berlin. Wie lange noch, dachte sie, kann ich Grace beschützen?

»Was geschah mit den Winkelmanns?«, fragte Rebecca.

»In den ersten Jahren konnte ich der Familie Lebensmittelpakete und manch anderes besorgen. Ich wollte ihnen unbedingt zur Flucht verhelfen, das musst du mir glauben. Der Watteau war ihr einziges Kapital, und als ich Hitler ein Bild von dem Gemälde zeigte, bot er mir eine Million Reichsmark. Ich beschwor sie, das Bild zu verkaufen und sich Fahrscheine zu besorgen und Berlin zu verlassen, um mit dem Geld in England oder Amerika ein neues Leben zu beginnen. Aber sie weigerten sich. 1943 erfuhr ich von meiner Mutter, dass die Wohnung versiegelt worden sei, dass die Familie irgendwo bei Freunden Urlaub mache. Ich war enttäuscht, dass sie keine Anschrift hinterlassen hatten. Erst 1944 kam ich hinter die Wahrheit: Sie waren nach Auschwitz-Birkenau deportiert worden.«

»Und wann hast du beschlossen, ihre Wohnung zu plündern?«, fragte Rebecca und bemühte sich, ruhig zu bleiben.

»Zunächst hatte ich die Absicht, ihre Sachen in Sicherheit zu bringen – nicht nur die der Winkelmanns, sondern auch die der anderen Familien in unserem Haus. Ich hoffte, sie würden irgendwann zurückkommen, und alles wäre wieder beim Alten. Wenn ich zu Hause war, brach ich nachts in ihre Wohnungen ein, nahm die Bilder von den Wänden, packte sie ein und versteckte sie in einem Keller.«

»Und das hat niemand mitbekommen?«

»Es war viel los damals.«

»Und der Watteau?«

»Der ERR geriet zunehmend unter Druck, schöne Dinge zu finden.«

»Also hast du's verkauft?«

»Kurzzeitig gab ich es aus den Händen. Seit ich Hitler das Bild gezeigt hatte, lag er mir damit in den Ohren, er wollte es unbedingt haben. Ich gab es ihm 1944; er sah es sich an und befahl mir, es an einen sicheren Ort meiner Wahl zu bringen und gut zu verstecken. Er wollte es Eva Braun zur Hochzeit schenken, wenn der Krieg vorbei war. Ich nahm es aus seinem Rahmen, rollte es zusammen und steckte es in meinen Tornister, und da blieb es, bis Kriegsende.«

»Scheint mir seltsam, dass du deiner Angebeteten ausgerechnet dieses Bild geschenkt hast – war es nicht beschmutzt durch die Verbindung zu Hitler?«

»Das Bild bewirkt etwas beim Betrachter – es erobert den Geist und das Herz – das wirst du verstehen, wenn du es siehst, wenn wir es zurückbekommen.«

»Ich wusste gar nicht, dass du so sentimental bist.«

Rebecca fragte sich, warum das alles so schmerzhaft war – lag es daran, dass ihr Vater eine Frau geliebt hatte, die nicht ihre Mutter war? Oder daran, dass ein so kontrollierter Mensch, ihr eigener allmächtiger Vater, der Patriarch, sich als Normalsterblicher entpuppte?

Sie begann sich von ihrem Vater zu entfernen, sie kämpfte mit den Tränen. Sie erkannte, wie wenig sie über den Mann wusste, der sie aufgezogen hatte und mit dem sie tagtäglich zusammenarbeitete. Sie hörte das Geräusch des Gehstocks und Memlings schweren Gang; er hatte sie eingeholt.

»Ich war fünfzehn, als der Krieg begann, einundzwanzig, als er vorbei war. Ich hatte fünf außergewöhnliche Jahre damit zugebracht, kreuz und quer durch Europa zu fahren und schöne Objekte zu begutachten – diese Jahre waren für mich Schule und Universität in einem. Zum ersten Mal in meinem kurzen Leben hatte ich mehr als genug zu essen. Ich musste niemals einen Menschen töten; ich habe kaum Leid und Entbehrungen erfahren. Wir zogen von einem großen Haus zum nächsten, bis in die Normandie, wir lebten wie die Könige. Ich trank Wein aus den Kellern von Château Lafite und schlief im Bett des Königs in Vaux-le-Vicomte. Ich dinierte unter dem Bildnis Cosimo de Medicis und schlief mit der Ur-Ur-Ur-Enkelin eines Borgia-Fürsten. Meine einzige Aufgabe war es, schöne Dinge zu finden. Wir arbeiteten mit Händlern und Auktionatoren, Kunstkennern und Wissenschaftlern zusammen. Wo immer wir auftauchten, wurden wir mit Vorschlägen überrannt. Jeder wollte aus dem Krieg Profit schlagen. Zwischen 1939 und 1945 wurden bei Le Drouot in Paris über eine Million Werke versteigert«, sagte er. »Ich bin nicht sonderlich begabt. Anders als du kann ich nicht aus dreihundert Metern einen Tizian erkennen. Ich habe nicht deine visuellen Fähigkeiten. Ich habe ein Talent fürs Detail – deswegen bist du mir auf die Spur gekommen.«

»Das mit dem Watteau hast du angezettelt – ohne das Gemälde hätte ich nie angefangen zu suchen.«

Memling blieb stehen – er sah selbst die Ironie. War das Esthers Rache aus dem Grab? Er verdrängte diesen Gedanken und fuhr mit seiner Geschichte fort. »Der Krieg ging zu Ende. Meine Vorgesetzten wurden hingerichtet oder ins Gefängnis gesteckt. Mein Vater tötete erst meine Mutter und dann sich selbst, indem er alle Fenster und Türen unserer Wohnung schloss und den Gashahn aufdrehte. Ich hatte nicht einmal einen Ausweis, nur die Papiere von der Wehrmacht. Ich hatte nichts, ich war ein Niemand und ich war entehrt.« Er wandte sich Rebecca zu und sah ihr in die Augen. »Wenn du mich auslieferst, wirst du diese Scham auf dich und auf deine Familie laden. Willst du allen Ernstes mit deinen fünfzig Jahren dorthin zurück, wo ich als junger Mann stand?«

»Vielleicht möchte ich lieber mit einem reinen Gewissen leben«, sagte Rebecca.

»Diesen Gedanken hatte ich 1945 auch. Ich stand vor einem kleinen Gehöft in Bayern auf dem Gelände einer stillgelegten Mine. Unter der Erde lagerten Hunderte von wertvollen Bildern, Objekte und Schmuck, die meine Leute im Krieg dort versteckt hatten, die für Hitlers Sammlung gedacht waren. Während der letzten vier Jahre hatten wir unauffällig einige der besten Arbeiten abgezweigt, auf Hitlers Anweisung, hauptsächlich um sie vor Göring zu retten. Vier andere Männer wussten von dem Versteck; drei nahmen sich das Leben, um den Nürnberger Prozessen zu entgehen, einer starb an Typhus.«

»Also hast du beschlossen, einfach alles für dich zu behalten?«

»Ich hatte für den Augenblick keine Pläne, außer, dass ich am Leben bleiben wollte. Ich wollte dort sein, weil mir nichts Besseres einfiel. Die Russen fielen wie die Heuschrecken über das Land her, sie schnappten sich alles, was sie konnten, und schafften es nach Moskau. Die Amerikaner schickten einen Expertentrupp, die Monuments Men, um die massive Plünderei zu stoppen, aber was konnten hundert Männer schon ausrichten, wo ganz Europa zu haben war. Wir hatten Tausende und Abertausende Werke geraubt, über zwanzig Prozent der westlichen Kunst. Gemälde waren zwar nicht so viel wert, dennoch war Kunst noch immer eine international akzeptierte Währung. Für einen Klimt bekam man vielleicht nur hundert Dollar, aber immerhin waren es hundert Dollar.«

»Wie bist du auf die Idee gekommen, Memling Winkelmanns Identität anzunehmen?«, fragte Rebecca.

Memling ging den Weg in Richtung Serpentine Gallery hinauf. Oben stand er leicht keuchend und beantwortete ihre Frage. »Es geschah aus Versehen. Drei Tage nach Kriegsende bin ich zur Wohnung meiner Eltern gefahren und fand dort ihre Leichen. Ich rannte nach oben, in der Hoffnung, einen der Winkelmanns zu finden, aber dort war niemand mehr. Auf dem Weg hinaus nahm ich spontan ein paar Bücher und den Bibliotheksausweis von Esthers Sohn Memling mit. Ich schnitt auch noch einige andere Gemälde aus ihren Rahmen, rollte sie zusammen, und dann machte ich mich, immer nur nachts, zu Fuß nach Bayern auf, zu meinem Hof. Dort verbrachte ich über ein Jahr, ich lebte von Nüssen und Beeren, ich jagte kleine Tiere und Vögel. Ich magerte schrecklich ab; meine Haare wurden lang und verfilzt. Ich hatte nur noch Fetzen am Leib. Im Herbst 1946 kam ein Jeep mit Soldaten vorbei, sie sahen Rauch aufsteigen und beschlossen, nach geflüchteten Soldaten zu suchen. Sie erwischten mich sofort. Ich wollte meinen Namen nicht sagen; ich konnte meinen Namen nicht sagen. Sie durchsuchten das Haus, sie suchten nach Hinweisen auf meine Identität, oder nach Waffen – wer weiß. Ein Offizier fand den Bibliotheksausweis – sie zählten zwei und zwei zusammen – ich war ein Jude, der vom Todeszug gesprungen war und sich versteckt hatte. Gott weiß, wie sie auf diese Geschichte kamen, die Amerikaner liebten gute Storys. Sie brachten mich zurück nach Berlin, beschafften mir Papiere und boten mir an, in Amerika ein neues Leben anzufangen. Sieben Wochen später kam ich nach New York. Im Gepäck hatte ich etwas Schmuck, den Watteau, einen kleinen Rembrandt und fünfhundert Dollar mit Gruß von Uncle Sam.«

»Ich nehme an, dass sie dich da auch gleich tätowiert haben?«, sagte Rebecca sarkastisch.

»Die Tätowierung habe ich mir später in einem koreanischen Tätowierstudio auf der Lower East Side machen lassen. Inzwischen hatte ich herausgefunden, was mit den Winkelmanns passiert war – sie waren alle tot. Es ist Esthers Nummer gewesen, das mag für dich schwer zu verstehen sein, Tochter, aber ich habe mich aus Achtung vor ihr tätowieren lassen und nicht aus Zynismus.«

Rebecca ging vor ihrem Vater her und war unschlüssig, wie viel sie von seiner Geschichte glauben sollte. Sie sah sich um, sie sah die Brücke über dem Serpentine, jenem künstlichen See aus dem achtzehnten Jahrhundert. Sie fragte sich, wie vielen Menschen bekannt war, dass Harriet Westbrook, die schwangere Frau Percy Bysshe Shelleys, sich von dort in den Tod stürzte, nachdem sie von seiner Untreue erfahren hatte. Oder dass die Hannoveraner dort den Jahrestag des britischen Sieges bei Trafalgar gefeiert hatten, auch ein Krieg, bei dem Tausende ihr Leben verloren. Sie fragte sich, wann die Gräuel des letzten Krieges nur noch eine weitere verblasste Erinnerung oder ein Wikipediaeintrag sein würden.

»Deine Geschichte klingt plausibel, und trotzdem war dein ganzes Leben eine einzige unverschämte Lüge. Du hast deinem toten Freund die Identität geraubt, du hast die Toten beraubt – du hast ihnen sogar ihren Glauben gestohlen und deinen Kindern eine falsche Herkunft angedichtet. Du bist kein Mensch – du bist ein Parasit!«, fuhr Rebecca ihren Vater an. Eine Spaziergängerin in der Nähe sah nervös zu ihnen herüber und ging mit hastigen Schritten weiter. Memling blieb stehen und packte das schwarze schmiedeeiserne Geländer.

»Ich wollte leben«, sagte er matt.

»Konntest du vergessen, wem du das alles verdankst?«, zischte Rebecca.

»Nein, nie, aber zumindest habe ich euch eine Alternative geboten.«

»Und Marty?«

Memling ließ den Kopf hängen und krümmte den Rücken. »Er hat mir einen Brief geschrieben und gesagt, er wisse Bescheid. Ich habe ihm sofort zurückgeschrieben und angeboten, mich zu stellen oder die Zyanidtablette zu schlucken, die ich immer bei mir trage.«

Er griff in seine Jacketttasche, holte ein kleines Silberdöschen hervor und klappte es auf. Darin befand sich auf einem Samtkissen eine kleine blaue Pille.

»Steck sie wieder ein, Vater. Das ist jetzt nicht die Zeit für sentimentale Dramen«, sagte Rebecca kalt.

Memling sah seine Tochter an. »Dein Bruder war mein ganzer Stolz, meine Freude und unsere Zukunft.«

Rebecca widersprach ihrem Vater nicht; sie wusste, dass er die Wahrheit sagte. Längst hatte sie mit einiger Traurigkeit erkannt, dass ihr Vater zwar Zuneigung zu ihr empfand, dass es aber Marty war, den er geliebt hatte.

Plötzlich war Rebecca den Tränen nah. »Der arme Marty – er ist damit nicht klargekommen, die Waagschalen der Justitia in der Hand zu halten, sich entscheiden zu müssen zwischen Richtig und Falsch, dich zu entlarven und Schande über uns zu bringen.«

»Glaub mir – ich hätte alles aufgegeben, ich wäre ins Gefängnis gegangen, ich hätte mich gestellt, den Behörden, Simon Wiesenthal – wenn ich ihn damit hätte am Leben halten können«, sagte Memling.

»Hat Mama davon gewusst?«, fragte Rebecca.

»Nein, und sie hat auch nie Verdacht geschöpft.«

»Wenigstens bin ich durch sie eine echte Jüdin. Und sitze nicht schon mein Leben lang als Nazi in der Synagoge – was war das für ein Gefühl, Papa? Am Holocaust-Gedenktag beten zu müssen?«

»Ich habe gebetet, Rebecca, nur nicht für dieselben Dinge«, sagte Memling, beugte sich vor und tauchte die Hände in das Fell seines Hundes. Tizian drehte sich um und schmiegte sein Gesicht an das Gesicht seines Herrn. Anstatt das Tier wegzustoßen, ließ sich Memling über seine faltige Wange lecken.

»Ich habe mich oft gefragt, ob du deine Hunde nicht mehr liebst als deine Familie«, sagte Rebecca.

»Würde es dich sehr schockieren, wenn ich behaupte, die Liebe werde überbewertet?«, fragte Memling. »Ich habe Hunde sehr gern. Ich bin dankbar für die bedingungslose und unkomplizierte Zuneigung, die die Tiere einem entgegenbringen. Aber genauso lieb waren mir immer meine Kinder. Erinnerst du dich noch, wie ich mit euch jedes Wochenende in die National Gallery gegangen bin?«, fragte Memling.

»Jedes Wochenende.«

»Viele der großen Werke dort gehörten einst skrupellosen und heuchlerischen Sammlern – Sklavenhändlern, Erpressern und Mördern. Aber wenn wir uns ansehen, *was* diese Leute besessen haben –

ihre Bilder von Rubens, Hogarth, Raffael, Tizian und Velázquez, dann sehen wir nur die Schönheit.«

»Was hat denn das eine mit dem anderen zu tun?«, fragte Rebecca ungläubig.

»Ich wollte euch näherbringen, dass es ein größeres Ganzes gibt, ich wollte euch zeigen, dass die Zeit vergeht, dass man über Einzelgeschichten hinwegsehen muss.«

»Kunst kann aber keine Sünden aus der Welt schaffen«, sagte Rebecca. »Was hast du dir da für eine verschrobene Theorie zurechtgelegt, um deine Taten zu rechtfertigen, und deine Falschheit.«

»Ich habe nie versucht, etwas zu rechtfertigen, aber es gibt Dinge, die sind größer, von größerer Dauer und wichtiger als ich und meine Familie.«

Rebecca steuerte auf eine Bank vor einer kleinen Baumgruppe zu. Über ihren Köpfen tauchte kreischend ein Schwarm bunter Papageien auf, der irgendwo entflogen sein musste, und schoss zwischen den Bäumen hindurch, ein Farbenspiel aus Gelb, Grün, Rot und Blau inmitten der zarten Grün- und Blautöne der englischen Parklandschaft. Memling ließ sich auf die Bank fallen, zog ein gestärktes weißes Taschentuch hervor und wischte sich das Gesicht ab.

»Was hast du vor?«, fragte er. »Versprich mir, dass du dir nichts antust. Das werde ich auf keinen Fall zulassen. Ich werde zur nächsten Polizeistation gehen und mich stellen. Nenne mir deine Bedingungen«, sagte Memling mit gequälter Miene.

Rebecca blickte zu Boden und erkannte, dass die Sonne unterging und ihre Schatten verschwunden waren. Sie betrachtete die Diamanten an ihrer Hand, einer von Carlo anlässlich ihrer Verlobung, der andere ein Geschenk ihres Vaters, als Grace zur Welt kam. Ihre Hände waren ein klein wenig runzlig, und am linken Handgelenk begann sich ein Altersfleck zu bilden. Sie versuchte sich ein Leben ohne ihren Vater vorzustellen, ohne ihre Tochter und ihren Mann, und sie malte sich aus, wie es wäre, aus ihrem vertrauten Milieu, aus der Kunstwelt verbannt zu werden. Sie drehte die Hände und betrachtete ihre faltenlosen Handflächen, ihre fast weiße Haut und die blaue Arterie in ihrem Handgelenk. Wieder musste sie an Marty denken, und an seine Entscheidung. Langsam drehte sie die Hände wieder zurück und besah ihre Ringe, Symbole der Liebe und Verantwortung.

Sie blickte zu ihrem Vater hoch, in sein argwöhnisches, besorgtes Gesicht. »Wir haben viel zu tun«, sagte sie.

Memling ließ die Schultern hängen und atmete langsam alle Luft aus den Lungen aus.

»Mir liegt daran, dass Grace einen anständigen Titel und ein sauberes Vermögen erbt und dass die Scham und Schuld bei dir aufhört. Es ist dein schmutziges Geheimnis, nicht unseres«, sagte Rebecca.

Memling unterdrückte ein erleichtertes Lächeln.

»Du wirst ein ausführliches schriftliches Geständnis ablegen. Das heißt, wenn irgendetwas bekannt wird, ist klar, dass ich von nichts gewusst habe«, sagte Rebecca.

Memling nickte.

»Trichcombe Abufel hat eine Kopie von Danica Goldbergs Foto von dem Watteau«, sagte sie.

»Trichcombe?«, fragte Memling verdutzt.

»Er versucht schon seit Jahren, dir auf die Schliche zu kommen«, sagte Rebecca.

»Aber es ist ihm nie gelungen«, sagte Memling kopfschüttelnd.

»Du musst seine Aufzeichnungen vernichten, alles, was er uns anhängen könnte. Wenn es hart auf hart kommt, wirst du ihn aus dem Weg räumen müssen.«

»Aus dem Weg räumen?«, fragte Memling entsetzt.

»Ach, hör doch auf, Papa – ich weiß genau, dass du auf der Suche nach dem Watteau diesen armen Mann mitsamt seinem Trödelladen in Brand gesteckt hast – jetzt tu nicht so.«

»Es war ein Versehen. Ellis sollte ihm nur Angst machen.«

»Mein Fahrer ist dein Henker?« Rebecca war fassungslos.

»Er war mal Polizist.«

»Noch ein Stümper«, sagte Rebecca schroff.

Memling sah auf seine Hände. »Ich habe dich unterschätzt.«

»Du unterschätzt *alle*«, erwiderte Rebecca.

Memling blickte sie traurig an – jetzt erkannte er, dass er seine Tochter nie ernst genommen hatte, weil sie eine Frau war und vermeintlich harmlos.

»Du musst dieses Gemälde finden und vernichten. Nicht verstecken – vernichten«, sagte Rebecca.

Memling zuckte zusammen, dann aber nickte er. »Ich bin das Opfer meiner eigenen Gefühlsduseligkeit.«

»Ach, so nennst du das also!«, rief Rebecca höhnisch. »Ich würde eher von Selbstherrlichkeit sprechen, Blödheit, Habgier und Schwäche.«

»Ich bin ein Idiot«, sagte Memling matt.

Eine Zeitlang saßen sie schweigend da.

»Es gibt kein Museum, keinen Kurator, Händler oder Kunstexperten, der uns nicht etwas schuldet. Ich habe mich bei allen umgehört, aber jetzt bist du dran. Tu, was du nicht lassen kannst. Besorg dir Informationen über jedes schmutzige Geheimnis – Affären, Spielschulden, jedes noch so unschöne Detail. Sie könnten dir irgendwann noch nützlich sein«, befahl Rebecca.

Memling nickte.

»Eine Spur haben wir immerhin – wir müssen hoffen, dass es nur ein fürchterlicher Zufall ist. Unsere Aushilfsköchin Annie McDee wurde gefilmt, als sie aus dem besagten Trödelladen kam, und später noch einmal mit einem Päckchen in ihrem Fahrradkorb, das in etwa der Größe des Bildes entspricht.«

»Und sie arbeitet noch immer für uns?«, fragte Memling.

»Ja. Besser, wir behalten sie im Auge. Sollte sie Komplizen haben, könnte sie als Geisel dienen, ein Druckmittel.«

Memling blickte nachdenklich in die Ferne. »Hat sie Zugang zu den Computern und Dokumenten?«

»Nein, hat sie nicht. Ich habe all ihre Internetsuchen und Mails überprüft – da war nichts.«

»Aber irgendetwas muss es doch geben?«

»Alles, woran diese Frau denkt, sind Zutaten und Rezepte. Ich habe sogar versucht, ein paar davon zu decodieren, auf versteckte Botschaften oder Chiffren zu prüfen.«

»Ich werde ein paar Leute in ihre Wohnung schicken.«

»Habe ich schon gemacht. Vielleicht wird es Zeit, ein bisschen Schaden anzurichten.«

Vater und Tochter saßen noch eine Weile Seite an Seite, jeder in Gedanken versunken. Rebecca warf einen Blick auf ihre Uhr und stand auf.

»Was wirst du jetzt tun?«, fragte Memling.

»Die Firma weiterführen wie immer und den Schein wahren.«

»Wann sehe ich dich wieder?«, fragte Memling.

»Wir treffen uns in vier Tagen wieder im italienischen Garten. Ich werde dir einen Flug für morgen früh nach München buchen. Bei Hertz wird ein Wagen auf den Namen Brueghel für dich bereitstehen. Du wirst zu dem Hof fahren und in der Mine Feuer legen.«

»Du willst, dass ich die Gemälde verbrenne? Darunter sind Fragonards, ein Leonardo, fünf Tizians, drei Monets und ungefähr achtzig andere. Das Bernsteinzimmer von Katharina der Großen – der größte Schatz, den man kennt.«

»Was für einen Wert hat das alles für uns? Denk nach, Papa. Denk nach. Es sind Mühlsteine um unsere Hälse.«

»Können wir sie nicht einfach dort liegen lassen und hoffen, dass sie eines Tages gefunden werden?«

»Und darauf warten, dass jemand zwei und zwei zusammenzählt? Der junge Mann, der 1946 dort aufgefunden wurde? Die vielen Male, die du dort warst?«

Memling nickte betrübt. »Und wenn ich an einer deiner Forderungen scheitern sollte?«

»Dann sehen wir uns das nächste Mal an deinem Grab«, entgegnete Rebecca. Mit kerzengeradem Rücken ging sie davon.

# 31. Kapitel

Evie saß auf der Bettkante und weinte. Zwei Tage waren vergangen seit Annies triumphalem Abendessen, aber seitdem war ihre Tochter ihr aus dem Weg gegangen. Sie wollte teilhaben an Annies Triumph, nicht um die Lorbeeren für ihren Erfolg zu ernten, sondern nur, um eine kleine positive Erinnerung auf das Konto ihrer gemeinsamen Erlebnisse einzuzahlen. Die AA-Meetings der letzten Wochen hatten Evie geholfen, zu verstehen, wie Annie als Kind im Strudel ihrer zwanghaften Welt hatte leben müssen, ein unglückliches Opfer der mal aufgeputschten, mal distanzierten Evie. Wenn das Kind von der Schule nach Hause kam, wusste es nie, welche Evie hinter der Wohnungstür wartete. Wäre es die lustige Mutter, die gerade ein Gläschen getrunken hatte, oder die nervöse, zappelige Mutter, die versuchen wollte, heute mal nichts zu trinken? Die wütende, unansprechbare Evie oder die Mutter mit dem kompletten Filmriss? Manchmal war Evie auch einfach gar nicht da – es vergingen Tage oder gar Wochen, bevor sie zurückkam, ohne Erklärung. Kein Wunder, dass Annie kochen lernte; was blieb ihr anderes übrig?

An diesem Morgen war ihr schlechtes Gewissen fast unerträglich. Das alles war unverzeihlich. Was hatte das Leben für einen Sinn, ohne die Liebe ihrer Tochter? Evie sah zurück auf ihr Leben, den Schiffbruch ihrer Träume. Halb angefangene Berufe, chaotische Beziehungen und ein Strom von Alkohol. Vielleicht würde auch jetzt ein kleiner Drink helfen, um den Augenblick erträglicher zu machen? Immerhin war der Schnaps ihr Freund, ihr ständiger Begleiter. Sie hatten schon ziemlich lustige Zeiten zusammen gehabt – zumindest hatten sie gelebt, ein bisschen Spaß gehabt. Wo war der Spaßfaktor in Annies sterilem einsamem Leben? Immer nur schuften schuften schuften. Aufstehen mit dem ersten Hahnenschrei, sich abrackern für das Wohlergehen anderer, nach Hause kommen und schlafen. Und diese Kocherei, na das war doch der beste Beweis – irgendwas herstellen, das dann gegessen und in Scheiße verwandelt wurde. War das etwa die sinnvollere Beschäftigung? Was für eine Anmaßung!

Evie spürte, wie das Feuer in ihr wieder aufloderte. Sie stand auf, warf einen Blick auf ihr Spiegelbild und lachte; sie sah ja wirklich schrecklich aus. Sie wusch sich das Gesicht mit kaltem Wasser. Ein Gläschen würde doch sicher nicht schaden, oder? Eins ist zu viel und tausend sind nie genug, erwiderte spöttisch der Spiegel. Evie schrubbte an den Mascaraflecken unter ihren Augen, zog sich aus und wusch sich mit einem Waschlappen unter den Achseln und zwischen den Beinen. Wer weiß, sagte sie zu sich, am Ende fällt mir heute der Traummann in den Schoß. Sie sah sich nackt im Badezimmerspiegel an. Eigentlich gar nicht so schlecht. Nicht wie diese eingebildeten Tussen mit ihren Doppelhaushälften und Sportwagen vom Gebrauchthändler. Die hatten vielleicht ein bisschen Geld auf der Bank, aber ihre Kerle konnten sie nicht mehr hinterm Ofen hervorlocken. Evie hingegen konnte. Mit dem richtigen Push-up ließ sich durchaus noch was reißen, und bei gutem Licht sah man kaum die kreppartige Beschaffenheit ihrer Haut. Sie war erst siebenundvierzig, ihr Bauch war flach und die Oberschenkel fest. Die meisten Männer sagten, sie ginge locker als fünfunddreißigjähriges Model durch. Na ja, die Männer sagten natürlich viel, wenn der Tag lang war.

Evie frisierte sich sorgfältig, indem sie ihre Haare zu einem flauschigen Helm toupierte und ihren dunklen Haaransatz mit einer kleine Goldspange kaschierte. Sie nahm sich Annies Strassohrringe – die machten ein strahlendes Gesicht. Sie schminkte sich sorgfältig die Augen, tupfte etwas Concealer über ihre Augenringe und einen Hauch von Glitzerstaub. Dann nahm sie Annies »bestes« Kleid und ihre schwarzen High Heels. Sie warf noch einen Blick auf ihr Spiegelbild und befand, dass sie bereit sei, die »Außenwelt« in Angriff zu nehmen.

Evie blieb stehen. Eine wichtige Sache hatte sie übersehen – vielleicht die wichtigste. Sie hatte kein Geld. Kein einziges Pfund. Panik stieg in ihr auf. Jetzt, wo die Entscheidung gefällt war, trinken zu gehen, durfte auf keinen Fall etwas dazwischenkommen. Sie brauchte Geld. Sie öffnete Schubladen und Schränke in der Hoffnung, ein Bündel Geldscheine zu finden; sie würde nur einen Zehner nehmen, maximal zwanzig, mehr brauchte sie nicht. Evie konnte nichts finden – nicht mal eine Handvoll Kleingeld. Sie spürte, wie sich auf ihren Schläfen und in ihren Achselhöhlen ein leichter Schweißfilm bildete.

Sie starrte auf den Küchentisch, versuchte tief durchzuatmen und dachte sogar daran, ihre Mentorin anzurufen. Vielleicht passte ihr Schutzengel ja gerade auf sie auf. Dann fiel ihr Blick auf das Bild – das war doch irgendwas wert, oder? Und Annie war ja sowieso nicht wild darauf – sie hatte oft genug gesagt, der Kauf sei eine Schnapsidee gewesen. Indem Evie es mitnahm, würde sie ihrer Tochter sogar noch einen Gefallen tun, oder? Aber wo sollte sie's verkaufen? Im Pfandleihhaus? Was würden die mit einem alten Bild wollen? Evie erinnerte sich an eine Kneipe im East End, wo sich junge Künstler trafen – vielleicht könnte sie dort hingehen und das Bild als Pfand hinter der Bar lassen. Ziemlich geniale Idee, dachte sie; sie würde das Bild ihrer Tochter also nicht einmal direkt verkaufen, nur dazu bewegen, sich seinen Unterhalt zu verdienen. Sie wickelte das Gemälde in einen alten Pullover, steckte es in eine Sainsbury-Tüte, schnappte sich ihren Mantel und eilte aus der Wohnung und die Treppe hinunter. Es war elf Uhr morgens: Die Kneipen machten gerade auf.

Ich bin viel zu alt, um mit Benzinkanistern und Anzündern herumzuspielen, dachte Memling, während er Diesel in die Ecken des Bauernhauses schüttete. Früher hätte er einen Zwanzig-Liter-Kanister locker heben können, aber heute hatte er kaum noch die Kraft für ein paar Liter. Da er sich nicht verdächtig machen wollte, war er einen Umweg von dreißig Kilometern gefahren und hatte die Kanister an verschiedenen Tankstellen gekauft. Er hatte noch nie ein Gebäude in Brand gesteckt und hatte wenig Ahnung, wie man dafür sorgte, dass es auch wirklich brannte. Gleich würde er durch den kleinen

Obstgarten zum Hügel gehen, wo sich die Falltür zu der stillgelegten Mine befand. Er war eigentlich zu alt für die steilen Stufen hinunter in den Bunker. Er wusste nicht mehr, wie oft er seit dem Krieg hier gewesen war – dreißig- oder vierzigmal bestimmt. Schon komisch, wie die Bilder, die in den Fünfzigerjahren fast keinen Wert gehabt hatten, allmählich wieder in Mode gekommen waren. Einmal hätte er fast zwei späte Renoirs weggeworfen: Er hätte nie geglaubt, dass jemand tatsächlich ein Interesse haben könnte an diesen ekelhaft süßlichen, pummeligen Badenden. Heute würde er Unsummen dafür bekommen, sagte Memling zu sich, und er dachte wieder an das Jahr 1990, an den Verkauf von Renoirs *Im Moulin de la Galette* für 78,1 Millionen Dollar an den Vorsitzenden eines japanischen Papierherstellers. Der neue Besitzer wollte zusammen mit dem Bild eingeäschert werden, zum Glück jedoch geriet seine Firma in finanzielle Bedrängnis, und der Renoir wurde privat an einen Sammler weiterverkauft, der weniger überzogene Bestattungsideen pflegte.

Memling waren die Bilder in der alten Mine ans Herz gewachsen. Er erlaubte sich eine letzte Reise in die Eingeweide des kleinen Hügels, einen letzten Streifzug durch die Regale. Bei den meisten wusste er noch, woher sie kamen. Der Léger stammte aus einer jüdischen Sammlung in Paris; den Tizian hatte er aus einer kleinen Kirche nahe Venedig getragen; der van Loo hatte auf einem Dachboden in Amsterdam gelegen, auf einem alten Küchenschrank, wo ihn die jüdischen Bewohner verstecken wollten; ein goldener Becher, wahrscheinlich von Cellini, war ein Fundstück aus einem französischen Château, ein Baron hatte darin seine Manschettenknöpfe aufbewahrt. Memling war überzeugt, dass die ursprünglichen Besitzer diese Stücke unmöglich so geliebt haben konnten wie er. Für ihn symbolisierten diese Werke sowohl Schönheit als auch eine Möglichkeit zur Flucht – sie waren die magische Brücke, die eine verarmte und freudlose Kindheit in Berlin mit der luxuriösen, einflussreichen Position eines Kunsthändlers von Weltrang verband. Früher wäre Memlings Name wohl allenfalls im Berliner Schulregister aufgetaucht; jetzt war er in Wände und Architrave der großen Museen Europas eingraviert, er stand über den Sälen und Anbauten, die von Memling finanziert worden waren. Im Holocaust Museum Bremen prangte über der Eingangshalle eine Inschrift, jeder Buchstabe einen halben Meter hoch: *Opera Memlingi Winklemani in perpetuum admiranda sunt.* Die Taten des Memling Winkleman sollen für immer bewundert werden.

Memling musste sich durchs Gebüsch schlagen, um den Mineneingang zu erreichen. Inzwischen war es für ihn mühsam, auf die Knie zu sinken. Am Ende komme ich hier nicht wieder hoch, dachte er finster, während er sich durch den dichten dornigen Untergrund kämpfte. Drei Meter weiter sah er den vertrauten, brombeer- und efeubewachsenen Erdhügel. Glücklicherweise hatte er an seine dicken Arbeitshandschuhe und eine kleine Brechstange gedacht. Er befreite die Falltür von Gestrüpp und zog sie zentimeterweise auf, bis sie sich vollständig aufklappen und mit der Brechstange aufstützen ließ. Auf allen vieren drehte er sich um und kroch rückwärts auf die Luke zu. Bis vor wenigen Jahren noch konnte Memling an die Falltür gehen, sie aufziehen und geradewegs die Treppe hinuntergehen. Jetzt traute er weder seinen Beinen noch seinem Gleichgewichtssinn. Er überlegte, dass er sich viel Mühe sparen könnte, wenn er sich dort in der Tiefe selbst verbrannte und sowohl die Beweise als auch den Täter in einem Aufwasch aus der Welt schuf. Doch Memling hatte immer von einem glanzvollen Begräbnis geträumt. Vorsorglich hatte er die liberale jüdische Synagoge gebucht, dachte aber eigentlich an die Barry Rooms der National Gallery, oder vielleicht die Guildhall. Vermutlich würde sogar der Premierminister ein paar Worte sprechen. Ohne Zweifel würde der Oberrabbiner die Zeremonie leiten.

Memling nahm jede Stufe mit Vorsicht – er wusste, dass es dreißig Stufen waren. Als das geschafft war, tastete er im Dunkeln auf den gemauerten Vorsprüngen nach den Taschenlampen, die er dort deponiert hatte. Einst hatte er mit dem Gedanken gespielt, Strom vom Haus zum Keller zu verlegen, doch das wäre zu auffällig gewesen. Er nahm sich eine Taschenlampe, knipste sie an und leuchtete mit dem hellen Strahl den schmalen Gang entlang. Er und seine Leute hatten sich einen guten Ort ausgesucht, selbst nach den jüngsten schweren

Regenfällen war hier keinerlei Feuchtigkeit zu spüren. Nach zwanzig Schritten gelangte er in die erste Kammer. Sie war etwa sieben Quadratmeter groß, und die beschrifteten Kisten stapelten sich bis unter die Decke – er ließ den Blick über die Namen der Künstler schweifen: Donatello, David, Degas, Daumier, Delacroix, Denis, Domenichino, van Dyck und Dürer. Unglaublich, dass er einige der Kisten nicht einmal geöffnet hatte. Geschätzte vierzigtausend von den Nazis geraubte Kunstwerke wurden noch heute vermisst – Memling vermutete, dass hier im Keller noch circa fünfundachtzig Arbeiten lagerten; über die Jahre hatte er fünfundsechzig Stück verkauft. Er betrat den nächsten, größeren Raum: Moretti, Matisse, Martini, Matsys, Michelangelo, Nattier, Oudry und Parmigianino. Im Raum dahinter lag der erlesenste Schatz, das Bernsteinzimmer – fünfzig Quadratmeter herrlichste, über sechs Tonnen schwere Vertäfelung. Das sogenannte achte Weltwunder wurde zur Wende des achtzehnten Jahrhunderts für einen preußischen König angefertigt. Memling war als Offizier neben anderen für seine Verpackung und Verschiffung aus Sankt Petersburg zuständig gewesen. Es sei ein deutsches Meisterwerk, hatte es geheißen, einst ein Geschenk für Peter den Großen, als die beiden Länder noch Verbündete waren, nun aber müsse es in seine Heimat zurückkehren.

Memling strich mit den Fingerspitzen über die filigrane Vertäfelung. Als er mit der Taschenlampe über den Bernstein leuchtete, glänzte er wie ein Hochofen, das Licht tanzte über die Tafeln und sprang von den zarten Goldschnitzereien. Das Bernsteinzimmer aus dem Schloss von Königsberg zu retten war die größte Tat seines Lebens. Als er hörte, dass die Lagerstätte angegriffen werden sollte, leitete er eine Gruppe Männer an, die Kisten hinauszutragen. Sie arbeiteten die ganze Nacht durch, mit nichts als ein paar Maultieren und einem klapprigen Handkarren, bevor sie einen Zug beschlagnahmten, um die Teile quer durch Deutschland nach Bayern zu schaffen. Als bekannt wurde, dass das Königsberger Schloss bombardiert worden und nur noch eine Ruine war, beschlossen Memling und seine Leute, ihre erfolgreiche Mission geheim zu halten – je weniger davon wussten, desto besser. Jetzt will meine eigene Tochter, dass ich das zerstöre, für dessen Rettung ich mein Leben aufs Spiel gesetzt habe, dachte Memling und leuchtete mit der Taschenlampe im Gewölbe umher. Wenn sein Leben auch nur irgendetwas zählte, wenn er irgendwie von Nutzen gewesen sein sollte, dann doch nur, weil er diese Schätze für die Nachwelt erhalten hatte.

Memling dachte an die Gutherzigkeit Esther Winkelmanns, die Mitleid mit dem ungeliebten Kind gehabt hatte, obwohl er der Sohn eines Mannes war, der die Juden und ihre Familie hasste. Sie hatte ihm von ihrem Tisch zu essen gegeben, hatte ihm so viel beigebracht und ihm eine Fähigkeit an die Hand gegeben, die sein Überleben und Gedeihen gesichert hatte. Wie hätte die Frau ahnen sollen, dass sie damit ein fremdes Kind retten würde anstelle ihrer eigenen?

Sein Geschmack hatte sich über die Jahre weiterentwickelt. Er arrangierte die Arbeiten in der Mine gerne immer wieder neu wie in einem privaten Miniatur-Museum, indem er je nach Stimmungslage oder Lebenssituation bestimmte Gemälde aus den Regalen zog. Memling hatte den Eindruck, dass große Künstler einen siebten Sinn hatten und selbst den alltäglichsten menschlichen Kummer erahnen und übersetzen konnten. Im großen Spektrum des Lebens gab es für jede Notlage ein Gemälde. Kein Gefühl, und war es noch so nieder oder subtil, galt als zu gering, um gemalt zu werden. Die Genialität der Künstler ging über Mitleid oder Empathie bei Weitem hinaus; Meisterwerke konnten Gefühle nicht nur reflektieren, sondern auch auslösen. Als junger Mann hatte Memling alles Sentimentale unerträglich gefunden und Blut und Gedärme mehr geschätzt als Emotionen. Er hatte Caravaggios *Judith und Holofernes* geliebt, dasselbe Bild, das vor Kurzem an Mrs Appledore verkauft worden war, da es suggerierte, dass Gewalt, je nach Sachlage, akzeptabel war. Er dachte an die beruhigende Wirkung einer bukolischen Landschaft von Claude Lorrain, oder an die Medici-Porträts von Bronzino, deren gebieterisches Aussehen zu Machtwillen und Stärke anregte.

Nach Martys Tod hatte Memling sich fünf Tage und Nächte im Keller eingeschlossen. Er hatte keine feste Nahrung zu sich genommen, nur Wasser getrunken, und eigentlich wollte er dort sterben, doch eine Duccio-Madonna errettete seine gepeinigte Seele und holte ihn mit ihrem lieblichen Antlitz und dem Ausdruck ihres eigenen Leidens zurück ins Leben. Als er in Marianna verliebt war, hatte Memling die Renoirs und del Sartos hervorgeholt; eine Zartheit ging von diesen Frauen aus, die zu seiner damaligen Stimmung passte. Aber keine Arbeit kam je an seinen kleinen Watteau heran – diese außerordentliche Arbeit verkörperte wie keine andere die Qualen und die Ekstase der Liebe.

Indem sie ihn bat, diese Konstanten zu zerstören, die Quellen der Freude und des Trosts in seinem Leben, diese feinfühligen Darstellungen universeller menschlicher Seelenzustände, würde seine Tochter auch kommende Generationen um den Trost bringen, den er nicht nur genossen hatte, nein, der für ihn sogar lebensnotwendig gewesen war.

Memling sah sich in der Mine um. Er brachte weder den Mut noch die Grausamkeit auf, Rebeccas Wünschen nachzukommen. Er zog sich die schmale Treppe hoch und trat hinaus in die Sonne, drehte sich um, ließ die Falltür zuklappen und bedeckte sie erneut mit Erde und Gestrüpp. Gequält sank er auf alle viere und kroch durch die Hecke und den Hang hinunter, bis er den Feldweg erreichte.

Als er zum Hof kam, nahm Memling ein Streichholz und steckte die Lumpen an, die er in der Mitte des Zimmers zu einem Haufen zusammengelegt hatte. Er stand eine Zeitlang da und sah, wie die kleinen Flammen sich durch den Abfall fraßen. Er ging in den nächsten Raum und schüttete noch mehr Benzin über den alten Küchentisch, die Stühle und die fadenscheinigen Vorkriegsgardinen. Ein verlassenes Gehöft in Brand zu stecken hatte überhaupt keinen Sinn, aber so hatte er zumindest diesen Teil ihrer Anweisungen in die Tat umgesetzt. Ohne Zweifel würde die örtliche Polizei vorbeikommen und den Vorfall untersuchen, und man würde mutmaßen, dass Obdachlose auf dem verlassenen Grundstück kampiert hatten. Sie würden die Papiere überprüfen und feststellen, dass das Haus und die umliegenden Hektar Land einer Firma mit Sitz in Buenos Aires gehörten. Die Polizei würde viele frustrierende Stunden damit zubringen, den rechtmäßigen Besitzer ausfindig zu machen. Memling hatte eine Reihe von Briefkastenfirmen vorgeschaltet, und die Spur führte von Buenos Aires zu den Cayman-Inseln und über Guernsey und Bermuda zurück nach Südamerika. Irgendwann, lange nach Memlings Tod, würden die örtlichen Behörden schließlich aufgeben, das Land beschlagnahmen und verkaufen. Die neuen Besitzer würden hoffentlich zu ihrer großen Freude eine Lagerstätte voller Kunstwerke auf ihrem Grundstück entdecken. Schade nur, dass Memling nicht dabei sein würde, wenn die Spekulationen losgingen: Wie waren die Arbeiten in die stillgelegte Mine gekommen? Wer wusste davon? Da er zum Begutachten seiner Bilder stets Handschuhe trug, würden selbst die besten Forensiker nicht imstande sein, DNA-Proben abzugleichen.

Memling stieg in sein Auto und ließ das Haus hinter sich, wobei er hin und wieder in den Rückspiegel blickte, auf die Rauchwolken in der Ferne. Er fuhr in Richtung Flughafen. In weniger als vier Stunden würde er zu Hause sein. Bei seiner Rückkehr wären die Probleme mit dem verschollenen Bild und dem lästigen Trichcombe Abufel hoffentlich gelöst. Dann würde er sich einen doppelten Scotch genehmigen und früh zu Bett gehen.

Obwohl Trichcombe seinen Neffen Maurice seit zwanzig Jahren nicht gesehen hatte, schickte er ihm gelegentlich per Post die Kopien seiner Manuskripte. Der Kunsthistoriker hatte einfach ein besseres Gefühl, wenn es auf dem Dachboden eines Reihenhauses in seiner walisischen Heimat Mold noch Abschriften seiner Arbeiten gab. Er glaubte kaum, dass Maurice sich jemals die Mühe machte, die Umschläge zu öffnen, aber zumindest war sein Neffe so freundlich, den Empfang mittels Postkarten zu bestätigen. Einige von Trichcombes Studenten lachten über so viel Technikfeindlichkeit und rieten ihm, die Manuskripte doch auf einer externen Festplatte zu speichern oder in der Cloud abzulegen. Aber Trichcombe lächelte nur und schenkte ihnen keine Beachtung.

Heute hatte er eine Kopie des Dokuments per Einschreiben an Maurice geschickt. Er hatte sogar bei seinem Neffen angerufen, um ihn zu bitten, auf den Briefträger zu achten. Maurices Frau Della (oder Delia? Trichcombe konnte sich das nie merken) hatte verärgert geklungen. »Muss ich das jetzt umständlich unterschreiben?«, fragte sie. Trichcombe hörte ihre kurzatmige Stimme; schon an ihrem Hochzeitstag war sie pummelig gewesen, inzwischen wog sie wahrscheinlich mehrere Tonnen. Er malte sich aus, wie sie sich die kleine Straße hochschleppte und an der Kreuzung stehen blieb, ehe sie mit scheuernden Schenkeln, Schweißtropfen zwischen den feuchten Speckrollen und schmerzenden Zehen zum örtlichen Postamt watschelte.

»Ich würde dich normalerweise nicht um einen so immensen Gefallen bitten, liebe Della«, sagte er honigsüß.

»Delia«, korrigierte sie ihn.

»Delia, meine Liebe. Es handelt sich jedoch um das wichtigste Dokument, das ich jemals verfasst habe. Sollte mir irgendetwas zustoßen, stell bitte sicher, dass es zur Polizei gelangt.«

Fast hatte Delia laut gelacht. Was sollte die Polizei mit den Gedanken eines alternden Kunsthistorikers über irgendwelche längst verstorbenen Künstler? Sie würde den Teufel tun, die Geduld der Beamten mit Trichcombes Geschreibsel zu strapazieren. Der Onkel ihres Mannes war das schwarze Schaf der Familie: ein Intellektueller. Allein die vielen Silben ließen Delia zur Zigarette greifen – was war denn das für ein Leben? Immer die Nase in den Büchern, immer dieses Herumwühlen in der Vergangenheit. Das Leben war doch zum Leben da – man hatte nur einen Versuch, wie Maurice gern sagte.

»Liebe Dahlia – bist du noch da?«, fragte Trichcombe verdrossen.

»Delia. Keine Sorge, ich hol deine Post schon ab«, entgegnete sie und inhalierte kraftvoll den Rauch.

Trichcombe wartete, bis das Postauto kam, und beobachtete, wie seine Kopie in einem großen grauen Sack verschwand. Er blieb stehen, bis der Wagen um die Ecke gebogen war, bevor er zu seiner Wohnung zurückging. Er hatte zweiundvierzig Jahre gewartet, um sich an Memling Winkleman zu rächen, und nach all der quälenden und sorgsamen Sucherei hatte er ihn nun endlich. Der Fisch war wirklich und wahrhaftig an der Angel. Später am Tag sollte Trichcombe den Herausgeber von Apollo treffen – die Zeitschrift hatte vielleicht keine Riesenauflage, erreichte aber die gesamte Kunstwelt, und dann würde die Geschichte durchsickern und von der restlichen Presse aufgegriffen werden. Wieder entschied sich Trichcombe dagegen, seine kostbaren Rechercheergebnisse per Internet zu schicken. Besser war es, die Unterlagen persönlich zu überreichen.

Bestimmt komme ich in die Nachrichten, dachte Trichcombe. Ja, ganz sicher. Anstatt ihn »Kunsthistoriker« zu nennen, würden sie ihm irgendeinen abgedroschenen Beinamen wie »Nazi-Jäger« verpassen. Er fragte sich, ob Delia die Sendung sehen würde – ob sie auch noch bei seinem nächsten Anruf diesen herablassenden, ungeduldigen Tonfall anschlagen würde. Vielleicht gäbe es ja sogar einen Film oder ein Buch von ihm, und er würde mehr als nur ein paar Hundert Exemplare verkaufen. Seine letzte Arbeit, *Antoine Watteaus Trois Crayons*, hatte sich sehr schlecht verkauft, nur 124 Exemplare. Trichcombe überlegte schon, wie er dieses Buch nennen sollte – *Die Launenhaftigkeit der Liebe* vielleicht, nach dem Gemälde selbst? *Eine Frage der Zuschreibung?* Oder *Provenienzen*, oder wie wär's mit *Der noble Nazi* – Trichcombe war so in Gedanken, dass er die beiden Männer vor seiner Haustür gar nicht bemerkte. Er steckte den Schlüssel ins Schlüsselloch, drehte ihn nach rechts, schob die Tür auf und spürte zu seiner Verblüffung ein stechendes Gefühl im Nacken. Er drehte sich um und sah einen Mann, kurz, stämmig und dunkel, die Mütze tief ins Gesicht gezogen, mit einer großen Spritze in der Hand. Trichcombe wollte schreien, aber von irgendwo anders kam eine Hand mit einem dicken Stück Stoff. Er fühlte sich seltsam benommen, seine Beine gaben nach und die Treppe kam ihm entgegen. Sein letzter Gedanke war ein Tafelbild von Piero della Francesca, *Die Geißelung Christi*, zuletzt mit einundzwanzig in Urbino gesehen.

# 32. Kapitel

Earl Beachendon saß allein in seiner kleinen Kellerküche in Balham und betrachtete einen großen feuchten Fleck an der Wand; er war sicher, dass der Fleck seit gestern Abend merklich größer geworden war. Anfang des Jahres hatte er klein und wenig bedrohlich gewirkt, nur münzgroß, doch über die letzten Monate war er gewachsen und ähnelte jetzt einem kopflosen Ferkel, das über einen Laib Brot springt. Bald, dachte er missmutig, würde er wahrscheinlich aussehen wie ein Zugpferd, das über ein Rettungsboot steigt. Der Earl konnte sich keinen Gutachter für den Wasserschaden leisten, geschweige denn einen Reparateur. Ich frage mich, wer länger durchhält, der Wasserfleck oder ich, dachte er.

Bis vor wenigen Monaten hatte der Earl die Times abonniert, aber das hatte er nun aufgegeben, zusammen mit Bio-Eiern, Rotwein von Berry Brothers und der chemischen Reinigung – ein endloser und offensichtlich sinnloser Versuch, Haushaltsgeld einzusparen. Seine Töchter gaben ohne zu zögern das Taschengeld einer Woche nur für neue Strumpfhosen aus – aber wozu, wenn sie ohnehin gleich Laufmaschen bekamen? Was seinen Sohn anging, Lord Draycott, so hatte der Earl wenig Hoffnung, dass der picklige Junge je auf einen grünen Zweig kommen würde. Sein Stammhalter hätte besser im späten achtzehnten Jahrhundert zur Welt kommen sollen, als die Beachendons noch Geld hatten wie Heu und Ländereien, die in der Not abgestoßen werden konnten.

Der Earl ging zum Kühlschrank, er hatte Lust auf eine Kleinigkeit vor dem Abendessen – bis zur nächsten Mahlzeit waren es sicher noch mindestens vier Stunden hin. Aus dem kalten Weiß starrten ihm vier Tiegel Gesichtscreme, etwas Hüttenkäse und drei Magerjoghurts entgegen. Gott sei Dank hatte er seine Geschäftsessen, dachte Beachendon betrübt. Gestern war er dabei erwischt worden, wie er ein paar Brötchen mitgehen ließ – dass die Kollegen ihn für gierig hielten, war ihm egal, solange sie nicht ahnten, dass die fünfzehn Brötchen in seiner Aktentasche dazu da waren, mehrere hungrige Mäuler zu stopfen. »Hier ruht ein Mann, der seine Familie nicht ernähren konnte« – Beachendon konnte sich keine beschämendere Grabinschrift vorstellen. Jeder seiner Versuche, einen großen Sammler oder eine Sammlung in sein Auktionshaus zu locken, war fehlgeschlagen. Ohne Prämie würde sein miserables Gehalt kaum für die Fixkosten reichen, geschweige denn die Nylons.

Beachendon nahm sich ein Brötchen vom gestrigen Buffet. Butter gab es nicht, aber ganz hinten im Küchenschrank entdeckte er etwas Pflaumenmus; darauf lag dicker Schimmel, genug, um seine weiblichen Mitbewohner davon abzuschrecken. Er schlug die Gratis-Abendzeitung auf und blätterte sofort auf die Seite mit den Sterbeanzeigen; vielleicht waren irgendwelche reichen Hinterlassenschaften inseriert: die eine oder andere Villa, vielleicht ein Gainsborough oder, wenn er richtig Glück hatte, eine tolle Kunstsammlung, die irgendein Mensch sein Leben lang aufgebaut hatte und die seine Erben kurzerhand verscherbeln wollten. Wie ärgerlich, dass die Menschen immer älter wurden – diese verfluchte moderne Medizin, dachte Beachendon. Früher gaben Grafen alle sechzig Jahre den Löffel ab; heutzutage lebte der Durchschnitts-Adlige locker bis Ende achtzig. Beachendon führte in seinem Notizbuch eine Liste derjenigen, die möglicherweise bald das Zeitliche segnen würden. Sobald der Sterbefall bekannt gegeben wurde, schrieb er einen langen blumigen und durch und durch heuchlerischen Brief an die Hinterbliebenen, erschlich sich eine Einladung zur Beerdigung und hoffte darauf, an der Auflösung des Haushalts teilhaben zu dürfen, sobald der Betreffende unter der Erde war. Dummerweise kreisten in der heutigen Kunstwelt jede Menge Geier über den Gräbern. Erst letzte Woche war er auf der Trauerfeier der Witwe eines relativ unbedeutenden abstrakten Expressionisten. Zu seiner Verblüffung begegnete er dort den führenden Köpfen der wichtigsten britischen und amerikanischen Kunstmuseen, drei Vertretern der Konkurrenz und nicht weniger als sieben Kunsthändlern; gleich neben der Familie in der ersten Bank saß ein gewisser Rechtsanwalt von Narrahs, Shattlecock & Beauvoir. Merke, dachte Beachendon: den Anwalt zu Lunch, Tee und Dinner einladen.

Der einzige bemerkenswerte Sterbefall des heutigen Tages war der des echsenartigen alten Kunsthistorikers Trichcombe Abufel. Beachendon übersprang die Anzeige und las den letzten Satz, um die Todesursache festzustellen. Herzinfarkt. Wie langweilig. »Trichcombe Llewellyn Abufel aus Mold in Wales war ein herausragender Kunsthistoriker mit Schwerpunkt achtzehntes Jahrhundert, der mit ebensolcher Verve über das Rokoko schrieb wie er seine Seidenkrawatten trug«, las Beachendon. Was für ein alberner Satz – was wollte dieser Schreiber? Den Mann vollends diskreditieren? »Mr Abufel verfasste verschiedene interessante Bücher über große Themen, darunter *Watteau*; *Höfische Liebe zu Zeiten Ludwigs XVI.*; *Stiche, Zeichnungen und Gemälde – ein Zusammenspiel;* und schließlich *Antoine Watteaus Trois Crayons*«. Was war mit seinem wichtigsten Buch, der Watteau-Monografie, die nach wie vor als Standardwerk galt – war diese Arbeit nicht einmal einen Nebensatz wert? »Trichcombe Abufel beharrte zeit seiner langen Laufbahn stets auf seiner Unabhängigkeit und verzichtete auf einflussreiche Museums- oder Universitätsposten; er war ein überzeugter Einzelgänger.« Was für ein ausgekochter Blödsinn, dachte Beachendon; der Mann hatte zehn Jahre lang Seite an Seite mit Memling Winkleman gearbeitet und dessen Haus zu immensem Renommee verholfen. Wie merkwürdig, dass das mit keinem Wort erwähnt wurde. »Abufels Forschungsbeiträge waren geprägt von äußerster Genauigkeit, und er entwickelte seine Argumente mit Leidenschaft und Eloquenz.« Beachendon fragte sich, was dereinst in seiner Sterbeanzeige stehen würde. »Auktionator, der Familie und Firma in den Ruin trieb«.

Beachendon war fertig mit den seriösen Nachrichten und wandte sich den Klatschspalten zu. Von den meisten Leuten hatte er noch nie gehört, konnte aber dennoch nicht widerstehen, einige Bikini-

Fotos eines wenig bekannten Sternchens namens Kelly zu begutachten, die nach ihrer Schwangerschaft ihren Körper »im Handumdrehen« wieder in Form gebracht hatte. Prinzessin Trallala fellationierte ein Waffeleis. Eine Dame aus dem Kleinadel war vor einem Nachtclub in Havanna mit dem Freund ihrer besten Freundin beim Knutschen erwischt worden. Ein Fußballspieler wurde am Vorabend eines wichtigen Spiels betrunken von Paparazzi abgelichtet. So ein Leben müsste man haben, dachte Beachendon.

Er wollte gerade nach oben gehen und seine allabendliche Dusche nehmen, da fiel sein Blick auf eine kleine Überschrift. »Schnapsnase zahlt Zeche mit Kunst« – zu sehen war das Bild einer Kneipe in Spitalfields, The Queen's Head, und ein korpulenter Kneipenwirt, der ein kleines Gemälde in die Kamera hielt. Auf einem kleineren, leicht verschwommenen Foto sah man, wie eine zerzauste Frau mittleren Alters von einem Polizisten abgeführt wurde. Beachendon sah sich das Gemälde genauer an. Schwer zu sagen, das Bild war sehr pixelig – wahrscheinlich irgendeine billige Kopie, wie man sie in den Kleinanzeigen bestellen konnte. Er las den Artikel. Eine Frau kommt ohne Geld in eine Kneipe und überzeugt den Mann hinterm Tresen, ein Gemälde als Pfand anzunehmen, bis ihre Freundin auftaucht, mit der sie verabredet sei. Der Barmann, Percy Trenaman, hat ein bisschen Ahnung von Kunst, hält das Bild für »ein schönes Werk aus dem Barockstil« und nimmt den Vorschlag der Frau an. Schnitt, fünf Stunden später. Keine Freundin weit und breit, stattdessen sitzt die Frau mit einer fetten Getränkerechnung da. Phil, Percy Trenamans Chef, kommt zurück, feuert seinen Barkeeper auf der Stelle und ruft die Polizei. Jetzt sitzen Bild und Schnapsnase mit freundlicher Genehmigung Ihrer Majestät in einer Zelle in Paddington in Gewahrsam. »Und wenn's die verfluchte Mona Lisa wäre«, sagte Phil zu dem Reporter, »bei mir im Laden zahlt man immer noch mit Bargeld.« Wäre das Leben doch nur immer so einfach, dachte Earl Beachendon. Ich könnte irgendwelche alten Schinken zu John Lewis oder Waitrose oder Berry Brothers bringen. Keine schlechte Idee eigentlich. Er legte die Zeitung zurück auf den Tisch, erhob sich gequält von seinem Stuhl, ging die Treppe hoch und verschwand im Badezimmer.

Vier Abende nach dem Galaessen hatte sich Annies Leben wieder weitgehend normalisiert. Die Winklemans waren kaum im Büro gewesen, und wenn, hatten sie sich ihren gedämpften Fisch warm stellen lassen. Aus Angst vor hysterischen Auftritten hatte Annie drei Nächte hintereinander in ihrer Küche übernachtet; ihre Mutter hatte die Besuche bei den Anonymen Alkoholikern bestimmt schon wieder eingestellt. Schließlich erkannte sie, dass sie nicht ewig untertauchen konnte, und machte sich auf den Heimweg. Am Ende ihrer Straße beschloss sie, die Begegnung mit Evie noch einen Moment hinauszuzögern, und machte einen Abstecher in einen Pub, wo sie sich einen Campari Soda bestellte. Es war ein Getränk, das sie an Sommer erinnerte, an Ferien und ans Jungsein, an eine Piazza in Italien oder eine Parkbank in Spanien; ein eher unpassender Drink für ein Kneipe in Hammersmith an einem feuchtkalten Abend im April. Da diese Woche den Beginn ihres neuen Lebens markierte, beschloss Annie, mit einem unpassenden Cocktail zu ungewöhnlicher Stunde zu feiern. Neben ihr in einer Plastiktüte steckte ein neues Kleid, der erste Kauf seit einem halben Jahr, in einer zweiten ein Radio – Teil ihrer Kampagne, sich ihre Stimme zurückzuholen.

Sie sah in ihren rötlichen Drink und dachte an ihre ehemalige Stammkneipe in Devon, The Fox and Hounds, und an die Gäste dort; Ted den Bauarbeiter, Joe den Schäfer, Ruby aus dem Eckladen und Melanie, die Frau des Inhabers. Die Gespräche hatten sich auf tröstliche Art und Weise immer im Kreis gedreht, es gab keine Notwendigkeit für Anfang, Mitte oder Schluss, wenn man sich sowieso fast jeden Abend sah und das ganze Jahr über sehen würde. Vorsichtig tastete sich Annie in Gedanken zu Desmond vor und malte sich aus, wie er im Hounds saß und seinen üblichen Drink nahm, ein großes Dunkles, und dazu ein Tütchen Käse-Zwiebel-Kartoffelchips aß. Er würde durch die Kneipe laufen und alle auf die gleiche Art begrüßen. »Alles klar, Joe? Alles klar, Ruby?«, bis er einmal durch war, und dann würde er sein Glas nehmen und sich auf seinen Stammplatz in der Nähe des Tresens setzen; Desmond war ein Mensch, nach dem man die Uhr stellen konnte. Zu ihrer Überraschung konnte Annie inzwischen mit Distanz an ihn denken, und irgendetwas war neu: Die Beziehung erschien ihr in einem ehrlicheren, realistischeren Licht. Jetzt erkannte sie, dass sie fast ihr gesamtes Erwachsenenleben auf dem Planeten Desmond festgesessen hatte, in einer Welt, die von seinen Regeln, Gewohnheiten und Befindlichkeiten beherrscht gewesen war. Für die jüngere, sensiblere Annie war das beruhigend, ja sogar lebensnotwendig gewesen. Aber mit den Jahren hatte sie sich zunehmend klaustrophobisch und unterdrückt gefühlt. Durch die Trennung hatte Desmond sie befreit und ihr ermöglicht, ein anderes Leben zu führen, ein eigenes und nicht seins, das wurde Annie plötzlich klar. Verwundert schüttelte sie den Kopf: Desmond hatte ihr tatsächlich einen Gefallen getan.

Annie holte Notizbuch und Stift aus der Tasche und begann endlich ihre Mailbox in Angriff zu nehmen. Inzwischen waren es fünfzehn Nachrichten, zwei weitere von Delores in Sachen Gemälde. Drei waren von Jesse, und jedesmal formulierte er seine Frage anders, ob sie sich nicht mit ihm treffen wolle. Die überraschendste Nachricht war von Agatha: Winkleman Fine Art habe ein Lösegeld für einen verschollenen Watteau ausgesetzt. Annie nahm an, dass Agatha sich verhört hatte.

Die aufregendsten Nachrichten hatten ein Journalist vom Evening Standard hinterlassen, der über Annies Essen schreiben wollte, und Mrs Appledore, die sich erkundigte, ob Annie nächsten Monat in ihrem New Yorker Kunstgewerbemuseum das gleiche Essen noch einmal kreieren könne. Annie stürzte ihren letzten Schluck Campari hinunter. Es passierte; sie konnte ihr Glück kaum fassen.

Wieder klingelte Annies Handy – eine unterdrückte Nummer. Es wurde Zeit, in die reale Welt zurückzukehren. Sie meldete sich zögernd.

»Hallo?«

»Spreche ich mit Annie McDee?«, fragte eine Stimme.

»Ja.«

»Hier spricht die Polizeiwache Paddington Green. Wir haben Ihre Mutter hier. Mal wieder.« Es war derselbe Beamte, der Evie das letzte Mal festgenommen hatte.

»Schon wieder?« Annie macht keinen Hehl aus ihrer Unlust.

»Könnten Sie sie bitte abholen kommen?« Der Polizist klang nicht minder abgekämpft. »Sie werden Ihr Scheckbuch mitbringen müssen – der Wirt hat das Gemälde als Pfand für den entstandenen Schaden behalten.«

»Welches Gemälde? Welchen Schaden?«, fragte Annie, obwohl sie eine böse Ahnung beschlich.

»Sie hat ein Bild gegen ein paar Drinks eingetauscht und dem Wirt versprochen, eine Freundin werde später dafür aufkommen. Die Freundin tauchte aber nie auf. Ihre Mutter wurde gewalttätig und zertrümmerte einen Spiegel und ein paar Gläser.«

Annie setzte sich in ihrem Stuhl zurück. Sie hatte nicht einmal eine Woche ihren Erfolg auskosten können.

»Kommen Sie bald vorbei?«, fragte der Polizist.

»Nein – ich komme nicht. Sagen Sie meiner Mutter, sie soll mich nicht mehr kontaktieren. Ich hab genug von ihren Lügengeschichten und Saufgelagen.«

»Und was ist mit dem Bild und den Schäden?«, fragte der Polizist.

»Das soll sie selbst mit dem Wirt ausmachen. Was mich angeht, ich will sie nie wiedersehen. Danke.« Annie legte auf.

Sie erwartete ein Gefühl der Befreiung – endlich hatte sie aufgehört, dem Verhalten ihrer Mutter Vorschub zu leisten –, aber sie verspürte weder Genugtuung noch Erleichterung. Sie war nur schrecklich traurig. Evie hatte ihr Leben gegen die Wand gefahren, und Annie hatte viel zu viel Zeit damit verbracht, sich Sorgen um sie zu machen.

Annie nahm ihre Tüten und brachte das leere Glas zur Bar. Egal wie viel Zeit und Distanz sie zwischen sich und Evie brächte, sie würde niemals den Erinnerungen entfliehen können, sie würde nie ans Telefon gehen können, ohne das Schlimmste zu befürchten. Dennoch, sie hatte einen Auftrag in New York. Vielleicht würde eins zum anderen führen, und sie könnte in den USA ein neues Leben anfangen. Der Gedanke war auf einmal extrem attraktiv. In London hielt sie nichts außer ein Job, der ihr keinen Spaß machte, und eine Wohnung, die sie nicht sonderlich mochte. Annie lief die Uxbridge Road hinunter und schmiedete Pläne. Sie würde ihre Kündigung einreichen und das Angebot in New York annehmen.

Das Vernichten der belastenden Beweise im Archiv dauerte länger, als Rebecca gehofft hatte. Sie hatte zwei Industrieschredder besorgt, doch angesichts der zwanzig großen ledergebundenen Firmenbücher, der neunundsechzig Truhen voller Unterlagen und der Notwendigkeit, diskret nach Büroschluss zu arbeiten, also nachts, hatte sie nach vier Nächten nur die Beweise eines einzigen Jahres weggeschafft: 1946. Da Memling in regelmäßigen Abständen die Mine in Bayern geplündert hatte, konnte Rebecca nicht mit Sicherheit sagen, welche der Werke aus Raubkunstbeständen und welche aus verlässlichen Quellen stammten, ohne drei verschiedene Quellen zu prüfen und gegenzuprüfen. Die meisten Bilder waren hieb- und stichfest, mit klaren Angaben zum Ort des Ankaufs, zum Anbieter, zum Zweck und mit ebenso detaillierten Angaben zu den Verkäufen. Memling war ein gewissenhafter Archivar – er hatte jede Einzelheit festgehalten: die Auktionshäuser, egal wie unbekannt, sogar die Namen der Unterbieter, der Auktionatoren, die verwendeten Bankkonten, die Bilderrahmen, und welche Summen für Restaurierungsarbeiten und Transport ausgegeben worden waren.

In einem Aktenschrank im Tresor fand sie die Unterlagen zu Memlings sämtlichen Reisen. Daraus entnahm Rebecca, dass ihr Vater 1946 mehrmals in Bayern war, dreimal in München, einmal in Wien und viermal in Buenos Aires. Gab es Zeugen für diese Reisen, oder ahnte jemand, aus welchem Grund sie stattgefunden hatten? Rebecca warf einen Blick auf das Geschenk zu ihrem einundzwanzigsten Geburtstag, den kleinen Raffael in Öl, und dann auf ein weiteres Geschenk ihres Vaters anlässlich der Geburt von Grace, einen erlesenen

Klimt, der heute über zwölf Millionen Pfund wert war. Hatte er diese Bilder angekauft oder ebenfalls entwendet?

Rebecca dachte an die Familien, die verzweifelt versuchten, ihre Kunstwerke wiederzufinden; es verging kaum ein Tag ohne irgendeine herzzerreißende Geschichte in den Zeitungen. Die Familie Silverman, einst vermögende und einflussreiche deutsche Juden, hatte seit dem Krieg in Grimsby von der Sozialhilfe gelebt. Manny Silverman war noch am Leben, achtundneunzig Jahre alt, schwer gezeichnet von Arthritis, doch noch immer hegte er die Hoffnung, wenigstens eines der verschollenen Gemälde aus dem Familienbesitz zurückzubekommen. Selbst der kleine Modigliani, das am wenigsten wertvolle Bild aus Manny Silvermans Sammlung, würde seinen Enkeln in diesen schwierigen Zeiten ein Auskommen sichern. Teile seines Eigentums hatte Manny gefunden, zwei Bilder in deutschen, vier in russischen Museen, aber weder das eine noch das andere Land war bereit, sie ihm zurückzugeben. Der Krieg war vorbei, erkannte Rebecca, doch der Kampf ging weiter. Zu ihrer Erleichterung konnte sie keine Restitutionsansprüche für Bilder ausfindig machen, die ihr Vater verkauft hatte. Vielleicht, dachte sie, könnte sie mit ihren Millionen ja den geschädigten Juden helfen; so könnte sie ihr Gewissen reinwaschen.

Bei dem Versuch, die Herkunft eines anderen Werkes, eines Tizian, zu ermitteln, kam Rebecca ein Gedanke. Das Bild war unter dem Titel *Mann im Pelz* in den Papieren aus dem Jahr 1962 registriert. Es war ohne Provenienz und hatte die verräterischen Initialen KH. In einem späteren Buch jedoch fand Rebecca einen anderen Tizian mit identischen Maßen, ähnlicher Komposition und lupenreiner Provenienz unter dem Titel *Mann im Hermelin*. Handelte es sich um ein und dasselbe Bild, nur unter anderem Namen? Hatte ihr Vater Titel und Provenienzen gefälscht?

Rebecca lachte – wie konnte sie so schwer von Begriff, so naiv gewesen sein? Dokumentenfälschung war für eine ausgebildete Kunsthistorikerin eigentlich ein Frevel, doch wenn sie in die Welt der Ungesetzlichkeit eintreten und einen der größten Betrugsfälle der

Kunstgeschichte decken wollte, wurde es allmählich Zeit, weniger wie eine Wissenschaftlerin zu denken und sich mehr wie eine Kriminelle zu benehmen. Viele Händler, Besitzer, ja sogar Museen hatten keine Scheu, die Eigentumsverhältnisse von Werken zu »korrigieren« – sie könnte ja mit dem Watteau genauso verfahren und eine komplett fiktive Herkunft schaffen, die das Augenmerk von Winklemans weg und in eine völlig andere Richtung lenkte. Sie könnte ohne Weiteres eine Provenienz für das Gemälde erfinden, die den Zweiten Weltkrieg einfach umging, sodass es aussah, als hätte das Bild die ganze Zeit über unerkannt in einem schottischen Schloss oder in der Villa eines amerikanischen Räuberbarons gehangen. Jetzt, wo das Problem Trichcombe gelöst war, sein Telefon, sein Computer und seine Unterlagen vernichtet worden waren, würde doch kein Mensch jemals das Gemälde mit dem jungen SS-Offizier und dem Berliner Mietshaus in Verbindung bringen, oder? Und selbst wenn jemand das Bild zu Frau Goldberg zurückverfolgen würde, war das belastende Foto ja nicht mehr in ihrem Besitz. Dann kam Rebecca noch eine Idee. Die Firma besaß mehrere, allesamt rechtmäßig erworbene Watteaus. Alles, was sie tun musste, war, die Unterlagen eines Bildes von vergleichbarer Größe und vergleichbarem Thema mit der *Launenhaftigkeit* zu vertauschen.

Diesmal ging Rebecca an die Hausbar und öffnete eine Jahrgangsflasche Cristal – endlich hatte sie einen Grund zu feiern. Sie lief mit ihrem Glas zurück in den Tresorraum und zog die Firmenunterlagen zu den anderen Watteaus hervor. Es waren siebzehn Zeichnungen, und obwohl keine davon passte, fotografierte sie mit ihrem Smartphone rasch ab, was zu deren Provenienz notiert worden war. Es gab ein großes Ölgemälde, Anfang des Jahres bei Sotheby's gekauft, doch das Thema, eine Gruppe von Musizierenden, war zu gut dokumentiert und kam nicht in Frage. 1970 hatte Memling ein weiteres Bild akquiriert, *Soldaten in Valenciennes*, ein früher Watteau, doch es hatte die falschen Maße und das falsche Thema. Eine Möglichkeit gab es noch, *Die Zurückweisung*, angekauft im Jahr 1951, noch immer im Depot der Firma.

Rebecca überflog die Historie der *Zurückweisung*. Der Marquis de Jumblie hatte es 1869 bei einer Pariser Versteigerung der Sammlung des Duke of Pennant erworben. Pennant hatte es von Lord Cuddington gekauft, und der wiederum hatte es direkt aus dem Nachlass der Madame de Pompadour in Versailles erworben. Rebecca klappte den Ordner zu, hob ihr Glas und machte zu Ehren der königlichen Mätresse einen kleinen Knicks. Jetzt musste sie nur noch *Die Zurückweisung* zerstören und die beiden Provenienzen vertauschen. Es schien barbarisch, ein Gemälde zu verbrennen, das zwischen fünf und acht Millionen Pfund wert war, aber am Ende war das ein geringer Preis, um den Ruf einer Familie zu retten.

Wieder musste Rebecca an Annie denken. Konnte Annie von all dem gewusst haben, oder war das Ganze wirklich nur ein höchst absonderlicher Zufall? War es möglich, dass Carlo etwas über Memlings Vergangenheit in Erfahrung gebracht und seine Köchin losgeschickt hatte, um belastendes Material zu finden? Diese Theorie verwarf Rebecca sofort wieder. Ihr Mann hatte ja selbst Dreck am Stecken. Es gab noch die Möglichkeit, dass Annie von sich aus hinter die ganze Geschichte gekommen war. Rebecca griff nach einem Ordner und blätterte Annies Akte durch. Dem hastig in Auftrag gegebenen, aber offenbar gründlichen Bericht zufolge war Annie genau das, was sie zu sein behauptete: die erwachsene Tochter einer Alkoholikerin, die von ihrem langjährigen Freund den Laufpass bekommen hatte und daraufhin nach London gezogen war, um sich ein neues Leben aufzubauen. Der Privatdetektiv hatte ihre sämtlichen Kontoauszüge und Telefonrechnungen der letzten fünf Jahre durchgesehen und weder ungewöhnliche Zahlungen noch unerklärliche Nummern gefunden. Eine bedauernswerte Existenz, dachte Rebecca. Einem Mann hörig zu sein, abserviert zu werden, seine Firma zu verlieren und sich als Köchin über Wasser halten zu müssen und den ganzen lieben langen Tag immer nur Fisch zu pochieren.

Rebecca sah sich die Videobänder der Überwachungskamera an, die zeigten, wie Annie aus dem Trödelladen trat, und wieder hatte Rebecca eine Idee. Sie loggte sich in die Datenbank des hauseigenen

Überwachungssystems ein und rief einen willkürlichen Tag auf, an dem Annie gearbeitet hatte. Rebecca sah sich das Material an: Annie am Herd, Annie beim Kleinhacken, Schneiden und Filetieren. Rebecca spulte vor und ließ Annies Tage Revue passieren. Nicht, dass die Frau kein Arbeitsethos hatte – sie verließ die Küche wirklich nur, um auf die Toilette zu gehen. Ebenso wenig verschwendete sie ihre Zeit im Internet mit Surfen oder Onlinedating. Rebecca spulte sich weiter durch das Filmmaterial, wobei sie nicht genau wusste, wonach sie eigentlich suchte.

Dann sah Rebecca eher versehentlich, wie Annie mit einem Päckchen ins Haus kam; es hatte in etwa die Größe des vermissten Bildes und es steckte in einer Plastiktüte. Annie legte die Tüte auf dem Ende der Küchentheke ab. Später am selben Tag sah Rebecca, wie sie selbst die Küche betrat und Annies Schubladen durchsuchte. Nicht zu fassen, dachte Rebecca, das Bild lag direkt vor ihrer Nase. Sie spulte weiter durch die nächsten Tage – die Tüte lag noch immer da. Die Sache entbehrte durchaus nicht einer gewissen Ironie.

An jenem Donnerstag verließ Annie mit der Plastiktüte das Haus. Das war für Rebecca der Beweis, dass die Frau keinen Schimmer hatte, wie wichtig der Inhalt ihrer Tüte war, ansonsten wäre sie nicht so sorglos damit umgegangen; als professioneller Maulwurf hätte sie das Gemälde niemals direkt in die Höhle des Löwen geschleppt. Rebecca fiel ein Stein vom Herzen – es war wirklich nur ein ganz dummer Zufall.

Rebecca begriff, dass sie das Filmmaterial nur anders zusammenzufügen bräuchte, um den Eindruck zu erwecken, Annie habe das Bild aus dem Lagerraum der Winklemans mitgehen lassen. Ohne die Beweise Trichcombes und das Foto der alten Dame, ohne die Unterlagen im Familienarchiv gehörte dieses Gemälde offiziell der Familie Winkleman und war aus ihren Tresorräumen entwendet worden. Es stünde Aussage gegen Aussage – die Aushilfsköchin gegen den Holocaust-Überlebenden, der über die Jahrzehnte so viele Millionen Pfund an europäische Museen gespendet hatte.

Was für Schlüsse würde ein Gericht ziehen? Das war einfach.

Annie würde behaupten, sie habe das Bild aus einer Laune heraus beim Trödler erstanden. Ob sie erklären könne, wo dieser Trödelladen sei? Der Laden ist abgebrannt, Euer Ehren. Ach ja? Ist das nicht ein merkwürdiger Zufall? Irgendwie schon, Euer Ehren. Wo ist Ihre Quittung für den Kauf des Gemäldes? Ich hab keine – der Besitzer wollte schnell wieder zurück zu seinen Pferdewetten. Machen Sie das immer so, Geschenke kaufen, ohne sich eine Quittung ausstellen zu lassen? Sie sind doch als Köchin angestellt und ehemalige Firmeninhaberin – dann wissen Sie doch sicherlich, wie wichtig es ist, sich für alles eine Quittung ausstellen zu lassen, für Ihre Steuerunterlagen? Ja, Euer Ehren. Der Mann, der Ihnen das Bild verkauft hat, ist bei dem Brand ums Leben gekommen, nicht wahr? Das sagte die Polizistin, als ich am nächsten Tag zu dem Laden zurück bin. Sie waren also am Vortag und am Tag des Brandes selbst am Tatort? Nein, so war das nicht. Wie war es denn dann? Es war ein Zufall, Euer Ehren, ein dummer Zufall. Ist es auch ein dummer Zufall, dass es Filmmaterial vom Überwachungssystem der Winklemans gibt, das Sie dabei zeigt, wie Sie einen Gegenstand in einer Plastiktüte, dessen Größe genau dem vermissten Gemälde entspricht, in der Küche ablegen? Aber Euer Ehren, dieselbe Kamera wird zeigen, dass ich am selben Morgen die Tüte mit zur Arbeit gebracht hatte – ich hatte das Bild zu Hause und wollte später damit zur National Gallery, um es einer Restauratorin zu zeigen. Miss McDee, die Überwachungskamera zeigt aber nicht, wie Sie mit der Tüte ins Haus kommen. Das muss sie aber, Euer Ehren. Aber sie tut es nicht – das gesamte Filmmaterial der Überwachungskamera zwischen sieben Uhr früh und ein Uhr nachmittags wurde rätselhafterweise gelöscht: Sie sind angeklagt, während Ihrer Mittagspause das Gemälde aus dem Tresor der Winklemans entwendet und die digitalen Aufzeichnungen gelöscht zu haben, als niemand da war. Aber Euer Ehren, ich hab keine Ahnung, wie man an die Datenbank des Überwachungssystems rankommt. Zugang zu den Tresorräumen haben nur die Winklemans – niemand sonst hat die Kennwörter oder die Schlüssel.

In Rebeccas Fantasie würde sich der Richter zum diensthabenden

Polizeibeamten drehen und befehlen: »Abführen – fünfzehn Jahre.« Die Zeitungen würden sich nicht mehr einkriegen vor Glück, es würde Anti-Alkoholismus-Artikel hageln. Jede Menge Mutter-und-Tochter-Trickbetrüger-Storys à la *Thelma & Louise*. Je mehr Geschichten, desto weniger wahrscheinlich, dass die Wahrheit ans Licht kommen würde. Die Fakten würden verschwimmen hinter einer Nebelwand aus Revolverblatt-Reportagen. Rebecca hatte keinerlei Skrupel, eine unschuldige Frau ins Gefängnis zu bringen. Es war das Gesetz des Dschungels, Grace' Zukunft musste gesichert und das Winklemansche Erbe erhalten werden. Rebecca verstand den jungen Memling Winkleman besser, als er sich das jemals vorgestellt hätte. Und dann hatte Rebecca noch einen Einfall. Sie sollte das Bild versteigern lassen und den Erlös irgendeiner jüdischen Einrichtung spenden – wenn die Summe hoch genug war, könnte sie vielleicht sogar im Namen ihrer Mutter ein Museum aufmachen – immerhin war sie Jüdin und hatte viele Verwandte im Holocaust verloren. Es wäre nicht nur ein zynischer Schachzug: Das Winkleman-Zentrum für Holocaust-Überlebende.

Rebecca sah auf ihre Schreibtischuhr: drei Uhr morgens. Sie musste unbedingt noch ein paar Stunden schlafen, um bei klarem Verstand zu bleiben. Vor dem Zubettgehen beschloss sie jedoch, eine Runde um den Block zu drehen, um wieder zu sich zu kommen. Rebecca trat hinaus in die kleine Gasse hinter der Galerie – sie war plötzlich aufgeregt, alles würde anders werden, ganz anders. Zum ersten Mal in ihrem Leben hatte sie keine Angst – stattdessen fühlte sie sich mutig und entschlossen. Sie ging die Curzon Street hinunter, sah zu einem Flugzeug hoch und erkannte, dass es nicht vom Himmel fallen und sie unter sich begraben würde. Ein Taxi fuhr auf sie zu, aber der Taxifahrer würde nicht die Kontrolle über den Wagen verlieren und sie überrollen. Dann schweiften ihre Gedanken zu Grace – vor ein paar Tagen noch hatte Rebecca wegen der Beziehung ihrer Tochter zu dem Russen eine schlaflose Nacht verbracht. Jetzt dachte sie mit Abstand und sogar einem Funken Belustigung an Grace' neuen Liebhaber.

Beim Gehen merkte Rebecca, wie sie regelrecht glühte vor Unerschrockenheit. Bis jetzt hatten ihre Bemühungen immer diffus gewirkt – sie hatte ihre Tochter aufziehen und als Wissenschaftlerin anerkannt werden wollen, und das möglichst ohne aufzufallen. Von nun an würde sie ihr Leben einzig dem Erhalt von Winkleman Fine Art als weltweit bedeutendstem Händler für alte Meister widmen.

Rebecca ging durch die New Bond Street und erhaschte in einem Schaufenster einen Blick auf ihr Spiegelbild: Es wurde höchste Zeit für ein Umstyling. Ihre Hosenanzüge und Frisur waren überholt, sie musste modisch ein Zeichen setzen und sich als Frau von Charakter, Extravaganz und Stil bemerkbar machen. In einem Laden sah sie einen luxuriösen roten Samtmantel mit Goldbrokat und beschloss, ihn zu kaufen. Sie würde ihre blassrosa Lippenstifte entsorgen und nur noch Knallrot auflegen, und sie würde Grace bitten, ihr beim Aussuchen einer neuen Frisur zu helfen.

An der Straßenecke hing die Händlerschürze der aktuellen Abendzeitung flatternd in der kühlen Brise. Rebeccas Blick blieb daran hängen. »Schnapsnase zahlt Zeche mit Kunst«. Sie blieb stehen und starrte auf das Foto. Abgebildet war das verschollene Gemälde. Rebecca wurde übel vor Angst – war es etwa schon zu spät? Sie zog ihr Smartphone aus der Tasche und gab die Adresse der Kneipe ein, dann überflog sie die neuesten Meldungen. Sie drehte sich um und eilte zurück in ihr Büro. Auch wenn die Nachricht eher hilfreich wäre, um ihre Geschichte gegen Annie zu untermauern, gab es noch einiges zu tun: Das Filmmaterial manipulieren und die ein oder anderen Unterlagen der Firma beseitigen. Sie würde kein Auge zutun, bis das letzte Beweisstück vernichtet war und das Bild eine gänzlich neue und vollkommen plausible Provenienz hatte.

# 33. Kapitel

Man hat mich wiederentdeckt. Die Freude ist ganz auf meiner Seite: Nach so vielen Jahren in der Wildnis ist es ein köstliches Gefühl, sich in lobenden Worten, wohlgesinntem Geraune und rückhaltloser Bewunderung zu sonnen. Ich habe eine kleine Reinigung über mich ergehen lassen und wurde eilends mit dem perfekten historischen Rahmen versehen. Der Auktionator, ein gewisser Earl Sowieso, zieht alle Register und wendet jeden erdenklichen Winkelzug an, um meine Versteigerung anzuheizen, die in zwei Monaten, im Juli, vonstattengehen soll. Truppenweise junge Damen in eng sitzenden Kleidern begleiten die berühmtesten Sammler und Museumsdirektoren der Welt, um meine Wenigkeit in Augenschein zu nehmen. Restauratoren begutachten jeden Faden meiner Leinwand. Versicherer und Banker halten sich bereit, um den geldschweren Banditen, die nach mir lechzen, zur Seite zu stehen.

*L'ensemble du monde de l'art* wird anwesend sein, und die meisten Vertreter der Kunstwelt sagen einen Rekordpreis voraus. Alle kennen *mon histoire* … die illustre Reihe meiner Vorbesitzer, *les amants du monde*. Plötzlich – dank meiner – ist Geschichte wieder in Mode. *Apparemment* lassen sich selbst die Proletarier vor den Einkaufszentren über kreatives Schaffen aus, und Voltaire, Ludwig, Friedrich und Genossen kommen ähnlich oft zur Sprache wie die Fernsehdarsteller aus den Seifenopern. Es ist *de rigeur*, beiläufig den Namen Madame de Pompadour fallen zu lassen.

Septimus Ward-Thomas löste das Rätsel des Gesichts, als er erkannte, dass Charlottes Antlitz übermalt worden war. Welch ein Hin und Her und Ja und Nein um die Frage, ob man restaurieren solle oder nicht! Sogar Psychiater und Philosophen wurden hinzugezogen, um die Wirkung auf Watteaus Verstand zu diskutieren. Am liebsten wäre ich auf die Barrikaden gegangen: Der Maler ist seit fast dreihundert Jahren tot!

Rebecca beschloss, die Geschichte meiner wild-bewegten Vergangenheit in allen Einzelheiten zu veröffentlichen. In ihrer Publikation stellte sie Memling als armen jüdischen Jungen dar, der, anders als seine Familie, dem Todeslager entkam. Er hatte das liebste Besitzstück seiner Mutter, einen Watteau, mit auf die Reise genommen und sich über die gesamte Kriegszeit hinweg bis zu seiner Rettung durch die Alliierten 1946 auf einem entlegenen Hof in Bayern versteckt. Als man ihn fand, hielt er mich an sich gedrückt, als wäre ich sein einziger Trost. Man war sich einig, dass die Geschichte viel zu gut war, um ausgedacht zu sein. Allein, sie *war* ausgedacht.

Man streitet sich nun um die Filmrechte.

Ein haariger Mensch dreht für die BBC eine Dokumentation.

Der Earl hat meine Biografie in Auftrag gegeben – das wurde aber auch Zeit. Schreiben soll sie eine Edelfeder, irgendeine bekannte Person mit einem Händchen für Formulierungen und Melodram. Natürlich werden sich allerhand Fehler einschleichen, dennoch ist es eine erfreuliche Sache. Zurzeit hänge ich feierlich in der Houghton Street. Ich habe mehr Besucher als ein toter Monarch. Die Leute stehen Schlange. *C'est vrai.*

Nächsten Monat soll ich auf Tour gehen, wie ein General auf einen Feldzug oder wie ein Rockstar, so heißt es. Ich bekomme ein eigenes Flugzeug, und Träger und Wachpersonal. Ich werde Amerika (beide Küsten) besuchen, die Kontinente, Moskau, Petersburg, Tokio und Peking. Mit Europa hält sich heutzutage niemand mehr auf – das war einmal. Wer hätte gedacht, dass kistenweise westliche Kunst einmal in Japan und China landen würde. Verblüffend. Früher hielt ich die Russen immer für Barbaren. Streng genommen hat sich das bis heute nicht geändert.

Der Verkaufskatalog wird dick sein wie ein Pferdebauch – und voll mit wissenschaftlichen Aufsätzen, Fakten und Fotos. Es soll eine limitierte Sammleredition geben, hundert Stück, gebunden. Die Tate Gallery, die National Gallery, das National Theatre und einige andere kuratieren gemeinsam, in einer seltenen Anwandlung von kultureller Harmonie, eine Hommage an die *Launenhaftigkeit der Liebe:* Zwanzig zeitgenössische Künstler von internationalem Rang, Bühnenschriftsteller, Sänger und was nicht alles schaffen Kunst, zu der ich den Anstoß gab. Diese Arbeiten sollen am Abend meines Verkaufs mit versteigert werden – und der Erlös geht an das Winkleman-Zentrum für Holocaust-Überlebende. Madame Winkleman erhält selbstredend eine gebührende Provision.

Etwas jedoch wirkt wie ein Schmutzfleck in meiner Landschaft: Meiner armen Annie droht eine lebenslange Haftstrafe wegen Diebstahls, Brandstiftung und Mord an dem Ladeninhaber Ralph Bernoff. An den freundlicherweise von Madame Winkleman zur Verfügung gestellten »Beweisen« ist angeblich nicht zu rütteln, denn sie zeigen Annie in der Nähe des Ladens, sie zeigen das Mädchen in meiner Begleitung, es gibt Zeugenaussagen und eidesstattliche Erklärungen – alles, was das Herz begehrt. Sie habe sich in das Leben der Winklemans eingeschlichen, habe sich Schlüssel und Passwörter beschafft und mich aus dem Depot entwendet. Wüsste ich's nicht besser, wäre selbst ich davon überzeugt. Um dagegen zu protestieren, versuchte die hysterische Mutter sich vor mir mit einem Messer zu verletzen. Sie gab sich als ganz normale Besucherin aus, zückte mit einem Mal ein Brotmesser und begann auf sich einzustechen, hier und da und dort, und dabei rief sie: »Sie ist unschuldig, sie ist unschuldig!« Natürlich war der Earl entzückt – noch mehr Aufsehen, noch mehr Skandal. Ich hörte, wie er einer seiner Assistentinnen zuraunte, der Vorfall hätte meinen Preis um weitere achthunderttausend erhöht.

Traurig, dass sich nicht ein einziger Mensch gefunden hat, um das Mädchen in Schutz zu nehmen. Irgendein schäbiger Ex-Liebhaber hat der Zeitung eine Geschichte über seine qualvollen Jahre mit Annie verkauft – sie soll versucht haben, ihm seine Firma abspenstig zu machen. Die Presse tat einige alte Mitschüler von Annie auf, die bestätigten, dass an dem Mädchen und seiner Mutter »immer irgendetwas komisch« gewesen sei. Das Mädchen sei immer allein gewesen – nie habe die Mutter es von der Schule abgeholt. Die Presse kam dahinter, dass Annie und Evie alle paar Monate den Wohnort wechselten – was zu einer Flut von Kommentaren über alleinerziehende Mütter führte. Für jede moderne Krankheit, für jede soziale Malaise war Miss McDee auf einmal das lebende Beispiel. Das Mädchen hat keine Chance. Der junge Mann, die Mutter und ich sind die Einzigen, die von ihrer Unschuld überzeugt sind – aber was können ein Kunstobjekt, ein Kunstliebhaber und eine Dame jenseits von Gut und Böse gegen einen so übermächtigen Gegner schon ausrichten?

Wer so lange auf der Welt ist wie ich, der freundet sich irgendwann mit den ungleichen Waagschalen der Justitia an. Ich denke da vor allem an das kurze tragische Leben meines Meisters; seine chronisch schlechte Verfassung, das Gespenst des Todes, das über ihm hing und ihn mit nur sechsunddreißig Jahren aus dem Leben riss.

Seit dem erbarmungswürdigen, qualvollen Ableben meines Meisters habe ich nicht einmal einen Anflug von Sentimentalität gegenüber einem meiner Besitzer verspürt. Die junge Frau jedoch, diese Annie mit ihrer Mischung aus Verletzlichkeit und Temperament, hat es irgendwie geschafft, sich in jede Faser meiner Leinwand einzubrennen.

Immerhin war sie, wenn auch nur kurzzeitig, Teil einer langen Linie außergewöhnlicher Eigentümer und Sammler, Teil einer illustren Reihe von großen Herrschern, stilprägenden Persönlichkeiten und Intellektuellen. Sie hat mich in ihren Händen gehalten. Sie hat bei mir bis auf den Grund gesehen. Das ist viel wert.

# 34. Kapitel

Jesse stellte sich in die lange ordentliche Schlange von Freunden und Familie vor dem Holloway-Gefängnis. Es war die dritte Woche, in der er zu Annie wollte, und er hoffte, dass sie ihn diesmal sprechen würde. Bisher hatte sie alle Besuche verweigert und stand wegen Selbstmordgefährdung durchgehend unter Beobachtung.

Während die ganze Welt von Annies Schuld überzeugt war, wusste Jesse, dass sie unschuldig war – nicht einmal der geübteste Lügner hätte ein so falsches Spiel durchziehen können. Außer Evie teilte jedoch niemand seine Überzeugung. Er war bei der Polizei gewesen, er hatte eidesstattliche Erklärungen und Aussagen von Agatha aus der National Gallery vermittelt, ja sogar von den Händlern auf dem Markt, wo Annie regelmäßig einkaufen ging. Doch die Beweise gegen Annie waren überwältigend.

Evies Kummer und Protest gaben der Sache Theatralik und nahmen ihr die Substanz. Jesse versuchte Evie klarzumachen, dass Annie ein Bild eines schwierigen Elternhauses zeichnen musste; Hysterie war völlig fehl am Platz. Evies Versuche, sich vor dem Gemälde das Leben zu nehmen, sich in Windsor vor ein Rennpferd zu werfen oder sich in der Nähe der Downing Street an ein Geländer zu ketten, sorgten nur für schlechte Presse. Eine Zeitlang räumten Fernsehen und Printmedien ihr Redezeit ein, und sie war kaum zu bremsen. Als Evie den Reportern Annies ramponierte Wohnung zeigte, nahmen die meisten an, sie selbst habe sie im Suff in Schutt und Asche gelegt. Bald begann sich die Presse mit Evies zu langweilen, und machte sich nicht einmal mehr die Mühe, deren Eskapaden zu twittern.

Nach einer Stunde Wartezeit waren nur noch zwei Familien vor Jesse dran – eine Frau mit drei kleinen Kindern und ein älteres, gut gekleidetes Ehepaar.

»Wieso müssen wir immer hierherkommen?«, jammerte ein kleines Mädchen.

Die Frau sah Jesse traurig an.

»Darf ich den Kindern ein Bonbon geben?«, fragte die ältere Dame, öffnete ihre Handtasche und holte einen Beutel Pfefferminzbonbons hervor.

Die Mutter zuckte mit den Achseln, als wäre ihr längst alles egal.

»Woher kommst du?«, fragte der Junge, wickelte das Bonbon aus und ließ das Papier auf die Erde fallen.

»Aus Jamaika«, sagte die ältere Dame.

»Mein Papa – mein richtiger Papa – ist auch aus Jamaika«, sagte der Junge stolz.

»Und, siehst du ihn manchmal?«

»Nö – der hat sie verlassen.« Der Junge deutete mit dem Kopf in Richtung seiner Mutter. »Kann man ja verstehen.«

»McDee, Besuch«, sagte der Wachmann, öffnete die Metalltür und sah Annie an, die auf der Seite lag. »Derselbe Jesse, der seit drei Wochen jeden Tag herkommt.«

Annie rührte sich nicht.

»Jetzt lassen Sie den armen Kerl doch nicht schon wieder hängen«, sagte der Wachmann etwas freundlicher. »Irgendwann müssen Sie doch mal aufstehen.«

Annie erhob sich. Ihre Gliedmaßen waren steif vor Bewegungsmangel. Ihre Haare waren fettig, und sie schob sie sich hinter die Ohren. Wenn mich Jesse so sieht, dachte sie, wird es ihn endgültig in die Flucht schlagen.

Seit sie im Gefängnis saß, hatte sie nicht mehr richtig geschlafen. Es lag nicht nur an dem ständigen Türenschlagen, dem Geschrei und dem unaufhörlichen Gepöbel ihrer Zellengenossinnen, es war auch ihr immer wiederkehrender Albtraum. Er begann damit, dass Annie zu Hause in ihrem Bett lag, irgendjemand gegen die Tür hämmert und brüllt: »Aufmachen! Polizei! Aufmachen!« Sie geht an die Tür, und vor ihr stehen ein Mann und eine Frau in blauer Uniform.

»Miss Anne Tabitha McDee?«, fragt der Mann.

Annie nickt. Sie ist verwirrt, verschlafen.

»Sie sind verhaftet. Ihnen werden Diebstahl, Brandstiftung und Mord vorgeworfen. Alles, was Sie sagen oder tun, kann gegen Sie verwendet werden.«

In ihrem Traum lacht Annie. »Hier liegt irgendein Irrtum vor«, protestiert sie. »Sie haben die falsche Person.« Die Polizisten schütteln den Kopf.

»Sie müssen jetzt mitkommen.«

Die Polizistin sieht Annie zu, wie sie pinkelt und sich anzieht.

Annie wird aus einer engen Zelle in einen fensterlosen Wartebereich des Gefängnisses von Holloway gebracht. Während sie wartet, drehen sich Bilder aus ihrem Leben, schöne und weniger schöne, wie Muster in einem Kaleidoskop vor ihren Augen, aber wenn sie versucht, sich an irgendein Ereignis detailliert zu erinnern, löst es sich in Luft auf. Gelegentlich mischen sich Rebecca oder Memling in ihre Träume, lachen laut und so dicht vor ihren Augen, dass sie nur das schwarze Innere ihrer Kehle sehen kann.

Ein Wachmann pflanzt sie unsanft auf die Rückbank eines Transporters, dessen winzige Fenster dunkel getönt und zu hoch sind, um nach draußen sehen zu können. Er gibt Gas und fährt los, brettert durch den Verkehr. Annie klammert sich am Autositz fest. Sie sieht auf den Boden, dort liegt Erbrochenes – von ihr. In dem gelblichen Brei sieht sie die Reste von Delores' Festessen. Winzige Wachteln, Pâté-Klumpen, Eier und zwei als Harlekine verkleidete gerupfte Hühnchen schwimmen darin herum. Sie versucht aus dem Fenster zu fliegen, hinein in den gestochen scharfen blauen Sommerhimmel, doch die Blätter der Bäume sind aus Messerklingen und zwingen sie zur Erde zurück. Hin und wieder herrscht ohrenbetäubender Lärm, ein schreiendes Baby, ein unablässiges Wummern von Musik aus einem anderen Auto, Hupen und quietschende Reifen.

Irgendwann fährt der Transporter eine Rampe herunter. Annie wird gegen das Heck geschleudert. Zitternd geht sie die lange Rampe hinunter und kommt in einen anderen luftlosen Raum. Da sind Männer in orangefarbenen Leibchen und mit verzerrten Gesichtern.

»Du bist diese Frau – diese Kunstfreundin und Mörderin«, singen sie wie in einer Gilbert-und-Sullivan-Oper.

»Ich bin unschuldig, unschuldig«, singt sie.

»Sag's dem Richter und der Jury. Sag's dem Richter und der Jury.«

»Unschuldig. Unschuldig.«

»Verbrechen bleibt Verbrechen«, singen die Männer rhythmisch. »Du bist keinen Deut besser als wir.«

»Ich habe nichts verbrochen«, singt Annie in die Dunkelheit.

Sie wird in den Gerichtssaal geführt und trifft auf eine Mauer von grimmigen Gesichtern, die sie alle kennt. Ihre Schullehrer, die gemeinen Mädchen von längst vergessenen Spielplätzen, Robert, der Deutsche von ihrem One-Night-Stand, die Winklemans und ihre Mutter.

Sie bilden einen Sprechchor: »Schuldig, schuldig, schuldig.«

Zu ihrem Entsetzen wird die Verhandlung von Desmond geleitet, der ein Baby in der Armbeuge hält.

»Auf was plädierst du?«, fragt der Richter.

»Schuldig, schuldig, schuldig«, skandiert der Chor noch lauter.

Annie sieht zu dem Richter hoch und hofft, dass er Gnade walten lassen wird, und sie stellt fest, dass sie in die Augen des traurigen Clowns von ihrem Gemälde blickt.

»Abführen«, ruft der Richter.

Das Ende ist immer gleich.

Es dauerte ein paar Sekunden, bis Jesse registrierte, dass die Gestalt, die mit schlurfendem Gang auf ihn zukam, Annie war. Ihre Augen waren matt, die Gliedmaßen gebeugt, die Haare ungepflegt; sie war völlig apathisch. Sie hatte abgenommen; schlimmer noch, alle Energie war aus ihr gewichen.

»Bist du hier, um dich über mich lustig zu machen?«

Jesse zuckte zusammen. »Nein, natürlich nicht.«

Annie setzte sich an den Resopaltisch und sah Jesse an. Ringsum saßen andere Familien und Paare, aber Jesse sah nichts als Annie. Sie schob sich das strähnige Haar hinter die Ohren und sprach so leise, dass Jesse sich vorbeugen musste, um zu hören, was sie sagte.

»Ich versteh das alles irgendwie nicht, Jesse. Nicht mal mein Anwalt macht sich die Mühe, mir zuzuhören. Er faselt die ganze Zeit von Verständigung im Strafverfahren und mildernden Umständen, von Deals und Haftminderung wegen guter Führung. Er wollte, dass ich Evie beschuldige, dass ich sage, wir seien Komplizen und sie täte nur, als wäre sie Alkoholikerin.« Beim Sprechen zupfte Annie kleine Hautfetzen von ihren abgenagten Fingernägeln.

»Ich weiß, dass du unschuldig bist«, sagte Jesse mit fester Stimme.

Annie sah zu ihm hoch. »Ich bin mir ja selbst nicht mehr sicher. Dieses Filmmaterial läuft die ganze Zeit in den Nachrichten – ich seh da ganz seltsam aus, so verstohlen.«

»Du bist unschuldig, Annie – das darfst du nicht vergessen.«

»Es wäre ein Wunder, wenn das jetzt noch jemand glauben würde.«

Jesse griff über den Tisch und versuchte ihre Hand zu nehmen. Annie zog sie weg.

»Man hält das hier nur aus, wenn man dichtmacht – an nichts denkt, an nichts Schönes und an nichts Schlimmes. Keine Erinnerungen, keine Träume. Wir sind dreiundzwanzig Stunden pro Tag eingesperrt. Und ich hab noch Glück, ich hab drei andere in meiner Zelle, die wirklich übel dran sind – so denke ich nicht so sehr an meine eigene Situation.«

Jesse nickte – er musste sich zwingen, nicht um den Tisch herumzugehen und sie in die Arme zu schließen. Er liebte sie jetzt nur noch mehr.

»Du musst mir helfen, damit ich dir helfen kann, Annie«, sagte er. »Bitte lass uns nochmal alles durchgehen und sehen, ob es nicht irgendein Detail gibt, das uns in deinem Fall helfen kann. Fangen wir an mit dem Tag, an dem du das Bild gekauft hast: Hast du extra dafür Geld abgehoben? Hast du jemandem erzählt, dass du's gekauft hast? Hast du's jemandem gezeigt? Wir müssen beweisen, dass du es wirklich aus diesem Laden hast.«

»Ich hab's in die Plastiktüte getan und dann vorne in meinen Fahrradkorb gesteckt, und dann bin ich auf den Markt – es war im Fahrradkorb, bis ich nach Hause gekommen bin.«

»Hast du den Händlern davon erzählt?«

»Ich hab vor allem an das Abendessen gedacht.«

»Wann warst du zu Hause? Bist du irgendjemandem begegnet, vielleicht im Treppenhaus?«

»Nein. Dann wurde ich versetzt. Am nächsten Morgen zog meine Mutter bei mir ein. Du warst der Nächste, der es zu sehen bekam, in der Wallace Collection, und dann Agatha in der National Gallery.«

»Hast du's nicht auch Delores gezeigt?«

»Genau das wird ja gegen mich verwendet – ich hätte versucht, es hinter dem Rücken der Winklemans zu verkaufen.«

»Was ist mit diesem Trichcombe Abufel?«

»Er hat deine Skizze gesehen; aber nicht das Bild selbst.«

»Du hast gesagt, er hätte dir was auf die Mailbox gesprochen.«

»Am Tag nach Delores' Essen wollte er sich unbedingt mit mir treffen; er sagte irgendwas wegen Berlin und einer Zuschreibung.«

»Hast du ihn zurückgerufen?«

Annie schüttelte den Kopf. »Hast du mitbekommen, dass er tot ist?«

Jesse nickte. »Larissa, eine Kollegin und Freundin von mir, hat mir erzählt, dass er in seinem Testament seine ganze Forschung dem Courtauld Institute überlassen hat, aber als jemand losging, um die Unterlagen einzusammeln, war nichts mehr da. Die Festplatte seines Computers war gelöscht.«

Zum ersten Mal blickte Annie hoch. »Was willst du denn damit sagen?«

»Ich wollte seine Sterbeurkunde sehen – die Polizei konnte sie aber nicht finden.«

»Das muss nichts heißen«, sagte Annie.

»Als ich dann doch eine Kopie bekam, war sie auf letzte Woche datiert – dabei ist er vor einem Monat gestorben.«

»Inwiefern ist das relevant?«

»Ich bin mir nicht sicher, Annie – das Establishment hat die Reihen geschlossen. Die Museen, die Polizei, die Presse, die Behörden haben alle eine Art unsichtbare Grenze gezogen. Irgendwer hat eine Story verbreitet, und alle haben sie geschluckt.«

»Das heißt, ich bin erledigt?« Annie ließ den Kopf zurück auf die Brust sinken.

Jesse beugte sich über den Tisch und nahm ihre Hände in seine. Sie versuchte sie ihm zu entziehen, aber Jesse hielt sie fest.

»Solange ich noch auf dieser Welt bin, hast du Hoffnung. Ich werde nicht zulassen, dass sie dich wegsperren, Annie, das verspreche ich dir.«

Viele Stunden später lag Annie auf ihrer Pritsche und dachte an Jesse. Sie hatte ihn unterschätzt, sie hatte ihn als charmanten, sogar attraktiven, aber irgendwie unfertigen Menschen gesehen. Seine zurückhaltende Art hatte sie gestört, und sie hatte sie als Zeichen von Schwäche interpretiert. Hätte sie nur gemerkt, dass das nur Fassade war, hätte sie nur vor Monaten schon die wahre Person dahinter gesehen, hätte sie's vielleicht nochmal probiert mit der Liebe. Sofort tat sie diese Überlegung als Hirngespinst ab; die Haft vernebelte ihr Denken und sie war vor Erschöpfung nicht in der Lage, die Situation klar zu sehen. Noch vor wenigen Wochen hatte sie die Absicht gehabt, in den USA zu arbeiten. Jetzt, mit einer Vorstrafe, würde sie nicht einmal ein Touristenvisum bekommen, und bis sie aus dem Gefängnis kam, wäre Jesse längst mit jemand anderem zusammen; *wenn* sie denn jemals aus dem Gefängnis kam.

Verzweiflung stieg in Annie auf, und sie tat das, was sie dann immer tat: Sie fing an, im Kopf ein Festessen zur Feier ihrer Entlassung zu planen. Aber es wollte ihr heute nicht gelingen, die Zutaten zusammenzufügen, geschweige denn auf interessante Kombinationen von Lebensmitteln oder Menschen zu kommen. Stattdessen dachte sie an einen ihrer geliebten Frühlingsspaziergänge durch die Dartmoor-Landschaft. Die Hügel waren noch kahl vom sonnenlosen Winterwind, und nur die Farne schoben vorsichtig ihre Spitzen aus der Erde, um bald ihre Wedel auszurollen. Die Gräben zu beiden Seiten der Wege waren mit Primeln, Löwenzahn und frühem wildem Kerbel übersät. Winzige lila Veilchen waren wie Sommersprossen über das braune Moor verstreut. Sie ging an den Hecken vorbei und entdeckte am Boden Engelwurz, Sternmiere und Feuernelke und die letzten Schwarzdornblüten. Während Annie auf ihrer Pritsche lag und ihren imaginären Spaziergang unternahm, erkannte sie zum ersten Mal, dass sie an Devon denken konnte, ohne dass es weh tat; sie war einfach nur froh, einen Ort so gut gekannt und so geliebt zu haben.

Sie dachte zurück an ihre spontane großzügige Geste: einem Freund, der seine Frau verloren hatte, ein Geschenk zu kaufen. Ihr Leben lang hatte sie immer versucht, gut und gerecht zu sein. Sie hatte ihre Mutter aus Myriaden von Notlagen gerettet – aus teils peinlichen, teils gefährlichen Situationen. Sie hatte einen Mann geliebt, dem sie lästig geworden war. Seinetwegen hatte sie ihren Kinderwunsch aufgegeben, nur um mitansehen zu müssen, wie er mit einer anderen zusammen eine Familie gründet. Sie hatte bei allen Jobs hart und gewissenhaft gearbeitet und nie auch nur eine Büroklammer mitgehen lassen. Und was hatte es ihr am Ende genutzt?

Annie begann zu schluchzen.

»Ach, halt doch die Fresse«, grummelte eine ihrer Zellengenossinnen.

»Entschuldigung«, murmelte Annie und schob das Gesicht in ihr hartes Styroporkissen. Selbst durch den sauberen Bezug hindurch konnte sie Atem, Schleim und Haarfett fremder Menschen, die Ausdünstungen des Gefängnislebens riechen.

Jesse glaubte ihr, aber welche Chance hatte eine einzelne Person gegen die Flut der öffentlichen Meinung? Der Besuch bei Trichcombes Freundin Larissa hatte keinen Erfolg gezeitigt. Zu dem Mittagessen mit dem Herausgeber von Apollo war es nicht mehr gekommen – einen Tag vor dem Treffen war der Kunsthistoriker seinem Herzinfarkt erlegen. Die Winklemans legten einen Ausstellungskatalog und eine auf 1929 datierte Rechnung vor, womit sie den Beweis erbrachten, dass das Gemälde ihr rechtmäßiges Eigentum war.

Keiner der Händler konnte sich erinnern, Annie am Vormittag des Kaufs auf dem Markt gesehen zu haben, dafür wusste die Polizistin noch genau, dass sich Annie am Tatort nach dem Mann aus dem Laden und dem Ausmaß des Schadens erkundigt hatte. Unschuld zählte offenbar nicht.

Annie dachte daran, wie sie sich auf den Sommer gefreut hatte, auf die längeren Tage, Spaziergänge am Fluss und Picknicks im Park. Meistens dachte sie jedoch an das neue Leben, das gerade erst begonnen hatte und nun im Keim erstickt worden war. Selbst wenn man sie entließ, wusste sie, dass ihr Selbstvertrauen in Scherben lag. Sie hatte versucht, in eine neue Welt einzutauchen und war dabei gescheitert. Beim Blick hinauf durch das kleine Gitterfenster sah sie ein Flugzeug am Himmel vorbeiziehen. Gewöhnliche Dinge wirkten auf einmal so majestätisch. Welche anderen alltäglichen Freuden würde sie wohl vermissen?

In zwei Tagen sollte ihr kleines Gemälde versteigert werden. Es war kein Trost, dass Hunderte von Augenpaaren das Bild betrachtet hatten, sie aber als Einzige seine Qualität erkannt hatte. Mit Verwunderung hatte sie von der Provenienz ihres Bildes gelesen, und unter anderen Umständen hätte sie ihren Spaß gehabt an den Fotos der bewaffneten Wachmänner und den Lobeshymnen wichtiger Leute aus dem Kulturbetrieb. Jetzt aber war es ein finsterer Talisman, es hatte ihr nichts als Pech gebracht. Dass sein Wert auf mehrere Zehntausend, womöglich sogar mehrere Hundert Millionen Pfund geschätzt wurde oder dass sie, die es besessen hatte, nun mit einigen der berüchtigtsten Figuren der Weltgeschichte verknüpft war, kümmerte sie nicht. Annie wollte nichts mehr zu tun haben mit dem Bild und seiner befleckten Geschichte, und sie hatte jedweden Anspruch auf das Werk aufgegeben. Je größer der Abstand, desto besser.

Nachdem sich der Mantel des Selbstmitleids um sie gelegt hatte, verfiel Annie weiter in Trübsinn – vielleicht sollte sie den Rat ihres Anwalts befolgen, auf schuldig plädieren und sich als verzweifelte, psychisch gestörte Frau darstellen. Dann aber, wie aus dem Nichts, drang Evies Stimme an ihr Ohr. »Wetten, du schaffst es nicht, einen

Ausweg aus dieser Lage zu finden? Wetten?« Annie fuhr hoch und sah sich in der Zelle nach ihrer Mutter um. Evie hatte recht. Annie durfte nicht einfach aufgeben. Sie musste einen Weg durch dieses Lügengeflecht finden, sie musste jede kleinste Möglichkeit, jede Unregelmäßigkeit in Betracht ziehen. Sie musste ganz am Ende anfangen. Warum, fragte sie sich, war Rebecca so versessen darauf, ihr dieses Verbrechen anzuhängen? Um Geld konnte es nicht gehen – davon hatten die Winklemans genug –, sie mussten nicht riskieren, der Unterschlagung oder des Betrugs bezichtigt zu werden. Annie wusste, dass dieser Angriff nicht gegen sie persönlich gerichtet war – sie war ein Niemand für Rebecca, einfach nur Mittel zum Zweck.

Was hatte es also auf sich mit dem kleinen Bild? Warum konnten Rebecca oder ihr Vater nicht einfach Anspruch darauf erheben? Wozu dieser unglaubliche Umstand? Warum eine junge Frau, die eindeutig unschuldig war, zum Sündenbock machen? Rebecca war ein Mensch, der logisch und strategisch dachte – sie wird diese Kette der Ereignisse aus gutem Grund geknüpft haben. Die Antwort musste bei dem Bild selbst liegen.

Annie setzte sich auf ihrer Pritsche auf und ließ noch einmal alles Revue passieren, was sie in den letzten Monaten erfahren hatte. Sie wusste inzwischen, dass jedes Bild einen einzigartigen Fingerabdruck hatte, der mit dem Künstler und seiner Intention, seinen Fähigkeiten, Lebensentscheidungen und seinem Schicksal zusammenhing. Ein wirklich großartiges Kunstwerk war ein komplexes Zusammenspiel aus vielen, größtenteils schwer greifbaren Faktoren: dem Schwung des Pinselstrichs, der Zusammensetzung der Farben, der Kollision von Einzelelementen und auch der einen oder anderen Zufälligkeit. Ähnlich wie ein Stein beim Rollen Moos sammelt, so sammelt ein Gemälde Geschichte, Bemerkungen und Anerkennung; und alles das trägt zu seinem Wert bei. In seinem relativ kurzen Leben hatte Annies kleines Bild so viel Bewunderung und Historie auf sich gezogen, dass es von einer Aura der potenzierten Begierde umgeben war, wodurch sein Wert geradezu schwindelerregende Höhen erreicht hatte. Irgendwo in dieser Geschichte steckten die Gründe für Annies Inhaftierung. Nur wenn sie dieses Rätsel löste, könnte sie ihre Freiheit wiedergewinnen.

Irgendetwas hatte Rebecca Angst gemacht und sie dazu veranlasst, eine derart endgültige und grausame Folge von Ereignissen zu erfinden. Rebecca wollte etwas zum Abschluss bringen, koste es, was es wolle; sie wollte unbedingt jedes Hintertürchen, jede Unsicherheit ausschließen, selbst wenn dabei ein Unbeteiligter geopfert werden musste. Der zufällige Kauf des Bildes hatte Annie mit einem grausigen Geheimnis in Verbindung gebracht, das Rebecca und ihr Vater unter Verschluss halten wollten.

Jesse hatte recht: Annie musste jeden Gesprächsfetzen, jede Andeutung noch einmal im Kopf durchspielen, an jede Situation zurückdenken und Hinweise ausgraben. Sie dachte zurück an die Nachricht, die Trichcombe auf ihrer Mailbox hinterlassen hatte – es ging um eine Provenienz, und um Berlin. Was hatte es damit auf sich gehabt?

Annie spürte, wie ein Gefühl der Frustration in ihr aufstieg. Wie sollte sie ihre Unschuld beweisen, solange sie im Gefängnis saß? Sie hatte keinen Zugang zu Büchern oder zum Internet, keine Möglichkeit, ihre Schritte zurückzuverfolgen. War das ein Teil von Rebeccas Masterplan? Annie schauderte. Rebecca durfte auf keinen Fall erfahren, dass sie draußen einen Komplizen hatte. Annie musste unbedingt Jesse kontaktieren und ihn warnen.

Dass er sonderlich mutig oder ehrenhaft sei, hätte Jesse nicht unbedingt von sich behauptet. Er hatte bislang immer nur nach dem Lustprinzip gelebt, hatte Verantwortung und Konventionen gescheut, um seiner Leidenschaft, der Malerei, nachgehen zu können. In mancherlei Hinsicht hatte er wenig vorzuweisen für einen dreiunddreißigjährigen Mann – keine wichtigen Beziehungen, keine Kinder und keine nennenswerten Ausstellungen seiner Arbeiten. Jesse wusste, dass er mit seiner mangelnden Antriebskraft und seinem fehlenden Sinn für das Materielle seine Familie und die meisten seiner Freunde enttäuschte; sein Begriff von Erfolg war einfach ein anderer. Er wollte nicht an eine Hypothek oder einen festen Arbeitsplatz gefesselt sein; er hatte kein Interesse an Eigentum und konnte den unermüdlichen Drang seiner Brüder nicht nachvollziehen, ständig alles aufwerten zu müssen – Fernseher, Freundin, Auto. Jesses Job in der Wallace Collection in Kombination mit dem gelegentlichen Verkauf eines Bildes deckte seine Fixkosten. Seine Habe passte in ein paar Taschen und umfasste zwei Anzüge, zehn T-Shirts, vier Hosen, einen Wasserkocher, zwei Töpfe, Pinsel, Farben und eine Staffelei. Weder brauchte er mehr, noch verlangte ihn nach mehr. Dieses abgespeckte Leben passte ihm perfekt; bis ihm Annie McDee über den Weg lief.

Seine Gedanken kehrten zurück zum vermeintlichen Selbstmord seines Vaters, und er fragte sich, inwieweit er Annies Situation mit dem anhaltenden Schmerz durch den Tod seines Vaters in Zusammenhang brachte. Vielleicht trug die Vergangenheit zu seinem Unrechtsbewusstsein bei, seinem Abscheu gegen die Art und Weise, was teilweise in der Kunstwelt ablief. Er wusste, dass seine Gefühle für Annie echt waren. Er wollte sie beschützen und lieben. Zum ersten Mal in seinem Leben erkannte er, dass Geld einen Sinn haben konnte. Wohlstand war kein Garant für Glück, bot aber doch ein gewisses Maß an Sicherheit und Chancen. Vor Annies Inhaftierung hatte Jesse davon geträumt, ihr eine professionelle Küche einzurichten; seit ihrer Inhaftierung wünschte er sich nichts lieber, als einen Top-Anwalt für sie anheuern zu können. Alles, was Jesse ihr im Moment bieten konnte, war jede Sekunde seiner Zeit und seine absolute Gewissheit, dass sie unschuldig war.

Jesse hatte keinen Zweifel, dass Trichcombe Abufel auf wichtige Informationen im Zusammenhang mit dem Gemälde gestoßen war, und aus Mangel an anderen Anhaltspunkten suchte er sich die Adresse des verstorbenen Kunsthistorikers aus dem Telefonbuch heraus und beschwatzte den Hausmeister des Gebäudes, er sei ein Arbeitskollege Abufels und müsse ein Buch abholen. Morgens um acht hatte er vor der Tür gestanden und den knollnasigen rotgesichtigen Mann im gestreiften Schlafanzug aus dem Bett geklingelt. Der

Hausmeister war erstaunlich freundlich und mitteilsam für jemanden, der durch penetrantes Schellen an seiner Wohnungstür aus dem Schlaf gerissen worden war – er hatte noch gar keine Gelegenheit gehabt, über den Tod des Kunsthistorikers zu reden. Ja, traurige Sache, dass der alte Mann gestorben war, nach einem so einsamen Leben ohne Freunde, Familie und Partys – immer nur gearbeitet habe der alte Kerl, nichts anderes. Seine Verwandten irgendwo in Wales seien ihn nie besuchen gekommen, und erst gestern Abend habe der Neffe zu ihm am Telefon gesagt, er solle alles von einer Entrümpelungsfirma abholen lassen. Sie wollten keine Andenken. Nicht einmal seine Kleider aufheben oder eine seiner ausgefallenen Krawatten.

Jesse hörte geduldig zu und hoffte, der Hausmeister werde ihn allein lassen, um in Ruhe stöbern zu können. Die Wohnung lag unterm Dach; der Hausmeister war weit über sechzig, mit rasselndem Atem. Jesse drückte die Daumen. Eine halbe Stunde später schloss Jesse die Wohnung des Toten auf. Es sah aus, als wäre Abufel nur eben nach draußen gegangen: Eine halb volle Tasse Tee stand auf dem Tisch; ein Buch lag aufgeschlagen neben einem Sessel, das Bett war ungemacht und ein Paar Hausschuhe wartete auf seinen Besitzer. Jesse nahm das Buch – es war Trichcombes eigene Watteau-Monografie, aufgeschlagen auf einer Seite, bei der es um Provenienzen ging. Jesse hielt das Buch hoch, in der Hoffnung, einen Zettel oder irgendeine Notiz zu finden. Er ging an den Nachttisch, wo eine Aufsatzsammlung von Montaigne und eine Biografie über Katharina die Große lag. Wieder blätterte Jesse in beiden herum, falls Trichcombe irgendwelche Hinweise hinterlassen hatte, die ihn der Wahrheit näher bringen könnten.

Jesse ging zur hinteren Wand und sah acht Regale, bis obenhin vollgestopft mit Büchern, endlosen Monografien über Künstler meist des Barocks und der Rokokozeit. Abufels Bibliothek war so umfassend wie die der Wallace Collection, und mit Sicherheit gründlicher gelesen. Jesse fragte sich, ob er einem der Kollegen stecken sollte, dass diese Bücher für einen Spottpreis im Lots Road Auction House versteigert werden würden. Er dachte an Annies hektische Nachricht an jenem Morgen – niemand dürfe Jesse und Annie miteinander in Verbindung bringen, geschweige denn Jesse und das Gemälde. Ihre Sorge um ihn hatte ihn gefreut.

Jesse zog alle Bücher über Watteau heraus, wieder in der Hoffnung, Hinweise auf Annies Gemälde zu finden. Doch Trichcombe war sehr ordentlich und hatte in seinen Büchern keine Randbemerkungen. Gelegentlich steckte zwischen den Seiten ein weißer Zettel mit einer Zahl und einem Buchstaben, säuberlich in Bleistift, aber wenn das Querverweise waren, worauf bezogen sie sich? Jesse ging an einen großen Schrank in der Ecke – auf der oberen Schublade stand »privat«, darunter »fertiggestellte Bücher«, auf der unteren »Bücher in Arbeit«. Alle drei Schubladen waren leer. Es ergab für Jesse keinen Sinn, dass jemand seine gesamten Unterlagen entsorgte und dann die Festplatte seines Computers löschte, um schließlich voll bekleidet auf seinem Bett einen tödlichen Herzinfarkt zu erleiden.

Jesse trat ans Fenster und sah hinunter in den Park. Dort machten ein paar Damen unter Anleitung eines gut gebauten Trainers im Muskelshirt Gymnastikübungen. Weiter hinten im Park plauderten zwei Kindermädchen, während ihre Schützlinge im Sandkasten spielten. Rechts neben der Spüle hing eine kleine Pinnwand; darauf steckten ein paar Zettel – auf einem stand »Manuskript nach Mold«; auf einem zweiten »Lunch mit Apollo; Spülmittel; Dankesbrief an Larissa«. Jesse fotografierte mit dem Handy die Pinnwand ab. Er nahm das aufgeschlagene Watteau-Buch, zog hinter sich die Wohnungstür zu und ging die Treppe hinunter.

Unten wartete der Hausmeister auf ihn.

»Hier ist es!« Jesse hielt das Buch hoch.

»Gut, gut«, sagte der Hausmeister und sah Jesse in die Augen. »Neulich war eine Frau da, der sollte ich Bescheid sagen, wenn jemand hier auftaucht. War ihr furchtbar wichtig.«

Jesse zuckte nicht mit der Wimper. »Groß, schlank, kurze blonde Haare, Ende vierzig?«, fragte er und beschrieb Rebecca Winkleman.

»Genau die.«

»Das ist meine Chefin – sie wird sich total freuen, dass ich das Buch gefunden habe.«

»Ich muss sie also nicht anrufen?«, fragte der Hausmeister.

»Nein, nein – ich fahr jetzt ohnehin ins Büro.« Jesse versuchte leicht und unbekümmert zu klingen. Er winkte dem Hausmeister zu, schlüpfte aus dem Gebäude, bog um die Ecke und rannte so schnell er konnte die Straße hinunter.

Rebecca und Memling umrundeten den italienischen Brunnen in Kensington Gardens.

»Bist du glücklich, wie alles verlaufen ist?«, fragte Memling mit angespannter und erschöpfter Stimme.

»Mit diesem Medienrummel hatte ich nicht gerechnet«, gestand Rebecca. Sie brauchte ihrem Vater nicht zu erzählen, dass das anhaltende Interesse vonseiten der Presse sie allmählich nervös machte. Sie hatte sich eine kleine Konferenz mit ein paar freundlichen Kunstjournalisten vorgestellt, die sich Memlings Geschichte ehrfürchtig anhören würden. Am nächsten Tag, dachte Rebecca, würde es ein, zwei Absätze in den seriösen Zeitungen geben, schlimmstenfalls einen kleinen Radiobeitrag zu nachtschlafender Zeit.

Stattdessen war die Familie von morgens bis abends von einer schier unersättlichen Gruppe von Reportern und Fotografen verfolgt worden. Drei Wochen lang war die Geschichte in den Schlagzeilen – die Begriffe »Kunst« und »Gemälde« wurden sogar in den Boulevardmedien großzügig gestreut.

»Ich habe ein wenig Sorge, dass dieser ganze Plan außer Kontrolle geraten ist«, sagte Memling.

»Du warst es doch, der den Laden mitsamt seinem unseligen Inhaber abgefackelt hat. Du und deine Schlägertypen, ihr solltet mir eigentlich dankbar sein.«

Memling sah sich um, ob niemand in Hörweite war. »Diese Dinge erfordern Diskretion, keine irrwitzige Publicity.«

»Darf ich dich erinnern, Vater, dass du das alles zu verantworten hast – ich versuche nur, unser Erbe zu retten.«

Vater und Tochter gingen schweigend weiter. Rebecca bemerkte, dass der Gang ihres Vaters etwas Schleppendes hatte; oft vergaß sie, dass er neunzig Jahre alt war.

»Es gibt nur den Dokumentarfilm, den Verkauf, und dann wächst Gras über die Sache.«

»Keine Dokumentationen.« Memling verabscheute Fotografie und Film, und er hatte sämtliche Porträt-Anfragen abgelehnt.

»An dieser kommst du nicht vorbei.«

»Warum?«

»Die Bestätigung durch das Fernsehen wird unsere Unschuld besiegeln«, sagte Rebecca.

»Du bist wie Ikarus, der zu nah an die Sonne heranfliegt, Rebecca«, sagte Memling mit erhobener Stimme. Ein Passant sah ihn neugierig an. »Wir müssen uns bedeckt halten, wir müssen diskret sein. Du wirst sehen, dass Sympathie schnell in Antipathie umschlagen kann. Besser, man gibt vor, nichts zu haben und nichts zu sein.«

»Vater – du hast uns die Suppe eingebrockt, jetzt wirst du sie auch auslöffeln.«

Anstatt wütend zu sein, staunte Memling über Rebeccas Verwandlung und ihren eisernen Willen; in ihren Händen würde das Winkleman-Imperium weiterwachsen, und genau das war es ja, was er wollte: der Nachwelt etwas hinterlassen. Beim Gehen spürte Memling, wie seine Gelenke immer steifer wurden; heute hatte er seinen Tennisunterricht ausfallen lassen, und zum ersten Mal in seinem Leben war er unendlich müde. Vielleicht bereitete die Natur den Körper auf diese Weise auf den Tod vor, dachte er, ein Ereignis, dem er mit Freude entgegensah. Er stellte sich vor, dass es wäre, als würde man hineingleiten in einen tiefen, narkoseähnlichen Nebel ewiger Leere. Er hatte genug irdische Genüsse gehabt; mehr als die meisten Menschen sich überhaupt ausmalen konnten.

»Hast du gar kein schlechtes Gewissen wegen des Mädchens? Sie wird ihr Leben hinter Gittern verbringen.« Annies Schicksal war Memling egal, die plötzliche Grausamkeit seiner Tochter indessen verwunderte ihn.

»Sie ist ein trauriges Exemplar. Mittellos, ledig, über dreißig – ihr Leben ist doch sowieso schon wie ein Gefängnis. Sobald sie verurteilt ist, werde ich aufatmen können«, sagte Rebecca.

»Nein, Tochter – du wirst bald merken, dass du nie wieder ruhig schlafen kannst. Es wird immer die Angst an dir nagen, dass dir jemand auf die Schliche kommt und das ganze Kartenhaus in sich zusammenfällt.«

»Du scheinst doch auch keine Gewissensbisse zu haben«, sagte Rebecca zu ihrem Vater.

»Ich hatte über sechzig Jahre Zeit, damit umgehen zu lernen. Du hast noch einen weiten Weg vor dir.«

Es war ein warmer Tag, doch Rebecca zitterte und hüllte sich enger in ihren Kaschmirmantel. »Hast du den Brief geschrieben?«

»Ja, das weißt du doch – ihr seid aus dem Schneider, du, dein Mann und deine Tochter – keiner von euch hat irgendetwas gewusst von meiner Vergangenheit und von den Bildern.«

»Wo ist er?«

»Er liegt in einem Banktresor in der Schweiz – ich habe ihn selbst vor zwei Tagen dort abgelegt. Die Einzelheiten stehen in meinem Testament – es sind neunundzwanzig verschiedene Tresore in vier verschiedenen Banken. Der Codename für diesen ist Mausefalle. Das Passwort ist Liebe und dann Martys Geburtsdatum rückwärts.« Memling sah seine Tochter an. »Ich beschwöre dich zum letzten Mal: Wir sollten uns nicht mehr öffentlich zu dem Fall äußern. Wir sollten die Glut abkühlen lassen, ein würdiges Schweigen bewahren. Es steht uns nicht zu, über Mitgefühl oder Vergebung zu sprechen – wir sind weder Gott noch Richter –, wir sind zwei Kunsthändler, die gelogen und betrogen haben, nicht mehr, nicht weniger.«

»Gib das Interview – und keine Diskussion. Um vier Uhr holt dich der Fahrer ab und bringt dich zur Sendeanstalt.« Rebecca drehte sich um und ging davon.

Endlich war die Speisekammer des Earls wieder mit Bio-Leckereien gefüllt, und Berry Brothers lieferten ihm erneut ins Haus. Am Vorabend des Verkaufs gab er sogar ein kleines Dinner. Die wichtigen Kunden wurden nicht etwa nach Balham eingeladen (das Viertel kam auf dem Navi der Chauffeure wahrscheinlich gar nicht vor) – nein, derlei Soireen fanden in der Galerie statt, wo der Watteau in seiner eigens angefertigten kugelsicheren Glasvitrine hing. Erstaunlich, wer alles auf die Erwähnung des Gemäldes hin seine Einladung angenommen hatte: der Prince of Wales, die Botschafter aller wichtigen Länder, ein paar Oligarchen, ein paar andere Milliardäre, und natürlich der amtierende Premierminister und seine Frau.

Der Earl dachte zurück an jenen kalten Apriltag vor einigen Wochen. Er hatte ein altes Brötchen mit schimmliger Marmelade gegessen, hatte sich in seinen Smoking geworfen und zu der Abendveranstaltung in Little Venice aufgemacht. Die Northern Line fuhr ausnahmsweise, ebenso die gute alte Victoria, aber die Bakerloo kam an der Edgware Road zum Stehen und spuckte Beachendon an einer der hässlichsten Kreuzungen Nordwest-Londons aus. Er betrat die Polizeiwache Paddington Green nur, um nach dem Weg zu fragen, und zu seiner größten Verblüffung sah er auf einem Bord hinter dem diensthabenden Beamten das Gemälde. Ohne das kleine Quadrat gesäuberter Leinwand in der linken oberen Ecke hätte Beachendon das Bild keines weiteren Blickes gewürdigt. Er gehörte nicht zu den Menschen, die an Zufall oder Schicksal glauben, aber während des gesamten außerordentlich langweiligen Dinners konnte er an nichts anderes denken. Beachendon erinnerte sich an den Zeitungsartikel und den Anruf von Rebecca Winkleman wegen eines vermissten Gemäldes, das genau der Beschreibung entsprach. Auf dem Heimweg schaute er noch einmal auf der Wache vorbei, und mit den letzten paar Hundert Pfund auf seinem Konto zahlte er Evies Kaution und überredete sie, ihm das Bild zu überlassen.

Als er zu Hause war, sah sich Beachendon das Bild zum ersten Mal richtig an. Es war stark verschmutzt, aber offenbar intakt. Der Earl, der nach einigen Gläsern Wein nicht mehr ganz taufrisch war, holte die Countess aus dem Bett, damit auch sie einen Blick darauf werfe. Die Countess stimmte ihm zu, es sei ein erlesenes Bild, und sie schlug ihm vor, am nächsten Morgen gemeinsam zu überlegen, was zu tun sei. Tags darauf um Viertel nach zehn verließ der Earl mit dem Gemälde das Haus. Als er abends nach Hause kam, war es durch das Auktionshaus Monachorum bereits offiziell zu einem vermissten Original von Jean-Antoine Watteau erklärt worden. Dem Auktionshaus wurde gestattet, das Bild so lange aufzubewahren, bis sich der rechtmäßige Eigentümer meldete. Die Presse hatte ja schon den Funken einer Story; es brauchte nicht viel, um ihr Interesse zu schüren. Der Earl genoss das Rampenlicht und gestattete dem Tatler Magazine, ein Familienfoto mit Viscount Draycott und seinen Töchtern auf den Stufen ihres ehemaligen Stammhauses zu machen.

Dem Earl war es ein Rätsel, warum die Winklemans eine ganze Woche brauchten, um Anspruch auf ihr Gemälde zu erheben. Er konnte nur vermuten, dass der Alte über seine schreckliche Vergangenheit lieber schwieg und dass Rebecca warten wollte, bis die öffentliche Aufmerksamkeit abgeebbt war. Die Woche ging zu Ende, und in ganz England war kaum ein Mensch, der nicht von dem Maler Antoine Watteau gehört und irgendeine Meinung zu dem Fall hatte.

Die Winklemans trafen die schwierige Entscheidung, das Bild versteigern zu lassen, um für einen guten Zweck zu sammeln, und sie ernannten den Earl zu ihrem Repräsentanten. Gerade als sie aus dem Fokus gerückt waren, wurde ihre Köchin Annie McDee festgenommen und des Diebstahls und Mordes bezichtigt. Es half dem Earl, dass die Diebin eine hübsche junge Frau war und ihre Komplizin, die Mutter, eine alte Alkoholikerin. In der Presse wurden die beiden als Neuauflage von *Thelma & Louise* dargestellt. Sämtliche Diven und aufstrebenden Schauspieler Hollywoods standen Schlange, um die Rollen zu übernehmen. Dass ebendiese junge Frau ihn bekocht hatte, und zwar gleich zwei Mal, war Beachendon völlig entfallen.

Er wurde befördert und bekam eine Gehaltserhöhung. Zu seinen Bedingungen, weiter für Monachorum zu arbeiten, gehörte die fristlose Kündigung des Hausanwalts Roger Linterman, der alles versucht hatte, um seinen Niedergang herbeizuführen.

Jedesmal, wenn das Interesse abflaute, tauchte irgendeine neue unerwartete Information auf. Jeder Journalist verstand sich plötzlich als Kunsthistoriker. Die Abteilung Drucke und Zeichnungen des British Museums erlebte eine nie da gewesene Besucherflut, und zum ersten Mal in seiner Geschichte musste das Museum einen Besucherstopp verhängen. Auch die Besucherzahlen der Wallace Collection schnellten in die Höhe. Allmählich schälte sich die faszinierende Geschichte des Gemäldes heraus. Wie die Daily Mail erklärte, war das Szenario der Geschichte mehr als hollywoodreif. Erst entdeckten sie den schwindsüchtigen, mittellosen und verzweifelten Antoine, der der Hure Charlotte verfallen war, die ihren Verehrer wie ein Hündchen behandelte, ihm hin und wieder einen Happen Zuwendung hinwarf, seine Annäherungsversuche jedoch ignorierte. Dreihundert Jahre nach ihrem Tod genoss somit auch Charlotte endlich die Aufmerksamkeit, nach der sie sich zeitlebens so gesehnt hatte.

Die Nachkommen des Dr. Mead, jenes britischen Arztes, dem es nicht gelang, Watteau von seiner Tuberkulose zu heilen, wurden in Guernsey ausfindig gemacht, von wo aus sie eine öffentliche Entschuldigung abgaben.

Irgendein cleverer Schreiber hatte das Gemälde zu Voltaire und seiner Mätresse zurückverfolgt und von dort aus zu Madame de Pompadour. Die Daily Gossip brachte die Schlagzeile »Live dabei – König, Hure und Hausmeister«. Es folgten seitenweise wüste Spekulationen über die Pikanterien, denen das Bild über die letzten drei Jahrhunderte beigewohnt hatte. Die seriösen Zeitungen, die sich über dem Niveau der Boulevardblätter wähnten, druckten Zeitschienen mit bedeutenden Verträgen und Gesetzesentwürfen ab, deren Unterzeichnung das Bild miterlebt haben könnte. Als sich herausstellte, dass die beiden »Großen« Friedrich und Katharina das Gemälde besessen hatten, war es vorbei mit den Nettigkeiten. Whippets, Pferde, Lustknaben, Sodomiten, Eunuchen, Jungfrauen, Zwerge – jede denkbare Form von Porno und Perversion wurde nun ausbuchstabiert.

Die Museumsbesuche verzeichneten bei den Erwachsenen einen Anstieg von vierunddreißig Prozent. Schulen dagegen sagten ihre Exkursionen ab, da sie Kritik vonseiten der Pornografiegegner und Kinderrechtler-Fraktionen befürchteten. Septimus Ward-Thomas, Direktor der National Gallery, gab eine offizielle Erklärung heraus: »Es ist zwar richtig, dass unsere Sammlung sowohl Gemälde von unverheirateten Müttern (Jungfrau Maria) enthält, als auch Darstellungen von Gewalt, Vergewaltigung, Mord, Totschlag und anderen unschönen Beschäftigungen, dennoch sei darauf hingewiesen, dass all diese Taten durch das Auge eines Künstlers betrachtet wurden. Ein Besuch der National Gallery ist insofern für keine Altersgruppe unangemessen.«

Als herauskam, dass das Gemälde von einem Diener aus dem Buckingham-Palast gestohlen worden war, gab es eine weitere Welle von Spekulationen. Wie konnte die königliche Familie einen so wertvollen Verlust nicht mitbekommen? Waren diese Leute denn totale Ignoranten? Würden die Winklemans nun vor der königlichen Familie niederknien und das Gemälde zurückgeben? Fünf Tage lang herrschte Schweigen, bis Ihre Majestät verkündete: »Wir freuen uns, dass unser Gemälde nach so langem Fehlen wiederentdeckt wurde. Wir sind überglücklich, dass es versteigert wird, um für eine ehrenhafte Sache Geld zu sammeln.« Zeitungen auf beiden Seiten des Atlantiks und von Durban bis Dar es Salaam, von Cape Wrath bis zum Kap der Guten Hoffnung, brachten ein Bild der Queen mit Grimasse. (Tatsächlich wurde das Foto nicht während besagter Erklärung aufgenommen, sondern in dem Moment, als ihr Pferd in Epsom gerade das Rennen verlor.)

Der Presserummel schürte die Flammen der Habgier; wie es schien, wollte jeder *Die Launenhaftigkeit der Liebe* besitzen. Monachorum nahm Tausende von Anrufen entgegen. Rentner boten ihr gesamtes Erspartes; Kinder »für immer und ewig« ihr Taschengeld; Museen, private Sammler, Könige, Königinnen, Russen, Araber, Rapper und sogar Regierungen meldeten Interesse an.

Noch nie war der Earl so umschmeichelt worden – könnte er den Verkauf doch nur noch ein paar Jahre hinauszögern und die vielen Kisten Wein, die Essenseinladungen und die anderen extravaganten

Geschenke auskosten, in deren Genuss er kam. Er war sich außerdem bewusst, dass es einiges an Verhandlungsgeschick erfordern würde, alle bei der Stange zu halten. Es würde nur einen Gewinner geben, und irgendwie musste der Earl dafür sorgen, dass die Anwärter ruhig Blut bewahrten. Monachorum könnte am Ende mehr verlieren als gewinnen, wenn die Superreichen sich verraten oder ungerecht behandelt fühlten.

Beachendon siebte die Zeitverschwender und zu wenig potenten Ligisten aus, bis einige wahrscheinlichere Kandidaten übrig blieben. Mrs Appledore, eine alte Freundin des Auktionshauses, wollte vor ihrem Tod die Millionen aus der Stiftung ihres Mannes ausgeben. Der Earl traute ihr zu, bis zu 250 Millionen Pfund zu bieten.

Seine Töchter waren »megaaufgeregt«, als der Name des Rappers M. Power Dub-Box fiel. In den vergangenen Monaten hatte er die Kunstwelt verblüfft, indem er einige einflussreiche und teure Werke gekauft hatte.

Der Emir und die Sheikha von Alwabbi hatten kürzlich in ihrer staubigen nahöstlichen Hauptstadt ein Museum errichtet. Das Gebäude hatte in etwa die Größe von Heathrows Terminal 5, mit 1227 Hektar polierten Marmors. Als Neulinge in der Museumswelt hatten sie wenig wirklich Bedeutsames für ihr Museum gefunden. Sollten die Alwabbis den Zuschlag für den Watteau erhalten, würde ihr kleines Königreich in Zukunft automatisch auf der Besuchsliste eines jeden Kunsttouristen stehen. Als größter Flüssiggas-Produzent könnten sie bis zu einer Milliarde Pfund bieten, schätzte der Earl. Ob der Emir seine eigensinnige Frau so weit gehen lassen würde, stand allerdings in den Sternen.

Dann waren da die verfeindeten Oligarchen, die mit ihren Hahnenkämpfen bereits die Preise für Immobilien und Luxusgegenstände in unvorstellbare Höhen getrieben hatten. Der Earl hatte dank Barty Londons neuesten Oligarchen, Wladimir Antipowski, kennengelernt. Bekanntlich würde der Mann, der dreiundvierzig Prozent der weltweiten Zinnproduktion kontrollierte, alles tun, um seinen Erzrivalen Dimitri Woldakow (achtundsechzig Prozent des Kaliummarkts) zu überbieten. Beide Männer hatten kürzlich in ihren Unternehmen Minderheitsbeteiligungen für acht respektive neun Milliarden Dollar verkauft. Der Earl wagte nicht einmal zu spekulieren, was sie ausgeben könnten, um einander auszustechen.

Zu seiner Verblüffung hatte es auch Anrufe von Vertretern der französischen und britischen Regierung gegeben. Frankreich glaubte ein Anrecht auf das Bild zu haben, da Watteau Franzose war. (Der Earl verzichtete darauf, dem französischen Botschafter mitzuteilen, dass Watteau in Valenciennes geboren wurde und daher streng genommen Flame war.) Wohingegen der britische Premierminister sagte, das Gemälde müsse auf britischem Boden bleiben – und jedermann wusste, dass sich das Land einen solchen Ankauf gar nicht leisten konnte.

Als Empfänger von 0,2 Prozent des höchsten Gebots würde für den Earl und seine Familie ein ordentliches Sümmchen abfallen.

»Wir sind der Armut von der Schippe gesprungen«, sagte er zur Countess. »Und zwar keine Sekunde zu früh.«

Die Countess lächelte und stimmte ihm zu, ja, es sei wirklich zu fabelhaft.

Im Personalraum der Wallace Collection sah Larissa den todunglücklichen Jesse und bestand darauf, ihn am Abend zu bekochen. Als er ankam, pflanzte sie ihn auf einen Hocker vor ihrer Küchentheke, während sie das Essen zubereitete.

»Natürlich habe ich von dem Watteau gehört – man müsste schon in Nova Scotia leben und mit den Eisbären in einem Erdloch Winterschlaf halten, um nichts davon mitzubekommen«, sagte sie und tauchte einen lebenden Hummer in siedendes Wasser. Ein schrecklicher Schrei drang aus dem Kochtopf; Jesse zuckte zusammen.

»Keine Sorge, das war nur die Luft, die aus der Schale entweicht«, sagte sie munter. »Häutest du mir bitte diese Knoblauchzehen, mein Lieber?« Sie hielt inne. »Oder triffst du dich später noch mit deiner Freundin?«

Jesse schüttelte den Kopf.

»Gütiger Gott – war Annie – die Diebin – nicht das Mädchen, das du so mochtest?«

Erneut zuckte Jesse zusammen, aber er nickte.

»Da hast du aber Glück gehabt, dass du lebend rausgekommen bist.«

»Es hatte eigentlich nie richtig angefangen.« Larissa musste nicht alles wissen, beschloss Jesse – es wäre wohl für beide besser.

»Den Knoblauch bitte in kleine Würfelchen schneiden«, sagte Larissa.

Jesse wurde noch trauriger – zuletzt hatte er zusammen mit Annie gekocht am Abend ihres triumphalen Galaessens. Sie hatte so glücklich und entspannt gewirkt in ihrer improvisierten Küche, während sie Teller für Teller in ordentlichen Formationen in den Saal hinausschickte.

»Warst du eigentlich mit Trichcombe befreundet?«, fragte Jesse betont beiläufig.

»Ich habe ihn zwanzig Jahre gekannt, aber er war nie mehr als ein Bekannter. Weißt du, wie man Mayonnaise macht?«

Jesse nickte. Er nahm ein Ei, schlug es am Rand der Porzellanschale auf und trennte Eiweiß vom Eigelb. Dann mischte er die winzigen Knoblauchstückchen unter.

»Nimmst du auch Senf dazu?«, fragte er.

Larissa nickte, und Jesse gab einen halben Teelöffel Senf, einen Esslöffel Essig und etwas Salz und Pfeffer zu der Mixtur. Er verrührte das Ganze kräftig, bevor er etwas Olivenöl hineinträufelte.

»Ein paar Tage vor seinem Tod war er abends zum Essen hier. Ich hatte ihn noch nie so gut gelaunt gesehen.«

»Woran hatte er denn gearbeitet?«

»Er wollte es mir nicht genau sagen, aber irgendetwas, das einen Wahnsinnsskandal produzieren würde – er sagte immer wieder: ›Das wird ein riesengroßes Ding.‹ Wieso fragst du?«

»Er hatte mich angerufen und sagte immer wieder irgendwas von wegen ›Apollo‹ – ich konnte mir keinen Reim darauf machen«, log Jesse.

»Meines Wissens hat er über Watteau gearbeitet.« Larissa angelte den Hummer aus dem Topf und legte ihn auf eine Beilagenplatte. »Er wollte seine neueste Forschung veröffentlichen – er wusste aber nicht, ob er sich an die Daily Mail oder Apollo wenden sollte. Was ja wohl zwei Paar Schuhe sind, wenn du mich fragst.«

»Hat er dir erzählt, worum es in dem Artikel ging?« Jesse rührte das Öl in die Mayonnaise hinein. Er merkte plötzlich, wie er errötete. Er war schon immer ein schlechter Lügner gewesen.

»Es ging wohl um die Provenienz irgendeines verschollenen Gemäldes. Wär bestimmt herrlich dröge gewesen. Armer Trichcombe, irgendwie lag er immer knapp daneben. Der hat sich einfach nie wieder richtig davon erholt, dass Memling Winkleman ihn gefeuert hatte.«

Jesse ließ den Schneebesen fallen. »Er wurde von Winkleman gefeuert? Weswegen?«

»Weiterrühren, mein Lieber, das gerinnt uns sonst«, tadelte Larissa. »Ich bin nie dahintergekommen, was es mit dieser Entlassung auf sich hatte; er hatte ja eine Geheimhaltungserklärung unterschrieben und durfte nicht darüber reden. Irgendwann ist ihm mal rausgerutscht, er sei in den Archiven auf irgendetwas Undurchsichtiges gestoßen. Irgendein Gemauschel, wie's in der Kunstwelt gang und gäbe ist. Delores meinte, er hätte mal einen über den Durst getrunken und Memling sei durchgedreht.«

»Er hat dir nicht zufällig eine Kopie des Manuskripts geschickt?«, fragte Jesse.

»Um Gottes willen, nein. Er hätte sich nie in die Karten gucken lassen. Eher hätte er's postlagernd nach Timbuktu versandt oder nach Mold zu seiner Verwandtschaft.«

»Nach Mold?«

»Da kommt die Familie her.«

Jesse erinnerte sich an die Pinnwand in Abufels Wohnung, an den Zettel, auf dem der Wissenschaftler »Manuskript nach Mold« notiert hatte.

»Setz dich, dieser rosarote Herr ist jetzt *à point.*«

Larissa tauchte den Hummer in eiskaltes Wasser und stellte einen Salat auf den Tisch. Sie stippte den Finger in Jesses Mayonnaise. »Gar nicht so schlecht.«

Jesse betrachtete das Schalentier und musste wieder an Annie denken. Würde sie jemals wieder Hummer kochen und essen können? Würde sie irgendwann wieder Mayonnaise herstellen und probieren können? Wie wäre es wohl für ihn, wenn es plötzlich heißen würde, er dürfe nie wieder malen, sich nie wieder in einer Komposition verlieren oder sich künstlerisch ausdrücken?

Larissa sah Jesse forschend an. »Was ist los, Jesse? In was bist du da reingeraten?«

Jesse schüttelte den Kopf und schluckte. »Ich hab einfach nur gedacht, wie lecker das Essen aussieht.«

Larissa legte ihr Besteck wieder hin und nahm seine Hand. »Nur ein kleiner Rat von mir. Die Kunstwelt ist nichts für schwache Nerven. Da wird mit harten Bandagen gekämpft. Schönheit und Besitzgier haben Menschen schon seit Menschengedenken in den Wahn getrieben. Füge noch 120 Milliarden Dollar jährlich zu dieser Gleichung hinzu, und dann geht's richtig rund. Denk mal drüber nach, Jesse – heutzutage ist selbst eine kleinere Arbeit eines unbedeutenderen Künstlers mehr Geld wert, als die meisten von uns in einem ganzen Leben zu Gesicht bekommen.«

Jesse nickte betrübt.

»Und was noch hinzukommt«, fuhr Larissa fort, »es ist eine Welt, die auf Reputation aufgebaut ist, und die hohen Tiere machen vor nichts halt, um ihren Ruf zu verteidigen – vor nichts. Ich weiß nicht, was vor all den Jahren zwischen Trichcombe und den Winklemans vorgefallen ist – und ehrlich gesagt, ich will's auch gar nicht wissen. Als Trichcombe vor ein paar Wochen hier war und verkündete, endlich hätte er ihn, ›dieses verdammte Schwein‹, wie er sagte, da musste ich ihn bitten, die Klappe zu halten. Ich hätte dir nicht sagen sollen, dass ich ihn nochmal gesehen habe. Der Einfluss der Winklemans reicht weit über Verkaufsräume, Museen und Galerien hinaus; die haben ihre Vertretungen; die haben ihre Mitarbeiter; die schmieren die Polizei, die schmieren die Presse. Es würde mich nicht wundern, wenn auch Apollo und Burlington dem Alten gehörten. Er als Einzelperson spendet am allermeisten, nicht nur der Kunstwelt, sondern auch den politischen Parteien. Trich dachte, er wäre ihm gewachsen; jetzt ist er tot – tja, was sagt uns das? Selbst wenn ich etwas wüsste, Jesse, ich würd's dir nicht erzählen.«

Larissa beugte sich über den Tisch und sah Jesse mit ernstem Blick an.

»Es tut mir leid, dass du dich in dieses Mädchen verliebt hast. Wirklich. Aber selbst wenn sie unschuldig im Gefängnis sitzt, wird sie nie wieder rauskommen – das musst du akzeptieren.«

»Sie *ist* unschuldig!« Jesse sprang auf, sein Gesicht war hochrot.

»Eine Frau und ihr liebestoller Freund gegen den Rest der Welt? So läuft's aber nicht. Jesse, das Beste, was du tun kannst, ist, dieses Mädchen ad acta zu legen.«

»Das kann ich nicht.«

»Du hast keine andere Wahl. Wenn sie Glück hat, wird sie hinter Gittern bleiben. Jetzt iss deinen Hummer und erzähl mir, wie's dir sonst so geht.«

Jesse hatte keinen Appetit und musste sich zum Essen zwingen. Er wusste, dass Larissa recht hatte, und obwohl ihn das alles persönlich nicht schreckte, hatte er auf einmal entsetzliche Angst um Annie. Vielleicht war das Gefängnis tatsächlich der sicherste Ort für sie; zumindest konnte sie da nicht umgebracht werden.

# 35. Kapitel

Es war das erste Mal, dass Barnaby Damson in die Houses of Parliament ins Büro des Premierministers zitiert worden war. Damson wartete draußen, während äußerst effizient wirkende persönliche Assistentinnen grußlos an ihm vorbeischritten. Es war allgemein bekannt, dass Damsons Amt politisch unbedeutend war, bestenfalls ein Trittstein auf dem Weg zu Größerem, schlimmstenfalls ein Schuss in den Ofen. Einst wurden Mitglieder, die entweder hoffnungslos oder hoffnungsvoll waren, nach Nordirland geschickt; heute landeten sie im Kulturministerium.

Nach vierzigminütiger Wartezeit wurde Damson in einen Raum von der Größe eines Tennisplatzes geführt. Der Premierminister saß am hinteren Ende, und Damsons Schuhe quietschten laut auf dem Parkett, während er auf den wuchtigen Schreibtisch zuging.

»Ist ja fast wie in der Schule, wenn man zum Direktor gerufen wurde«, bemerkte Damson.

»Um Gottes willen, verschonen Sie mich mit Schule«, zischte der Premierminister. »Eton sollte uns aufs Leben vorbereiten, anstatt uns einen Mühlstein des schlechten Gewissens um den Hals zu hängen. Also, was wollen Sie?«, fragte er gereizt.

»Sie haben mich hergebeten.«

»Wozu?«

Damsons Hoffnungen wurden zugleich geweckt und vernichtet; er sollte also weder befördert noch aus seinem Amt entlassen werden.

»Ich soll Ihnen erklären, was es mit dem Gemälde auf sich hat, *Die Launenhaftigkeit der Liebe*«, sagte Damson.

»Natürlich. Fangen Sie schön von vorne an. Wie spricht sich der Kerl überhaupt aus?«, fragte der Premierminister.

»Watteau – reimt sich auf das französische Wort für Boot, *bateau*«, sagte Damson. Er sprach das Wort vollendet französisch aus. »W-A-T-T-O-H.«

»Watt – wie bitte, was?«

»Denken Sie einfach an ›Watt‹ und ›oh‹«, schlug Damson vor.

»Und worum geht's bei dem Bild?«

»Um zwei Liebende auf einer Waldlichtung.«

»Ist das was Pornografisches?«, fragte der Premierminister nervös.

»Aber nicht doch. Ich habe eine Reproduktion dabei.« Damson zog einen zusammengefalteten DIN-A4-Zettel aus seiner Tasche.

»Die Kunst ist ein Minenfeld, was?«, sagte der Premierminister.

Damson nickte und legte das Bild auf den Schreibtisch. »Sehen Sie, es ist nichts Anstößiges – nur ein Mann, der eine hübsche Frau ansieht.«

»Sagt einem nicht viel, oder? Mehr was für meine Großtante Mathilde.«

»Es hat Integrität und Schönheit«, sagte Damson.

»Ich hab mir nie was aus Kunst gemacht«, sagte der Premierminister.

»Wirklich nicht?«

Der Premierminister stand auf und lief in seinem Büro auf und ab. Er sah aus dem Fenster und entdeckte vier verschiedene Demonstrantengruppen, die gegen die Brotpreise, das Schulsystem, die Nahostpolitik und das marode Gesundheitswesen protestierten. Sie wirkten verloren dort unten auf dem Rechteck aus Rasen, wie Zwerge zwischen den Regierungsgebäuden zu beiden Seiten, dem Obersten Gericht und Westminster Abbey. Dennoch war dem Premierminister klar, dass sie die Stimmung im Land repräsentierten: Es waren weniger als zwölf Monate bis zu den nächsten Wahlen, und seine Umfragewerte waren im Keller.

»Ich brauche eine patriotische Story. Kann dieses Bild eine positive Botschaft rüberbringen?«, fragte er und durchmaß sein Büro. »Tapferes Großbritannien, das dem Ausland das Bild vor der Nase wegschnappt. Die Regierung hat der Nation ein großes Meisterwerk gesichert.« Der Premierminister war rosa angelaufen. »Was meinen Sie?«

»Das ist eine brillante Idee.«

»Danke, Samson.«

»Damson, genau genommen«, sagte Damson leise.

»Was ist das Ding wert?«, fragte der Premierminister.

»Was immer jemand dafür ausgeben will. Wir haben etwas Marktforschung betrieben, die uns einen gewissen Richtwert gibt.« Damson hielt den Moment für gekommen, den Premierminister aufzuklären.

»Jetzt hören Sie in Gottes Namen auf, in Rätseln zu sprechen«, sagte der Premierminister. »Wie viel?«

»Der unterste Schätzwert liegt bei 180 Millionen.«

Der Premierminister schlug die Hand übers Herz. »180 Millionen Pfund? Ist es auf Goldgrund gemalt?«

»Nein, nur auf Leinwand.«

»Ich könnte dafür einen Sprengkopf kaufen. Zumindest einen Teil eines Sprengkopfes.«

»Ja, es ist eine Stange Geld«, stimmte Damson zu. »Die Franzosen sind ganz versessen darauf, das Bild zu kaufen. Meines Wissens sind sie sogar bereit, bis zu dreihundert Millionen Pfund dafür auszugeben. Dreihundert Millionen!«

»Genau die Summe, die sie als Rettungsschirm für ihre letzte verkrachte Bank bekommen haben. Nein, diese Froschfresser kriegen mein Bild nicht! Nur über meine Leiche!«

»Es ist immerhin ein französisches Bild«, sagte Damson.

»Es befindet sich verflucht nochmal auf unserem Boden: Also ist es ein britisches Bild.«

»Haben wir denn überhaupt so viel Geld?«, fragte Damson.

»Eigentlich nicht; tja, eigentlich nicht mal im Traum. Was könnten wir sonst noch tun?«

»Wir könnten uns weigern, eine Ausfuhrgenehmigung zu erteilen, und darauf hoffen, dass sich ein edler Ritter findet, der es kauft und dem Land schenkt.«

»Wer zum Teufel sollte das tun?«

»Jemand, der einen Verdienstorden will.«

»Reicht denn ein OBE?«

»Ich glaube nicht.«

»Nobilitierung?«

»Eher unwahrscheinlich.«

»Man kann heutzutage nicht einfach Leute in den Adelsstand erheben, ohne jeden verdammten Sonderausschuss und die gesamte Presse am Hals zu haben.«

»Das Problem ist, wie Sie wissen, Sir«, sagte Damson, »dass Kunst, ähnlich wie Gold, zu einer eigenen Währung geworden ist. Jetzt, wo der Euro zusammenbricht und der Yen im freien Fall ist, wird Kunst von vielen Leuten als sichere Investition gesehen.«

Der Premierminister tigerte hin und her. Er hatte die beunruhigende Angewohnheit, seine Finger sehr laut knacken zu lassen, und immer wieder unterbrach er damit das Schweigen.

Damson sah aus dem Fenster auf die Demonstranten, die beim Anblick einer Gestalt hinter der Scheibe wild mit ihren Transparenten wedelten.

»Ich habe einen Entschluss gefasst«, sagte der Premierminister mit fester Stimme. »Ich sollte den Geheimdienst einschalten – sollen die sich um die Sache kümmern.«

»Die können aber schwerlich ein Auktionshaus stürmen; wir sind hier ja nicht im Kongo«, sagte Damson nervös.

»Es ist äußerst unwahrscheinlich, dass es im Kongo ein Auktionshaus gibt. Unser Auswärtiges Amt hat natürlich Agenten.«

»Mein Name ist Bond, James Bond«, sagte Damson und imitierte dabei ziemlich gekonnt Sean Connery.

Der Premierminister wirkte erbost.

»Sollte ein Witz sein«, sagte Damson hastig. »Nicht mal ein Idiot würde daran denken, James Bond zu schicken.«

Der Premierminister zog die Augenbrauen hoch. »Ach nein?«, sagte er kühl. »Ehrlich gesagt, genau daran habe ich gerade gedacht. Nur dass der James Bond von heute Darren Lu heißt – Chinese zweiter Generation – tödlich, wie ich höre.« Der Premierminister warf einen Blick auf seine Armbanduhr und seufzte.

»Bis später, Samson«, sagte der Premierminister, entließ seinen Minister und wandte ihm den Rücken zu.

Diesmal korrigierte ihn Damson nicht. Unter falschem Namen erinnert zu werden könnte sich später als Segen erweisen.

Im Élysée-Palast war der Ministerrat zu einer Krisensitzung einberufen worden. Geschlossen gingen die Beamten mit eiligen Schritten durch den prachtvollen Innenhof. Obwohl niemand zum ersten Mal hier war, waren die meisten noch immer beeindruckt von dem feudalen klassizistischen Stil, den exquisiten Wandbehängen, den sorgsam ausgewählten Gemälden und Ornamenten.

Ausnahmsweise ließ der Präsident sein Kabinett nicht warten. In Begleitung zweier Berater betrat er energisch den Raum.

»Übermorgen soll in London ein Gemälde versteigert werden.«

Der Kulturminister lächelte – er war es gewesen, der den Präsidenten informiert hatte.

»Das Gemälde stammt von Antoine Watteau, dem Begründer der Rokokobewegung und einem der Größten, die wir hervorgebracht haben«, sagte der Präsident zu seinen Amtsgenossen. »Für diejenigen, die in Kunstgeschichte nicht aufgepasst haben: Watteau ist 1721 gestorben, ein Jahr vor der Vollendung dieses Palasts. Das Bild in sein Ursprungsland zurückzuführen und in diesen Palast zu hängen wird eine klare und unüberhörbare Botschaft in die Welt hinaussenden, dass Frankreich ein Land der herausragenden kulturellen Bedeutung und des Wohlstands ist. Inmitten der größten Wirtschaftskrise unserer Geschichte, mit Bankencrashs, Kreditausfällen und Anleihen, die keine Investoren anziehen, wird der Kauf dieses Bildes zeigen, dass Frankreich nach wie vor die Nase vorn hat. Wir sind noch nicht am Ende. Wir haben gerade erst begonnen. Wir werden übermorgen das Bild kaufen. Egal zu welchem Preis. *Vive la France!*« Und damit drehte der Präsident sich um und marschierte aus dem Raum.

Die Minister tauschten Blicke aus. Jetzt steckten sie noch tiefer in der Patsche als gedacht.

Seitdem sie sich bei Delores' Abendessen begegnet waren, hatten Wladi und Grace Spinetti-Winkleman jede Nacht und den Großteil der Tage miteinander verbracht. Es war das erste Mal, dass Wladi für Sex kein Geld bezahlen musste.

In einem der seltenen Momente, in denen das Pärchen getrennt war, wandte sich Wladi an Barty. »Wie soll ich beweisen Liebe?«, fragte er.

»Früher hätten Sie jemanden zum Kampf herausgefordert«, erwiderte Barty.

»Kampf? Mit wem kämpfen?«, fragte Wladi etwas verwirrt.

»Das hab ich nicht ernst gemeint, alter Knabe. Es ist nur so, dass ich in Liebesdingen nie sehr gut war – eigentlich sogar hoffnungslos. Sie sollten jemanden fragen, der sich besser damit auskennt.«

Wladi war wütend geworden, hatte Barty am Revers seines Samtanzugs gepackt und in die Luft gehoben (heute war sein Look an Adam Ant und die New Romantics angelehnt). »Das ist nicht dummer Witz. Das ist Frage. Wichtige Frage. Wie soll ich beweisen Liebe? Beantworten Sie Frage.«

»Das ist eine Frage, die seit Jahrhunderten schon viele wichtige Männer und Frauen beschäftigt hat. Ich bin weder Sprachwissenschaftler noch Philosoph«, sagte Barty und versuchte sich aus Wladis eisernem Griff zu winden.

»Sie will kein Geld. Keine Autos, keinen Schmuck, keine Häuser. Sie sagt: ›Beweise mir einfach Liebe.‹« Wladi blies Barty feurigen Knoblauchatem ins Gesicht und setzte ihn unsanft zurück auf seinen Stuhl.

Barty lockerte seinen Kragen und betupfte mit einem parfümierten Taschentuch seine Schläfen.

»Müssen Sie Ihre Liebe denn unbedingt beweisen? Können Sie nicht einfach nur zusammen sein?«

»Ich will, dass wir zusammen nach Russland gehen. Dort leben.«

»Das ist ja eine ganz furchtbare Idee. Sie werden alles verlieren!« Barty fühlte sich beraubt; an dem Tag, wenn Wladi wieder einen Fuß auf russische Erde setzte, würde man ihm sein gesamtes Kapital wegnehmen. »Was ist mit unserem Museum?«, fragte Barty klagend.

In letzter Zeit hatte er an nichts anderes gedacht als Wladis Gebäude in Sankt Petersburg. Es ging ihm dabei nicht um finanzielle Bereicherung, er liebte einfach nur die Idee, ein kleines Schmuckstück zu bauen, das sich jedermann ansehen konnte. Die meisten Häuser, die er eingerichtet hatte, durften nicht einmal fotografiert werden – es waren die geheimen Schätze ihrer wohlhabenden Besitzer. Bartys White House, das sieben Tage die Woche öffentlich zugänglich war, machte ihm immense Freude; es war sein sehnlichster Wunsch, ein weiteres Haus einzurichten, von dem auch andere Menschen etwas hätten.

»Liebe ist wichtiger als Museum«, sagte Wladi entschlossen.

»Warum zurückgehen und arm sein?«, fragte Barty. »Wenn Sie hier leben können mit Ihrem Geld und mit Ihrer Liebe.«

»Ich will, dass meine Kinder russisch sind.«

»Ist sie schwanger?«

*»Njet.«*

Barty raufte sich die Haare. Heterosexuelle Liebe konnte manchmal so verwirrend sein. Endlose Verhandlungen, gefolgt von Missverständnissen, Neuverhandlungen, noch mehr Missverständnissen, und danach ging alles den Bach runter. Dann lieber als nicht praktizierender Homosexueller leben; das schien ihm bemerkenswert klar und direkt.

»Was hält Grace denn von einem Leben als mittellose Sibirierin?«

»Sie sagt, total cool.«

»Das wäre es in der Tat.«

»Sie sagt, sie hat Schnauze voll von scheiß verfluchtem Kapitalismus – sie will echte Werte.«

»Sagen Sie ihr, dass scheiß verfluchte Armut viel schlimmer ist als scheiß verfluchter Kapitalismus«, erwiderte Barty gereizt. »Ehrlich, ich habe noch nie etwas so Albernes und Kurzsichtiges gehört.«

Schweigend saßen die beiden Männer da. Beide fürchteten um ihre Träume. Plötzlich sprang Barty auf.

»Ich hab's!«, sagte er und klatschte in die Hände.

Wladi hob ein wenig den Kopf.

»Sie müssen dieses Bild kaufen, das ihrer Urgroßmutter gehört hatte: *Die Launenhaftigkeit der Liebe,* oder *Lasterhaftigkeit der Liebe,* wie auch immer. Und das hängen wir in unser, ich meine, das hängen Sie in Ihr Petersburger Museum.«

»Urgroß was?« Wladi konnte nicht folgen.

»Vergessen Sie den Teil. Was ich sagen will: Sie müssen das Gemälde kaufen. Das ist der Beweis für Ihre Liebe. Verstehen Sie das nicht?«

Wladi hob den Kopf. Barty sah, dass in seinen Augen Tränen glänzten und seine Wangen hinunterzukullern begannen.

»Mein Freund«, sagte Wladi, und erneut hob er Barty hoch und pflanzte ihm einen Knoblauchkuss nach dem anderen auf die Wangen. »Mein Freund. Mein Freund.«

»Langsam, langsam«, sagte Barty. »Jetzt mal nicht übertreiben.«

»Wir gehen jetzt. Kaufen Bild. Sofort. Wir bringen heute Abend zu Grace.«

»So läuft das aber nicht, Wladi. Das ist eine Versteigerung, da müssen Sie bieten.«

»Ich biete mehr.«

»Sie können nicht mehr bieten, bevor Sie nicht wissen, was auf dem Tisch liegt.«

»Alles hat Preis«, sagte Wladi erregt.

»Sie werden das Gemälde bekommen. Aber Sie müssen es ersteigern. Sie müssen sich nur noch ein paar Tage gedulden. Denken Sie, wie viel es Grace bedeuten wird, wenn Sie es in aller Öffentlichkeit vor den Augen der Weltpresse kaufen.«

Wladi nickte. Der Plan gefiel ihm.

»Direkt nach dem Verkauf werden wir eine Erklärung abgeben. Wir werden allen von dem Museum erzählen.«

Wladi nahm Bartys Hand und schüttelte sie kräftig.

»Vorsicht, alter Knabe – ich hab davon nur zwei«, sagte Barty.

»Beweis von Liebe, Beweis von Liebe. Sehr gut. Gut.«

Dimitri Woldakow saß in seiner Privatbank in einem Townhouse am St. James's Square und beschloss, dass er *Die Launenhaftigkeit der Liebe* kaufen würde, selbst wenn er dabei bankrottginge und sich beim Machthaber nachhaltig unbeliebt machte. Seine Motivation war einfach: Er wollte Wladi demütigen. Seit dessen Ankunft in Großbritannien hatte Wladi nichts als Ärger gemacht: Er hatte in Dimitris Terrain gewildert, hatte die Preise auf dem Kunstmarkt in bislang nicht gekannte Höhen getrieben. Um dem Ganzen noch einen draufzusetzen, hatte Wladi seiner Verlobten Ljudmila nachgestellt, dessen war sich Dimitri sicher. Es war eine Frage der Ehre, dass Dimitri den Zuschlag für das Gemälde erhielt, und er hatte bereits für seinen anstehenden Triumph einen bedeutenden Anteil seines Vermögens flüssiggemacht. Für den Fall der Fälle hatte er auch noch einen Plan B. Woldakow war niemand, der besonderen Wert auf menschliches Leben, Freiheit oder moralische Überlegenheit legte; er wollte einfach nur gewinnen – egal zu welchem Preis.

Von seinem Büro aus, im siebenundachtzigsten Stock des Brent Towers an der Park Avenue, Ecke 73rd Street, sah Stevie Brent, Gründer und Vorsitzender von SB Capital Partners Inc., über den Central Park hinweg und erwog seine Optionen. In zehn Tagen würde sich der Titan der Wall Street vor Gericht wegen Insiderhandels verantworten müssen. Nervöse Investoren hatten bereits fünfzehn Milliarden Dollar Kapital aus seinem Vorzeige-Hedgefonds abgezogen, und Brents Pool war leer. Der Händler wollte ein Signal an die Weltmärkte aussenden, dass er keineswegs am Ende, sondern reich und selbstsicher genug war, um das teuerste Bild zu erwerben, das jemals versteigert wurde. *Die Launenhaftigkeit der Liebe* würde in der Lobby seines Büros in Manhattan hängen und die Titelseite seines Jahresberichts schmücken.

Brent war es gewohnt, ohne Sicherheiten oder Eigenkapital vorzugehen. Stand viel auf dem Spiel, lief er zu Hochform auf; er behielt die Nerven, wenn andere einknickten. Jetzt brauchte er einen richtigen Knaller. Es wäre nicht das erste Mal, dass Brent mithilfe von

Kunst seine Reputation stärkte. Jedes Mal, wenn seine Firma gestrandet war oder das FBI anrückte, hatte der König der Wall Street ein sagenhaftes Gemälde gekauft. Genau wie die Medici, die Sklavenhändler, die plündernden Herrscher und andere vor ihm hatte Brent verstanden, dass er sich mit Kunst reinwaschen konnte. Der Watteau war ideal, um das Vertrauen seiner Investoren zurückzugewinnen. Am Tag nach der Auktion würden sie die Zeitung aufschlagen oder sich im Internet durch die Nachrichten scrollen und erfahren, dass Brent einen neuen Siegeszug angetreten hatte. Keiner, der mit einem Bein im Knast oder kurz vor dem Bankrott stand, hätte einen solchen Schritt gewagt.

In ihrer Suite im Claridge Hotel unterschrieb Mrs Appledore die letzten Papiere und autorisierte die Auflösung der Melanie-und-Horace-Appledore-Stiftung.

In der Londoner National Gallery führte Septimus Ward-Thomas durch eine eilends einberufene Kuratoriumssitzung; die Mitglieder waren einhellig dafür, den gesamten Reservefonds des Museums in Höhe von zwei Millionen Pfund zu verwenden, um sich das Bild zu sichern.

Darren Lu schlenderte durch das Auktionshaus und sah sich die Türen und Fenster an. Seine Anweisungen waren klar, nur war er noch nicht sicher, wie er vorgehen wollte. Aber ihm käme schon noch die zündende Idee. Darren Lu hatte noch nie versagt.

Seine Exzellenz, der französische Präsident, hatte einen Teil der Staatsreserven abgezweigt, um sich das Gemälde zu sichern. Er hatte darauf gedrungen, dass die französische Luftwaffe einen Sonderflug einrichtete, und angeordnet, von der nationalen Presse auf der Rollbahn in Empfang genommen zu werden, damit alle bei der Rückkehr des größten Meisterwerks seines Landes live dabei sein konnten.

In seinem Tonstudio in Hoxton spielte Mr M. Power Dub-Box den letzten Track auf sein neuestes Album. Er hatte sich den Donnerstagabend freigehalten, um zu der Versteigerung zu gehen. Er wollte im weißen Range-Rover-Konvoi vorfahren, seine neue Single *Witches' Brew* würde durch die Lautsprecher wummern, und ein paar Girls sollten ihn wie immer anschleimen. Ihm war klar, dass das Bild für mehr Geld vertickt werden würde, als er hatte. Diese Kunstwelt konnte man doch echt nicht ernst nehmen. Bescheuerte Preise. Bescheuerte Leute.

Bartys Büro war übersät von möglichen Outfits. Er konnte sich einfach nicht entscheiden zwischen Katharina der Großen (mit einem Pferd unterm Arm), Friedrich dem Großen (mit einem lebenden Whippet), einem auf den Hund gekommenen Earl (mit ein paar leeren Weinflaschen), Ludwig XIV. (mit überdimensionierter Perücke) oder Madame de Pompadour in einem Ballkleid aus dunkelrosa Taft und Spitze, dazu eine wallende weiße Lockenperücke.

»Sowas hattest du doch schon zu meinem Essen an«, sagte Delores.

»Bei aller Liebe, Delores, dein Essen war für fünfzig Personen in einem gottverlassenen Winkel von London; übermorgen gucken zwei Milliarden Menschen zu«, empörte sich Barty. »Bennie, Emeline, wo sind meine Leute?«

»Wir sind alle hier«, sagte Frances, seine persönliche Assistentin, mit erschöpfter Stimme. Barty sah sich um und erkannte, dass alle fünfzehn Angestellten geduldig in einer Reihe standen und auf Anweisungen warteten.

»Es erkennt dich doch kein Mensch, wenn du wieder mit so einer absurden Perücke rumläufst. Warum verzichtest du nicht auf die Perücke?«, fragte Delores. »Mehr Sofia Coppola, weniger Danny La Rue.«

»Wenn er oder sie das Bild kauft, reiße ich mir die Perücke vom Kopf, und alle werden mich erkennen«, sagte Barty und sah den Bericht in den Abendnachrichten schon vor sich.

»Und dann siehst du aus wie 'ne begossene Transe – überleg dir mal bitte, was vier Stunden Scheinwerferlicht mit deiner Frisur und deinem Makeup anstellen werden«, sagte Delores und ging zur Tür.

»Du kannst jetzt noch nicht gehen«, jammerte Barty. »Warum muss ich immer alles alleine machen?«

Zwei Abende vor dem Verkauf lief bei der *BBC* eine Dokumentation über die Geschichte der *Launenhaftigkeit der Liebe*. Larissa machte es sich vor dem Fernseher bequem und dachte, wie ungewöhnlich es für die *BBC* war, zur Primetime eine Kunstdoku zu senden. Kunst, einst ein seltenes und kontemplatives Hobby, galt auf einmal als populäres, ja populistisches Vergnügen. Als Larissa vor über vierzig Jahren Kunstgeschichte studierte, war sie in eine Welt der verstaubten Archive, modrigen Kirchen und bröckelnden, altehrwürdigen Gebäude eingetaucht. Die jüngere Generation konnte kaum glauben, dass eine solche Zeit einmal existiert hatte. Heute drehte sich alles nur noch um Netzstrümpfe, digitale Archive und brandneue Museumsanbauten.

Der Film war sehr originell. Mit den neuesten digitalen Effekten hatten die Filmemacher die Räume rekonstruiert, in denen das Bild gehangen hatte: in einer Künstlermansarde, im nächsten Moment im Schlafgemach des Zaren. Sämtliche Besitzer hatten es als Zeichen ihrer Liebe gekauft. Zusammen mit zwölf Millionen Zuschauern sah Larissa voller Verblüffung, wie sich dieses kleine Kunstwerk seinen Weg durch die Geschichte bahnte und von einem illustren Paar zum nächsten wechselte.

1929 schließlich wurde es von einem jungen jüdischen Anwalt namens Ezra Winkelmann gekauft, als Hochzeitsgeschenk für seine Verlobte und Jugendliebe Esther. Nach ihrer Hochzeit hing das Gemälde in ihrer kleinen Berliner Wohnung. Das Paar hatte vier Kinder, darunter Memling, und lebte in einfachen Verhältnissen, aber glücklich. Dann brach der Krieg aus, und die Berliner Juden wurden zusammengetrieben. Die Winkelmanns und ihre Kinder wurden deportiert – vermutlich kamen sie in den Lagern um. Ihrem jüngsten Sohn Memling gelang die Flucht, indem er vom Todeszug sprang. Er versteckte sich auf einem entlegenen Gehöft in Bayern und ernährte sich von Gras und Beeren. Als er 1946 von den Alliierten gefunden wurde, besaß er nichts als seinen Ausweis, ein Foto von seiner Mutter und das Gemälde. Larissa hatte einen Kloß im Hals.

Ein paar Aufnahmen später tauchte Memling auf, gutaussehend, mit kantigem Gesicht, hohen Wangenknochen und seinen eigenartig blauen Augen. Die Augen fielen Larissa erst jetzt richtig auf; sie hatte ihn noch nie aus der Nähe gesehen. Ebenso wie den Rest des Landes schlug sie sein ruhiger, autoritärer, leicht lispelnder Flüsterton in den Bann. Seine Geschichte war entsetzlich, herzzerreißend, und doch war Larissa nicht gänzlich davon überzeugt. Wie eigenartig für einen aschkenasischen Juden, solche blassblauen Augen zu haben, dachte sie, und ihr fiel auf, dass er jedes Mal, wenn er von seinen Eltern sprach, nach unten auf seine Hände sah.

Larissa dachte zurück an ihr letztes Essen mit Trichcombe. Der Kunsthistoriker hatte ihr erzählt, er habe endlich »Beweise« gefunden, irgendein Foto in Berlin und eine Geburtsurkunde. Larissa hatte damals bei seiner Tirade nur mit halbem Ohr zugehört: Seit vierzig Jahren hegte Trichcombe diesen Groll. Und doch war da etwas an dieser Dokumentation, etwas an Memling, das Larissa extrem beunruhigte. Obwohl es fast elf war, wählte sie Jesses Nummer und bat ihn, sofort vorbeizukommen.

# 36. Kapitel

## Am Tag vor dem Verkauf

Nie hat England schöner ausgesehen, dachte Jesse traurig, während er aus dem Zugfenster auf die samtigen, mit Lämmern gesprenkelten Felder und die Reihen von blühenden Weißdornhecken blickte. Die sommerlichen Bäume hatten ihr leuchtend grünes Laub ausgerollt, und die schlanken Stämme hoben sich schwarz vom zartblauen Himmel ab. Es ging an Wiesen in Hunderten von Grüntönen vorbei, durchzogen von Bändern aus neongelbem Raps. Auf ähnlichen Zugfahrten hätte Jesse darüber nachgedacht, wie man diese majestätische Hügellandschaft am besten einfing, aber seit Annies Inhaftierung hatte er kaum malen können. Beim Blick aus dem Zugfenster fragte er sich, was Annie wohl von ihrem Fenster aus sah, falls sie überhaupt ein Fenster hatte. Er zweifelte, ob sie die Haft noch lange aushalten würde. Bei jedem Besuch schien sie tiefer in sich hineinzusinken; ihre Augen waren dumpf und matt, und die Gefängniskleidung schlackerte an ihrem immer magerer werdenden Körper.

Auf Larissas Vorschlag hin hatte Jesse an diesem Morgen den Zug nach Wrexham genommen, wo er in einen kleineren Pendlerzug umstieg. Es war vier Uhr nachmittags, und fast alle Plätze waren von heimkehrenden Schülern belegt. Jesse fand einen Eckplatz am Ende des Zuges und kam sich vor, als wäre er in ein menschliches Feuerwerk aus springenden und kreischenden Kindern geraten. Zwischen Wrexham und Buckley waren es elf Stationen, und bei dreien davon war Jesse kurz davor, auszusteigen und eine Stunde auf den nächsten Zug zu warten. Als die Fahrt über den Fluss Cegidog ging, hörten ein paar junge Rabauken auf, von Sitz zu Sitz über den Gang zu springen, um sich einem neuen Spiel zuzuwenden, das daraus bestand, kleinere Kinder über die Sitzlehnen zu werfen. Erst befürchtete Jesse, es werde noch Knochenbrüche und Nasenbluten geben. Danach hatte er Angst, dass die Kinder irgendwann ihn attackieren würden. In Penyffordd fand jedoch ein unerwarteter Massenexodus statt, und Jesse blieb allein mit einem kleinen Mädchen und dessen Bruder zurück, der sich in die Gepäckablage geflüchtet hatte, jetzt aber vorsichtig herunterkletterte und sich auf den Platz gegenüber von Jesse setzte.

»Geht das jeden Tag so?«, fragte Jesse.

Das Mädchen zuckte mit den Achseln. Sein Bruder sah aus dem Fenster.

Jesse versuchte sich einen jungen Trichcombe Abufel unter ähnlichen Umständen vorzustellen. Wie hatte dieser asketische Asexuelle nur die Kindheit überlebt? Hatte er damals schon Zuflucht gesucht in der unbelebten Welt der Kunst? Hatte sie ihm als sein Ruhepol gedient?

Von Buckely aus nahm Jesse den Bus nach Mold, in der Hoffnung, unterwegs ein paar herrliche Landschaften zu sehen, doch der Bus hatte kaum den Stadtrand von Buckley verlassen, da kamen auch schon die ersten verstreuten Vorstadtsiedlungen von Mold in Sicht. 21 Ffordd Pentre, las Jesse noch einmal – er hoffte, die Adresse würde leichter zu finden als auszusprechen sein.

Nach einigem Hin und Her hatten er und Larissa beschlossen, dass es besser wäre, Trichcombes Neffen Maurice persönlich aufzusuchen, als ihn anzurufen oder anzuschreiben, zumal die Versteigerung schon am nächsten Abend stattfinden sollte. Jesse befürchtete, dass die Polizei noch weniger Lust hätte, Annies Akte noch einmal zu eröffnen, sobald sich der Wirbel um den Verkauf gelegt und Presse und Publikum das Interesse an dem Bild verloren hätten.

»Und wenn sie gerade im Urlaub sind?«, fragte er Larissa und ging in ihrer kleinen Wohnung auf und ab.

»Dann kommen sie auch wieder zurück«, sagte sie weise.

»Und wenn sie sein ganzes Zeug weggeschmissen haben?«

»Dann ist alle Hoffnung verloren«, erwiderte Larissa. »Jesse, du musst vorsichtig sein – du hast keine Ahnung, wie mächtig die Winklemans sind.«

»Das sagst du immer wieder«, sagte Jesse gereizt. Am liebsten wäre er noch am selben Abend nach Mold gefahren. Das Einzige, was ihn abhielt, war, dass er weder Auto noch Führerschein hatte. Hätte er das Geld gehabt, hätte er ein schwarzes Taxi angehalten und sich die ganze Strecke fahren lassen.

»Sieh dir den Katalog genau an«, sagte Larissa und hielt den dicken Band in die Höhe, der sich einzig und allein dem Bild widmete. Auf dem Umschlag stand *Die Launenhaftigkeit der Liebe* in Goldbuchstaben, und zwischen dem dicken Pappeinband waren elf Aufsätze, die alle die Wichtigkeit und kulturelle Bedeutsamkeit des Bildes rühmten. Septimus Ward-Thomas positionierte das Bild innerhalb seines Genres; Simon Schama lobte seine kunsthistorische Vorrangstellung; auch Jasper Johns, Peter Doig, Dexter Dalwood, Catherine Goodman, Gerhard Richter und Tarka Kings kamen zu Wort, dazu waren Gedichte von Carol Ann Duffy und Alice Oswald abgedruckt, die durch das Bild inspiriert worden waren.

»Niemand will, dass dieser Verkauf missglückt«, sagte Larissa. »Außer uns.«

»Annie ist unschuldig!«, rief Jesse inständig. Er hatte aufgehört, hin- und herzulaufen und stand jetzt mit wildem Blick vor Larissa.

»Ich sage doch gar nicht, dass sie schuldig ist, nur spricht einfach vieles gegen sie«, sagte Larissa. »Es gibt kein Filmmaterial von ihr aus dem Laden am Tag des angeblichen Kaufs, aber eine Polizistin erinnert sich, dass sie am Tag nach dem Brand eine Zeugenaussage gemacht hat und sich nach dem verstorbenen Ladeninhaber erkundigt hatte. Es gibt sogar Überwachungsbilder, die zeigen, wie sie das Gemälde aus dem Haus der Winklemans trägt, und dann gibt es Beweise, wie sie sich Informationen verschafft hat über die Geschichte des Bildes. Die Winklemans haben sogar nachgewiesen, welche Bücher über Watteau sie sich ausgeliehen hat, und sie haben Details, wie sie in allen Einrichtungen versucht hat, das Gemälde zu authentifizieren, außer der naheliegendsten – der ihres Arbeitgebers. Warum hat sie Rebecca das Bild nicht gezeigt?«

»Sie wollte nicht, dass es aussieht, als würde sie während ihrer Arbeitszeit was Privates machen«, konterte Jesse. »Außerdem weißt du genau, wie beängstigend und abweisend sowohl Rebecca als auch Memling ist.«

»Du musst zugeben, Jesse, es sieht nicht allzu rosig aus. Einer Jury wird es nicht sehr schwerfallen, sie schuldig zu sprechen«, sagte Larissa.

»Man hat ihr diese Verbrechen angehängt.«

»Du bist in sie verliebt«, sagte Larissa sanft. »Wenn du Annie helfen willst, musst du einen kühlen Kopf bewahren und sehr vorsichtig sein.«

Jesse lief durch die Innenstadt von Mold. Er hatte Hunger und Durst, sah durchs Fenster des Dolphin Inn und fragte sich, ob er wohl noch ein spätes Mittagessen und ein Glas Dutch Courage bekommen würde. Doch dann musste er wieder an Annie denken und schämte sich – ihr Schicksal lag in seiner Hand, und er dachte nur ans Essen. Ffordd Pentre war leicht zu finden – es war eine Wohnsiedlung aus den 1980er-Jahren nahe der Hauptstraße Chester Road. Jedes Haus war eine Variation eines kastenförmigen roten Backsteinhauses: einige hatten Erkerfenster, andere eine weiße Verschalung, und alle hatten überdimensionierte Garagen und gepflasterte Vorhöfe. Die 21 war von einem Mäuerchen und einer eigenen Hecke umgeben. Anders als bei den Nachbarn gab es einen akkurat gemähten Rasen und Hängekörbe. Eine schildpattfarbene Katze saß im Fenster und putzte sich, und vor dem Haus stand ein kleines Auto.

Jesse hatte sich ordentlich angezogen. Er trug ein blassblaues Hemd mit Krawatte und seinen besten Cordanzug, und er hoffte, respektabel, aber nicht wie ein Beamter zu wirken. Er strich sich mit der rechten Hand die Haare glatt, ging zur Haustür und klopfte entschlossen an.

Drinnen hatte sich Delia Abufel gerade eine Tasse Tee gemacht, drei Doppelkekse aus der Dose genommen und sich hingesetzt, um

*Pointless* zu gucken. Die Gameshow fing um siebzehn Uhr an, und Punkt sechzehn Uhr fünfzig, als alles »genau richtig« war, schaltete Delia den Fernseher ein und sah, wie ein strahlender Alexander Armstrong seinen ersten Gast vorstellte. Heute, dachte Delia, gewinne ich. Am Vortag war sie wieder geschlagen worden, eine weitere Niederlage in einer langen Reihe von Enttäuschungen. Es klingelte an der Haustür. Einmal kurz und eindringlich. Delia sah nach dem Kater, aber der ließ sich nicht aus der Ruhe bringen und leckte sich weiter die Tatze. Sie wandte sich wieder dem Fernseher zu. Bestimmt waren's nur die Kinder aus der Straße – am besten gar nicht drauf eingehen.

Draußen verlagerte Jesse das Gewicht. Er wusste, dass jemand zu Hause war; hinter den Tüllgardinen sah er das geisterhafte Flackern des Fernsehers. Wie lange sollte er warten, bis er ein zweites Mal klingelte? Er wollte die Abufels nicht verärgern.

Drinnen sah sich Delia die Spieler an und überlegte, welches Paar sie zu ihrem Hauptrivalen ernennen sollte. Die meisten waren normale Mittelengländer in mittlerem Alter, aber ein Duo konnte Delia von Anfang an nicht ausstehen: Milly und Daisy aus Blackpool. Zum einen waren sie hübsch – viel zu hübsch, um auch noch was im Kopf zu haben, und dann auch noch schlank und schick angezogen. Delia hätte mal genau wie Daisy oder Milly werden können. So eine Frau hätte Delia werden *sollen*. Aber irgendetwas war schiefgelaufen. Sie hatte einfach kein Händchen dafür gehabt. Sie hätte Ted Florence heiraten und mit ihm nach Neuseeland gehen sollen, oder den Antrag von Ronnie Carbutt annehmen, der heute Betriebsleiter der Tesco-Supermärkte der ganzen Region Wales war, aber Delia hatte sich für den netten Jungen aus dem Ort entschieden. Maurice war, offen gestanden, nichts als Platzverschwendung – Klempner ohne Aussicht auf beruflichen Aufstieg. Ein Mann, nach dem man die Uhr stellen konnte, aber keiner, mit dem man sein Leben verbrachte.

Mit jedem Kind hatte sie fünf Kilo zugelegt; jetzt waren alle vier aus dem Haus und hatten ihre Mum mit einem großen Loch in ihrem Leben und einem noch größeren Bauch über dem Hosenbund zurückgelassen. Delia warf einen Blick auf das Regal neben dem Fernseher und betrachtete die beiden Bücherreihen: Auf dem oberen Bord standen Kochbücher; auf dem unteren ihre Sammlung erfolgloser Diäten, jeder Trend von South Beach bis Atkins, drei Meter gescheiterte Hoffnungen.

Wieder klingelte es an der Tür. Diesmal länger und eindringlicher.

»In welchem Film hatte Sigourney Weaver eine Hauptrolle?«, fragte Alexander Armstrong. »Wenn Sie den am wenigsten wahrscheinlichen Film erraten und die wenigsten Punkte sammeln, dann sind Sie eine Runde weiter.«

Hektisch überlegte Delia, in welchen Filmen Sigourney Weaver überhaupt mitgespielt hatte. War es *Alien? Der Eissturm?* Oder *Ghostbusters?*

Wieder klingelte es. Delia spielte mit dem Gedanken, eine Kanne kochend heißes Wasser zu holen und sie dem kleinen Übeltäter ins Gesicht zu schütten.

Da fiel ihr etwas ein. Vielleicht war es die Militärpolizei, um ihr zu sagen, dass Mark, ihr Ältester, in Afghanistan verwundet worden war. Die kamen doch immer persönlich an die Tür. Die riefen nie an. Wo war Maurice, wenn sie ihn mal brauchte? Delia verspürte den Drang zu weinen. Sie stemmte sich aus dem Sessel, rannte fast an die Haustür und zog sie auf.

»Ich bin auf das Schlimmste gefasst«, sagte sie und kämpfte mit den Tränen.

Der Mann, der vor ihr stand, sah weder aus wie ein Soldat noch wie ein Polizist noch sonst wie ein Beamter. Er steckte in einem Anzug, der schon bessere Tage gesehen hatte. Seine Krawatte hing zwar gerade, doch sein dichtes dunkelbraunes Haar stand ihm hier und da zu Berge. Delia sah hinunter und stellte fest, dass er Farbe an den Schuhen hatte.

»Wer zum Teufel sind Sie?«, fragte sie.

Jesse betrachtete die kleine rundliche Frau in ihrem Hauskleid und den flauschigen rosa Pantoffeln. Selbst wenn er den feingliedrigen Trichcombe Abufel mit seinen makellos gebundenen Krawatten und polierten Schuhen mit der undenkbarsten Person der Welt in Verbindung hätte bringen müssen, hätte er es nicht gewagt, sich eine Frau wie Delia vorzustellen. Trichcombe war kein Gefühlsmensch gewesen; die Frau vor ihm hingegen hatte mit Trauermiene die Tür geöffnet und kochte nun vor Wut.

»Wer zum Teufel sind Sie?«, fragte sie erneut.

»Ich bin ein Freund von Trichcombe Abufel«, begann Jesse.

»Sind Sie sein Arschpirat?«, fragte Delia zögerlich.

»Wie bitte?«

»Na, seine Tunte?«

»Ich bin nur ein Freund«, sagte Jesse mit fester Stimme.

»Was meinen Sie, welcher war Sigourney Weavers unbekanntester Film?«, fragte Delia und warf einen Blick zurück auf den Fernseher.

*»Gorillas im Nebel?«*, sagte Jesse aufs Geratewohl.

»Verdammt nochmal, gar nicht so schlecht, die Idee«, sagte Delia, schlug ihm die Tür vor der Nase zu und eilte zurück vor den Bildschirm.

Jesse stand da und betrachtete die Tür. Drinnen gewannen Milly und Daisy die Runde mit einem obskuren Film namens *Galaxy Quest – Planlos durchs Weltall.*

»Hier sind die Namen von acht Fußballspielern – bei welchem britischen Verein spielen sie, und aus welchem Land stammen sie ursprünglich?«, fragte Alexander Armstrong und blickte strahlend ins Publikum.

Delia rutschte tief in ihren Sessel hinein – sie wusste nichts über Fußball. Milly und Daisy dagegen ja – und gingen mit sehr niedrigem Punktestand in Führung.

Wieder klingelte es.

Erneut stemmte sich Delia aus dem Sessel und ging an die Tür. »Was ist denn jetzt schon wieder?«

»Ich will Sie nicht stören, aber es ist dringend.«

»Ich kann Sie nicht reinbitten – Sie müssen warten, bis Maurice zurück ist.«

»Und wann ist das?«

»Punkt sechs. Keine Minute früher, keine Minute später. Also, für wen spielt Robin van Persie und wo kommt der Kerl her?«

»Manchester United, und er ist Holländer.«

Wieder wurde ihm die Tür vor der Nase zugeknallt.

Jesse setzte sich auf das Mäuerchen vor dem Haus. Ein scharfer Wind fegte durch die Ffordd Pentre. Jesse beobachtete, wie die Leute von der Schule oder der Arbeit kamen, ihre bunten kastenförmigen Autos vor ihren roten Backsteinveranden parkten und in ihre Häuser eilten. Obwohl es Juli war, schien sich die Dämmerung früh über die Stadt zu legen. Plötzlich gingen die Laternen an und tauchten das Straßenpflaster in helles Licht. Jedes Haus, so unscheinbar und wenig gewinnend es bei Tag auch wirken mochte, wurde bei Dunkelheit freundlich. Um Punkt sechs hielt ein Honda Civic vor dem Haus.

»Hallo, Sie müssen Maurice Abufel sein«, sagte Jesse, erhob sich von dem Mäuerchen und ging auf ihn zu.

Falls Maurice überrascht war, einen wildfremden Menschen in seinem Vorgarten lauern zu sehen, ließ er sich nichts anmerken. Maurice sah seinem Onkel etwas ähnlich – groß und dünn mit leicht schwermütigem Gesichtsausdruck. Anders als der piekfeine Trichcombe trug dieser Abufel einen Blaumann und Arbeiterschuhe.

»Wer sind Sie?«, fragte er.

»Ich bin ein Freund Ihres Onkels Trichcombe. Ich war ein Freund. Mein Beileid«, fügte er rasch hinzu.

»Was machen Sie hier?«, fragte Maurice und nahm seinen Haustürschlüssel aus der Tasche. »Warum haben Sie denn nicht geklingelt? Kommen Sie ruhig rein.«

Maurice öffnete die Haustür und bedeutete Jesse, ihm zu folgen. Drinnen nahm Maurice seinen Hut ab und legte ihn auf den Tisch. Er öffnete einen Schrank und hängte seinen Mantel ordentlich auf einen blauen Plastikbügel.

»Wir haben Besuch. Mach den Fernseher aus«, sagte Maurice.

»Wen denn?«

»Ein Freund von Onkel Trichcombe – er hat draußen gewartet.« Maurice und Jesse standen Seite an Seite in dem kleinen Flur. Durch die offene Tür sahen sie, wie sich Delia aus dem Sessel stemmte und auf sie zukam.

»Ich hab ihm gesagt, er soll draußen warten«, sagte Delia, ohne Jesse anzusehen.

»Warum? Es ist kühl da draußen.«

»Er hätte ein Vergewaltiger sein können«, sagte Delia.

Maurice sah seine Frau von oben bis unten an. »Träum weiter, mein Herz.«

»Halt die Klappe, Maurice, und iss was.«

»Was gibt's denn?«

»Fischstäbchen mit Bohnen.«

»Ach ja, ist ja Mittwoch.«

»Es reicht aber nicht für drei«, sagte Delia und sah Jesse an.

»Du kochst genug für zehn – und isst für neun –, dann hältst du dich heute einfach mal zurück. Das schadet dir nicht.« Maurice drehte sich zu Jesse. »Kommen Sie ruhig rein und erzählen Sie uns, warum Sie hier sind.«

Jesse hatte seit dem Frühstück nichts gegessen, aber da ihm die beiden nun aufmerksam lauschten, erzählte er von Annie, und wie sie das Bild beim Trödler gekauft und er sie ermuntert hatte, es authentifizieren zu lassen. Als Nächstes erklärte er, dass Trichcombe auf irgendein dunkles Geheimnis in der Vergangenheit der Winklemans gestoßen und damals in den Siebzigern diskreditiert und buchstäblich aus den Londoner Kunstkreisen verbannt worden sei. Irgendetwas sei mit diesem Bild, sagte Jesse, und wahrscheinlich habe Trichcombe recht gehabt. Über vierzig Jahre lang habe er gewartet, um die Winklemans zu entlarven, und als er Annie begegnete und das Bild sah, habe er endlich den Beweis gehabt. Der Kunsthistoriker habe seine These zu Papier gebracht und den Artikel in einer Zeitschrift namens Apollo veröffentlichen wollen. Am Tag bevor Trichcombe dem Herausgeber seine Geschichte habe unterbreiten wollen, sei er gestorben, aus heiterem Himmel.

»Laut Gerichtsmediziner war's ein Herzinfarkt«, fuhr Maurice dazwischen.

»Wer löscht denn zuerst seine gesamten Daten von seinem Telefon und seinem Computer und räumt seine sämtlichen Aktenschränke leer, um dann an einem Herzinfarkt zu sterben?«

»Vielleicht hat er den Druck nicht ausgehalten?«

»Der Hausmeister hat ihn morgens noch vor dem Haus getroffen. Er hatte einen Umschlag in der Hand und wollte gerade zum Postamt. Ich hab ihn gefragt, ob er blass oder krank ausgesehen hätte. Er sagte, nein, er sei bester Laune gewesen – er habe ihn sogar gegrüßt, was ungewöhnlich war für den alten Griesgram. Bei allem Respekt«, fügte Jesse hinzu.

»Er war wirklich ein Miesepeter«, stimmte Delia zu.

»Zwei Tage vor seinem Tod hat er sich mit einer gemeinsamen Bekannten zum Abendessen getroffen und ihr erzählt, er sei hinter ein Verbrechen gekommen, das die Leute umhauen würde. Er meinte, das sei der Beweis, dass er recht gehabt hätte und Opfer einer Verleumdung geworden sei«, sagte Jesse und beugte sich zu ihnen vor. »Ich glaube, Trichcombes Tod war kein Unfall.«

Maurice und Delia sahen sich an.

»Heute noch habe ich Wäsche aufgehängt und gedacht, hier in Mold passiert nie was«, sagte Delia.

»Hier in Mold passiert ja auch nie was. Das war in London«, sagte Maurice.

»Meine Bekannte meinte, Trichcombe hätte Ihnen vielleicht etwas zugeschickt – eine Kopie seines Artikels«, sagte Jesse und hielt den Atem an. Es war Annies letzte Hoffnung.

Maurice schüttelte den Kopf. »Ich fürchte, nein.«

Delia war still, und dann sagte sie plötzlich: »Der Umschlag – ich dachte, da wär ein Katalog drin – ich bin extra in die Stadt gelaufen und musste Schlange stehen, und dann war's nur ein Manuskript. Er hatte ein paar Tage vorher angerufen und mich gewarnt.«

»Was haben Sie damit gemacht?«, fragte Jesse und beugte sich über den Tisch.

»Ich überleg ja gerade«, sagte Delia und lehnte sich in ihrem Stuhl zurück.

»Lass dir ruhig Zeit. Es geht ja nur um den Mord an meinem Onkel«, sagte Maurice.

»Nach der Post bin ich zum Metzger und hab zwei Lammkoteletts gekauft. Dann lief mir Lily über den Weg und sie sagte, komm doch mit zu Ivy auf einen Kaffee. Also sind wir zu Ivy – sie hatte eine schöne Torte gebacken. Biskuittorte mit Marmelade und Buttercreme, mit echten Erdbeeren aus Spanien.«

Jesse musste sich alle Mühe geben, um nicht vor Verzweiflung zu schreien.

»Dann bin ich nach Hause gegangen.«

»Mehr ist an dem Tag nicht passiert?«, fragte Maurice ungläubig. »Ich dagegen bin vermutlich von Chester nach Birmingham gefahren, habe vier Boiler repariert, ein paar Abflüsse gereinigt und genauso viel Papierkram erledigt; und du sitzt rum und frisst Kuchen und machst einen auf Marie Antoinette?«

Delia schürzte die Lippen, erwiderte aber nichts.

»Haben Sie den Umschlag mit nach Hause gebracht?«, fragte Jesse.

»Ich überleg ja gerade, mit welcher Tasche ich aus dem Haus bin.«

»Haben Sie sie vielleicht bei Ivy vergessen?«, fragte Jesse mit einem Anflug von Panik.

»Hab ich die große Einkaufstasche genommen oder den Beutel?«

»Was hat denn das damit zu tun?«, fragte Maurice.

»Die Einkaufstasche hat noch eine Vordertasche.«

»Würden Sie vielleicht mal einen Blick reinwerfen in diese Vordertasche?«, fragte Jesse, der schon aufgesprungen war.

Delia ging hinüber zum Schrank und öffnete ihn. Die Einkaufstasche stand hinter dem Bügelbrett. Delia klopfte leicht gegen die große Vordertasche.

»Da ist er nicht.« Sie sah hinauf zur Uhr und schnappte nach Luft.

»In zehn Minuten fängt die *Mac Show* an – heute kommt Rob Brydon. Sollen wir reingehen und gucken?«

»Bitte, Mrs Abufel, ich weiß, es ist viel verlangt. Aber wir müssen unbedingt diesen Umschlag finden«, sagte Jesse mit bemüht ruhiger Stimme.

Diesmal erhob sich Maurice. Maurice der Klempner, in seinen ausgelatschten karierten Pantoffeln, der geflickten braunen Strickjacke über der Arbeitskleidung und dem Sechzigerjahre-Kassengestell, wurde plötzlich zu einem zornentbrannten Koloss.

»Du gehst jetzt sofort auf den Dachboden«, brüllte er seine Frau an. »Du vergisst jetzt einmal in deinem Leben den Fernseher. Es geht hier um meinen Onkel Trichcombe. Er gehörte zur Familie. Die Familie kommt an erster Stelle. Andernfalls wäre ich vor vielen Jahren aus dieser Tür spaziert und nie wiedergekommen. Du gehst jetzt da hoch und holst mir jeden Fetzen Papier, den mein Onkel dir geschickt hat, und du bringst alles so schnell wieder hier runter, wie dich deine kurzen Beine tragen.«

Delia starrte ihren Mann verdattert an. Sie öffnete und schloss den Mund und ging aus dem Zimmer. Jesse und Maurice saßen schweigend da, hörten Delias schwere Schritte auf der Treppe und dann im zweiten Stock, und dann hörten sie, wie die Dachbodenleiter heruntergelassen wurden. Sie quietschte, während Delia auf den Dachboden stieg.

»Soll ich ihr vielleicht helfen?«, fragte Jesse.

»Bleiben Sie hier«, erwiderte Maurice und starrte vor sich hin.

Wenige Minuten später kam Delia mit drei Tragetaschen zurück. Darin befanden sich ungeöffnete braune Kuverts, die alle an Maurice adressiert waren. Auf der Rückseite, ebenfalls handschriftlich, standen Trichcombes Name und Anschrift. Jesse sah sie rasch durch. Keines davon war vor Kurzem abgeschickt worden.

»Sind das alles seine Bücher?«, fragte Maurice und drehte die Kuverts um.

»Er hat mindestens zwölf Stück geschrieben«, erwiderte Jesse. Er untersuchte jede Briefmarke sehr genau. »Es ist hier nicht dabei.«

»Geh und ruf Ivy an. Frag nach, ob du's da vergessen hast«, befahl Maurice seiner Frau.

»Die guckt bestimmt gerade *The One Show*«, grummelte Delia und ging in den Flur, um zu telefonieren.

Wie sich herausstellte, lag das Manuskript weder bei Ivy noch bei Lily.

Jesse sah seine und Annies Zukunft davonschwimmen. Er wusste, es war hoffnungslos und sie würde für schuldig befunden und den Rest ihres Lebens im Gefängnis verbringen wegen eines Verbrechens, das sie nicht begangen hatte. Ihr Leben würde geopfert werden, um ein finsteres Geheimnis zu hüten. Jesse wusste außerdem, dass er nie wieder lieben würde. Bestimmt würde es andere Frauen geben, es würden Erinnerungen geschaffen und Bilder gemalt werden, aber das wäre nur der Schatten des Lebens, das er mit Annie hatte haben wollen. Jesse erkannte, dass er bis zum Augenblick ihrer Begegnung nur auf Sparflamme gelebt hatte, weil er Erfolg mit persönlicher Freiheit gleichgesetzt hatte – Freiheit von Pflichten, Sorgen, Armut, Reichtum, Ängsten, Eigentum. Er hatte ein ziemlich farbloses, abgeschirmtes Dasein für sich geschaffen.

Er liebte die Malerei und seine Familie, aber das war's dann auch schon. Ein oder zwei Frauen gab es mal, die ihm tatsächlich etwas bedeutet hatten, aber als sie sich abwandten und ihm einen Mangel an Engagement und Verbindlichkeit vorwarfen, hatte Jesse nur bedauernd mit den Schultern gezuckt.

Das alles änderte sich mit Annie. Sein Leben, das eine nette monotone Melodie gewesen war, explodierte zu einer Kakofonie von wilden, unberechenbaren Akkorden. Sonne flutete die dunklen unbekannten Winkel seines Daseins. Er war wie benommen, er war verrückter und offener geworden. Er lächelte wildfremde Menschen an, sang in Aufzügen, tanzte durch Korridore. Er hörte Lieder wie zum ersten Mal; sah Farben wie zum ersten Mal. Aufgaben gingen ihm mühelos von der Hand – er rannte Straßen hinunter und sprang Treppen hinauf. Irgendein unerklärlicher Nebel hatte sich vor Jesses Augen gelüftet und erlaubte ihm, seine vertraute Welt aus einem überraschenden neuen Blickwinkel zu sehen. Alles wurde leuchtender, schärfer und fühlbarer. Seine Malerei erfuhr eine Verwandlung: Aus gedämpften Tönen und bedachten Kompositionen wurden extravagante Farbexplosionen und wilde Fantasieflüge, sein Pinsel flog mit Elan über die Leinwand. Gelegentlich entwich der Atem mit solcher Kraft aus seinen Lungen, dass er sich irgendwo festhalten musste, weil der Boden unter seinen Füßen nachzugeben drohte. Er wusste mit absoluter Überzeugung, dass er und Annie zusammengehörten.

Mit seiner neuen Entdeckung stellte sich auch das Gegenteil ein, Verlustangst. Von dem Moment an, als er Annie kennenlernte, erlebte er zum ersten Mal wahre Furcht. Seine sorglose, nachlässige Einstellung zum Leben löste sich in Luft auf, und jeder Schritt, jedes noch so kleine Ereignis war getragen von Furcht und Beklemmung. Jetzt, in der Küche in Ffordd Pentre, erkannte Jesse, dass er verloren hatte, dass er und Annie niemals zusammenkommen würden und dass der Mensch, den er am meisten liebte, einer trostlosen Zukunft entgegensah. Er stützte den Kopf in die Hände und begann zu weinen.

»In meiner Küche sitzt ein wildfremder Mann und heult«, sagte Delia.

Maurice zog sein Taschentuch hervor und reichte es Jesse. Er drehte sich zu Delia und sagte: »Hol die Einkaufstasche und den Beutel. Guck im Altpapier nach. Es muss hier irgendwo sein.«

Delia sah auf die Uhr. Sie war jetzt ganz verwirrt – welche Sendung kam als Nächstes? Welcher Tag war nochmal heute?

Maurice stand auf und ging an den Schrank. Er warf Besen und Pfannen hinaus, um an die Einkaufstasche und die anderen Tüten zu kommen.

»Du bringst alles durcheinander«, jammerte Delia.

»Hol die Altpapierkiste«, sagte Maurice schroff.

Delia stand auf und ging aus der Gartentür zum alten Kohlenschuppen, wo sie Papierbündel und Plastik sammelte. Seit den Kürzungen der Gemeinde kam die Müllabfuhr jetzt nur noch alle vierzehn Tage, und es hatte sich einiges angehäuft.

Maurice drehte die Einkaufstasche auf den Kopf. Eine einsame Möhre fiel heraus. Er drehte sämtliche Tüten auf links. Nichts.

Im Schuppen machte Delia Licht und begann die Papierschichten durchzusehen. Sie war jetzt wütend und beschämt. Wie konnte Maurice es wagen, vor einem wildfremden Menschen so mit ihr zu reden? Wie konnte diese wildfremde Heulsuse es wagen, sie beim Fernsehen zu stören? Sie versetzte den Papierstapeln einen Tritt, und das Altpapier verteilte sich über den Boden. Hier war natürlich nichts. Was bildete Maurice sich ein? Delia hielt inne. Da war die Ecke eines verräterischen, grau gepolsterten Briefumschlags. Sie zog ihn heran und erkannte die allzu vertraute spinnenhafte Handschrift. Panik ergriff Delia. Der Fund bedeutete nur eine weitere Demütigung, und sie würde vollends wie ein Idiot dastehen. Am besten das Ding verstecken, und sobald Maurice morgen aus dem Haus war, könnte sie's zerreißen oder mit zu Tesco nehmen und in den Recyclingcontainer schmeißen. Jetzt ging es vor allem darum, so schnell wie möglich dieses heulende Elend aus ihrer Küche zu schaffen, um endlich in Ruhe weiter fernsehen zu können. Sie hatte das sichere Gefühl, was immer dort in dem Umschlag war, würde ihr Leben für immer verändern, und zwar nicht unbedingt zum Besseren.

»Was machst du denn so lange da drin?« Hinter ihr tauchte Maurice auf und warf einen gruseligen Schatten über den Schuppen.

»Hast du mir jetzt aber einen Schrecken eingejagt«, sagte Delia, trat einen Schritt zurück und versuchte den Umschlag mit dem Fuß unter das andere Altpapier zu schieben.

Maurice sah aus dem Augenwinkel ihren nervösen Seitenblick.

»Was hast du da versteckt?«, fragte er.

»Nichts – was sollte ich denn hier draußen verstecken?«, erwiderte sie. »Lass uns reingehen und den jungen Mann trösten. Der arme Kerl. Du könntest ihn doch zum Bahnhof fahren.« Delia wusste, dass der Umschlag auf keinen Fall gefunden werden durfte.

Maurice schob sie zur Seite, sank auf die Knie und begann den Papierhaufen durchzusehen. Er brauchte weniger als zwanzig Sekunden, um Trichcombes Umschlag zu finden. Er schnappte ihn mit triumphierendem Lächeln, stand auf und verließ den Schuppen, ohne seine Frau eines Blickes zu würdigen.

Er ging zurück in die Küche und ließ den Umschlag vor Jesse auf den Tisch fallen.

»Gefunden. Wer macht ihn auf? Sie oder ich?«

Jesse hob den Kopf vom Tisch und blickte von Maurice zum Umschlag und wischte sich übers Gesicht.

»Das ist ja wunderbar. Das ist wirklich wunderbar. Machen Sie ihn auf.« Er stand auf und umarmte Maurice. Er wollte auch Delia umarmen.

»Kommen Sie mir bloß nicht zu nahe«, zischte Delia.

Äußerst behutsam öffnete Maurice die Ecke des Kuverts, griff mit der Hand hinein, entnahm einen USB-Stick, ein paar Fotos, ein ordentlich getipptes, etwa vierzigseitiges Manuskript sowie einen Brief.

»Lieber Maurice,

ich hoffe, du kommst nie in die Verlegenheit, diesen Brief zu lesen oder auf seinen Inhalt reagieren zu müssen. Sollte dieser Tag gekommen sein, bin ich wahrscheinlich tot. Da du mein engster lebender Verwandter und offenbar ein zuverlässiges und aufrechtes Mitglied deiner Gemeinde bist, habe ich stets die Kopien meiner Arbeit zu dir in Verwahrung gegeben. Ich vermute, du hattest bislang weder die Zeit noch den Wunsch, meine Texte zu lesen. Ich bin nie auch nur einem einzigen Menschen aus Mold begegnet, der meine Leidenschaft für die Kunst geteilt hätte. Ich bin nicht sicher, wie sie überhaupt zustande kam. Im Haus deiner Großeltern hing kein einziges Gemälde, nicht einmal eine Reproduktion. Meine Leidenschaft wurde entfacht, als meine Klassenlehrerin, Miss Quilter, einmal vergaß, unsere Klassenfahrt in die Fabrik nach Bourneville zu buchen, und wir stattdessen im Birmingham Museum & Art Gallery unsere Zeit herumbringen mussten. Du erinnerst dich wahrscheinlich nicht mehr, aber ich bin einmal mit dir dort gewesen, als du noch ein kleiner Junge warst. Ich hatte das Gefühl, jeder

Mensch verdient eine Offenbarung, auch wenn er nichts damit anfangen kann. Für mich war die Kunst meine Rettung; Kunst studieren, betrachten und leidenschaftlich lieben – das war mein einziges Mittel, mich weniger einsam und absonderlich zu fühlen. Manche lieben eine Frau oder einen Mann, das Glücksspiel oder den Alkohol; ich liebe Gemälde und habe mein Leben ihrem Studium gewidmet und dem Versuch, anderen Menschen ihre Schönheit und ihren Zauber zu erklären.«

Maurice rückte seine Brille zurecht, blickte blinzelnd auf den Brief und las weiter.

»Ein Mann hat mir geholfen, eine Karriere aufzubauen, und derselbe Mann hat meine Karriere zerstört. Sein Name ist Memling Winkleman.«

Maurice hielt inne und sah Jesse an. »Ist er das?«

Jesse nickte. Seine Tränen waren versiegt und sein Herz klopfte ihm bis zum Hals. »Lesen Sie weiter«, drängte er.

»Wenn du diesen Brief liest, hoffe ich, dass sein Name schon international bekannt ist und dass er für das enttarnt wurde, was er ist – ein Betrüger, ein Krimineller, ein Nazi, der über Leichen ging, um den erfolgreichsten Kunsthandel der Welt zu etablieren.«

»Ein Nazi. Na so was«, sagte Delia.

Mit einem Blick bedeutete Maurice seiner Frau, den Mund zu halten. Dann las er weiter.

»Wie du vielleicht weißt, habe ich für ihn als Gutachter gearbeitet, als Experte, der erklärt, ob ein Werk echt ist oder nicht. Ich verfüge, wenn ich das in aller Bescheidenheit sagen darf, über ein immenses Kunstwissen sowie ein fotografisches Gedächtnis.

Wenn ich einmal ein Bild gesehen und eine Zeitlang studiert habe, vergesse ich kein einziges Detail. Zeige mir die Ecke eines Rembrandt und ich sage dir alles über das Werk. Dadurch bin ich zu einem hervorragenden Entdecker geworden – Memling und ich zogen durch die Auktionsräume; ich identifizierte und zertifizierte die Meisterwerke, Memling kaufte. Eigentümlicherweise war ich an Geld nie sonderlich interessiert; ich wollte mit wichtigen Themen in Verbindung gebracht werden, und ich wollte die Möglichkeit haben, meine Gedanken und Einsichten zu veröffentlichen. Memling und ich waren großartige Partner; er wurde reich, ich erntete Akklamation.«

»Was heißt das, Akklamation?«, fragte Delia.

Maurice und Jesse ignorierten sie.

»Eine Sache jedoch gab mir immer Rätsel auf; eine Sache, die er nie erklären konnte. Selbst als es eng wurde auf dem Kunstmarkt, als immer weniger gute Sachen zu haben waren, gelang es Memling, großartige Gemälde aufzutun, er zog sie gleichsam aus dem Hut. Er stieg in ein Flugzeug und kam mit ein oder zwei Bildern zurück. Ich fragte ihn, wie und wo er sie gefunden habe. Er schwieg sich aus. Einmal tauchte er mit einem wirklich grandiosen Tizian auf, das Bildnis einer jungen Frau, klein, aber in sich vollkommen. Das Gemälde weckte meine Neugier. Ich kannte die Komposition als Reproduktionsstich aus der Berliner Gemäldegalerie. Bald hatte ich herausgefunden, dass dieses Bild vor dem Krieg im Besitz einer jüdischen Familie gewesen war, danach aber als verschollen galt. Ich begann – natürlich heimlich – auch die anderen Gemälde zu überprüfen, die wir verkauft hatten, und fand heraus, dass in den zehn Jahren, die ich für Winkleman gearbeitet hatte, etwa dreißig von uns gehandelten Gemälde Juden gehört hatten, die im Holocaust ermordet worden waren.

Eines Tages spazierte ich in Memlings Büro, ich hatte vergessen anzuklopfen, und dort auf seinem Schreibtisch lag ein Gemälde des französischen Meisters Watteau, *Die Launenhaftigkeit der Liebe* – ich kannte es natürlich als Stich –, ein wirklich wunderbares Werk. Es heißt, seine Schönheit sei imstande, die Menschen zu Liebenden zu machen; auch mir verwirrte es ein wenig die Sinne. Ohne nachzudenken nahm ich es von seinem Schreibtisch und verschlang es mit den Augen. Ich hätte tun sollen, als wäre es mir gar nicht aufgefallen. Memling entriss mir das Bild und befahl mir, sofort sein Büro zu verlassen und sein Haus nie wieder zu betreten. Ich wusste gar nicht, wie mir geschah, und tatsächlich ging ich. Als ich am nächsten Morgen zurückkam, fand ich meine Sachen und Bücher in einem Pappkarton draußen auf dem Gehweg. Ich wurde nicht mehr ins Haus gelassen. Sofort begannen die Gerüchte zu kursieren. Die Kunstwelt ist eine kleine Welt in den Händen einer einflussreichen Elite. Ich kam in private Ausstellungen oder Galerien, und man begegnete mir mit ausdruckslosem oder regelrecht feindseligem Blick. Meine Manuskripte wurden abgelehnt; niemand wollte meine Texte veröffentlichen, geschweige denn mich einstellen. Ich wollte Memling ausliefern, ich wollte von meiner Entdeckung erzählen, aber keiner hörte mir zu. Sie wussten, wer die Macht hatte. Wir alle tanzen mit den Mächtigen einen Reigen.

Ich kam über die Runden, wenn auch knapp. Ich hatte meine Wohnung und ein kleines Gehalt von der Wallace Collection. Ich schrieb weiter meine Bücher – die meisten wurden nie veröffentlicht. Du hast von jedem eine Kopie. So ist die Welt, ich habe es akzeptiert. Die Memlings gedeihen und die kleinen Leute aus Mold vermodern.

Eines Tages aber kehrte die Hoffnung zurück. Ich sah eine Zeichnung des Watteau-Gemäldes, *Die Launenhaftigkeit der Liebe*, und erfuhr von einer jungen Frau, es befände sich in ihrem Besitz. Vielleicht waren es die Jahre unterdrückter Wut oder irgendein Rest von walisischem Kampfgeist, jedenfalls wurde mir klar, dass das meine Chance war, das Ungeheuer zu entlarven. Dieses herrliche kleine Werk gab mir die Kraft und die Klarheit, zu tun, was ich schon vor Jahren hätte tun sollen.

Dieser lange Aufsatz, von dem ich hoffe, dass er inzwischen gedruckt und durch die internationale Presse gegangen ist, wird dir Aufschluss darüber geben, wie ich vorgegangen bin und worauf sich meine Beweise stützen. Menschen wurden geopfert, doch jetzt wird die Gerechtigkeit obsiegen.

Sollte meinem Leben aus irgendeinem Grunde vorzeitig ein Ende gemacht werden (und es wäre nicht übermäßig dramatisch, davon auszugehen), bitte ich dich, mein lieber Neffe, dafür zu sorgen, dass diese Informationen an die Öffentlichkeit gelangen. Achte unbedingt darauf, anonym zu bleiben und sehr überlegt vorzugehen; aber ich weiß, dass du ein Mensch bist, der ein Unrecht wiedergutgemacht sehen will.

Achtungsvoll,
Dein Onkel Trichcombe«

Delia legte die Hand aufs Herz. »Ich wusste, wir hätten's im Schuppen lassen sollen, Maurice. Das gibt nur Ärger.«

»Setz Wasser auf«, erwiderte Maurice.

Die nächsten zwei Stunden, bis zehn Uhr abends, brachten er und Jesse damit zu, Trichcombes Aufsatz zu lesen und über die detaillierten Fußnoten nachzugrübeln. Der Kunsthistoriker hatte wider alle Konventionen seine Geschichte in der ersten Person verfasst, die Beziehung zu Memling und die Zusammenarbeit in allen Einzelheiten geschildert. Er nannte das Tizianbildnis, gefolgt von anderen »auf wundersame Weise aufgetauchten« Bildern. Trichcombe sagte offen, er habe jeden Verdacht in den Wind geschlagen, um die eigene Karriere voranzutreiben, bis er an jenem Tag den Watteau sah. Zu allen von ihm erwähnten Gemälden gab es detaillierte Angaben zur Provenienz und die Belege, dass die Bilder Juden gehört hatten, die im Krieg ums Leben gekommen waren. Den erschütterndsten Beweis lieferten die Fotografien des jungen »Memling« im Kreise der Familie Winkelmann in ihrer Berliner Wohnung vor der *Launenhaftigkeit der Liebe*. Trichcombe war von Danica Goldberg in der Schwedenstraße aus direkt ins Staatsarchiv gefahren. Er machte sich Kopien nicht nur von der Geburtsurkunde Memling Winkelmanns, sondern auch von der eines Jungen namens Heinrich Fuchs. Und Trichcombe hatte es nicht dabei belassen. Die Fotos, die er danach auftat, zeigten einen Hitlerjungen namens Heinrich Fuchs, eine jüngere Version des Mannes, der heute als Memling Winkleman bekannt war. Trichcombe verfolgte die Karriere des Mannes bis zum Einsatzstab Reichsleiter Rosenberg, wo Fuchs direkt unter einem Parteifunktionär namens Karl Haberstock arbeitete. Das vielleicht ungeheuerlichste Foto zeigte einen jungen Beamten, der hinter Hitler stand und ein Gemälde in die Höhe hielt. Obwohl das Foto stockfleckig und leicht verschwommen war, handelte es sich bei dem jungen Mann mit der tiefsitzenden Mütze und der kerzengeraden Körperhaltung eindeutig um Heinrich Fuchs.

»Was zum Teufel machen wir jetzt?«, fragte Maurice und schob seinen Stuhl zurück.

»Du tust so, als hättest du das alles nie gesehen«, sagte Delia. In den letzten zwei Stunden hatte sie nervös das Geschehen verfolgt, indem sie immer wieder zwischen Fernseher und Küche hin- und hergelaufen war.

»Die Katze ist aus dem Sack. Wir müssen dafür sorgen, dass Onkel Trichcombe Gerechtigkeit widerfährt«, sagte Maurice mit fester Stimme. »Ich glaube allerdings kaum, dass die örtliche Polizei einen Fall wie diesen ernst nimmt.«

Jesse fotografierte mit seinem Smartphone jedes einzelne Bild und jede einzelne Manuskriptseite und speicherte das Ganze auf einem entlegenen Server.

»Dürfte ich das jemandem mailen?«, fragte er.

»Wir schaffen die Beweise nach London«, sagte Maurice entschlossen.

»Du kannst mich hier nicht alleine lassen«, sagte Delia.

»Genau das hätte ich schon vor Jahren tun sollen.« Maurice ging aus dem Zimmer und nach oben. Jesse und Delia standen schweigend am Küchentisch.

Kurz darauf tauchte Maurice wieder auf, ein Köfferchen in der einen Hand und seinen Mantel in der anderen.

»Kommen Sie, Jesse. Los geht's.«

# 37. Kapitel

»Aus: The Daily Shout
*Kunst und Kittchen: Die Launenhaftigkeit des Lebens*
von unserem Kulturkorrespondenten Arthur Christopher

Das kleine Gemälde misst nur 45 mal 60 Zentimeter, es wurde in Öl auf einem Untergrund aus Leinwand gemalt, doch *Die Launenhaftigkeit der Liebe* hat eine außergewöhnliche Geschichte, die soeben noch sagenhafter geworden ist. Gestern Abend um zwanzig Uhr sollte das Gemälde des berühmten Rokokomalers Antoine Watteau im Auktionshaus Monachorum versteigert werden und alle Rekorde brechen. Das Bild ist nicht so erlesen und historisch bedeutend wie ein Tizian oder ein Leonardo, es ist weniger modisch und avantgardistisch als ein Richter oder ein Warhol – und doch hat seine Provenienz die Fantasie der Menschen auf der ganzen Welt angeregt. Vielen Sammlern hätte es gefallen, auch ihren Namen auf der illustren Liste der Könige und Königinnen, Denker und Liebhaber zu sehen, in deren Besitz das Gemälde war.

Nur Augenblicke vor dem Beginn der Auktion ereignete sich ein Stromausfall im Verkaufsraum, und es wurde stockdunkel. Im gesamten Auktionshaus brach Chaos aus. Automatische Sicherheitsgitter wurden heruntergelassen und schlossen etwa 250 namhafte Gäste in den Verkaufsraum ein. Es herrschte ein heilloses Durcheinander, das gesteigert wurde durch das Eintreffen von zwanzig bewaffneten Polizisten. Die Polizeibeamten kamen sich mit den privaten Wachdiensten ins Gehege, welche einige hochvermögende Personen aus dem Ausland sowie den französischen Präsidenten und den britischen Kulturminister zu beschützen hatten. Es fielen Schüsse; Mr Barthomley Chesterfield Fitzroy St. George wurde durch eine

Kugel am Arm verletzt. Bei dem Handgemenge kam die neunundsiebzigjährige New Yorker Philantropin Melanie Appledore infolge eines Herzinfarkts ums Leben.

Die Situation wurde erschwert durch die Menschenmenge, die sich vor dem Auktionshaus versammelt hatte, um die Versteigerung per Videoübertragung mitzuverfolgen. Als aufgrund des Stromausfalls die Übertragung unterbrochen wurde, versuchten einige verärgerte Zuschauer ins Innere des Auktionshauses vorzudringen.

Aufgrund des Durcheinanders bemerkte zunächst niemand, dass unter den Augen der internationalen Presse, der Polizei und der Wachdienste das Bild verschwunden war. Was folgte, war komplette Verwirrung; war das Gemälde von einem der Händler zurück in den Tresorraum geschafft worden? War es von einem der namhaften Gäste entwendet worden? Zu diesem Zeitpunkt bemerkte das Wachpersonal, dass die Aufzeichnungen der Überwachungskameras gelöscht worden waren.

Ein Mitarbeiter dieser Zeitung berichtete heute von seinem Posten vor dem privaten Wohnhaus von Memling Winkleman, um acht Uhr früh seien uniformierte Beamte eingetroffen und hätten das Haus in Begleitung des renommierten Kunsthändlers wieder verlassen. Später bestätigten Beamte der Polizeiwache Paddington Green, der neunzigjährige Mann und seine fünfzigjährige Tochter Rebecca Spinetti-Winkleman hätten sich für Befragungen zur Verfügung gestellt. Anklage wurde bisher nicht erhoben.

Heute Mittag wurde Annie McDee aus dem Holloway-Gefängnis entlassen, alle Anklagen gegen sie wurden fallen gelassen. Miss McDee hatte in Untersuchungshaft gesessen, nachdem sie des Diebstahls, der Erpressung, der Verschwörung zum Betrug und des Mordes an Ralph Bernoff, Sohn des Inhabers von Bernoff Antiquitäten, Goldhawk Road, London, angeklagt gewesen war.

Vormittags um zehn twitterte das Simon Wiesenthal Center, Heinrich Fuchs, einer der letzten Nazi-Abschnittsleiter, sei entlarvt worden. Fuchs, einer der Hauptakteure von Hitlers berüchtigtem Einsatzstab Reichsleiter Rosenberg (ERR), Sonderstab Bildende Kunst, befand sich seit 1945 auf freiem Fuß. Unbestätigten Gerüchten zufolge habe Fuchs die Identität eines 1943 in Auschwitz ermordeten Berliner Juden, Memling Winkelmann, angenommen.

Vormittags um elf gab der französische Präsident folgende Erklärung: »Gestern Abend bin ich nach Großbritannien gereist, um den Kauf eines bedeutenden französischen Kunstwerks, Watteaus *Launenhaftigkeit der Liebe*, abzuschließen, das im Pariser Élysée-Palast seinen rechtmäßigen Platz hat. Mein Land legt größten Wert darauf, das Gemälde so schnell wie möglich nach Frankreich zurückzuführen.«

Am Mittag teilte 10 Downing Street mit: »Wir freuen uns, bekannt machen zu dürfen, dass einer unserer Agenten gestern Abend in der Lage war, *Die Launenhaftigkeit der Liebe* von Watteau aus dem Auktionsraum zu retten. Das Gemälde soll bis auf Weiteres an einem geheimen Ort verwahrt werden.«

# 38. Kapitel

Wie Sie sich wahrscheinlich längst gedacht haben, war das Ganze ein abgekartetes Spiel. Der junge Regierungsagent Darren Lu hatte sich als Türsteher ausgegeben. Inmitten des Chaos im Anschluss an den Stromausfall fräste er ein Loch in mein vermeintlich kugelsicheres Glas, steckte mich in einen Rucksack, spazierte die Treppe hinunter und verschwand aus dem Hinterausgang.

Was tat sie mir leid, die arme Melanie Appledore – eine Dame, die einen Weltkrieg überdauert, die Fallstricke der Park Avenue mit Bravour gemeistert und fast ein Vierteljahrhundert als einsame Witwe ausgeharrt hatte, nur um bei einer Versteigerung den Geist aufzugeben. Nun, zumindest starb sie *hors de combat* und im festen Glauben, die Sache für sich entschieden zu haben.

Ich dagegen war bitter enttäuscht, keinen Weltrekord erzielt zu haben. Der gerissene Earl hatte auf über fünfhundert Millionen Dollar gehofft. Es wäre durchaus machbar gewesen, wenn man bedenkt, dass *Die Kartenspieler* von Cézanne, eine von fünf Versionen, 261 Millionen Dollar geholt hatten und meine Provenienz um Längen aufregender ist als die des Klimt-Porträts von Adele Bloch-Bauer, das für 150 Millionen Dollar verkauft wurde.

Stören Sie sich nicht an meinem unverhohlenen Eigenlob; meine Leinwand ist überzogen mit den Pinselstrichen eines Genies und mit jahrhundertealter Lust, Liebe und Habgier. Jeder meiner Besitzer gab eine zarte, bleibende Schicht hinzu: Die erste Schicht stammt von meinem Meister selbst; die zweite Schicht bildet die brüderliche Zuneigung seines Freundes Jullienne, und über diese beiden Schichten legte sich die Bewunderung der Mächtigen und der Hässlichen; selbst die junge Annie sorgte für ein wenig Zauber. Diese Schichten der Hochachtung sind für das menschliche Auge unsichtbar; jeder mit Intuition und Empfindsamkeit begabte Mensch kann sie dennoch wahrnehmen.

Ich höre Sie nun fragen: Erklärt dieser Umstand allein die aberwitzigen Summen, die für Kunst bezahlt werden, und warum gelten ich und meinesgleichen als wertvoller als Gold oder Diamanten? Warum sind wir eine zuverlässigere Investition als Häuser oder Land, wenn wir in Wirklichkeit nichts sind als ein über vier Holzleisten gespanntes Stück Stoff? Die Antwort ist einfach genug: Sehen Sie sich um in dieser verrückten, gottlosen, zynischen Welt – in was kann der Mensch denn heute noch Vertrauen setzen? Ich langweile Sie, nicht wahr, Sie wollen jetzt keine Moralpredigt hören, doch in diesen verkommenen Zeiten, wo alles vor die Hunde geht, wo sich alles nur noch ums Geld dreht, wo selbst der schnöde Mammon den Menschen mitunter enttäuscht, ist die Kunst zu einer Art Religion geworden, und Schönheit bietet eine seltene Form von Transzendenz.

Wie andere erfolgreiche Religionen hat sich auch die Kunst weiterentwickelt, in ihrem Namen gibt es prachtvolle Tempel, Hohepriester und Gemeinden. Die neuen Kirchen, das sind die Museen, in denen das Betrachten von Kunst zu einer Form von Gebet und gemeinschaftlicher Aktivität geworden ist. Die Wohlhabendsten können sich private Kirchen errichten, die mit unvorstellbaren Kostbarkeiten gefüllt sind, und sich so einen Platz in der ersten Reihe sichern. Das alte Lied.

Aber kommen wir zurück zu meiner Wenigkeit: Eine beängstigende Auseinandersetzung entspann sich über die Frage, wer mein rechtmäßiger Eigentümer sei. Annie hielt ihr Wort und gab jedweden Anspruch auf mich auf, sodass nun alle Welt um den Globus hetzt und nach Verwandten oder entfernten Cousinen der Winkelmanns sucht. Zehntausend Betrüger meldeten sich; niemand kam ernsthaft in Betracht, bis auf eine einzelne Dame aus Israel.

Resolution statt Restitution, das ist mein größter Wunsch. Dieses ganze Hin und Her war einfach viel zu viel – ich brauche dringend Ruhe und Konsolidierung. Mein Segen ist es, einen Überschwang der Gefühle auszulösen; mein Fluch, über mein Schicksal nicht selbst verfügen zu können.

Fürs Erste hänge ich »zur Verwahrung« im Prunksaal des Premierministers; sein Hauptanliegen ist es, die Franzosen zu düpieren. Dreihundert Jahre, und nichts hat sich geändert; noch immer streiten sich Frankreich und England um Lappalien. Der Fels von Gibraltar, der 1713 an Großbritannien ging, bleibt ein Streitapfel zwischen Briten und Spaniern, und Briten und Russen stehen weiterhin mal so und mal so zueinander: das alte Lied. Kein Mensch redet heutzutage über Schweden oder Österreich-Ungarn, dafür gibt es zwei neue Spieler, Amerika und China; Supermächte kommen und gehen, die Macht ist ein Spielball der Gezeiten.

*Le scandale du jour* war, dass der alte Nazi in seiner Gefängniszelle eine Blausäuretablette schluckte und mit Schaum vor dem Mund auf dem Boden der Haftanstalt Wandsworth verstarb. Ein Brief tauchte auf, in dem er behauptete, die Tochter habe nichts von seinen Schandtaten gewusst; wer's glaubt, wird selig. Derselbe Brief enthüllte den Standort eines Bunkers mit Gemälden – Nazi-Raubkunst – in einem stillgelegten Salzbergwerk in Bayern. Tatsächlich lagerten dort vierundachtzig Meisterwerke sowie das Bernsteinzimmer. Jetzt liegen Russland, Frankreich und Deutschland im Clinch um die Frage, wer welches der Werke besitzt. Seit der schönen Helena hat Schönheit Kriege entfacht.

Annie wurde mit vollem Straferlass aus der Haft entlassen. Sie erschien beim Premierminister zum Lunch und brachte Jesse und einen Mann aus Wales als Begleitung mit. Wie der Zufall es wollte, gab es ein Problem mit einer blockierten Toilette. Der Mann aus Wales riss sich die Jacke vom Leib und verschwand mit einem der Aufseher. Nach dreißig Minuten kehrte er zurück, das Problem war aus der Welt. Der Premierminister zeigte sich beglückt und salbaderte etwas von guten Bürgern und »großartiger Gesellschaft«. Ich muss sagen, der Premierminister ist ein Langweiler vor dem Herrn, aber man muss wohl ein wenig stumpfsinnig sein, um in die Politik zu gehen, und stumpfsinniger noch, um es dort auszuhalten.

Der Waliser wartete mit einer weiteren Idee auf: Wie wäre es, mich zum »Volksbild« zu machen? Er schlug eine Kampagne vor, um mich für die Nation zu sichern: Jeder Bürger solle drei Pfund für diese große Sache beisteuern. Der Premierminister war begeistert von der Idee, denn er wusste, dass er als erster Politiker in die Geschichte eingehen würde, der eine Steuer erhob, die allen gefiel.

Kurz vor ihrem Umzug in die Vereinigten Staaten kam Annie mich besuchen. Sie sah sich um, ob auch niemand lauschte. Dann flüsterte sie mir etwas in die Farbe.

»Danke«, sagte sie, »dass du mir meinen Glauben an diese Welt zurückgegeben hast, und vor allem, dass du mir die Liebe wieder möglich gemacht hast. Ich habe dir unendlich viel zu verdanken.«

Kurz darauf tauchte Jesse hinter ihr auf, legte ihr den Arm um die Schulter und küsste sie sanft auf den Kopf. »Woran denkst du?«, fragte er.

»An *Die Launenhaftigkeit der Liebe*«, erwiderte sie, ohne den Blick von mir zu wenden. Die beiden verschränkten ihre Finger, und sie bettete den Kopf auf seine Schulter.

Es war, zugegebenermaßen, rührend.

Tomi Horshaft wurde als Enkelin von Ezra und Esther Winkelmann identifiziert. Geboren 1943 in Auschwitz-Birkenau, wurde sie kurz darauf zur Waise und von einem amerikanischen Ehepaar adoptiert, und gemeinsam zog die Familie in einen Kibbuz im Norden des Landes. Mrs Horshaft meldete sich vom Ufer des Sees Genezareth und ließ verlauten: »Diese Entdeckung wird mir weder meine Eltern noch Großeltern noch Cousins und Cousinen zurückbringen, aber ich werde das Geld vom Erlös des Bildes dafür verwenden, ihnen zu Ehren eine Schule zu bauen.«

Das britische Volk tat sich zusammen und erwarb mich für 240 Millionen Pfund (einen Bruchteil meines Schätzwertes). Es war zermürbend; alle Vierteljahre musste ich in ein anderes regionales Museum umziehen. Vor jedem Museum bildeten sich Schlangen, Hunderttausende kamen, um mich zu bewundern. Die Museen nahmen jungen Paaren Unsummen dafür ab, dass sie unter meinem Blick heiraten durften. Jedes Jahr seit dem Kauf wurde ich zum beliebtesten Nationalheiligtum erkoren, mit über sechsmal so vielen Stimmen wie Stonehenge, Blenheim Palace, Giant's Causeway oder Blackpool Tower, was immer und wo immer das alles sein mag.

Dennoch sorgen Krethi und Plethi ordentlich für Tratsch: Ich habe mitbekommen, dass Annie und Jesse auf einen Bauernhof im Bundesstaat New York gezogen sind, wo sie ihrer Liebe zur Natur frönen können, aber nicht allzu weit weg sind von der Stadt. Annies Firma Foodalicious wurde zum Inbegriff von inszenierter Edelgastronomie. Trotz diverser Angebote, Foodalicious zur globalen Marke auszubauen, blieb Annie sich treu. »Für mich ist es so«, sagte sie zu einem der Schreiber. »Essen ist Liebe, Essen ist Erinnerung, Essen ist Leiden und Hoffnung, Essen ist Vergangenheit und Zukunft, Essen ist, wer wir sind und wer wir sein wollen; beim Kochen geht es um Originalität und Intimität, und das geht nur in überschaubarem Rahmen.« Als der Journalist wissen wollte, ob sie dieselbe Annie McDee sei, die das berühmteste Bild der Welt in einem Londoner Trödelladen gekauft, im Gefängnis gesessen und eine Million Pfund Wiedergutmachung von der Winkleman-Stiftung abgelehnt hatte, erwiderte Annie: »Das war ein vollkommen anderer Mensch.«

Jesse, nunmehr ihr Ehemann, malt immer noch in seinem Atelier in einem umgebauten Pferdestall Landschaftsbilder aus dem Gedächtnis. Wie ich höre, sind es bunte, abstrakte und sehr begehrte Gemälde.

Rebecca wurde der Dokumentenfälschung und Unterschlagung angeklagt und bekam fünf Jahre Haft, leitete aber aus dem offenen Vollzug ihre Firma weiter. Nach zweieinhalb Jahren wurde sie vorzeitig entlassen. Die meisten nahmen an, dass sie nur deswegen auf die schiefe Bahn geraten war, um ihren geliebten Vater zu schützen; die Kunstwelt empfing sie wieder mit offenen Armen. Dank ihres außerordentlichen Blicks und ihrer stählernen Nerven gedieh das Unternehmen weiter. 2025 wurde Rebecca aufgrund ihrer Verdienste für die Kunst in den Adelsstand erhoben.

Nach Memlings Demaskierung wurde Carlo Spinetti zum Independent-Filmemacher und gewann einen Oscar für seine Ultra-Low-Budget-Horrorfilm-Parodie *Mein Schwiegervater*, in der es um einen skrupellosen Ex-Nazi ging, der zum Frühstück Blut trank. Carlo starb in flagranti mit zwei jungen Damen im Chateau Marmont in Los Angeles.

Wladi und Grace heirateten. Er gab sein Vermögen auf und zog mit Grace zurück in seine Heimatstadt Smlinsk, wo sie sieben Kinder bekamen und ein Tätowierstudio betrieben. Grace spielte zwar mit dem Gedanken, nach England zurückzukehren und als Partnerin ihrer Mutter in den Familienbetrieb einzusteigen, zog dann aber doch die persönliche Freiheit vor.

Barnaby Damson verlor bei den Wahlen 2020 sein Mandat. Er ging als Medienberater nach Albanien.

Barty wurde bei der Schießerei am linken Arm verletzt, erhielt aber vom Auktionshaus erklecklichen Schadensersatz. Er wurde 102 Jahre alt,. war für jedes Ereignis vollendet herausgeputzt, ging zum Fernsehen und moderierte seine eigene Sendung *Ach wie gewöhnlich*, die eine eigenwillige Sicht auf das britische Klassensystem bot.

Delores Ryan heiratete einen marokkanischen Taxifahrer und zog mit ihm nach Taroudant in der Sous-Ebene. Nach ihrem großen Fiasko, mich nicht erkannt zu haben, hängte sie die Kunstgeschichte an den Nagel und stieg in die Massenvermarktung von Arganöl-Produkten ein.

Earl Beachendon verließ sein Auktionshaus, um das Museum des Emirs und der Sheikha von Alwabbi zu leiten. Mit einem Jahresbudget von einer Milliarde Dollar für die Bilderakquise stieg der Earl zu einem der mächtigsten Männer der Kunstwelt auf.

Nach seiner brillanten Idee zur Finanzierung des »Volksbildes« wurde Maurice Abufel zur Belohnung zum Botschafter von Dagestan ernannt. »Das Land ist ungefähr so groß wie Wales, aber weit weg von Mold«, erklärte er stets. Seine Exfrau Delia gewann den Wettbewerb »Diät des Jahres«, heiratete noch einmal und ließ sich in Pontefract nieder.

Evie wurde nach erfolgreichem Entzug aus der Klinik entlassen, holte ihr Abitur nach und gewann ein Stipendium für die Universität von Oxford. Zwei Jahre später heiratete sie den (seit fünfunddreißig Jahren trockenen) Bruce Goldenhart, und zusammen leiteten sie eine Beratungsstelle für ehemalige Alkoholiker auf der Isle of Wight.

Nach vier Jahren Ehe wurde Desmond von seiner Frau verlassen. Als Grund nannte sie »übermäßige Kontrollsucht«.

Und was geschah mit *mir*? Sehen Sie immer noch eine alte Leinwand vor sich, fünfundvierzig mal sechzig Zentimeter, mit Pigmenten, Ölen, einer Spur Hühnerbrühe und einer toten Fliege? Wohl nicht.

Meine Zeit ist fast vorbei. Ehrlich gesagt, ich bin erschöpft. Es ist harte Arbeit, die Flamme der Schönheit weiterzutragen. Jahrhundertelang aus Rahmen gerissen, auf Maultiere geschnallt, auf Schiffe geladen, in Tüten gestopft zu werden, über lodernden Kaminfeuern zu hängen und den heißen Atem von Betrachtern erdulden zu müssen – alles das hat seinen Tribut gefordert. Meine Leinwand löst sich langsam, aber sicher auf; die Feuchtigkeit ist aus dem Öl gewichen. Bald werde ich nichts mehr sein als ein Häuflein Staub. Zum Glück gedeihen und überleben viele meiner Nachkommen und Imitatoren; manche sind exzellent. Am Ende zählt, dass Künstler die Sterblichen immer wieder daran erinnern, worauf es wirklich ankommt: auf das Wunder, den Glanz, den Wahnsinn, die Wichtigkeit und die Launenhaftigkeit der Liebe.

# Danksagung

Zu den Figuren in diesem Buch haben mich viele Menschen inspiriert, die ich kenne, über die ich gelesen habe oder von denen ich einfach nur hoffe, dass sie existieren. Jede Ähnlichkeit ist rein zufällig oder als Kompliment gedacht. Es tauchen diverse echte Personen des öffentlichen Lebens und öffentlicher Einrichtungen auf, ohne die eine reale oder fiktionale Kunstwelt kaum vorstellbar wäre.

Ich hatte das Glück, von herausragenden Wissenschaftlern sowie von Direktoren, Restauratoren und Kuratoren der National Gallery, Tate Gallery, Wallace Collection und Waddesdon Manor lernen zu dürfen. Diese Einrichtungen und ihre Koryphäen waren mir eine Quelle der Zuversicht und der Inspiration, solange ich denken kann.

Danke auch an Catherine Goodman für das Schreibzimmer und für ihre Einsichten zu Malern und zur Malerei.

Sarah Chalfant, Ausnahmeagentin, hat das Potenzial dieses Buches erkannt und es an die herausragenden Verlagshäuser der einzigartigen Alexandra Pringle und der wunderbaren Shelley Wanger vermittelt. Danke an alle bei der Wylie Agency, bei Bloomsbury und Knopf, und an Sonny Mehta, Nigel Newson, Alba Ziegler-Bailey, Charles Buchan, Alexa von Hirschberg und Anna Simpson.

Besonderer Dank gilt meiner Familie, meinen Freunden und Kollegen für ihre Unterstützung, ihren Humor und ihre Geduld; meinen aufmerksamen Lesern Jacob und Serena Rothschild, Fiona Golfar, Justine Picardie, Philip Astor, Stephen Frears, Rosie Boycott und SP. Und *last but not leas*t, danke, Emmy.

»Picoult ist eine geborene Erzählerin, die niemanden unberührt lässt.«

*Boston Globe*

Sage Singer ist eine junge, leidenschaftliche Bäckerin. Als sie den allseits beliebten pensionierten Lehrer Josef Weber kennenlernt, entwickelt sich trotz des großen Altersunterschieds eine enge Freundschaft zwischen ihnen. Doch als Josef ihr eines Tages ein lange vergrabenes, schreckliches Geheimnis verrät, bittet er Sage um einen schwerwiegenden Gefallen. Wenn sie einwilligt, hat das allerdings nicht nur moralische, sondern auch gesetzliche Konsequenzen. Sage steht vor einem Dilemma. Denn wo verläuft die Grenze zwischen Hilfe und einem Vergehen, Strafe und Gerechtigkeit, Vergebung und Gnade?

PENGUIN VERLAG

**Sieben Freunde. Rücksichtsloser Ehrgeiz.
Ein geheimnisvoller Todesfall.**

Oliver Marks bekommt immer nur die Nebenrollen. Trotzdem ist er glücklich am renommierten Dellecher College, wo er mit sechs anderen jungen Schauspielern die Tragödien Shakespeares einübt. Die Typen, die sie auf der Bühne verkörpern, legen sie auch privat nicht ab.

Der charismatische Richard gibt die unberechenbaren Tyrannen. Als er sich eines Tages zur Überraschung aller mit einer kleineren Rolle begnügen muss, gerät das Kräfteverhältnis zwischen den Freunden gefährlich ins Schwanken – bis schließlich einer von ihnen tot im Collegesee treibt. Die anderen stehen vor einer schwierigen Wahl: Sollen sie der Wahrheit ins Auge sehen oder weiter gegen sie anspielen?

PENGUIN VERLAG